COLLECTION
FOLIO/ACTUEL

Cardinal Jean-Marie Lustiger

Osez croire, osez vivre

Articles, conférences, sermons, interviews
1981-1984

ÉDITION
INTERNATIONALE

Le Centurion

Fils né en France d'immigrés juifs polonais, il avait dix ou onze ans lorsqu'il se mit à lire une Bible que ses parents avaient enfermée dans une armoire avec des livres de Zola. Quelques dizaines d'années plus tard, appelé par le pape Jean-Paul II à l'archevêché de Paris, récemment fait cardinal, Jean-Marie Lustiger est devenu en peu de temps l'une des figures de proue de l'Eglise de France.

Après avoir conquis les catholiques parisiens — les fidèles l'ont même applaudi à la fin d'une homélie, une nuit de Noël à Notre-Dame ! — sa notoriété a grandi en Europe et dans le monde. Pourquoi ?

L'Evangile porte la bonne nouvelle à tous les hommes. Mais les voix des apôtres ne portent pas toutes aussi loin ou de la même façon. La voix du cardinal Lustiger retient l'attention par la grâce de deux énergies apparemment contraires : celle de l'audace, celle de la confiance. Il n'a pas peur de sa foi. Il n'a pas peur du monde. Il ne craint pas d'éprouver sa foi au contact d'un monde, celui du XXe siècle, qui tente de se prolonger sans la foi, dans son imaginaire ou dans sa marche au progrès scientifique, quitte à accumuler au-dessus des habitants de la planète les risques d'une destruction de toute humanité.

C'est l'ardeur avec laquelle Jean-Marie Lustiger embrasse l'histoire du christianisme, de ses origines juives à sa vocation universelle, pour évoquer le salut du monde qui fait qu'il est de plus en plus écouté. Notamment par la jeunesse, au milieu de laquelle il a vécu pendant quinze ans comme aumônier d'étudiants.

Folio/Actuel propose un choix de textes initialement répartis en deux volumes. A de rares exceptions près, comme sur l'école en France, ce choix recoupe celui qui a été retenu pour les traductions à l'étranger. D'où cette *édition internationale* où figurent à la fois prises de position sur la politique ou les mœurs et textes spirituels (les racines juives, la France et son baptême, etc.).

« Il suffit de lire ces textes, écrit Jacques Henric, *pour se convaincre de la chance énorme qu'a l'Eglise de France d'avoir à sa tête des hommes comme le cardinal Lustiger* (...) *De quoi parle le cardinal Lustiger ? De tout. De la culture moderne, de la violence, de l'Europe, de l'arme atomique, de l'athéisme, du communisme, de la Pologne, de l'apartheid, du bien, du mal, du pardon, des rapports entre le judaïsme et le christianisme, de l'avortement, des manipulations génétiques, des camps de concentration, de l'Eucharistie, du rire de Dieu, du pacifisme allemand... Il parle de tout, mais comme personne. Osez l'écouter, osez le lire. »**

* *Art Press,* juin 1985.

PRÉFACE

Peu de livres ont moins besoin d'être préfacés que celui-ci. Chaque phrase en est d'une clarté parfaite, d'une lucidité spirituelle et intellectuelle sans ombre, d'un courage qu'on pourrait dire téméraire s'il n'était celui que demande le Christ, et d'une franchise qui n'élude aucune question, pas même la plus insidieuse.

Mais puisque l'auteur me prie d'ajouter mon mot, comment lui refuser ? Je me limiterai à quelques impressions personnelles, surgies au fil de la lecture. Je ne dirai cependant rien sur les sermons : ils sont à recevoir comme la parole autorisée de l'Eglise, adressée au simple croyant. Rien non plus sur les problèmes spécifiquement français (comme par exemple l'école catholique) : l'archevêque de Paris a pris là des positions que chacun connaît. Et rien davantage sur les questions délicates de l'enracinement (évident !) de l'Eglise dans Israël et de la solidarité (flagrante !) entre les deux Alliances — dont les rapports théologiques sont toutefois si difficiles à définir, car on y touche directement à un des mystères de Dieu. Mais ce ne sont là que quelques-uns des sujets abordés dans ce livre.

Il se peut que le lecteur se sente d'abord comme inondé par une telle abondance de textes. Mais s'il continue patiemment sa lecture, son étonnement s'accroîtra encore. En effet, plus les énoncés semblent se diversifier, plus tout se simplifie. Des lignes de force se dessinent d'elles-mêmes, comme des rayons émanant d'un centre, ou comme les conséquences multiples et pourtant liées entre elles d'un principe unique : être chrétien, croyant, témoin à la suite du Christ et par sa grâce. Et ceci dans toutes les situations, à tous les niveaux : personnel, ecclésial, social, universel. Et dans un contexte qui n'est pas celui d'il y a vingt ou trente ans, mais, puisque le Seigneur est avec nous tous les jours jusqu'à la fin des temps, celui d'aujourd'hui.

De là des analyses impitoyables de ce qu'exige l'Evangile : les béatitudes (et les malédictions correspondantes), la nécessité du témoignage-martyre, de la réconciliation, du pardon donné au nom de Dieu. De là aussi la critique du patrimoine historique du christianisme. Edifiée dans et par la foi, l'Europe chrétienne l'a si souvent oubliée et reniée que presque tout le désarroi du monde actuel vient sans doute de là. L'idée que la religion biblique a provoqué l'avènement de la civilisation technicienne revient souvent. Pour ma part, j'y distinguerais plus nettement la postérité de l'Ancien Testament dans les messianismes sécularisés, et celle du Nouveau dans les « églises » athées de type comtien. On peut en effet se demander lequel est le pire, du marxisme oriental et du positivisme occidental... Dans ce contexte, il faut lire attentivement les synthèses étiologiques qui sont ici proposées des diverses cultures (française, anglaise, allemande, etc.).

Il y a ensuite la question des rapports du christianisme et de la « modernité ». L'un ne se comprend pas sans l'autre, sous peine de méconnaître ce qui est vraiment neuf aujourd'hui, ce qui est terriblement dangereux, ce qui est source d'espérance au milieu des écroulements. Aucun pessimisme, mais un réalisme aigu face à tous les problèmes, à toutes les questions apparemment sans réponse. Aucun prophétisme non plus, mais des mises en garde et des appels à la responsabilité – celle des jeunes, par exemple, ou celle du tiers monde. Souvent, le doigt pointe vers l'Est, vers la Pologne, ou vers l'Afrique courageuse, ou vers la figure extraordinaire du Pape, ou (plus souvent et plus simplement encore) vers le Christ. Rien n'est édulcoré : qu'on lise ces pages de confidences sur le voyage à Munich. Rien n'est finalement intelligible hors du contexte de la Miséricorde.

On entend toujours réclamer des recettes pour vaincre tel ou tel mal d'aujourd'hui ou de demain. Mais il n'y a pas de recette. Au contraire, « nous entrons dans une période terrible ». Il y a des expériences et des manipulations génétiques. On manque de prêtres (mais à qui la faute ? à ceux qui ne savent plus vivre ni transmettre la foi). Jamais le lecteur n'est laissé sur sa soif ni sa faim. Toujours un chemin lui est indiqué : une voie qu'il coûtera aux chrétiens de suivre, mais qu'ils ont le devoir de frayer pour eux-mêmes et pour les autres. C'est le chemin de l'éthique et du choix moral d'abord, car chacun (croyant ou non) est en mesure de discerner le bien et le mal dans sa vie et dans le monde. Les chrétiens sont appelés à éveiller la conscience des non-chrétiens.

Et puis toujours ce style net, qui va droit au fait et ne contourne rien. Je ne résiste pas au plaisir de glaner un peu et d'offrir en bouquet mon florilège :

« Le propre des cultures immobiles est de mourir. »

« L'enjeu, c'est d'abord la mort physique des deux tiers de l'humanité. Mais c'est aussi et indissolublement la mort des pays riches... Notre âme est morte de la mort de nos frères. »

« Il y a dans le "gallicanisme" la tentation et le germe de la sécularisation. »

« L'athéisme prend le sens d'une épreuve spirituelle dans l'itinéraire du croyant. Il se présente comme la tentation d'avoir peur de Dieu. »

« L'athéisme est le fruit de la croyance, non comme son contraire dialectique, mais comme une épreuve de la foi. »

« On se trouve devant le plus grand paradoxe : l'exigence de paix qui est de renoncer à la violence devient elle-même l'instrument de la violence des forces antagonistes qui la manipulent à leur profit. Le monde ne donne pas la paix. »

« Nous ne sommes pas la catholicité. Nous prendre pour le nombril du monde, c'est commettre une faute intellectuelle et spirituelle. Nous nous étions crus en avance et nous avons peut-être accumulé du retard. »

« Il y a un fond païen dans la culture française. »

« S'il y a moins de prêtres, c'est un problème de stérilité générale. »

« Mondaniser l'unité de l'Eglise, c'est la rendre impossible. »

« L'Eglise n'est jamais le règne de Dieu, alors qu'elle le manifeste et le prophétise. »

« Il se pourrait que l'Eglise, en ce qui concerne le corps, ait non pas du retard, mais de l'avance. »

« Un fantôme plane sur l'Europe et son passé : la mauvaise conscience d'une réussite éclatante qui contredit les principes mêmes grâce auxquels elle a pu s'accomplir. »

« Telle Eglise, persécutée et dépouillée, est pour tel peuple le seul garant de la vérité, de la justice, de la paix et de la liberté. »

« Tant que l'homme se fixe ses fins, il tente de déployer une tautologie fondamentale. »

« Notre époque est peut-être une des premières époques après celle de l'Antiquité où le message chrétien résonne comme une parole neuve. »

« Le discours anthropologique que Jean-Paul II tient provient de la figure du Christ rédempteur. »

« On rêve d'une restauration. Mais la rupture est inscrite dans notre histoire. »

« Un professeur de théologie ne se fabrique pas en trois ans ; il faut quinze ou vingt ans. Même si Dieu envoie de grands dons, des saints, il faut un terreau... pour disposer de pères spirituels. »

« J'attends que Dieu envoie des saints. C'est un peu comme l'allumette qui met le feu à toute une forêt. »

Ces quelques phrases donnent le ton de tout le livre. Chacun se répétera celles qui résonneront en lui. Il n'y a rien à ajouter à l'intention du lecteur que ces mots qui retentirent autrefois aux oreilles d'Augustin : Tolle, lege, *c'est-à-dire : « Prends et lis ! »*

Hans-Urs von Balthasar

L'archevêque de Paris

LE RÔLE DE L'ÉVÊQUE*

— *Vous avez vous-même été prêtre à Paris. Avant votre retour effectif comme archevêque de Paris, vous avez insisté sur votre désir de prêcher et de célébrer. N'est-ce pas pour vous protéger, par avance, contre le travail administratif inhérent, lui aussi, à votre charge ?*

— Non. En disant : « Je veux célébrer », j'ai voulu rappeler le rôle de l'évêque. Le rôle spécifique de l'évêque apparaît dans l'Eglise sacramentellement rassemblée.

Quand l'Eglise est réunie pour célébrer l'Eucharistie et les sacrements, elle apparaît de façon visible pour ce qu'elle est réellement. Bien sûr, la célébration eucharistique n'est pas un objet de démonstration ; on ne la montre pas dans une vitrine pour que d'autres la voient. Mais l'Eglise n'est pas vraiment elle-même si elle n'est pas une Eglise qui célèbre l'Eucharistie du Christ.

Les chrétiens peuvent être perçus comme un groupe quelconque, social ou idéologique, un mouvement, un parti, un syndicat, les adeptes d'une école philosophique. La seule figure réelle que les chrétiens peuvent donner d'eux-mêmes, c'est celle de l'Eglise rassemblée pour célébrer l'Eucharistie, de l'Eglise qui reçoit son existence du Christ présent et agissant.

* Interview par Patrice Canette et Henri Caro, *Le Pèlerin*, 10 mai 1981.

Quand je dis : « Je veux célébrer », je veux dire que si je ne suscite pas ce rassemblement sacramentel de l'Eglise, où il apparaît que c'est le Christ qui la rassemble et lui donne son existence, je suis un P.-D.G., un chef de parti, un Premier ministre ou un professeur, mais pas un évêque. Pour que je puisse témoigner de la Parole, dire l'Evangile, remplir ma mission d'évêque envoyé par le Christ à un peuple, il est nécessaire que cette Eglise soit rassemblée, j'allais dire : qu'elle existe charnellement. Sinon je suis un homme seul. Or le chrétien est toujours enraciné dans l'Eglise.

L'apôtre, le martyr peuvent sembler seuls. Ce n'est qu'une apparence. Même isolés, ils sont représentants de la communion ecclésiale. C'est si vrai qu'autrefois on prenait les membres des martyrs pour en faire la table eucharistique. Et le martyr devient lui-même signe, sacrement de l'Eglise entière.

L'évêque n'est pas un homme seul qui parlerait en son nom. Il est le garant, le signe que c'est bien le Christ lui-même qui rassemble son Eglise, la constitue, crée son unité. L'Eglise n'est pas un club d'amis qui sont d'accord, et qui se réunissent autour d'une table. Elle n'existe pas parce qu'il y a foule à écouter le père Untel, particulièrement éloquent. Elle est l'assemblée de ceux qui croient que le Christ leur donne l'unité, et le ministère de l'évêque consiste à rappeler sans cesse que le Christ est la tête. La tête d'une Eglise constamment déchirée parce qu'elle est composée de pécheurs.

C'est pourquoi le ministère de l'évêque, mon ministère, est un ministère de rassemblement pour la célébration de l'Eucharistie et la célébration du Pardon, la réconciliation avec Dieu et la réconciliation entre frères.

— *Vous êtes archevêque de Paris. Ce titre vous donne une responsabilité spéciale par rapport à l'Eglise universelle, parce que vous êtes évêque et parce que vous êtes à Paris.*

— Les problèmes internes au catholicisme français

nous empêchent parfois de comprendre l'image qu'on a de nous à l'étranger, notamment dans le tiers monde. Il est certain que l'élan missionnaire, à travers le monde, doit beaucoup historiquement à la France. L'image de la France, c'est le symbole du pays chrétien d'Occident. Peut-être supportons-nous mal cette image, car nous voyons que tout n'est pas aussi simple.

Si nous sommes fidèles à notre histoire de nation catholique inventive, nous avons des devoirs. Nous devons d'abord être modestes, et ne pas être dupes de l'image que nous renvoient les autres. On n'est pas toujours là à la hauteur de sa propre histoire. Les Eglises d'Afrique, par exemple, nous reprochent de n'être pas fidèles à ce que nous leur avons enseigné et de rester enfermés dans nos problèmes intérieurs. Nous ne devons pas croire que l'Eglise universelle se résume à la France et doit fonctionner comme l'Eglise de France.

Par ailleurs, nous avons à recevoir. Il nous est indispensable de bien connaître l'expérience spirituelle des autres Eglises, du tiers monde mais aussi de l'Europe de l'Ouest ou de l'Est, pour retrouver notre propre fécondité. Comme évêque, je dois porter avec les autres évêques et le pape la charge de toutes les Eglises. Ce que je ressens fortement, c'est que le sort spirituel de Paris ne se joue pas à Paris, mais solidairement avec tout l'Occident chrétien. Et le sort de l'Occident se joue solidairement avec celui des Eglises des autres continents.

Comme évêque, je suis solidaire de l'Eglise universelle et je dois veiller à ce que le diocèse de Paris reste ouvert aux appels de l'Eglise universelle. En même temps, je dois être témoin dans mon diocèse de ce qui se vit dans l'Eglise universelle, et assurer la communion d'une Eglise locale avec l'Eglise universelle.

LES TÂCHES D'UNE PAROISSE DANS LES ANNÉES À VENIR*

La réponse à votre question « les tâches d'une paroisse aujourd'hui », ce serait à vous de me la dire. Etant donné ce que sont les exigences de la foi et de l'Eglise, qu'est-ce que vous pouvez réaliser en fait dans cette paroisse-ci, compte tenu des circonstances dans lesquelles vous vous trouvez, de ce que représentent votre passé spirituel, les prêtres avec qui vous travaillez... ? Je vais donc, quant à moi, me placer à un point de vue plus général.

La paroisse peut être le lieu de l'innovation la plus actuelle

Comment se poser la question ? Vous savez que l'idée de la paroisse est une idée fort ancienne ; elle est liée à toute l'histoire chrétienne, puisque c'est la forme des communautés chrétiennes telles qu'elles ont existé à travers les siècles dans nos pays. Inversement, surtout pour les plus jeunes générations, la paroisse évoque quelque chose d'appesanti par l'âge, chargé de noblesse et de tradition et, par conséquent, peu apte au renouvellement et à l'adaptation. Dans un univers où les

* Conférence à Saint-Ferdinand des Ternes, Paris, 30 septembre 1981.

choses bougent à toute vitesse, on peut se demander si la paroisse d'autrefois peut et doit encore fonctionner. La paroisse d'autrefois se définissait par son territoire : on était de telle paroisse parce qu'on habitait telle rue. Cela, manifestement, n'existe plus de la même façon. Mais je ne vais pas me lancer davantage dans des considérations de ce genre. Je préfère définir des objectifs, plutôt que des limites : qu'est-ce que nous devons faire là où veut exister une communauté chrétienne ?

Ce que nous appelons la paroisse, c'est finalement dans un monde étrange et énorme comme Paris, le lieu où l'existence de l'Eglise devient visible et où peuvent surgir des formes nouvelles et significatives de l'existence chrétienne. Non pas en dépit des difficultés de Paris, mais en raison de celles-ci et également de ses richesses. Les lieux constitués par ces paroisses peuvent et doivent être ceux où la vie de l'Eglise est susceptible de rayonner avec le plus d'intensité. A la limite, les lieux de l'apparition des réalités les plus actuelles et les plus fortes répondant aux nécessités de ce temps.

Non pas « qu'est-ce que les gens veulent ? »
mais « qu'est-ce que Dieu demande ? »

Le mérite des paroisses, c'est d'être, dans un tissu urbain, le signe visible d'une Eglise et donc un point de ralliement. Aux chrétiens qui les constituent de faire la preuve eux-mêmes qu'ils ne sont pas seulement un monument historique. Ce signe visible et social dépend, dans son fonctionnement et dans son efficacité, de ce que vous en ferez. Bien loin que ce soit une affaire jouée d'avance, ces lieux d'émergence du christianisme dans le tissu urbain que je symbolise par le clocher (comme la majorité des Français le font dans leur imagination), sa force de percussion et d'innovation, sa présence, tout cela est remis entre vos mains. Votre paroise, c'est une communauté chrétienne, des formes vivantes qui doivent aujourd'hui apparaître de telle sorte que l'Eglise du Christ remplisse sa mission.

En posant le problème ainsi, je prends le contre-pied d'une certaine vision des choses à laquelle nous ne sommes que trop habitués comme utilisateurs. Ceux d'entre vous qui ont l'habitude des problèmes d'urbanisme savent bien qu'on parle d'« équipements collectifs ». Parmi les équipements collectifs, il y aura une école, des commerces, une piscine, un stade, c'est-à-dire des lieux prestataires de services, à la disposition du public. Pareillement, il faudrait une église pour répondre aux besoins religieux de la population. La paroisse serait l'équipement qui permet de répondre aux demandes multiples d'un certain public potentiel. On pourrait dire qu'une église marche si, comme un grand magasin, elle est suffisamment bien achalandée et ouverte pour la satisfaction des besoins.

Je ne veux pas poursuivre dans cette direction. Car l'église, la paroisse, ce n'est pas un équipement à la disposition de qui veut bien s'en servir. C'est d'abord la responsabilité que le Christ fait reposer sur vous, en vous demandant, à vous, d'être l'Eglise. La paroisse existe, si c'est une communauté chrétienne, et non pas un équipement aux mains de quelques-uns, destiné à répondre à des appels du marché. A sa façon, la paroisse, c'est quelqu'un ; elle est un sujet d'initiative, un corps articulé et vivant qui répond à sa vocation et accomplit ce que Dieu lui demande de faire.

La question fondamentale est donc : « Qu'est-ce que vous faites de cette paroisse et qu'est-ce que vous faites de l'appel de Dieu à son Eglise ? »

Comment répondez-vous à la mission que Dieu lui-même vous a tracée, lui qui vous a fait la grâce d'être baptisés et de devenir semblables au Christ ? La ressource fondamentale qui vous est donnée pour faire face à cette mission, c'est l'Esprit Saint qui vous habite : voilà le seul capital de l'Eglise, sa seule ressource. Tout le reste, on peut s'en passer. Le problème n'est plus « à quoi peuvent servir les paroisses ? », mais « à quelle vocation êtes-vous appelés et quelles tâches doivent vous réunir ? ». N'est-ce pas un défi, dans une ville comme Paris, avec des relations aussi diverses, tenues dans certains cas, impossibles dans d'autres, que de vouloir que des gens aient conscience d'être ensemble Corps du Christ et puissent se reconnaître ensemble une mission qu'ils reçoivent de Dieu ?

Ce défi, vous devez le relever. Il nous appartient, sous la puissance de Dieu, avec la force de l'Esprit Saint, d'inventer les formes que doit prendre aujourd'hui l'existence chrétienne dans la société telle qu'elle nous est donnée, avec ses failles, ses faiblesses et aussi ses richesses.

La toute première tâche : l'Eucharistie

Alors que les gens entrent dans l'église, vagues, divers, inconnus les uns aux autres — comment peuvent-ils prendre Corps de telle sorte qu'on dise : c'est une communauté ? Quelle est la toute première tâche ?

La toute première tâche, c'est la célébration eucharistique, c'est la messe. C'est celle qui vous donne d'exister comme Eglise. Vous me direz : « Mon Père, vous rêvez. Les choses ne se passent pas ainsi : on vient à la messe ; on s'y ennuie ; on y prie bien, on y prie mal ; il y a des gens qui arrivent en retard ou qui s'en vont ; on choisit la messe qui vous avantage, soit en raison de l'horaire, soit en raison du lieu, du prédicateur, des chants ou de l'absence de chants. En fait, nous nous comportons légitimement comme des usagers d'un service. »

Je vous dis : il faut que vous renversiez votre attitude par rapport à l'Eucharistie. Chaque Eucharistie célébrée est un acte qui vient nous chercher les uns et les autres et nous rassembler en un Corps. Elle répond à une convocation, elle constitue l'Eglise et suppose que chacun soit converti par la puissance de Dieu et accepte d'être ainsi rassemblé, en cet instant, par l'Esprit, de telle sorte que nous devenions le Corps du Christ. Chaque rassemblement est un événement décisif de notre histoire individuelle et de notre histoire commune, qui scande nos vies de semaine en semaine. Entre deux personnes qui, un même dimanche, auront écouté aux deux extrémités de l'église la même Parole de Dieu, qui auront partagé le même pain changé au Corps du Christ, qui auront partagé la Paix de Dieu, il y a une plus grande communion dans la foi qu'entre deux amis qui auront passé une soirée à se faire des confidences.

Il faut que nous acceptions une vision de foi radicale, qui situe le sacrement de l'Eucharistie comme lieu créateur de l'existence de l'Eglise. Pour parvenir à cette vision de foi, il y a un long chemin à parcourir. Cela suppose qu'ensemble on réfléchisse, on prie, on fasse pénitence, on entre davantage dans le mystère de la foi. L'Eucharistie est l'acte créateur d'une communauté qui établit la fraternité entre ceux que Dieu y rassemble.

Mettre le cœur au centre

Le défi lancé à notre foi, c'est que ce soit le cœur de la foi qui soit le lieu de réunion et la force de rassemblement, plutôt que le reste. D'habitude, nous pensons l'inverse : il faudrait d'abord nous connaître, d'abord essayer d'entrer en sympathie les uns avec les autres et, au terme, nous pourrons célébrer l'Eucharistie. Je vous dis : dans la vie présente, il faut être aussi capables de faire l'inverse, c'est-à-dire d'être disponibles à cette action de Dieu au point que tout frère qui se présente devient une surprise et un don. L'Eucharistie est donc la première tâche d'une Eglise ; elle trace un premier cercle d'appartenance. Si vous vivez la célébration eucharistique pendant un certain temps, vous savez bien qu'ainsi s'établissent parmi vous un chemin et une progression. C'est ainsi que prend forme le noyau le plus fort de l'existence d'une communauté et d'une paroisse.

Cette sainteté qui innerve le Corps du Christ ne s'exprime pas seulement dans l'Eucharistie du dimanche, mais aussi dans la joie possible de prier chaque jour en participant à l'Eucharistie. Dans notre univers où les réalités de l'Evangile sont absentes, nous devons pallier, par un volontarisme et par la capacité de nous retrouver, l'absence des repères quotidiens, de sorte que la force intérieure qui nous habite puisse s'alimenter. Dans la vie souvent fatigante, usante d'aujourd'hui, c'est une tâche de la paroisse que d'instaurer une certaine permanence de prière, de donner à des gens qui, chez eux, n'ont pas la place pour prier (pour la plupart, il est presque impossible de prier chez soi), la possibilité de prier chaque jour, de consacrer un vrai moment, réel et pur, à Dieu. C'est une possibilité que vous devez vous donner les uns aux autres.

Porter l'incroyance ou l'ignorance du plus grand nombre

Les autres sacrements sont là aussi comme des missions fondamentales de cette communauté ainsi rassemblée et vous tracent des devoirs très particuliers, les uns et les autres. Je prends d'abord le baptême. Vous savez peut-être que, sur cent jeunes parents qui viennent présenter un enfant au baptême, il y en a à peine dix, ou huit ou sept qui viennent à la messe du dimanche ou adhèrent à la foi chrétienne sans réserve. Si on pouvait réunir dans cette église tous ceux qui ont demandé le sacrement du baptême pour leur enfant au cours de l'année écoulée, vous vous apercevriez que ce n'est pas tout à fait les mêmes gens que vous. Il y a des zones d'appartenance à l'Eglise qui, parfois, se croisent, mais se rencontrent rarement.

Les catholiques qui ont la grâce de pouvoir participer à l'Eucharistie, et donc d'être dans la communion vivante de la foi, ne doivent pas laisser aux seuls prêtres la charge spirituelle de ceux qui n'ont pas reçu cette même grâce. Dans une paroisse interfèrent des univers différents et la grande question devient : une communauté croyante, qui doit devenir fervente, brûlante de l'Esprit, est-elle capable – ou non – de supporter le poids de l'incroyance ou de l'ignorance de ceux qui viennent encore demander des sacrements à l'Eglise ? C'est un gros problème ; c'est une des questions les plus graves auxquelles il faut arriver à donner des réponses. Ce sont des problèmes pratiques qu'il faut poser ici.

Je devrais ranger dans la même catégorie, bien que ce ne soient pas des sacrements, les enterrements. Il s'agit là d'un des rites humains les plus fondamentaux, les plus universels. Faut-il laisser à des professionnels payés le soin de faire face à la douleur et à la compassion ? Dans une communauté chrétienne, est-ce perdre son temps que de prendre au sérieux le deuil et la douleur, la peine, la maladie ? N'y a-t-il pas là une tâche humble, austère, qui serait pourtant créatrice de liens et d'une plus grande vérité ?

Ces actes du Christ que sont les sacrements sont vraiment la venue à l'existence d'une paroisse ; ce sont les tâches principales qui vous sont données. Vous me direz : « Tout cela, c'est la tâche des prêtres. Qu'est-ce que nous y pouvons ? » Je vous retourne la question : qu'est-ce que *vous* y pouvez ? Comment faire – prenons le cas du baptême – pour que le témoignage de la vie baptismale soit communiqué à des gens qui l'ignorent ? Qui va expliquer à d'autres parents la manière dont ils vivent leur mariage, comment ils ont reçu la naissance des enfants, quelles découvertes cela leur a fait faire ?

Qui, sinon d'autres hommes et femmes, croyants, qui ont connu la grâce de vivre cette expérience ? Comment, en dehors de cette fraternité créatrice, la substance de la vie chrétienne sera-t-elle communiquée ? Comment faire si vous, vous n'êtes pas pleinement participants de la préparation des sacrements, voire de leur célébration ?

Avez-vous pensé un instant à la situation du prêtre qui se trouve devant un groupe de gens dans lequel il n'y a pas une personne qui croie ? Combien de fois tel ou tel des prêtres s'est demandé : mais où sont les croyants ? Il faut que vous, vous portiez ce peuple de Paris incroyant dont les pas recroisent encore les pas de l'Eglise. Non pour faire la leçon, non pour faire les importants, mais pour offrir l'amour fraternel, la patience, la bienveillance, l'accueil et la prière qui permettent que ces actes de la foi soient effectivement portés dans la foi.

Une communauté qui commence à exister ainsi devient un lieu de fécondité spirituelle.

La solitude de la foi

Voici maintenant un second point, important à souligner. L'attitude fondamentale de l'Eglise, c'est la foi. C'est ce qui nous est demandé comme Eglise. Et aujourd'hui, il n'y a pas d'existence chrétienne qui ne doive faire face à la solitude dans la foi. Je dis bien : la solitude. Pour peu que vous ayez des enfants et que ceux-ci n'aient pas été entièrement fidèles à ce que vous avez voulu leur transmettre, pour peu que vous soyez dans un milieu de travail quelconque et que vous ayez une vie sociale normale, vous voyez bien que, croyants, vous êtes souvent seuls et à contre-courant. J'ajoute qu'il faut s'attendre à ce que les chrétiens soient presque obligés de devenir des anticonformistes.

Nous ne sommes plus au temps où l'on pouvait penser qu'être chrétien revenait à être un honnête homme qui, de plus, croyait en Dieu. L'« honnête homme », c'était ce que tout le monde pensait. Or, présentement, sur les choix les plus décisifs de l'existence humaine, le consensus n'est pas conforme à ce que l'Evangile nous dit ; et quand nous voulons rester fidèles à une exigence du Christ, que ce soit une exigence morale, une exigence spirituelle, une exigence de rectitude, la plupart du temps, nous sommes seuls et nous nous sentons en contradiction avec ce que tout le monde pense. Et même l'affirmation de la foi est contredite par l'opinion commune.

En fait, la foi est un combat, dans lequel nous nous trouvons démunis, solitaires. Le problème n'est pas d'avoir en soi-même une certaine capacité d'affirmation, de réponse intellectuelle. Il s'agit d'être capable de faire un choix, un choix qui consiste à vouloir, avec la force que Dieu donne, nous appuyer sur la Parole de Dieu plutôt que sur ce que les autres pensent. Cela est très difficile parce que nous nous disons alors : « Suis-je fou ? La foi n'est-elle pas finalement une opinion ou dépassée ou intenable ? Les positions de la foi ne devraient-elles pas s'aligner sur ce que tout le monde répète ou trouve raisonnable ? » Nous ne supportons pas cette contradiction. Ceux qui perdent la foi, souvent, sont des gens qui ne peuvent pas supporter cette situation de contradiction. Ils perdent la foi parce qu'ils ne peuvent pas garder la foi. Il faut nous donner les uns aux autres le moyen de garder la foi. Comment ? Non pas simplement en nous confortant les uns les autres, en nous réassurant les uns les autres, mais en recevant ensemble cette force du Christ qui nous permet de croire.

Le déchirement de la foi

Voici encore une indication fondamentale au sujet de la foi : celui qui croit participe à la Passion du Christ.

Car l'acte de foi suprême du Christ – comme dit l'Epître aux Hébreux –, c'est celui par lequel, dans l'abandon de la mort, il s'est remis à son Père : c'est cela la foi. La foi ne se réduit pas à dire : je suis sûr de mon catéchisme, je le récite, je le sais, j'en suis certain et si j'ai un doute je vais demander à quelqu'un de m'aider à le surmonter. La foi est toujours une participation à la Passion du Christ, parce qu'elle consiste à se remettre soi-même entre les mains de Dieu et à accepter, dans cette remise de soi-même en s'appuyant sur Dieu plutôt que sur soi, d'être déchiré dès lors par nos contradictions. Déchirement de notre égoïsme, de notre ignorance, de nos refus. La foi s'oppose en nous au refus, à la fermeture du cœur, à l'obscurité. Nous ne pouvons garder la foi que si l'Esprit nous garde dans le Christ. Il faut donc qu'une communauté chrétienne soit tellement habitée par l'Esprit de Dieu, l'amour du Christ, la foi au Père que, quand quelqu'un défaille, il trouve auprès de lui l'appui fraternel de compagnons dans la Passion de Jésus pour l'aider, pour porter sa faiblesse, pour écouter son découragement, pour lui donner la force d'en haut.

Parler l'Evangile comme sa langue maternelle

La foi est un don fait à l'Eglise et que l'Eglise partage entre ses membres. C'est dans cette expérience au sens le plus fort du mot que votre existence même trouve une nouvelle structure. Il faut donc que vous vous donniez les moyens de structurer cette expérience et de comprendre, de découvrir la Parole de Dieu. Disons les choses simplement : il faut que vous lisiez l'Evangile ensemble, et pas seulement le dimanche. Il faut que vous vous donniez les moyens de lire la Bible, de prier : c'est une nourriture sans laquelle votre foi va défaillir.

Vous ne pouvez pas lire l'Ecriture n'importe comment : il faut que vous la lisiez comme une Parole prononcée par le Christ au milieu de vous et qui vous donne le sens de l'histoire dans laquelle vous entrez. En recevant cette Parole vivante du Christ lui-même qui parle dans son Eglise, vous entrez dans une histoire, l'histoire entière du Peuple de Dieu qui devient la vôtre. Il ne s'agit pas de rendre le christianisme présent à la culture moderne : il y est, plus que vous ne pensez. Il s'agit que vous, chrétiens, vous acquiériez cet évangile comme une langue maternelle et que vous fassiez vôtre l'histoire dont vous êtes les héritiers : sinon, vous êtes des enfants perdus. Cela ne se fera pas sans travail. Il faut que la Parole de Dieu devienne votre langue maternelle, qu'elle inspire votre cœur, qu'elle habite votre esprit, qu'elle nourrisse votre existence, que cette familiarité avec Dieu qui nous parle en son Eglise devienne le cœur même de votre vie.

Il faut donc que vous fassiez cet effort d'accueil et de nourriture de la vie chrétienne. Il y a là une tâche capitale sans laquelle vous ne pouvez pas répondre à votre vocation. Car, vous-mêmes, vous êtes porte-parole de Dieu puisque vous êtes chrétiens. Il faut que la Parole vous habite de telle sorte que Dieu puisse la dire à travers vous. Il ne s'agit pas de vous donner des recettes pour trouver les mots adéquats pour répondre à votre collègue de bureau. L'idéal, c'est que chacun, selon son talent et selon sa vie, soit tellement habité par cette Parole que Dieu puisse se servir de lui comme il lui semblera bon.

Des témoins pour les jeunes

Une paroisse, c'est aussi un lieu de contagion de la foi. Un des points les plus essentiels, c'est celui des jeunes générations. Nous sommes dans une société où la rupture entre les générations est une chose terrible. C'est un défi qui est adressé à la société et à l'Eglise. Comme communauté chrétienne, vous devez relever ce défi. Il n'est pas facile. Mais une Eglise qui n'est plus capable de transmettre — fût-ce dans une société éclatée — sa richesse essentielle à ses enfants, cette Eglise est évidemment menacée de mort.

Je sais qu'il y a des moyens institutionnels :

— le catéchisme (c'est le rôle de l'Eglise de disposer les moyens de telle sorte que le catéchisme soit adapté, efficace et fidèle) ;

— les aumôneries ;

— les écoles catholiques (et dans les circonstances présentes, vous savez que l'épiscopat tient à maintenir possible cette liberté fondamentale qui est un des moyens par lesquels l'Eglise veut pouvoir transmettre la foi à la jeunesse).

Mais ces moyens ne servent à rien sans la volonté des chrétiens dans leur ensemble de transmettre, grâce à Dieu, l'expérience vivante de la foi. C'est la chose la plus douloureuse que je suis en train d'évoquer : je suis persuadé qu'il y a parmi vous bien des parents qui ont eu la tristesse de voir leurs enfants s'éloigner de la foi. Peut-être s'interrogent-ils sur les raisons et les circonstances qui ont amené un tel éloignement.

Il ne faut pas juger des choses sous forme de responsabilité personnelle. Aucun de vous ne doit, ce soir ni demain, ressasser : « C'est de ma faute. » Après tout, vous n'en savez rien. Confiez-le à la miséricorde de Dieu. Ce que vous avez pu faire pour vos enfants, Dieu seul sait quels fruits cela portera dans l'avenir. Mais, globalement, quand la rupture de la foi épouse la rupture des générations, il y a un drame.

Vous me direz : « Nous n'y pouvons rien : c'est ainsi dans la société civile. » Réponse : c'est un défi. Prenez-vous par la main, vivez de la foi, aidez-vous les uns les autres, engagez-vous fortement, faites preuve d'initiative. Il y faut du temps, de l'énergie. Vous me direz : « On ne peut pas. » On ne peut pas ? Je n'en sais rien, après tout. Cela dépend de ce qui est important pour vous. Je vais être très brutal : qu'est-ce qui est le plus important ? D'avoir une promotion dans sa vie professionnelle ou bien de faire en sorte que son foyer ne soit pas détruit, que les enfants aient un père et une mère présents... ?

La société dans laquelle nous vivons ne nous rend pas la tâche facile. Nous avons à nous poser des questions plus radicales que jadis et à savoir à quel prix nous sommes décidés à payer la fécondité du christianisme. Je trouve scandaleux qu'on ne trouve pas d'adultes capables de consacrer beaucoup de temps et beaucoup de générosité pour s'occuper de la vie chrétienne des enfants et des jeunes. Il ne s'agit pas de faire porter ce poids sur tout le monde ; mais le christianisme a toujours été une source fantastique de dévouement, de vocations, de générosités folles ; c'est la preuve que l'Esprit agit. Rappelez-vous ces vagues entières de gens qui ont donné leur vie pour des pauvres, pour des malades, pour des pays lointains, pour des causes perdues.

Qui se dérobe ? Est-ce Dieu ou est-ce vous ? Et si les jeunes n'ont pas les témoins qu'il leur faut, est-ce la faute des jeunes ? Ils ne sont pas ce que vous attendiez et ce que nous attendions, c'est vrai. Mais pour eux aussi la vie n'est pas facile. Croyez-vous qu'il soit facile d'avoir une discipline morale et spirituelle dans un univers où l'on est complètement assailli par les sons, les images, les obsessions de la sensibilité ? Croyez-vous qu'il soit facile d'avoir une vie morale, quand il n'y a pas eu d'éducation, de discipline, de maîtrise de son corps, de son sommeil ? De maîtriser le désir quand tout a été fait pour exacerber celui de la possession et de l'argent ? Nous devons aider les jeunes à vivre concrètement et les exigences de l'Evangile et la force de la Parole de Dieu.

Cela ne peut être qu'une œuvre collective. Certains parents ne peuvent absolument pas le faire seuls : ils ont le droit de compter sur les autres. Il y a tous les cas difficiles de notre société : les foyers rompus, la maladie, les difficultés économiques, les séparations forcées, les difficultés morales. Mais que tous aident les autres, sortent de leur solitude. Cela aussi, c'est une paroisse.

Se réconcilier

Il vous faut créer une contagion d'amour et de communion telle que tout « perdu » puisse trouver ici un accueil, tout malade une consolation, tout désolé une parole et un geste. Vous me direz : c'est un rêve. Oui, c'est un rêve : si on va sur le boulevard, personne ne regarde personne. Il faut aller à contre-courant et seule la puissance de l'Amour de Dieu peut nous aider à aller ainsi à contre-courant. Cet amour-là est créateur ; il est tolérant, bienveillant, riche d'invention. Il excuse tout ; il pardonne tout, il est patient (1 Corinthiens 13). Il est une source de force et de joie.

Une paroisse, une communauté chrétienne, doit être un lieu perpétuel de réconciliation. Parce qu'on y partage le pardon de Dieu, sans cesse. Dans notre société, les gens s'écartent les uns des autres, se spécialisent et se repoussent, s'excluent selon les idéologies, les compétences, les hiérarchies. Se retrouver, à chaque fois, demande une énergie considérable parce qu'il faut vaincre les séparations. Les différences sont telles qu'il est souvent impossible de se retrouver en s'aimant vraiment. Nous devons faire la preuve, en cet univers divisé, hostile, où les gens se font du mal ou s'ignorent, qu'un amour capable de réconciliation est possible, que les chrétiens ne sont pas des sectaires, qu'ils se pardonnent les uns aux autres et qu'ils acceptent les souffrances qu'ils se causent les uns aux autres. Le pape appelle cela une « civilisation de l'amour ».

Cette capacité de réconciliation des âges, des idéologies, des origines, des expériences, c'est un dernier défi de la société où nous vivons. Non pas pour supprimer les différences, mais pour permettre à des gens différents de se retrouver. Rappelez-vous cette phrase de saint Paul, qui est une provocation, puisqu'il annonce comme réalité présente ce qui est donné au terme : « Il n'y a plus ni homme ni femme, ni esclave ni homme libre, ni Grec ni Juif ; mais vous êtes tous un dans le Christ. » Comment vivre une situation où il y a encore des hommes et des femmes, des esclaves et des hommes libres, des Grecs et des Juifs, de telle sorte que, dans la communauté chrétienne, cette communion d'amour, d'égalité et de respect mutuel soit anticipée, déjà vécue ? S'aimer ainsi requiert toute la force du Christ.

La seule vraie question

La question finale sur laquelle je vous laisse est la suivante : vous êtes-vous emparés du christianisme ou acceptez-vous que le Christ s'empare de vous ? Est-ce les chrétiens qui sont maîtres du christianisme et qui décident ce qu'il doit être, ou est-ce le Christ qui, par son Esprit, s'empare de vous pour vous mener là où vous ne vouliez pas aller ? L'avenir de l'Eglise à Paris et ailleurs n'est pas dans les sages mesures de gestion que l'archevêque pourrait prendre, ni dans l'habileté des décisions ou des techniques, mais dans cette question : allons-nous nous laisser saisir par le Christ ? C'est le problème décisif, parce que c'est la condition *sine qua non* de la liberté. Tant que nous ne nous sommes pas laissé saisir par le Christ, nous ne sommes pas libres et nous ne répondons pas aux appels de Dieu.

Mon espoir et ma conviction – mon acte de foi – c'est que, puisque vous êtes baptisés, puisque Dieu vous a aimés, puisque vous êtes les héritiers de toutes les richesses du Royaume, Dieu fera se lever parmi vous les pauvres hommes et les pauvres femmes qui répondront à cet appel. Dieu fera se lever ceux qui suivront le Christ jusqu'au bout ; et ils porteront leurs frères et les frères les porteront. Dieu nous rendra capables de participer à la Passion du Christ et nous rendra capables de nous aimer. Dès lors, je ne suis pas inquiet pour le problème des vocations. S'il y a des chrétiens qui vivent, ceux dont l'Eglise a besoin se lèveront et il s'en lèvera d'autres pour aller encore ailleurs, là où l'Esprit voudra.

L'acte de foi que je fais, le Christ m'a donné la mission de le faire. Mais je ne peux le faire qu'en vous demandant de le faire. Je ne vous bouscule pas. Je ne vous exhorte pas. Je ne vous demande rien. Je vous parle au nom de Dieu. C'est à lui que nous devons nous remettre. C'est à lui que nos vies doivent rendre gloire. Car notre mission, c'est d'apporter en ce monde la lumière qui rend la vie humaine belle, l'amour qui rend la vie humaine digne d'amour, l'espérance qui rend la vie humaine désirable. Vous savez bien que notre société n'aime pas la vie ; elle ne donne plus la vie – physiquement – à ses enfants. Parfois, même trop souvent, elle la leur prend. Aimez la vie et notre pays deviendra vivant ; et les hommes aimeront la vie. Laissez-vous aimer par Dieu qui est la Vie et vous serez des témoins de la vie, de la générosité, de la surabondance.

« NON AU MARKETING RELIGIEUX »*

— Les téléspectateurs ont pu voir sur leur écran de télévision l'archevêque de Paris dans la rue, par exemple devant les vitrines d'un grand magasin pour parler de la tentation de la richesse et de l'argent. N'est-ce pas l'amorce d'une nouvelle forme de témoignage et de prédication ?

— Si vous le permettez, je ne voudrais pas que l'on confonde deux moments différents : la liturgie de la Parole proprement dite, les homélies de la messe et les courts films (un quart d'heure) tournés par l'équipe du « Jour du Seigneur » et projetés avant la messe.

Lorsque je prêche — comme le fait tout curé de paroisse — je ne suis que le seviteur de la Parole de Dieu auprès des chrétiens qui prient avec moi où qu'ils soient. Le téléspectateur ne « suit » pas la messe télévisée. Il y participe. La Parole de Dieu agit aussi sur lui. Dans l'homélie, partie intégrante de la liturgie eucharistique, le prêtre que je demeure est littéralement la voix du Christ s'actualisant dans l'Eglise. La Parole de Dieu qu'il a pour mission de transmettre ne lui appartient pas.

En prêchant le Carême et la Résurrection du Christ, je n'ai pas eu le sentiment de faire quelque chose « de

* Interview par Dominique Gerbaud et André Madec, dans *La Croix*, 18-19 avril 1982.

nouveau ». J'ai assumé mon rôle de prêtre dans ce qu'il a d'essentiel.

D'autre part, en lien avec cette prédication de Carême, l'équipe du « Jour du Seigneur » a demandé au P. Philippe Farin de tourner des courts métrages. Il m'a placé dans certaines situations : dans la rue, parmi les religieuses, au Père-Lachaise... Même si ces entretiens conservent un caractère spirituel, ils rejoignent ce que peut faire la télévision avec des scientifiques, des écrivains, des hommes politiques ou des gens ordinaires.

— *Cette « prédication » dans la rue, cela annonce-t-il que l'archevêque de Paris ira davantage parmi les gens ? N'est-elle pas dans la rue, votre place ?*

— Contrairement à ce que certains peuvent croire, je dois me défendre de cette tentation. Si je m'écoutais, je passerais mon temps à rencontrer les gens, dans la rue ou ailleurs. Spontanément, je préfère les contacts personnels, le terrain, à l'étude des dossiers.

Mais la responsabilité d'archevêque — à laquelle j'ai le devoir de ne pas me dérober — comporte bien d'autres tâches qui prennent beaucoup de temps. Si je ne prends pas garde à être fidèle, je sais que je risque de perdre mon âme. Je dois demeurer un prêtre qui agit comme un prêtre. Perdre mon âme, mais aussi l'enjeu de mon ministère : je ne serais pas ce que Dieu veut que je sois, et pour moi, c'est un gros problème.

— *Quel impact peuvent avoir des gestes, comme aller serrer la main à des gens, prendre un enfant à côté de soi ?...*

— Je ne sépare pas le geste de la parole. Pour moi, ils sont vraiment solidaires et liés dans une manière d'être. La seule manière de prêcher est d'être fidèle et obéissant à une parole. Je suis donc dans la situation opposée à celle du publicitaire. Le publicitaire ou le traducteur se disent : « Il y a un message et il y a un média, donc il faut que je cherche la meilleure traduction, la meilleure expression du message par rapport à un destinataire. » Il articulera toute sa logique sur l'étude de la « cible ».

— *Vous n'avez pas pensé à votre « cible » ?*

— Non, absolument pas. Quand je suis dans une église, je m'adresse aux gens au milieu desquels je célèbre l'Eucharistie. Si Dieu me donne de leur parler, je peux m'adresser du même coup aux gens qui sont ailleurs. La parole dont je témoigne est une parole vraie, dite à un instant donné, par quelqu'un à quelqu'un.

Et c'est une faiblesse que certains journalistes m'ont reprochée : je suis incapable de fournir à l'avance le texte des paroles que je dois prononcer.

Car le propre d'une parole dite, c'est précisément de ne pas être un texte tout fait. Sinon, ce n'est pas le même type de parole. Je ne dis pas que je ne prépare pas. Bien au contraire : je réfléchis, je prie aussi longtemps qu'il m'est possible, je médite le mystère de la parole de Dieu. En même temps, je pense à tel ou tel interlocuteur.

— *Malgré tout, la télévision peut cependant aider à la prédication ?*

— Dans la mesure où la télévision est encore capable d'être un instrument d'une parole vraie à quelqu'un, oui.

— *Vous êtes pessimiste ?*

— La télévision peut être l'instrument majeur du désengagement, du spectacle, et donc aller à l'opposé de la diffusion d'une parole vraie. Il existe toutes sortes de pièges, pour celui qui parle comme pour celui qui écoute.

Celui qui parle risque d'être prisonnier du système de l'image, d'être pris par la vanité attachée au goût de paraître et sensible aux compliments et à la critique. Difficile, car en même temps on nous dit : « Attention, pour bien passer à la télé, il faut faire tel ou tel geste. » La technique elle-même tend à commander l'attitude. C'est une perversion qui vient extrêmement vite. Je m'en défends comme de la peste. S'impose vraiment une ascèse rigoureuse de la pensée, de l'esprit et du cœur, qui fait qu'on doit s'en moquer. Si on veut prêcher l'Evangile, il faut être un homme vrai.

— *Mais n'y a-t-il pas un côté positif ?*

— Aucun doute, simplement parce que ce que j'ai dit a pu être entendu et écouté par des millions de personnes. J'en ai maints témoignages positifs.

Pourtant, j'ai parlé à des gens que je ne connais pas : une parole abandonnée comme une bouteille à la mer. Beaucoup de gens ont pu trouver et ouvrir la bouteille, et peut-être en tirer profit. Parole qui peut aller on ne sait pas où, atteindre on ne sait pas qui et produire on ne sait pas quel fruit, comme l'Esprit.

Autre inconvénient du côté du spectateur : la distance que met l'écran entre le réel et lui. Il est impliqué imaginairement, même dans le direct. J'oserais presque dire qu'il est un voyeur. Et même devant les faits les plus horribles, qui devraient susciter l'indignation de la conscience, la pitié ou l'amour, il se « blinde ». Tout devient image et simulation. Y compris la mort, le massacre, la déchéance. Le piège, c'est la distance, le regard froid.

— *L'Eglise répond habituellement à la demande des médias. Elle intervient quand elle est sollicitée. Mais n'a-t-elle pas à créer l'événement ?*

— Si je pose un acte parce que ce sera repris à la télévision, ce n'est pas la même chose que si je le pose parce que je le fais pour Dieu et qu'il est repris. Souvenez-vous de cette parole de Jésus : « Gardez-vous de pratiquer votre sainteté, votre justice devant les hommes pour en être remarqués... Ton Père qui voit dans ce qui est secret te récompensera. » (Matthieu 6, 1-4). Beaucoup de gens savent utiliser la télévision. Alors, autant je regarde avec sympathie l'univers des médias qui est celui de notre civilisation, autant je n'entends pas en être complice.

J'ai bien compris, par exemple, qu'il y a une loi propre des médias : « Pour qu'on soit entendu, disent les journalistes, il faut que les choses accrochent et que cela devienne ce que nous appelons de l'information. »

Mais nous devons garder notre indépendance, sinon nous transformons l'annonce de l'Evangile en une fidélité aux lois du marketing. On m'a déjà proposé : vous devriez faire du marketing religieux...

– *Vous ne voulez pas en faire ?*

– Non. Absolument pas. Car je crois qu'il y a là quelque chose de pervers, contraire à la loi de l'Evangile. Ce n'est pas impur, mais je pense que le moyen n'est pas approprié à la fin. Le produit ne peut pas passer par ce canal-là, parce que l'Evangile n'est pas un « produit » ; c'est un acte de Dieu.

Et le premier pas de la prédication vraie, c'est d'obéir à Dieu qui suscite la liberté et qui s'adresse en vérité à une autre liberté. C'est Dieu qui parle et même qui agit. L'Evangile est à lui seul un acte. Il est une Bonne Nouvelle, c'est-à-dire Quelqu'un qui dit la Bonne Nouvelle. C'est Dieu qui la prononce à travers des lèvres humaines et elle suscite une attitude d'écoute. A la limite, elle va au martyre. Porter cette parole suppose qu'on aille jusqu'à être identifié à cette parole qui est elle-même martyre et don de la vie. Tout chrétien sait qu'il s'expose à être crucifié, il sait que, de quelque façon, il le sera par cette parole qu'il porte. C'est la logique interne de cette parole.

– *Est-ce que la télévision va pouvoir jouer un nouveau rôle dans la prédication, est-ce que finalement la télévision va pouvoir remplacer cette absence de prêtres que tout le monde déplore ?*

– Non. Ne sont pas du même ordre un type de parole dans un certain réseau de communication et la présence des prêtres au peuple chrétien.

Si le mode d'expression par la télévision se répand beaucoup plus, on peut imaginer, avec probabilité, qu'il y aura une diffusion de tous les systèmes d'enregistrement et de transmission. Tant mieux, car c'est une expression plus riche, plus personnelle, plus chaude, plus communicative, si on sait s'en servir. Mais cela reste sans commune mesure avec le remplacement du prêtre comme tel. De même qu'un livre ne remplacera pas un maître, de même qu'un roman ne remplacera pas un ami, qu'un poème ne remplace pas une parole d'amitié ou de vérité. Quand on a envie de pleurer, on peut ouvrir un livre, mais ça ne remplace pas parfois une poignée de main. Le rôle spécifique du prêtre dans la communauté chrétienne, même s'il y a moins de prêtres, demeurera irremplaçable.

« CE N'EST PAS À MOI QU'ON OBÉIT »*

— *On a souvent comparé la hiérarchie ecclésiastique à une organisation de type militaire. Vous considérez-vous, en tant qu'archevêque de Paris, comme une sorte de général ?*

— Un général ou un responsable syndical, un directeur d'administration ou un patron ont à gouverner des hommes, organiser des actions, gérer les intérêts spécifiques à leur organisation. En va-t-il de même pour un évêque ? La comparaison tourne vite court : l'objet de l'action de l'Eglise, comme la nature des liens entre chrétiens, reste insaisissable à l'observation. Quels « résultats » poursuit l'Eglise ? Sur quoi pourrait porter le « bilan » de son action ? Ni le nombre d'« adhérents » ni le « chiffre d'affaires » ne constituent des critères pertinents. Considérez des Eglises riches en argent : l'une peut être engourdie par sa richesse ; telle autre au contraire donner inlassablement aux plus pauvres. Voyez les Eglises qui rassemblent des foules : celle-ci ne présentera du christianisme qu'un faisceau de convenances sociales ; telle autre, au contraire, permettra à un peuple de vivre l'Evangile au quotidien. Telle autre Eglise, persécutée et dépouillée, insignifiante aux yeux du

* Interview par Gérard Dupuy et Luc Rosenzweig, dans *Libération*, 27 septembre 1983.

pouvoir, est cependant pour tel peuple le seul garant sans concession de la vérité, de la justice, de la paix et de la liberté. Je ne cite aucun pays, parce que je n'ai pas à distribuer des blâmes ou des éloges. Mais je pense à des situations bien précises du passé et du présent. Cela montre une chose : « l'organisation »-Eglise n'est pas tout à fait comparable aux autres organisations, car elle est construite sur un défi. Notre « patron », Jésus, le Messie, a été exécuté avec des « droits communs ». Il ne nous enseigne ni la haine, ni la revanche, mais l'amour de la vie qu'il nous donne...

— *Néanmoins, la position que vous occupez, que ce soit à la tête du diocèse de Paris ou dans l'Eglise de France, vous amène à exercer une autorité, à la fois sur les hommes et en matière de doctrine. Or, l'Eglise catholique ne passe pas précisément pour une démocratie.*

— Elle est, en effet, beaucoup *plus* qu'une démocratie. La démocratie est, en définitive, une forme d'arbitrage, au profit d'une majorité, qui laisse subsister un pouvoir de coercition — en principe celui des représentants du peuple. Le pouvoir hiérarchique, dans l'Eglise, est le service des croyants afin que tous et chacun se remettent à l'autorité de Dieu, qui seul peut rassembler les hommes en une « communion » vraiment libre.

J'ai souvent réfléchi au slogan libertaire : « Ni Dieu ni maître ». Il me semble « mitoyen » de l'expérience d'Israël et de l'Eglise. Nous savons, nous, que seul Dieu est le seigneur de l'homme, car seul Dieu donne à l'homme son existence dans la liberté. Tous les autres pouvoirs risquent de devenir abusifs, aliénants. Dans l'Eglise, nous sommes tous soumis à une critique radicale et permanente par notre foi commune en Dieu. Celui qui commande comme celui qui obéit.

Prenons le domaine de la foi, autrement dit le domaine de l'« orthodoxie », de la « pensée droite ». Si je vois quelqu'un qui, me semble-t-il, est en train de dévier de cette ligne, je peux et je dois le lui dire, en justifiant que ce que j'avance est bien la foi de l'Eglise. Mais je ne peux pas me substituer à lui, face à sa propre conscience. Donc, il ne m'écoutera qu'à la mesure du crédit qu'il donne, librement, non à ma personne, mais au « service » que je remplis au nom de la « mission » que j'ai reçue. En m'écoutant, ce n'est pas à moi qu'il obéit, mais à Dieu, tout comme moi, j'obéis à Dieu si je lui parle de façon juste et légitime.

– *S'il ne vous écoute pas, allez-vous prendre des sanctions ?*

– Des sanctions ? Ce n'est pas une sanction, au sens coercitif du terme, que de constater et de juger que l'opinion de tel ou tel n'est pas cohérente avec la foi de toute l'Eglise. Si quelqu'un maintient son point de vue, ce « jugement » introduit cependant une différence : ce qu'il dit ne sera plus tenu pour représentatif de la foi catholique...

L'UNIQUE VEUT PARLER PAR NOTRE BOUCHE*

Luc 6, 12-26

« En ces jours-là, Jésus s'en alla dans la montagne pour prier et il passa la nuit à prier Dieu ; puis, le jour venu, il appela ses disciples et en choisit douze, auxquels il donna le nom d'apôtres : Simon, auquel il donna le nom de Pierre, André son frère, Jacques, Jean, Philippe, Barthélemy, Matthieu, Thomas, Jacques fils d'Alphée, Simon qu'on appelait le zélote, Jude fils de Jacques et Judas Iscarioth qui devint traître.

Descendant avec eux, il s'arrêta sur un endroit plat avec une grande foule de ses disciples et une grande multitude du peuple de toute la Judée, de Jérusalem et du littoral de Tyr et de Sidon ; ils étaient venus pour l'entendre et se faire guérir de leurs maladies ; ceux qui étaient affligés d'esprits impurs étaient guéris ; et toute la foule cherchait à le toucher, parce qu'une force sortait de lui et les guérissait tous.

Alors, levant les yeux sur ses disciples, Jésus dit :
Heureux, vous les pauvres : le royaume de Dieu est à vous.
Heureux, vous qui pleurez maintenant : vous rirez.

* Homélie à Notre-Dame de Paris, retour de Rome après le cardinalat, 13 février 1983.

Heureux êtes-vous lorsque les hommes vous haïssent, lorsqu'ils vous rejettent, et qu'ils vous insultent et proscrivent votre nom comme infâme, à cause du Fils de l'homme. Réjouissez-vous ce jour-là et bondissez de joie, car voici, votre récompense est grande dans le ciel ; c'est en effet de la même manière que leurs pères traitaient les prophètes.
Mais malheureux, vous les riches : vous tenez votre consolation.
Malheureux, vous qui êtes repus maintenant : vous aurez faim.
Malheureux, vous qui riez maintenant : vous serez dans le deuil et vous pleurerez.
Malheureux êtes-vous lorsque tous les hommes disent du bien de vous : c'est en effet de la même manière que leurs pères traitaient les faux prophètes. »

Nous sommes portés par la prière de Jésus. Cette Eglise, édifiée de nos vies assemblées, trouve sa forme dans cette nuit solitaire où Jésus s'en va sur la montagne pour prier, jusqu'à ce qu'enfin, le jour venu, il choisisse les Douze, leur donnant, comme nous dit saint Luc, le nom d'apôtres.

Leurs noms qu'à nouveau j'ai énumérés en proclamant l'Evangile ne sont pas ceux des fondateurs d'une nouvelle généalogie.

J'ai conscience, en cette cathédrale Notre-Dame de Paris, d'être, avec beaucoup d'entre vous, comme légataire des archevêques auxquels je succède et que j'ai connus, directement ou indirectement : le cardinal Verdier, le cardinal Suhard, le cardinal Feltin, le cardinal Veuillot, le cardinal Marty. Mais si nos vies sont ainsi liées aux leurs par les fonctions qu'ils ont remplies, cependant la succession épiscopale ne peut se comprendre comme une généalogie familiale ou une lignée politique. Tous et chacun, évêques et prêtres, nous sommes institués par l'acte même du Christ qui choisit et nomme les apôtres. L'Eglise ne naît pas d'elle-même, comme un engendrement humain ou une succession historique. L'Eglise ne cesse de naître de l'acte du Christ qui la constitue. Et si, dans la tradition de l'Eglise, la succession apostolique a toujours été considérée comme une condition nécessaire de l'authenticité du ministère épiscopal, c'est précisément parce qu'elle atteste la fidélité à l'acte fondateur du Christ ; cet acte fondateur n'est pas une origine qui s'éloigne peu à peu dans le passé, mais l'acte même du Christ qui donne aujourd'hui à l'Eglise d'exister.

Nous devons donc nous recevoir comme appelés aujourd'hui par le Christ, rassemblés aujourd'hui par le Christ. Alors seulement nous comprenons que notre existence dans l'Eglise est une mission, que l'unique but de notre vie est une vocation. Car, nous l'avons découvert, nous sommes parmi ces gens que Jésus appelle, qu'il rassemble, qui viennent lui présenter leurs maladies, leurs langueurs, leurs tristesses, leurs combats, leurs espérances.

Le ministère qui m'est confié et que je partage avec tant d'autres ici, évêques et prêtres (j'en ai une conscience aiguë), fait de nous des envoyés, des porte-parole de l'Unique qui veut parler par notre bouche. C'est le Père des cieux qui nous donne de connaître son Verbe fait chair qui, désormais, retentit dans le monde et de croire en lui. C'est l'Esprit qui nous rassemble et nous permet de proférer cette Parole vivante que nous avons eu la grâce d'accueillir. Oui, vraiment, frères, l'Evangile que nous venons d'entendre décrit la vérité de ce que Dieu aujourd'hui veut faire de nous.

*

Et du coup, nous pouvons comprendre le sens des bénédictions que Jésus prononce sur nous. Car ces béatitudes « Heureux, vous... », tout comme ces cris de tristesse « Malheureux, vous... », font partie de la prière de Jésus pour nous : ce ne sont pas des phrases à inscrire sur un mur, des mots transformables en slogans, des affirmations dont on pourrait faire un programme. Ce sont des bénédictions ou, au contraire, des cris de tristesse de Jésus. Le Fils tourne son regard vers les disciples que le Père lui donne, le peuple messianique dont nous faisons partie. Et d'avance, il prononce sur lui ces paroles de béatitude. Ces bénédictions sont pour nous, si nous agissons par la force de l'Esprit Saint, conformément aux commandements du Père que le Christ nous donne. Oui, la Parole qui nous habite est une Parole puissante, capable de nous faire agir conformément à la volonté sainte du Père, de nous faire agir en frères du Christ, de nous faire agir en manifestant l'amour dont nous sommes aimés. Le commandement du Christ nous habite, et aussi la possibilité de l'accomplir et la force d'y être fidèles. Et la bénédiction du Christ est prononcée sur nous, tout autant que la tristesse par laquelle il nous accompagnera si, par malheur, nous nous en éloignons.

Heureux les pauvres, et malheureux, vous, les riches. Cette bénédiction nous constitue comme peuple messianique appelé à ne trouver, dans aucune richesse de ce monde, sa consolation. Car, le Consolateur, c'est l'un des noms du Messie, des noms du Christ. Dieu nous demande de ne mettre notre espérance dans aucune richesse de ce monde, notre force dans aucune richesse de ce monde, mais dans la seule richesse et la seule force de Dieu. Le Père nous appelle dans le Christ à nous faire pauvres pour que le Règne de Dieu nous soit manifesté et qu'il nous soit donné.

Alors, si nous acceptons que le Christ prononce cette bénédiction sur nous, heureux sommes-nous ! Heureux êtes-vous, vous, mes frères et mes sœurs dont la seule richesse est Dieu : alors, pauvres selon Dieu, vous saurez partager à ceux qui ont faim les richesses de ce monde qui ne vous appartiennent pas ; alors vous saurez vivre selon la justice et la vérité que Dieu révèle comme la loi fondamentale de son amour ; alors vous saurez qu'en ce monde, Dieu seul est vivant et veut que tout homme vive, puisqu'il est le créateur et le rédempteur de tout homme. Heureux, disciples du Christ, dont Dieu est la seule richesse.

Heureux, disciples du Christ, *qui avez faim maintenant. Malheur à vous si vous êtes repus maintenant.* Car vous êtes ceux en qui Dieu a fait naître la faim nouvelle pour le banquet du règne des cieux. Malheur à vous si vous avez étouffé cette faim. Heureux êtes-vous si elle vous habite, car alors, vous pourrez être dans ce monde les témoins de l'espérance que donne l'Esprit, que donne le Christ, espérance plus grande que la somme des malheurs de ce monde. Mais vous, mes disciples, malheur, si vous êtes déjà repus, car vous aurez faim au jour où sera ouverte la table du banquet des cieux.

Heureux, vous mes disciples, *qui pleurez maintenant, mais malheureux si vous riez maintenant*, car vous serez dans le deuil et vous pleurerez. Maintenant, si vous êtes mes disciples, vos pleurs sont bénis. Bénis vos pleurs quand vous afflige le malheur de l'homme, quand vous affligent l'injustice et le péché, quand vous affligent les cris du refus de Dieu, quand vous afflige la tristesse de la Passion du Fils de l'homme. Heureux êtes-vous et heureux en vos pleurs, si vous ne vous résignez pas à ce que Dieu ne soit pas manifesté en ce monde. Heureux êtes-vous si vous ne pouvez pas admettre que Dieu semble sourd aux cris de l'homme, silencieux quand l'homme sombre dans le mutisme de la mort. Heureux êtes-vous si vous pleurez parce que vous savez que la consolation est donnée. Alors, vous rirez du rire même de Dieu qui ressuscite les morts. Mais malheureux si vous riez maintenant, insouciants du poids de l'épreuve dans laquelle les hommes sont plongés, ignorants de la joie que Dieu veut leur réserver.

Enfin *heureux si les hommes vous haïssent...* Vous mes

disciples, vous ne pourrez pas ne pas connaître le sort du Maître en sa Passion, puisque vous êtes, vous, frères et sœurs du Christ, appelés à être, en ce temps et dans l'histoire, le Christ, le Christ manifesté en vos corps mortels, le Christ manifesté en vos faiblesses qu'il a prises sur lui, le Christ manifesté en son corps qui est l'Eglise. Alors, quand vous subirez la Passion que le Fils de l'homme a voulu subir le premier, quand vous éprouverez la solitude et le rejet au nom du Christ, à cause du Christ, réjouissez-vous, soyez dans l'allégresse, sautez de joie, car votre récompense est grande auprès de Dieu. C'est ainsi que sont traités les prophètes. Vous, disciples bien-aimés du Christ, vous êtes appelés à être les témoins de l'unique prophète, le Christ : vous êtes ceux par qui Dieu parle en ce temps. Mais malheur à vous si, en vous, le Christ ne se dit plus. Malheur à vous si, fuyant la Passion du Fils de l'homme, vous n'êtes plus que complaisance. Malheur à vous si l'on vous loue pour vous-mêmes, car c'est ainsi que leurs pères traitaient les faux prophètes.

Mes frères, mes amis, ces bénédictions que Jésus prononce sur son Eglise doivent être pour nous une force et une source permanente de courage. Ces paroles de Jésus, à chaque pas, en ces temps, nous aident à avancer avec plus de fidélité. Ces paroles, qui chantent dans le secret de nos cœurs, et la compassion du Christ sur nos défaillances sont autant d'encouragements auxquels répond sa joie dans notre fidélité.

*

Frères et sœurs, vous le voyez, le mystère de l'Eglise n'est comparable à aucune réalité que l'on puisse nommer en ce monde. Elle n'est ni une puissance, ni un groupe, ni une histoire comme les hommes l'inscrivent dans leur généalogie. Elle est le Christ qui se rend présent dans l'acte même par lequel il fait de nous son

Eglise. Dans son festin partagé, dans cette Eucharistie où le Corps est livré et le Sang versé, où nous devenons nous-mêmes ce que nous recevons, puissions-nous être habités par la joie et l'allégresse de ceux qui savent que, désormais, le Règne de Dieu est au milieu de nous. Puissions-nous recevoir la joie que le Christ nous destine.

Nos racines juives

« PUISQU'IL LE FAUT... »*

— Y. Ben Porat : Je voudrais d'abord vous demander : Comment voyez-vous la différence actuelle entre le peuple juif et le peuple d'Israël ? Y a-t-il, à vos yeux, une différence entre les deux ?

— Il m'est difficile de répondre parce qu'il y a là des questions théoriques. Sur le rapport entre l'identité israélienne et l'identité du peuple juif, des réponses diverses sont données à l'intérieur même du peuple juif. Je ne peux donc pas prétendre avoir une opinion déterminante sur cette question-là. Mais je peux donner un sentiment personnel. Pour moi, l'un ne s'identifie pas à l'autre, mais l'un fait partie de l'autre.

La notion de peuple juif est une notion qui a des aspects multiples. Je veux dire qu'elle signifie ou bien une appartenance religieuse, ou bien une appartenance historique. Pour les juifs, le sentiment d'appartenance à un peuple est quelque chose d'à la fois très fort et très fluide, et il revêt des degrés divers. Historiquement, si l'on prend l'état actuel de la conscience juive, je ne vois pas comment on pourrait définir aujourd'hui l'appartenance au peuple juif (je ne dis pas au « judaïsme »), sans

* Interview par Y. Ben Porat et D. Judkowski, dans *Yediot Haharonot*, Tel-Aviv, des 6, 15, 21 janvier 1982, reprise dans *Le Débat*, n° 20, mai 1982.

y inclure de quelque façon la référence à l'Etat d'Israël. Et je ne vois pas comment l'Etat d'Israël lui-même pourrait se définir sans inclure la notion plus vaste du peuple juif. Je sais qu'en disant cela, je prends une distance par rapport à certaines opinions. Ainsi, il a existé dans le passé, parmi les intellectuels israéliens, un courant « cananéen »[1]. Je ne sais pas s'il existe encore.

— *Y. Ben Porat : Oui, il existe toujours.*

— A l'opposé, je sais qu'il y a des juifs en Israël, comme dans la Diaspora, qui ne s'estiment pas liés par Israël. La réponse ne peut donc être absolue. Mais pour moi ce lien existe.

— *Y. Ben Porat : Selon vous alors, Monseigneur, l'Etat d'Israël n'est pas un Etat comme les autres ?*

— Je conçois très bien que les autres Etats, en présence de cet Etat particulier qui s'appelle l'Etat d'Israël, aient avec lui des relations identiques à celles qu'ils ont avec n'importe quel autre Etat. Je conçois fort bien que les hommes politiques de l'Etat d'Israël, ayant à gérer les problèmes politiques de leur Etat, en traitent logiquement comme les autres Etats, c'est-à-dire comme ceux-ci se comportent ou devraient se comporter s'ils étaient honnêtes et respectueux de leur propre finalité et de leurs propres idéaux. Mais cet Etat est quand même singulier. Sa naissance, son identité ne sont pas comparables à celles des autres Etats. Il porte en soi une extraordinaire utopie qui est devenue une réalité historique. Et cette utopie, mise au jour par les rêves du XIXe siècle européen, a été portée par une conscience collective pendant plusieurs millénaires. Je ne vois pas qu'il y ait dans toute l'histoire un cas comparable.

1. Courant de pensée qui s'est manifesté en Israël parmi les pionniers et qui préconisait l'abandon de toute qualification juive. Par la suite, le mouvement appela les juifs d'Israël à fusionner avec les non-juifs dans un système politique et culturel local. *(N.d.l.R.)*

Cependant, il est nécessaire et légitime de dire : « Israël est un Etat comme les autres. » Sinon on le met dans une singularité insupportable pour les nations. Sinon, l'on risque aussi de lui imposer une conscience faussement messianique, perverse moralement et pernicieuse politiquement. Des « Etats messianiques », il en a existé au cours de l'Histoire et cela a toujours très mal fini. Il faut qu'un Etat soit un Etat.

Mais cependant, qui, en Israël ou ailleurs, entendant cette phrase : « Nous voulons être un peuple comme les autres », n'en vient pas à se demander si cette volonté ne comporte pas aussi une tentation secrète, n'est pas aussi le moyen pour un juif d'échapper à sa vocation ? Donc il y a là une espèce de contradiction interne. Vous avez reconnu le texte du Premier livre de Samuel (8, 20), où cette contradiction est déjà posée.

– *Y. Ben Porat : Je voudrais prendre cela sur un plan pratique, presque personnel. Vous avez en face de vous deux journalistes israéliens, qui sont en même temps des juifs. Est-ce que vous, Monseigneur, vous faites une différence ? Est-ce que vous considérez que vous avez devant vous deux juifs ou deux Israéliens, c'est-à-dire deux hommes qui ont des passeports d'un autre Etat, et qui ne sont pas Français ?*

– J'ai du mal à faire cette différence. Mais je peux dire ceci. J'ai eu l'occasion d'aller souvent au Proche-Orient ou en Israël. Depuis 1950, presque chaque année, durant tout mon temps d'étudiant, puis d'aumônier d'étudiants. Et il me semble que les Israéliens ne sont pas des juifs comme les autres.

– *Y. Ben Porat : C'est un bien, ou c'est un mal ?*

– Je ne sais pas. Je peux seulement évoquer deux souvenirs. C'était entre 1950 et 1960, à peu près dans ces années-là. J'avais rencontré un juif belge, un médecin devenu instituteur dans un kibboutz, quelque part en Galilée. Il avait perdu toute sa famille pendant la guerre.

Resté seul, il avait fait son *alyah*[1] en Israël. Comme il y avait trop de médecins, il était devenu instituteur. Il me faisait l'éloge des *sabras*[2]. Et soudain, il me dit : « Ils n'ont plus l'intelligence juive. Ils sont lents, calmes, gentils. » *(Rires.)* C'était absolument extraordinaire, cette description faite par un homme très cultivé. Je me souviens aussi d'avoir eu à la même époque une discussion passionnée, qui a duré toute une nuit, avec le directeur de l'école d'agriculture, vous savez, en Galilée, cette école qui a une forme ronde. Je crois que Moshé Dayan en a été élève un certain temps.

— *Y. Ben Porat : Ygal Allon y a été.*

— Ygal Allon aussi ? Le directeur dont je vous parle était un vieil homme extraordinaire, d'origine russe. Je lui avais fait part de mes interrogations : « Vous forgez ici une conscience nationale. Et c'est une bonne chose. Je vois bien le passif de la condition juive de l'Europe, par rapport à laquelle vous vous situez. Vous développez une utopie qui devient ici une réalité. Mais que va-t-il se passer dans une génération ? Vous, vous êtes enraciné dans une conscience historique précise. Mais la génération d'après la vôtre, quelle sera sa ressource ? Le nationalisme apportera-t-il à lui seul une suffisante volonté de vivre ? Où sera la cohérence interne du peuple ? Pourquoi voudra-t-on se sacrifier ? Est-ce que la force qui vous permet d'être "un peuple comme les autres" ne réside pas justement dans le fait que vous n'étiez pas un peuple comme les autres ? Le jour où vous ne serez plus qu'un peuple comme les autres, où vous ne serez plus que des Israéliens, comment maintiendrez-vous votre volonté de vivre autrement ? Et quel point commun aurez-vous encore avec les juifs du monde entier ? »

1. Littéralement : « montée » ; le retour des juifs sur la terre d'Israël. *(N.d.l.R.)*

2. Nom de la figue de Barbarie, coriace à l'extérieur mais douce à l'intérieur. Nom donné aux juifs nés dans le pays d'Israël. *(N.d.l.R.)*

— *Y. Ben Porat : C'est effectivement le problème que je vous pose. Mais comment voyez-vous les juifs ? Leur attribuez-vous un caractère spécial ?*

— Que voulez-vous dire ?

— *D. Judkowski : Ont-ils la réputation d'être très intelligents ?*

— Il ne faut pas s'y fier, puisque ce sont les autres qui le disent. *(Rires.)* J'aurais plutôt envie de donner une définition théologique, enfin, je veux dire, « religieuse ».

— *Y. Ben Porat : Donnez-la.*

— C'est la Bible qui la donne : « Un ramassis de gens dont Dieu a fait un peuple. » Dieu en fait un peuple, en raison même du don qu'il lui fait, et pas pour ce peuple lui-même, mais pour le monde entier. Maintenant, quelle conséquence cette vocation a-t-elle eue sur la conscience historique du peuple juif ? De là est née aussi une culture, car la culture, pour la conscience juive, n'est pas accidentelle. Elle fait partie du commandement. Le commandement de transmettre les commandements à ses enfants et d'assurer l'avenir dans ses enfants fait partie à la fois de la promesse et des commandements. Donc, ce n'est pas par hasard que le judaïsme dure. C'est pourquoi, perdurant dans l'histoire, il engendre une culture et façonne une attitude, une manière d'être originale. Ceci aussi est donc constitutif. Le peuple juif a conscience d'être un peuple historique et d'avoir un avenir dont il est responsable, non seulement pour lui-même, mais en raison de ce qu'il a reçu comme don initial. C'est là le fondement de l'attitude du peuple juif devant l'histoire, une attitude qui lui a même permis, au cours des millénaires, bien avant l'apparition du christianisme, de faire face à sa condition diasporique. Ce qui est quand même quelque chose de tout à fait singulier. Il n'y a pas d'exemple comparable dans l'histoire ! Les Tziganes ? Ce sont des « errants ». Mais ce n'est pas ainsi que les juifs se sont définis au cours des siècles.

— *Y. Ben Porat : Et la notion du « peuple élu » ?*

Est-ce que c'est une notion acceptable pour les chrétiens ? Est-ce que les chrétiens considèrent toujours, et vous, est-ce que vous considérez toujours le peuple juif comme le « peuple élu » ?

– Je pense que, du point de vue de la foi, c'est une notion capitale. Sans cette notion, il n'y a aucune compréhension possible ni du judaïsme ni du christianisme. Mais si on sort de cette notion de la foi, si on la sécularise, cela donne *Gott mit uns* sur les ceinturons de la Wehrmacht. Ce qui est intolérable.

– *D. Judkowski : Est-ce que vous êtes d'accord avec la phrase du général de Gaulle : « Peuple d'élite, sûr de lui-même et dominateur » ? Est-ce qu'il avait raison de dire cela ?*

– Sur le moment, j'avais trouvé ce mot plein d'humour, parce que l'image du juif dans la portion d'histoire dont je suis le témoin est celle du juif persécuté et qui se fait massacrer. Voilà les juifs désignés comme un « peuple d'élite ». Tant mieux, si c'est la nouvelle image que les gens se font des juifs. *(Rires.)* Cela liquidait définitivement une caricature pluriséculaire. Mais il est vrai aussi que le général de Gaulle s'est exprimé avec une note de hauteur, non nécessairement péjorative dans sa bouche. Et c'est ce qui est resté de ce trait d'esprit. Il fut sans doute calculé.

– *D. Judkowski : Croyez-vous qu'il ait été antisémite ? Sans le savoir peut-être... ?*

– Non, je ne le pense pas. Il me semble que de Gaulle appartenait par sa formation à cette fraction de la droite qu'on pourrait caractériser comme républicaine et sociale. C'est après lui que l'antisémitisme a tenté de refaire surface en France. Au temps du général de Gaulle, il ne le pouvait pas.

– *Y. Ben Porat : Monseigneur, la question que tout le monde se pose en Israël depuis votre nomination, et depuis le jour où vous êtes passé à la télévision israélienne, où l'on a beaucoup apprécié ce que vous avez dit, la question est celle-ci : selon vous, quelle est la différence entre le judaïsme et le christianisme ? Je sais que c'est une question assez complexe.*

— Très complexe.

— *Y. Ben Porat : Mais c'est pour vous poser cette question-là que je suis venu à Paris.*

— Pour y répondre, je dois surmonter une grande difficulté : je ne vous parle pas seulement à vous deux, je dois parler pour vos lecteurs, dont je ne sais pas qui ils sont, ni où ils se situent. Et il peut y avoir toutes les incompréhensions possibles et imaginables. J'ai le respect des juifs et je suis parfaitement conscient de l'indignation ou des sentiments contradictoires qu'ils peuvent éprouver en face de ma position personnelle, ainsi que des légitimes susceptibilités que je risque de heurter en tentant de vous répondre. Je ne suis pas complètement ignorant de ce que l'on peut penser d'un juif qui est devenu chrétien. Je n'ai envie ni de provoquer ni de blesser. Quand j'ai dû donner quelques explications, ce fut à mon corps défendant.

Mais il y a un point que je veux préciser au préalable : j'ai revendiqué ma qualité de juif, mais ce n'était pas du tout pour entrer dans une querelle théologique. Je n'ai jamais prétendu que j'allais être simultanément un bon juif, selon la définition des rabbins, et un bon chrétien, selon la définition de l'Eglise. Mais vous comprendrez que je ne puisse pas, sans perdre ma propre dignité et la dignité que je dois à mes parents et celle que je dois à tous ceux dont je suis irrévocablement solidaire, ne pas revendiquer ma condition de juif. Dans les temps de persécution comme dans les temps de paix. Je l'ai fait, non pour blesser, mais par respect pour la vérité et pour ce qui lui est dû.

Je savais que j'allais au-devant d'un certain nombre de malentendus ou d'incompréhensions. Et si je dis que c'est par respect pour la dignité de la condition juive et pour la mienne, comment voudriez-vous que je cesse d'être juif ? Je ne suis évidemment pas « juif religieux », au sens où l'entendent ceux qui définissent l'orthodoxie juive. Mais ce que je puis dire, c'est qu'en devenant chrétien, je n'ai pas voulu cesser d'être le juif que j'étais alors. Je n'ai pas voulu fuir la condition de juif. Je la tiens d'une façon inaliénable de mes parents. Je la tiens donc d'une façon inaliénable de Dieu lui-même.

— *Y. Ben Porat : Mais enfin, c'est tout de même pour passer à quelque chose d'autre, même si c'est avec tout le respect que vous avez pour les juifs ?*

— Oui.

— *Y. Ben Porat : C'est donc tout de même pour passer à quelque chose qui vous paraissait plus juste, meilleur, plus divin. Je ne sais pas quel mot il faut employer.*

— Oui. Je pensais : une meilleure manière d'être juif, à la mesure de ce que je savais alors du judaïsme.

— *Y. Ben Porat : Enfin, vous êtes passé d'un état à un autre et vous avez choisi l'autre état ?*

— Oui. Mais non de l'état de juif à l'état de non-juif. C'est impossible.

— *Y. Ben Porat : L'autre religion, parce qu'elle vous semblait vraie ?*

— Oui. Mais comme portée dans le sein de la première.

— *D. Judkowski : Est-ce que je peux vous demander quelques détails personnels ? J'espère que vous ne m'en voudrez pas. Vous êtes passé au christianisme à l'âge de quatorze ans ?*

— Oui.

— *D. Judkowski : Est-ce que vous vous souvenez comment c'est arrivé ? A la suite d'une révélation ou d'une évolution ? Vous souvenez-vous des sentiments qui étaient les vôtres à cette époque ?*

— J'ai toujours refusé de répondre à ces questions par pudeur. Je n'ai pas du tout le goût de l'exhibitionnisme. Mais évidemment, quand on ne dit rien, on laisse courir les imaginations. La seconde raison qui fait que je ne voulais pas trop parler est la suivante. On pourrait après coup accuser mes parents en disant : « Voilà, c'étaient de mauvaises gens. S'ils avaient donné à leurs enfants une éducation juive, ça ne se serait pas passé ainsi. » Je sais bien qu'il doit y avoir des réactions de ce genre. Mais puisque vous me posez la question, je vais y répondre.

Etant enfant, ma conscience d'être juif était rigoureusement identique à celle de n'importe quel fils d'immigré juif en France. Je ne suis vraiment pas un cas original. Je ne m'appelle ni Durand ni Dupont. Je m'appelle Aaron, du nom de mon grand-père paternel. C'est mon prénom. Je le portais à l'école. Ma mère est venue tout enfant en France. Mon père est venu à l'âge de dix-huit ans. Il parle mal le français. Nous étions pauvres. Je n'étais pas habillé comme les autres enfants. Mais j'étais assez souvent le premier en classe et c'était une raison de plus pour me faire remarquer. A la porte du lycée Montaigne, je me suis fait casser la figure parce que juif. Quand je m'approchais des garçons qui discutaient entre eux, ils me disaient : « Ça ne te regarde pas, tu es un sale juif. » Tout cela, je le sais. Et je savais aussi qu'être juif, cela a un contenu propre. Mes parents n'étaient pas croyants ; je me souviens encore des phrases dites par mes parents : « Les rabbins, les curés, ils racontent tous les mêmes bêtises... » Mais j'avais reçu le sens de Dieu et je m'en souviens bien. Il suffit d'un presque rien pour que le sens de Dieu s'éveille dans l'esprit d'un enfant. Je me souviens de la manière dont ma mère récitait la bénédiction sur les fruits nouveaux. C'est tout. Ça m'a suffi. Et il se trouve que, à dix ans, j'ai lu la Bible tout entière en cachette...

– *D. Judkowski : A l'âge de dix ans ?*

– Oui. J'étais censé jouer du piano ou faire mes devoirs. Mes parents tenaient leur magasin, ils n'étaient pas là pour me surveiller.

– *D. Judkowski : C'était avant la guerre alors ?*

– C'était en 1936 ou 1937... Il y avait chez mes

parents une bibliothèque fermée à clef, où j'étais censé ne rien lire. Il y avait dedans toutes sortes de livres que mes parents avaient achetés, parce qu'ils avaient un très grand respect pour les livres. Ils achetaient un peu n'importe quoi. La clef était au-dessus de la bibliothèque. Ce n'était pas compliqué. En montant sur une chaise, j'ai trouvé la clef. J'ai ouvert. J'ai lu toutes sortes de choses. J'ai lu Zola. J'ai lu Abel Hermant. J'ai lu toute la collection des romans insipides de l'entre-deux-guerres, vous savez, la collection Flammarion, une collection verte reliée. Mais il y avait la Bible. Une Bible protestante que j'ai lue en entier.

– *D. Judkowski : L'Ancien Testament...*

– L'Ancien Testament et aussi le Nouveau Testament. J'ai lu la Bible avec passion et je n'en ai rien dit à personne. Je ne sais plus si j'étais en sixième ou en cinquième, mais dès ce moment-là, j'ai commencé à penser à ces questions et à y réfléchir. Tout au long de mon éducation, j'étais dans une école publique ; je n'étais pas dans une école catholique. Les professeurs que j'ai eus étaient des hommes parfaitement respectueux de la laïcité. En sixième, j'ai eu un professeur de latin ; j'ai su après la guerre qu'il était juif. Je me souviens aussi de l'enseignement de l'histoire en sixième : quand on m'a enseigné « les Hébreux », j'ai trouvé que c'était bien peu à côté de ce que je savais. Et la littérature... Tout cela a fait un chemin à partir duquel j'ai réfléchi. Je me souviens aussi, en quatrième, de vacances à Berck. Enfant, je me suis trouvé devant la souffrance des enfants, le problème du mal palpable, la mort. J'ai reçu là, en mon intelligence, comme une confirmation absolue de l'existence de Dieu, seul juste devant l'injustice faite à l'homme.

Mais auparavant, il y avait eu la découverte concrète du nazisme : mes parents ont eu l'audace ou l'inconscience, quand j'étais en sixième et en cinquième, de m'expédier, à deux reprises, un mois en Allemagne, l'été, tout seul, dans une famille, pour que j'apprenne l'allemand. Avec mon vrai nom sur le passeport de mon père. C'était chez des antinazis. Mais la seconde année, en 1937, je me trouvai dans une famille d'instituteurs dont les enfants étaient un peu plus âgés que moi et qui, eux, étaient — obligatoirement — de la *Hitlerjugend.* Et j'ai vu de mes yeux, à l'âge de onze ans, le nazisme. Le nazisme, vu au ras de l'œil d'un enfant de onze ans discutant avec un gamin de treize ans qui était dans les *Hitlerjugend* et qui lui expliquait en montrant son couteau : « Au solstice d'été, on va tuer tous les juifs », etc. J'ai entendu cela. J'ai lu les feuilles antisémites du *Stürmer* placardées dans les rues. Je savais qui était Hitler. Et rien ne m'a étonné de la suite du nazisme. Dès 1937, pour un gamin juif français de onze ans, parlant avec des enfants allemands de douze ou treize ans, tout était clair. Je voyais ce que les juifs français, les adultes, ne voyaient peut-être pas encore. Et pas même les juifs allemands. C'est vous dire que toutes ces choses-là m'ont fortement marqué. Rien ne m'a surpris de ce qui a suivi. Je veux dire que je ne pouvais pas être surpris devant quelque chose qu'enfant, j'avais intuitivement compris d'emblée. C'est en Allemagne que, pour la première fois, j'ai vu de près des adultes chrétiens : ils étaient antinazis. C'est la seule chose que j'aie alors apprise sur leur compte. C'est là aussi que j'ai deviné pourquoi Dieu s'est lié aux juifs : à cause du Messie. A l'inverse du *Gott mit uns* sur les ceinturons.

C'est dans ces années-là qu'en fait je me suis approché du christianisme. En réfléchissant. En lisant. Je n'ai subi aucune autre influence que ces lectures et la culture qui m'était dispensée au lycée par des professeurs divers, dont certains, je l'ai su par la suite, étaient juifs, d'autres très catholiques, d'autres incroyants, d'autres agnostiques. Mais il y a eu tout un chemin intérieur et, au fond, c'est la figure du Christ comme Messie et figure du peuple juif qui fut la clef de ma réflexion. A ce même moment, je savais aussi qu'il y avait un poids de persécution historique, qui était le lot des juifs, et qui était en même temps leur dignité.

A cette époque, je voulais être médecin. Parce que c'était la meilleure manière de servir les hommes. Mes parents m'avaient appris que, si nous étions considérés comme différents des autres, c'est parce que nous devions être meilleurs et plus justes, que nous devions servir tous les hommes, défendre les pauvres et les malheureux. Et pour « servir les hommes », je ne voyais pas de meilleure manière que d'être médecin. C'était... enfin, c'était l'hypothèse du moment. Ou alors grand écrivain, comme Zola, pour défendre les opprimés.

— *D. Judkowski : Mais vous dites que vous avez été influencé par la Bible.*

— Oui.

— *D. Judkowski : Dans la Bible, est-ce qu'il y a quelque chose qui vous a choqué ? Qu'est-ce qui s'est passé au juste ?*

— Je ne sais plus. Tout m'a surpris. Rien ne m'a choqué.

— *D. Judkowski : Vous vous êtes ouvert de vos conceptions à vos parents ?*

— Non. Pas du tout.

— *Y. Ben Porat : Alors, ce fut la conversion proprement dite ?*

— Plutôt une cristallisation. Les circonstances ont fait que quand, pour la première fois, je me suis trouvé réellement face à des chrétiens, je savais mieux qu'eux ce qu'ils croyaient. Quand j'ai relu à ce moment-là les Evangiles, je les connaissais déjà. Je dis : à ce moment-là, car à ce moment-là mes parents n'ont absolument pas accepté ma conviction, qui leur a paru révoltante. Je leur ai dit : « Je ne vous quitte pas. Je ne passe pas dans le camp de l'ennemi. Je deviens ce que je suis. Je ne cesse pas d'être juif, bien au contraire. Je découvre une manière de l'être. » Je sais que c'est scandaleux pour des juifs d'entendre cela. Mais c'est cela que j'ai vécu. Les prénoms chrétiens que j'ai choisis alors : Aaron-Jean-Marie. Trois noms juifs. En hébreu, c'est évident. J'ai gardé le nom que j'ai reçu à ma naissance.

– *D. Judkowski : Vous avez parlé de la permanence des valeurs du judaïsme dans le christianisme et puis vous dites : « Je découvrais les valeurs du judaïsme en embrassant le christianisme. » Que voulez-vous dire ? Quelles sont ces valeurs ?*

– Je veux dire l'appel de Dieu à un peuple, pour le connaître, l'aimer et le servir. La promesse d'un salut universel, destiné à tous les hommes. La joie d'être avec Dieu et d'être aimé de lui. Toute l'Histoire sainte comme Histoire du salut, alors que la guerre mettait sous mes yeux une perdition de l'histoire. Et en même temps, la valeur de cette appartenance historique, qui n'est pas simplement un fait de hasard, mais comme le déploiement d'un amour de Dieu, d'un amour pour Dieu, d'un amour que Dieu porte aux hommes.

– *Y. Ben Porat : Vous vous êtes converti à l'âge de quatorze ans, je crois. A Orléans ?*

– Oui, à Orléans.

– *Y. Ben Porat : Est-ce que, à ce moment-là, vous vouliez devenir homme d'Eglise ?*

– Oui.

– *Y. Ben Porat : Dès le premier instant, vous avez perçu que vous deviendriez prêtre ?*

– Oui. Pour moi, c'était évident dès le même moment. Je ne l'ai dit à personne.

– *Y. Ben Porat : C'était, au fond, cette idée de servir. Comme vous vouliez être médecin auparavant ?*

– Oui.

– *Y. Ben Porat : Il ne vous a pas semblé que vous pouviez servir à l'intérieur du judaïsme ?*

– Le judaïsme n'avait alors pour moi pas d'autre contenu que celui que je découvrais dans le christianisme. Le judaïsme, pour moi, à l'époque, était une condition historique persécutée, qu'il n'était pas question un instant de quitter, mais qui ne trouvait son achèvement et ne trouvait sa signification que dans l'accueil et la reconnaissance de la figure de Jésus, Messie d'Israël.

— *Y. Ben Porat : Est-ce que vous aviez l'idée de la persécution d'Israël comme un châtiment ?*

— Non.

— *Y. Ben Porat : L'idée que Dieu avait puni le peuple juif parce qu'il n'avait pas reconnu Jésus ?*

— Non, jamais une telle idée ne m'est venue.

— *Y. Ben Porat : Je crois vous avoir dit que, pendant la guerre, j'étais moi-même caché chez un prêtre. Je ne vous dirai pas son nom, parce qu'il doit être toujours vivant. J'ai servi la messe chez lui, pendant trois mois. C'était dans le sud de la France. J'avais quinze ans à l'époque. J'étais caché chez lui. Il a sauvé beaucoup d'enfants. Il n'a pas essayé de nous convertir, pas du tout. Mais il a essayé de nous dire : « Tu vois, mon enfant, tu es persécuté parce que ton peuple n'a pas reconnu le Messie. » N'est-ce pas la doctrine chrétienne ?*

— Cela a été dit. Cela a été l'une des thématisations du sort d'Israël dans les pays chrétiens. C'est sûr. Mais je n'y ai jamais adhéré.

— *Y. Ben Porat : Le Vatican ne vous en voudra-t-il pas d'avoir dit cela dans une interview ?*

— De vous avoir dit quoi ?

— *Y. Ben Porat : Que la phrase : « Les juifs sont persécutés parce qu'ils ont refusé Jésus », n'est pas une espèce de Credo ?*

— Non, car cela ne fait pas partie de la foi catholique.

— *Y. Ben Porat : Donc, si un prêtre m'a dit cela, c'était son interprétation à lui ?*

— C'était son interprétation à lui. Interprétation reçue, répandue, mais qui ne fait pas partie de la foi. En vous disant que je n'admets pas cette opinion, je ne suis donc pas suspect de professer une opinion déviante.

— *Y. Ben Porat : Ce que vous dites ne va-t-il pas contre les idées reçues ?*

— Ce que je dis surprendra sans doute les gens qui s'en tiennent aux idées reçues, aux préjugés. Car la réflexion chrétienne sur le sort d'Israël, sur la condition juive, sur la place du judaïsme dans l'histoire du salut, en est encore à ses débuts dans l'époque moderne.

— *Y. Ben Porat : Mais vous devriez tout de même nous dire : « Ecoutez, si vous voulez être de bons juifs, si vous voulez vraiment le salut, vous devriez devenir chrétiens. » Vous ne le dites pas et je ne vous incite pas à le dire. Mais, enfin, je crois que ce serait logique !*

— Pas nécessairement, et pour la raison suivante : il n'appartient pas à l'homme de décider ce qu'il doit être. Mais d'abord à Dieu. C'est à Dieu de décider qui je dois être, et ce que je dois faire. A Dieu d'abord et à moi ensuite.

D'autre part, votre question renvoie à un problème plus fondamental — et je reviendrai ensuite à la question telle que vous l'avez posée —, un problème que j'aborde sur la pointe des pieds, en tremblant : qu'est-ce que cela signifie être juif aujourd'hui ? Comment faut-il être juif pour être fidèle au judaïsme ? Cela ne me paraît pas si évident. De même, il n'est pas évident d'être chrétien et il y a différentes façons d'être chrétien.

Il me semble que la condition diasporique actuelle est devenue très différente de la condition diasporique antécédente à la ruine du Temple. Le judaïsme a fait une expérience spirituelle singulière. Il y a eu, tout au long des deux millénaires, une expérience spirituelle singulière, celle du rabbinisme. Celui-ci a permis une chose fantastique, la sauvegarde de l'identité juive. Il a fait pour cela des choix particuliers. Mais il y a beaucoup d'autres aspirations, d'autres questions, d'autres courants intérieurs au judaïsme, qui n'ont pas été identifiés ni reconnus par la majorité officielle.

De plus, depuis l'avènement de la modernité, depuis

le XVIIIe siècle, depuis le début de l'émancipation, sont nés des problèmes nouveaux. Le problème de l'identité juive n'est pas seulement celui de l'identité juive au point de vue juridique, mais celui de la fidélité juive. Cette question ne m'est pas indifférente.

Et elle n'est pas indifférente à la question que vous me posiez. Car le contentieux historique entre le judaïsme et le christianisme est un contentieux bilatéral. Comment le judaïsme lui-même se situe-t-il par rapport à ses propres affirmations et à sa propre tradition ? Comment les milieux chrétiens, disons plutôt les milieux de culture chrétienne, identifient-ils et reconnaissent-ils le patrimoine propre du judaïsme, dans sa richesse et sa diversité présentes ?

Le rapport entre judaïsme et christianisme est dans la théologie chrétienne moderne une question encore à peine abordée. Toutes les données du problème sont là. Elles sont posées, et parfois de façon très profonde. Mais l'histoire a fait que cette question a été jusqu'ici laissée de côté, occultée. Notamment la question de la naissance du christianisme, de son rapport au judaïsme et de la réaction du judaïsme à son égard. Quand le Nouveau Testament fut écrit, les positions étaient déjà en partie fixées, mais en partie seulement. La divergence s'est aggravée ensuite. La question est d'abord celle du rapport entre Israël et les nations ; il y a là un premier point capital : la révélation faite à Israël est aussi pour les nations. Il y a dans la tradition la succession des alliances, l'alliance noachique[1], etc. Or précisément, l'alliance noachique est-elle la seule qui soit offerte aux nations ? N'y a-t-il pas dans les Prophètes d'autres réponses ? L'alliance noachique, c'est déjà beaucoup ; c'est déjà tout puisque cela représente la droiture morale. Mais les nations n'étaient-elles pas appelées à recevoir quelque

1. Alliance avec les fils de Noé ; dans la tradition rabbinique, alliance offerte en permanence aux Nations. *(N.d.l.R.)*

chose du judaïsme lui-même ? La Bible n'annonce-t-elle pas davantage ? Que dit la tradition de la promesse faite à Abraham ? Qu'en est-il de la révélation du Sinaï ?

— *Y. Ben Porat : Oui, dans la tradition, il y a d'autres réponses.*

— Il y a d'autres réponses ? Eh bien, c'est précisément autour de l'accès des païens, d'hommes pris parmi les *goyim*[1], autour de cette question de l'Alliance que se noue la crise des années 70 à 140, au cours du premier siècle, et à la naissance du christianisme.

Et la deuxième question est : dans quelle mesure y a-t-il eu, à ce moment, un certain accomplissement des promesses et desquelles ?

Quand les titres messianiques furent appliqués à Jésus, que devint, pour les juifs, la figure messianique ? Et quelle fut et quelle est la figure du Messie à laquelle adhèrent les chrétiens ? Ce sont là des questions qu'ils se renvoient fatalement les uns aux autres.

Mais les chrétiens furent en majorité des pagano-chrétiens au moment de leur entrée dans l'Alliance et ils ont oublié qu'ils étaient nés païens. Vous savez que le mot Eglise est la traduction du mot hébreu *Kahal.*

— *Y. Ben Porat : Comme l'Ecclésiaste, c'est Kohelet ?*

— Oui. Donc l'Eglise, c'est un rassemblement opéré par Dieu.

— *D. Judkowski : C'est ça.*

— Quand on dit que l'Eglise est « catholique », cela vient d'un mot grec : *kath'olon*, « selon la totalité », ce qui veut dire : « selon la totalité des juifs et des nations ». Ce qui est différent du mot « universel » qui évoque simplement la totalité des nations. Dans les traductions, on traduit facilement un mot pour l'autre. Notamment dans la traduction du *Credo*, les protestants ont parfois gommé le mot « catholique » pour ne garder que le mot

1. *Goy*, pluriel *goyim* : non-juif. *(N.d.l.R.)*

« universel ». L'universalité signifierait alors simplement l'universalité horizontale, comme les Nations Unies.

— *Y. Ben Porat : C'est ça.*

— Alors que *kath'olon*, « selon la totalité » en grec, signifie le *Kahal* formé « des juifs qui ont reçu l'élection » et « des nations païennes qui ont accès désormais à l'élection ». La « totalité » de l'humanité selon Dieu, c'est Israël et les nations qui doivent finalement être réunis dans l'unique Alliance. Alors, si on dit cela, il est clair que les temps eschatologiques n'ont pas encore achevé d'arriver.

Vous me direz : « Mais où voyez-vous que les promesses du Messie sont déjà accomplies ? » Certes, c'est la question entre nous. Elles ne le sont pas. L'histoire a continué. La condition présente de l'histoire est que cet accomplissement reste caché : telle est la foi chrétienne. La figure du Messie est une figure cachée. Les chrétiens ont parfois perdu de vue qu'ils attendent, dans la plénitude des temps, la venue en gloire du Messie dont ils sont les disciples. Israël, comme tel, tant que les temps ne sont pas accomplis, doit demeurer dans la fidélité, aimé de Dieu en raison de l'élection, à cause des Pères. Car les dons et l'appel de Dieu sont irrévocables. C'est évidemment une question très difficile. Pour le judaïsme, le christianisme est une anticipation, une hâte. Et c'est vrai. Le judaïsme garde ainsi un droit de regard sur le christianisme. Il a un avis pertinent. Mais il n'est pas vrai de dire, comme pour les marxistes, que le christianisme s'est réfugié dans le spirituel, dans l'au-delà. Il est très réaliste, au contraire. Dès qu'on aborde ce point, on heurte beaucoup de préjugés et de conceptions. Il faudrait probablement, pour m'expliquer, plus de pages que votre journal n'est prêt à m'en consacrer.

— *Y. Ben Porat : Selon vous, alors, le christianisme est un judaïsme « ouvert », qui a été ouvert au monde, aux païens. Le christianisme, c'est de faire participer les païens au judaïsme. Cela a donné le christianisme ?*

— Si vous voulez, mais d'une façon déconcertante pour Israël comme pour les païens.

— *Y. Ben Porat : On a dit aux païens : « Vous pouvez y participer ? »*

— C'est ce que la première communauté chrétienne de Jérusalem, composée exclusivement de juifs de naissance, a fini par accepter, non sans débat. Et la figure de Jésus, reconnu comme Messie, a fait apparaître un contenu spirituel propre, lié à tout un faisceau d'espérances juives, qui ont été vécues à ce moment-là comme réalisées dans l'expérience chrétienne.

— *D. Judkowski : Donc, étant enfant, si vous vous en souvenez, vous considériez Jésus le Christ comme un Messie juif ?*

— Oui.

— *D. Judkowski : Et vous avez gardé cette notion ?*

— Sûrement. Mais pas moi seulement. Les Ecritures chrétiennes disent de Jésus qu'il est le Messie juif. Les traductions nous font oublier que « Jésus-Christ » signifie « Jésus le Messie ».

— *Y. Ben Porat : Alors, si je vous comprends bien, vous dites en quelque sorte : « D'un côté, il faut être chrétien, c'est normal ; mais, d'autre part, rester juif, parce que nous avons besoin des juifs en tant que juifs, c'est normal aussi. »*

— Oui, selon ce que Dieu dispose.

— *Y. Ben Porat : Pour que se réalise cette vision de l'avenir ?*

— Oui. Vous me conduisez sur un terrain théologique, spirituel.

— *Y. Ben Porat : Mais c'est notre sujet.*

— Il faut alors que l'interlocuteur accepte certaines prémisses, sinon le discours devient insensé, délirant. C'est pour cela que vous me voyez toujours au frein. Sinon, on est devant un langage fou, insensé. Nous sommes dans le temps de l'histoire où Dieu accomplit la promesse faite à Israël « jusqu'à ce que soit achevée la plénitude des temps ». Et l'Eglise est aux prises aussi avec une question historique. Dans la primitive Eglise, celle des deux premiers siècles, il y avait une « Eglise de Jérusalem », c'est-à-dire une Eglise chrétienne de juifs. Elle existait dans tout l'Empire romain. Et l'un des problèmes constants de l'Eglise primitive fut la cohabitation entre judéo-chrétiens et pagano-chrétiens à l'intérieur de la nouvelle Eglise, du nouveau *Kahal*, du *Kahal* du Messie. Pour la coexistence des juifs et des païens, la question des prescriptions rituelles a été le gros problème : fallait-il que les païens, en devenant disciples du Christ, soient obligés à toutes les prescriptions du judaïsme ? Fallait-il les circoncire ? Fallait-il leur imposer des obligations alimentaires ? Quelles obligations devait-on leur imposer ? C'étaient là des questions que les chrétiens se posaient au sujet des païens, comme les juifs se les posaient eux-mêmes au sujet des prosélytes. Ce n'étaient pas des mises en cause du judaïsme.

– *Y. Ben Porat : Lorsque vous manifestez ce respect du judaïsme et des juifs, est-ce que tout de même ce n'est pas parce que vous êtes « Aaron », parce que vous êtes juif ? Beaucoup d'autres chrétiens, même des prêtres, même des gens d'Eglise, ne parlent pas avec ce respect du judaïsme.*

– C'est possible. Mais c'est triste pour eux. C'est triste pour eux, parce que les chrétiens qui, de par leur origine, sont, en quasi-totalité, des « païens », ne devraient pas avoir gardé cette mentalité de « païens ». Jésus ne s'est jamais appelé « Roi des Juifs ». C'est un païen, Pilate, un Romain, qui a dit cela, parce que, dans des milieux juifs d'Israël à cette époque, les juifs ne se désignaient pas communément eux-mêmes comme « juifs ». Ils disaient « le peuple d'Israël ». Ce sont les gens de l'extérieur qui disaient « les juifs ». L'Evangile de Matthieu, élaboré dans les milieux juifs, a là-dessus un vocabulaire extrêmement précis.

Si les chrétiens étaient fidèles au don que Dieu leur

a fait, en devenant à leur tour « enfants de Dieu », « fils de Dieu », comme le sont les enfants d'Israël, mais d'une autre façon, en la personne du Messie qui les accueille, ils comprendraient qu'ils sont entrés d'une manière suréminente dans le don qui est fait à Israël, un don dont Israël lui-même ne mesure peut-être pas toujours la grandeur. Ce que je souhaite au fond de moi-même, c'est ceci : une double reconnaissance. Je souhaite que les chrétiens n'oublient pas — je suis en train de commenter saint Paul en ce moment — qu'ils ont été greffés sur une racine unique. Et la racine, c'est Israël. Et la racine demeure.

— *Y. Ben Porat : C'est une image.*

— Oui, et l'image est étrange, parce qu'elle dit : « Le greffon sauvage a été greffé sur l'olivier franc. » Alors que le jardinier fait toujours l'inverse. On prend un plant sauvage et le greffon est pris d'une plante cultivée. Pour expliquer le rapport des pagano-chrétiens avec les juifs, saint Paul dit : « Vous — les païens — êtes un greffon sauvage et vous avez été greffés sur l'olivier franc — les juifs », et « vous êtes devenus des branches de l'arbre, conformément à votre nature », ajoute Paul.

Il est un autre point que je considère comme une grande espérance. Grâce à la liberté spirituelle et culturelle suscitée par la nationalité israélienne, qui déplace les problèmes, et grâce à la modification de l'attitude des chrétiens, le judaïsme pourra peut-être reconnaître dans le christianisme une filiation donnée par Dieu. Après tout, peut-être le judaïsme, en restant lui-même fidèle à l'appel de Dieu, pourra-t-il un jour admettre que les nations devenues chrétiennes sont aussi des enfants inattendus qui ont été donnés au peuple juif. Ce don serait celui d'une descendance inattendue et non encore reconnue. Si les chrétiens n'ont pas reconnu les juifs comme leurs frères aînés, et la racine sur laquelle ils ont été greffés, il faudrait peut-être que les juifs eux-mêmes reconnaissent les nations païennes devenues chrétiennes comme leurs frères cadets. Mais pour cela, il faudrait que le pardon intervienne car il y a eu persécution, guerre fratricide. A cause même de l'identité, il y a eu une guerre de légitimité. On veut toujours tuer le frère pour avoir l'héritage en entier. La raison de la persécution, ce fut la jalousie, au sens spirituel du mot. Elle peut être changée en émulation et source de bénédiction.

– *Y. Ben Porat : Vous avez étudié le judaïsme ?*

– J'ai lu, par intérêt personnel. Je n'ai pas fait d'études talmudiques au sens strict du mot. Il faut se spécialiser à outrance. Mais j'ai lu un certain nombre de choses.

– *Y. Ben Porat : Vous avez appris l'hébreu ?*

– A peine. Je lis l'hébreu biblique, mais je n'ai pas appris l'hébreu moderne. J'avais commencé et puis j'ai dû arrêter.

– *D. Judkowski : Ressentiez-vous une attitude particulière qui s'exprime à votre endroit du fait de votre origine juive ?*

– Vous voulez dire de la part des chrétiens ?

– *D. Judkowski : De la part des chrétiens, de la part de vos confrères...*

– C'est assez difficile à dire, parce que je me soucie assez peu de l'opinion que l'on a de moi. Il est malsain de se demander l'effet que l'on produit. Si on faisait un sondage pour savoir ce que les gens pensent de moi en ce qui concerne le judaïsme, je serais très mécontent. Cela me paraîtrait une question indiscrète et malsaine. Ceci dit, il se peut qu'il y ait de-ci, de-là des relents d'antisémitisme mal maîtrisés. Je ne vois pas comment il en serait autrement. Et il se peut aussi que, dans des périodes de crises, on veuille faire de moi une cible, un bouc émissaire. Mais ce que je constate, c'est que je suis porteur de beaucoup plus de significations que ma personne elle-même. Ce n'est pas seulement l'individu que je suis qui est en jeu, c'est tout ce dont je suis chargé historiquement. Je vois bien que, pour beaucoup de chrétiens, le geste qui a consisté à me donner des responsabilités aussi voyantes est pour eux un rappel de cette réalité historique et spirituelle que j'ai appelée « les racines ». Un rappel vivant de la part d'histoire qu'ils ont souvent été tentés de se cacher à eux-mêmes. Ce que j'évoque ici est un problème propre aux chrétiens. Si la foi chrétienne reconnaît en Jésus le Messie, le Fils de Dieu, au sens où la Bible le dit du Messie-Roi et aussi au sens de la Sagesse éternelle (en grec, il faut dire « métaphysique »), c'est sur la base de certains critères, qui ne peuvent venir que du judaïsme. C'est cela seulement qui peut la préserver de la tentation de s'emparer de Jésus comme d'un personnage mythique et de l'approprier à toutes les situations et à toutes les cultures. Telle est la condition pour que la foi chrétienne demeure réelle et authentique. Tout au long de l'histoire du christianisme, et actuellement en particulier, a existé la tentation d'accueillir la figure du Christ comme une figure divine que l'on investit de ce dont une culture est porteuse. Mais c'est la Bible qui nous dit ce qu'est l'élection et c'est cela qui empêche de confondre le Christ avec Apollon ou Dionysos. De cette élection unique, le judaïsme est le témoin. Pour les chrétiens, les juifs sont les témoins vivants de la réalité historique, unique de la foi chrétienne. On ne peut rien comprendre à la foi chrétienne si l'on n'accepte pas l'élection du Messie et on ne peut rien comprendre à l'élection du Messie si l'on n'accepte pas et si l'on ne respecte pas l'élection d'Israël. Et quand on a envie de se défaire de ce fondement du christianisme, on commence à persécuter les juifs et à vouloir les faire disparaître. Cette attitude négative à l'égard du judaïsme est connue dans l'histoire du christianisme et elle a été condamnée : il s'agit de l'hérésie de Marcion, qui voulut corriger les Evangiles en leur ôtant toute trace de la Bible. Cette hérésie condamnée a eu des reviviscences à l'époque contemporaine. Vous savez que des historiens protestants allemands, s'appuyant sur le fait que Jésus était galiléen, l'ont présenté comme aryen. Mais les chrétiens d'Occident peuvent être tentés aussi de passer sous silence l'appartenance juive de Jésus quand ils s'adressent aux hommes d'Afrique ou d'Asie. Ils disent seulement : « L'Evangile est un certain idéal de vie. » De là découle le risque que des Africains devenus chrétiens disent : « Notre Ancien Testament à nous, peuples africains, c'est la culture africaine », et des Asiatiques : « Notre Ancien Testament à nous, ce sont les écritures sacrées de l'Asie. » Ont-ils raison, ont-ils tort ? Où est l'équilibre de la foi chrétienne ? Le cardinal Marty, lors du Synode des évêques à Rome en 1974, avait vigoureusement rappelé la nécessité de recevoir toute l'Ecriture : on ne peut faire l'économie de l'Ancien Testament pour être fidèle au Nouveau dans sa confrontation aux cultures païennes, son « inculturation » comme nous disons.

– *Y. Ben Porat : Parce que les Dix Commandements, c'est tout de même dans l'Ancien Testament.*

– Les Dix Commandements et leur double résumé traditionnel dans le judaïsme : « Ecoute, Israël : tu aimeras le Seigneur ton Dieu, etc. » (Deutéronome 6, 5) et « Tu aimeras ton prochain comme toi-même » (Lévitique 19, 18) sont au centre de la prière et de l'enseignement de Jésus et de la fidélité chrétienne (Luc 10, 25-28). Ce n'est pas par hasard que toute la réflexion anthropologique du christianisme, telle qu'elle est notamment développée aujourd'hui par Jean-Paul II, se réfère expressément et avec une extraordinaire insistance au début de la Thora, aux premiers chapitres de la Genèse.

Cependant, il faut reconnaître qu'il y a un risque non illusoire de déformer de l'intérieur la foi chrétienne en la paganisant. Bien des époques et des cultures ont été tentées de basculer dans une paganisation du christianisme. Le christianisme vit à coup sûr ici dans une certaine tension selon sa vocation d'être « lumière pour les nations ». Mais dans l'état actuel des choses, il ne peut être fidèle à lui-même que s'il continue d'accueillir lui-même le don fait à Israël. Il est vrai qu'il y a eu quelque part une double rupture. Un moment donné où les autorités juives ont dit : « On ne peut pas être fidèle à la synagogue, en étant disciple de Jésus. » Et où les chrétiens ont dit : « On ne peut être chrétien en continuant de faire partie de l'institution juive. » Il y a eu une sorte de clivage profond, un partage des eaux.

— *Y. Ben Porat : Alors on pourrait presque dire... Vous, vous ne pouvez peut-être pas le dire, mais moi, en vous écoutant, j'ose le dire : ne vous sentez-vous pas quelque part plus juif que non juif ?*

— Je ne sais pas. Je me sens très juif en tout cas.

— *Y. Ben Porat : En passant au domaine non spirituel, non religieux, éprouvez-vous un sentiment de solidarité avec les juifs dans le monde ? Qu'éprouvez-vous quand vous lisez dans le journal qu'en Russie soviétique, par exemple, les juifs sont persécutés en tant que juifs ?*

— Quand votre père, votre mère, votre cousin, votre cousine est malade ou persécuté, comment ne vous sentiriez-vous pas solidaire ? Comment voulez-vous que je réponde autrement ?

— *Y. Ben Porat : Est-ce que...*

— Ce sont mes frères.

— *D. Judkowski : Est-ce que ce serait très indiscret de notre part si on vous demandait de retracer les étapes importantes de votre vie ? Vous avez raconté ce qui s'est passé à l'âge de quatorze ans, et puis ensuite ? en 1940, en 1942 ?*

— J'ai une grande répugnance à me raconter en public...

— *D. Judkowski : Nous nous adressons à un public compréhensif...*

— Non, je ne souhaite pas...

— *D. Judkowski : Qui a beaucoup de sympathie pour vous...*

– Je n'en doute pas un instant. Mais ce que je vous dirai ira ailleurs. Fatalement, tôt ou tard.

– *D. Judkowski : Pas forcément.*

– *Y. Ben Porat : Ce sera en hébreu.*

– Puisqu'il le faut, je vais essayer de vous dire quelques souvenirs. C'était la guerre. J'ai été obligé de quitter la ville où j'étais, pour me cacher parce que je risquais d'être l'objet d'une dénonciation. Il y a eu des menaces précises dont j'ai été averti. Vous savez, c'était le moment où il fallait s'inscrire à la préfecture. Mes parents, au début, ne s'étaient pas déclarés. Et puis, ils se sont finalement déclarés. Alors...

– *D. Judkowski : C'était à Orléans ?*

– Oui, mais mes parents étaient restés à Paris. Pour le baptême, mes parents m'avaient donné l'autorisation, en 1940, mais avec un violent dissentiment intérieur. C'est moi qui l'avais demandé. Pour eux, ils se sont résignés à ma demande obstinée. Je pense qu'ils se sont imaginé que cela représenterait quelque peu une protection en face des persécutions qui s'annonçaient dès l'été 1940. Pour moi, non : c'était autre chose. Alors le port de l'étoile fut rendu obligatoire. On a tout essayé, les faux papiers, etc. Je passe sur les détails. Mon père est parti en zone libre pour se cacher, en avant-garde. Ma mère est restée pour garder un moyen de vivre, pour tenir le commerce. Il fallait bien manger. Et puis elle a été arrêtée. Le magasin, « surveillé » par un administrateur « aryen », comme tous les magasins appartenant à des juifs, a été confisqué ; l'appartement, pillé et occupé par des « aryens ». Ma mère a été arrêtée, parce que dénoncée comme ne portant pas l'étoile jaune. Elle a été internée à Drancy. On a fait tout ce que l'on pouvait pour essayer de la sauver, d'une manière ou d'une autre. Et puis elle a été emmenée, elle a fini par partir. J'ai appris que c'était pour Auschwitz en lisant le mémorial des juifs de France édité par S. Klarsfeld. On n'a plus jamais eu de nouvelles. Elle savait que tous les juifs allaient être tués. Cela se savait à Drancy. Elle nous l'a écrit dans des lettres passées clandestinement par les gardiens de Drancy, moyennant finance. J'avais quitté Orléans. J'étais dans un collège où j'ai achevé mes études secondaires et passé mon baccalauréat. Je suis passé clandestinement en zone libre rejoindre mon père. J'ai travaillé pendant un an en usine, tout en commençant à préparer une licence de chimie. J'ai participé à des mouvements clandestins, à la diffusion des brochures du *Témoignage chrétien.* Enfin, j'ai fait ce qu'un certain nombre de jeunes gens qui avaient dix-sept, dix-huit ans à cette époque-là en France ont fait. Et puis, là-dessus, la Libération. Je voulais être prêtre. C'était mon idée fixe. Mon père était tout à fait hostile. Alors, pendant deux ans, j'ai fait des études supérieures de Lettres. Je me suis mêlé de syndicalisme étudiant.

— *D. Judkowski : A Paris ?*

— A Paris. En 1946, je suis entré au séminaire universitaire à Paris. En 1954, j'ai été ordonné. J'ai été aumônier des étudiants jusqu'en 1969. Responsable de l'aumônerie de la Sorbonne et d'autres universités parisiennes, j'ai connu beaucoup de monde dans le milieu intellectuel parisien à ce moment-là. Ensuite, pendant dix ans, j'ai été curé d'une paroisse au bout de Paris, près de Boulogne. Et puis, j'ai été nommé par le pape, à ma grande surprise, évêque d'Orléans et, à ma plus grande surprise encore, archevêque de Paris. Voilà.

— *D. Judkowski : Comment se prennent les décisions ? Savez-vous par quel processus vous avez été nommé archevêque de Paris ? Vous connaissiez le pape personnellement ?*

— Je l'ai connu seulement après avoir été nommé évêque. C'est lui qui a pris la décision. Le nonce du pape présente les candidatures. Il dit : on pense à un tel, un tel. Et il prend des renseignements.

— *Y. Ben Porat : Alors il s'est dit : « Ce monsieur-là est d'origine juive ? »*

— Oui, certainement.

— *D. Judkowski : C'est pour cette raison que vous avez été choisi ?*

— Je n'en sais rien ; comment voulez-vous que je le sache ?

— *D. Judkowski : Vous n'en avez jamais discuté avec le pape ?*

— Non, jamais. Mais quand j'ai été nommé, je lui ai écrit une lettre en lui expliquant que mes parents étaient de Bendzyn, que la majorité de ma famille était morte à Auschwitz ou ailleurs en Pologne. Il le savait parfaitement au moment où il a décidé de me confier cette charge.

— *Y. Ben Porat : C'est une question vraiment importante pour nous ?*

— Oui...

— *Y. Ben Porat : Vous savez sans doute que nous avons en Israël des partis politiques qui sont des partis religieux... Au moins trois, sinon plus actuellement... Comment considérez-vous ce mariage entre la politique proprement dite et la religion ?*

— Vous me posez une question piège. Je ne peux pas me prononcer sur une question de politique intérieure à l'Etat d'Israël...

— *Y. Ben Porat : Est-ce que, automatiquement, pour vous, un parti religieux chrétien serait un parti de droite ?*

— Non. Il pourrait aussi bien être de gauche. On peut très bien avoir un parti d'inspiration chrétienne qui serait progressiste. Mais votre question est de savoir s'il est légitime de transformer un Etat démocratique en théocratie ?

— *Y. Ben Porat : Notre question concerne Israël.*

— Pour Israël, c'est une autre affaire, encore plus grave en raison de la signification religieuse héritée de la Bible au sujet de la Royauté en Israël.

— *Y. Ben Porat : Nous avons des partis politiques que nous appelons d'extrême droite et qui veulent imposer leur loi à l'Etat. Vous aviez suivi l'histoire des fouilles à Jérusalem... ?*

— Oui.

— *Y. Ben Porat : Notre « Eglise », excusez-moi du terme, la* Rabbanout *a été à ce propos en conflit déclaré avec le gouvernement.*

— Comment puis-je répondre sans porter un jugement...

— *Y. Ben Porat : Alors, quel est votre dernier avis sur cette question ?*

— Il ne faut pas que vous vous serviez de moi pour régler vos comptes ! *(Rires.)*

— *Y. Ben Porat : Pourrait-il être interdit par le chef des chrétiens de faire des fouilles à l'endroit où l'on suppose qu'il peut y avoir eu, il y a deux mille ans, un cimetière ?*

— Certainement pas.

— *Y. Ben Porat : Pour lui, ces fouilles ne sont pas un manque de respect ?*

— Certainement pas...

— *Y. Ben Porat : Nos partis religieux ont essayé de nous dire le contraire. Quand nous les avons attaqués dans les journaux, ils nous ont dit : mais dans toutes les autres communautés religieuses, par exemple chez les chrétiens, c'est la même chose. On n'a pas le droit de faire des fouilles à l'endroit où l'on suppose qu'il y a eu des ossements.*

— Au contraire ! A Rome, c'est Pie XII et ses successeurs qui ont voulu les fouilles au Vatican sur un cimetière. Il n'y aurait profanation sacrilège que s'il y avait volonté d'insulter ou s'il y avait un manque de respect à l'égard de ce qu'un homme peut penser ou à l'égard de ce qui lui paraît vénérable. Mais ce n'est pas le cas j'imagine ? Je sais que ces fouilles ont soulevé des réactions véhémentes aussi bien du côté musulman que du côté des juifs orthodoxes. Mais ces fouilles ont un intérêt inappréciable pour la connaissance de l'histoire du judaïsme et du christianisme.

— *D. Judkowski : Quand êtes-vous allé pour la dernière fois à Jérusalem ?*

— En 1977.

— *D. Judkowski : Quand vous y allez, quel genre de gens rencontrez-vous ?*

— Le plus de gens possible. N'importe qui.

— *Y. Ben Porat : Pas seulement les gens d'Eglise ?*

— Non. J'y suis allé dans des conditions différentes. Pendant dix ou quinze ans, j'y suis allé presque tous les étés avec des groupes d'étudiants.

— *Y. Ben Porat : Dans un but d'enseignement ?*

— En pèlerinage. Pour la découverte des lieux saints. Et puis, nous avions des rencontres organisées systématiquement aussi bien avec des musulmans et des chrétiens palestiniens qu'avec des Israéliens. Nous avons eu des rencontres régulières à l'université de Jérusalem. Nous visitions toujours un kibboutz. Bref, ce qu'il est convenu de faire habituellement quand on fait un voyage de quinze jours ou de trois semaines et qu'on veut montrer différentes réalités. Ces voyages répétés m'ont permis de nombreux contacts, bien que, conducteur de groupe, j'eusse alors peu de temps personnel, je ne pouvais pas m'échapper pour faire des visites. Mais, chaque fois que je le pouvais, je tâchais de rencontrer des gens, dans la vie... au hasard des rencontres.

— *D. Judkowski : Est-ce que vous avez connu des hommes d'Etat israéliens ?*

— Pratiquement pas. J'ai rencontré Ben Gourion dans son kibboutz.

— *D. Judkowski : A Sdé-Boker ?*

— A Sdé-Boker. Mais je ne peux pas dire du tout que je l'aie bien connu.

— *Y. Ben Porat : Et Israël vous a plu ?*

— Ah oui ! *(Rires.)* Qu'est-ce que ça veut dire, cette question : « Ça vous a plu ? »

— *D. Judkowski : Eh bien, la solution israélienne pour Jérusalem ?*

— Ce qui me semble être la position minimale, c'est que les lieux saints soient accessibles à tous, soient sortis du champ d'appropriation nationale, d'une manière ou d'une autre. Qu'ils soient accessibles aux hommes de différentes religions qui y sont effectivement représentés, musulmans, juifs ou chrétiens, avec une garantie internationale.

— *Y. Ben Porat : Est-ce que vous avez des rapports avec la communauté juive en France ? Est-ce que vous avez vu le Grand Rabbin Sirat ?*

— J'ai rencontré le Grand Rabbin Sirat. Et le Grand Rabbin de Paris, Alain Goldmann, également. Ainsi que le Grand Rabbin Chouchena. Mais disons que je débute seulement dans mes fonctions d'archevêque de Paris...

— *Y. Ben Porat : Il n'y a pas de méfiance mutuelle, entre vous et le chef de la communauté juive ?*

— Je sais que certains de mes propos ont été vivement relevés par le Grand Rabbin Sirat dans des articles que vous connaissez bien. Dans les rencontres ultérieures que nous avons eues, il m'a témoigné amitié et cordialité. Il avait pris mes paroles adressées aux journalistes en un sens différent de celui où je les avais employées. Je ne parlais pas juridiquement ; j'employais le langage de tout le monde et j'exprimais un attachement, une conviction personnelle. Donc je pense que les choses sont claires. Je l'espère, en tout cas. Quant à la communauté juive, je n'ai pas eu l'occasion de la rencontrer vraiment. Pour vous dire la vérité, je ne suis pas sépharade. J'ai des amis sépharades, mais je connais mieux les juifs d'Europe que ceux d'Afrique du Nord.

— *Y. Ben Porat : La communauté juive française est aujourd'hui plus sépharade qu'ashkénaze*[1].

1. Le mot *sépharade*, depuis le Moyen Age, désigne les juifs originaires d'Espagne ou, plus généralement, ceux du bassin méditerranéen. Le mot *ashkénaze* désigne depuis la même époque les juifs d'Allemagne et ceux de l'Europe centrale et septentrionale. *(N.d.l.R.)*

— Oui, vous le savez.

— *Y. Ben Porat : Non, je ne me rends pas tellement compte.*

— Vous ne vous en rendez pas compte ? Il y a eu ces dernières années un certain changement dans les forces vives du judaïsme en France.

— *Y. Ben Porat : Je ne m'en rends pas compte parce que chaque fois qu'on parle chez nous de la communauté juive de France, on parle des Rothschild. On parle d'Alain et de Guy. Et on parle beaucoup du Renouveau juif. On parle de leur conflit politique...*

— Vous parlez de Hajdenberg ?

— *Y. Ben Porat : C'est ça.*

— D'accord. Mais je ne le connais pas. Disons que je n'ai pas encore eu de contacts avec la communauté comme telle.

— *D. Judkowski : Si vous le voulez bien, encore quelques minutes. Quels sont à votre avis les plus grands personnages de l'Ancien Testament ? Et quel est leur message ?*

— Il faudra dix heures, non ? *(Rires.)*

— *D. Judkowski : Non, vous pouvez ne m'en citer que trois...*

— Trois ? Non, ce n'est pas suffisant. Je pourrais vous dire Abraham et Isaac, ou Moïse et Aaron, ou David, ou Salomon. Ou même le plus pécheur des Rois d'Israël. Ou les Prophètes. Et combien d'autres. Comment voulez-vous que je choisisse ? Votre question est trop journalistique. C'est comme si vous me demandiez, dans la littérature française, le livre que je préfère.

— *D. Judkowski : Vous me diriez : « Victor Hugo, hélas... »*

— Non. *(Rires.)* Tous les éléments de l'histoire juive comme tels sont porteurs de révélations et d'amour, de vérité, de message de Dieu. J'aurais donc du mal à choisir.

— *Y. Ben Porat : J'ai une autre question. Puisque vous*

avez vécu à l'époque de l'holocauste, vous en avez souffert. Comment est-ce que l'holocauste s'inscrit dans la logique de l'Histoire ? Qu'est-ce qui s'est produit pour qu'une telle chose puisse arriver... ? Et comment un homme religieux comme vous peut-il expliquer cela ?

– Dans ce monde, l'homme est aux prises avec le pire. Il est aux prises avec sa propre négation. Dans ce monde, l'absolu pour lequel l'homme est fait, qui est sa condition divine, s'inverse en une condition infernale, insondable, vraiment insoutenable. Dans le cas de la *Shoa* (je préfère dire la *Shoa*[1] plutôt que l'holocauste, parce que l'holocauste cela veut dire autre chose, c'est l'offrande apportée volontairement pour rendre gloire à Dieu), il y a eu une volonté d'extermination. Et ce qui est le plus intolérable, ce n'est pas seulement que des hommes aient été ainsi massacrés, exterminés, comme le sont encore aujourd'hui quantité de gens de par le monde pour une raison ou pour une autre ; mais que ces hommes l'aient été sans autre raison que le fait qu'ils étaient juifs. Les nazis ont eu d'autres ennemis, d'autres adversaires, et ils n'ont pas subi le même sort pour la même raison infernale. La seule raison, c'était qu'ils étaient juifs. C'est donc un crime qui va au-delà de tout ce qu'on peut imaginer. La négation même d'autrui. Au début, vous m'avez demandé : « Qu'est-ce que c'est qu'un juif ? » J'ai dit : « Un homme porteur d'une élection pour autrui. » Et voici que pour cette raison-là, il est rejeté et tué. On arrive là à une limite de la haine homicide. Cette haine projette une lumière extrême et insoutenable sur le destin du peuple juif et le destin de l'humanité. Car cette lumière dévoile en fait un abîme d'obscurité dans l'homme. Je pense que la seule réponse possible, c'est le silence. On ne peut pas en parler. Même quand on veut en parler, on ne peut pas en parler, parce que c'est insoutenable. La seule chose que je pense au fond de

1. En hébreu : « anéantissement total ». *(N.d.l.R.)*

moi-même, c'est que, d'un mal qui est absolu, Dieu cependant peut tirer un bien absolu. De quelle façon ? Je ne sais, mais je crois que tous ceux qui ont été victimes ainsi sont sûrement bien-aimés de Dieu.

– *Y. Ben Porat : Il faut la foi, pour parler ainsi.*

– Oui, je sais... Je vous parle comme je peux. Deuxièmement, je pense que, quelque part, ceux-là appartiennent à la souffrance du Messie. Mais seul Dieu peut le dire, pas moi. Et que, un jour, ceux qui les ont persécutés reconnaîtront que c'est grâce à eux que nous sommes sauvés. Je ne sais pas... Il ne faut sans doute pas dire des choses pareilles. Et pourtant, c'est ce que je pense, mais ce n'est pas une justification. En tout cas, Israël joue un rôle de révélateur par rapport à quelque chose qui est dans l'histoire et à ce qui est dans le cœur des hommes.

– *Y. Ben Porat : Mais cela peut se reproduire.*

– Cela peut se reproduire et cela se reproduit. On frémit à la pensée qu'un pareil malheur pourrait arriver à nouveau. Car ce qui est arrivé ne fut pas simplement un accident. Ce qui est arrivé met à nu la condition humaine. Il faut donc demeurer constamment vigilant. Nous savons maintenant ce qui peut exister au cœur des sociétés. Les hommes qui veulent le bien, qui veulent la dignité, qui ont la foi, doivent donc demeurer vigilants. Car le pire dans cette affaire, ce n'est pas seulement que des crimes aient été commis, mais que des hommes aient voulu se justifier de les avoir commis. Il y a donc deux crimes. Il y a celui qui a été commis. Mais on savait déjà que les hommes sont cruels. Et il y a celui, plus grave encore peut-être, et qui s'étale sur notre temps, de vouloir justifier le crime, de chercher des raisons aux actes de ceux qui l'ont accompli, de lui trouver une raison d'être au lieu de le dénoncer. Voyez, ces jours derniers encore, on a cherché à expliquer l'assassinat du président Sadate. On cherche les raisons du criminel. Le courage des victimes, des innocents, lui, ne peut se dire ni s'expliquer. On veut aujourd'hui justifier la violence. Cela révèle un obscurcissement de l'esprit. Une espèce de voile sur le jugement. Et la *Shoa* ne s'est pas produite dans des temps barbares, au temps des Huns, je ne sais où. Elle s'est produite dans l'Europe, après le XVIIIe siècle, après le Siècle des Lumières.

— *Y. Ben Porat : J'ai lu dans le journal une phrase de vous qui m'a frappé et que je trouve très belle. J'aurais voulu que vous la répétiez pour nous et que vous l'expliquiez. Vous avez dit : « Ma nomination, pour moi, ce fut comme si tout à coup les crucifix s'étaient mis à porter l'étoile jaune. »*

— Oui, je vous la redis, mais je peux difficilement ajouter quelque chose.

— *Y. Ben Porat : C'est une phrase qui rend justice aux juifs qui ont été persécutés et qui ont été obligés de porter l'étoile jaune.*

— Oui. Malgré eux, sans qu'ils l'aient voulu, ils ont été la figure de l'innocence dans le monde. Malgré eux : on ne choisit pas d'être un héros. Je sais bien que tous ceux qui sont morts là-bas n'étaient pas des héros. Mais, injustement persécutés, ils ont porté la figure de l'innocence et du droit. Des gens veulent nier la réalité des faits, les camps de concentration, etc. Par là, se révèle non seulement leur mauvaise conscience mais aussi leur vouloir secret de nier l'innocence, d'écarter le regard de l'innocence. Dans ce monde, on accepte que l'innocence soit bafouée. Et ensuite on ne supporte plus que l'innocence soit reconnue. Prendre sur soi la figure de l'innocence, voilà qui est au cœur de la foi d'Israël : c'est la figure du Serviteur, dans Isaïe.

— *D. Judkowski : En tant que l'un des grands prélats de l'Eglise catholique, vous sentez-vous une obligation morale envers le peuple juif ?*

— Bien sûr. Mais j'ai ce sentiment depuis le début. Et j'estime que tout homme doit l'avoir. Ma fonction ne change rien à ce sentiment et à cette obligation. J'ajouterai seulement que, chaque fois qu'il y a eu persécution des juifs, il y a eu reniement du christianisme. Les chrétiens qui ont persécuté les juifs, que ce soient des hommes politiques, que ce soient des hommes d'Eglise ont péché gravement contre Dieu et contre les juifs. Ces actes furent autant de reniements de leur fidélité chrétienne. Ce n'est pas un contentieux national ou ethnique. Cela touche à la foi elle-même. Et la preuve, c'est que leur attitude fut souvent habillée par eux de raisons religieuses...

— *Y. Ben Porat : J'ai encore une question, Monseigneur. C'est un peu pittoresque. Noël approche. Et Noël tombe presque toujours en même temps que* Hanoukka[1].

— Oui.

— *Y. Ben Porat : Pour ces deux fêtes-là, on allume des chandelles. A* Hanoukka, *avec les raisons précises du judaïsme. Mais à Noël, qu'est-ce que cela signifie ? Y a-t-il un lien entre ces deux fêtes ?*

— Cela se pourrait.

— *Y. Ben Porat : N'y a-t-il pas entre Noël et* Hanoukka *un lien qui prouverait de façon vraiment symbolique ce lien dont vous parliez entre le judaïsme et le christianisme ?*

— Je ne sais pas. Je crois que c'est une coïncidence, mais il y a peut-être davantage et je ne saurais pas trop l'expliquer. Pour *Pessah*[2], c'est la même fête.

— *Y. Ben Porat : Jésus a célébré lui-même la fête de* Pessah.

1. Antiochus Epiphane avait profané le Temple, qui dut être « réconcilié ». En 165, Judas Maccabée institua cette fête en commémoration. C'est la fête de la « Dédicace » ou des « Lumières ». Les juifs illuminent pendant huit jours à partir du 25 Kislew. *(N.d.l.R.)*

2. La dixième plaie d'Egypte permet le départ des Hébreux et leur « passage ». En souvenir de l'Exode, les juifs mangent ce jour-là en tenue de voyage. Il s'agit aussi d'une fête des « prémices », avec immolation d'un agneau ou d'un chevreau, dont le sang va teindre les linteaux de portes. *(N.d.l.R.)*

– Oui. Et les chrétiens célèbrent la Pâque de Jésus.

– *Y. Ben Porat : La fête de* Hanoukka *est venue beaucoup plus tard.*

– Il y a diverses interprétations au sujet de la fixation de la date de Noël au solstice d'hiver. Il semble que la conception céleste, mystique, de Jésus ait été célébrée à la date même de sa mort et résurrection, c'est-à-dire à l'époque de *Pessah*, le 14 Nissan, à l'équinoxe de printemps. Cela mettrait sa naissance au solstice d'hiver. En outre, cette date fut choisie pour renverser une fête païenne. Dans tous les peuples occidentaux païens, le solstice d'hiver était l'occasion de grandes fêtes. Et on a placé là la fête de la Nativité, dont on n'avait pas d'identification chronologique précise, pour balayer l'idolâtrie romaine, pour dépaganiser ces fêtes. Je ne suis pas sûr que mes collègues rabbins pharisiens n'aient pas fait le même raisonnement quand ils ont fixé la date de *Hanoukka. (Rires.)* On devrait examiner les origines historiques de ces deux fêtes. Hanoukka signifiait le retournement de l'Histoire, le renversement des faux dieux. Noël a dû avoir dès le début ce sens, sans doute grâce à la conviction acquise par les juifs, par les pharisiens, que le sens de l'Histoire pouvait être renversé. Mais je ne sais pas, il y a là quelque chose qui restera obscur, caché.

– *Y. Ben Porat : J'aurais encore une question. Je voudrais savoir si vous croyez que l'Eglise aurait pu faire plus pendant la guerre pour sauver des juifs ?*

– Des études historiques sont encore en cours. Le jugement que l'on porte après les événements est toujours différent de celui que l'on porte sur le moment. Rappelez-vous l'attitude des dirigeants alliés à cet égard pendant la guerre... Il y a sur ce sujet les recherches de Saul Friedlander, de Léon Papeleux. Il faudra qu'elles se poursuivent. Il y a eu de véritables réseaux de chrétiens qui se constituèrent pour sauver les juifs. De toutes les institutions morales et sociales, l'Eglise est sans doute celle qui a sauvé le plus de juifs. Elle pouvait, elle devait le faire. Certains reprochent qu'elle s'y soit mise assez tard pour dénoncer l'antisémitisme. Pie XI déjà l'avait fait...

— *D. Judkowski : Est-ce que vous connaissez l'attitude du pape présent envers Israël et les juifs ?*

— Il est sûrement le pape qui, dans l'histoire, est le mieux placé pour comprendre ce qu'a été la condition juive. Parce qu'il l'a vue à travers l'expérience de l'Europe de l'Est et avec sympathie. Ce qui est tout différent que de la voir à travers celle de l'Europe occidentale. Un Italien n'a qu'une idée très partielle de ce qu'est la condition juive. Etant donné ce qu'était la Pologne comme pivot de la condition juive d'Europe centrale, il est au courant de façon tout à fait singulière, parce que directe, y compris des préjugés, y compris de l'antisémitisme, dans ce qu'il a de plus irrationnel et antichrétien. On ne connaît cela nulle part aussi bien qu'en Pologne et en Lituanie. Si l'on veut comprendre les origines du nationalisme juif, du sentiment national juif, avant la naissance de l'Etat d'Israël, il faut se rappeler que c'est en Pologne, ou en Europe centrale, qu'il s'est formé. Et en outre, il y a de sa part certainement une très grande estime, un très grand respect spirituel à l'égard du judaïsme.

— *D. Judkowski : Une dernière question : comment expliquez-vous la séduction qu'a exercée l'Etat d'Israël sur l'opinion publique chrétienne au moment de sa fondation ?*

— Dans son origine, l'Etat d'Israël fut une utopie ; il s'est bâti comme devant être une réalisation d'équité et de justice. Je me rappelle les premières phrases que j'ai entendues en Israël en 1950 : « Ici, la police est honnête... Ici, personne ne triche... »

— *D. Judkowski : On a évolué... (Rires.)*

— Il y avait une espèce de sentiment d'innocence. En Israël, il n'y avait pas de voleurs. Il y avait quand même des prisons, mais enfin, pas de mauvais brigands. Héritier du patrimoine juif, cet Etat devait être une réalisation exemplaire. Mais après cela, il y a eu le même écart visible qu'entre une nation qui se dit chrétienne et sa politique.

— *Y. Ben Porat : Cependant, lorsque vous lisez dans le journal qu'Israël a fait telle ou telle chose en tant qu'Etat, dans son comportement envers les Palestiniens par exemple, il est toujours jugé très durement.*

— Oui, tout se passe comme si le reproche était redoublé.

— *Y. Ben Porat : On attend donc plus d'Israël que d'un autre pays ?*

— Oui. Parce que l'on a souvent d'Israël une vision idéale et chimérique. On garde l'idée qu'en avaient les fondateurs, nourrie de toute l'exigence biblique de justice et de vérité.

— *Y. Ben Porat : Mais c'est un malheur pour nous, si l'on attend trop d'Israël ?*

— Oui, je sais. Car, en fait, c'est un pays qui, comme tout autre, ne peut pas ne pas faire des erreurs !

— *D. Judkowski : Et pécher, bien sûr ! (Rires.)*

— Et pécher. A condition de ne pas oublier que ce sont les Prophètes d'Israël qui ont appelé les hommes au repentir.

LES TRADITIONS JUIVE ET CHRÉTIENNE FACE AU DÉFI DE L'UNIVERSEL*

Je suis profondément touché de me trouver parmi vous ce soir, mais le temps m'est compté. Je laisse donc de côté les sentiments personnels que j'aurais souhaité exprimer pour aller vers ce qui me semble être le cœur du sujet.

Les résistances cachées

Ce travail de rencontre entre juifs et chrétiens que vous avez entrepris est historiquement décisif. Il y a encore quelques années peut-être, il y a un demi-siècle en tout cas, il était permis de penser que ce travail consistait finalement à assurer le triomphe de la raison sur les préjugés, sur l'irrationnel. C'est ainsi, de fait, qu'a été posé pour les juifs et les chrétiens le problème de la lutte contre l'antisémitisme au-delà des appartenances religieuses. Et, après tout, ce sont ces mêmes conceptions philosophiques d'un rationalisme éclairé qui ont permis la naissance du sionisme et qui avaient déjà, après la Révolution française, inspiré à l'Empereur ses mesures concernant l'assimilation des juifs. Aujourd'hui, deux

* Colloque international chrétiens et juifs, Heppenheim, 30 juin 1981 ; texte publié dans *Una Sancta*, 2/1983.

siècles d'expérience nous ont fait prendre acte de l'échec sanglant de cette illusion de l'Occident.

J'emprunterai à la psychologie une comparaison pour situer le problème des relations entre juifs et chrétiens face à l'échec historique du rationalisme occidental. On parle communément, dans la littérature juive (non pas dans la littérature sacrée ou savante, mais chez les romanciers modernes), de la « jüdische Angst » que d'autres appellent la « névrose juive ». Il est inutile d'en décrire le contenu. Kafka en a donné l'une des expressions les plus fascinantes pour l'Occident chrétien qui n'a pas encore clairement identifié sa source juive. L'antisémitisme, à mon avis, est la névrose sanglante des milieux chrétiens. Elle est symétrique de ce qu'on a appelé la névrose juive.

L'aspect névrotique de l'antisémitisme hitlérien a déjà été plusieurs fois exploré depuis trente ans. Je vise ici une compréhension plus large de l'histoire de l'Occident, avec ses tentations, ses épreuves, ses péchés, pour mettre en lumière sa pathologie spirituelle et donc ouvrir les voies de son salut. J'ai considéré ici le monde juif et le monde chrétien comme deux partenaires, deux sujets historiques, prisonniers d'une relation doublement névrotique.

On peut aussi expliquer d'une autre façon cette comparaison psychologique, si l'on considère le monde juif et le monde chrétien comme ne faisant qu'un seul sujet historique. Il faut alors parler de l'Occident en la totalité de son histoire, où s'entremêlent sans se confondre tous les courants des civilisations méditerranéennes marquées par la présence des juifs et pétries par le christianisme. Si l'Occident est ainsi pris en sa totalité comme un seul sujet historique, il nous faudrait constater qu'il est atteint d'une division morbide que l'on pourrait nommer schizophrénie. Car l'Occident semble vivre une dissociation historique de ses composantes, une négation mutuelle qui aboutit à sa propre destruction.

Nous le voyons bien, nous ne pouvons être fidèles à l'héritage dont nous sommes redevables que si nous guérissons de cette maladie mortelle. Il faut que les chrétiens cessent de dénier aux juifs leur existence, se niant ainsi eux-mêmes. Il faut aussi que, par le pardon et la reconnaissance mutuelle, les juifs découvrent que les chrétiens font partie de la bénédiction qui leur a été confiée et qu'ils en admettent la cohérence interne. Seule la reconnaissance mutuelle de la fidélité juive et de la fidélité chrétienne peut permettre à chacun d'exister pour ce qu'il est réellement, s'approchant dans l'obscurité de l'histoire de la relation messianique entre Israël et les Nations.

N'en soyez donc pas surpris, en développant les relations entre juifs et chrétiens, vous dévoilez des résistances historiques qui mesurent le péché des hommes, vous mettez au jour une pathologie historique mortelle, vous touchez aux racines d'une folie meurtrière par laquelle, pendant des siècles, les peuples héritiers de la révélation biblique se sont entre-déchirés. Je ne parle pas seulement de la persécution des juifs par les nations chrétiennes ; je parle aussi des guerres qui ont séparé les peuples chrétiens et les nations chrétiennes. Et, en ce lieu, nous ne pouvons pas ne pas penser à ce qu'a été le rôle historique des relations fratricides entre la France et l'Allemagne. Et l'Etat d'Israël, devenu un Etat comme les autres, ne participe-t-il pas, à son tour, aux mêmes déchirements historiques des nations ?

Les défis de l'avenir

A condition de retrouver notre mutuelle identité, nous devons faire face ensemble à plusieurs défis contemporains.

Le premier défi, c'est, pour l'Occident, la crise de la sécularité. On a dit qu'elle est un fruit produit par l'Occident chrétien et juif en raison même de la lutte contre l'idolâtrie. Mais faire de la sécularisation et de l'athéisme l'ultime progrès de la lutte contre les idoles, c'est céder à cette auto-idolâtrie de la raison humaine. Il y a, en effet, une catégorie fondamentale mise en lumière dans la tradition juive et qui fait partie du patrimoine sans lequel le christianisme n'est pas le christianisme : c'est le sacré, défini non pas en termes sociologiques, mais en termes de révélation. A l'illusion de la sécularisation s'affronte la sainteté, le sacré dont Dieu nous investit par son appel. Le mystère de Dieu et la fidélité au mystère de Dieu tel qu'il se révèle est vraiment le problème clef des sociétés occidentales, qui tendent à devenir structurellement athées. Tel est le premier défi, le défi de la sécularisation.

La conscience qui nous est commune du caractère eschatologique du Royaume de Dieu répond à un second défi, qui s'exprime dans une double tentation de notre civilisation :

1) La tentation totalitaire. C'est la négation de l'eschatologie. Cette tentation totalitaire peut s'appeler Pol Pot, Staline, Hitler et de combien d'autres noms... Seule la foi nous permet de voir que ce monde n'est pas le Règne de Dieu.

2) A l'opposé, la tentation de scepticisme. Seule la foi nous permet de ne pas renoncer à l'obligation éthique de la loi, à la fidélité à la parole que Dieu donne, à notre tâche en ce monde.

Je terminerai en désignant un troisième défi. La dignité de l'homme, de tout homme, est une des exigences les plus fondamentales de notre société, de notre temps. Mais on ne dit rien à ce sujet tant que des hommes ne sont pas capables de porter, de situer en eux-mêmes la source de la vraie dignité de l'homme, qui est d'être à l'image de Dieu. Le roc sur lequel la dignité de l'homme peut être établie n'est que là.

Car il n'y a pas des frontières que l'homme pourrait

tracer à son gré, délimitant ses droits, désignant l'en-deçà et l'au-delà du respect de l'homme, comme s'il dépendait de l'homme de déterminer les limites du bien et du mal. La vraie dignité de l'homme n'est pas dans la convention humaine du Droit, mais dans sa nature, qui est créée par sa relation à Dieu. Et ceci, il est de notre vocation commune d'en être les témoins, les martyrs. Tel est le troisième défi, peut-être le plus urgent.

Toutes les nations

Nous avons évoqué notre passé commun. Nous avons regardé les défis de l'avenir. Le présent nous renvoie ensemble à la plus fondamentale interrogation de la foi.

En cette fin du second millénaire chrétien, nous sommes mis, comme Occidentaux, face à des peuples dont nous n'avons découvert l'histoire que depuis peu de siècles. Maintenant les peuples d'Afrique, d'Asie, d'Amérique, nous soumettent à une épreuve de vérité. La tradition juive et la tradition chrétienne ne sont-elles que la forme du sacré de l'Occident ou ont-elles une vocation universelle ? Un Africain, qui doit apprendre une langue occidentale pour entrer dans le concert des Nations, doit-il aussi apprendre à lire l'hébreu, le grec ou le latin pour avoir part à la bénédiction ? Peut-il dire vraiment : « Si je t'oublie Jérusalem ?... » Doit-il apprendre à le dire ?

Finalement, devant la Parole que Dieu nous a adressée dans le concret de l'histoire, quelle est notre vraie vocation ? Est-elle une histoire particulière, ethnique et périssable ? Ou bien est-elle universelle ? Si c'est une histoire particulière, nous ne sommes que des impérialistes. Mais si elle est universelle alors nous avons à en donner la preuve qui est le don de l'Esprit Saint...

Im tichkah Yérouchalaïm !

LE CHRISTIANISME EST INDISSOLUBLEMENT LIÉ AU JUDAÏSME*

– *Quelle est la mission essentielle d'un évêque de Paris ?*

– Comme tout évêque, l'évêque de Paris doit être témoin de la foi. En raison de son ordination, il joue le rôle sacerdotal. Il est le pasteur d'un peuple, le témoin d'une parole.

– *C'est aussi, dans une certaine mesure, le successeur du prêtre biblique ?*

– Oui, ce qui entraîne un problème théologique. Actuellement, et notamment en Occident, il y a débat chez les chrétiens. Certains attribuent à une judaïsation du christianisme l'idée, qu'ils déplorent, d'une caste sacerdotale. Cela vient en général de ce qu'ils n'auront pas bien compris le sens du sacerdoce dans la Bible. La notion de séparation joue un rôle décisif dans la Bible, séparation d'abord du peuple en tant que tel, puis entre le sacré et le profane à l'intérieur du peuple. Même dans un « peuple de prêtres », les prêtres sont séparés. Dans le christianisme, cette notion a été reprise sous un angle assez particulier, puisque la fonction sacerdotale est concentrée en la personne du Messie, du Christ. Mais, comme dans le judaïsme, le sacerdoce est partagé par

* Interview par le Rabbin Jacquot Grunewald, dans *Tribune juive*, 4 septembre 1981.

l'ensemble du peuple et il n'y a pas de caste sacerdotale à proprement parler. L'ordination consiste alors à mettre en évidence, dans certains hommes et pour certains actes, cette fonction sacerdotale qui appartient aussi, d'abord, au peuple tout entier. L'idée de base est donc la même, mais le sacerdoce n'est pas attaché à une famille particulière. Il est reçu par une ordination.

Il reste que ce débat met à jour le recul – pour ne pas dire le refus – d'un certain nombre de chrétiens devant l'idée de « mise à part », d'« élection » perçue comme exclusivement – et péjorativement – juive. Alors qu'elle est le fondement même de la « vocation chrétienne ». Alors que sans cette réalité de l'élection, il est impossible d'entendre correctement ce que les Evangiles disent du Christ. C'est concevoir l'élection comme un privilège. C'est paganiser l'élection. Ainsi trouvait-on sur les ceinturons allemands : *Gott mit uns !* C'est oublier que l'élection est faite en vue du service des autres et non au profit de l'élu qui se croit élite.

– *Revenons à Paris. Est-ce que, son immensité mise à part, la communauté catholique de Paris présente des problèmes spécifiques par rapport aux autres assemblées chrétiennes ? Et quels sont ses problèmes immédiats et ses problèmes généraux ou particuliers ?*

– Les problèmes spécifiques à Paris tiennent à l'originalité de sa position à l'intérieur de la France. Le diocèse de Paris est hypertrophié par rapport à l'ensemble du corps français. Il y a des difficultés qui tiennent à la mégapolis, à la grande ville. Il n'est pas nécessaire d'en présenter un tableau détaillé.

– *Mais peut-on dire qu'il existe un problème particulier pour les responsables du catholicisme français spécifiquement ?*

– Sûrement. Je définirais ainsi le problème historique du catholicisme dans la culture française : la France est un pays de tradition catholique. Ses rois ont été des rois « très chrétiens ». On a dit qu'elle était la « fille aînée » de l'Eglise, ce qui signifie qu'elle a été, parmi les barbares, le premier peuple occidental baptisé, grâce au baptême de Clovis.

Mais la France, dès les origines de son histoire, depuis le haut Moyen Age en tout cas, porte en elle-même la trace d'une division intérieure. Il existe ici une forte tradition « laïque » et on peut dire que la culture française est à double face.

Tout le monde a appris à confronter Voltaire et Pascal. Au XVIIe siècle, il y avait les libertins et le parti dévot. Au XIVe siècle, déjà, les juristes de Philippe le Bel ont fait ressurgir, dans ce qu'il y a de plus païen, le droit romain. Cette double tradition a constamment existé et s'est traduite par la première révolution séculière en Occident.

Et puis, contrairement aux pays anglo-saxons et germaniques marqués par la Réforme, la France est de tradition peu biblique. Par la traduction, la Bible a été matrice de la langue allemande et matrice de la langue anglaise. Rien de pareil ici.

L'Eglise de France traîne avec elle une nostalgie, l'image d'un pays unanime, alors qu'elle se trouve dans un pays dont les citoyens sont d'origines et de tendances multiples. Comment garder une conscience forte de son identité spirituelle, de la foi chrétienne qui la voue à l'universel, alors qu'elle est perçue dans ce moment de notre culture comme une différence injustifiée, une particularité incompréhensible ? Comment apprendre à ne pas être comme tout le monde par fidélité à Dieu ? Telle est l'une des questions cruciales que les catholiques de France doivent apprendre à se poser aujourd'hui, pour être capables de répondre aux questions que leur posent nos contemporains.

(Nous en venons à parler du judaïsme français. Mgr Lustiger lui attribue, pour les mêmes raisons, une place « singulière ». Mais existe-t-il dans le fond un judaïsme français ? Les anciens, ceux qui précisément

étaient eux aussi confrontés à cette double tradition juive et laïque, n'ont-ils pas succombé en une ou deux générations, dès que les portes de l'émancipation se sont grandes ouvertes devant eux ? N'ont-ils pas préféré la tradition de Voltaire à celle de Moïse ?

Quant aux juifs d'aujourd'hui, dans leur grande majorité, ils n'ont pas vraiment été nourris par cette culture « bi-face ». D'autres, qui conservent leur place au cœur du judaïsme, étaient mieux armés pour faire triompher l'enseignement de Moïse par rapport au courant laïc.)

– Toujours est-il que la France est aujourd'hui le pays le plus « sécularisé », bien que cette notion ne soit pas d'invention française mais américaine. La matrice de la culture américaine est pluraliste. Il s'agit plus exactement d'une majorité composée de minorités en fuite. Tout Américain est doté à la fois d'une conscience majoritaire et minoritaire. En France, la tradition régalienne est unitaire et la république jacobine est uniformisatrice. Et cependant le pays est divisé de l'intérieur. C'est ce qui explique les caractéristiques de l'antisémitisme français au XIXe siècle : il est bourgeois, libéral. C'est un antisémitisme nationaliste qui, contrairement à ce qui s'est passé en d'autres lieux, en Russie par exemple, n'est pas exclusivement issu d'une tradition religieuse comme, pour poursuivre le même exemple, le messianisme russe.

– *On a dit que si le pape vous avait nommé à Paris, c'est afin qu'après l'attentat de la rue Copernic, les paroissiens de la capitale soient conscients que leur évêque est d'origine juive. Il aurait voulu par là donner un coup d'arrêt à un antisémitisme que d'aucuns considéraient comme renaissant.*

– On a dit aussi, et pour des raisons identiques, que j'avais été désigné comme évêque d'Orléans parce que c'était la ville de la « rumeur ». J'ignore totalement si ces points de vue sont fondés. Je ne m'en suis pas entretenu avec le pape. Ce que je suppose, c'est qu'il a dû, entre autres, tenir compte de ce genre de significations. Comme je le connais, je dirai que mon origine juive n'a sans doute pas déterminé le choix du pape ; mais, une fois ce choix arrêté, elle a dû contribuer certainement à ce qu'il s'obstine à me nommer à ces postes, pour peu que cette origine juive lui ait été présentée comme une objection.

— *Et les catholiques de Paris, vous ont-ils fait sentir par leur réaction qu'ils étaient conscients de ce que leur évêque était un chrétien d'origine juive ?*

— La situation est tellement inhabituelle, impensable, que les réactions des catholiques de Paris sont difficiles à percevoir et à comprendre de l'extérieur. Ma nomination et ma présence à Paris ont brusquement mis en évidence la part de judaïsme que porte en lui le christianisme. C'est comme si tout à coup les crucifix s'étaient mis à porter l'étoile jaune. Nombreux sont les chrétiens qui m'ont dit ou écrit, de façon pudique et discrète, l'amour religieux qu'ils portaient au peuple juif au nom même de la foi chrétienne. Ma présence leur permettait d'exprimer ainsi des sentiments qui n'osent pas s'afficher, soit en raison des stéréotypes antisémites, soit en raison de la mauvaise conscience dont la France n'est pas guérie depuis l'occupation.

Les juifs doivent savoir, et aussi le plus grand nombre des Français, pour qui le christianisme est d'abord une forme d'appartenance sociale, que les chrétiens les plus fervents portent en eux, pour le peuple d'Israël, un amour sincère et humble qui se nourrit de leur foi et de leur prière. Ce n'est pas en vain que les chrétiens prient avec les psaumes et ne cessent de méditer la Bible.

Quant à l'attitude des catholiques par rapport à l'antisémitisme, elle a considérablement évolué. Mais l'antisémitisme est un phénomène séculaire. Le comportement des catholiques actuels vis-à-vis des juifs est l'effet de divers facteurs culturels, mais il y a des réflexes qui leur ont été transmis depuis l'enfance.

— *Peut-on considérer qu'il existe un antisémitisme chrétien dans la France d'aujourd'hui ?*

— Non, si nous parlons d'un antisémitisme délibéré. Si vous soumettez à des chrétiens les textes antisémites diffusés sous l'occupation, ils ne les accepteront pas.

— *Et les écrits antisémites des théologiens chrétiens des siècles passés ?*

— Pas davantage. Mais il existe des stéréotypes défavorables aux juifs, enfouis dans les consciences et les souvenirs. Il arrive que, sous l'influence des facteurs politiques, ils soient réactivés.

— *Considérez-vous votre situation de prêtre d'origine juive comme exceptionnelle ou exemplaire ?*

— Ni exceptionnelle ni exemplaire. Il existe et il a existé d'autres prêtres et d'autres chrétiens d'origine juive. En Israël, il existe un nombre non négligeable de chrétiens d'origine juive. J'ai été frappé qu'ils se sentent à l'aise dans la mosaïque israélienne. Peut-être la plupart des Israéliens ont-ils tendance à les considérer comme des doux rêveurs, mais ils ne leur refusent pas d'exister tels qu'ils sont.

— *Cette attitude est caractéristique de cette catégorie d'Israéliens pour lesquels l'élément nationaliste a pris le pas sur les considérations religieuses. Mais venons-en à une question essentielle. Lors de votre nomination à l'Archevêché de Paris, certaines paroles concernant votre attachement au judaïsme et qui vous ont été attribuées ont suscité quelque émoi dans la communauté juive. Vous auriez déclaré qu'en embrassant la foi catholique, vous vous « accomplissiez en tant que juif », ce qui pourrait signifier que le destin normal du juif qui veut s'accomplir est de devenir chrétien !*

— Vous savez, on m'a beaucoup fait parler lors de ma désignation comme archevêque de Paris. Je ne crois pas avoir prononcé ce mot d'accomplissement. Il me semble avoir dit que, chrétien, j'assumais ma condition propre de juif et que je n'entendais pas la renier. Ce que j'entendais en évoquant cet accomplissement n'était donc pas une réflexion d'ordre théologique, qui relève d'un autre genre que l'interview, mais concernait mon autobiographie. Enfant, je ne percevais mon judaïsme que comme une identité sociale, puisque toute l'éducation que j'avais reçue était essentiellement laïque. J'étais un fils d'immigrés qui se savait juif, appartenant à une communauté persécutée sans autre raison que la méchanceté des hommes. En sixième, au lycée Montaigne, je croyais être le seul à savoir ce que veut dire le mot *progrom.* Mon père m'a raconté que son grand-père se faisait battre et arracher les poils de la barbe quand, en Pologne, il s'aventurait dans les rues les jours de fêtes chrétiennes.

Quant à l'élection de cette communauté et sa supériorité morale, elle était pour moi d'être appelée à lutter pour la justice et le respect de tous, pour aider tous les malheureux. Devenir médecin – docteur, comme nous disions – me semblait alors la meilleure manière d'y parvenir. Ou alors « grand écrivain » comme Zola que j'ai lu en cinquième. Combien d'enfants juifs dans le monde ont dû avoir les mêmes ambitions !

C'est dans le christianisme que j'ai découvert ce contenu biblique et juif qui ne m'avait pas été donné comme enfant juif. C'est ainsi que, dans le cours de mon existence, j'ai estimé que je devenais juif parce qu'en embrassant le christianisme je découvrais enfin les valeurs du judaïsme, bien loin de les renier. J'ai vu Abraham et David dans les vitraux de Chartres.

– *Au contraire de certains juifs qui se sont rapprochés du catholicisme sans nécessairement s'y convertir, notamment la philosophe Simone Weil, vous ne cherchez d'aucune manière à extirper le judaïsme de la foi chrétienne. Vous considérez au contraire que, par la foi chrétienne, le judaïsme est valorisé.*

– Le christianisme est indissolublement lié au judaïsme. S'il s'en sépare, il cesse d'être lui-même. Les rapports entre judaïsme et christianisme sont complexes et offrent un vaste champ aux pires malentendus. Ce n'est ni une substitution, comme un empire politique remplace l'empire précédent, ni un transfert culturel, comme lorsqu'une culture est assumée en une autre culture (la Grèce dans Rome, l'Antiquité dans l'Europe, etc.), ni une succession, comme un fils succède à un père dans son entreprise. Une parabole rapportée par l'évangile de Luc ouvre à une autre compréhension : « Un homme avait deux fils... », dit-il. Certains exégètes expliquent que le fils aîné c'est Israël, et le cadet les *goyim*. Vieille histoire juive...

— *Mais devenant adulte, vous n'avez jamais songé à étudier le judaïsme, puisque vous ne l'aviez pas fait, enfant ? Ne ressentiez-vous pas une nécessité de mieux connaître le judaïsme ?*

— En 1945-1946, j'avais vingt ans. A qui aurais-je pu alors m'adresser spontanément pour connaître le judaïsme traditionnel ? Le judaïsme français renaissait à peine de ses cendres. Ce qui préoccupait alors la collectivité juive, à ce que j'entendais du moins, c'était la création de l'Etat juif, qui nous a lavés d'une humiliation immémoriale. Chrétien, je me posais la question de son avenir spirituel. Mais vous savez ce qu'il en était alors...

— *Aujourd'hui, le catholicisme n'a plus une politique de conversion des juifs ?*

— Si vous voulez dire par là une activité missionnaire spécialement destinée aux juifs, non. Personne parmi les catholiques ne cherche aujourd'hui à détourner à tout prix les juifs du judaïsme. Mais si un juif veut se convertir et prend une initiative en ce sens, nous ne le rejetons pas.

— *Vous faites totalement vôtre la déclaration de l'Episcopat français en 1973 sur les relations avec le judaïsme ?*

— Oui. Peut-être aurais-je parfois utilisé d'autres termes, mais j'accepte cette déclaration. Voyez-vous, il existe un contentieux entre juifs et chrétiens qu'il nous faut parvenir à dépasser. D'un côté le christianisme a, à l'origine, rejeté les juifs, et de l'autre, les juifs ont rejeté le christianisme. Cependant, je veux être net sur ce point, il ne peut y avoir partage égal des torts et des responsabilités. J'insiste : ces rejets ne sont nullement symétriques, comme on a pu l'entendre dire, d'aucune manière et surtout pas au niveau des conséquences physiques, la persécution jusqu'à l'anéantissement !

Ce que je veux dire, au point où nous en sommes rendus à notre époque, c'est que les chrétiens ont pu être amenés à croire que les juifs sont devenus un non-sens. C'est ce à quoi a voulu répondre, entre autres, la déclaration épiscopale. Mais un même raisonnement existe chez les juifs : eux aussi pourraient être amenés à considérer aujourd'hui que les chrétiens sont un non-sens. Devant cette tentation, ne faut-il pas s'élever en notre temps ?

– *Il est vrai qu'il n'y a pas eu de déclaration du rabbinat français sur le christianisme, de sorte que les responsables du christianisme en France s'interrogent souvent sur l'exacte position des rabbins français. Il est à craindre que, trop souvent, on se borne à prodiguer des lieux communs sur les relations amicales entre juifs et chrétiens. Il faudrait se demander dans quelle mesure juifs et chrétiens pourraient, devraient œuvrer ensemble.*

– Le devoir du judaïsme est d'accomplir la justice. Dans ce but, Dieu a donné au peuple juif les commandements. Le christianisme en a hérité, mais dans le sens éthique du terme. Aujourd'hui, nous sommes aux prises avec un paganisme qui conduit au rejet de l'homme. Nous sommes des témoins de la vie. Nous devons heurter de front les tentations de mort de notre époque, rappeler toujours et encore que le monde est créé par Dieu et que Dieu détient l'unique souveraineté. Et que l'homme est créé à son image et à sa ressemblance. Là est le seul fondement absolu de la dignité de l'homme pour quoi il faut être prêt à tout sacrifier jusqu'à sa vie. Dans le monde d'aujourd'hui, nous nous retrouvons partenaires dans un témoignage commun. Nous avons par notre commune origine appris à lutter contre le malheur, puisque Dieu nous a confié les Bénédictions que les chrétiens reçoivent par les Béatitudes. Nous ne devons pas nous incliner, jamais. Et nous n'avons rien à perdre à mener notre combat en commun.

ANTISÉMITISME : L'IRRATIONNEL*

— *Vous êtes né d'une famille juive polonaise, vous vous êtes converti au catholicisme dans votre jeunesse. Même évêque, vous avez déclaré : « Je reste juif. » N'est-ce pas une contradiction ?*

— A mes yeux, devenir chrétien ne signifie pas renier la condition juive. Ni de près ni de loin. Je ne l'ai pas fuie quand il y avait l'étoile jaune et les camps de concentration ; je ne vois pas pourquoi on me l'arracherait aujourd'hui.

— *N'y a-t-il pas d'objections de la part de Rome quand vous tenez de tels propos ?*

— Non, et il y a de très bonnes raisons à cela dans l'Ecriture. Je vous renvoie à la lecture du Nouveau Testament en son entier.

— *Vous vous référez à quel endroit de l'Ecriture ?*

— Le Nouveau Testament est incompréhensible s'il ne se fonde pas sur la vocation juive, la vocation d'Israël, la vocation du Christ par rapport aux païens. C'est là une donnée fondamentale de la foi chrétienne, qui a gêné une partie de l'Occident tout au long de son histoire.

— *Sans doute. Il nous semble d'autant plus étonnant que vos réflexions n'ont pas été contestées dans l'Eglise.*

* Interview par Klaus-Peter Schmid, dans *Der Spiegel*, R.F.A., 11 janvier 1983.

– C'est une dérive constante de l'Occident que de vouloir couper ses propres racines historiques. Ce refus de son enracinement est suicidaire par rapport à l'équilibre de la foi chrétienne. L'hérésie de Marcion, qui voulait arracher des Evangiles toute trace de l'Ancien Testament, en est le témoin. Tout comme certains de vos savants qui avaient prétendu démontrer que Jésus était un pur « aryen »...

Pour moi, comment pourrais-je me séparer du destin de mes parents, de ma famille, de tous les miens ? Je ne vois pas comment j'aurais pu, même pour mon honneur personnel et l'honneur de l'humanité, renier ma propre histoire. N'oubliez pas que cette histoire, à jamais marquée par la « solution finale » de Hitler, demeure une lancinante question pour toute l'humanité, et spécialement pour l'Occident.

– *Votre famille était-elle une famille juive pratiquante ?*

– Ma famille appartenait à cette génération qui a mis son espérance dans la libéralisation du début du siècle en Europe centrale et orientale. Ce mouvement a été beaucoup plus accentué encore en Allemagne qu'en Pologne ou en Russie. Mon père jeune, ma mère jeune rejetaient l'univers religieux comme fait de contraintes absurdes, de vieilleries, pour entrer dans l'époque moderne sans rien renier de leur identité et de leur appartenance sociale ou familiale.

– *Vous avez parlé de l'honneur de l'humanité. Or, à l'époque de votre enfance, cet honneur fut terriblement violé du côté de l'Allemagne nazie par l'assassinat des juifs. Quand avez-vous eu connaissance de cette perversion séculaire ?*

– L'un de mes premiers contacts avec le christianisme a eu lieu pendant les vacances scolaires d'été dans deux familles allemandes, en 1936 à Ziegelhausen, à côté de Heidelberg, et en 1937 à Fribourg-en-Brisgau. J'avais dix et onze ans. Ces familles étaient antinazies et chrétiennes. J'ai vu alors de mes yeux ce qu'était l'antisémitisme nazi. Je lisais *Der Stürmer* qui était affiché dans les rues.

— *Vous lisiez déjà l'allemand ?*

— Oui, j'étais en Allemagne pour mieux parler l'allemand que j'avais commencé d'apprendre en classe. J'ai fréquenté tout un été des adolescents qui étaient dans la « Hitlerjugend » et la B.D.M. Ils étaient complètement épris du nazisme. Les parents se méfiaient de leurs enfants. Je me souviens d'un garçon de deux à trois ans plus âgé que moi. En me montrant son poignard de H.J., il m'a dit qu'ils tueraient tous les juifs.

— *Mais là, vous parlez de souvenirs personnels. Vous, comme juif, ne trouvez-vous pas que l'attitude de l'Eglise catholique officielle vis-à-vis de la persécution des juifs dans l'Allemagne nazie était trop complaisante ?*

— Ce que j'ai constaté, c'est que les gens qui étaient antinazis étaient le plus souvent chrétiens. Simultanément, j'ai rencontré l'antisémitisme violent et le témoignage concret de gens qui se réclamaient du christianisme. Ce qui m'a scandalisé plus tard, ce n'est pas la lenteur de l'Eglise, c'est l'aveuglement de la presque totalité des intellectuels et des responsables politiques de l'Occident devant la montée de l'irrationnel, de la folie nazie. Car il est facile d'accuser l'Eglise seule. Mais que sont devenus les universitaires allemands pendant ce temps ? Quels universitaires allemands ont protesté ? Où sont-ils passés, les libéraux, les démocrates ? Que s'est-il passé dans les partis de gauche pendant les derniers temps de la République de Weimar ?

— *Mais l'Eglise n'a-t-elle pas vocation de protester plus tôt et plus énergiquement que, par exemple, les intellectuels ?*

— Cela fait partie de l'effondrement spirituel et intellectuel de tout un peuple. Il en a été de même en France. Durant la guerre, nous avons aussi connu de terribles équivoques et des excès d'irrationalisme. L'accusation sectorielle contre l'Eglise, même si elle est justifiée sur certains points, me paraît une bonne manière de se débarrasser de la vraie question, qui est celle de la démission de l'Occident, ou de l'impuissance de l'Occident pris dans sa totalité, face à une pareille monstruosité. Même les Alliés, quand ils ont vu les photographies aériennes des camps de concentration prises par l'aviation américaine, ont hésité à parler. Que dire des Russes ? Relisez les romans autobiographiques de Manes Sperber et de Mendel Mann, par exemple.

LA VIE CHRÉTIENNE, REPRISE DE LA PÂQUE JUIVE*

— *Ce que célèbre Jésus pendant la Cène, c'est bien la Pâque juive ?*

— Jésus a célébré avec ses disciples la Pâque juive — la fête de *Pessah.* On discute entre exégètes pour savoir si la Cène a été effectivement le repas pascal, un repas pascal anticipé, ou encore un repas sabbatique identifié après coup au repas pascal. Dans l'Evangile, celui de saint Luc en particulier (22, 14-20), chaque détail de la Cène trouve son sens plein s'il est fondé sur la célébration rituelle de la Pâque. La célébration de la Pâque, Jésus la fait avec ses disciples comme une nouvelle famille, il joue le rôle de chef de famille. A la fin du *Seder*[1], ajoute Marc, ils chantèrent les « psaumes », le *Hallel.* La célébration eucharistique des chrétiens tire tout son sens de cette origine. De nos jours, on présente souvent l'Eucharistie comme un repas. On a tout à fait raison. Mais on pense alors aux repas de fête, tels qu'on les célèbre dans notre société. Or, des repas de fête, même sacrés, existaient en quantité dans le paganisme. Aujourd'hui encore, les racines païennes de notre culture sont proches. L'Eucharistie, ce n'est ni un repas sacré païen ni un « repas de fête », au sens habituel d'aujour-

* Interview par Jean Daniel, dans *Le Nouvel Observateur*, 1er avril 1983.

1. Repas de la Pâque juive.

d'hui. C'est le repas partagé, hâtif de la Pâque, qui plonge dans un symbolique sacrificielle encore très présente à l'époque de Jésus : l'agneau du festin était immolé au Temple. Sans cette référence, l'Eucharistie elle-même perd son sens.

– *Parce qu'il y a déjà, dans la Pâque juive, l'évocation de la chair et du sang.*

– Le sang dont il est question reprend textuellement la formule de Moïse : « Ceci est le sang de l'Alliance » (Exode 24, 8). Jésus l'a récitée (Marc 14, 24). Car l'Eucharistie est un mémorial (*zikkaron* en hébreu). « Vous ferez cela en mémorial de moi » (Luc 22, 19). C'est beaucoup plus qu'un simple souvenir : il fait droit au passé comme à l'avenir, car la signification de la Pâque est messianique.

– *Comment peut-on dire que l'Eucharistie est un mémorial ?*

– Elle est doublement un mémorial. D'abord au sens où la Pâque juive est mémorial : la Pâque chrétienne fait sienne la mémoire d'Israël...

– *C'est-à-dire la célébration de l'Alliance et de la sortie d'Egypte.*

– Oui. Au cours de la Semaine sainte, et notamment dans la célébration du Samedi saint : toute l'histoire du salut, de la création jusqu'à l'accomplissement des temps, est remémorée liturgiquement dans les lectures. A son tour, l'eucharistie fait mémoire de ce dont Jésus a fait mémoire. Ainsi les païens ont accès à la mémoire d'Israël en partageant le mémorial de Jésus puisque, ce faisant, ils participent à l'action de grâces de Jésus, fils obéissant de la promesse. Un chrétien qui ne ferait pas sienne cette mémoire de Jésus, qui inclut la mémoire d'Israël, n'accueillerait pas la grâce qui lui a été faite. En cela, d'ailleurs, les liturgies chrétiennes sont fidèles au rituel juif de la Pâque célébrée par Jésus.

– *Jésus fait pénétrer le judaïsme chez les incroyants ?*

– Il fait pénétrer les païens dans la grâce donnée à

Israël. Il permet d'avoir part à l'Alliance avec Dieu. Selon nous, chrétiens, c'est cet événement qui était annoncé par les Prophètes.

— *Et quel est le second aspect ?*

— C'est précisément cela : ce mémorial vécu par Jésus est devenu mémorial de Jésus lui-même, de l'offrande de Jésus qui saisit l'homme souffrant en état de rupture et de péché, de détresse, vivant loin de Dieu, et qui l'invite à s'en rapprocher, au lieu de s'enfermer dans le refus et le désespoir. En fils, il a offert lui-même sa vie et sa liberté à l'unique Père des cieux. Il fait entrer tous les hommes dans la condition filiale... Il y a même beaucoup plus que cela. Nous disons : Jésus est le fils de Dieu, le « fils unique » de Dieu. Avant de donner à ces mots le sens qui nous ouvre sur le mystère de Dieu lui-même et de son Verbe éternel, il ne faut pas oublier qu'Isaac, le premier, a porté ce titre de « fils unique » de son père Abraham (Genèse 22, 2-16) et qu'Israël a été appelé le « fils bien-aimé de Dieu » (Osée 11, 1 ; cf. Exode 4, 22). Jésus se présente comme le fils obéissant qui « accomplit la volonté du Père des cieux ». C'est là une phrase de révélation, une « voix du ciel » dite sur Jésus, au moment du baptême, de la Transfiguration : « Celui-ci est mon fils bien-aimé, écoutez-le » (Matthieu 3, 17 ; 17, 5).

— *Sauf que la Bible parle du « peuple ».*

— La Bible dit « serviteur », « élu » et « fils ». Israël est personnifié comme fils, et en même temps, le messie-roi est présenté comme fils. Fils est donc un terme dont la signification est à la fois collective et personnelle. Mais entendons-nous : la vraie condition filiale, c'est d'accomplir parfaitement la volonté de Dieu-Père. C'est à l'intérieur de cette obéissance, de cette conduite humaine devenue filiale et non pas servile, non pas craintive, que la condition de fils se réalise. Dire qu'Israël est fils ou dire que Jésus est fils en sa condition humaine, cela veut dire que l'humanité se perçoit non, comme dans les cosmogonies païennes, physiquement issue de Dieu, mais participant à la vie de Dieu par grâce, par choix gratuit et par libre amour de Dieu. C'est ainsi que l'homme trouve sa plénitude. Il entre, à l'égard du Dieu inconnaissable, dans une relation qui lui permet de connaître le mystère de Dieu et de trouver par grâce l'accomplissement de la liberté, comme Jésus lui-même le dit à ses disciples dans le Sermon sur la Montagne.

— *Dans cette partie de votre analyse, vous n'abordez pas la divinité de Jésus.*

— Je parle à la fois de la condition filiale d'Israël et de la condition humaine filiale de Jésus. Il n'y a pas de séparation entre Jésus et Israël. Les évangélistes témoignent de l'histoire de Jésus en la référant sans cesse à l'histoire d'Israël. C'est en ce sens que Jésus est l'accomplissement d'Israël (Matthieu 5, 17). Le mot est terrible, car il a souvent été entendu comme signifiant l'anéantissement du judaïsme et justifiant la persécution des juifs.

— *Vous voulez dire que l'épanouissement d'Israël en Jésus n'implique pas...*

— ... N'implique pas la disparition historique d'Israël et ne rend vaines ni son existence historique ni sa vocation spirituelle.

— *... Ni sa survie...*

— ... Ni sa vie ni sa mission.

— *Iriez-vous jusqu'à dire, dans votre évocation de la dimension mémoriale de la Pâque que, dans cet acte de Jésus, la volonté de ne pas faire de prosélytes a été violée, c'est-à-dire qu'il y a eu accès à l'universalité ?*

— L'accès à l'universalité est à la fois antérieur et postérieur à la dernière Pâque célébrée par Jésus. Jésus lui-même l'affirme en une expression tirée d'Isaïe — « pour la multitude » —, d'abord énigmatique pour ses disciples : « Ceci est la coupe de mon sang, le sang de l'Alliance, versé pour vous et pour la multitude en rémission des péchés. » Dès les débuts de l'alliance avec

Israël, dès la promesse à Abraham (Genèse 12, 3) et dans toute la continuité de l'Alliance et de l'espérance donnée par les Prophètes (Isaïe, Jérémie, Ezéchiel) tout comme par Daniel, l'ouverture aux nations est constamment le sens et la clef de la vocation d'Israël.

— *Mais avec une mission, gardée pour Israël, d'être témoin parmi les nations ?*

— Oui, bien sûr. Avec l'idée que toutes les nations viendront et adoreront, et Israël aura la surprise de voir « des enfants qu'il n'a pas enfantés ».

L'universalisme est inscrit comme une espérance dès la vocation d'Abraham : « Par toi se béniront toutes les nations de la terre. » La singularité de la vocation du peuple juif, dans sa constitution même, n'a de sens que dans cette ouverture universelle. Ce n'est pas une promesse d'hégémonie universelle : ce n'est pas le peuple du centre du monde, qui verra venir à lui la totalité de l'univers. C'est une mission vis-à-vis de tous, parce que Dieu se révèle le Dieu de tous les peuples et pas seulement d'Israël ; il ne se fait le Dieu d'Israël que parce qu'il a choisi Israël, qui n'est rien par lui-même, pour en faire l'instrument de son amour pour toutes les nations. Prenez le récit de la création. La Genèse montre comment le Dieu d'Israël est le Dieu de tous les hommes. Il est le même et l'Unique.

Deuxièmement, l'universalisme s'inscrit dans la vie de Jésus lui-même. Au cours de sa vie, des éléments anticipateurs sont soigneusement marqués par les évangélistes. Jésus lui-même a dit : « Je n'ai été envoyé qu'aux brebis perdues de la Maison d'Israël » (Matthieu 15, 24). Il accepte de son Père des Cieux cette délimitation à Israël du champ de son action. L'ouverture du Règne de Dieu aux nations païennes ne sera accomplie qu'au-delà de sa propre mort ; cependant, il y a dans le temps de la vie de Jésus des prophéties et des anticipations de la conversion des nations païennes, que les évangélistes ont mises fortement en lumière.

J'en cite une très connue : c'est la parabole de l'enfant prodigue (Luc 15). Le sens de la parabole est le suivant. Le fils aîné, qui est resté avec le Père, c'est Israël. Le Père, c'est Dieu. Et le fils aîné est toujours avec le Père, et il doit se réjouir de l'amour du Père. Le fils cadet, lui, a réclamé sa part d'héritage, et l'héritage dont il est question ce sont les biens divins, la connaissance de Dieu. Il s'en est allé au loin, dans le pays de la mort. Il a dilapidé l'héritage et il n'a plus rien. C'est le païen. Il est, du coup, esclave, et il voudrait bien se nourrir de ce dont se repaissent les troupeaux de porcs. Or, dans le Proche-Orient, les porcs sont les animaux sacrés qui symbolisent la mort, d'où l'interdit alimentaire pour les juifs. La mort n'est pas un dieu. Celui qui est dans les mains de Dieu ne peut avoir aucune complicité avec la mort. Donc, le fils cadet est devenu esclave de la mort, ramené au rang des animaux. Il dit : je veux retourner chez mon père, parce que là j'aurai la vie. Le père l'accueille, et vous connaissez la suite de la parabole.

Le sens de la parabole, c'est que le cadet est, lui aussi, un fils. C'est dire à Israël : attention, les païens sont des fils perdus, et la joie de Dieu, c'est de retrouver ses fils. Ils ont donc autant de droits que vous aux biens du Père, ils en ont même plus ! Ils en ont plus parce que ce sont des fils repentis, des fils perdus retrouvés, des fils morts revenus à la vie. Et toi, qui es demeuré juste et fidèle, tu n'as pas à te plaindre, « tu es toujours avec moi », donc tu dois te réjouir de ma joie de retrouver ton frère, qui était perdu. En retrouvant ton frère, tu dois être heureux de ma joie à moi, qui est de le retrouver, et tu ne dois pas être jaloux de sa part d'héritage. Cette parabole est clairement une parabole juive et ne pouvait être exposée en dehors de ce contexte.

Ensuite, il y a, dans la vie même de Jésus, des moments précis qui annoncent l'entrée des païens dans l'Alliance avec Dieu. Par exemple, on nous raconte la guérison de l'enfant du centurion de Capharnaüm

(Luc 7, 1-10), et l'on voit bien la différence d'attitude entre les païens et les juifs. Les juifs s'approchent de Jésus, l'enserrent de partout, le touchent ; ils sont physiquement en contact (Luc 6, 17-19). Le païen, lui, vient de loin et dit : « Seigneur, je ne suis pas digne que tu entres dans ma maison. N'y entre pas. » Jésus admire et dit : « Vraiment, je n'ai jamais vu une telle foi en Israël. » Donc, par la foi, le païen accède au salut, et le récit annonce le salut qui sera donné aux païens.

Tout se passe comme s'il y avait eu promesse, dans la vie d'Israël, et anticipation, dans la vie de Jésus, de cette ouverture du salut aux nations. Mais cet événement n'est arrivé qu'après la mort et la résurrection de Jésus. Il s'est produit à la Pentecôte par le don de l'Esprit qui, ainsi, élargit d'un seul coup le cercle des disciples de Jésus et suscite un peuple nouveau (Actes 2), un peu déjà à la manière dont Ezéchiel, dans l'épisode des ossements desséchés, a prophétisé la résurgence du peuple (Ezéchiel 37).

Voilà l'événement qui a donné naissance à l'Assemblée, l'*Ecclesia* des juifs et des non-juifs, qui a provoqué un clivage avec la Synagogue. Ce n'est pas la passion qui est le moment de rupture : la passion du Christ révèle, bien au contraire, que tous les hommes sans distinction sont comme emprisonnés ensemble par leur complicité dans le péché ; saint Paul l'affirme avec force au début de sa lettre aux Romains.

Les évangélistes soulignent que la totalité des hommes est compromise dans la mort du Christ, Rome tout autant que le peuple d'Israël. Il y a, notamment, une très lucide analyse du pouvoir romain, qui prétend à la justice. Et c'est Pilate, le représentant du pouvoir et du droit, qui commet la suprême iniquité : « Je ne reconnais aucun motif de condamnation contre lui... » (Jean 18, 38 ; 19, 4-6). « Je suis innocent de son sang... » (Matthieu 27, 24). Alors qu'il est responsable et qu'il prétend assurer la justice, l'équité, il condamne consciemment un innocent. C'est le mensonge par excellence qui se justifie lui-même par le scepticisme. « Qu'est-ce que la vérité ? », riposte Pilate à Jésus. Dans ce procès, certains représentants d'Israël aussi ont été compromis : des anciens, des prêtres, des scribes. Et le peuple, selon saint Luc, est réduit à un rôle muet. Il regarde, comme s'il ne comprenait pas. Le mot grec employé par Luc (23, 13.27.35), c'est *laos*, le peuple sacré, le « peuple saint ».

— *Il est saint et il ne comprend pas ?*

— Il est muet. Il était là, à regarder. Tout le monde est compromis, y compris les disciples, qui ont peur et qui s'en vont, qui fuient. Telle est la dimension universelle de la Croix du Christ. La Passion du Christ sert de révélateur à la totalité du mal qui existe dans le monde et en chacun.

— *A partir de quel moment tous ces gens, qui vont le reconnaître, ont-ils compris le sens de sa mort et ont-ils compris la promesse de la résurrection ?*

— Jésus demeure obscur, incompréhensible pour tous jusqu'au jour où ils reçoivent le « don » promis, qui leur permet d'entrer dans l'intelligence de la Sagesse de Dieu.

Ainsi les disciples d'Emmaüs, dans saint Luc (Luc 24). Les deux hommes sont en route, partis de Jérusalem juste après le Chabbat ha-Gadol, le Grand Sabbat, donc le dimanche même, et ils marchent tout tristes. Quelqu'un les rejoint sur la route et leur demande : « Qu'avez-vous à être tout tristes ? » Alors, ils lui disent : « Tu es bien le dernier à Jérusalem à ne pas savoir ce qui s'est passé ! Jésus, un prophète puissant en action et en parole — nous espérions que c'était lui qui délivrerait Israël — est mort voilà trois jours. Il est vrai que quelques femmes sont venues nous raconter qu'elles ne l'avaient pas trouvé dans son tombeau. Mais... » A ce moment-là, l'inconnu leur commenta toutes les Ecritures : « Esprits sans intelligence, cœurs lents à croire tout ce qu'ont annoncé les prophètes... Ne savez-vous donc pas qu'il fallait que le Messie souffrît pour entrer dans sa gloire ?... » Et, commençant depuis le commencement, il leur expliqua toutes les Ecritures. Les hommes ne comprennent pas encore. Arrive le dernier épisode d'Emmaüs, qui est très mystérieux. Ils lui disent : « Reste avec nous, il se fait tard... Nous arrivons à une auberge, viens avec nous. » Puis, au moment de se mettre à table, ils le reconnaissent « à la fraction du pain », et « il leur devint invisible ».

Alors les disciples se disent : « Notre cœur n'était-il pas tout brûlant pendant qu'il nous expliquait les Ecritures ? », et ils retournent à Jérusalem en toute hâte « pour faire part aux apôtres de ce qui leur est arrivé ».

Donc, les disciples ne comprennent qu'à partir du moment où ils reçoivent ce que la Passion du Christ et sa Résurrection étaient destinées à donner à l'humanité. Le don promis, c'est l'Esprit Saint qui change le cœur de l'homme. C'est l'Esprit qui rend « brûlants », vivants les cœurs de pierre, selon l'oracle du prophète Ezéchiel. Seul cet Esprit permet aux disciples d'accéder au mystère de la Passion, de comprendre « pourquoi il fallait que le Messie souffrît ».

La Cène est la nourriture du peuple messianique, qui voit dès maintenant cette transfiguration et l'enfantement qui est en train de se produire.

— *C'est-à-dire que sans la Passion et la Résurrection, il n'y a pas d'accomplissement ?*

— Seul le don de l'Esprit du Ressuscité anticipa l'accomplissement des temps.

— *De quoi Judas est-il le symbole, alors, dans cet absolu de la Passion ? Il est l'instrument de la divinité...*

— C'est l'extrême paradoxe. Je pense que Judas est, par rapport aux disciples, ce que la mort est dans l'expérience du Christ lui-même : une victoire apparente du Mauvais, du mal sur le bien. L'idée qu'il faut que le Messie souffre et meure est, en elle-même scandaleuse. C'est une négation de Dieu. C'est le scandale majeur. L'idée que, parmi les disciples, il y ait comme l'expression d'un refus définitif et l'enfermement dans le désespoir est un autre scandale, indissociable de celui de la mort de Jésus. Mais Jésus a vaincu la mort, il est mort aussi pour Judas.

– *Son symbole reste énigmatique pour vous ?*

– Enigmatique et scandaleux comme la mort. Judas et Pierre ne peuvent pas être séparés. Pierre renie et se repent. Judas trahit et désespère. Ce sont deux faces de l'homme. Il ne nous est rien dit du comportement des autres disciples pendant la Passion de Jésus, sinon qu'ils s'enfuient, qu'ils ne sont pas là. Les deux apôtres, qui ont un visage personnel, qui jouent un rôle dans la Passion, ce sont Pierre et Judas. Les autres n'apparaissent qu'en groupe... à part un, anonyme : « le disciple que Jésus aimait ».

– *Dans la dimension humaine et historique, tout se passe comme si Judas jouait quand même le rôle du mal, supportant un péché, devant le payer et devant subir un châtiment.*

– Oui.

– *Est-ce compatible avec ce que vous dites de la fatalité de la Passion ?*

– Oui. Il y a la parole que rapporte saint Luc : « Père, pardonne-leur, car ils ne savent pas ce qu'ils font » (Luc 23, 34). La prière de pardon dite par Jésus sur tous ceux qui furent les instruments de sa Passion, les bourreaux, le peuple, tout le monde, est une parole de miséricorde ; ce n'est pas une amnistie facile et irresponsable. La miséricorde, c'est l'autre face de la vraie justice.

Quand les hommes condamnent le Juste, son innocence fait apparaître le mal caché qui est en tout homme, elle démasque jusqu'où va le mal. Dans ce crime il devient clair que le mal a une complicité avec la mort. C'est là la cohérence ultime de la condition humaine révélée par le Juste crucifié. Il manifeste notre liberté blessée, notre volonté du mal qui conduit à la mort de l'homme, cause l'homicide, la mort de l'autre, ou le suicide, sa propre mort. La figure de l'Innocent dévoile le mal en en acceptant les conséquences jusqu'au bout. A la limite, l'Innocent meurt non par décret, mais parce qu'il accepte de subir jusqu'au bout les conséquences du mal, pour que ce mal soit dévoilé, mis à nu et pris par le pardon de Dieu.

A celui qui doute encore et qui « regarde » le Crucifié, il faut que se révèlent l'abîme de la liberté et la profondeur de l'Espérance. Et aussi la profondeur du pardon.

Dans cette vision juive et chrétienne de la souffrance, plus rien ne peut étonner de la part de l'homme. Celui qui la partage ne peut plus désespérer de l'homme, parce qu'il est allé jusqu'au fond absolu du désespoir, et en est sorti avec le crucifié. Dès lors, le disciple de Jésus ne peut plus dire simplement d'un homme qu'il est bon ou mauvais, car il sait désormais que tout homme, et lui-même aussi, peut aller jusqu'à l'extrême du mal ; et pourtant il sait que ce même homme est destiné à l'extrême du bien, et que le pardon lui est donné.

— *Sauf que, pour les gens extérieurs à l'Eglise, il semble que dans le judaïsme la mort reste un scandale, tandis que le christianisme l'intègre.*

— Elle demeure un scandale pour le chrétien comme pour le juif. Et le judaïsme le premier est une réponse à la question de la mort, une promesse de vie. Dans la grande prosopopée : « Mort, où est ta victoire ? Mort, où est ton aiguillon ? » (1 Corinthiens 15, 55), saint Paul cite Isaïe et Osée (Isaïe 25, 8 et Osée 13, 14). Mais la mort demeure un scandale, scandale redoublé, folie inconcevable d'un Messie crucifié. Le scandale de la condition mortelle de l'homme s'exprime dans la stupeur de devoir mourir. La mort et son imprévisibilité m'apparaissent toujours comme une injustice, même si j'arrive à me raisonner en me disant que je suis un être biologique, ou si, à un moment donné, et en ayant assez de vivre, je me trouve rassasié de la vie. Mais le scandale de la mort – c'est une expression de saint Paul – apparaît en toute son ampleur dans le scandale de la Croix (1 Corinthiens 1, 18-25), le scandale de la mort injustement subie du Messie. Par aucun homme la mort n'est aimée. Pour le disciple du Christ ressuscité qui a appris à aimer la vie puisqu'elle est donnée par Dieu, ce scandale redouble et ne peut être surmonté qu'en étant associé à l'épreuve du Christ. Faire du christianisme une exaltation de la mort, c'est faire fi de la conscience qu'ont eue le Christ et la première génération chrétienne du rôle sacrificiel (et rédempteur, au sens de délivrance) de l'offrande du Christ dans sa mort. Je pense que la conscience juive est capitale ici pour comprendre le Messie souffrant ; cette expérience-là, elle en connaît le prix. Jésus lui-même a lu ou entendu lire dans la synagogue de Nazareth le rouleau du prophète Isaïe : « Nous le pensions accablé, puni... Nous pensions que c'était un homme châtié. En fait, c'était nos souffrances qu'il portait, nos iniquités dont il était accablé » (Isaïe 53, 3-4). Ces versets sont parmi les plus bouleversants de toute la Bible. On ne peut comprendre le sacrifice du Christ que si l'on garde présent à l'esprit que Dieu lui-même a comme un effroi profond devant la mort (Matthieu 26, 36-46).

– *Et la résurrection, n'est-ce pas une façon d'imaginer un double de ce monde ?*

– La résurrection, c'est la foi en la puissance de Dieu, qui fait vivre l'homme divinement dans la plénitude de sa condition historique, y compris corporelle. Elle est littéralement irreprésentable, même si elle a nourri des fantasmagories.

– *Il y a quand même une référence évangélique à la résurrection du Christ. Il est apparu tel qu'il était avant...*

– Pour montrer son identité tout en se manifestant comme les prémices et le gage d'une nouvelle création. Cela ne nous permet en aucune façon d'imaginer notre propre avenir de ressuscités. La foi en la résurrection relève de la foi en Dieu, pas d'une croyance imaginaire en ce que nous deviendrons.

— *C'est-à-dire que les rares témoins de la résurrection du Christ ne pouvaient pas espérer avoir une résurrection identique ?*

— Si, mais la seule chose qui apparaisse, c'est que dans la participation à la vie divine la mort est vaincue en lui. « Je fus mort, et voici je suis vivant » (Apocalypse 1, 18).

— *Mais pour eux, c'était représentable ?*

— La seule analogie de la résurrection, en cette vie présente, la seule anticipation que j'en aie actuellement, c'est ce que Dieu me donne déjà en me permettant de vivre avec lui et de lui. Dans mon corps mortel, il met déjà une énergie divine dont je sais qu'elle est capable de vaincre ma mort, mais d'une manière que je ne peux pas imaginer. Je puis recevoir un avant-goût de la résurrection, car, marchant dans les traces du Christ-Messie, je puis lui être uni dans l'Esprit Saint, et je me souviens qu'il a vécu cette vie, qu'il a traversé notre vie et notre mort vers le Père. Il demeure présent à l'histoire humaine, mais non à la manière d'un fantôme, d'un survivant. Il n'y a pas de mausolée qui contienne son corps. Les prémices de la résurrection qu'il a inaugurée dans l'histoire, et dans le cœur des hommes auxquels il confère l'onction messianique de l'Esprit qui vivifie, font croître, grandir dans l'histoire son corps qui est l'Eglise.

— *Vous vous rendez compte, en disant tout cela, que vous allez dans le sens contraire de tous les arguments qui ont servi au prosélytisme séculaire, et même au pari de Pascal ?*

— Je ne crois pas que Pascal ait parié sur la résurrection, dans cette page écrite en une nuit.

— *Dans l'implicite du pari, il y a cela...*

— Peut-être, mais en tout cas je ne crois pas que ce pari « probabiliste » puisse être décisif. Il est peut-être même fallacieux, faute d'avoir correctement identifié l'enjeu. Car la vie éternelle, au sens où en parle l'Evangile, commence dès à présent. Je ne pourrais pas croire à la puissance de résurrection à laquelle je crois, mais qui est complètement irreprésentable pour moi, si elle ne venait pas à moi comme une parole que Dieu me donne, comme une espérance que Dieu me donne avec son Esprit d'adoption. Ce dont je parle ici n'est pas une expérience marginale. Il ne s'agit pas d'« expériences rares », du type initiatique. C'est la condition ordinaire de celles et de ceux qui sont appelés à n'être qu'un avec le Christ en participant à sa condition de ressuscité (Romains 6, 3-11). Cette vie est inscrite dans l'opacité des jours, dans les faiblesses humaines, dans les failles de l'existence.

— *La célébration de Pâques, dans ce sens, devient, au fond, l'identification avec l'essence du christianisme.*

— Oui. Car la vie chrétienne est une réitération de la Pâque.

— *Alors, comment voyez-vous, d'abord, la justification de la survie d'Israël, étant donné l'importance de ce qui lui est arrivé avec Jésus, selon vous ?*

— La survie d'Israël — mais je préférerais dire simplement la vie d'Israël — est inscrite dans la promesse de Dieu. Dieu ne peut pas se démentir. Quand Dieu donne, il ne renie pas ce qu'il a donné et promis : « Les dons et l'appel de Dieu sont sans repentance » (Romains 11,29).

— *Et la coexistence d'Israël et des nations ?*

— La relation entre Israël et les nations me semble exprimée dans la parabole des ouvriers qui ont été embauchés par le maître de la vigne à différentes heures de la journée (Matthieu 20, 1-16). Les premiers, ce sont les juifs ; les derniers, ce sont les païens. Ils reçoivent cependant « le même salaire » que les premiers, alors que, pourtant, ils ont été embauchés les derniers. Un jour, Dieu essuiera toute larme des yeux (Apocalypse 21, 4) ; l'humanité sera comme une famille arrachée à la mort et réconciliée. Tel est, pour les juifs comme pour les chrétiens, l'accomplissement eschatologique, ultime, de toutes choses. Or, manifestement, cet accomplissement ne nous est pas encore donné comme une possession, mais comme une espérance. Dans cette attente, la relation d'Israël aux païens demeure une des tensions constitutives de notre histoire dont l'accomplissement est attendu comme une « résurrection d'entre les morts », nous dit Paul (Romains 11, 15).

Les païens, d'ailleurs, ne sont pas tous entrés dans l'Alliance. Nombreux sont les païens qui refusent l'Alliance, et Israël doit demeurer, jusqu'à l'accomplissement des temps, le témoin de la promesse de Dieu, avec sa vocation propre de fils aîné.

Dans la conception chrétienne de l'histoire, le monde reste divisé en juifs et en païens. Le juif est celui qui a reçu l'Alliance ; il est témoin historique à l'initiative de Dieu. Le païen est celui qui n'a pas reçu cette mission ; il attestera la surabondance de la miséricorde première.

Le juif doit reconnaître le don qui lui a été fait, don gratuit, et le païen n'a accès à son tour à cette grâce qu'en reconnaissant celle qui est faite en premier à Israël. Le peuple des « chrétiens », c'est-à-dire littéralement ceux qui appartiennent au Christ, au Messie, est fait du rassemblement des juifs et des païens, ainsi qu'en témoignent saint Paul et les Actes des Apôtres.

Autrement dit, il y a toujours une interdépendance. Supprimez l'un des termes et vous supprimez le champ même où apparaissent l'initiative et l'action divines. Alors le conflit apparaît. Dans l'Evangile, il est plusieurs fois question de la « jalousie » entre les fils : l'un ou l'autre prétend s'emparer de la totalité de l'héritage. L'un et l'autre doivent reconnaître, par l'acceptation du don que Dieu fait à son frère, que lui-même n'a pas d'autre droit que la gratuité de l'amour que Dieu lui porte. Chacun est pour l'autre témoin de l'amour. Il faut donc que subsistent les deux termes, Israël et les païens. Non pas comme des entités archéologiques, mais comme des données constitutives de l'histoire de l'Eglise.

Il y a même davantage. En l'église Sainte-Sabine, à Rome, on peut admirer deux figures complémentaires de l'Eglise, l'*« ecclesia ex circumcisione »* et l'*« ecclesia ex gentilibus »*. C'est une image tout à fait différente de celle de la cathédrale de Strasbourg. A l'intérieur de l'Eglise aussi, l'identité juive persiste comme un élément de la grâce qu'elle a reçue, comme un rappel permanent de son absolue gratuité, comme le signe de l'amour de Dieu.

– *A Chartres, en tout cas, il y a sur un des portails tous les apôtres sur les épaules des prophètes...*

– Oui, mais à Rome, l'idée est que l'Eglise n'est dite catholique – *kath'olon* – que parce qu'elle est d'abord constituée des juifs et des nations.

– *Voulez-vous dire que, pour l'Eglise, tant que les païens existent, le judaïsme persiste ?*

– La tradition ancienne de l'Eglise a compris de la sorte l'histoire du salut. Je viens de l'exposer en référence à la Lettre aux Romains de Paul. Et c'est bien ce qui se fait jour dans le moment que nous vivons, un moment de rédemption et de délivrance. Sinon, ce serait prononcer la fin de l'histoire. Qui peut le faire, sinon Dieu seul ? Il est vrai qu'une autre compréhension de l'histoire et de la place d'Israël dans l'économie du salut s'est fait jour dans la pensée chrétienne après la période patristique.

– *Le fait que le christianisme ait besoin du judaïsme, cela vous invite-t-il à ne pas appeler à la conversion... ?*

– Tout homme est appelé à se retourner vers Dieu, à se « convertir ». Par quel chemin ? C'est le secret de chacun, que Dieu seul connaît, et qui s'inscrit dans le secret de l'achèvement de l'histoire.

– *Que diriez-vous à des hommes qui tâtonnent peut-être vers Dieu ?*

– Je pense que le vrai débat est sur la vie, sur la

résurrection. J'ai envie de dire à chaque homme que je rencontre : « Laisse-toi saisir par la vie. » S'il nous est difficile de croire à la résurrection, c'est parce que nous ne voulons pas nous laisser saisir par Dieu qui fait vivre.

Je dirais que la vraie question – et elle est parfois posée –, c'est : est-ce que la vie de l'homme est autre chose que ce dont l'homme se rend maître ? Aujourd'hui, l'homme pense être devenu davantage le maître de la vie. Mais il découvre alors qu'il n'est pas si facile que cela de vivre. Le drame de notre civilisation, c'est qu'elle engendre la mort à mesure qu'elle veut améliorer ou même sauver la vie. Nous découvrons qu'il est difficile d'aimer la vie. Aimer la vie, c'est être transformé par Dieu, le Vivant qui ressuscite les morts. Je crois que Freud a eu raison quand il a souligné l'importance de l'instinct de mort.

Avoir foi en la résurrection, c'est d'abord arracher de son cœur la complicité avec la mort. Et cela, c'est un miracle.

Si j'avais un choix à faire parmi les gens à qui je voudrais aujourd'hui m'adresser, je choisirais en priorité, même si cela peut surprendre, deux types de femmes et d'hommes. Les premiers, ce sont celles et ceux qui ont en eux la tentation du suicide, quelle qu'en soit l'origine et quelle que soit leur façon de se détruire : morale, psychique ou physique (on peut se détruire de bien des façons, pas simplement physiquement). A ceux-là je voudrais dire : votre vie est plus que vous ne pensez. Acceptez non pas cette vie telle qu'elle est, mais acceptez de recevoir la vie ; elle vous vient de plus loin que vous ; elle est plus belle que vous ne pensez. Croyez à la vie que vous avez reçue et acceptez-en l'épreuve.

Et les seconds, ce sont celles et ceux qui ont envie de tuer. Il y a bien des manières de tuer. Dans la Bible, la haine fait partie du meurtre. Le mépris, le refus de l'autre, la vengeance font partie du meurtre ; c'est aussi tuer son frère que de le priver de ce qui lui est nécessaire, du droit de parler, etc. A ceux-là je voudrais dire : cet autre qui est là devant vous, que vous haïssez, il vous est donné comme un signe de la vie et de Dieu. Arrêtez-vous : acceptez-le, ne le tuez pas, aimez-le (Matthieu 5, 21-26, 43-48).

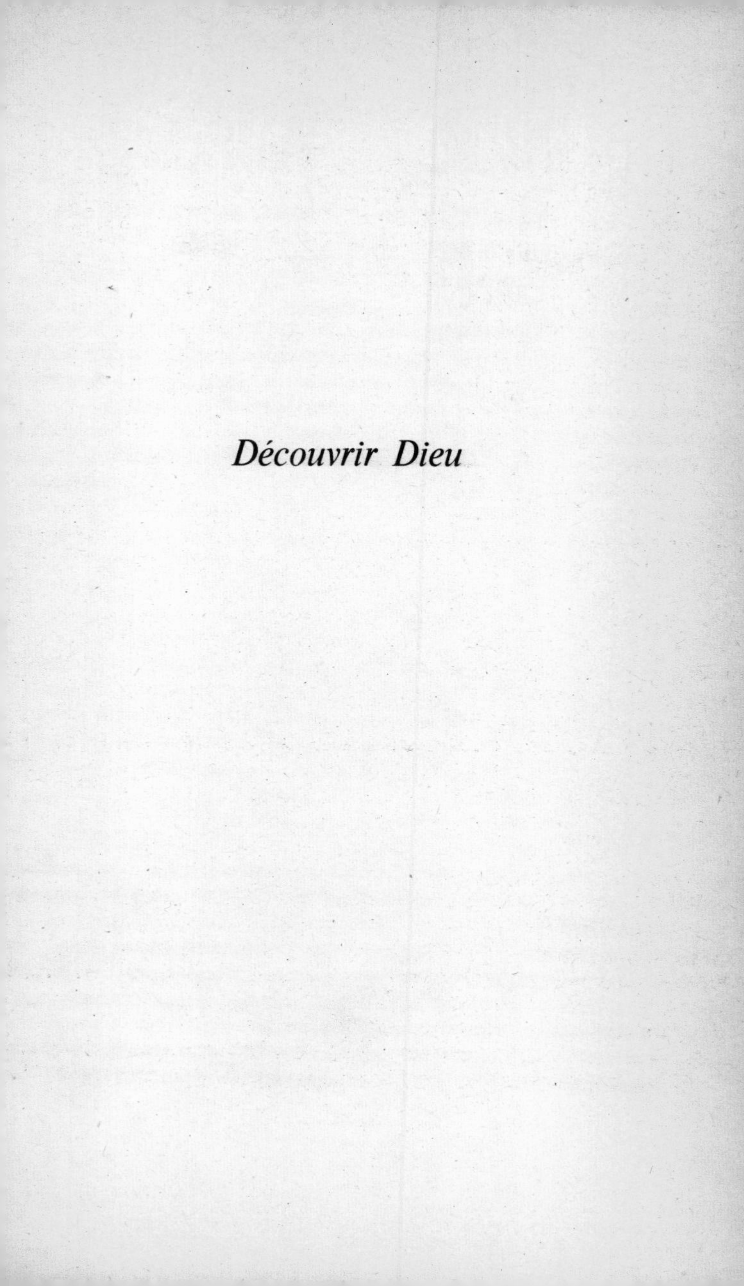

Découvrir Dieu

NE PAS DÉSESPÉRER DE L'HOMME*

— *Père Lustiger, c'est le croyant que nous désirerions rencontrer en vous. La découverte de la foi, comment l'avez-vous vécue ?*

— En fait, la découverte de Dieu et du Christ est une réalité très mystérieuse. On ne peut en rendre compte sous la forme d'un discours logiquement construit. Si je me fie à mon expérience personnelle et à ce que je crois avoir compris de l'expérience d'autrui (j'ai été toute ma vie au contact d'incroyants et d'athées), je vois deux aspects qui, pour quelqu'un d'extérieur, pourraient paraître contradictoires.

Tout d'abord, une adhésion totale que Dieu donne, et par laquelle se fait la découverte de la foi.

Ensuite, la présence ou la résurgence de tout ce que constituent les doutes, les refus, les dérobades de n'importe quel homme devant l'existence de Dieu. Pour moi, l'athéisme, y compris l'athéisme comme doctrine philosophique, n'est pas seulement une donnée culturelle qui aura marqué les temps modernes ; c'est aussi quelque chose qui doit être rangé parmi les tentations de l'homme. Autrement dit, la démarche de foi ne consiste pas dans une logique déductive dont le premier temps

* Interview par Rémi Montour, dans *France catholique-Ecclesia*, 27 février 1981.

permettrait de déterminer si Dieu est ou n'est pas, et le second de se situer en conséquence. La découverte de Dieu comporte des difficultés intérieures à surmonter. L'athéisme prend alors le sens d'une épreuve spirituelle dans l'itinéraire du croyant. Il s'y présente comme la tentation d'avoir peur de Dieu, de se fabriquer une idée de Dieu, de douter. Tout homme de notre siècle, un jour ou l'autre, est passé par là.

Ce que je voudrais dire aussi, c'est qu'au fond, on ne découvre pas Dieu. On est découvert par lui. Déconcerté par lui. La foi, c'est quand le chercheur s'aperçoit qu'il est cherché. Cela ne veut pas dire que tout ce qui a précédé soit vain. Quand l'incroyant accepte d'être saisi par Dieu, alors il se rend compte de ce que signifiait le chemin qu'il parcourait. C'est un peu comme quelqu'un qui ne découvre ce que signifiait l'attente de l'amour que lorsqu'il est aimé.

— *Vous avez donc connu, vous aussi, la tentation dont vous parlez. Pouvez-vous évoquer la forme qu'elle a prise ?*

— Je me souviens d'une période que je juge aujourd'hui naïve où, ayant déjà choisi ma vie, mais sentant naître des hésitations intérieures, j'étais tenté de me donner en réponse le raisonnement suivant : après tout, la vision chrétienne du monde, simplement par son contenu humaniste, son contenu d'amour et de paix, est la plus belle qui soit. Elle mérite qu'on donne sa vie pour elle. Mais ce raisonnement était une défaite misérable.

— *C'était réduire le christianisme à un idéal ?*

— Oui. La tentation de se donner des raisons purement humanistes pour tenir dans la fidélité. Je dis que cette réponse est misérable. C'est vrai que la vision chrétienne est la plus belle qui soit. Mais c'est le croyant seul qui peut le dire... Je pense aussi à une autre étape. Je me souviens d'une tentation forte, qu'on retrouve souvent aujourd'hui, notamment chez les jeunes. C'est au sujet de l'Eglise. On se dit : « Et si l'Eglise n'était finalement qu'une sorte de sécrétion humaine ? » Elle aurait recouvert l'Evangile. Elle ferait penser à une sorte de sédiment, analogue à celui qu'on voit sur les coquillages des fonds marins ou sur les coques de navires, à une gangue. Et il faudrait briser la gangue pour trouver l'Evangile. On le voit assez : il s'agit là d'une lecture seulement humaine de la vie de l'Eglise, celle qu'avait par exemple au XIXe siècle un rationaliste comme Stendhal. A la limite, on a ce point de vue que l'on trouve aujourd'hui dans certains journaux : l'Eglise-escroquerie, le christianisme-prétention hypocrite.

— *Cette tentation-là, comment la dépasser ?*

— Il faut arriver à recevoir la réalité ecclésiale, y compris celle des hommes pécheurs qui la composent, comme un mystère de grâce.

En effet, la réponse n'est pas celle que je me donnais d'une façon naïve et finalement illusoire : le christianisme est la meilleure façon de vivre, et même si ça n'est pas vrai, il vaut mieux faire « comme si ».

— *Si ce n'est pas vrai, ce n'est pas vrai du tout ?*

— Oui. Exorciser cette tentation, ce n'est pas affirmer : les chrétiens sont meilleurs que les autres. C'est accepter de voir que, dans le mystère de péché, il y a un mystère de miséricorde ; que la sainteté de Dieu se révèle dans une Eglise composée de pécheurs : cette Eglise n'est donc pas une institution extérieure au mystère du Christ, mais le corps même du Christ portant les blessures du péché des hommes. Ceci n'est pas nier la tentation dont je parle ; c'est aller jusqu'au bout de ce qu'elle propose, et la dépasser. Une formule du théologien Hans-Urs von Balthasar, appliquée à l'Eglise, me revient en mémoire : *« casta meretrix »*, ce qui veut dire quelque chose comme « chaste entremetteuse »...

— *C'est une image qui a couru tout au long de l'histoire de l'Eglise ? Déjà, chez les Pères...*

— Oui, c'est là qu'il l'a prise... Mais je voudrais, puisque vous m'interrogez là-dessus, parler d'une autre objection qui a d'ailleurs marqué toute ma génération.

Elle touche à l'interprétation de l'Evangile. Par exemple, l'objection de type marxiste : « Le tout de la vie de l'homme ne serait-il pas l'efficacité politique, et l'Evangile ne demanderait-il pas à être réinterprété en fonction de cette perspective ? » Ou encore, la question posée par l'exégèse libérale allemande, où Bultmann s'est illustré (son maître-ouvrage remonte à 1926) : peut-on se fier à l'Evangile et comment l'interpréter ? J'ai connu ce débat dans mes vingt ans. J'en suis sorti par deux décisions.

La première était vraiment une décision de foi. Je me suis rendu compte que cette manière de poser le problème de la compréhension de l'Evangile avait comme hypothèse que le maître de l'Evangile, le maître de la Parole de Dieu n'était pas Dieu, mais l'homme s'érigeant en interprète, en juge. Alors que c'est l'inverse qui compte. On ne peut accéder à la parole que si on se laisse interpréter par elle, donc si l'on accepte que ce soit elle qui nous parle.

En matière d'exégèse, je suis très reconnaissant, ainsi que beaucoup dans ma génération, au Père Starki, un véritable guide. Il nous a mis le nez dans le problème synoptique, nous a fait travailler d'une manière précise. Plutôt que d'en rester à l'idéologie bultmannienne, il nous a fait adopter un comportement d'empiriste par rapport aux textes et dans le respect des textes, un peu comme ces physiciens qui pénètrent des données, les reprennent, voient si ça marche. Ceci a été pour moi très précieux.

Ma seconde décision est intervenue lorsque je me suis vu mis au pied du mur pendant un voyage en Terre sainte. Dans la réalité de la terre du Christ, je percevais comme une sorte de brutalité physique ou du paysage et des faits qui, bien sûr, ne me fournissait pas une preuve, mais m'obligeait à prendre position par rapport à une Parole. La lutte avec l'Ange avait assez duré. Il fallait sortir de l'indécision. Il fallait un vainqueur et un vaincu.

— *Père Lustiger, vous avez, autant que d'autres, et*

peut-être plus, connu les épreuves de ce temps. Un temps où le mal fait des ravages, c'est le moins qu'on puisse dire, et qui demeure sans réponse humaine, le mal dans toute sa dimension, le mal que certains ont cru vaincre par les révolutions...

— Vous avez raison d'évoquer cette condition tragique de l'existence, qui pose la question du mal. Elle nous conduit au mystère du Christ comme Messie souffrant, comme mystère de l'humanité défigurée par l'homme et transfigurée par Dieu, mystère de mort dans le mystère de la vie transmise à l'humanité du Fils par le Père, et par son Fils à notre humanité. Nous sommes toujours tentés de l'escamoter parce qu'il nous paraît insupportable. Nous sommes toujours tentés de transformer le christianisme en une espèce d'euphorisant.

Les épreuves de notre temps... Ce temps a été celui des grandes ambitions de l'homme (qui ne sont pas achevées)... Mais aussi celui des pires désillusions. On a cru que la puissance de la raison humaine allait suffire. Et on s'aperçoit que tout se retourne. Les pacifismes engendrent les guerres, les théories du bonheur collectif engendrent le goulag, le libéralisme asservit les faibles aux forts, l'avancée des sciences produit la bombe atomique, et ainsi de suite. La question qui se pose alors peut s'énoncer ainsi : à quel prix peut-on ne pas désespérer de l'homme ? Et à quel prix cependant ne pas sombrer dans l'illusion ? Comment l'homme peut-il faire face à ses ambitions et aussi au mal qui habite en lui ? Comment peut-il continuer à travailler ?

C'est pourquoi je crois que le christianisme connaît une aube. Il est capable de rejoindre l'homme tel qu'il est, d'accueillir sa dignité et de ne pas désespérer de lui. Il sait que dans ce monde il y a le mal et la mort. Il permet de les nommer. Il sait qu'il y a aussi la puissance d'amour, de pardon, de résurrection qui permet d'affronter le mal, d'affronter la mort.

— *Nommer le mal, c'est déjà le combattre ?*

— Oui, si l'on va jusqu'à sa source, qui est dans le cœur de l'homme. Car le mal véritable sort du cœur de l'homme : volonté de puissance, de possession, haine, homicide, reniement de Dieu. Il a le visage de Satan. Et il est constamment renaissant.

— *C'est ce que je voulais dire à propos des révolutions. Elles veulent supprimer le mal, et elles le recréent... c'est une spirale ?*

— Le mal est ce avec quoi nous avons à nous expliquer toujours, et ce pour quoi Dieu nous donne la force de victoires apparemment difficiles ou impossibles. Un homme qui désespérerait de l'homme pécherait contre Dieu. Certes, il n'est pas invité à croire que demain matin, les loups deviendront des agneaux ; mais qu'il peut et doit lutter avec la force de l'agneau, et de l'agneau immolé. Et que, s'il est victime dans cette lutte, ce sera comme le Christ est victime. C'est-à-dire que Dieu manifestera sa puissance de résurrection, lui donnera la vie.

Nous avons désormais, jusqu'à ce que le monde ait fini de prendre la forme de l'agonie du Christ, la force divine qui nous permet de traverser ce temps ; c'est la force même du Christ ressuscité. C'est le mystère présent du Fils éternel fait chair qui ouvre dans notre histoire le sillon de la résurrection.

— *En somme, tout part de Pâques et de la Bonne Nouvelle : celui qui était mort est vivant ?*

— Oui. Mais il est une manière de le comprendre qui est en quelque sorte mythique. Un peu comme aux jours de la Libération on présentait les lendemains qui chantent. On dit alors : « Il est ressuscité : c'est donc fini. »

— *Et pendant ce temps, l'humanité continue d'être dans les larmes ?*

— Exactement. Mais en réalité « Il est ressuscité » signifie : vous avez, vous, chrétiens, la force d'entrer dans la passion du Christ. Car c'est sa puissance de résurrection qui va vous permettre désormais d'épouser sa mort. Ainsi, vous devenez, vous, la Pâque du monde. Rappelez-vous ce que dit saint Paul aux Colossiens : « Ce que vous êtes n'apparaît pas encore, mais votre vie est cachée en Dieu avec le Christ. »

— *Si nous considérons les drames passés et les périls présents, faut-il penser que les chrétiens ont eu et ont encore conscience de cette « Pâque du monde » ? Qu'ils la vivent vraiment ?*

— En tout cas, ils y sont appelés. Les maux dont le monde souffre aujourd'hui sont plus étendus que jamais. Il y a beaucoup plus d'hommes que par le passé. En même temps, nous disposons de moyens considérablement accrus pour résoudre les problèmes. Le scandale est donc d'autant plus grand. Lorsque l'humanité se trouvait dans une sorte d'enfance intellectuelle, et vivait morcelée, dispersée, ses ambitions se trouvaient nécessairement réduites. Aujourd'hui, nous avons à faire face à l'éventualité des plus grands cataclysmes de tous les temps.

Alors, l'Eglise devant cette situation ? Je pense qu'elle serait dans l'illusion complète si elle se prenait pour l'un des princes de ce monde. Elle a un rôle très précis : celui du Christ lui-même, et n'a d'autre rôle que celui-là. Ce qui signifie que, dans le peuple chrétien, se sont levées et se lèveront encore des ressources d'amour, de pardon, d'identification au Christ crucifié, qui traverseront de leur paix les temps de violence où nous sommes.

— *La réponse de l'Eglise aux défis du temps...*

— Elle n'a pas de réponse, sinon d'être signe du Christ.

— *Et d'être témoin de la véritable humanité ?*

— Oui, à la manière du Christ. L'Eglise propose le modèle d'humanité qu'est le Christ en sa passion et sa résurrection. Elle le propose comme un modèle imitable par les chrétiens dès lors qu'ils reçoivent l'Esprit. Du coup, les chrétiens sont appelés à devenir les médiateurs de l'œuvre de pardon, de miséricorde, de rédemption.

— *On souhaiterait que, devant certaines situations, les refus de l'Eglise soient plus absolus...*

— Ils le sont. Prenez les discours du pape. Je relisais récemment ceux qu'il a adressés à la France. Ils sont d'une vigueur extraordinaire. Mais qui les entend ? Il en est de même de la parole du Christ. L'Eglise doit accepter d'être aussi peu entendue que le Christ lui-même. L'homme de foi sait bien qu'il ne réussira pleinement son œuvre qu'en allant jusqu'à partager la solitude et l'agonie du Christ. Et c'est vrai de l'Eglise entière. Mais ce faisant, l'Eglise sauve l'homme. Et c'est par une grâce assez puissante pour susciter des saints.

— *N'est-ce pas la permanence de la sainteté qui donne à l'histoire de l'Eglise sa vraie mesure ?*

— Oui. Et cette mesure-là n'est perceptible qu'aux croyants, dans la foi. Ou bien l'humanité n'est qu'une bauge pleine de sanie, et ses idéaux ne sont que mensonge, ou bien le Christ, à l'œuvre dans sa passion, rend à l'homme sa dignité. Saint Jean contemplant le Christ en croix voyait dans la passion se révéler la gloire de Dieu, l'homme ressuscité. De la même façon, le croyant, dans cette passion du monde éprouvé par le péché, voit déjà la force de Dieu qui agit. C'est pourquoi la foi chrétienne ne peut jamais se présenter comme une idéologie qui serait en compétition avec d'autres idéologies. Elle est le fait d'un homme historique concret, identifié au Christ. L'Eglise ne donne pas seulement une conception de l'homme, elle montre l'homme.

LE SECRET DES BÉATITUDES*

— *Mgr Jean-Marie Lustiger, comment ressentez-vous ce texte des Béatitudes ?*

— Il s'agit de paroles très difficiles à pénétrer. Au premier degré, on ne les comprend pas. Ou on les entend comme une invitation à la résignation, à la passivité... ou comme une espèce de profession de foi un peu revancharde, du genre : « Je n'ai pas de chance maintenant, mais méfiez-vous, un jour viendra où ce sera mon tour ! » Un jour donc, les pauvres et les humiliés s'imposeraient aux riches et aux oppresseurs. Ce qui est évidemment absurde : à chaque fois que des pauvres prennent la place des riches, c'est pour une nouvelle oppression. C'est un texte fascinant : nous sentons bien, lorsque nous avons la grâce d'avoir le cœur assez simple et une écoute assez pure, qu'il touche à une vérité extrêmement profonde.

— *Quelle vérité précisément ?*

— Dans l'Evangile, les Béatitudes sont indissociables des malédictions, même si elles ne se succèdent pas immédiatement. Ainsi dans l'évangile de Matthieu, les bénédictions sont au début du Sermon sur la Montagne et les « malheur à vous » viennent tout à la fin du

* Interview par Claude Goure, dans *Panorama aujourd'hui*, mars 1982.

chapitre 23. De même déjà, lorsque Dieu donne ses commandements à Moïse, il les assortit de bénédictions pour ceux qui les observeront, mais également de malheurs pour ceux qui y manqueront. Qu'est-ce que cela veut dire ? Que les commandements sont la vie, et qu'y manquer, c'est s'en aller vers la mort.

– *A qui sont destinées les Béatitudes ?*

– Les Béatitudes, ce sont les bénédictions données aux disciples de Jésus qui vont observer les commandements de Dieu, tels que Jésus les donne. Les Béatitudes ne sont pas des commandements. Les commandements, il faut aller les chercher dans le reste de l'Evangile.

On ne peut comprendre les Béatitudes que comme une espèce de parole d'encouragement pour celui qui va suivre le chemin de Jésus. Le Sermon sur la Montagne est en effet prononcé pour celui qui va suivre le Christ. Celui qui va, parce que Dieu l'y appelle et lui en donne force et courage, foi et amour, partager et monter derrière Jésus dans sa Passion, par amour de Dieu et par amour des hommes. Si on réfléchit bien, à qui s'appliquent d'abord les Béatitudes ? A Jésus lui-même.

Il est « Celui qui a faim et soif de la justice de Dieu et qui est rassasié de la volonté du Père ». Il est celui qui pleure : on le voit bien d'une certaine façon dans sa Passion. Et il reçoit la consolation de Dieu qui est l'Esprit Saint. C'est une première manière de comprendre les Béatitudes. Elles s'appliquent non pas à l'homme souffrant, parce que l'homme souffrant, c'est un scandale que le Christ lui-même n'approuve pas. Elles s'appliquent au disciple de Jésus qui accepte de poser lui-même un acte d'amour et qui va partager la Passion du Christ pour délivrer l'homme de sa souffrance, de son aliénation et de son péché. Et pour le disciple, c'est lui dire : « N'ayez pas peur : Bienheureux les cœurs purs ; ceux dont le cœur est complètement disponible à Dieu, ils verront Dieu. » Elles sont bénédictions pour les disciples qui accompliront les paroles de l'Alliance en étant identifiés au Christ. Elles tracent donc le portrait des croyants de l'Eglise. Dans l'histoire de ce monde, ils partagent la Passion du Christ et portent l'espérance de la Résurrection dont ils témoignent.

Cette parole ne cautionne pas le malheur du monde, mais encourage ceux qui participent à la Rédemption donnée par le Christ. Donc, ce n'est pas par cette parole-là qu'il faut commencer. De la même façon, dans l'Ancien Testament, la loi est donnée non pas au début, mais quand le peuple a trimé dans le désert, et qu'il est arrivé au pied de la montagne. La Révélation lui est donnée seulement à ce moment-là. Et la Nouvelle Alliance est donnée à ceux qui ont déjà suivi Jésus et qui auront encore à le suivre pour comprendre ce que signifie ce commandement. C'est ce que signifient ces bénédictions et en même temps ces malheurs pour ceux qui ne recevraient pas toute leur sainteté de Dieu.

– *Les Béatitudes offrent-elles un programme humain tout fait ?*

– Non. Si on présente les Béatitudes comme un programme économique ou social applicable, ou simplement comme un idéal humain, on ment ou on se trompe. Dans l'Evangile, les apôtres sont terrorisés devant l'exigence de vérité, de générosité, de don que Jésus leur propose. Ils disent : « Mais enfin, qui peut être sauvé ? » Jésus répond : « Aux hommes, impossible. Mais tout est possible à Dieu. »

Et au fond, quelle est la vocation de l'homme ? A quoi est-il appelé ? Le chrétien reçoit de Dieu, dans le Christ, la révélation qu'il est fils de Dieu. Et pour vivre en fils de Dieu, il reçoit la force même de Dieu, l'Esprit Saint qui lui permet, comme une grâce, de faire ce qui est impossible à l'homme. C'est le prix des Béatitudes. Il faut que l'homme soit délivré de sa propre servitude, délivré de lui-même. Il faut que l'homme devienne ce qu'il doit être, ce que Dieu veut qu'il soit : un enfant de Dieu qui veut vivre dans l'amour du Père, parce qu'il reçoit le don de l'Esprit Saint qui le délivre de la complicité qu'il a avec la mort.

– *Pas seulement avec la mort physique ?*

– Non. La mort qui est en nous. La mort représente pour nous le mal absolu, la suprême injustice. On la conçoit comme quelque chose qui vient de l'extérieur. C'est l'ennemi qui va vous agresser, vous faire subir une injustice. Mais saint Jean dit : « Tout homme qui a de la haine pour son frère est un homicide. » Ce qui veut dire que la mort trouve en nous une complicité. Elle est déjà en nous. Et quand l'homme ne vit pas de l'amour, non seulement la haine l'habite – et la haine est potentiellement une volonté de mort vers l'autre –, mais il y a en lui une complicité avec la mort. C'est en ce sens-là qu'il y a une tentation suicidaire : le désespoir est une complicité avec la mort. Il faut que l'homme soit guéri de cela.

La puissance de l'amour, telle que Jésus la donne comme une grâce, par la puissance de sa Résurrection, donne aux chrétiens, en dépit de leurs faiblesses, de croire et de faire la volonté de Dieu. C'est la délivrance de l'homme. Cette délivrance de l'homme s'opère très exactement dans la Passion du Christ, où l'on voit inversée la logique normale du monde ou des puissances. La loi du plus fort est renversée. Quand Jésus, Messie souffrant, obéit à Dieu jusqu'au don de sa propre vie, aux yeux des hommes il est un vaincu. Il a perdu. La loi du plus fort l'a réduit au silence. Mais Jésus n'a pas voulu prendre la place de Pilate. Il n'a pas voulu prendre la place d'Hérode. Il ne lutte pas avec les mêmes armes qu'eux. Et parce qu'il s'est confié à Dieu, Dieu le ressuscite des morts, lui donne la vie là où les hommes donnent la mort.

Jésus pardonne et donne la vie, y compris à Hérode ou à Pilate. « Le plus petit », comme Jésus se nomme lui-même, est le sauveur de ceux qui se sont crus les plus forts. Et la Passion du Christ, comme la passion des chrétiens, provoque nécessairement l'incompréhension.

Parce qu'elle révèle dans le cœur de l'autre la haine dont la victime va pardonner le bourreau. Nous croyons naïvement que l'amour est aimé. Or le propre de l'amour véritable, c'est qu'il accepte de recevoir la haine qui est dans le cœur de l'autre pour guérir l'autre de sa haine. D'où l'aspect paradoxal des Béatitudes. Et c'est là une vocation inouïe, surhumaine, qui précisément est une œuvre de délivrance de l'homme.

— *Comment ?*

— Par un dévoilement de la vérité. C'est bien la vérité et la justice qui sont dévoilées dans la Passion du Christ. Dans la Passion du Christ (et donc du chrétien), il n'y a pas seulement la victoire du faible sur le fort. Mais il y a le Christ, Fils de Dieu, innocent, juste, face à tous ses interlocuteurs : le pouvoir politique, les soldats, le peuple, les païens, Israël, etc. Enfin toute l'humanité est là, présente, dans le Juste souffrant : c'est lui qui révèle ce qu'il y a dans le cœur de chacun. C'est Pilate qui dit : qu'est-ce que la vérité ? La question de la vérité est au centre. Mais c'est Jésus qui, en se taisant, amène le Romain à se poser la question de la vérité. Par son silence même il dévoile la vérité. Alors que Rome représentait la plus haute entreprise de justice jamais ambitionnée dans le monde, bâtie tout entière sur la notion de droit, Jésus révèle que, sous cette prétention de justice, c'est l'injustice qui est manifestée, puisque Rome condamne juridiquement un innocent. Il faut donc que le mensonge soit dévoilé pour que l'homme soit délivré du mensonge.

Nous, nous nous figurons que, pour délivrer l'homme, il faut l'agresser. Or, ce que Dieu fait, c'est d'accepter de prendre sur lui la condition souffrante de l'homme pour le délivrer. Nous, nous concevons la délivrance de mort comme une mise à mort du méchant. L'image que le Christ donne, c'est un enfantement. C'est la mise au monde, pas la mise à mort. Et la Passion du Christ, c'est un enfantement à la vie nouvelle, c'est l'enfantement de l'homme nouveau. C'est ça, les Béatitudes. Elles introduisent dans ce monde qui paraît un monde clos, où les rapports de force commandent, la logique des choses. Tout au long de ce temps s'enfante l'homme en sa vraie dimension. Donc, on pourrait écrire une autre histoire. Nous sommes incapables de l'écrire parce qu'elle nous échappe. C'est le secret de Dieu et le secret des pauvres, le secret des saints, de ceux qui pleurent, qui attendent la consolation, qui vivent les Béatitudes et qui attendent le consolateur d'Israël, c'est-à-dire le Messie.

La véritable force du monde est là. Cette force pèse sur les choix politiques. Les cyniques et les puissants ne se rendent pas compte qu'au détour de l'histoire, constamment, Dieu se rit. A travers ces pauvres que l'on massacre et qui en fait introduisent un autre équilibre dans le monde. Ceci n'est jamais achevé.

– *Père Lustiger, des chrétiens pourraient quelquefois être tentés de voir un terme à ce combat spirituel, un ordre enfin juste. Quelquefois, des chrétiens pensent : si on vit bien les Béatitudes, on pourrait peut-être établir une société, un monde qui serait absolument parfait.*

– C'est une vraie tentation. Si on pense en ces termes-là, on se dit : c'est tout ou rien. Or, ce n'est ni tout ni rien, mais autrement. Je pense à une comparaison qui est dans Bernanos, dans *Le Journal d'un curé de campagne.* C'est le curé de Torcy, le vieux curé, qui parle au jeune curé de campagne. Il lui dit : « Ecoute, l'Eglise, c'est comme une ménagère. » Dans son église de la campagne avec de la boue, il y a une religieuse qui l'aide. Elle se désespère, parce que, tous les dimanches, les gens viennent et salissent l'église avec la terre de leurs chaussures. Tous les lundis, elle lave à grande eau et elle s'y épuise. Alors, le curé de Torcy lui dit : « C'est ça, le monde : on a les chaussures pleines de boue et on traîne avec nous notre misère et notre péché. Dieu sans cesse doit laver son peuple. » Au calcul des cyniques qui plongeraient dans le désespoir, la force de la foi oppose la capacité de sans cesse se battre, de sans cesse recommencer. Et de croire que l'homme est capable du meilleur. Mais sans s'étonner qu'à tout moment, en lui, le pire puisse renaître, parce que c'est une vision réaliste de l'homme.

Dans le message sur la paix de Jean-Paul II, du 1er janvier, il y a un passage où le pape explique en substance que ce n'est pas parce qu'on sait que la paix perpétuelle est une chimère qu'il ne faut pas tout faire pour éviter les guerres et pour qu'il y ait plus de paix dans le monde. Même si les gens deviennent fous, il ne faut jamais désespérer de la raison. Autrement dit, les chrétiens sont ceux qui ont assez de réalisme et de force pour lutter, y compris contre le désespoir. Ceux qui vivraient sur une utopie deviennent finalement cyniques. C'est fatal. Parce que toutes les générations ont été déçues par leur idéal. Ce qui est demandé aux chrétiens, c'est précisément d'avoir aussi la force de lutter contre ce désespoir. En sachant que rien jamais ne sera obtenu et qu'il faudra recommencer. Que rien n'est acquis, parce que précisément nous sommes dans le temps de la lutte et du combat. Et que l'endroit où les choses se capitalisent, c'est précisément dans cet invisible du trésor de Dieu. Si nous sommes capables de faire ça, sans nous décourager, c'est parce que nous croyons que le véritable prix des choses, ce n'est pas ce que les hommes capitalisent.

— *Les Béatitudes, dites-vous, sont pour les disciples. Que dire alors aux incroyants ?*

— Depuis des années, je fréquente toutes sortes de gens qui ne sont pas forcément des gens de l'intérieur de l'Eglise, ni même d'anciens chrétiens. La question que pose l'incroyant aux chrétiens est de dire : « Dis-moi quel est le sens de la vie ? Y a-t-il vraiment un sens à la vie ? Pourquoi, nous qui voulons lutter pour la justice, lutterions-nous pour la justice ? Quelle force est assez forte pour nous permettre de lutter contre l'injustice ? » La vraie question que les hommes se posent, les hommes de notre temps, c'est celle-ci : « Y a-t-il vraiment plus que nous, qui nous permette de faire ce que nous avons à faire ? Pourquoi ne devrions-nous pas désespérer de l'homme ? »

La manière de vivre les Béatitudes, pour les chrétiens, ce serait de répondre à cette question que leur posent les autres. C'est là le véritable enjeu de notre époque. C'est cette heure-là qui sonne. La foi chrétienne engendre dans l'homme une reprise de conscience de sa propre dignité, et, indirectement, c'est un don qui est fait à l'humanité entière par l'acte même du chrétien le plus semblable au Christ. Et en même temps, cette dignité que l'homme revendique lui apparaît comme une utopie, lui paraît même incroyable et démentie par l'expérience. Il est normal que le ferment chrétien provoque une question sur le chrétien lui-même et sur le Christ. Ce n'est pas pour rien que le Christ lui-même pose la question : « Et vous, qui dites-vous que Je suis ? »

L'ultime question, ce n'est pas ce que font les chrétiens, mais : *qui* est Celui qui leur donne de faire ce qu'ils font ? Qui est leur maître ?

Dans l'état de la civilisation, de la culture où en est arrivé le monde, nous sommes à une époque extrêmement dangereuse. Les risques d'autodestruction de l'humanité ne sont pas du tout illusoires. Ne serait-ce que pour des raisons physiques : l'accumulation des moyens de destruction, la fragilité de notre civilisation, en raison des risques qu'un manque de sagesse peut faire jouer à l'ensemble de l'humanité. Et donc la question de la sagesse de l'homme face à sa propre folie, ou de la justice et de la vérité face au mensonge est plus aiguë que jamais.

L'expérience plurimillénaire de la Parole de Dieu arrive au moment où il faut qu'elle soit délivrée. C'est une Parole dont le monde a besoin actuellement pour sa propre survie. Car pour assurer sa dignité, l'homme a besoin de Dieu, et l'humanité de l'homme ne se révèle que dans la dignité de l'homme, cette dignité qu'il reçoit de Dieu et du Père : la dignité de l'homme dévoilée par le Christ humilié et glorifié, et par ceux qui sont devenus frères du Christ.

COMMENT PEUT-ON CROIRE EN DIEU AUJOURD'HUI ?*

« Comment peut-on croire en Dieu aujourd'hui ? » Exactement, comme en son temps, notre père dans la foi, Abraham ! Le problème n'a pas changé : il se pose toujours dans les mêmes conditions. Dire cela est évidemment une position provocatrice, ayant l'air de faire fi des données nouvelles qui forment la richesse de notre temps et la gloire de notre génération. Il faut donc s'expliquer.

J'essaierai d'être aussi bref que possible. Aller sérieusement au fond du problème en question demanderait beaucoup plus de temps, d'engagement et de travail. D'ailleurs, le travail serait à faire non par moi, mais par vous. Je veux bien avoir à répondre de cette question devant vous, mais non à vous répondre. En effet, si vous voulez obtenir une vraie réponse à une telle question, c'est à vous à vous la poser à vous-mêmes. Et le prix que cela vous coûtera, personne ne le sait, pas même vous : ce serait en tout cas plus difficile à traiter que tout ce que vous avez traité jusqu'ici dans votre vie. Soyons clairs : pour répondre à cette question, il faut une vie entière. Donc le sujet est tel que je peux tout au plus, en homme honnête, vous faire part de quelques pensées à son égard.

* Conférence à l'Ecole polytechnique, 2 décembre 1982.

Saint Augustin a émis la formule suivante : *« Si comprehendisti, non est Deus »*, c'est-à-dire : « Si tu l'as compris, ce n'est pas Dieu. » Saint Augustin joue ici sur le sens du mot *comprehendere* : si tu l'as saisi, si tu l'as maîtrisé, alors, de ce fait même, ce n'est pas Dieu. Dans le prolongement de cette pensée, je voudrais vous lire un beau texte littéraire. Littéraire, c'est ainsi que je vous le présente dans le cadre officiel de cette conférence intitulée d'« information générale », mais sachez que je le prends comme une prière. Ce texte nous vient de saint Grégoire de Nazianze, grand auteur chrétien, évêque, théologien et mystique, qui vivait en Cappadoce au Ve siècle.

> O toi, l'au-delà de tout, n'est-ce pas là tout ce qu'on peut chanter de Toi ?
> Quelle hymne te dira, quel langage ? aucun mot ne t'exprime.
> A quoi l'esprit s'attachera-t-il ? Tu dépasses toute intelligence.
> Seul tu es indicible, car tout ce qui se dit est sorti de toi.
> Seul tu es inconnaissable, car tout ce qui se pense est sorti de toi.
> Tous les êtres, ceux qui parlent et ceux qui sont muets, te proclament.
> Le désir universel, l'universel gémissement tend vers Toi.
> Tout ce qui est te prie, et vers Toi tout être qui pense ton univers fait monter un hymne de silence.
> Tout ce qui demeure, demeure par Toi ; par Toi subsiste l'universel mouvement.
> De tous les êtres tu es la fin ; tu es tout être et tu n'en es aucun.
> Tu n'es pas un seul être, tu n'es pas leur ensemble.
> Tu as tous les noms, et comment te nommerai-je, Toi le seul qu'on ne peut nommer ?

Quel esprit céleste pourra pénétrer les nuées qui couvrent le ciel même ?
Prends pitié, ô Toi, l'au-delà de tout,
n'est-ce pas tout ce qu'on peut chanter de Toi ? »

Je vous propose de réfléchir en trois points, dans ce qui sera un cadre et un résumé plus qu'une démarche possible.

Premier point : La « relevance » du christianisme aujourd'hui. Je prends le mot « relevance » dans son sens anglais, qui veut dire quelque chose comme pertinence ou convenance. Il y a quinze ans, aux Etats-Unis, la « théologie de la mort de Dieu » prétendait montrer que Dieu n'est pas « relevant ». J'affirme au contraire que le christianisme est « relevant » aujourd'hui, alors même qu'on a pu le croire dépassé.

Deuxième point : Comment comprendre la crise de la sécularité et du rationalisme ? S'agit-il d'une opposition à la foi révélée ? Ou d'une crise à l'intérieur de la foi révélée ?

Troisième point : Par quelles conditions faut-il passer pour poser correctement la question que vous m'avez posée : « Comment peut-on croire en Dieu aujourd'hui ? »

*

Premier point : le christianisme est « relevant ». Sans faire beaucoup d'histoire, je peux dire tout de même que, quand j'étais jeune étudiant à l'âge de vingt ans, puis aumônier d'étudiants vers la trentaine, je fréquentais les lieux sacrés de la Montagne Sainte-Geneviève. A cette époque encore, il apparaissait évident à beaucoup que croire en Dieu ne pouvait qu'être opposé à l'effort de la raison humaine.

J'ai connu dans mon adolescence un polytechnicien avec qui j'avais de longues conversations. Cet ingénieur était excellent pédagogue, et l'on pouvait lui poser toutes les questions : il y répondait toujours. Or je me posais la question de Dieu. Je trouvai normal, puisqu'il représentait pour moi le sommet du savoir, de l'interroger là-dessus, d'autant qu'il était catholique et allait à la messe avec sa femme : « Croyez-vous en Dieu ? » Je vis son visage pâlir, et il me dit : « Ne me posez jamais cette question ! » La seule manière pour lui de s'en tirer était de dresser une cloison étanche entre l'univers rationnel, celui de son développement intellectuel, et l'univers religieux. Séparer complètement les deux domaines, sachant bien que, s'il se laissait jamais aller à réfléchir à cette question, il aboutirait nécessairement au refus de Dieu.

Dans ces années que j'évoquais, celles de ma jeunesse d'étudiant puis d'aumônier, cette mentalité était encore assez répandue. A la recherche de témoignages chrétiens, nous étions trop heureux de pouvoir en appeler au prince Louis de Broglie et à Louis Leprince-Ringuet, car ces deux savants physiciens, mondialement reconnus, faisaient profession de foi catholique.

Le gigantesque effort de la raison humaine, tel qu'il s'est déployé depuis le XVIIe siècle et le XVIIIe siècle dans la pensée occidentale, et qui nous a fait faire des bonds scientifiques et technologiques prodigieux, s'est fait en écartant toute une série de questions qu'on avait crues réglées. Or, en l'espace de moins d'une génération, l'Occident voit réapparaître avec une force inouïe non seulement – comme on pourrait le croire – des résurgences sauvages d'irrationalité ou de forces obscures passées, mais toutes ces questions qu'on avait crues réglées, et qui resurgissent avec d'autant plus de force qu'elles n'avaient pas été maîtrisées.

Une comparaison me fera comprendre. Les problèmes de la pollution et de l'environnement sont apparus à beaucoup au début comme les revendications bucoliques de gens à l'esprit quelque peu pervers, qui ne voyaient pas clairement les nécessités du progrès économique et industriel ; actuellement, ces problèmes de l'environnement et du rapport de l'homme à l'univers se posent d'une façon cruciale et infléchissent le développement industriel et économique. Il est bien des problèmes et des secteurs que l'homme ne perçoit pas quand il développe à outrance une action ou une pensée dans une direction : en effet, pour pousser le développement dans une direction, il est souvent obligé d'éliminer le reste. Cette remarque vaut déjà pour la vie individuelle : se fixe-t-on un but, et écarte-t-on tout le reste, vient un moment où l'on s'aperçoit qu'on n'est pas seulement un cerveau, mais qu'on a aussi un corps, une sensibilité, une vie sociale. Les conditions réelles de l'existence et la situation de l'homme dans l'univers ne se laissent pas enfermer dans le but que l'homme s'est assigné, ni dans le tracé qu'il a fait de sa propre vie. L'homme est plus grand que le but qu'il peut se proposer, et s'il limite lui-même ses objectifs pour en atteindre la réussite, c'est toujours à un prix auquel il ne peut échapper. C'est ainsi que l'opinion américaine réagit fortement aujourd'hui aux conséquences de la conquête de la lune : le prix social payé pour cette conquête demeure une question pour la génération de ces vingt dernières années aux Etats-Unis.

Pendant que la civilisation occidentale atteignait les objectifs qu'elle s'était fixés, prétendant ou pensant naïvement que, ce faisant, elle procurait le bonheur à la totalité des hommes et qu'elle apportait une manière raisonnable de vivre dans la justice, le droit et l'équité, il apparaissait, en fait, que cette raison humaine triomphante engendrait son contraire. Le progrès technique apporte, certes, une meilleure maîtrise de l'univers, mais aussi la capacité de le détruire. Le progrès économique donne une meilleure possibilité de satisfaire aux besoins des hommes, mais en même temps il exaspère le désir de certains et accroît la sensibilité de tous aux problèmes d'injustice. La maîtrise de l'homme sur son corps accroît la possibilité de l'homme de guérir ou de maîtriser les mécanismes biologiques, mais en même temps enlève à l'homme toute norme de comportement envers son corps ou le corps d'autrui ; ce qui fait que les rêves les plus fous des médecins d'Auschwitz deviennent maintenant objets d'étude et d'expérimentation banalisées dans certains laboratoires médicaux.

Il y a donc résurgence de questions fondamentales. Car en même temps, la tradition religieuse de la Bible et de la Parole révélée se présente aujourd'hui comme une force de questionnement et de contestation, et également comme une richesse de sens disponible, alors qu'on la pensait complètement périmée et désuète. Elle ne se présente pourtant pas comme une simple alternative ou un substitut, mais comme une ressource de sens. Prenons-en plusieurs exemples.

Les biologistes et les chercheurs médicaux se rendent compte des énormes problèmes éthiques posés par leurs capacités d'intervention, mais se refusent à trancher eux-mêmes ces problèmes, pensant que la société universelle ne doit pas se décharger sur eux de la responsabilité de ce qui est à faire ou à ne pas faire. Car ce n'est pas un problème scientifique mais éthique que de savoir ce qui est bien et ce qui est mal, où commence l'homme et où il finit, ce qui est juste et ce qui est injuste. A cela, les savants en tant que savants ne peuvent pas répondre. Et en effet commence ici une interrogation fondamentale : qu'est-ce que l'homme ? Que signifie le rapport à son corps ? C'est une question de choix fondamental, qui nous oblige à faire appel à d'autres ressources que la raison scientifique. La Parole fondamentale à laquelle je faisais allusion, celle de la Bible : « Au commencement, Dieu créa l'homme à son image et à sa ressemblance... », loin d'apparaître comme un mythe de création périmé, arrangé dans l'univers irrationnel d'une pensée préscientifique, apparaît comme une ressource de sens, qui aide à poser les questions fondamentales auxquelles nous sommes à nouveau acculés, si nous voulons maîtriser notre pouvoir sur le cosmos et sur notre corps.

Considérons aussi la vie sociale et collective. Notre époque, depuis au moins un siècle et demi, est certainement celle des utopies sociales, de la volonté de maîtriser l'évolution sociale des grands ensembles. A cet égard, l'on peut dire que les empires marxistes-léninistes des pays de l'Est représentent certainement la plus gigantesque entreprise de maîtrise de la vie sociale jamais conçue par l'homme. Elle est au moins aussi grande et ambitieuse que la volonté de maîtrise de la matière telle que la société occidentale l'a développée. C'est une ambition qui au début, du moins, veut poursuivre rationnellement des objectifs raisonnables pour le bien de l'homme. Le mot « scientifique » y est revendiqué, non plus seulement comme laissé à quelques savants dans un coin de laboratoire ou à quelques intellectuels dans un grenier quelconque, mais comme un outil de transformation du réel et de la vie sociale pour résoudre les problèmes de la société. Or, cette entreprise gigantesque, ambitieuse, noble, nous voyons qu'elle aboutit paradoxalement à son inverse sur un certain nombre de points tout à fait fondamentaux. Quand la raison humaine veut s'emparer de la vie sociale, son entreprise engendre le totalitarisme. Je vous renvoie sur ce point aux livres remarquables d'Annah Arendt.

Comment faire face à ce renversement de la raison humaine dans ses résultats ? J'ai eu l'occasion de le dire devant quelques amis qui furent des compagnons d'Emmanuel Mounier, et qui sont très sensibles à ce qui se passe aujourd'hui dans les pays de l'Est. Les intellectuels occidentaux depuis 1920-1930 n'ont pas accepté cette remise en question : il a fallu, et c'est la grande surprise de ces toutes dernières années, que la force spirituelle du christianisme habitant un peuple – je parle de la Pologne – soit capable de poser cette remise en question et de soulever le couvercle de la raison impitoyable et totalitaire. Ce que quelques intellectuels et quelques persécutés juifs et chrétiens font individuellement en U.R.S.S. et dans d'autres pays, un peuple, qui pourtant connaît tout autant l'ivrognerie, le concubinage et l'avortement que tout autre peuple, ce peuple a été capable, parce qu'il est habité par une force spirituelle, de poser le problème clé du sens d'une civilisation. Face à la question : « Quel est le sens de l'homme, et quel est le sens de la vie sociale ? », le christianisme intervient, y compris dans sa dimension populaire, non pas pour apporter sa propre solution idéologique et « prête-à-penser », mais au moins pour oser proposer le franchissement des tabous et des frontières.

Je n'ai donné que deux exemples : en matière de maîtrise du corps et de critique sociale. Mais je suis frappé par un phénomène global. Aussi bien aux Etats-Unis que dans les pays de l'Est (peut-être un peu moins en France, encore faudrait-il y regarder de plus près), au moins dans des secteurs avancés de l'Université, mais aussi de façon plus diffuse et capillaire, si ce n'est pas exactement la prophétie de Malraux qui se réalise : « Le XXIe siècle sera religieux, ou ne sera pas », il devient au moins évident que la Parole révélée se présente aujourd'hui comme une ressource de sens plausible, non pas une alternative à la vie sociale, mais une richesse dans laquelle il faut s'impliquer pour pouvoir faire face aux questions qui se posent aujourd'hui, alors que l'on pensait qu'il ne s'agissait là que d'un univers périmé et dépassé.

*

Le deuxième point : je ne ferai que l'énoncer sans le démontrer, par faute de temps, comme pour le premier point.

En effet, l'on pourrait penser que, dans ce que je viens d'exposer, a joué un retour de balancier. Pendant un temps, l'on aurait estimé que le christianisme et la tradition biblique étaient purement et simplement de la superstition et qu'en face d'eux, la raison humaine se serait levée, sortant des profondeurs de l'histoire. Autrement dit, la modernité – en ce qui concerne la société séculière, la puissance de la raison humaine, l'empire de la science, les questions que l'homme se pose sur sa propre condition – la modernité donc se présenterait comme une culture étrangère à la tradition judéo-chrétienne, comme une nouvelle Amérique qu'il faudrait coloniser. En somme, il faudrait réconcilier deux univers qui se font face. Il se peut que certains d'entre vous le sentent ainsi, soit parce qu'ils sont nés dans une tradition biblique, juive ou chrétienne, et qu'ils la rejettent comme on rejette normalement l'univers de son enfance, soit qu'au contraire ils soient nés complètement en dehors d'elle et qu'elle leur paraisse purement et simplement étrangère. (Je parle toujours dans le cadre de la civilisation occidentale, c'est-à-dire de l'aire culturelle et géographique qui est la nôtre ; car je ne peux soulever tous les problèmes, et envisager le rapport aux autres cultures, aux autres traditions ; mais je sais que certains parmi vous se posent fortement cette question.)

Ma thèse est au contraire la suivante. La modernité, prise dans le sens critique, n'est pas un adversaire de la Parole biblique, un autre qui se poserait en vis-à-vis, et qu'il faudrait reconquérir ou reconvertir. En fait, cette crise de la sécularité et du rationalisme, bref cette crise de la modernité est une crise interne au christianisme ; elle est une crise de la foi au sens collectif et culturel. L'athéisme est en effet, si paradoxal qu'il paraisse, le fruit de la croyance, non pas comme son contraire dialectique, mais comme une épreuve de la foi. Le développement scientifique est une épreuve du développement de la foi en la création.

L'homme occidental, par la tradition judéo-chrétienne, a reçu l'idée fondamentale que l'univers lui est donné. L'univers n'est pas Dieu ; il est divin, parce qu'il participe à la splendeur de la création, mais il n'est pas Dieu. Rien n'est Dieu, si ce n'est Dieu (c'est aussi la formule de la *Shahâda*, la profession de foi islamique). Il n'y a de Dieu que Dieu. Ou encore : seul Dieu est Dieu. Donc, l'homme ne peut pas, de quelque façon que ce soit, se saisir d'une créature et la nommer Dieu. Donc également, l'univers lui-même est homogène à la pensée de l'homme. L'univers est comme un vis-à-vis, un objet donné à l'homme. Mais quand la Révélation dit cela, elle situe l'homme dans la réciprocité d'un regard face à Dieu : l'homme qui s'empare de l'univers pour le conquérir est un homme qui ne cesse jamais d'être en relation avec Dieu qui lui donne ce pouvoir.

C'est bien le monde occidental, issu de cette Parole biblique, qui a engendré l'univers scientifique, moderne et sécularisé. Et c'est pourquoi la crise de ce monde est une crise de la foi. Le rationaliste est un croyant éprouvé, l'athée occidental est un croyant éprouvé (il y a une grande différence entre l'athée occidental et les athées de l'Antiquité préchrétienne ou les athéismes de certains peuples d'Asie, bouddhistes ou autres : ce n'est pas le même athéisme, car ce n'est pas le même univers culturel). La crise de notre siècle, dans la mesure où il vit du triomphe de l'Occident, est une crise collective du christianisme lui-même. La compréhension et la possession du monde, qui sont la clef de l'entreprise scientifique et technique, sont issues du don du monde fait par Dieu aux hommes. Et résoudre le problème de la maîtrise de la science suppose que l'homme résolve la question de ce rapport au monde. Je pense vraiment que la crise occidentale, qui s'est répandue comme une maladie dans l'univers entier – ce n'est d'ailleurs pas une maladie entièrement mauvaise – est une crise que nous seuls, les chrétiens, pouvons résoudre. Je ne dis pas : « nous, les occidentaux », mais seuls les croyants peuvent aider à résoudre cette crise dans la mesure où, seuls, ils perçoivent où en sont l'origine et la clé. Cela ne veut pas dire que nous en ayons la capacité personnelle, mais que nous pouvons poser correctement le problème, et il le faut bien si on veut le maîtriser. Si cela n'est pas fait, la tentation de l'autodestruction sera très forte : soit autodestruction par un phénomène de rejet passéiste, soit destruction violente par les excès mêmes de la technique : armements, etc.

En expliquant que l'athée est un croyant qui a été tenté et éprouvé, je ne prétends pas le récupérer. Simplement, je nomme la nature particulière de son athéisme. La crise rationnelle de l'Occident est la crise d'une raison qui a été libérée par la Révélation. Par conséquent, le problème clef de la civilisation moderne est le problème de Dieu : c'est même le seul problème ! N'oublions pas que poser le problème de Dieu revient à poser le problème de l'homme, ce qui est une autre manière de dire la même chose. Qu'est-ce que l'homme ? Que doit être ce qui justifie et fonde son action personnelle et collective ? A quels jugements de valeur doit-il obéir ? Et du coup, comment peut-il maîtriser cette fantastique énergie qui lui est donnée ? Comment peut-il juguler les forces obscures qui l'habitent ? Comment peut-il résoudre les problèmes qui se posent à nous aujourd'hui ? Le problème de la foi est le problème clef de notre époque.

*

Je vais terminer en abordant le troisième point, qui est le vrai sujet de cette conférence, et qui m'aurait paru le plus intéressant à traiter. Etant donné tout ce que j'ai dit, comment avancer dans la connaissance de Dieu ? Que signifie croire en Dieu ? C'est ici que je retrouve ma formule initiale : il en va aujourd'hui pour nous comme jadis pour notre père Abraham. J'espère que cette phrase prend maintenant un certain sens pour vous. Je ne dis pas que tous les développements et tous les déploiements de la raison, tels que nous les vivons aujourd'hui, ne sont pas une innovation, mais qu'ils posent fondamentalement, quoique de façon nouvelle, le même problème. Et ce n'est pas parce qu'un problème est posé de façon nouvelle qu'il ne met pas en jeu identiquement les mêmes éléments. Les éléments fondamentaux sont déjà présents dans cette brèche introduite dans l'univers et dans l'histoire de l'homme qu'est la Révélation de Dieu.

Le problème de la foi en Dieu n'est pas d'abord celui de savoir s'il existe un objet inconnu que l'on peut par convention appeler Dieu et dont on peut démontrer avec plus ou moins de sécurité l'existence probable ou certaine. Dieu n'est pas un « objet non identifié » ou non identifiable, au sujet duquel on pourrait établir un calcul de probabilité. Le problème de la foi est d'accepter que l'homme, pour découvrir Dieu, soit obligé à se situer autrement par rapport à lui-même, par rapport au monde et donc par rapport à Celui qu'il ne connaissait pas. Abraham était déiste : il croyait aux idoles, il croyait aux dieux dont il se faisait une certaine idée. De même, en lisant l'Evangile, nous voyons bien que l'époque était déiste en un sens ou en l'autre. Or, la Révélation consiste précisément en ce que Dieu lui-même se manifeste comme absolument autre que toute idée que l'homme peut se faire à son sujet. Car Dieu se révèle à l'homme en permettant à l'homme de se recevoir de Dieu, et aussi de recevoir Dieu lui-même comme autre. Croire en Dieu, c'est donc pour l'homme ouvrir son cœur et son intelligence à une purification qui l'oblige à accepter de n'être pas maître de Celui qui vient ainsi vers lui, et à accepter de n'être pas maître de lui-même.

Découvrir Dieu, c'est entrer dans un chemin de foi qui mesure l'homme à un Autre, qui toujours là, déjà là, est présent à la source même de son être. L'homme n'est plus comme absent du monde, comme un sujet qui jugerait toutes choses, l'homme est dans le monde, se recevant de Dieu et devant découvrir Dieu au travers d'un long chemin qui suppose que l'intelligence humaine elle-même soit délivrée. La raison peut découvrir Dieu si la raison est elle-même délivrée. L'homme peut connaître Dieu s'il accepte de le reconnaître et d'être reconnu de lui. L'homme peut découvrir Dieu si Dieu découvre l'homme, le dénude en sa vérité, pour que l'homme soit ainsi rendu « capable de Dieu », puisque Dieu l'a créé à son image et à sa ressemblance. Autrement dit, la solitude de l'homme doit être percée par la présence créatrice et aimante de Dieu, qui est à la racine de la communion des hommes entre eux et du don que Dieu fait de l'univers à l'homme. L'acte de foi, la recherche de Dieu se présentera donc nécessairement comme un itinéraire où la raison sera d'autant plus triomphante qu'elle acceptera non pas de démissionner, mais de se soumettre à Celui qui peut la délivrer. Ou encore : la lumière sera donnée à l'homme dans la mesure où il reconnaît sa propre obscurité. C'est tout le sens, paradoxal, de la prière de saint Grégoire de Nazianze que j'ai lue au début de notre entretien. Logiquement, nous arrivons là à un seuil où la raison doit accepter, pour assurer sa souveraineté, de reconnaître un Autre souverain. Le problème est le même pour Abraham que pour nous : en reconnaissant Dieu, Abraham se convertit à Dieu.

*

Question d'un auditeur : – Dans la première partie de votre exposé, vous nous avez parlé des rapports entre l'homme et le monde, et vous nous avez présenté Dieu comme une clef aux problèmes que soulèvent ces rapports. Ne pensez-vous pas qu'il s'agit là d'un problème annexe, eu égard à la dimension surnaturelle qui existe dans la religion ?

– Oui et non. Je commence par le non. La Révélation porte sur Dieu. Mais, portant sur Dieu elle porte aussi sur l'homme. Dire que Dieu est créateur, c'est dire en même temps que l'homme est créature. La foi est relation de l'homme et de Dieu, de Dieu et de l'homme, dans une histoire. Les deux sujets, Dieu et l'homme, sont corrélatifs : c'est cela, la Révélation. L'homme n'est pas souverain, si ce n'est en se recevant de Dieu.

Vous m'amenez à préciser ce que j'ai voulu dire dans mon premier point, et c'est maintenant que je réponds oui à votre question. Jadis, à l'époque rationaliste, on pouvait dire que le mot « Dieu » était l'explication causale qui permettait de cacher nos ignorances. Autrement dit, on nommait « Dieu » ce qu'on ne savait pas expliquer. Si vous voulez, c'était la réserve à l'Ouest que peu à peu les territoires de l'Est, la raison triomphante telle une pionnière, allaient conquérir sur Dieu. Et Dieu était comme l'Indien, chassé progressivement dans de nouveaux territoires encore ignorés. Or, aujourd'hui, nous voyons plus clairement (mais cette pensée était déjà dans la Bible) que le territoire de la raison n'a pas en soi de limite dans la création : je l'ai évoqué dans le deuxième point. De droit, la raison humaine est homogène au monde ; donc, de droit, la raison humaine peut prétendre le conquérir.

Seulement, quand l'homme décide qu'il n'y a que sa raison et le monde, et que sa raison triomphe du monde, l'homme arrive à des horreurs et il se pose cette question : pourquoi ma raison triomphante obtient-elle les résultats inverses de ceux que je m'étais proposés ? L'homme ne peut donc pas éliminer la question de Dieu, alors même que par hypothèse il l'avait éliminée pour pouvoir conquérir le monde. Encore une fois, Dieu n'est pas la réserve de sens de l'ignorance de l'homme : il est l'Autre face auquel nous sommes, et sans lequel nous ne sommes pas.

— *D'après votre exposé, l'athéisme moderne est issu de la société chrétienne. Pensez-vous par là que les religions non chrétiennes ne sont pas touchées par cette crise ?*

— Au contraire, je crois tout à fait que les religions non chrétiennes sont touchées par cette crise.

Il est vrai que nous sommes peu à dire ceci : la rationalité athée de l'Occident est en fait une épreuve du croyant. Notons pourtant que Voltaire avait été élevé par les bons pères, et Spinoza par les rabbins. Il ne s'agit donc pas là d'un rejet, mais d'une crise interne. Et d'ailleurs, les négations les plus fortes de Dieu se trouvent dans les écrits mystiques. Les épreuves les plus obscures de la foi sont aussi le fait des mystiques.

Parlons du rapport aux autres cultures. Je vais me placer à l'intérieur de la tradition biblique. Certes, les autres cultures peuvent être envisagées au plan de l'histoire : la civilisation chinoise, la civilisation indienne apparaissent comme beaucoup plus anciennes et raffinées que les civilisations occidentales. En dépit d'analogies extraordinaires sur certains points, et qui montrent bien qu'il y a des constantes et des invariants dans l'évolution de l'espèce humaine, il n'en reste pas moins que ces civilisations sont ce que la Bible appelle des « nations païennes », c'est-à-dire des nations qui, historiquement, n'ont pas subi le choc du dévoilement historique de Dieu. Or, la confrontation entre la Révélation et le paganisme est quelque chose d'absolument universel. Elle s'est produite dans la conscience d'Abraham, en Israël d'abord ; puis dans tout le bassin méditerranéen et dans les cultures environnantes, où il y a eu confrontation entre la Révélation et la religiosité spontanée, laquelle confrontation est le tissu même de toute l'Histoire sainte : entre Dieu, qui se révèle par ses envoyés et ses témoins, et le paganisme, qui est une constante en tout homme (en tout homme il y a un païen). Ce conflit, cette conversion de l'homme païen en homme croyant est une dimension historique fondamentale que le Père Fessard, un très grand jésuite mort récemment, avait réussi à mettre en lumière, alors que la pensée théologique moderne avait laissé tomber quelque peu ce point jusque-là.

Dans les univers non occidentaux, la modernité provoque ce choc avec la Révélation. Mais au lieu qu'elle le provoque avec la Révélation reçue pour ce qu'elle est, elle le provoque au travers des crises qui découlent de la Révélation : ce que nous exportons, ce sont les sous-produits de notre crise, et non la richesse qui a provoqué cette crise. Le rapport de l'Occident aux autres cultures s'est fait sous forme de conquêtes, guerrières au besoin, de colonisations (même prises dans le bon sens du terme : c'est-à-dire transferts de technologies et de mœurs). La technologie moderne, la rationalité, la science, la conception occidentale du droit (les nations, les droits de l'homme, etc.) sont actuellement exportées d'une façon fantastique grâce à la technologie, grâce à la diffusion des pensées, y compris grâce aux télécommunications, aux satellites, au cinéma, à la télévision, etc. Le choc des cultures que j'appelle « païennes » par convention, c'est-à-dire le choc des « nations » — comme dit la Bible — avec la Révélation se fait par ces sous-produits. Ce qui se vit actuellement dans les pays de culture non occidentale est un drame terrible, celui de leur propre identité, de leur subsistance, et peut-être d'une prise de contact avec la Révélation qui se fait dans les pires conditions. Car découvrir l'univers de la Révélation (faite à Abraham, et ce qui s'ensuit dans le Christ) à travers les sociétés commerciales, à travers les multinationales, les problèmes de la corruption, du développement, à travers l'urbanisme sauvage des mégapoles dans les pays du tiers monde, le découvrir à travers les sous-produits de la société technologique et des emprises commerciales que cela suppose, ce n'est pas forcément le meilleur contact ! Cela nous pose en même temps un problème de grave responsabilité, difficile à maîtriser à l'échelle individuelle et à l'échelle d'une génération, et qui probablement juge notre époque. En ce sens, nous sommes les héritiers directs des conquistadors et des esclavagistes. Ce que nous exportons est très ambigu : j'en veux pour preuve le rejet souvent violent dans sa forme politique. Les révoltes nationales que nous avons engendrées par contrecoup ont pour conséquence que les peuples n'accueillent peut-être pas ce qui, précisément, leur serait nécessaire.

Ma question est celle-ci : comment notre siècle et le siècle suivant seront-ils capables d'assurer, dans la pluralité des cultures et dans l'apparition de nouveaux interlocuteurs, cette confrontation entre la Révélation et les nations païennes, alors que déjà les sous-produits ont tout envahi et tout transformé ? Ce sont les sous-produits qui affrontent les cultures, alors que la source n'affleure pas encore.

— *Vous avez évoqué, pour l'accès à la foi, une libération de la raison. Mais croire est-il seulement de l'ordre de la raison ? Pour reprendre la distinction pascalienne, croire n'est-il pas aussi de l'ordre du cœur ? Comment vivez-vous la parole : « Dieu est amour » ?*

— J'avais commencé mon exposé par une prière, que je voulais personnelle, en lisant ce texte de saint Grégoire de Nazianze. Le chemin de la découverte de Dieu passe nécessairement par celui de la prière, où l'on est aimé autant que l'on aime. Car on est d'abord aimé avant de savoir aimer. Il faut d'ailleurs se rappeler que le résumé fondamental des commandements de Dieu livrés à l'homme s'énonce : « Tu aimeras. Tu aimeras Dieu et tu aimeras ton prochain. »

Ce commandement d'aimer est déroutant, car l'amour ne nous semble pas pouvoir faire l'objet d'un ordre. Nous rangeons l'amour dans la catégorie du désir, qui est par définition limité, limitatif et fantasque. Nous pensons que la liberté s'exprime dans la liberté du désir souvent aveugle. Au contraire, c'est la suprême lumière qui nous donne l'amour comme un commandement : « Tu aimeras » est un ordre. Comment l'amour peut-il être commandé, et comment peut-il être alors source de liberté ?

Cela suppose que l'homme découvre un amour plus

grand que celui dont il est capable. Qu'il fasse la découverte de Celui qui dépasse toutes choses : Dieu n'est pas au terme du désir, ni au terme de la raison ; Dieu arrive comme un inconnu qui se dévoile à l'homme qui ne le connaissait pas. Dans le désert, le peuple a été amené à connaître une parole qu'il n'avait pas entendue, une nourriture dont il n'avait pas idée. De la même façon, dans le mystère du Christ, l'homme découvre une profondeur qu'il ne pouvait pas soupçonner. Et l'abîme à la fois vertigineux et vivifiant de Dieu-Père ne nous est donné que si nous acceptons d'être nous-mêmes engendrés comme des enfants, comme des fils. Je n'ai pas osé m'avancer davantage dans cette voie : ce que je suis en train de dire déborde les limites du genre de cette conférence. Il faudrait que vous fassiez vous-même cette expérience, que vous commenciez un certain exode.

— *Vous avez nommé ensemble le bouddhisme et l'athéisme. Considérez-vous que les différentes religions sont des chemins vers Dieu, ou que seul le christianisme détient la vérité ?*

— La religion chrétienne ne « détient pas la vérité ». L'homme est sans cesse à la recherche du divin comme l'une des catégories de l'univers : le sacré fait partie de l'univers. Mais Dieu, quand il se nomme lui-même, apparaît comme au-delà de ce que l'homme peut imaginer et saisir. Je vous renvoie au texte de saint Grégoire de Nazianze, comme à la Révélation du Sinaï sur le Nom divin, tout comme à la phrase de Jésus : « Nul ne connaît le Père, si ce n'est le Fils, et nul ne connaît le Fils, si ce n'est le Père et celui à qui il veut bien le révéler. » Il y a aussi cette formule de Jésus qui ne fait que reprendre fondamentalement toute la tradition à laquelle nous adhérons : « Dieu, personne ne l'a jamais vu. » Voir Dieu, et cela est proposé comme une espérance, ne peut être qu'une ultime grâce.

La Bible ne se présente pas comme la vérité homogène à d'autres opinions, dont on dirait que ce sont des erreurs – au sens où, placés devant un problème, nous tenons une solution juste et des solutions erronées. La Révélation se présente comme donnant accès à un Autre que ce que l'homme peut imaginer. Car Dieu seul est dieu. Le mot « Dieu » est trompeur. Nous avons forgé ce mot dans nos langues occidentales comme un mot générique : le dieu « qui », le dieu « des », le dieu « de »... Nous en faisons un genre : le dieu des hindoux, le dieu des civilisations archaïques, le dieu des musulmans ; ainsi pourrait-on étiqueter les différentes espèces de dieux comme on étiquette les différentes espèces d'un genre. Or, le propre de la Révélation biblique est de dire que Dieu est unique, n'appartient pas à un genre, est inclassable. Il ne peut que se nommer lui-même, et son nom même est mystérieux. Dans le combat de Jacob avec l'Ange, Jacob lui demande son nom : « Qui es-tu ? » Réponse : « Pourquoi m'interroges-tu ? Mon nom est mystère. »

Dire que la tradition biblique et le christianisme possèdent la vérité est une formule trop étroite. Car Dieu fait irruption dans l'histoire, se donne lui-même et délivre l'homme de ses incertitudes et de ses ambiguïtés. Mais en le plongeant dans une plus grande aventure encore. Le concile Vatican II a émis un décret sur les religions non chrétiennes : ce texte beau et court fait le tour des grandes religions constituées d'aujourd'hui et montre comment la foi chrétienne reconnaît en chacune d'elles des éléments faisant partie du patrimoine commun des croyants. Non pour dire que nous avons une supériorité à l'égard de ces religions, mais que le point de vue où nous nous plaçons est original. La vérité totale n'est pas la somme des vérités partielles ; mais c'est autre chose qui apparaît, c'est un Autre qui est apparu. Voilà l'originalité de la tradition juive et chrétienne. Celui dont elle parle ne fait nombre avec rien, avec personne, pas même avec les catégories les plus générales et les plus fondamentales de l'esprit humain.

Ce qui suppose des procédures exceptionnelles. Ce n'est pas par les mêmes procédures qu'on arrive à l'absolu, au fond de l'être ou à la contemplation, ou que l'on découvre le Dieu vivant. Les procédures pour découvrir Dieu sont fixées non par l'ingéniosité de l'homme qui capitalise ses expériences en ce domaine (je peux capitaliser les expériences de l'Orient, celles des gourous, celles du bouddhisme – projet tout à fait sensé), mais elles sont fixées par Dieu. Le propre de l'expérience de la foi, c'est d'accepter que les procédures de cette expérience soient fixées par Celui que l'on ne connaît pas encore.

– *La position du problème éthique ne peut-elle se faire que dans un cadre religieux ? La raison humaine est-elle capable d'aborder les problèmes éthiques ?*

– Oui, elle en est capable, et même elle le doit. J'ai dit que la tradition biblique se présentait comme une ressource pour la raison. Je crois vraiment que ces problèmes éthiques sont du domaine de la raison humaine, touchent l'humanité de l'homme ; mais l'enjeu de notre civilisation est celui-ci : où trouver des ancrages assez solides pour que l'humanité de l'homme ne soit pas perdue dans une entreprise dont l'homme est lui-même l'origine ? Nous sommes bien obligés de nous poser la question du fondement de l'éthique, du fondement du droit. Où trouver les points de repère assez fermes et solides pour que la raison elle-même puisse établir ce qui relève de son champ propre ? Je ne prétends nullement que, pour poser le problème éthique, il faille être croyant, et croyant au sens biblique du terme. Car tout homme a reçu cette capacité de discerner le bien et le mal. Mais tout homme éprouve aussi sa fragilité dans ce domaine : il peut perdre les repères. De son côté, le croyant peut, dans l'exercice de la raison, par la ressource de la foi, aider à remettre sur pied la raison humaine. Aider : ça ne veut pas dire que telle lumière, telle prise rationnelle ne soit pas donnée à quelqu'un qui ne serait pas croyant.

Ce qui explique la « relevance » du christianisme, c'est que le christianisme et la tradition biblique disent au nom de la foi des vérités simplement humaines. C'est le sens de l'actualité déconcertante de ce qui sans cela pourrait apparaître comme un tissu de banalités.

— *Vous avez parlé, à propos du peuple polonais, d'ivrognerie, de concubinage et d'avortement. Quelle relation faites-vous entre ces trois éléments ?*

— Je n'ai fait qu'énumérer ici les maux que j'évoquais plus amplement il y a un an dans une rencontre parisienne avec Lech Walesa : nous avons parlé durant trois à quatre heures. Je savais que ces problèmes affectent la société polonaise depuis un certain temps. Je lui ai donc posé cette question de la démoralisation, de la déstructuration, des risques : un pays qui vit dans la misère est très tenté. Interrogez vos anciens, et demandez-leur ce qu'étaient dans la France sous occupation allemande des phénomènes comme la délation, le marché noir, etc., tous les maux qu'une société à peu près sur pied voit naître en elle-même quand elle est acculée à la misère et au désespoir. Et je pense en général à ce qui se passe dans une société quand le taux d'oppression et de misère est suffisamment fort pour qu'il devienne héroïque d'être simplement un homme honnête. Un peuple acculé à une situation aussi dramatique risque de se démoraliser. J'ai donc dit à Walesa : « Ne crains-tu pas que vous ne résistiez pas ? Que votre jeunesse elle-même ne soit emportée par un désespoir et une corruption tels que vous perdiez ce qui fait votre force ? » C'est là en effet pour eux le risque le plus grand. Il m'a répondu : « Je ne le pense pas. Nous avons surmonté ce risque il y a quelques années. Maintenant nous sommes capables, je l'espère, de tenir vingt ans. » Mais personne ne le sait, personne ne peut le dire d'avance...

La France et son baptême

AU-DELÀ DES RUPTURES IMMÉDIATES*

... Que constate-t-on ? Les prêtres en premier lieu, mais aussi les chrétiens de notre âge voient avec effarement le terrain glisser. Les jeunes ne sont pas aussi sensibles à ce glissement de terrain parce que c'est le leur. Ils n'ont pas les mêmes repères, ils ne mesurent pas les mutations de la même manière que nous. Mais ce sentiment appartient en propre à ceux qui sont âgés de plus de quarante ou cinquante ans. Ils constatent un changement de position du christianisme par rapport à l'ensemble des mœurs, d'un univers culturel, d'une société.

Ce n'est pas que la société devienne moins chrétienne : elle l'est aujourd'hui aussi peu, au moins autant qu'autrefois, voilà vingt, trente, cinquante ou cent ans. La culture française, en effet, porte des traces indélébiles de christianisme. Quant aux braves gens qui nous expliquent que le paganisme est le fond de la culture occidentale et française, ils sont bien intéressants, ils nous amusent. Mais il faudrait leur conseiller d'aller voir ce qui se passe dans un pays dont la culture est vraiment païenne, par exemple bouddhiste ou shintoïste, dans un univers dans lequel le christianisme est totalement absent. L'Occident est né à lui-même de sa rencontre avec le Christ. Nous sommes dans un pays où la culture, la langue...

* Interview par Robert Serrou, dans *Paris-Match*, 4 avril 1981.

– *Et le discours politique aussi...*

– Oui, le discours politique aussi : on a parfois l'impression d'entendre un sermon de curé... parfois un mauvais sermon, mais un sermon quand même...

La manière dont le langage religieux, celui de la Bible, celui de l'Eglise, imbibe la culture, l'économie, la politique, prouve que nous vivons sur un certain fonds culturel chrétien. J'ai donc du mal à parler de « déchristianisation ». Vous savez d'ailleurs que c'est la Révolution française qui a inventé ce mot : il s'agissait de supprimer, en 1793, toute référence chrétienne dans les mœurs, les usages, les repères du temps, etc. On voulait « déchristianiser » la culture française. Cela a échoué parce que c'est impossible, car le christianisme est inscrit au plus profond de notre culture, la culture française.

Cela ne veut pas dire que la foi soit omniprésente, ni la pratique religieuse majoritaire. C'est une autre affaire ! Car il est indiscutable qu'une certaine cohérence entre la foi, les mœurs, les idéaux de vie, la générosité, la vision du monde chrétienne, est de moins en moins acceptée par la majorité de nos concitoyens. Voilà cinquante ou cent ans, était chrétien sans le savoir tout homme de bon sens. Quelques vérités religieuses supplémentaires complétaient la foi chrétienne, mais le christianisme était identifié au sens commun. Aujourd'hui, ce n'est plus du tout le cas.

Comment vivre cette situation ? La plupart de nos contemporains la vivent mal. Les jeunes ont inventé la marginalité et en ont fait un outil politique de protestation. Ils sont aussi moins liés à des situations d'uniformité. Or nous, nous sommes habitués au consensus social, à l'unanimité, à une société étale ou, à la rigueur, partagée en deux ou trois camps. Nous supportons mal de voir qu'une société nous échappe ou semble nous échapper. Cette nostalgie de l'unanimité, tous l'éprouvent. Et d'abord les chrétiens. Nous nous demandons comment ne pas sentir le christianisme en recul ou invivable, quand il n'est plus couvert de fleurs par l'opinion majoritaire. Comment tenir un point de vue minoritaire ? Comment résister au matraquage de la publicité culturelle ou idéologique ? Comment, par fidélité chrétienne, consentir à ne pas faire comme tout le monde, sans pour autant partir sur le Causse élever des chèvres ? Comment supporter qu'on ne dise pas de bien de vous ? Comment vivre la dissidence dans la vie ordinaire, au nom d'une conviction que l'on reçoit de Dieu ? Comment ne pas se donner comme critère de vérité, du bien et du droit, l'opinion dominante ?

C'est un problème crucial dans toutes nos sociétés. On a dit que les sociétés archaïques étaient closes. Mais nos sociétés modernes sont beaucoup plus terrifiantes : elles ont un pouvoir extravagant d'envoûtement, d'uniformisation. Ce qui est stupéfiant, ce n'est pas seulement que Orwell ait eu entièrement raison et que le Goulag et les nazis soient nés avant 1984. C'est que nous allons arriver en 1984 sans avoir vraiment compris le totalitarisme : l'envoûtement est tel que ces braves gens n'y voient plus rien.

Nous sommes donc bien dans une situation contradictoire : d'une part, les hommes attendent de nous, chrétiens, quelque chose – sans savoir exactement quoi. Mais, d'autre part, dès que nous proposons quelque chose, cela apparaît ridicule ou inacceptable, car cela dérange. Cette contradiction, il ne faut d'ailleurs peut-être pas s'en étonner. Car l'Eglise est, comme le Christ, signe de contradiction.

– *Et ensuite ?*

– La deuxième chose : l'Eglise de France paie un lourd tribut à l'histoire de la France elle-même. Je m'explique. Un diocèse théoriquement, dans la vision de l'Eglise, c'est une Eglise locale, une Eglise particulière. C'est une communauté humaine et chrétienne à la fois, avec laquelle il y a une sorte d'identification historique, concrète, affective. On s'identifie à un groupe donné :

c'est mon Eglise ; j'appartiens à l'Eglise de tel pays, de tel endroit. Cela a aussi une très forte portée spirituelle, en même temps que charnelle, au sens de Péguy, une portée humaine, dense.

Or, en France, il n'existe pas d'Eglise particulière. Il existe des départements. Je l'ai découvert à Orléans. Voilà un département, le Loiret. Il est composé de plusieurs parties qui n'ont aucun rapport réel entre elles, si ce n'est d'avoir été déterminées par une volonté administrative à la Révolution française, de telle sorte qu'un préfet puisse, en cassant les particularismes locaux, assurer une certaine gestion administrative et un certain contrôle de l'autorité centrale. Ainsi, le département du Loiret est devenu le diocèse d'Orléans. Et le modèle départemental est un fonctionnement de maintien de l'ordre ou de gestion administrative, d'une certaine vision jacobine de l'Etat et du pays. Quand je disais : le diocèse d'Orléans, les gens du Gâtinais me disaient : « On n'est pas d'Orléans ! » Jamais il n'y aura identification affective, humaine, historique de tout le tiers du département avec la vieille Eglise d'Orléans. Ce qui fait que le modèle obligé de l'évêque, depuis la Constituante, c'est le préfet. Et ce que nous avons à redécouvrir, c'est que l'évêque n'est pas un préfet, parce que l'Eglise particulière n'est pas un département.

Quand on compare aux diocèses d'Italie, qui sont beaucoup plus petits, ou aux provinces allemandes qui sont de taille tellement inégale, on constate que l'Eglise s'y est identifiée à toute une culture, à l'histoire de tout un peuple. Nous, nous avons comme modèle le jacobinisme. C'est un prix à payer, le prix de l'histoire française.

– *En revanche, il y a une Eglise de Paris !*

– Oui, parce que, aussi paradoxal que cela puisse paraître, à Paris, il y a une identification affective avec la grande ville. On est de Paris, même quand on vient de province et c'est une grande chance.

— *Troisième découverte ?*

— Les effets des quinze dernières années sur la vie sociale et sur le christianisme, car les campagnes ont été vidées en quinze ans de leur population, bouleversées. Cela a entraîné des changements de mœurs énormes.

Au cours du dernier siècle, tout petit Français passait par le catéchisme. On a critiqué les résultats ; ce qui a entraîné des réformes successives, heureuses, parce qu'elles épousaient l'évolution des esprits, de la pédagogie, etc. Mais si, depuis trois ans, il y a une rupture dans la catéchèse, ce n'est pas parce que les prêtres ont baissé les bras, parce que les méthodes catéchétiques sont défaillantes, c'est pour des raisons objectives dans les campagnes : le ramassage scolaire, la semaine continue, là où cela commence à s'instaurer, l'accroissement des loisirs, des sociétés sportives, les majorettes, les matches de football et la pétanque.

Avec cela, dans la pratique, les enfants ne sont plus catéchisés. Une rupture est en train de se produire. On en verra le résultat dans quinze ans... vingt ans. Un craquement majeur est en train de s'opérer dans la continuité des générations.

— *Qu'est-ce que l'Eglise peut faire ?*

— Je ne le sais pas. C'est une question vraiment grave. Ce n'est pas seulement l'Eglise dans sa hiérarchie qui peut réagir, mais le tissu français, que ce soient les parents, les éducateurs, les conseillers municipaux. Cela se sent moins dans les villes où l'on ne mesure pas les incalculables conséquences du ramassage scolaire. On voit les petits gamins se lever à 6 heures du matin, rentrer à 7 heures du soir, et dont le village c'est l'autobus ! Je ne le savais pas quand je suis arrivé à Orléans. Je l'ai découvert. J'avais bien lu des articles dans les journaux, mais je n'y avais pas prêté attention.

C'est un gros événement. C'est aussi grave que de faire vivre des gens dans du béton. On crie contre les H.L.M. et les cités. Mais ce déracinement quotidien de ces enfants me paraît avoir des conséquences aussi graves sur la future génération, sur leur équilibre, sur l'entourage humain avec lequel ils ont affaire, sur les adultes avec qui ils parlent.

J'ai découvert, enfin, les prêtres. Je connaissais des prêtres, mais je ne connaissais pas les prêtres. Un prêtre ne connaît que ceux avec qui il travaille de façon quotidienne : les plus proches, ses amis. Comme évêque, à Orléans, j'ai dû faire la connaissance de tous les prêtres du diocèse.

– *Un diocèse qui a été chahuté...*

– Aussi, mais qu'importe. Tous les prêtres d'un seul diocèse, c'est ça qui fait la différence.

En acceptant d'être responsable, c'est-à-dire de leur répondre et de répondre d'eux, j'ai été amené à réfléchir d'une nouvelle façon à ce qu'est un prêtre, à ma propre condition sacerdotale... Cela m'a appris bien des choses. Personne ne peut imaginer la somme fantastique de générosité que représente leur histoire... Comment peut-il y avoir en même temps un tel poids de misère et de générosité ? C'est une magnifique histoire, mais presque impossible à raconter.

– *Est-ce que, aujourd'hui, on peut exiger d'un prêtre de faire quasiment le vœu de pauvreté ? Est-ce que la pauvreté est une vertu moderne ? Et qu'est-ce que cela veut dire ? C'est la condition du prêtre que je veux évoquer.*

– Je réponds deux choses un peu différentes.

D'abord, le clergé dont je fais partie et dont je suis le témoin admiratif n'a pas de successeur, et n'en aura probablement pas dans l'état où il est. On ne trouvera plus les prêtres de campagne que j'ai vus. Parce que les circonstances ont changé. Tout a changé. Donc, on ne peut pas se poser le problème d'une reconduction à l'identique. Ce n'est pas possible. De toute façon, c'est fait. Ce n'est pas une décision à prendre : c'est ainsi que cela se passe.

En fait, qui sont les prêtres de l'avenir ? Ceux qui sont

en train de se former maintenant ou qui vont venir, cela nous reporte à 1990, 1995... A considérer qui ils sont et combien ils sont, force est de constater que nous sommes dans une situation de rupture considérable. Vous connaissez les chiffres. La cassure actuelle (chronologique et numérique) dans le clergé français a déjà dépassé en ampleur et en durée la cassure qui a existé au temps de la Révolution française.

Les conséquences d'une telle rupture de tradition sont inimaginables à l'avance. Regardez ce qu'a été le XIXe siècle, depuis la Restauration, au point de vue religieux. Les conséquences sur la vie de l'Eglise, le mouvement des idées, tout cela peut s'expliquer en partie par la rupture de tradition qui a existé à l'intérieur du catholicisme. C'est parce qu'il y avait une disparition pure et simple de tous les équipements religieux, ainsi que de la capacité de transmission, qu'on a réinventé un néo-catholicisme gothique au XIXe siècle. On l'a réinventé parce qu'il n'y avait plus rien. Il n'y avait plus d'universités, plus de bibliothèques. On a réinventé les Dominicains, les Jésuites, les Bénédictins, la liturgie, la piété et même la théologie, comme Viollet-le-Duc a réinventé le gothique !

Une rupture considérable s'était produite à la fin du XVIIIe siècle. Le milieu du XIXe siècle a été très pauvre du point de vue religieux. Les grands ténors de l'époque étaient des hommes éminents, mais ils ont représenté un appauvrissement du contenu religieux par rapport à ce qu'apportaient des hommes équivalents un siècle auparavant. Ni l'Allemagne ni l'Angleterre n'ont connu une telle rupture.

Aujourd'hui, nous vivons une rupture culturelle et historique de même ampleur. Le nombre des vocations a subi une telle césure verticale pendant quinze ans que le retour au niveau précédent ne pourra pas se produire comme s'il ne s'était rien passé. Il y a donc là un problème important : comment va-t-on gérer cette rupture ? Les gens de nos âges ne se rendent pas tous compte de l'importance de cette rupture. Ils la vivent plus ou moins bien. Certains, cependant, la sentent instinctivement et souffrent. Ils vivent cette rupture sous la forme de l'éloignement, de l'abandon ou du rejet. D'autres rêvent d'une restauration au sens de celle qui s'est produite au XIXe siècle. Quoi qu'il en soit, c'est maintenant un fait, la rupture est inscrite dans notre histoire. Comment va-t-on survivre alors que l'on ne dispose pas de l'équipement intellectuel ? Un professeur d'université, un professeur de théologie ne se fabrique pas en trois ans, il faut quinze ou vingt ans. Même si Dieu envoie de grands dons, des saints, il faut un terreau, une accumulation de talents divers pour disposer de maîtres des novices, de pères spirituels. Il s'agit de l'un des problèmes urgents auxquels nous sommes actuellement confrontés.

Le pape, quant à lui, a un mérite fantastique : il perçoit les problèmes et il nous les pose au-delà de ces limites historiques. Il fait appel à une conscience nationale au-delà des problèmes à court terme. La question : « France, qu'as-tu fait de ton baptême ? » est splendide et déconcertante. Personne, aujourd'hui, n'a jamais pensé au baptême de la France. Mais nous sommes ainsi obligés de resituer notre propre continuité au-delà des ruptures immédiates.

– *Avez-vous une réponse face à cette rupture ou bien vous posez-vous la question vous-même ?*

– C'est une question que je me pose. Il s'agit d'un problème clef. Je vais prendre un exemple : il y a maintenant des vocations sacerdotales, mais elles sont d'un autre type qu'autrefois, sinon spirituel, du moins humain. Aujourd'hui, des hommes faits, ayant déjà une expérience professionnelle, sont appelés par Dieu. Leur cheminement n'est fatalement pas le même que celui qui était lié autrefois à la famille, à l'adolescence, à la scolarisation – je pense aux petits séminaires ; ils sont moins nombreux, mais ce n'est pas étonnant. N'interdisons pas à l'Esprit de faire surgir des vocations beaucoup plus nombreuses. Mais ce type d'hommes que Dieu appelle aujourd'hui est différent de celui de naguère, et les prêtres qu'ils donneront seront différents.

Il y a toujours eu des vocations tardives. Mais, avant, elles étaient proportionnellement beaucoup plus rares. Les intéressés devaient se faire admettre, tracer leur chemin, parce que, en raison même de leur expérience, ils étaient un peu marginaux. Aujourd'hui, on rencontre beaucoup d'hommes de ce type et le clergé qui va ainsi être formé ne sera pas le même. Les stéréotypes, les conformismes, les habitudes seront différents.

Je reçois actuellement ceux qui vont être ordonnés cette année à Paris. Ils me disent la difficulté qu'ils ont eue, ayant exercé un métier, ayant gagné de l'argent, ayant mené une vie autonome, à entrer dans un système de contraintes tel que celui qu'ils ont connu pour devenir prêtres. Ils ne gagnent plus d'argent, ils sont soumis à un système scolaire, ils mènent une vie collective où il faut rendre compte à d'autres de ce que l'on fait, ils doivent soumettre leur rythme de prière et leur vie spirituelle à un directeur de conscience, à quelqu'un, à une communauté. C'est un problème pour eux. Autrefois, les gens qui arrivaient au grand séminaire étaient préparés à cela souvent dès l'enfance, cela ne leur posait le plus souvent aucun problème. Aujourd'hui, le grand séminaire est ressenti comme une épreuve spirituelle.

Comment raccorder ce nouveau clergé à l'ancien ? On ne va pas faire deux Eglises, c'est impossible. Voilà un exemple de la manière dont il nous faut vivre cette rupture, qui joue d'ailleurs sur beaucoup de choses.

— *Sur quoi ?*

— J'aurais du mal à le décrire avec précision. De par mon expérience personnelle, j'ai été un peu en marge, j'ai rencontré des incroyants, j'ai fait un trajet de l'extérieur vers l'intérieur. Alors que l'on disait de moi :

« C'est un converti, il découvre », j'ai l'impression aujourd'hui que ma démarche est devenue commune aux plus jeunes. C'est comme si j'avais maintenant rejoint le gros du peloton ! Bien sûr, des écarts de génération, de langage, subsistent, mais tel est bien le type de problématique quasi spontané des jeunes générations chrétiennes.

– *L'Eglise de l'an 2000 sera plutôt ainsi ?*

– Je le crois, car l'Eglise de l'an 2000 sera celle des gens qui ont actuellement vingt ou vingt-cinq ans.

– *Vous y pensez ?*

– Oui. Elle est là !

– *Vous parliez de la pauvreté des prêtres.*

– Le misérabilisme des moyens me paraît absurde. Le pauvre prêtre qui fait de pieuses industries pour trouver trois sous, existe encore, hélas ! Certains sont obligés de le faire. Mais aujourd'hui, avec les jeunes, nous avons en face de nous les hommes auxquels je faisais allusion tout à l'heure : ils avaient une carrière devant eux au moment où ils ont pris leur décision. Certes, les perspectives peuvent changer parce que nous entrons dans une période de chômage...

– *Serait-ce un remède contre le chômage que de devenir prêtre ?*

– J'espère que non ! Ce type d'hommes, en entrant dans le clergé, renonce à l'argent. Par vocation, non seulement ils renoncent à se marier, mais ils renoncent à leur métier. Ils vont donc très vite se déqualifier en arrêtant leur métier. Ensuite, les ingénieurs, les fonctionnaires ne trouveront pas de postes. Ils sont obligés de prendre des risques. Ils ne traitent plus les choses de la même façon que leurs aînés et il faut qu'ils aient de bonnes raisons pour agir ainsi.

Le problème de l'argent se pose donc en termes différents aujourd'hui. Autrefois, il s'agissait d'épouser une Eglise relativement pauvre, dans laquelle on vivait de façon misérable. J'en ai vu des exemples effrayants à

Orléans ! Peut-être était-ce là une manifestation de générosité, un désintéressement énorme. Mais beaucoup ont vécu comme cela parce qu'ils ne pouvaient pas faire autrement. Aujourd'hui, en revanche, la question est posée à l'envers.

MANQUE DE PRÊTRES ET PAUVRETÉ SPIRITUELLE*

... Etre chrétien aujourd'hui en France ne consiste pas à être comme tout le monde. C'est même l'inverse. Il y a cinquante ans, on pouvait parfois dire qu'être chrétien, c'était évidemment être « bien-pensant ». (Rappelons-nous les grandes colères de Bernanos.) Or, précisément, les chrétiens ne sont plus les « bien-pensants ». J'appelle « bien-pensants » ceux qui pensent comme tout le monde. Le drame des chrétiens, c'est qu'ils ne peuvent plus obéir à la « pub » qui est la forme moderne du « bien penser ».

— *L'existence de l'Eglise passe par la sacramentalité et donc le sacerdoce. Une de vos premières initiatives à Orléans avait été de recréer un séminaire. Que pensez-vous de l'avenir du sacerdoce ?*

— Le problème des prêtres est totalement dépendant de l'existence de l'Eglise elle-même. Un exemple : le séminaire du diocèse de Dakar a été fondé il y a exactement un siècle. Il a fallu un siècle pour que se constitue un minimum de communauté chrétienne dans certaines ethnies, pour qu'on voie apparaître des vocations, des prêtres africains. Les vocations sont dépendantes de l'état d'un peuple et non l'inverse. Le problème

* Interview par Gérard Leclerc, dans *Le Quotidien*, 10-11 avril 1982.

des vocations en France, ce n'est pas d'abord celui des prêtres, c'est celui des Français et du peuple chrétien en France.

S'il y a des communautés chrétiennes croyantes et ferventes, elles recevront des vocations, soit dans les formes connues de la vie religieuse, soit dans les formes nouvelles de consécration, soit dans le sacerdoce. Il y en aura même au-delà de leurs propres besoins. Une grande générosité spirituelle suscite une fécondité à sa mesure.

Que signifie d'ailleurs le besoin en prêtres ? Je ne connais pas encore un sociologue qui m'ait dit quel était le taux optimum de prêtres par habitant. En fonction de quoi ? Par rapport à quelle nécessité ?

Le problème se pose à l'inverse. Quand il y a un peuple chrétien, à ce moment existe une telle exigence spirituelle que la médiation du prêtre est d'autant plus féconde, et que la vie sacramentelle devient elle-même une source d'enrichissement. L'un des drames du clergé français, c'est qu'il émanait d'une portion sociale relativement étroite, pour être au service d'une population plus avide d'une certaine conformité religieuse que d'un éveil à une vie de foi fervente et forte. Des prêtres en France ont eu une impression d'inutilité, parfois tragique. Voyez le *Journal d'un curé de campagne.* Mais tout le monde n'est pas le curé de campagne. A l'inverse, en période très féconde et spirituelle, il y a un surcroît de générosité qui va ailleurs. Ainsi, certaines fractions de la France rurale du XIXe siècle ont fourni des hommes et des femmes qui ont livré leur vie pour l'Afrique et d'autres pays. Cela se vérifie aujourd'hui dans d'autres régions du monde, en Afrique par exemple.

Nous entrons en France dans une période de grande pénurie de prêtres, par rapport au passé récent. Les années qui viennent vont être terribles. Cela tient à une pauvreté spirituelle de notre propre nation. Le vrai problème est de réveiller une fidélité chrétienne chez les croyants. Alors se lèveront les vocations nécessaires.

LE RENOUVEAU NE SE PROGRAMME PAS*

— *La société française est souvent présentée comme complètement sécularisée : un cas peut-être unique parmi les pays de tradition catholique. Etes-vous d'accord avec cette opinion ?*

— Dans l'ensemble, je suis d'accord, bien qu'il convienne d'introduire quelques précisions. Si l'on veut vraiment utiliser ce terme, il ne faut pas oublier que la France est un pays « sécularisé » depuis longtemps. La France est le seul pays d'Europe occidentale, ou mieux, d'Europe chrétienne, où il n'y ait pas eu d'identification complète entre le christianisme, la culture et la nation. Chez vous, en Italie, l'œuvre de Dante a fondé la langue et la culture ; et il s'agit d'une œuvre profondément chrétienne. En Allemagne, l'événement créateur de la langue nationale a été la traduction de la Bible réalisée par Luther[1]. Il s'est produit en France un événement un peu semblable à partir de la Renaissance, mais en s'inspirant de l'antiquité païenne. Depuis le début du XVIe siècle, c'est-à-dire depuis le début des temps modernes, à l'intérieur de la culture française, on peut distinguer clairement deux courants bien différents : la culture de

* Interview par Luigi Geninazzi, dans *Il Sabato*, Milan, 3 juillet 1982. Traduction de Jean Duchesne.

1. Voir également, à ce propos, l'interview à *Tribune juive*, p. 97.

tradition chrétienne et le mouvement laïque, libertin. A cette époque, les populations françaises des campagnes n'étaient guère christianisées. Elles l'ont été en deux vagues successives : la première après le Concile de Trente (ce qui a donné ce que nous appelons aujourd'hui les régions de tradition chrétienne : la Bretagne, etc.) et la seconde après la Révolution française, pendant la Restauration. La sécularisation n'apparaît donc pas en France comme un phénomène récent, mais comme la marque d'une rupture interne à la culture de notre pays. Le conflit entre les deux courants s'est manifesté sous forme de lutte antireligieuse : au siècle des « Lumières », l'athéisme a eu bien plus de virulence en France qu'ailleurs ; et c'est en France que sont nées les révolutions laïques des deux derniers siècles, qui ont engendré la grande attaque de l'anticléricalisme. D'autre part, le catholicisme français a produit un cléricalisme bien particulier : ne pouvant pas s'identifier à la totalité de la culture, il a revendiqué pour lui-même une place centrale dans la nation en prenant le raccourci de la politique. Il a semblé plusieurs fois que le pouvoir politique serait le lieu décisif de l'unité et de la présence des chrétiens : une tentation pour l'Eglise, mais aussi une tentation pour les politiques de se servir de l'Eglise. On en est ainsi venu, du côté laïque, à soutenir l'idée qu'il ne pouvait y avoir de liberté politique que si l'Eglise était anéantie. Et ceci explique finalement pourquoi, chez nous, les conflits entre les laïcs et les chrétiens ont toujours eu l'aspect d'une guerre.

Je dois cependant ajouter une chose très importante : en France, le mouvement religieux, de renouveau spirituel, ne coïncide pas avec l'histoire de cette lutte entre le parti catholique et le parti laïque. Il y a plusieurs niveaux qu'il faut bien distinguer dans l'histoire du catholicisme français : par exemple, au XVIIe siècle, il y a eu une grande renaissance religieuse populaire précisément au moment où le parti catholique était sur le point de perdre le pouvoir. Ceci explique comment l'Eglise a toujours pu résister à l'épreuve de la Révolution : le haut clergé s'est écroulé, tout comme la fidélité des classes dirigeantes, mais la foi du peuple a tenu.

— *Ce défi permanent que la sécularisation lance à l'Eglise catholique, comment s'est-il manifesté ces dernières années ?*

— Jusqu'à il y a vingt ans, on peut dire qu'il existait un univers catholique relativement cohérent, qui avait pu résister à l'intérieur de la société divisée que j'ai décrite tout à l'heure. Aujourd'hui, cet univers a été balayé. Il reste cependant une donnée de fait : la culture française, au sens le plus large du terme, est largement imprégnée de christianisme, même si c'est de façon très diffuse. Je veux dire que jusque dans ses expressions laïques et sécularisées, la conscience historique de la nation française garde dans son fond un résidu chrétien. En d'autres termes, tous les discours tenus jusqu'à présent sur la sécularisation ne doivent pas nous amener à conclure que la culture française serait païenne, comme si elle n'avait jamais été effleurée par le christianisme. En ce sens, la question posée par Jean-Paul II pendant sa visite en France est fondamentale : « France, qu'as-tu fait de ton baptême ? » Dans la question, il y a une affirmation implicite qui est essentielle : la France a été baptisée. Une nouvelle évangélisation ne peut faire abstraction de ce fait.

— *Que doit faire la France pour reprendre conscience de ce baptême ? Ou mieux : quel est, à votre avis, le devoir de l'Eglise dans une telle situation de crise ?*

— Nous devons nous débrouiller avec ce que nous avons : nous recevons du passé des valeurs inscrites dans une culture, mais nous ne recevons aucune cohérence rituelle ou sociale. Il faut donc rendre à l'existence chrétienne son intégrité, ré-évangéliser et ré-édifier l'Eglise, la faire comme renaître. Nous ne pouvons compter ni sur le déterminisme de l'éducation, ni sur une tradition de comportement social. Il suffit d'observer ce qui se passe dans les nouvelles générations... Les gestes rituels, qui scandent l'existence chrétienne, sont de moins en moins accomplis. Si nous ne réagissons pas efficacement, nous nous trouverons dans peu de temps dans une situation semblable à celle du luthéranisme en Allemagne de l'Est et en Suède, où le christianisme a perdu sa signification sociale.

— *Comment définir alors le problème de fond auquel est affronté le christianisme d'aujourd'hui en France ?*

— Ce n'est pas un problème de méthode pastorale, de stratégie ni d'organigramme. La question clef est différente : quel contenu spirituel découvre-t-on aujourd'hui chez les chrétiens de France ? S'il n'y a que le vide, nous serons inévitablement balayés. Nous vivons à cet instant une occasion historique : nous sommes le dos au mur et nous sommes à même de voir clairement que le christianisme ne peut plus être reçu uniquement comme donné culturel, ni conçu comme donné sociopolitique, ni transmis comme donné éducatif : le christianisme est réponse à un appel, à une grâce qu'on accepte. En un mot, nous ne pouvons pas entretenir l'illusion de parvenir à conserver quelque chose de notre christianisme sans le recevoir de nouveau. Si vous allez relire les grands témoins modernes du christianisme qui ont été donnés à la France, Léon Bloy, Péguy, Maritain, Bernanos, vous vous apercevrez que ces authentiques prophètes avaient déjà décrit de nombreuses années à l'avance ce qui est arrivé. Avec une grande lucidité, ils avaient compris qu'on allait à la dérive. Léon Bloy l'a écrit : ce peuple chrétien ne vit pas de ce dont il a hérité.

— *C'est en somme un appel à la conversion, qui n'est pas lancé sans raison par de grands convertis.*

— Exactement. J'espère que tout ce que Léon Bloy, il y a un siècle, a perçu avec beaucoup de souffrance devient pour les chrétiens de mon temps un motif d'espérance. Vous le voyez, me placer, comme archevêque de Paris, dans cette perspective me donne une grande sérénité et une grande liberté intérieure.

— *Vous venez de citer quelques-uns des grands auteurs chrétiens qui ont fait du catholicisme français un modèle pour les autres pays d'Europe. Je pense surtout à la fascination qu'il a exercée sur les catholiques italiens dans les années 50 et 60. Le catholicisme français était un exemple d'unité entre une vie de foi intense, une élaboration culturelle adaptée à l'époque et un engagement politique cohérent. Qu'a finalement donné tout cela ?*

— Ce que vous rappelez est une espèce d'idéal qui n'a été que très partiellement réalisé en France. Je veux vous raconter une petite histoire, qui est capitale pour moi personnellement, et qui illustre bien le rôle joué par le catholicisme français par rapport aux autres nations. En 1950 (j'étais alors jeune séminariste), je me trouvais à Berlin pendant mon service militaire. Au cours d'un *Katholikentag*, j'ai eu l'occasion de parler avec un prêtre d'une paroisse ouvrière allemande. Convaincu de notre supériorité à nous autres, Français, je me suis mis à lui expliquer avec fougue ce qu'il devait faire dans sa paroisse. Mon interlocuteur m'a interrompu en disant : « Vous, Français, vous êtes maîtres dans l'art de créer des modèles ; nous, Allemands, dans la production en série. Quand vous passerez aussi à la production en série, alors nous saurons si votre modèle fonctionne. »

Tout ce que vous avez évoqué, la foi intense, l'engagement culturel et politique, a été une espérance pour nous aussi, mais cela ne s'est pas traduit dans les faits. Dans les années 50 et 60, nous avons parlé de réforme de la paroisse dans un sens communautaire ; mais les expériences ne se sont pas montrées à la mesure de nos ambitions. Nous avons produit des modèles de réforme liturgique, mais par la suite, qui sait comment, nous nous sommes trouvés dans une situation dramatique pour appliquer la réforme liturgique prévue par le Concile. Nous avons redécouvert le diaconat et nous l'avons proposé au Concile ; mais nous sommes le pays où, proportionnellement au nombre de catholiques, il y a le moins de diacres. Nos évêques, pendant le Concile, ont élaboré de nouvelles formes de participation des laïcs à l'apostolat ; mais, dans les faits, en raison du cléricalisme persistant, nous n'avons rien à envier à ce qui se passe ailleurs. En somme, nous avons été capables de fournir des images et des modèles, mais le projet n'a pas été accepté par le peuple.

— *Est-ce la faute du peuple trop obtus, ou du projet trop intellectuel ?*

— C'est impossible à dire...

— *Je crains qu'il ne s'agisse de la seconde hypothèse. Mais vous devez me répondre.*

— Je me limiterai à cette réflexion : un projet, si intelligent et intéressant qu'il soit, qui ne comporte pas en lui-même les conditions de sa mise en œuvre, est une chimère. Dans l'histoire de l'Eglise naissent souvent des projets de réforme. Qu'il suffise de penser à l'époque du début du XIIIe siècle. Mais il a fallu saint François d'Assise pour que l'initiative d'une réforme devienne féconde et transforme le cœur de l'Eglise. Notre temps a besoin de témoins. Et tous les matins et tous les soirs, je prie le Seigneur d'être capable de les reconnaître. Peut-être existent-ils déjà, mais nous ne les avons pas encore reconnus.

— *En parlant ces jours-ci avec des catholiques français, j'ai recueilli cette idée que l'Eglise, chez vous, est désintégrée. Il existe de fait des communautés, mais elles s'ignorent entre elles et il y a de plus une forte polarisation entre la droite et la gauche, entre les conservateurs et les progressistes. Qu'en pensez-vous ?*

— Le fait est que les premiers et les seconds sont exactement semblables : les uns et les autres estiment que la foi est un fait acquis, comme un patrimoine. Pour eux, il est établi que l'Eglise existe et ils se permettent en conséquence de la juger. Ils se comportent comme des gens qui habitent une vieille maison, héritée de leurs parents, et ils s'efforcent de la rendre plus confortable : les uns proposent de repeindre les murs, les autres au contraire veulent changer le mobilier... La maison est toujours là, mais personne n'y pense. Jusqu'à ce qu'un jour le toit s'écroule, les fondations cèdent, les cloisons se lézardent. Ainsi certains de ma génération se sont-ils aperçus avec stupeur que leurs fils ne possèdent plus cette richesse de foi qu'ils avaient reçue et qui leur a permis de devenir conservateurs ou progressistes. Ce qu'ils considèrent comme un donné immuable est remis en question ; la maison n'existe plus.

On voit de ce point de vue que ce n'est pas tant l'institution qui est menacée, mais que c'est notre foi qui est mise en jugement. Ce n'est pas l'Eglise qui se désintègre, c'est la fidélité des hommes qui est mise à l'épreuve. Mais tout le monde n'est pas disposé à le comprendre.

– *Parlons maintenant du fonctionnement de cette Eglise de France : les paroisses, les mouvements, les institutions. J'ai pu relever que vous étiez très apprécié chez les jeunes, et parmi les intellectuels, même laïcs. Mais chez certains prêtres de l'appareil ecclésiastique, il y a de la méfiance, et presque de la défiance à votre égard. Comment l'expliquez-vous ? Et quelle analyse faites-vous de la situation ?*

– Vous m'excuserez, mais je ne souhaite pas répondre à votre première question... En ce qui concerne, au contraire, l'analyse de la situation, il est incontestable qu'elle est très difficile. Nous tous, clercs et fidèles, nous avons connu ces dernières années de rudes épreuves. Nous avions de grandes ambitions apostoliques ; elles ont fait naufrage. Nous avions rêvé à de grandes réformes ; elles ne se sont pas réalisées. Nous avions espéré un renouvellement de la foi ; il s'est produit l'inverse. Ceux qui ont vécu les années 50 et le Concile sont aujourd'hui comme blessés. Ils sont encore là, sur le champ de bataille ; Dieu les aime certainement pour leur fidélité ; mais ils n'ont pas de descendants. C'est une terrible épreuve de stérilité et de mort. Je rencontre souvent des prêtres-ouvriers et ils me demandent tous pourquoi je ne leur envoie pas des jeunes. Vous comprenez ? Comme si cela dépendait de moi, de l'évêque, comme si c'était un problème d'organisation. Mais si les prêtres manquent, si les vieux s'en vont sans être remplacés, cela veut dire que la crise est profonde. C'est l'épreuve à laquelle est soumise cette Eglise aujourd'hui. Et quand on est ainsi menacé, la tentation est d'accuser autour de soi, de trouver des coupables à tout prix, de se diviser. Mais nous devons accepter cette épreuve de la mort sans céder à la peur que la mort soit toute-puissante. Il faut un grand acte de foi pour croire qu'à travers cette croix, Dieu nous appelle à la vie et à la fécondité.

— *En dehors de l'Eglise catholique, il me semble pourtant qu'il y a un courant de redécouverte du christianisme, même chez des agnostiques...*

— Beaucoup de Français non croyants ont reçu par l'intermédiaire de la culture une partie de l'héritage chrétien. Si je repense à ma propre expérience, je dois reconnaître que j'ai découvert le catholicisme à travers la culture reçue dans un lycée d'Etat, laïque. J'ai lu Pascal avec avidité, je me suis intéressé à Corneille et à Racine, à tous les auteurs que l'on étudiait à l'école. Nous vivons maintenant une époque où les questions fondamentales affleurent de nouveau, avec l'intuition que le christianisme a peut-être une importance vitale pour la société. Dans cette perspective, je crois que nous nous trouvons devant d'immenses possibilités pour une nouvelle évangélisation. Beaucoup de gens sont disponibles pour écouter. Cela ne signifie pas qu'ils seront d'accord avec nous quand nous nous adresserons à eux, mais en tout cas ils tendront l'oreille.

— *Quel sera l'avenir de l'Eglise en France ?*

— Si vous me forcez vraiment à jouer les prophètes,

je dirai qu'il est possible que le renouveau de l'Eglise passe par une nouvelle évangélisation. Nous sommes dans une situation très étrange : jamais le christianisme n'est apparu aussi neuf, au centre de la culture et de la civilisation ; mais en même temps, les chrétiens apparaissent vieux, fatigués et usés par leurs débats internes. C'est comme s'il y avait une différence de potentiel ; dans ce cas, il survient une secousse, un courant s'établit. Je pense que quelque chose de semblable devrait arriver. Il y a trente ans, il y avait de grands chrétiens, mais bien peu leur ont prêté attention. Aujourd'hui les gens reviennent poser les questions de fond. Aurons-nous encore de grands chrétiens ?

QUELLE DÉCHRISTIANISATION ?*

— *Contrairement à ce qui se passe pour d'autres confessions, l'Eglise catholique accorde une place prééminente au clergé, avec comme corollaire une certaine passivité des fidèles. Cela vous semble-t-il une bonne chose ?*

— Il y a vingt ans, le concile de Vatican II a puissamment remis en lumière cette vérité que l'Eglise, c'est la totalité des croyants. Que tous les chrétiens prennent effectivement la responsabilité des finalités et de la vie de l'Eglise, voilà un objectif prioritaire. Théoriquement, l'orientation est claire ; pratiquement, la mise en œuvre reste difficile, parce qu'elle va à l'encontre d'une dérive constante de la vie sociale. Mais cela fait partie du paradoxe ordinaire de l'Eglise. Elle est périodiquement secouée de l'intérieur par la force qui l'habite – pour les croyants, c'est l'Esprit de Dieu –, et elle devient alors dans les sociétés les plus diverses un ferment de novation en se réformant elle-même. Elle suscite à la fois espérance et hostilité. Certains nous suspectent d'hypocrisie ; d'autres nous taxent d'utopie. Ceci dit, et pour répondre à votre question, une place privilégiée donnée au clergé

* Interview par Gérard Dupuy et Luc Rosenzweig, dans *Libération*, 27 septembre 1983.

peut entraîner des abus ou favoriser la passivité des fidèles. Mais qui sont les responsables de cette dérive ? Les clercs ? Les laïcs ?... D'une manière générale, notre société, par commodité ou au nom de l'efficacité, a tendance à s'en remettre de plus en plus au « spécialiste ». Pour leur santé, les malades au médecin. De même, les parents se déchargent entre les mains des enseignants de leur fonction éducatrice...

— *La tâche prioritaire d'un responsable de l'Eglise catholique en France n'est-elle pas de lutter contre la déchristianisation qui affecte des pans entiers de la société ?*

— Quelle est la nature et la signification de cette « déchristianisation » ? Il semblait que la société française était « christianisée » parce que les rites sociaux s'identifiaient aux rites de la religion catholique. Dans leur grande majorité, ceux qui naissaient étaient baptisés, ceux qui entraient dans la puberté faisaient leur première communion, ceux qui se mariaient et ceux qui mouraient passaient par l'Eglise. Tout ceci recouvrait en réalité des situations très variables de croyances et de convictions. Pensez-vous vraiment que le XIXe siècle ait été un siècle où la foi était unanimement partagée ? La bourgeoisie voltairienne du XVIIIe, ou l'aristocratie oisive de la fin du XVIIe siècle, en quel sens étaient-elles christianisées ? Même à ces époques où la religion tenait le haut du pavé, on pouvait avoir des doutes sur la christianisation de la société. Au début du XVIIe siècle, le Père Mersenne, philosophe et mathématicien, ami de Descartes, déplorait vingt-cinq mille athées à Paris. Exagérait-il vraiment ?

— *Mais aujourd'hui, on a des chiffres et des études sociologiques...*

— Bien sûr. Mais encore faut-il savoir apprécier les chiffres, les interpréter correctement. Je viens de lire une étude consacrée à la catéchisation des enfants de Marseille. Si l'on considère le nombre des enfants qui ont suivi tout le parcours catéchétique pendant leur scolarité, bien sûr ce nombre a baissé considérablement depuis vingt ans. Mais, dans le même temps, les manières de catéchiser ont évolué, puisqu'on exige aujourd'hui cinq années de catéchisme au lieu de trois, alors que la mobilité de la population s'est accrue. Si l'on considère, cette fois-ci, les enfants qui ont suivi un an ou deux, le pourcentage des catéchisés est resté à peu près stable. Les chiffres mettent en évidence un difficile problème, mais non un effondrement. De même, on constate une baisse considérable du nombre des participants à la messe du dimanche, les fameux « messalisants » des sociologues. Pourtant, les sondages donnent des résultats de catholiques se disant pratiquants sensiblement plus élevés que les recensements de catholiques qui pratiquent chaque dimanche. Pourquoi ? Un certain nombre de ceux qui venaient jadis à la messe presque tous les dimanches ont en fait gardé aujourd'hui le même comportement social en y allant seulement de temps à autre. La notion de « pratique régulière » a changé de sens pour certains. C'est un changement des comportements, mais pas forcément des convictions. Il est sûr cependant qu'il y a une énorme crise. Mais il n'est pas sûr que cette crise ait entraîné une modification de la foi vécue des Français depuis quelques dizaines d'années.

— *Pouvez-vous nous préciser ce que vous entendez par là ?*

— La société française, comme peut-être toutes les sociétés occidentales, est en perte de vitesse religieuse, mais aussi morale et démographique. Les saignées tout comme les faillites morales et spirituelles du dernier siècle nous ont laissé des blessures béantes, dont nous sommes loin d'être guéris. Je ne suis pas si sûr que nous nous soyons remis de l'espérance pervertie de la révolution soviétique, ni du vertige du nazisme et de l'anéantissement qu'il a poursuivi, ni des grandes hécatombes des deux guerres mondiales. Je ne suis pas si sûr que le vieux monde ne soit pas mort quelque part, secrètement. Nous sommes des pays matériellement riches, mais où est notre ressource intérieure, intellectuelle, morale et spirituelle ? Je veux me joindre à tous ceux et à toutes celles qui espèrent de toutes leurs forces la faire jaillir à nouveau.

L'ÉGLISE, PORTE-PAROLE DE L'EXIGENCE ÉTHIQUE*

— *Parlons quand même, si vous le voulez bien, de l'affaire de l'école. Les mouvements qu'elle a provoqués ont eu des répercussions profondes. N'ont-ils pas manifesté un changement d'image de l'Eglise dans la société française ?*

— Je le pense. Mais le changement est antérieur aux péripéties de ces dernières semaines. Bien souvent, dans l'histoire de la France, les mutations, qui sont en fait des mutations lentes, n'apparaissent à la surface que par secousses et par saccades. Et à chaque fois, nous nous faisons à nous-mêmes le cinéma d'une révolution. Dans l'affaire de l'école, nous assistons à un événement relevant de la moyenne ou de la longue durée. Les manifestations publiques n'en sont qu'un symptôme.

— *Ce qui signifie ?*

— Vous vous souvenez peut-être des premiers mots de mon discours à Versailles : « Qui êtes-vous ?... »

— *Pourquoi cette interrogation ?*

— Pour nous aider tous à réfléchir. Nul ne pouvait *a priori* dire qui était là. Cela arrangeait la gauche qu'il n'y ait que la droite. La droite, qu'il s'agisse uniquement de

* Interview par Olivier Chevrillon, Jacques Duquesne et Georges Suffert, dans *Le Point*, 23 avril 1984.

l'opposition politique. Les « durs » du clan « laïque », que ce soit des partisans « sectaires » de l'école privée. Et ainsi de suite. Or, il est impossible de comprendre ce qui s'est passé à l'aide des catégories habituelles, dont le simplisme émouvant veut que les catholiques soient conservateurs, qu'ils votent à droite et qu'ils soient bourgeois. Image confortée par certaines enquêtes électorales. Ces enquêtes laissent échapper les éléments stables et profonds des convictions religieuses. Les observateurs se persuadent qu'ils n'existent plus parce qu'ils ne les observent pas. Mais quand ces éléments crèvent la pellicule de l'actualité, ils brouillent les cartes.

– *Cette image simple et sommaire des catholiques a quand même changé ?*

– Bien sûr. Mais revenons en arrière, si vous le voulez bien. Nous venons de vivre trente années d'expansion. Ces « trente glorieuses » ont anesthésié la conscience morale de notre peuple. Anesthésié, comme on peut être grisé par la vitesse ou abruti par le soleil. D'un seul coup, la France a parcouru un chemin que d'autres nations avaient parcouru plus tôt et plus lentement.

Après les drames épouvantables, idéologiques, politiques, nationaux, du début du siècle jusqu'au lendemain de la Seconde Guerre mondiale, brusquement, la France, pays de tradition rurale, est entrée dans le monde du plexiglas, des autoroutes, de la mécanisation. Ajoutez la croissance du revenu. Ajoutez la permissivité des mœurs dans une société qui était jusque-là polissonne mais prude. Cette société a inversé son système de valeurs avec le sentiment d'entrer dans la modernité.

Mais, alors que tout le monde pensait à la croissance et à l'enrichissement, l'idéologie, la morale et même les clivages politiques ne « suivaient » pas. Mai 68 fut, du point de vue idéologique, une vraie révolution, alors que, politiquement, ce ne fut qu'un mime : révolution de reconnaître que la réalité ne pouvait plus se penser selon les anciens mots. Quand j'ai entendu, place de la Sorbonne, un certain jour de mai, Daniel Cohn-Bendit traiter publiquement Aragon de « crapule stalinienne », j'ai compris, comme les étudiants, quelle époque finissait. La jeunesse venait de rompre avec le conformisme hérité du siècle dernier.

— *Récapitulons... L'expansion, l'entrée brutale dans la modernité. En même temps, la mort des idéologies...*

— Particulièrement, l'ordre éthique et religieux tout entier apparaissait comme miné de l'intérieur, caduc, disqualifié d'avance par l'ambition rationalisante et la maîtrise technicienne de la nature, et surtout de la société. Conséquence inévitable : se passer de Dieu. Non seulement ne plus croire en lui, mais ne plus croire qu'il puisse même se concevoir. D'où la déchristianisation, qui traduisait sociologiquement un fait culturel déjà ancien. D'où la tentation d'ériger la « mort de Dieu » en théologie et la « laïcisation » en pastorale.

Mais ce qui disparaissait alors n'était pas, me semble-t-il, ce que l'on a cru. Indiscutablement, le phénomène religieux avait régressé, si on le mesurait par les indices quantifiables de la sociographie religieuse (tout ce qui touche à la pratique religieuse et qui peut se compter). Il s'agissait là d'indicateurs reflétant des variations de comportement liées à l'entrée en modernité de la société française dans son ensemble. La sous-population croyante en reproduisait les évolutions massives. Mais le phénomène religieux ne ressortit pas, dans la vie d'une nation comme la France, aux seuls comportements accessibles à la sociologie empirique. Pour l'essentiel, il consiste en un patrimoine symbolique et une mémoire sémantique, parfois refoulée, jamais détruite. Or — et je reviens à votre interrogation initiale — nous assistons aujourd'hui à une certaine résurgence (littéralement : « apparition à fleur »). Non la renaissance de ce qui était mort, mais la remontée au jour de ce qui était souterrain, le réveil de l'anesthésié, le retour de ce que Maurice Clavel nommait « le grand refoulé », Dieu.

— *Qu'est-ce que vous entendez exactement par « patrimoine symbolique » ?*

— Le fait social touche au symbolique, à l'humanité de l'homme et aux problèmes éthiques, donc aux réalités les plus fondamentales. Il y a aujourd'hui, dans divers domaines de la vie sociale, un décalage entre les institutions et leur fondement éthique. Conséquence du vieillissement de ces institutions et du vieillissement de notre civilisation. Mais, alors qu'on avait prétendu les étouffer, émergent à nouveau les problèmes fondamentaux de l'homme : l'homme face à sa conscience, l'homme en société.

Quand j'avais vingt ans, nous devions d'abord nous justifier d'être chrétiens : bien que chrétiens, disions-nous, nous sommes humains. C'était la parodie de la formule de saint Paul : « Eux aussi, moi plus encore. » Ils sont scientifiques, et moi plus encore ; ils sont politiques, et moi plus encore, etc. Tout cela a été balayé depuis vingt ans. Ce soupçon ne demeure plus aujourd'hui dans l'arrière-fond commun de la conscience française des nouvelles générations.

— *Nous sommes bien loin des manifestations à propos de l'école...*

— Non. La foule de Versailles peut être l'un des indices d'une mémoire retrouvée. Le réveil de l'amnésie des dernières décennies fait redécouvrir l'Eglise comme l'interprète honnête, l'honnête symbole de ces interrogations éthiques. L'Eglise n'est pas l'oppresseur de l'humanité, l'infâme à abattre, le contempteur des Lumières, l'opium du peuple, etc. Mais bel et bien le porte-parole légitime — parce que désintéressé — de la revendication par l'homme de sa propre humanité.

— *Vous ne pensez pas que c'est une rencontre accidentelle, parce qu'après tout l'affaire de l'école...*

— Pour moi, ce n'est pas accidentel. Ce qui est

accidentel, c'est l'occasion : Versailles. Mais la place du christianisme dans cette affaire ne me semble pas accidentelle.

— *Votre application n'est-elle pas un peu limitée ? D'abord dans l'espace : les phénomènes que vous décrivez ne sont pas tous propres à la France. Et la crise remonte plus loin : elle tient à l'idéologie du* XIX*e siècle...*

— Cette idéologie-là ne s'est pas rendu compte qu'elle dilapidait un capital qui ne lui appartenait pas : le patrimoine chrétien. Elle s'est comportée comme un fils prodigue, généreux mais irresponsable.

Il se trouve que, dans le moment présent et sur ce problème-là (la famille, l'éducation, la liberté), le catholicisme sert de vecteur populaire. Mais nous pourrions nous trouver dans une situation exactement inverse pour d'autres problèmes. Par exemple, pour tout ce qui touche à la maîtrise sur le corps et la biologie. Le corps devient, dans sa sexualité comme dans sa génétique, l'objet d'une domination technique et industrielle dont nous ne voyons ni les justifications éthiques ni les limites technologiques. Tout cela éclate aujourd'hui, alors que c'était en préparation depuis des dizaines d'années et comme ambition depuis plus longtemps encore. Je ne sais pas bien quel est le sentiment populaire à ce sujet. Si l'on voulait faire un sondage, il n'est pas sûr que les pires folies ne seraient pas approuvées à un pourcentage non négligeable. Les médecins fous d'Auschwitz n'étaient peut-être que des précurseurs, et l'eugénisme sanglant des années 33 en Allemagne trouve parfois une justification en gants blancs dans des cliniques de 1984. Il n'est pas sûr que, devant ce problème-là, les mêmes chrétiens et le même épiscopat ne se retrouveraient pas seuls.

— *Y aurait-il d'autres cas où l'Eglise se retrouverait seule ?*

— Le racisme. Au sens strict, que l'on ne doit pas confondre avec les problèmes de l'immigration. Devant ces problèmes, la société politique a déjà baissé les bras.

Le parti communiste, qui a toujours la longueur d'avance de son avant-gardisme, a envoyé, le premier, des bulldozers. Puis, les autres partis, devant l'impopularité du problème, ont prudemment baissé les bras. Et je pronostique, ou du moins je crains le moment où nous, les chrétiens, nous, l'Eglise, nous nous retrouverions un peu seuls, au milieu du gué, à poser publiquement à la société civile un problème crucial, même si elle ne veut pas le voir, même si les calculs électoraux lui suggèrent de le camoufler ou de le rejeter. Dans ces débats, l'Eglise risque, alors qu'elle y tient la même fonction que dans le débat sur l'école, de se trouver à l'écart de la majorité sociologique des Français.

Sur ces trois points : 1. l'école et la jeunesse ; 2. la biologie et la morale ; 3. les immigrés et le racisme, il y a un écart entre les problèmes éthiques de la société et la capacité qu'ont les institutions politiques de les prendre en compte. Cet écart est dangereux pour la société française. Il trahit son impuissance à faire droit à l'essentiel en elle : les exigences de l'éthique.

En fait, je voudrais que dans la classe politique se lèvent des hommes d'Etat. Et qu'ils comprennent que la noblesse de la politique est de savoir prendre en compte ces problèmes éthiques, que la plus haute raison est de savoir se soumettre à la morale. Une politique uniquement gérée par les indicateurs électoraux me paraît un redoutable danger : elle subordonne les choix de la raison, donc de la liberté humaine, donc de la morale, aux simples fluctuations du désir.

— *Mais on rétorquera : quelle morale ? Une société pluraliste peut admettre diverses morales.*

— Il faut au moins accepter de poser les problèmes moraux. Ils se posent sauvagement, pour une génération qui ne sait plus très bien où elle en est. Exemple : les réactions des jeunes couples par rapport à la sexualité. Peut-être se rendent-ils compte que le corps n'est pas un objet, que l'affectivité n'est pas simplement un pur désir :

il en va de la dignité de l'homme, de son bonheur, du respect qu'il se doit à lui-même.

— *Vous croyez que cette attitude est majoritaire ? On a plutôt l'impression du contraire.*

— Sans doute. Mais je ne suis pas sûr que le sens de la responsabilité, donc de l'accession à un vrai niveau moral, ne soit pas en train de resurgir. Non comme un mouvement de masse, mais peut-être comme un courant qui ose s'exprimer. Telle réaction parfois marginale en témoigne. Marginale ou excessive jusqu'au nihilisme pur : voir le pessimisme de certains films ou de certains romans. Le radicalisme négateur, le désenchantement peuvent être des symptômes d'une question posée qui n'a pas sa réponse. Exemple : l'étrange mélange d'érotisme et de mystique de Philippe Sollers...

L'Église et l'Eucharistie

VOICI L'ÉGLISE*

Matthieu 16, 13-28

La voici donc l'Eglise, la voici telle que Jésus la prophétise : « Sur cette pierre je bâtirai mon Eglise. » Ce futur de Jésus, c'est notre présent. Comme nous le dit l'Apôtre, nous sommes cette construction qui « s'ajuste et s'élève pour former un temple saint dans le Seigneur » (Ephésiens 2, 21). En ce moment, Jésus lui-même bâtit son Eglise. Et cette Eglise, la voici.

Ces paroles du Seigneur nous font voir où est l'unité de notre Eglise. Cette unité n'est pas faite de notre consentement mutuel ; elle n'est pas faite de nos concessions, de nos accords ; elle n'est pas faite de notre compréhension les uns à l'égard des autres. L'unité de l'Eglise, c'est le Christ lui-même, lui qui se porte au-devant de nous. L'unité de l'Eglise ne se réalise que dans la mesure où nous acceptons de répondre à son appel et de le suivre en son chemin. L'unité de l'Eglise s'accomplit quand chacun de nous écoute et entend cette parole : « Si quelqu'un veut être mon disciple, qu'il renonce à lui-même, qu'il prenne sa croix et qu'il me suive. » L'unité de l'Eglise nous est donnée comme un chemin. Un chemin éprouvant qui nous arrache, pauvres

* Homélie à Notre-Dame de Paris, 27 février 1981.

disciples, à nos refus et à nos dérobades, pour suivre le Seigneur là où il veut nous mener.

L'unité de l'Eglise s'opère comme une œuvre de rédemption qui nous délivre de nos péchés. Pierre proteste et ce n'est pas là incompréhension passagère. Pierre s'oppose à la Passion du Seigneur et ce n'est pas là malentendu transitoire. Pierre exprime tout ce qui en nous se dérobe et se refuse, tout ce qui résiste et s'oppose au chemin du Christ, car l'unité est devant nous. Oui, frères, deux papes, Paul VI et Jean-Paul II, ont voulu que le bâton de pasteur de Pierre ait la forme d'une croix. A mon tour, j'ai voulu que la croix nous précède et nous guide. Entrant dans cette cathédrale, j'ai mis devant mes yeux et je vous ai montré en avant de moi ce bois vivant de la Croix, comme un signe du Seigneur qui est au-devant de nous. C'est lui qui nous crée comme un peuple purifié par le sang de sa croix. Il est vraiment le chemin, celui qui nous fait accéder au Père. Il nous demande d'entrer dans sa propre voie et nous rassemble dans l'unité quand il nous fait partager sa Passion. Le chemin de la Croix est le seul chemin de l'unité des chrétiens. Qui se dérobe à l'unité, fait obstacle au Christ. Qui ne consent pas à suivre le Christ, porte atteinte à l'unité.

Si nous suivons le Christ dans son chemin, alors Jésus nous permet de reconnaître la Vérité, mais aussi d'être délivrés de notre mensonge. En effet, voici dans la bouche de Pierre d'étonnantes paroles : « Tu es le Christ, le Fils du Dieu vivant. » Jésus reconnaît en elles la voix du Père des cieux : « Heureux es-tu, Simon, fils de Jonas, car ce n'est pas la chair et le sang qui t'ont révélé cela, mais mon Père qui est aux cieux. » Et pourtant, cette révélation du Père nous demeure obscure, alors même que nos lèvres l'expriment avec Pierre. Quand le Christ nous annonce sa Passion, avec Pierre nous nous opposons et nous nous dérobons, nous nous divisons et nous nous déchirons. « Dieu t'en préserve, Seigneur ! Cela ne t'arrivera pas ! » Jésus, dans ces paroles, identifie son épreuve et le Tentateur : « Arrière de moi, Satan ! Tes pensées ne sont pas celles de Dieu, elles sont celles des hommes. »

Seul le Christ qui nous précède, notre Maître et notre Seigneur, peut savoir et reconnaître quel esprit nous habite et qui parle par notre bouche, le Père des cieux ou le Tentateur. Car il est non seulement le chemin, mais il est notre vérité, la vérité de l'Eglise. Non pas la vérité dont l'Eglise serait maîtresse ou propriétaire. Car ce n'est pas l'Eglise qui a pouvoir sur la vérité. Mais c'est la Vérité qui a pouvoir sur l'Eglise, vérité concrète et historique, le Verbe éternel fait chair qui vient demeurer parmi nous et se donne à l'Eglise. Il est la Vérité qui était avant nous et qui marche au-devant de nous. Seul le Christ peut se prononcer sur la vérité de notre parole à son sujet. Il veut nous faire la grâce de dire la Parole que le Père nous inspire en nous donnant son Esprit. Il veut nous faire la grâce d'être délivrés de notre mensonge, de notre tentation, lorsqu'il nous invite à le suivre. Oui, la vérité en nous fait son œuvre. Qui se laisse saisir par la Vérité, vient à la lumière. Et il devient libre.

Et c'est pourquoi, Eglise du Christ, nous lui disons : « Tu es le Fils du Dieu vivant ! » Car le Christ est la Vie. « Quiconque perd sa vie à cause de moi, l'assurera. » La tâche de l'Eglise nous est ainsi clairement désignée. L'ennemi est montré.

Qui est l'ennemi ? C'est la mort. Elle porte mille noms, la mort. Elle porte le nom de la haine. Elle porte le nom du meurtre fratricide. Elle porte le nom du refus de Dieu. Elle peut aussi s'appeler Hiroshima... La mort a mille noms. Elle est le visage grimaçant du diable, de Satan. Elle jaillit du cœur de l'homme quand l'homme n'ose pas aimer la vie.

Mais, parce que la Vie a surgi au-dedans de nous et parmi nous, parce que la Vie nous ouvre le chemin, parce que la Vie se donne comme la vérité qui nous juge et qui nous fait parler, alors nous pouvons croire à la vie et accueillir la vie. Et nous pouvons oser affronter notre ennemi, la mort, non pas comme une fatalité devant laquelle l'homme devrait plier, mais comme un adversaire que l'homme peut vaincre. Oui, la mort n'est pas le dernier mot, le sens ultime de l'existence humaine. Nous croyons au Seigneur de la Vie. C'est pourquoi nous aimons la Vie. C'est pourquoi nous donnons la Vie.

« Que sert à l'homme de gagner l'univers s'il vient à perdre sa propre vie ? » Cette question du Seigneur, nous la recevons et nous l'entendons, non pas comme un reproche, mais comme une espérance. L'homme aujourd'hui achève de gagner l'univers. A quoi bon, si c'est pour la mort du monde ? A quoi bon, si c'est au prix de la mort des hommes ? C'est pourquoi nous devons oser poser cette question à ce monde, au nom du Christ, et en notre propre nom.

Et nous devons aussi accueillir et entendre la seconde question de Jésus : « Qu'est-ce que l'homme donnera en échange de sa propre vie ? » Et nous devons oser la dire aux hommes. Car nous avons accueilli le Seigneur de la vie. C'est pourquoi nous pouvons, en ce monde vertigineusement beau, mais fascinant par sa cruauté, oser affronter toute menace de la mort et ouvrir la porte à toute espérance. Car, selon la promesse du Christ, la puissance de la mort n'a pas de force contre son Eglise.

Et ainsi, nous voici précédés par notre Seigneur, notre Maître, notre Christ, lui qui nous rassemble dans l'unité en nous faisant partager sa Passion, lui qui se révèle notre Vérité et la Vérité de l'homme en se livrant pour nous et en nous délivrant du mensonge, lui qui est la Vie donnée pour que le monde ait la vie en surabondance. Oui, nous voici avec le Christ. Oui, voici l'Eglise que construit le Christ. Voici l'Eglise.

*

Frères aimés et très chers, nous voici en ce point de communion où le Seigneur se livre à nous dans ce mystère ecclésial qui rassemble des hommes et des femmes, multiples par leurs origines, divers par leurs appartenances. Nous ne sommes pas tous dans la même communion, et pourtant déjà se réalisent, par la foi, cette unité et cet amour que le Seigneur veut rendre présents aux hommes.

Maintenant, je vous invite à lui répondre, à lui, notre Seigneur. Car, lorsque nous professons la foi de l'Eglise, nous reconnaissons ainsi qui nous habite et à qui nous remettons notre existence.

Mais je voudrais que vous tolériez de ma part un écart, et presque une fantaisie. Pour que vous me la permettiez, il me faut d'abord vous raconter une histoire. Elle est dans l'Evangile. Jésus et ses disciples se rendent à Capharnaüm. Arrivés à la maison, Jésus les interroge et leur dit : « De quoi discutiez-vous en chemin ? » Les disciples se taisent, car ils s'étaient disputés en route pour savoir qui était le plus grand. Alors, Jésus leur dit : « Celui qui veut être le premier, qu'il soit le dernier de tous et le serviteur de tous. » Puis, il prend un petit enfant, il le fait venir au milieu d'eux, il l'embrasse et il dit : « Qui accueille en mon nom un petit comme cet enfant, c'est moi qu'il accueille. Et qui m'accueille, ce n'est pas moi qu'il accueille, mais Celui qui m'a envoyé, mon Père des cieux. »

Je voudrais que les enfants qui sont ici se fraient un chemin et viennent m'entourer. Pour moi comme pour vous, ils rappellent quelle mission nous est confiée. Ils sont l'image du Christ, lui qui est « le plus grand » de l'Eglise et qui s'est fait le serviteur de tous. Ils sont la figure de notre avenir. Ils sont ceux en qui nous reconnaissons le Seigneur de la Vie. Venez, les enfants...

COMME PIERRE A SUIVI JÉSUS*

Sagesse 6, 12-16
1 Thessaloniciens 4, 13-18
Matthieu 25, 1-13

Le Christ invite l'Eglise à veiller dans la nuit de l'histoire, puisque cette parabole annonce à la fois l'absence de l'Epoux qui est parti et son retour proche. Et dans cette nuit de l'histoire, nous devons porter en nos mains fragiles la lumière qui perce la nuit, la lumière confiée par Dieu.

Nous sommes rassemblés, ce soir, pour prier pour le pape Jean-Paul II en l'anniversaire de l'entrée dans son ministère. Il m'a semblé que ces paroles de l'Ecriture, méditées aujourd'hui par toute l'Eglise, sont à leur juste place : c'est bien ce que Dieu veut nous dire aujourd'hui. Peut-être certains parmi vous ne sont-ils pas familiers de la foi chrétienne et ne comprennent-ils pas pourquoi nous nous réunissons pour prier en un tel anniversaire. Ce n'est pas, comme vous pourriez le penser – je m'adresse à vous qui êtes peut-être le plus loin de nos habitudes, et les moins familiers avec notre manière de sentir –, ce n'est pas pour fêter un anniversaire d'une

* Homélie à Notre-Dame de Paris pour le troisième anniversaire de l'inauguration du ministère du pape Jean-Paul II, 8 novembre 1981.

manière toute humaine, en l'honneur de quelqu'un qui occupe une fonction importante.

L'Eglise reconnaît, dans ces événements que sont les hommes, des signes de Dieu. Elle reconnaît, dans ce ministère apostolique que nous partageons les uns et les autres, évêques et prêtres, un signe que Dieu donne à l'Eglise, même à travers notre faiblesse et notre péché. Et combien plus pour le ministère du pape. Car la désignation d'un pape est un acte de l'Eglise où l'Eglise doit reconnaître le langage que Dieu lui tient. Ainsi, en chaque époque, en chaque siècle, à travers des visages d'hommes donnés par Dieu à l'Eglise pour en être les pasteurs, il nous est donné en même temps de reconnaître en eux la figure que prend notre chemin, jusque dans nos faiblesses, jusque dans les faiblesses de tout serviteur, fût-il pape. De la sorte, c'est le langage de la miséricorde et celui de la grandeur de Dieu qui se révèlent aux croyants. De la sorte, Dieu donne à l'Eglise le signe de la puissance de sa Parole et de sa présence.

Ce soir, notre prière est faite de l'affection, du respect, de la confiance dus à la personne même de Jean-Paul II. Mais elle est faite aussi, fondamentalement, de cette action de grâce où, comme Eglise, nous ne cessons de reconnaître ce que Dieu fait pour nous, voyant dans les ministres qui nous sont donnés et spécialement dans le ministère du pape le signe du Christ, notre Serviteur, qui nous ouvre le chemin auquel il nous appelle.

*

Pouvons-nous, à travers ces trois années écoulées, essayer de discerner ce qu'est la lumière de notre temps, la lumière particulière de notre temps ? Oui, me semble-t-il, je veux m'y essayer, dans la foi, avec vous.

Nous vivons un temps prodigieux de grâce et d'espérance. L'Eglise a vécu un événement spirituel considérable : le Concile. Voir cet événement seulement comme un acte de gouvernement, avec des décisions qui ont été discutées et prises, auxquelles certains se rallient avec joie, auxquelles d'autres obéissent avec réticences, ce serait prendre les choses d'une façon tout à fait païenne. Le Concile a été un événement spirituel parce que l'Eglise entière s'est mise en état de disponibilité et d'obéissance au don de l'Esprit Saint à travers ses propres faiblesses et ses propres limites. Il y a là un événement proprement collectif, spirituel et collectif, ce qui est assez unique dans l'histoire des hommes – où, visiblement, une Eglise entière s'en remet à la puissance de Dieu pour assurer sa propre vie et ouvrir le chemin de son obéissance.

Et voici qu'en cet événement spirituel arrivent les figures successives des hommes qui lui sont donnés comme ministres : Jean XXIII, Paul VI, Jean-Paul Ier, chacun selon sa grâce. Quand Dieu a mis, pour exercer le ministère de Pierre – comme évêque de Rome – le pape Jean-Paul II, le signe que Dieu a voulu nous donner, et qui s'est aussitôt manifesté par son ministère, c'est, me semble-t-il, la fécondité et la jeunesse de l'Eglise. Rappelez-vous : nous avons vécu le Concile comme une immense espérance. Rappelez-vous : nous avons vécu les années qui ont suivi comme une épreuve. Et maintenant, ouvrez les yeux : voyez comment l'Eglise elle-même surgit, nouvelle, multiple, inattendue, jeune de nouveaux visages que nous, vieux chrétiens, nous ignorions peut-être. L'événement spirituel du Concile, au moment où surgit ce pape qui vient d'une autre Europe que la nôtre, qui est le témoin d'autres nations que les nôtres, fait apparaître à nos propres yeux émerveillés le surgissement de l'Esprit en lequel l'Eglise se rassemble dans la joie de se reconnaître.

Rappelez-vous : quand le pape a parcouru le monde, se faisant comme Paul le pèlerin des Eglises, désireux de leur communiquer les dons de Dieu et de recevoir d'elles des dons de Dieu, c'est l'Eglise elle-même qui s'est révélée au passage du pape. Ce n'est pas le pape que nous avons vu en Amérique du Sud : le pape a fait se lever aux yeux du monde l'Eglise qui est en Amérique du Sud. Ce n'est pas le pape que nous avons vu en Afrique : le pape par sa venue a fait se lever à nos yeux l'Eglise qui naît en Afrique. Ce n'est pas le pape que nous sommes venus voir ici même : le pape venant ici a fait s'éveiller notre Eglise qui, peut-être, dormait. Ainsi, ce qui était contenu comme un germe, comme puissance spirituelle dans cette espérance du Concile, commence à se déployer comme une immense et incalculable richesse pour la joie de Dieu. Voilà d'abord, pourquoi nous devons rendre grâce.

Et puis, comme il est logique, comme il est normal, puisqu'elle est signe du Christ, notre Eglise partage la Passion du Christ. Nous le savons, le Seigneur Jésus-Christ nous l'a dit, il ne cesse de nous le répéter chaque jour, chaque dimanche. Voici que Dieu a permis que ceci soit visible sous nos yeux, que la violence du monde, qui jaillit du péché de l'homme, soit également portée par le pape. Peut-être avons-nous été blessés intérieurement, offensés, déchirés, scandalisés que plus rien de sacré n'existe en ce monde ; mais après tout, il est normal que celui qui suit le Seigneur Jésus-Christ, comme Pierre a suivi Jésus-Christ, porte en lui les traces de la Passion, qu'il porte dans sa chair et dans son esprit ce poids de violence et de haine pour apporter la miséricorde et le pardon. Nous voyons quel est notre destin : notre destin, comme Eglise, est d'avoir part à la Passion du Christ, et en cela nous devenons signes du Christ. En cela, le Christ lui-même prononce sur nous les Béatitudes.

Enfin, les hommes ont retenu cette formule devenue étrange et qui, brusquement, prend corps, dans notre époque. Les hommes ont retenu qu'un homme s'est levé dans le monde, qui n'a aucune puissance humaine, sinon celle de notre amour et de notre foi. Et il dit :

« L'homme doit être respecté. L'homme est aimé de Dieu. L'homme est au centre du monde parce que Dieu l'y a mis. » Ces vérités si simples et sans cesse bafouées, nous aussi, Eglise, nous avons à les porter, non pas comme un programme, non pas comme une déclaration, non pas comme une conviction, mais comme un don que Dieu nous fait. Quelle est donc cette figure de l'homme qui peut surpasser tous les outrages ? Quelle est donc cette dignité de l'homme qui peut aller au-delà de tous les mépris ? Quelle est donc cette liberté de l'homme qui est capable de supporter toutes les prisons ? Quelle est donc cette voix de l'homme qui se fait entendre, même dans le silence des anéantissements ? C'est celle du Christ ressuscité qui veut faire de nous les témoins de sa vie ressuscitée. La force prodigieuse de l'affirmation de la dignité de l'homme et de ses droits est nourrie dans le secret de notre foi par la présence du Ressuscité en qui la vraie dignité de l'homme est enfin donnée. Voilà pourquoi nous pouvons, nous aussi, Eglise, et nous devons suivre ce chemin qui est le chemin de notre temps : c'est le Seigneur ressuscité lui-même qui nous le demande.

Frères, je ne veux pas prolonger cette méditation, mais quand je vous disais en commençant combien notre époque me paraît riche et belle dans la nuit où nous devons veiller et attendre, c'est qu'elle est riche et belle de l'appel que Dieu nous adresse pour que nous en soyons les témoins ; elle est une belle et riche époque où l'amour est appelé à donner ses preuves, *sa* preuve : le Christ, Rédempteur de l'homme.

LE DÉFI DU CHRIST*

Il y a un paradoxe que nous avons du mal à supporter aux yeux de l'opinion publique. Surtout dans le fracas des armes, devant le déchaînement des propagandes, sous le flot des images toutes faites, et des peurs, et des angoisses maniées dans nos cœurs : c'est le paradoxe de ce que le pape a voulu faire, en allant en Angleterre d'abord, comme il était prévu, et aujourd'hui même en Argentine.

Et nous devinons là une démarche insolite, inclassable, irréductible aux navettes des intermédiaires, des négociateurs, des médiateurs, des hommes d'apaisement et de raison. Mais il est presque impossible de dire clairement son rôle, la mission qu'il veut remplir à ceux qui ne partagent pas exactement notre foi et la manière dont elle s'exprime : dans les îles Britanniques et en Argentine, parmi deux peuples en guerre, il célèbre l'Eucharistie. Celui qui ne comprend pas le christianisme de l'intérieur ne voit là, après tout, qu'un rite banal et repérable, le rite central des catholiques : au fond, ce qu'il peut faire de mieux !

S'il s'agissait ainsi d'une prière comme toute prière humaine, d'un rite comme toute civilisation (et toute

* Homélie à Notre-Dame de Paris pour la fête du Corps et du Sang du Christ, 12 juin 1982.

religion) a su en inventer, un rite comme n'importe quel autre rite, cette célébration de l'Eucharistie aurait, de fait, quelque chose de dérisoire, de tragiquement dérisoire, alors que, peut-être, dans le moment même, tombent des hommes et que dans le moment même, la guerre fait rage. Cette manière de prier peut sembler sans aucune prise sur le rôle implacable des événements.

Et, de fait, le simple chroniqueur du temps présent, du temps qui s'écoule, voit au long des semaines, des mois, des années et des siècles la cruelle logique de la force, de la peur, de la haine, de l'illusion, de la générosité qui se pervertit en ambition. Et des bonnes causes, également réparties, des droits contradictoires tracent sur notre terre leurs chemins sanglants. Au point qu'on ne peut pas ne pas se demander, sous cette contradiction sans cesse renaissante, quelle logique cynique et cruelle se cache, logique de l'intérêt, des intérêts, des ambitions, des cruautés.

Ces démarches du pape ne tomberont-elles pas dans l'oublieuse mémoire des hommes, comme ces supplications scandant toujours les malheurs des peuples ? Ces gestes, étonnants au départ, mais banals par leur inefficacité, ne sont-ils que le sursaut à peine compréhensible d'une innocente conscience religieuse, d'une impuissante velléité morale face à l'impitoyable logique des rapports de forces ?

Voilà ce que, peu ou prou, nous pensons que les autres pensent... Voilà ce que, peu ou prou, nous n'osons pas nous avouer quand, au nom de l'Evangile, on nous demande de dire ou de condamner. Quand, au nom de l'Evangile, nous voudrions délivrer ce monde du malheur, issu du cœur et des mains de l'homme et le frappant sans cesse. Ne nous étonnons pas de ce jugement, que nous supposons, chez ceux qui ne partagent pas notre foi. Ne nous étonnons pas de ce jugement que nous portons, pour une part, en nous-mêmes. Ce jugement me fait penser à cette phrase que saint Luc nous rapporte, face au Christ en croix : à trois reprises, nous dit l'évangéliste, toutes les puissances de ce monde, les prêtres, les soldats romains et le peuple, et aussi ceux qui sont crucifiés avec lui, disent, face au Christ : « Il en a sauvé d'autres, qu'il se sauve lui-même ! Descends de la croix, si tu es le Sauveur ! » Ce soupçon et cette pensée que nous portons en nous-mêmes, le Christ les supporte dans l'humainement inutile et l'humainement vaine solitude de sa croix. Ce soupçon que nous portons en nous-mêmes est le défi insoutenable du mystère chrétien. Ce soupçon que nous portons en nous-mêmes mesure le pas que nous avons à franchir pour être, à notre tour, disciples du Crucifié, afin d'être, en ce monde, les témoins du Ressuscité.

Et si le pape, avec deux peuples en guerre, célèbre l'Eucharistie, il ne fait pas seulement une cérémonie religieuse identique ici et là, et donc contradictoire, face aux conflits des hommes, dans les cœurs ennemis, dans ce qui apparaît comme un déterminisme de l'histoire, ou des enjeux économiques, ou des puissances. Il porte, en ses propres mains et en sa propre chair, et aussi dans la chair des chrétiens qui reçoivent le corps du Christ, la présence du Crucifié, rendu présent en son Corps. Il donne à partager, par cet acte eucharistique, le défi de la Croix. Et cette folie de la Croix est l'affirmation, faite dans l'offrande d'une liberté, qu'agit en ce monde une force de liberté, d'amour et de pardon capable de supporter ce poids insupportable de la haine, sans s'y résigner, sans l'accepter comme un impitoyable déterminisme et une fatalité. Cette folie de la Croix est l'affirmation que le dernier mot du monde n'est pas dans la logique du monde ; que la faiblesse de l'Innocent, le Fils de Dieu fait homme, est plus forte que la force des puissants, qu'elle agit sans cesse comme un défi, et, sans cesse, provoque ceux en qui elle agit.

On ne dit pas la messe comme on conclut un cessez-le-feu et on ne signe pas un traité comme on chante un *Te Deum.* Célébrer l'Eucharistie engage un peuple, avec ses faiblesses, dans l'acte d'offrande du Christ, dans le défi insoutenable qui, désormais, traverse l'histoire : désormais, dans la condition humaine, qui peut paraître désespérée, l'espoir absolu est présent. Désormais, présente dans l'homme, la force de l'Esprit lui donne le courage de pardonner, d'aimer et de persévérer dans cette œuvre de pardon et de salut. « Salut pour la multitude », « sang versé pour le salut de la multitude », sang du Christ, vie des chrétiens offerte dans le Christ : tâche sans cesse renaissante, laborieuse tâche, vécue comme une longue nuit, où le disciple du Christ s'interroge, en se demandant quand finira la nuit, quand viendra la clarté de Dieu ; longue nuit qui éprouve la foi, qui éprouve la fidélité, qui éprouve l'amour. Mais, en dépit de l'obscurité, la force est donnée aux chrétiens d'être des veilleurs !

L'Eucharistie est l'acte par lequel la délivrance du monde, la rédemption du monde, le pardon sont à l'œuvre, associant les chrétiens à l'offrande du Christ pour que l'homme soit délivré de ses propres faiblesses, de ses propres péchés, de ses propres démons ! C'est un défi, le défi de Dieu qui se fait homme, et qui fait de ces hommes et de ces femmes les membres du Corps de son Fils déchiré, transpercé par les fautes des hommes – simultanément pécheurs et pardonnés. Non pas, donc, dérisoire manifestation d'une unanimité impossible, mais sacrement de la Passion, donné aux hommes qui souffrent, afin qu'ils fassent front, par les armes du Christ et du pardon.

Je livre à votre méditation un dernier point : la célébration de l'Eucharistie rend présent le salut du monde, à l'œuvre dans les membres du Christ. Elle rend perceptible la présence cachée, enfouie, du Christ en ce monde. Voici le Corps, voici le Sang : « Présence réelle. » Présence réelle du Christ en son Eucharistie. Présence réelle du Christ en son corps ecclésial. Présence réelle du

Christ à l'histoire tout entière. Présence enfouie pour que lève la moisson.

Ainsi, mes frères, ne nous étonnons pas qu'il nous faille prier sans cesse pour que, sans cesse, vivent l'espérance et l'amour. Remercions Dieu pour la grâce qui nous est faite de célébrer l'Eucharistie du Christ. Elle ne s'épuise pas dans les quelques minutes que nous passons ensemble ici. Elle est l'âme du monde, la respiration du monde, le salut du monde. Puisque l'Esprit nous rend disponibles, nous pourrons, s'il le faut, entendre le défi, reçu de Dieu lui-même : « Descends de la croix ! » Et nous saurons répondre avec le Christ : « En tes mains, Seigneur, je remets mon esprit. » Et nous pourrons, avec le Christ, dire les paroles du pardon. Et nous pourrons, avec le Christ ressuscité, annoncer la paix dont l'Esprit est la source, Lui qui fait vivre.

LE CORPS ET L'ESPRIT*

Mes amis,

Dans l'Eglise et dans l'humanité, le don de l'Esprit n'est pas quelque chose de particulier à un groupe ou un mouvement : il est l'Evangile lui-même. Car voici la Bonne Nouvelle que Jésus vient annoncer : les temps sont accomplis où Dieu va répandre son Esprit Saint sur ceux qu'il a appelés. De la sorte, ils réaliseront l'œuvre que le Père des cieux confie à l'homme : vivre dans la sainteté dont la seule source est Dieu lui-même. Toute la promesse de l'Ancien Testament que Jésus vient accomplir concerne non seulement la venue du Messie, le Christ-Sauveur, mais aussi son œuvre : le don de l'Esprit Saint au peuple rassemblé par lui, au peuple nouveau ainsi créé. Car c'est l'Esprit qui ressuscite les morts, qui pardonne les péchés, qui crée le peuple nouveau — l'Eglise de Dieu, l'Eglise du Christ — pour le salut du monde entier. Jésus le dit à ses disciples quand arrive l'heure de sa Passion : « Il est bon pour vous que je m'en aille. »

Il nous faut bien comprendre le sens de l'événement dans lequel nous sommes plongés, cet unique et singulier événement, l'unique Pentecôte, à Jérusalem, au Cénacle.

* Homélie de la Pentecôte à Notre-Dame de Paris, pour le rassemblement parisien des groupes charismatiques, 10 juin 1984.

Alors, les Apôtres, les douze piliers du temple spirituel constitué par le Christ lui-même et figure du peuple nouveau à venir, promis au Christ et engendré dans le Christ, les Apôtres donc reçoivent la promesse du Père, accomplie par le Christ. C'est précisément l'œuvre du salut, la Bonne Nouvelle.

La Bonne Nouvelle, la voici : Dieu vient sauver les hommes de leur perte. C'est-à-dire ultimement de la mort dont le visage le plus intime, le plus secret, dont la consistance réelle n'est pas le néant mais le péché. Dans la mort de l'homme et l'horreur qu'elle suscite se révèle ce qu'est le péché : négation de l'amour, négation de la vie. Et Dieu qui est la vie – le Vivant par qui nous vivons – rend à l'homme, sa créature, et la sainteté et la vie, le délivrant du péché, l'arrachant à la mort, lui redonnant ainsi sa liberté d'enfant de Dieu.

Dieu fait ce don de sa propre vie dès son premier appel à l'homme pécheur, dans le jardin où il se cache, en la ténèbre, après son refus : « Adam, où es-tu ? » Il le fait, dès ce moment, par la promesse, en germe, d'une délivrance accordée à la descendance d'Adam et Eve. Il le fait en traçant ainsi à la fois le dur chemin de l'homme pécheur et l'espérance de l'homme aimé et délivré. Il le fait quand il appelle notre père Abraham et lui donne par miracle et surcroît d'amour le fils inespéré, gage de la promesse – encore plus inouïe – du face-à-face où Abraham lui-même est nommé « l'ami de Dieu ». Il le fait quand il lui ouvre la perspective infinie d'un peuple à la mesure du cosmos, d'un peuple « plus nombreux que tous les sables des rivages et toutes les étoiles de l'univers ». Et ce peuple, constitué dans l'Alliance et par amour, est destiné à être le peuple-prêtre, la part choisie de Dieu, grâce à qui l'univers entier est rendu en louange et en puissance de vie au Père, créateur de toutes choses. Et Dieu fait ce don de sa propre vie quand, déjà, il appelle ce peuple « mon fils, mon bien-aimé ». Il le fait quand il lui confie ses commandements, commandements de vie, par lesquels l'homme est appelé à agir comme Dieu agit, à vivre saintement, de la sainteté même de Dieu : « Soyez saints parce que je suis saint. » Il trace ainsi de façon pratique quelle doit être la vie de l'homme totalement saisi par Dieu qui l'aime.

*

Mais l'homme appelé par Dieu ne cesse de mesurer l'abîme de son impuissance, l'absurdité de son refus, l'inconséquence de sa dérobade. Sans cesse l'homme, tenté de s'approprier Dieu pour se faire « Dieu », mesure par là même son péché. Il devrait céder à la grâce et se laisser faire par Dieu, se laisser saisir par Dieu plutôt que de vouloir saisir Dieu, se laisser agir par Dieu plutôt que de vouloir utiliser Dieu, reconnaître qu'il est le peuple que Dieu rassemble plutôt que le peuple qui se prévaut de la grâce qui lui est faite. Peuple dont la sainteté exigée par Dieu ne peut être que le fruit d'une grâce donnée par Dieu. Peuple dont l'amour peut être la règle de vie s'il se laisse toucher par Celui qui est amour et qui donne la vie.

Ainsi, mes amis, dans le don même que Dieu fait de sa propre vie par ses commandements, le peuple éprouve que seul Dieu, venant habiter le cœur de l'homme, peut permettre à l'homme de répondre à l'appel de Dieu : « J'inscrirai ma loi dans leur cœur. Je répandrai sur eux mon esprit. J'enlèverai votre cœur de pierre et je mettrai à la place un cœur de chair, un cœur vivant qui sache comprendre et accomplir mes volontés et ma loi » (Ezéchiel 36, 26). Vous n'aurez plus à vous enseigner les uns les autres, mais c'est l'Esprit lui-même qui, habitant dans vos cœurs (Jérémie 31, 33-34), vous donnera « la connaissance de Dieu qui remplit le monde comme la mer remplit l'abîme » (Isaïe 11, 9). Et la paix qui vient de Dieu couvrira toute la surface de la terre.

Le monde réconcilié, c'est le monde divinisé par le

cœur de l'homme qu'habite l'Esprit Saint. Et voici quelle est la promesse de Dieu : Il donnera son Esprit Saint pour que l'homme vive de la puissance même de la vie divine. Comment cela peut-il se faire ? (Je reprends, vous le voyez, la question de la Vierge Marie à l'ange.) Par le don du Fils, du Fils unique de Dieu, de celui en qui la plénitude de l'Esprit réside, Verbe éternel fait chair en qui notre nature appartient pleinement à Dieu, saisie par le Fils qui l'unit à sa nature divine. Et la nature divine – ainsi conjointe et unie à la nature humaine en la personne du Fils – reçoit et donne, du Père au Fils, le don d'amour de l'Esprit qui comble l'humanité de Jésus. Lui, il accomplit parfaitement tous les commandements du Père, il réalise parfaitement la promesse, car il est celui par qui et en qui la perfection de la sainteté et de l'amour, la perfection de la vocation de l'homme réconcilié avec Dieu le Père et vivant dans la communion à la volonté sainte de Dieu le Père, accomplit la rédemption de l'homme, l'œuvre sacerdotale pour laquelle l'homme a été appelé.

Jésus est non pas le rêve qui nous habite d'un homme parfait, mais l'homme selon la volonté de Dieu, le nouvel homme, l'homme né à nouveau d'une nouvelle naissance, l'homme non plus seulement créature, mais Fils qui vit de la vie du Fils éternel de Dieu et sur qui repose en plénitude le don de l'Esprit. S'il est entré dans sa Passion et dans sa mort pour racheter nos péchés, si, par la force de l'Esprit Saint, le Dieu tout-puissant, Père des cieux, l'a ressuscité d'entre les morts, c'est afin que, par le don qu'il nous en fait, l'Esprit soit répandu sur les frères et les sœurs du Christ.

*

Jésus ressuscité, en sa condition visible, s'est donné à toucher aux Douze. Monté aux Cieux, il est désormais caché dans la gloire de Dieu, dans le secret de Dieu, jusqu'à ce que les temps soient accomplis. Alors survient l'événement de la Pentecôte, accomplissement de la Promesse. L'événement de la Pentecôte, qui marque ce temps de l'histoire, est aussi unique, singulier que le moment où l'ange annonce à Marie la Bonne Nouvelle du Royaume, que la naissance de Jésus à Bethléem de Juda. Aussi unique et singulier que l'acte de la Rédemption, que la mort du Christ et sa résurrection. Et cet événement unique et singulier de la Pentecôte est accompli une fois pour toutes et définitivement. Car il est l'œuvre du Père des cieux constituant ainsi son Eglise : l'Eglise de Dieu le Père, qui est en même temps l'Eglise de Jésus-Christ par le don de l'Esprit aux Apôtres. La Pentecôte et l'Eglise sont une même chose. Comme il n'y a qu'une Pentecôte, il n'y a qu'une Eglise.

Il y a des chrétiens divisés, des chrétiens pécheurs, des chrétiens séparés, des chrétiens infidèles. Mais il y a une Eglise parce qu'il y a un Christ, parce qu'il y a un Esprit, parce qu'il y a un Père des cieux. Un corps — le Corps du Christ — que Dieu constitue et non pas nous. Il y a division à partir du moment où nous prétendons nous emparer du don de Dieu pour le faire nôtre. Chaque fois que nous arrachons quelque chose à Dieu, nous divisons le don qu'il nous fait ; chaque fois que nous consentons à Dieu, nous sommes rassemblés par lui et rétablis dans l'unité et l'amour de son Corps. Chaque fois que nous péchons, nous nous séparons, nous nous divisons ; chaque fois que nous sommes pardonnés, nous sommes réconciliés et ramenés à cette communion. Chaque fois que nous faisons miséricorde, nous travaillons à cette unité.

Ainsi, par le même acte, le Seigneur va répandre son Esprit comme il l'a promis, et constituer l'Eglise de son Fils en appelant des hommes et des femmes, de toutes races, de toutes langues, à partager la condition du Christ. L'Esprit Saint saisit et rassemble dans un seul Corps qui est le Corps du Christ ceux et celles qui constituent l'Eglise. De sorte qu'il n'y a pas d'Esprit sans le Corps et pas de Corps sans l'Esprit. Il n'y a d'Esprit que dans le Corps et il n'y a de Corps que dans l'Esprit. C'est un mystère d'unité, de rédemption, de miséricorde, de compassion, de souffrance et de pardon ; c'est un mystère de foi et de résurrection qui nous fait vivre.

*

La richesse et la plénitude de cet événement de la Pentecôte se déploient dans le mystère de l'Eglise. Le premier événement rapporté par Luc dans les Actes des Apôtres est cette scène symétrique de Babel qui signifie que, désormais, l'unique Parole de Dieu est prononcée dans la particularité de l'histoire. Les Apôtres sont galiléens, comme Jésus, et cette particularité demeure unique, à jamais. Pourtant, par le don de l'Esprit, devient universel ce langage particulier, le témoignage de ces Douze, galiléens comme Pierre est galiléen, reconnu dans la cour du grand prêtre par la servante : « Toi aussi, tu es galiléen comme Jésus. Je te reconnais, tu as son accent. » Pourtant leur parole est entendue au-delà des frontières nées de l'ambition des hommes et qui les ont divisés quand ils ont voulu s'emparer de la puissance divine et se substituer à Dieu par le défi blasphématoire de la tour de Babel.

Leur langage est compris car c'est l'Esprit lui-même qui, lorsqu'ils parlent, se fait entendre par leur bouche. Lorsqu'ils parlent au nom de Jésus et que Jésus parle par leur bouche, c'est l'Esprit lui-même qui touche le cœur de tous les hommes, quels qu'ils soient. Le miracle n'est pas un phénomène de traduction simultanée ; le miracle est que Dieu parle à tout homme, même quand les hommes ne s'entendent pas. La langue de Dieu se fait entendre à chaque homme en dépit de toutes les différences, de toutes les divergences, de toutes les oppositions. La langue de Dieu est capable d'atteindre le cœur de l'homme qui se refuse à son appel, capable de faire qu'un pécheur, un homme devenu sourd puisse entendre la Nouvelle du salut, qu'un homme devenu muet en raison de son refus puisse chanter la louange de Dieu.

Désormais, la force de l'Evangile, la force de cette Bonne Nouvelle qui constitue un corps, ne peut plus être arrêtée par aucune des barrières que le péché de l'homme a mises en ce monde. Les barrières véritables ne sont pas celles du pouvoir, de l'argent, de la renommée, des moyens humains. Depuis longtemps, le peuple de Dieu sait que de telles apparences sont néant, misérables idoles devant la grandeur de Dieu. Les vrais obstacles à l'Evangile sont le péché qui tient l'homme en prison, son refus, sa déchéance, son cœur endurci.

La Bonne Nouvelle, la voici : l'Esprit Saint se joint à notre esprit pour nous faire reconnaître la bonté de Dieu qui vient faire sa demeure en nous. Et l'humanité est désormais appelée par l'Eglise à devenir, en l'Eglise, le temple de Dieu, la demeure de Dieu. Ce peuple reçoit le désir, le vouloir et le pouvoir d'agir selon la puissance divine qui désormais l'habite, la puissance de l'Esprit Saint. « Soyez parfaits comme votre Père des Cieux est parfait. » Ce peuple peut vivre la plénitude des commandements en ne faisant qu'un avec Jésus. Quand nous aimons, c'est Jésus qui aime en nous et nous qui aimons en Jésus, par le don de l'Esprit. Quand notre péché est pardonné, c'est le Christ qui nous prend en sa Passion et nous qui, dans notre contrition, participons à la Passion du Christ, par le don de l'Esprit. Quand nous croyons, c'est le Christ qui nous donne la force d'exorciser le doute en nous faisant remettre notre vie unie à la sienne entre les mains de notre Père des cieux, par le don de l'Esprit. Quand nous donnons notre vie, c'est le Christ qui partage notre mort, comme en sa Passion, et nous partageons la mort du Christ sur la Croix, par le don de l'Esprit. Quand, dès à présent, nous anticipons un univers réconcilié, déjà nous goûtons la gloire cachée de Jésus ressuscité et déjà Jésus fait briller en nous la gloire qu'il donnera à tous les hommes, à l'accomplissement du monde, par le don de l'Esprit. Quand nous annonçons la Bonne Nouvelle, c'est Jésus qui parle par notre bouche et nous qui laissons l'Esprit « parler » le Christ lui-même.

*

Ainsi ce Corps, l'unique Corps — est-il le lieu où l'Esprit se manifeste. L'Esprit jamais ne divise, toujours il rassemble puisqu'il constitue le Corps du Christ. L'Esprit toujours manifeste l'Eglise en sa réalité et révèle sa beauté, beauté même de l'Epouse « parée pour son Epoux », préparée pour le Christ. L'Esprit fait que nous acceptons les frères chrétiens tels qu'ils sont et là où ils sont, en dépit des sentiments qu'ils nous inspirent. Tel chrétien, telle communauté, telle portion de l'Eglise peuvent nous apparaître à l'opposé de ce que nous sommes, à l'opposé de nos convictions, de nos opinions, de notre idéal de sainteté. Pourtant, ils sont aimés de Dieu et ils sont l'Eglise, la même, l'unique Eglise. Il n'y a pas deux Eglises, il n'y a pas plusieurs Eglises. Il y a une Eglise, unique Corps du Christ, et nulle autre. C'est celle-là que Dieu aime, celle-là que Dieu nous donne à aimer. Même si mon frère me fait du mal, c'est mon frère donné par Dieu. Ce n'est pas moi qui ai choisi ce frère, c'est Dieu qui l'a choisi comme il m'a choisi. Et je lui suis donné, moi aussi. Il n'y a pas deux Eglises : il n'y a pas une Eglise présente et une Eglise à venir, une Eglise rassemblée et une Eglise espérée. Il n'y a pas une Eglise idéale et chimérique conforme à nos rêves et une Eglise réelle et méprisable parce qu'elle n'est composée que de nous, pécheurs. Il n'y a qu'une Eglise.

L'Eglise de Dieu est le fruit de la grâce que Dieu nous fait de nous prendre, nous pécheurs, pour constituer ce corps sanctifié. Ce don de sainteté coïncide avec l'Eglise en sa diversité. Ce don de sainteté, fait aux pécheurs ainsi rassemblés, est une force sans cesse neuve et jaillissante, qui sans cesse produit des fruits nouveaux.

*

Je voudrais qu'en terminant notre méditation, nous nous rappelions les lieux où l'Eglise elle-même accueille ce jaillissement du don de Dieu, l'Esprit Saint. L'Eglise reçoit le jaillissement de l'Esprit Saint quand elle baptise, identifiant un homme ou une femme – créé à la ressemblance de Dieu –, enfant ou adulte, au Christ mort et ressuscité. L'Eglise reçoit le jaillissement de l'Esprit Saint quand, par la confirmation, elle permet au baptisé de prendre part au don de la Pentecôte. L'Eglise reçoit le jaillissement de l'Esprit Saint quand – et je vais le faire maintenant, associant à mon ministère tous les prêtres ici rassemblés – nous célébrons l'Eucharistie du Christ.

En effet, nous dirons les paroles de Jésus : « Prenez et mangez-en tous, ceci est mon Corps livré pour vous. Prenez et buvez-en tous, ceci est mon Sang, le sang de l'Alliance nouvelle et éternelle. » Mais auparavant, ayant étendu nos mains sur les oblats, sur le pain et le vin présentés pour le sacrifice, nous demandons au nom de l'Eglise le don de l'Esprit pour que l'Esprit, dans cette Eucharistie, fasse de ce pain et de ce vin le Corps et le Sang du Christ, l'unique Corps où se manifeste la réalité vivante de l'Eglise et le breuvage qui lui est donné. En cet instant et en ce moment, en cet acte, parlant par la bouche de ceux qui ont été ordonnés et qui agissent en la personne du Christ-Tête de son Corps, le Christ lui-même donne son Corps et son Sang en nourriture et boisson à ce peuple assemblé, afin que ce peuple, vivant de la vie divine du Ressuscité, soit habité par la sainteté qui vient de Dieu. Telle est la première invocation de l'Esprit.

Et la deuxième, après la consécration : quand le célébrant, parlant en la personne du Christ-Tête de son Corps, demande à Dieu le Père de faire que ce Corps ecclésial qui recevra le Corps eucharistique du Christ soit habité par l'Esprit Saint pour devenir ainsi un seul Corps et un seul Esprit dans le Christ. L'envoi de l'Esprit est ordonné à la manifestation du Christ et à la constitution de son Corps. Le don suprême, l'unique don nous est donné dans l'Eucharistie, qui ne se réalise jamais autrement que par le ministère des apôtres et de leurs successeurs. Car là – et là seulement – apparaît la plénitude du Corps du Christ : le Christ lui-même se rend présent par le ministère du prêtre qui agit *« in persona Christi Capitis »*, au nom du Christ-Tête, pour que l'Eglise entière se reconnaisse comme Corps du Christ et ne faisant qu'un avec lui.

C'est donc une splendeur inouïe de grâce, c'est donc une espérance sans mesure qui nous sont ainsi offertes. Car, par là même, nous est accordée la joie d'agir unis au Christ, pour que toute la sainteté, toute la puissance de salut qui existent en Jésus soient désormais accomplies par la foule innombrable des hommes et des femmes pardonnés et sauvés qui constituent ce Corps. Jusqu'à ce qu'advienne la plénitude des temps où l'humanité entière rassemblée, bénie, réconciliée découvrira à travers nos visages, enfin vus à découvert, le visage de leur unique Sauveur ; où les larmes seront essuyées des yeux ; où éclatera l'ultime victoire du Ressuscité sur la mort et le péché de tout homme ; où, enfin, apparaîtra en sa beauté l'Epouse immaculée du Christ, l'Eglise de Dieu, la Jérusalem d'en haut, là où il n'y a pas d'autre temple que cette ville où Dieu fait sa demeure.

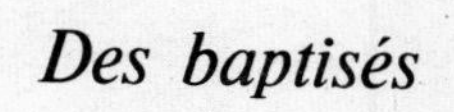

Des baptisés

LA MISSION DES CHRÉTIENS*

2 Corinthiens 9, 6-8
Luc 14, 12-14

Mes amis,

Qu'attend de nous le Seigneur Jésus quand il nous dit ces paroles ? Veut-il ouvrir notre cœur égoïste à un peu plus d'équité ? Veut-il que nous partagions un peu de notre bonheur, de notre richesse, avec ceux qui sont blessés, malheureux, pauvres ? Ou bien encore veut-il nous faire sortir du cercle étroit de nos amis, de notre parenté, de ceux que nous considérons et qui nous considèrent comme des gens estimables, pour inviter à notre festin les exclus, les humiliés, les bannis, les marginaux ? Ou bien encore veut-il que nous compensions par un peu de tendresse les malheurs irrémédiables des hommes, la tristesse de ceux qui, pour le restant de leur vie, sont devenus des estropiés, des boiteux ou des aveugles ?

Certes, nous devons répondre « oui » à chacune de ces questions car le Christ nous demande tout cela, mais pas *seulement* cela. Il nous demande beaucoup plus encore. Et ce qu'il nous demande touche au centre vital de notre existence et de celle de toute l'humanité : ce centre, c'est

* Homélie à Vienne, 10 septembre 1983.

l'Amour, tel qu'il vient de Dieu. Ce centre, c'est la générosité du Don que nous recevons du Christ. Oui, le Seigneur Jésus nous propose ici une incroyable exigence. Mais pour nous donner courage et espérance, il prononce une nouvelle béatitude à l'intention de ceux qu'il appelle à un tel amour : « Tu seras heureux parce qu'ils n'ont pas de quoi te rendre. En effet, cela te sera rendu à la résurrection des justes » (Luc 14, 14). Cette bénédiction nous révèle ce qu'est réellement l'amour auquel nous sommes appelés : donner sans chercher de retour, aimer même au risque de n'être pas aimé.

Examinons l'hypothèse où la réciproque est possible. « Quand tu donnes un déjeuner ou un dîner, nous dit le Seigneur, n'invite pas tes amis ni tes frères ni tes parents ni tes riches voisins, sinon eux aussi t'inviteront en retour et cela te sera rendu » (Luc 14, 12). Dans une telle invitation, nous échangeons quelque chose de mesurable. Nous sommes dans le domaine du contractuel, dans le régime normal de la vie sociale : toujours il y a un « doit » et un « avoir », toujours il y a des comptes que l'on peut solder, toujours il y a une balance entre le donné et le reçu, toujours il y a des débiteurs et des créditeurs. Ce n'est pas de l'amour, c'est du commerce. Et les hommes sont toujours tentés de faire de l'amour un commerce.

Examinons l'autre hypothèse : « Au contraire quand tu donnes un festin, invite des pauvres, des estropiés, des boiteux, des aveugles » (Luc 14, 13). Celui qui donne ne donne pas seulement quelque chose qu'il pourra recevoir en retour : un repas, une part à sa fête, un peu d'honneur. En donnant sans espoir de réciprocité, il donne de lui-même, il *se* donne lui-même, mais non comme on donne un objet.

On imagine parfois que l'amour conduit à faire de soi-même un objet remis au bon plaisir de l'autre. Ce n'est pas cela se donner, ce n'est pas cela aimer : c'est se vendre sans faire payer. C'est réduire aussi l'amour à un commerce. Ici au contraire, nous sommes devant le mystère d'un amour qui surgit par le paradoxe vivifiant du don de la liberté, donnée et reçue. Essayons d'entrer dans la compréhension de ce paradoxe vivifiant.

Cet amour est exprimé ici par ses conséquences négatives : « Tu seras heureux parce qu'ils n'ont pas de quoi te rendre » (Luc 14, 14a). Qu'est-ce que cela signifie positivement ? Cela signifie que le don, l'amour, doit être inconditionnel, sans aucune espèce de recherche de réciprocité. Faut-il donc aimer sans aucun espoir de retour ? Est-ce humainement possible ? Si nous ne voulons pas nous bercer d'illusions, nous devons répondre sérieusement : « Non, cela n'est pas possible. »

Un amour sans réciprocité est un rêve, une chimère. Celui qui se risquerait à le vivre aboutirait à une expérience de mort. Aimer de la sorte, c'est aller jusqu'à sa propre destruction. L'amour est sortie de soi vers l'autre, et non vers le néant. Et cette difficulté-là n'échappe pas au Seigneur Jésus-Christ, puisqu'en effet il ajoute : « Tu seras heureux... car cela te sera rendu à la résurrection des justes » (Luc 14, 14b).

La bénédiction du Christ nous est donnée dans la résurrection. Elle s'applique donc à ceux qui sont entrés dans l'épreuve de la mort. Il s'agit donc bien d'un amour qui dépasse les forces et les limites de la raison humaine, un amour dont la générosité est absolue, un amour dont la logique va ici-bas jusqu'à l'épreuve de la Croix.

Je viens de dire que cet amour était humainement impossible. Oui, car en vérité, c'est un amour qui est à la mesure non de la créature, mais du Créateur. C'est un amour auquel l'homme est appelé, mais qui appartient d'abord à Dieu. Car c'est bien de la sorte dont Dieu aime. Et c'est bien de la sorte dont il *nous* aime.

L'amour qui est Dieu nous est révélé en ce mystère inconcevable de la Sainte Trinité : le Père, le Fils et l'Esprit. Ce mystère est proposé à notre foi. Il nous découvre l'abîme sans mesure d'un amour qui est don sans réserve. Celui qui donne ne s'anéantit pas mais se manifeste éternellement dans son don, bien qu'il donne tout ce qu'il a. Celui qui reçoit se reçoit lui-même de cet amour qu'il rend en plénitude de la même générosité. De ce don mutuel jaillit l'Amour confondant et inconcevable qui est l'Esprit. Les paroles de Jésus que nous rapporte l'apôtre saint Jean nous font entrevoir la beauté de cet Amour, et nous le rendent familier au moment même où sa grandeur nous échappe.

La plénitude de cet amour qui est Dieu se manifeste aussi dans la générosité de notre Créateur. Le Père nous fait exister, nous les hommes et l'univers entier, à l'image de son Fils par la puissance de l'Esprit. En nous donnant d'exister, il nous donne le pouvoir d'aimer. Oui, nous n'étions pas, nous n'étions rien. Et l'amour souverain nous aime au point de nous créer pour L'aimer et nous aimer les uns les autres comme Il nous aime. Notre vie a un sens plein et entier, que nous découvrons dans le miroir du mystère révélé de l'amour de Dieu.

Ce miroir nous est tendu quand nous regardons la face glorieuse du Christ, notre Rédempteur. L'expérience humaine de l'homme blessé et perdu est appelée à être transfigurée en l'expérience divine des enfants de Dieu qui doivent aimer comme aime le Fils. Ils doivent aimer divinement en la condition humaine. Là est le salut des hommes.

Le Christ prononce sur nous une béatitude, si nous aimons nos frères comme lui les aime, de la même puissance divine d'aimer. Cette béatitude nous permet d'abord de faire face à la grandeur, tragique pour nous, d'un tel appel à l'amour de tous les hommes, au défi de notre propre perte, de notre propre mort. Cette béatitude nous invite à suivre Jésus-Christ en sa Passion.

Mais la bénédiction de Jésus nous invite à un acte de foi plus grand encore dans l'espérance de la résurrection.

Oui, il nous est demandé à nous, hommes perdus et blessés, pécheurs au cœur étroit et dur, de partager le sort du Christ et de participer par grâce à sa divinité. La bénédiction de Jésus nous promet que l'amour ainsi donné nous sera rendu à la résurrection des justes. Nous recevons la grâce de communier à la joie des justes, à la communion des saints, de ceux et de celles qui sont réunis en Dieu parce que Dieu les réunit en Lui.

Nous recevons la mission historique d'aimer divinement parce que, dans l'histoire, nous est donnée comme une bénédiction l'espérance d'être pris et transfigurés dans le mystère de Dieu. Nous devenons ainsi la preuve permanente de la grandeur divine de l'homme dans sa vocation. Nous devenons ainsi le gage de l'espérance divine qui doit guider l'action de l'homme.

La force divine d'aimer en donnant tout, sans réciprocité, sans attendre de retour et qui transfigure l'expérience humaine de l'amour, atteste la présence en nous du Ressuscité et nourrit notre espérance de la résurrection. C'est l'expérience eucharistique de l'Eglise. En communiant au Corps du Christ, elle communie à cette puissance d'amour. Le Christ lui-même se fait notre nourriture sur ce chemin abrupt et déconcertant pour notre peur et notre étroitesse. Le Christ se donne à nous et en même temps nous donne l'Esprit qui est l'Amour et nous permet d'affronter une telle épreuve.

Vous le voyez, il faut que vous fassiez beaucoup plus que de partager. Il faut que vous fassiez beaucoup plus que de donner un peu de votre superflu ou même de votre nécessaire. Il faut que vous fassiez beaucoup plus que de donner pour compenser les injustices de ce monde. Tout cela fait partie du désir et de l'ambition de tous les hommes et c'est notre noblesse commune. Mais dans le baptême, nous avons reçu, nous chrétiens, de la part de Dieu, un appel, une mission, un devoir plus grands encore : être en ce monde signe et sacrement de l'amour même du Christ et de sa démesure, être les porteurs en ce monde du dessein de Dieu qui dépasse tous les rêves de l'humanité.

Tout réconcilier dans le Christ et faire de chaque homme un enfant de Dieu et le temple de l'Esprit : tel est le dessein de Dieu ; il n'est pas donné au monde comme un surcroît dont on pourrait se passer. Il faut, pour que l'homme soit sauvé de sa perte personnelle aussi bien que collective, que la puissance de l'amour du Christ le saisisse et le transfigure.

Nous sommes chargés de la béatitude du festin eucharistique. Là, le Corps du Christ est donné aux hommes perdus, aux pauvres, aux estropiés, aux boiteux, aux aveugles. Ils y reçoivent la richesse de Dieu pour qu'ils courent dans le chemin des commandements, pour qu'ils se redressent comme des ressuscités, pour que leurs yeux voient la lumière. Ce festin du Corps eucharistique ne peut être partagé en ce monde que par le Corps ecclésial du Christ : vous en êtes tous, mes amis. Invitez au festin « ceux qui n'ont pas de quoi rendre ». Donnez avec la générosité de Dieu. Aimez de l'amour du Christ (2 Corinthiens 9, 7-8). Alors vous saurez combien vous êtes aimés et vous connaîtrez la joie, puisque « Dieu aime celui qui donne avec joie » (2 Corinthiens 9, 7).

LE SEL DE LA TERRE*

Jérémie 1, 4-9
Romains 10, 9-13
Matthieu 5, 13-16

« Vous êtes le sel de la terre, vous êtes la lumière du monde. » Vous êtes le sel de la terre, comme le sel de l'Alliance, l'instrument de la réconciliation avec Dieu d'un monde perdu sans Dieu. Vous êtes appelés à participer à l'offrande et à l'œuvre du Fils qu'il opère souverainement et dont il nous a chargés dans le monde. Vous êtes la lumière du monde. Jésus dit : « Je suis la lumière du monde. » Vous êtes la lumière du monde dans la mesure où, dans le Christ et par le Christ, vos œuvres bonnes deviennent visibles pour manifester le Père des cieux. Quelle œuvre manifeste la bonté du Père des cieux ? Celle où Dieu lui-même se révèle en faisant de chacun des hommes ses enfants dans le Fils bien-aimé. Nous avons par vocation à entrer dans cette assimilation au Fils de Dieu ; nous sommes appelés à participer par la foi à la Passion du Christ qui sauve le monde. Telle est la Béatitude du disciple selon le Sermon sur la Montagne. Telle est la présence chrétienne, l'action chrétienne dans le monde.

* Homélie au Katholikentag, Düsseldorf, 4 septembre 1982.

Le champ socio-politique, comme les autres champs de la vie humaine, est un lieu de la Rédemption du Christ. Lieu où se dévoile le péché, mais aussi lieu de combat où s'accomplit le salut, dont l'œuvre ne se réduit pas à notre action sociale et politique. L'action de l'homme en société est elle-même l'objet d'un autre jugement, l'œuvre d'un autre combat, celui de la mort et de la vie. En tout homme qui cherche la justice, se trouve l'injustice ; en tout homme qui cherche le bien commun, il y a la recherche de son propre bien. Voilà pourquoi l'espérance de justice portée par les hommes ne produit pas son fruit ; elle doit être sauvée par d'autres moyens que ceux qui sont couramment donnés à l'homme pour agir en vue du bien commun.

Seule la miséricorde de Dieu, donnée dans le Christ crucifié, arrache l'homme à cette injustice et lui donne la liberté d'être et de devenir juste, d'œuvrer pour la justice et pour la paix. Cette mission du chrétien, votre mission, est partage de la mission du Christ.

Cette mission implique une affirmation : il existe un droit, il existe un bien. Il y a pour l'homme une détermination objective et absolue du bien et du mal, de ce qui est conforme à l'humanité de l'homme et de ce qui lui est contraire, de ce qui est obéissance à la volonté de Dieu et de ce qui la récuse. En dépit des évidentes relativités dues à l'histoire et aux cultures, la foi chrétienne maintient, introduit en ce monde l'affirmation d'un absolu : celui de la dignité de la personne humaine et du respect de ses droits. Cette éminente dignité de l'homme se fonde dans l'acte par lequel l'existence est donnée par Dieu à l'homme, en même temps que les conditions de cette existence libre : les dix commandements.

Mais, dans notre monde d'injustice et de violence, se faire le témoin d'une telle affirmation absolue, être sel de la terre et lumière du monde, c'est révéler cet absolu en devenant figure et frère du Fils venu dans la chair appeler tous les pécheurs. Car le Christ-Sauveur manifeste la gloire de Dieu et nous révèle la véritable dignité de l'homme, à savoir qu'il est image et ressemblance de Dieu comme créature, et révélation du Fils unique. Affirmer l'absolu de notre dignité personnelle, c'est révéler la gloire de Dieu « riche en miséricorde, Créateur et Rédempteur de l'homme ».

Le chrétien peut rendre ce témoignage en agissant dans le Christ et par le Christ, moyennant la foi et le sacrement de la foi, le baptême, qui nous donne part à la Passion du Serviteur. Qui accepte la mission d'être, dans l'histoire, la présence du droit absolu de l'homme, de sa dignité personnelle, du droit de Dieu, reçoit aujourd'hui une vocation semblable à celle du Crucifié. Il accepte de devenir l'instrument du pardon et de la re-création de l'homme. « Vous êtes le sel de la terre, vous êtes la lumière du monde » : recevez par la force du Ressuscité, qui est lumière, la capacité de vivre son offrande rédemptrice en devenant le sel de son sacrifice.

Telle est, dans l'histoire et dans le champ des sociétés humaines, l'œuvre de la foi. Croire, c'est laisser Dieu agir, et c'est devenir coopérateurs de Dieu. C'est, dans la patience de l'histoire, entrer dans la Passion et l'œuvre de Jésus-Christ. Sel de la terre, lumière du monde, le chrétien a pour mission d'attester l'Absolu de Dieu et de la dignité humaine ; il a aussi pour charge de délivrer l'homme de ses illusions sur une fausse justice.

La première illusion est de croire que l'homme peut concevoir la justice sans se tromper et l'accomplir sans faillir. Cela n'est pas au pouvoir de l'intelligence ni de la volonté de l'homme. Une autre illusion se propose comme un but historique immédiatement réalisable l'accomplissement de toute justice.

Le chrétien, par la foi au Christ, délivre l'homme de ces illusions. Car la foi révèle en l'homme justifié et pardonné le pécheur incapable de poursuivre sans Dieu l'œuvre de justice. Car la foi manifeste à l'homme toutes les dimensions de la justice. Il n'y a pas en ce monde d'état de justice achevée. L'homme ne s'y trouve pas accompli dans la justice et la sainteté : il reste en pèlerinage dans l'histoire. Si l'homme s'imagine réaliser ici-bas la justice, s'il veut parachever sur terre un idéal de justice, il le réduit à la mesure de ses désirs et de ses idées : c'est la source du totalitarisme. La justice ne se réalise en plénitude que par l'action de Dieu qui sans cesse guérit l'homme de son injustice et de son péché, le justifie et lui donne d'œuvrer dans la justice, et, jusqu'au jour de la résurrection, le sauve de l'Hadès et de la mort.

En dehors de la foi dans la justice et l'action salutaire de Dieu, l'idéal d'une civilisation de l'amour et de la justice est immanquablement bafoué par l'expérience et le cynisme de l'histoire. En luttant pour les droits de l'homme et contre les illusions de la justice, la foi maintient l'espérance d'une civilisation de l'amour, non comme d'une utopie sociale, mais comme d'un don de Dieu sans cesse accordé, toujours à nouveau recueilli dans l'Eglise, pour le monde. C'est le vrai réalisme : croire l'amour possible en raison de l'espérance. L'espérance chrétienne en Dieu permet d'œuvrer sans cesse, en dépit de sa négation par la haine, la guerre, les destructions, les injustices.

Certes, chaque génération découvre les limites de ce que la génération précédente s'imaginait être un idéal de justice. Tout le travail d'élucidation que font les sociétés sur leurs propres conditions n'apparaît-il pas souvent comme un travail de la désillusion ? Mais n'est-ce pas parfois pour proposer une illusion nouvelle, pire encore ? L'idéal pacifiste des lendemains de la Première Guerre mondiale apparaît comme une illusion après la Seconde. Ce jeu de la désillusion et de la réinterprétation suscite aujourd'hui doute et soupçon, déception et désespérance.

Mais la foi chrétienne n'est jamais déçue. L'espérance ne déçoit pas. Le péché n'empêche pas de croire à la miséricorde ; l'injustice des hommes n'empêche pas d'espérer dans la justice de Dieu ; et la haine n'interdit pas de croire encore et toujours en l'amour. Telle est la force de l'espérance : elle dure et se renouvelle dans la patience, en communion avec l'œuvre rédemptrice du Messie crucifié, dans l'attente et la reconnaissance de notre délivrance accomplie dans le Christ.

« Vous êtes le sel de la terre, vous êtes la lumière du monde. » Vous êtes dans le monde présence et sacrement du Christ, enfouis comme le sel, exposés comme la lumière, humiliés et exaltés comme le Crucifié. Vous êtes porteurs du paradoxe chrétien, espérant contre toute espérance, aimant vos ennemis, pardonnant à tous, vivant de miséricorde.

Luttez pour la justice en confessant dans la foi que votre action sociale et politique ne porte pas son fruit, sinon par l'œuvre de Dieu. Croyez dans le Dieu de la miséricorde, qui fait grâce et qui vous rend justes, capables d'œuvrer avec Lui à la mesure de son espérance. Aimez la société des hommes dans ses réalisations terrestres, mais rappelez-vous qu'aucune ne trouve son accomplissement que dans les cieux et sur la terre renouvelée par la miséricorde, dans la Jérusalem d'en haut, de la fin des temps. C'est là que nous conduit, c'est là que nous attend, l'Agneau immolé dont nous célébrons maintenant le sacrifice.

LES VOCATIONS CHRÉTIENNES*

Luc 2, 22-40

En cet événement que nous rapporte l'évangéliste Luc, nous voyons rassemblés dans le Temple, dans la demeure de Dieu, et d'avance prophétisées presque toutes les formes possibles de sainteté et d'appel de Dieu. Ceux qui sont discrètement dans l'ombre et dont le nom ne nous est pas dit : le vieillard Syméon ; et Anne, la veuve âgée, la femme prophète ; et Marie, et Joseph. Pour accueillir l'enfant Jésus, le Christ Messie, ils sont là rassemblés, tous ceux que Dieu a appelés.

1. Jésus

Pour comprendre ce que sont ces vocations si diverses, il nous faut donc porter le regard de la foi sur l'enfant Jésus d'abord. Car c'est en lui que toute vocation possible trouve sa plénitude. C'est de lui que toute vocation possible reçoit son origine.

Jésus : pouvons-nous parler de sa vocation au sens où nous l'entendons communément aujourd'hui pour nous ? Dans notre langue et selon l'expérience commune, en

* Homélie à Saint-Sulpice, Paris, à la nuit de prière et d'adoration pour les vocations sacerdotales et religieuses, 2 février 1984.

dehors de la sphère de compréhension chrétienne des choses, que signifie ce mot ? Il désigne une impulsion intérieure qui nous pousse plus ou moins irrésistiblement à prendre telle profession, à suivre telle voie. Bref, il sert à exprimer le plus secret désir de quelqu'un, parfois caché et enfoui, sa volonté personnelle et profonde, et qui irrépressiblement finira par se révéler. Il faudra donc ne pas la confondre avec les entraînements et les enthousiasmes changeants de l'enfance ou de la jeunesse. Pour qu'il y ait vocation mûrie, il faut conscience, possession de soi afin de se déterminer soi-même selon ce que l'on veut pour soi.

Quelle est la vocation de Jésus, au sens le plus fort du mot ? Le verset du psaume nous le dit : « Tu es mon Fils ; moi, aujourd'hui, je t'ai engendré » ; ou encore, à l'heure du Baptême et de la Transfiguration, par la voix paternelle, expression des prophéties multiples : « Celui-ci est mon Fils bien-aimé en qui j'ai mis tout mon amour. »

La vocation de Jésus, alors même qu'il n'a pas encore l'usage de la parole, lui la Parole faite chair, la vocation de Jésus dès l'instant où il est porté dans le sein de sa mère, est d'abord et fondamentalement le choix rempli d'amour que fait Dieu le Père et par lequel il donne chair à sa Parole éternelle. Jésus, fils de Marie, reçoit dans son engendrement même sa vocation. Comme le Prophète et bien plus encore, dès le sein de sa mère, il est appelé.

La vocation est cet acte fondamental du Père des cieux, par son Verbe éternel et par la puissance de l'Esprit. Le Père dispose de l'humanité sainte du Christ, Verbe fait chair, pour dévoiler au monde l'amour infini et sans mesure dont il nous aime. Prodigieux dessein de Dieu-Sauveur qui, pour étendre le salut à tous, appelle et choisit Jésus, l'Elu. Le vieillard Syméon dira qu'il est « la lumière pour l'illumination des nations païennes et pour la gloire d'Israël, son peuple ». Car la vocation de Jésus condense de façon fulgurante et inouïe ce que contenait déjà en promesse la vocation d'Israël. La gloire de Dieu qui vient habiter la condition humaine se manifeste dans le Christ.

La vocation, telle que nous la recevons de Jésus-enfant, la vocation au sens le plus fort du mot, n'est rien d'autre que l'immensité de l'amour de Dieu donné à la créature pour qu'elle vive et soit sauvée. Geste de Dieu qui veut, par cet appel, livrer au monde le gage de l'amour, donner au monde la vie de l'amour.

Reprenant un verset de psaume – du moins est-ce ainsi que nous le présente le passage de l'Epître aux Hébreux lu la nuit de Noël –, en entrant dans le monde, le Verbe a dit : « Voici, je viens pour faire, ô Dieu, ta volonté. » La volonté de Dieu n'est pas un ordre arbitraire auquel il se soumettrait d'une façon passive, mais la révélation même du dessein de Dieu : son amour salvateur, manifesté dans la souveraine liberté du Christ filialement obéissant.

2. Marie

Arrêtons maintenant notre regard sur la vocation de la Vierge Marie. Elle aussi s'inscrit par son acte de foi dans cette élection, dans ce choix, dans cette vocation de son Fils. L'instinct catholique nous a fait reconnaître que *sa* vocation était constituée par la sainteté qui lui est donnée dès sa conception en vue du salut de tous. Dans le silence croyant de Marie s'accomplit ce pour quoi Dieu l'a choisie et appelée. Cet enfant, né de Dieu, par la puissance de l'Esprit dans la faiblesse de la virginité, cet enfant, œuvre promise du Très-Haut, voici qu'elle le présente au Temple selon la Loi. Non pour le racheter ni en reprendre possession de quelque façon, mais pour le remettre entièrement, comme le peuple saint tout entier et comme elle-même, à Celui à qui il appartient et dont la Gloire réside en ce lieu.

Cette présentation de l'Enfant au Temple, comme Anne (dont la Vierge Marie reprendra le chant) l'avait fait jadis pour le petit Samuel son enfant (1 Samuel 1, 24 s.), anticipe la livraison du Fils offert en sa chair sur la croix et le don qu'ensuite Jésus lui-même fera du disciple à « la » Mère et de la Mère au disciple. Le caractère d'action de grâce, déjà sacrificiel, de cette remise ne doit pas nous échapper.

3. La vocation et les vocations

Que sont les vocations chrétiennes ? Elles consistent à participer à la vocation même du Christ, à partager l'appel qu'il a reçu et qu'il nous transmet, à collaborer à l'œuvre par laquelle il vient faire la volonté de son Père et sauver le monde. La vocation chrétienne n'est pas une manière de vivre ou d'être, ni un besoin inhérent aux sociétés humaines, ni même une nécessité pour le bien du peuple chrétien, ni quoi que ce soit que nous pourrions mesurer, préfigurer ou déterminer d'avance. Manifestation de la plénitude de l'amour de Dieu, elle s'inscrit entièrement dans cet acte de salut par lequel Dieu déploie son mystère à travers le temps pour sauver les hommes qu'il aime.

Tous les baptisés participent à cette vocation : devenir semblables au Christ, avoir part à l'offrande qu'il fait de lui-même et de nous à son Père, ainsi associés à l'œuvre messianique de délivrance et de salut, être nous-mêmes consolés par le Consolateur pour en devenir les témoins, recevoir la force de l'Esprit, partager cette gloire des enfants de Dieu qui apportent aux nations païennes, dans les ténèbres et l'ombre de la mort, la joie et la lumière de la vie et communiquer au monde la loi de sainteté donnée dans le Christ qui transfigure la condition humaine.

4. Vocation à la sainteté : les prophètes du Règne qui vient

Cette puissante exigence de sainteté se déploie dans la diversité des vocations. Chacune est un trésor précieux confié à l'Eglise pour sa joie, pour la joie du Père des cieux qui voit resplendir, dans le monde outragé par le péché et les pleurs des hommes, ces joyaux de la sainteté désormais déposés irrévocablement dans le secret de la condition humaine. Perles précieuses perdues et retrouvées, splendeurs cachées — mais visibles aux yeux de Dieu —, désormais inscrites avec certitude dans l'histoire, scandant son déroulement, de sorte que le croyant sait que le monde n'est pas perdu puisqu'il est sans cesse sauvé par cette œuvre de sainteté qui s'y déploie.

La sainteté des baptisés est provoquée par ces vocations singulières que Dieu fait surgir parmi eux. Vocations d'hommes et de femmes qui répondent à l'appel du Christ au point d'anticiper dès à présent la gloire et la tranfiguration futures qui seront les nôtres. Alors que nous sommes encore dans la condition d'hommes et de femmes, alors que nous sommes encore dans la succession du temps et des générations, ils vivent le renoncement à l'amour humain en sa fécondité et aussi en sa joie pour être, dès à présent, le signe de l'absolu de Dieu qui partage à ceux qui l'aiment l'absolu de la Vie.

Dans cette mort apparente d'une dimension de l'existence humaine, ils deviennent des signes donnés par Dieu de la résurrection des morts ; ils acceptent cette mort apparente de leur puissance humaine pour que resplendissent la fécondité et la puissance de l'amour qui vient de Dieu. En ce temps du relatif, ils sont les témoins de l'absolu. En ce temps de l'histoire, ils sont les témoins de l'achèvement de l'histoire. En ce temps de l'engendrement et de la mort, ils sont les témoins de la résurrection. Ils sont donnés à leurs frères pour être le signe de ce qu'ils sont appelés à vivre.

Le Christ met dans leur cœur un tel amour de Dieu qu'aucune richesse au monde ne peut les contenter, puisque Dieu est leur seule richesse et que tout est donné par Dieu. Dans leur pauvreté volontaire et choisie, ils attestent que, dans le Christ qui s'est fait pauvre pour nous, l'univers entier est donné à la charité des hommes et non à l'avidité injuste de leur instinct de possession. Ce don est fait pour que l'homme communie dans la fraternité et non pas se déchire par la volonté homicide.

Dans l'oubli de la disposition de leur propre vie, dans l'obéissance humble, pauvre et chaste, ils démontrent la souveraine liberté des enfants de Dieu qui, renonçant à la limite de leur propre volonté, communient souverainement à la volonté du Père des cieux qui veut sauver le monde. Ainsi, dans leur vie marquée par les limites, voire par le péché, ils anticipent et manifestent le mystère de la croix et du Ressuscité.

Ces vocations à la vie consacrée sont des trésors que Dieu donne à l'Eglise pour le salut du monde. Nous devons prier afin qu'il nous en donne, mais surtout pour ceux à qui il donne ces vocations. Ceux qui sont ainsi appelés à cette forme de sainteté le sont non pas pour eux-mêmes mais pour leurs frères ; ils ne peuvent qu'être portés par la sainteté de l'Eglise, qui doit les remercier et rendre grâce à Dieu pour le don précieux qui lui est ainsi fait.

5. Les vocations sacerdotales, évêques, prêtres, diacres : ministres du Christ serviteur

Enfin, frères et sœurs, ce ministère qui est le mien – ministère apostolique épiscopal partagé par les frères qui m'entourent, prêtres et diacres –, ce ministère reçu des Apôtres est, à votre service, le signe que celui qui parle dans le corps ecclésial est bien le Christ. Le signe que l'Eglise n'est pas veuve, mais Epouse comblée par l'Epoux caché ; le signe que l'Eglise est bien le corps du Christ. Nous ne nous baptisons pas nous-mêmes, mais c'est le Christ qui nous baptise par le ministère de ceux qui ont à attester la puissance et la présence du Christ. Nous ne nous communions pas nous-mêmes, mais c'est le Christ qui se livre à nous quand il nous partage l'Eucharistie, le Pain et le Vin. Nous ne nous pardonnons pas nos péchés à nous-mêmes, nous en excusant ou nous en absolvant nous-mêmes, mais c'est le Christ qui, par notre ministère, accorde le pardon de son Père. Par notre ministère, il se fait serviteur de son corps, témoin de l'amour miséricordieux qui nous est sans cesse donné et livré.

Le Christ n'abandonne pas son Eglise ; il la fait vivre. Le Père n'abandonne pas les disciples qu'il a donnés à son Fils ; il leur donne son Fils. Que peut-il de plus ? C'est pourquoi j'ai toujours pensé que ce ministère sacerdotal ne manquerait jamais à son Eglise si les croyants répondent à l'appel de Dieu. Car Dieu, qui a envoyé le Christ dans le monde pour que le monde soit sauvé, ne peut pas manquer d'appeler et de choisir ceux par qui la présence de son Fils est manifestée au corps qu'il lui a donné en son Eglise.

Par conséquent, le plus fondamental est cet appel à la sainteté qui, adressé à tous, permet aux formes particulières de sainteté, à la diversité des vocations laïques, religieuses et sacerdotales, de surgir comme un fruit de ce corps du Christ auquel il nous a fait la grâce d'appartenir. Prier pour les vocations, ce n'est pas demander à Dieu, comme des suppliants déroutés, qu'il fasse la grâce d'envoyer une « bonne chose » que « Dieu nous refuserait » (Matthieu 7, 11). Nous ne prions pas pour les vocations comme nous supplions pour le pain en temps de famine.

Prier pour les vocations, c'est dire, chacun ici et tous :

« Seigneur, voici, je viens pour faire ta volonté, pour répondre à l'appel de sainteté que tu m'adresses, à moi, que tu nous adresses, à nous tous. » Alors, et alors seulement, dans un corps ainsi sanctifié, Dieu fait surgir, fût-ce des pierres que voici, les hommes et les femmes nécessaires à l'Eglise pour y être le signe de la sainteté et de l'absolu de Dieu, serviteurs des serviteurs de Dieu, ministres par qui le Christ lui-même sera présent à son Corps.

Quand le Christ dit : « Priez le Maître de la moisson d'envoyer des ouvriers à sa moisson », il ne désigne pas une prière laissant supposer que Dieu est sourd, mais une prière concernant ceux que Dieu lui-même appelle.

Puissions-nous, frères et sœurs, en ce jour et en cet instant de secrète action de grâce pour le salut de tous les peuples, offrir à Dieu notre disponibilité, partager avec Marie la prophétie déchirante qui lui est faite : « Il est là pour la chute ou le relèvement de beaucoup en Israël et pour être un signe contesté. Toi-même, un glaive te transpercera l'âme » (Luc 2, 34-35). Et, avec gratitude, remercier Dieu pour son Fils qu'il nous donne, « le salut qu'il a préparé face à tous les peuples, lumière pour la révélation aux païens et gloire d'Israël, son peuple » (Luc 2, 30-32).

Des pasteurs

« POUR VOUS, JE SUSCITERAI DES PASTEURS SELON MON CŒUR »*

Jérémie 3, 15

Quel rapport y a-t-il entre le célibat et le sacerdoce tel qu'il est vécu dans l'Eglise latine ? C'est la question à laquelle je voudrais essayer de répondre aujourd'hui, en tentant d'aller aux racines à la fois spirituelles et ecclésiales d'une telle interrogation. Ce que je vais dire soulève de nombreuses questions, qui supposeraient un traitement beaucoup plus rigoureux tant au point de vue historique qu'au point de vue théologique. J'en suis parfaitement conscient. Je n'ai ici ni les moyens ni la compétence pour répondre à de telles exigences. Aussi, ne vous étonnez pas si je procède par affirmations ou par allusions plutôt que par démonstrations.

Cependant, il me semble que le point de vue que je vais vous présenter répond à une nécessité de cohérence spirituelle concrète, la cohérence des choix qui font des hommes libres, agissant sous la motion de l'Esprit Saint dans l'Eglise pour le service du peuple de Dieu. Cette cohérence-là, c'est celle que Dieu met dans la vie de son Eglise et dans les libertés de ses fils. Dieu n'attend pas

* Conférence à Rome, 25 mars 1981, reprise dans *Communio*, VI, 6, novembre-décembre 1981.

que les érudits se soient mis d'accord pour dater un texte ou élaborer une théorie avant de rendre le peuple capable de vivre de la foi et de l'espérance au service de l'amour.

1. L'épiscopat et la vocation monastique

Prenons acte d'abord d'une pratique ecclésiale universelle : tant dans l'Eglise d'Orient que dans l'Eglise d'Occident, l'épiscopat est toujours conféré à des hommes qui ont d'abord été appelés par Dieu à la vocation du célibat. En fait, pour être plus précis, il faudrait dire « à la vocation monastique ». En voici un témoignage mince mais significatif : dans l'Eglise maronite – et peut-être dans d'autres Eglises orientales –, quand un prêtre célibataire est appelé à l'épiscopat, le rituel prévoit qu'on lui impose d'abord le capuchon monastique avant de l'ordonner, sa condition de prêtre célibataire ne trouvant sa signification et sa portée que par cette relativement fictive agrégation à la condition monastique.

Dans cette pratique commune aux Eglises d'Orient et d'Occident, nous pouvons clairement lire la logique spirituelle qui enchaîne l'un à l'autre ce que l'on peut appeler un état de vie et un mode de consécration, avec une fonction ministérielle et sacerdotale. Détaillons-la un instant, puisque cela va être un point important de notre réflexion.

Disons, pour faire bref, que l'Eglise va choisir ses évêques parmi des moines. Que signifie « moine » en l'occurrence ? Nous serions tentés de prendre cette expression au pied de la lettre : c'est-à-dire ceux qui appartiennent de fait à cette forme de vie organisée qu'est actuellement le monachisme dans ses différentes variétés. Pour rendre compte de la pratique, il me semble qu'il faut la prendre en un sens plus général et fondamental. L'Eglise choisit des évêques parmi ceux qui ont la vocation monastique, c'est-à-dire non pas nécessairement parmi ceux qui appartiennent à ce corps visible et organisé des moines ou à ce monde des monastères, mais parmi ceux chez qui elle a reconnu un appel confirmé de Dieu à consacrer la totalité de leur existence pour la louange de Dieu, dans la pauvreté, le célibat et l'obéissance. Il y a là pour nous, Occidentaux et Latins, quelque chose d'assez déconcertant, car nous rangeons dans cette définition uniquement les « religieux » au sens canonique du terme. Et la première difficulté, c'est de comprendre comment des « séculiers » peuvent aussi vivre des exigences que, canoniquement, nous réservons à des religieux. Pourtant, tel est le fait. Nous sommes donc forcés d'admettre que l'exigence de tout quitter pour suivre le Christ est une exigence spirituelle, c'est-à-dire donnée par l'Esprit Saint à un chrétien – cette exigence qui se traduit par le renoncement à toutes les puissances de ce monde pour suivre dès à présent le Christ en sa Passion, devenant ainsi par anticipation, pour l'Eglise, les témoins de l'accomplissement du Règne donné par Dieu à son Fils ressuscité.

Une telle vocation peut, de fait, se réaliser par l'appartenance à un corps constitué qu'on peut appeler « les moines », avec leurs règles codifiées par l'Eglise. Mais avant d'être l'appartenance à un tel corps, elle est d'abord un appel de Dieu, qui relève de la pure liberté de Dieu et de l'Eglise, et que l'Eglise peut authentifier si Dieu lui en donne la grâce et si cela est nécessaire pour le bien commun ecclésial. Car il peut y avoir de telles vocations qui demeurent secrètes et cachées aux yeux des hommes, et qui peuvent être vécues dans l'anonymat de la vie ordinaire. Dieu n'a pas à rendre compte de ses grâces auprès des canonistes...

Mais pour conférer le sacrement de l'épiscopat, le ministère apostolique, le sacrement de l'ordre dans sa fonction « capitale » (présence du Christ-Tête à son Corps), l'Eglise subordonne son choix à l'initiative divine qui a d'abord suscité, dans le cœur de certains hommes, un tel appel en même temps que la grâce d'y répondre.

Il ne s'ensuit pas que tout « moine » ainsi défini doive nécessairement être appelé au sacerdoce. Car les moines peuvent aussi bien être des hommes comme des femmes, des gens instruits comme des gens ignorants, des gens aptes à une responsabilité comme des solitaires. Il faudra donc que s'exerce le jugement de l'Eglise par les moyens qu'elle se donne pour désigner ceux qui auront à remplir ce ministère épiscopal avec ses exigences propres et ses grâces particulières. Mais l'Eglise suppose au préalable cette vocation divine telle que nous venons de l'esquisser.

Il nous faut maintenant nous poser la question : pourquoi, d'une façon aussi unanime, tant en Occident qu'en Orient, l'Eglise s'est-elle rangée à une telle pratique qui réserve l'ordination épiscopale à des hommes que Dieu a d'abord appelés au célibat consacré ? Je vous laisse répondre vous-mêmes à une telle question. On pourra parler d'arguments de convenance plutôt que de nécessité. Tout dépend du mode de raisonnement. Mais dans une logique spirituelle, il s'agit d'articuler très fortement, l'un par rapport à l'autre, le ministère ecclésial en sa forme la plus haute, et les dons de l'Esprit tels que Dieu les suscite dans les libertés humaines.

En effet, il nous faudrait maintenant définir, au moins sommairement, en quoi consiste ce ministère épiscopal, ministère sacerdotal par excellence, pour pouvoir répondre à la question que je viens de formuler. Là encore, je ne peux qu'esquisser, en vous renvoyant à une étude plus approfondie que permet la richesse de la Tradition. Les textes du concile Vatican II et les rituels d'ordination en donnent d'ailleurs une clé de lecture. L'évêque, exerçant dans l'Eglise le ministère sacerdotal, est donné à l'Eglise-Corps du Christ comme signe du Christ-Tête. Ainsi, l'Eglise entière peut exercer l'acte sacerdotal du Christ, dont parle la Première épître de Pierre, en recevant, dans la grâce sacramentelle donnée par le ministère épiscopal, l'assurance que la parole qui retentit en elle est bien la parole que le Christ prononce en son Eglise, et que la foi suscitée par l'Esprit-Saint est bien la foi commune à l'Eglise entière – l'assurance que la sainteté donnée par le Père à son Eglise vient bien du Christ lui-même qui agit dans les sacrements, et enfin que l'unité dans l'amour fraternel qui sans cesse doit réunir les membres de l'Eglise par la miséricorde et le pardon, est bien celle qu'accomplit et opère le Christ lui-même en son Corps. Par l'ordination sacerdotale de l'évêque, l'assurance est donnée à l'Eglise de se recevoir elle-même du Christ, Prêtre, Prophète et Roi. Une formule que Jean-Paul II a récemment citée condense la signification du sacrement de l'Ordre : par son acte sacerdotal ministériel, l'évêque – le prêtre – agit *in persona Christi*, pour le Corps du Christ qu'est l'Eglise.

J'en reviens donc à ma question : pourquoi cette forte liaison entre une vocation divine au célibat consacré, incluse dans la « vocation monastique », et la charge du ministère épiscopal ? Cette liaison met en jeu des critères de discernement qui sont fondamentalement ecclésiaux et qui s'entrecroisent tels les bras de la Croix : d'une part les libres dons de l'Esprit répandus dans les cœurs, toujours pour le bien de l'Eglise entière, l'ordre de la sainteté qui échappe aux yeux des hommes, et d'autre part l'aspect objectif, ecclésial et social du ministère, service où l'apôtre devra nécessairement être identifié au Serviteur souffrant : « Le disciple n'est pas au-dessus de son maître. »

2. *L'épiscopat et les autres ministères ordonnés*

Paradoxalement, il aura fallu le deuxième concile du Vatican pour définir de façon explicite la sacramentalité de l'épiscopat. Il n'en reste pas moins vrai que les deux autres formes du ministère ordonné (le sacerdoce qu'on disait autrefois « de second rang », celui des prêtres, coopérateurs de l'évêque, et le diaconat) forment avec l'épiscopat l'ensemble des ministères ordonnés.

En un sens, ce que j'ai évoqué de façon très sommaire à propos de l'épiscopat s'applique aux prêtres et aux diacres. Les uns et les autres participent à leur façon au ministère épiscopal selon des spécifications dont les variations de l'histoire n'ont pas altéré les constantes. Prêtres et diacres participent au ministère sacerdotal de l'évêque que la liturgie, pour les uns comme pour les autres, répartit selon le même triple pôle classique : ministère de la parole, ministère des sacrements, ministère de la communion. Pour m'en tenir aux prêtres, nous devons dire qu'ils exercent conjointement, collégialement, le ministère épiscopal. Puisque le sacerdoce à proprement parler est lié à l'existence d'une Eglise, et que l'Eglise particulière, l'Eglise locale comme l'on dit, c'est le diocèse, l'évêque est le prêtre de cette Eglise particulière ; les prêtres sont ses collaborateurs, qui permettent de faire face, dans le temps et dans l'espace, aux divisions et aux étendues d'un diocèse, lui gardant une unité de communion qui est la figure particulière, historique, en laquelle se réalise l'Eglise universelle. L'évêque lui-même est le garant de cette communion en demeurant en communion avec toutes les Eglises répandues à travers le monde, dont l'évêque de Rome, successeur de Pierre, a reçu la charge de garantir l'unité dans la foi et la communion. Par le ministère de l'évêque, chaque Eglise particulière est ainsi, grâce à la communion avec « l'évêque de Rome », comme aime à se nommer Jean-Paul II, le garant et le signe que cette Eglise particulière est la réalisation concrète en ce lieu et en ce temps de l'Eglise catholique universelle[1].

1. J'emploie à dessein ces deux adjectifs, car ils n'ont pas exactement le même sens ni la même portée théologique. Ce serait une trop longue affaire que de l'expliquer ici.

Les diacres, quant à eux, servent l'Eglise, servent leurs frères, en aidant l'évêque dans son ministère épiscopal selon la modalité de la diaconie, du service, toujours dans les trois domaines repérables du ministère sacerdotal.

L'Eglise a connu dès les origines une multiplicité d'autres formes de ministères auxquels dans l'Eglise latine, à une période récente, on a donné le nom de ministères institués. Il s'agit là de services définis de façon fonctionnelle et qui s'exercent en lien avec les ministres hiérarchiques. Ils n'ont pas la même portée sacramentelle et symbolique. Il est donc très important de voir qu'ils ne se spécifient pas selon les mêmes critères : les ministères ordonnés se spécifient non en fonction de leur utilité ou des besoins de la communauté, mais d'abord en fonction de la structure sacramentelle de l'Eglise. Ils servent essentiellement à manifester le signe du Christ qui se donne à l'Eglise, à manifester ce que le Christ fait pour son Eglise (sacerdoce ministériel), de telle sorte que l'Eglise entière puisse accomplir sa vocation, qui est de s'offrir dans le Christ à Dieu, accomplissant ainsi la mission reçue (sacerdoce royal des fidèles). En cela, c'est l'unique sacerdoce du Christ qui s'exerce. Le sacerdoce ordonné est bien au service du sacerdoce universel des fidèles par lequel Jésus unit chacun de ses frères et la communion de tous ses frères à son offrande. Il accomplit ainsi l'œuvre du salut à travers l'histoire.

3. *Prêtres et diacres mariés*

C'est une pratique constante dans l'Eglise d'Orient que de donner le plus souvent le sacrement de l'Ordre à des prêtres et à des diacres mariés. Quelle figure du sacerdoce ordonné cette jonction entre la vocation au mariage et le sacerdoce ordonné peut-elle manifester ?

Pris comme un dessein de Dieu, le mariage fait partie intégrante du récit de la Création, et s'origine jusque dans les premiers commandements, où l'homme reçoit sa vocation la plus fondamentale. Le sacrement du mariage fait apparaître l'homme comme exerçant dans la sainteté la souveraineté de Dieu même sur le monde. Le mariage accomplit aussi la vocation de l'homme à porter « l'image et la ressemblance de Dieu ». Il faut en effet bien remarquer que, dans le second récit de la Création, la singularité de l'homme se marque par l'insuffisance de la condition animale pour expliquer le couple et la fécondité de l'homme et de la femme : il faut, pour singulariser l'homme, que Dieu même lui propose une compagne, à la fois semblable et différente. C'est que l'homme a vocation divine : il ne se situe pas seulement dans la création, mais, dans l'œuvre du Créateur, il exerce une fonction divine. Il s'agit donc, dans le mariage, en amont de toute l'histoire du salut, de la vocation la plus radicale, qui destine l'homme à vivre dans la sainteté en communion avec Dieu, afin d'être ici-bas l'instrument du Règne de Dieu. Ainsi, dans l'œuvre de Rédemption, le Christ – « nouvel Adam », comme le nomme saint Paul cité par la liturgie du mariage – remet en lumière ce que le péché de l'homme et les stigmates de la mort avaient voilé de la condition humaine. Il rend l'homme racheté à sa splendeur originelle.

Rendre au mariage sa pleine et totale dignité, c'est un des fruits du sacerdoce du Christ. Lorsque le ministère sacerdotal et le diaconat, ministères tous deux ordonnés, sont conférés à ceux que Dieu a d'abord appelés au mariage, c'est une autre figure de l'œuvre du salut qui apparaît, pour le service des frères, dans la participation à l'acte rédempteur du Christ. Il est sûr que, dans l'Eglise latine, cette nouvelle composition du sacerdoce catholique a une signification que nous ne sommes pas très habitués à comprendre.

Cependant, il faut garder attention à des considérations qui, pour être de droit canon, n'en sont pas moins capitales. C'est en effet un usage constant dans l'Eglise d'Orient que de suivre une chronologie stricte entre les moments et les niveaux de la vocation et de l'engagement. Dans le temps, est absolument premier le choix d'un état de vie : soit le mariage, soit la vie monastique (au sens que j'ai défini tout à l'heure). Ce n'est qu'ensuite que l'évêque peut, s'il le juge utile, ordonner soit un homme déjà marié, soit un moine. Mais alors, une fois reçu le ministère conféré par l'Eglise, celui qui l'a reçu ne peut plus revenir en arrière, ni mettre en cause le choix initial d'un état de vie. Par exemple, un moine qui aurait reçu le diaconat ou le presbytérat ne pourra plus, désormais, se marier : son service de l'Eglise le lie à sa vocation de vie. Comme il a été pris dans une vocation – qui relève des dons de l'Esprit – pour un service d'Eglise – celui de manifester à ses frères la présence et le ministère du Christ qui les rassemble –, le bénéficiaire de cette ordination voit son choix initial scellé par l'irrévocable sérieux de la Croix et de la mission ainsi reçue de devenir signe du Christ. La vocation personnelle à un état de vie, d'abord librement choisie dans un chemin tout personnel, est dès lors marquée d'un sceau éternel. Dans cette conjonction, l'aspect purement charismatique de la vocation à la vie monastique ou au mariage et l'aspect proprement ecclésial d'un ministère voulu par Dieu se renforcent mutuellement pour donner une figure définitive à ce qui pouvait encore, auparavant, paraître comme – à la limite – réversible. Un autre point, impressionnant, vient confirmer ce premier : dans l'Eglise d'Orient, si un prêtre marié perd son épouse, il n'a pas le droit de se remarier, car la discipline du mariage, assumée dans le sacerdoce, reçoit une signification nouvelle et radicale. Le sacerdoce, et surtout le sacerdoce de l'évêque, se conçoivent dans la figure du Christ, époux de l'Eglise, épouse unique et éternelle. En sorte que la vocation au mariage devient pour le prêtre comme un signe prophétique qui signifie le mystère ecclésial entier : elle reçoit donc jusque dans le veuvage une absolue irrévocabilité.

Je ne retrace ces points, trop rapidement, que pour souligner combien, dans la pratique de l'Eglise d'Orient, le fait d'ordonner un homme marié ou un homme célibataire n'a rien d'une décision neutre, indifférente et disciplinaire. Il s'agit en fait d'une nouvelle figure spirituelle du sacerdoce, d'une nouvelle composition du sacerdoce catholique.

Deux autres précisions encore, avant d'aller plus avant. Et d'abord : conférer le ministère diaconal ou sacerdotal à un homme marié implique un aspect habituellement passé sous silence, bien que décisif. Car, si c'est bien à un homme marié qu'est conférée l'ordination, quand l'Eglise le décide ainsi, il faut reconnaître que sa femme et sa famille s'y trouvent aussi impliquées. Cette implication de la femme et de la famille dans l'ordination d'un homme marié ne se réduit pas à l'interférence, que l'on constate ailleurs, entre un métier particulier et la vie familiale : ainsi le marin, que son métier contraint à travailler hors des heures normales, à être absent de son foyer, à prendre des risques, etc., en sorte que le choix de ce métier concerne directement sa femme. Il ne s'agit pas ici de ce type d'implication. Dans le cas d'une ordination diaconale ou sacerdotale d'homme marié, il en va tout autrement : non seulement il y faut le consentement explicite de l'épouse, mais surtout les deux sacrements se confortent et s'appuient l'un l'autre. En effet, si le ministère sacerdotal ou diaconal vise à l'édification de l'Eglise, le sacrement de mariage vise à édifier une famille qui, comme l'a souligné Paul VI, doit être tenue pour une *ecclesiola*, une petite église ; elle est déjà du tissu de l'Eglise, comme première cellule issue du dessein du Créateur, nimbée de la splendeur d'une nouvelle Création, lieu privilégié où les richesses de l'amour restauré se déploient en relations privilégiées, de l'époux avec l'épouse, des fils et des filles aux parents, des frères et des sœurs entre eux. Ce tissu d'amour chrétiennement vécu forme la chair même du sacrement de mariage et aussi son fruit. Le sacrement de l'Ordre l'assume pleinement. On voit donc qu'il se trouve une corrélation forte, y compris dans la forme du ministère, entre la tâche sacerdotale telle que pourrait la vivre un prêtre ou un diacre marié, et la communauté majoritairement composée de gens appelés à vivre ce même système sacramentel, le mariage.

Ainsi, devenir femme de diacre, ce n'est pas être « la femme de Jean »[1], bien que l'ordination au ministère soit donnée à son mari et qu'elle ne puisse en aucun cas se substituer à lui. Il serait parfaitement impensable que l'Eglise ne prenne pas en considération une réalité sacramentelle (le mariage) au moment où elle l'assume dans une autre réalité sacramentelle (le sacrement de l'Ordre). Le mariage sacrement et état de vie doit être perçu dans sa corrélation spirituelle au sacrement de l'Ordre autant que l'état de vie du célibat consacré.

J'ai parlé jusqu'ici du sacerdoce qu'on appelle « de second rang » et du diaconat comme s'il s'agissait d'un tout. En réalité, il s'agit de deux formes distinctes de vocation, ainsi que j'ai eu l'occasion de le dire précédemment. En ce sens, la convenance du diaconat au mariage serait à reprendre et à élucider plus avant – je ne puis le faire ici –, pour montrer comment le diaconat se réalise en deux figures différentes selon qu'il est donné à un homme marié ou à un moine. Exactement de la même manière qu'il y a une figure particulière du ministère sacerdotal lorsqu'il est conféré à un moine, et une autre figure, quand il est conféré à un homme marié.

Nous constatons donc clairement que, dans la Tradition de l'Eglise, est possible une seconde figure du sacerdoce, selon qu'elle assume une autre vocation antérieure, celle du mariage.

1. Allusion au film de Yannick Bellon (1974).

4. La discipline de l'Eglise latine

A travers les méandres de l'histoire, un choix et une volonté se dégagent dès le haut Moyen Age, pour lier fermement l'ordination sacerdotale avec une vocation de type monastique. Je sais parfaitement que les thèses varient fort sur ce point entre les historiens. On pourrait montrer des motivations très mêlées et discutables parmi celles qui, dans la pratique, poussèrent les Conciles médiévaux à imposer le célibat pour les simples prêtres, collaborateurs des évêques. Certains ont souligné les implications économiques (maintien du patrimoine ecclésiastique), d'autres, les influences plus ou moins gnostiques (mouvement cathare, etc.) ; bref, tous les arguments réductionnistes ont été avancés. Je ne m'engagerai pas sur le terrain historique. Ce qui, dans tous les cas, peut être légitimement affirmé, c'est qu'il se trouve une très forte et ancienne tradition spirituelle, qui remonte au moins avant le XIIIe siècle, pour situer la relation entre le célibat et le sacerdoce au niveau d'une cohérence spirituelle telle que je l'ai d'abord présentée au titre de l'épiscopat – domaine où elle constitue d'ailleurs la tradition commune de l'Eglise d'Occident comme de l'Eglise d'Orient.

Dans le cas d'espèce, la dimension propre de la décision prise par l'Eglise d'Occident en liant le sacerdoce au célibat monastique paraît relever, sans exclure d'autres niveaux d'analyse, d'un *choix spirituel* – j'insiste sur ces deux mots. Ce choix vise en fait à associer étroitement la pratique ecclésiale concernant le sacerdoce à la pratique ecclésiale concernant l'épiscopat. Il vise à étendre le choix spirituel constant pour les évêques à tous les prêtres, qui, par définition, collaborent avec l'évêque. La même vocation de vie se trouve généralisée parce qu'il s'agit du même sacrement. Dès lors, pour comprendre ce choix spirituel, il faut se référer à sa source première, qui a été décrite à propos de l'évêque. Pourquoi ce choix ? Comment évite-t-il une incohérence ? Que met-il en évidence et en valeur ? Il met en évidence et en valeur ce que Vatican II a redit avec force : le sacrement du sacerdoce forme un ensemble magnifiquement cohérent et indissociable, quelles qu'en soient les formes diverses. Ainsi le sacerdoce ministériel des prêtres prend-il réellement part au sacerdoce plénier de l'évêque vis-à-vis de son Eglise. Ce point capital avait pu rester comme voilé dans les siècles précédents. On en était même venu à s'interroger sur la sacramentalité de l'épiscopat (ce qui est fort étrange au vu de l'histoire), comme si le poids du sacerdoce portait d'abord sur les prêtres « du second rang », alors qu'au contraire il qualifie pleinement l'épiscopat. Mais ce paradoxe nous montre pourtant à quelle haute dignité le sacerdoce « du second rang » est parvenu dans la conscience spirituelle de l'Occident, puisque toute la force sacramentelle et spirituelle s'y transportait, au point que — ce que les Orientaux pouvaient difficilement admettre et même comprendre — l'épiscopat ait pu sembler à certains théologiens un simple adoubement, ou un surcroît d'autorité juridique, et non plus un caractère proprement sacramentel.

De cette constatation historique, on peut tirer une conséquence : l'Occident a investi sur le sacerdoce des prêtres « du second rang » tout le contenu spirituel qui, dans la tradition ancienne et universelle de l'Eglise, était concentré sur le ministère épiscopal. Il s'agit là bien sûr d'un choix spirituel, aucunement d'un hasard ou d'une erreur. Car celui qui fait un choix spirituel, celui-là remet sa liberté à Dieu. En choisissant librement d'obéir à l'Esprit Saint, il se laisse tracer un chemin et imposer une exigence. Et s'il le fait quand Dieu le lui suggère, c'est pour s'identifier au Christ crucifié.

Car un choix spirituel ne consiste pas seulement en une option parmi d'autres possibles, suivant une rationalité logique ou technique, en vue d'une efficacité plus grande dans l'histoire. Non, un choix spirituel s'accomplit lorsqu'un individu, un groupe, une Eglise, choisit une exigence pour répondre à un appel de Dieu, entrant ainsi dans une voie de sainteté et de fécondité spirituelle. Ce qui prime à cet instant, ce n'est en aucune manière l'efficacité escomptée, ni la cohérence rationnelle des objectifs avec les moyens, mais l'accomplissement d'une volonté divine qui demande un acte d'oubli de soi, de remise de soi dans la puissance de Dieu. Quand Jeanne d'Arc va au bûcher, elle fait un choix spirituel, et non un choix de cohérence politique ni d'efficacité diplomatique. Quand saint Vincent de Paul se lance à corps perdu dans l'amour des plus pauvres, il peut certes bien répondre à des besoins économiques, mais en fait il répond à un choix spirituel. Quand l'Eglise d'Occident a fait ce choix spirituel, elle avait conscience d'obéir à un appel de Dieu, et c'est bien ainsi que toute la lignée des réformateurs, des papes, des hommes de Dieu, des spirituels et le *consensus* du peuple ont perçu le célibat sacerdotal – comme une exigence de sainteté, d'abord et essentiellement comme une exigence de sainteté, quels que soient les tabous ou complexes qui aient pu s'y mêler.

5. Deux logiques spirituelles et ecclésiales différentes

Nous avons connu, au début de ce siècle, une grande querelle sur la nature de la vocation et sur les critères de son discernement, qui préfigurait une partie des débats actuels. Parmi les intervenants, le chanoine Lahitton soutenait une doctrine extrêmement fonctionnaliste, qui faisait reposer entièrement la vocation sacerdotale sur l'appel de l'évêque et le jugement de l'Eglise. A l'opposé, M. Branchereau, p.s.s., soutenait une défintion de l'appel reposant uniquement sur l'attrait intérieur. Cette querelle a été tranchée dans la pratique subséquente de l'Eglise au bénéfice d'une position médiane, qui fait droit aux deux tendances. En fait, cette dispute, à l'époque très remarquée, mettait en cause deux logiques spirituelles très différentes, qui correspondaient à deux types bien distincts de situation. On peut en effet légitimement soutenir une conception fonctionnaliste du sacerdoce, à partir de l'existence d'une communauté et de la nécessité où elle se trouve d'avoir un pasteur qui la rassemble, pour célébrer l'Eucharistie – sans quoi elle ne devient pas une communauté chrétienne. Et c'est bien une telle logique que nous voyons à l'œuvre dans l'Eglise d'Orient.

C'est ce que me racontait un ami libanais : lorsqu'un évêque maronite apprend que, dans un village de la montagne, le prêtre est mort et que la communauté reste sans célébration eucharistique, il monte jusqu'au village, rassemble tous les chrétiens, et leur déclare ne quitter le village qu'après qu'on lui aura désigné un homme, bon chrétien, bon père, ami de tous, reconnu digne de confiance, pour qu'ensuite lui, l'évêque, examine s'il peut l'ordonner. Dans cette tradition paysanne et chrétienne, un long temps de séminaire n'est pas indispensable. Finalement, la seule chose que le postulant viendra apprendre à Beyrouth avant d'être ordonné, ce sont les rites de la célébration (que d'ailleurs il sait par cœur pour les avoir suivis chaque dimanche depuis son enfance).

Dans une civilisation où le christianisme est porté par toute la culture et s'intègre parfaitement à la vie concrète, la définition fonctionnaliste du prêtre s'applique légitimement, sans aucun détournement de vocation. L'évêque ne fait qu'imposer à la communauté la nécessité, qu'elle-même ressent, d'assumer un ministère sacerdotal qui lui permette de vivre. En ordonnant un de ses membres, l'évêque donne à la communauté le critère de son appartenance à l'Eglise universelle. Certes, la communauté pourrait recevoir le prêtre, comme de l'extérieur et à la manière d'un don insigne d'unité, alors qu'elle se le fournit ici. En fait, la différence n'est pas si nette : la communauté fournit un homme, mais elle reçoit l'ordination même comme un don de l'Eglise. Que le bénéficiaire en soit déjà connu ne change rien à l'essentiel. Nous voyons donc jouer ici pleinement le modèle fonctionnaliste de la vocation sacerdotale.

Pourtant, si l'on tient compte des analyses précédentes, il apparaît clairement que, pour les évêques dans l'Eglise d'Orient comme pour les évêques et prêtres dans l'Eglise d'Occident, la logique suivie n'est pas exactement celle-ci. Pourquoi cela ? Parce que, devant une communauté, un évêque ne peut pas exiger qu'elle désigne un homme pour devenir prêtre ; une communauté peut légitimement se choisir un chef, nommer un délégué, élire un maire, etc. ; mais elle n'a pas les moyens de se désigner et donner un prêtre destiné au célibat. Car, si la condition pour établir un prêtre n'est rien de moins que l'appel de Dieu à consacrer toute sa vie à la Passion du Christ pour que se manifeste en cet homme la puissance de la Résurrection – ce que nous avons défini comme la vocation monastique –, alors personne au monde ne peut se substituer à une initiative propre à Dieu, qui appelle ou n'appelle pas. L'Eglise ni personne au monde ne peut imposer le célibat : c'est Dieu qui y appelle et, par la voix de l'évêque, l'Eglise aide à discerner et authentifier la vocation d'un homme au célibat consacré pour le Royaume. Aucun prêtre catholique de l'Eglise latine ne devrait pouvoir dire avoir été contraint par l'Eglise au célibat pour être ordonné. Cependant, cette antériorité spirituelle de l'appel de Dieu au don de toute sa vie pour le Royaume ne signifie pas nécessairement une antériorité chronologique. Un homme peut être d'abord saisi par l'appel apostolique, l'appel de la mission ou du service de ses frères avant d'avoir clairement envisagé le célibat, le renoncement au pouvoir et à l'avoir. L'Eglise latine pour l'ordonner prêtre devra l'aider à découvrir si Dieu l'appelle effectivement à un tel don et le lui confirmer. C'est d'ailleurs là un critère objectif et subjectif de discernement infiniment précieux comme source de certitude et de fidélité pour qui le reçoit. Dès lors, la théorie fonctionnaliste ne vaut plus, car l'évêque et l'Eglise se sont pour ainsi dire lié les mains, en subordonnant des besoins pratiques (et même spirituellement pratiques) à la souveraine liberté des charismes et de la grâce.

Il s'agit donc d'un *pari spirituel de l'Eglise.* Comment en effet naissent de tels charismes ? On peut certes dire qu'ils résultent de l'entrecroisement des libertés humaine et divine, mais on peut aussi dire, sans contradiction, qu'ils sourdent de la ferveur née de la foi, de l'espérance, de la charité d'une communauté qui devient ainsi le sol où s'établissent les charismes. Dans cette optique, on dira que l'Eglise fait le pari que Dieu ne cesse d'appeler des hommes à faire ainsi l'offrande spirituelle de toute leur vie. Et ce sera donc parmi ces hommes que Dieu appelle à la vocation « monastique »[1] que l'évêque recherchera, ensuite, ceux qui pourraient présenter les dispositions requises pour le ministère sacerdotal. La vocation religieuse au célibat est une vocation donnée par Dieu, elle peut s'authentifier dans l'Eglise, elle y trouve son rôle propre, mais elle se distingue de la vocation sacerdotale, lui reste antérieure et dans tous les cas ne suffit pas pour la remplir. Seulement, l'Eglise subordonne son propre choix — dans l'appel à la vocation sacerdotale — à l'évidence antérieure de la vocation par Dieu de certains hommes à se consacrer totalement dans une forme de sainteté.

Ceci a une conséquence pratique sur la gestion même de l'Eglise. Dans l'Eglise d'Occident, je ne peux pas dire,

1. Afin de lever toute ambiguïté, soulignons que, dans cet article, l'adjectif « monastique », pris dans ce contexte, qualifie l'attitude de remise totale pour un homme de tout son être à Dieu pour le Royaume et non pas la décision d'un choix de vie dans les limites d'une règle cénobitique ou érémitique.

comme évêque, que, pour le bon fonctionnement de mon diocèse, qui compte tant de communes et telle population, il me faut tant de prêtres, et que ce besoin est une exigence. Pareil raisonnement constituerait un défi à Dieu. Je peux, au mieux, dire : il y a tant de communautés ; il conviendrait donc qu'il y eût tant de prêtres. Mais je ne saurais dire à des jeunes ou à une communauté que j'appelle, que j'exige tant de prêtres. Je ne puis que prier avec eux pour que Dieu éveille dans la communauté assez de générosité pour que certains se consacrent pleinement à la suite du Christ. Ensuite, et ensuite seulement, je choisirai, parmi ceux qui auront embrassé cette vocation propre, ceux qui présentent les dispositions pour accéder à la vocation sacerdotale. Dans cette optique, l'introduction en Occident de ce qu'on nomme le *diaconat* permanent, c'est-à-dire l'ordination au diaconat d'hommes mariés qui resteront diacres toute leur vie, constitue une richesse capitale, et sans doute en grande partie méconnue jusqu'ici. Ce capital spirituel comprend la réintroduction dans l'Eglise d'Occident de cette forme particulière de sainteté qu'offre le mariage lié à un ministère ordonné. Et de fait, je peux, cette fois sans présumer des dons de Dieu, dire à une communauté : « Je ne partirai pas d'ici sans que vous m'ayez désigné parmi vous un candidat au diaconat. » En l'ordonnant, je ne le détourne en effet ni de sa vocation au mariage ni de son métier dans le monde ; donc je ne préjuge pas de la grâce divine. Il s'agit d'un service à rendre à la communauté, et l'ordination en fait un ministère sacramentel. La réintroduction du diaconat risque donc de modifier très favorablement notre vision globale des ministères.

Par contre, pour le ministère sacerdotal, si l'on prend en vue le choix spirituel fait et tenu depuis des siècles par l'Eglise en Occident, nous ne discernons aucun motif valable — je veux dire aucun signe de Dieu — qui nous autoriserait à le remettre en cause. Que ce choix spirituel soit actuellement vécu avec des conflits et des difficultés, cela n'a rien de surprenant. Car un choix spirituel cherche toujours à répondre à une exigence de Dieu, ce qui implique inévitablement le sacrifice. Donc les difficultés présentes ne suffisent en aucune manière pour remettre en cause notre choix spirituel. Pour ce faire, il faudrait des signes évidents de la volonté de Dieu. Or, même s'il n'est pas à exclure que Dieu puisse nous demander un autre choix spirituel, il n'est aucunement évident qu'il nous donne aujourd'hui des signes en faveur d'un autre choix.

Un choix spirituel ne peut se remettre en cause que pour des raisons spirituelles, et jamais pour des motifs d'organisation, de gestion ou de sociologie, même légitimes. Pareil raisonnement porterait à faux. Ce n'est pas au nom de l'utilité que je renoncerai à la charité. Ce n'est pas au nom de l'efficacité que je renoncerai à la foi. Ce n'est pas au nom de mon plaisir que je renoncerai à l'espérance. Il faut rester dans le même ordre, qui est spirituel. Et pour changer le choix spirituel de l'Eglise d'Occident, ce sont justement ces raisons spirituelles qui manquent actuellement.

A cela j'ajouterai une remarque d'importance. Au cours de l'histoire, on constate qu'il n'y a pas de proportion stricte entre le nombre effectif des vocations sacerdotales et les besoins qu'on pourrait en recenser. Ces écarts, la théorie fonctionnaliste du sacerdoce ne peut en rendre compte, car elle raisonne de façon malthusienne : elle tendrait à calculer le nombre de prêtres sans plus à partir du nombre d'habitants, de communes ou de catholiques. Mais elle ne peut rendre compte d'une distorsion par excès, alors qu'elle veut remédier aux distorsions par défaut.

Or, les leçons de l'histoire montrent – si l'histoire peut montrer quoi que ce soit – que Dieu a appelé à certaines époques des floraisons de vocations, dont la surabondante générosité s'exprimait soit dans la vie religieuse, masculine ou féminine, soit dans le sacerdoce, et ceci bien au-delà des besoins répertoriables des communautés d'origine. Ce surplus de richesse spirituelle a été, au cours de l'histoire, le trésor que Dieu a mis à la disposition de l'Eglise, prise dans toute son universalité. Ce sont les moines irlandais qui ont ré-évangélisé l'Europe médiévale. Les peuples découverts entre les XVe et XIXe siècles ont reçu la richesse de l'Evangile du fait d'un surplus de générosité des vocations en Europe : de la tentative de saint François-Xavier aux congrégations missionnaires du XIXe siècle. En France même, comme l'avait déjà bien établi le chanoine Boullard, ce sont certains diocèses, certaines régions qui ont, par leur surcroît absolument gratuit de ferveur chrétienne, suscité les vocations sacerdotales dont d'autres régions et d'autres Eglises locales, moins riches, ont tiré leurs pasteurs.

Le choix spirituel de l'Eglise d'Occident est donc bien de ne pas lier les ordinations sacerdotales aux simples besoins pastoraux que la statistique pourrait recenser et prévoir. Ce qui permet aussi, paradoxalement, de laisser jouer une logique de la gratuité, c'est-à-dire de la grâce – Dieu ne raisonnant pas technocratiquement – pour transformer le nombre des ordinations d'une décision administrative en un don de la foi. Quand précisément Pie XII a rédigé l'encyclique *Fidei Donum* et suscité ainsi l'organisme qui permet d'attribuer le surplus gracieux des vocations dans d'autres pays (longtemps la France a eu trop de prêtres pour ses propres besoins, si l'on comparait sa situation à celle de pays pourtant dits « de chrétienté », comme l'Italie, la Pologne ou l'Espagne) à d'autres communautés déshéritées, – il ne pouvait se baser que sur cette logique de la gratuité de la grâce[1]. Car seuls ceux qui avaient déjà accepté la décision monastique de se déposséder de tout lien à une communauté

1. C'est ce même surcroît de vocations qui a permis l'explosion missionnaire de l'après-guerre et spécialement les prêtres-ouvriers.

enracinée, par la pauvreté, l'obéissance et la chasteté, pouvaient accomplir simplement et totalement le passage de leur pays d'origine au service d'une autre Eglise locale.

Depuis le décret de Vatican II sur « Le ministère et la vie des prêtres » *(Presbyterorum Ordinis)*, l'accent a été mis, notamment en France, sur l'aspect « missionnaire » du sacerdoce, au point d'en faire parfois l'élément décisif et essentiel. Et c'est bien ainsi que beaucoup de prêtres ont reçu l'appel au sacerdoce et ont voulu le vivre en devenant les témoins de l'Evangile ouvert aux hommes qui l'ignorent, à ceux qui sont le plus loin et les plus pauvres, bref en se faisant les apôtres d'une Eglise missionnaire. Cette perspective n'a pu naître que dans la logique d'une vocation sacerdotale fondée sur la gratuité d'une consécration spirituelle. En effet, la vision fonctionnaliste renvoie d'abord au service exclusif d'une communauté et non à la mission ainsi conçue. Que le choix spirituel de l'Eglise latine en ait permis l'apparition et le déploiement est une grâce faite à l'Eglise entière et que celle-ci ne peut refuser.

Ceci suppose aussi une certaine manière de vivre le célibat. Je suis, pour ma part, persuadé qu'on ne nous a pas toujours dit les implications que le célibat présuppose. Je suis d'une génération qui a répété et entendu répéter durant ses années de formation : « Nous ne sommes pas des religieux. » En un sens, bien que canoniquement les prêtres ne soient pas des religieux, il faut dire l'inverse. Je mets quiconque au défi de vivre le célibat et la chasteté qu'il implique, sans déviations ni mutilations, mais comme un accomplissement cohérent, sans assumer ce que d'habitude on attribue aux religieux. Ce qui implique de retrouver le souffle spirituel correspondant, donc de se donner les moyens de prière qui y conviennent. Ce qui implique aussi que le ministère sacerdotal soit vécu comme une remise de sa liberté au service du Corps du Christ, obéissance la plus dénudante et la plus libératrice. La tentative constante de l'Eglise d'Occident, au moins depuis le Concile de Trente, de réformer sans cesse le clergé séculier, de même que la fascination permanente exercée par la « Règle de saint Augustin » ne s'expliquent d'ailleurs pas autrement. Car le danger permanent du clergé occidental a toujours été de se dispenser de ses conditions « monastiques », de viser trop haut (omettant ses bases) et de se séculariser, soit par la richesse, soit, sans elle, par la puissance nue : danger de faire du sacerdoce ordonné une carrière, une manière de promotion dans le monde. Et contrairement aux apparences, ce danger nous menace toujours.

UNION ET ALTÉRITÉ*

Mes amis,

Nous célébrons cette ordination en anticipant la fête du Corps et du Sang du Christ. Et de fait, l'Eucharistie est peut-être le moment dans notre existence où nous pouvons le plus clairement voir et comprendre le rapport que le Christ veut avoir avec nous, le lien que le Père, le Fils et l'Esprit établissent entre toutes celles et tous ceux que le Père appelle à ne faire qu'un dans l'Esprit avec Jésus, son Fils. Grâce à cette fête, nous pourrons peut-être voir plus clairement encore, en ce moment et en ce sacrement, ce que signifie le ministère sacerdotal des baptisés qui reçoivent le sacrement de l'Ordre pour le service du Corps du Christ.

En effet, dans l'Eucharistie, nous le sentons intuitivement, quelque chose s'accomplit qui dépasse la fête de famille. Car ce sont les limites mêmes de la famille qui donnent à ses membres la joie de se retrouver entre eux autour de la table : ils sont liés les uns aux autres par leurs alliances et leurs parentés, riches de leur mémoire familiale où s'enfouissent leurs souvenirs ; habités de la joie qu'ils peuvent recevoir de leur rencontre en cet instant où ils sont réunis par le rendez-vous qu'ils se sont

* Homélie à Notre-Dame de Paris, pour l'ordination de neuf prêtres, 23 juin 1984.

donné ; joyeux des mets qu'ils ont préparés et prêts à se confier ce que le moment leur donnera envie de dire.

Quand nous sommes rassemblés pour l'Eucharistie, tous ces éléments de la fête de famille se retrouvent, mais ils sont, comme d'un coup, balayés, bouleversés par beaucoup plus qui nous dépasse de toutes parts. Car la table que nous avons préparée n'est plus la nôtre, c'est celle du Christ. Car l'assemblée que nous constituons n'est pas close par nous, mais chacun est un invité indigne. Appelé gratuitement, chacun sait que d'autres attendent au-delà du cercle. Nous ne connaissons ni la forme de leur visage, ni le son de leur voix, ni la couleur de leur peau. Et nous ne comprendrons peut-être pas leur langue. Mais ils sont invités, eux aussi.

Nous savons que cette table est ouverte à la dimension des bras de Dieu qui aime tous les hommes créés à son image et à la ressemblance de son Fils. Et sur cette table, nous le savons aussi, il n'y a pas seulement ce que nous avons, nous, apporté ou préparé. Souvent, nous nous contenterions d'y présenter notre vie, mais, en l'Eucharistie, il y a plus que notre vie, dont pourtant déjà nous mesurons mal la profondeur et l'épaisseur et les contours tant qu'elle n'a pas reçu du Christ délivrance, achèvement et transfiguration : « Ce que nous sommes n'apparaît pas encore » (1 Jean 3, 2). Nous le voyons bien : nous offrons plus que vos vies. Nous offrons la vie du Christ en son Corps et en son Sang.

Et dans le Christ que nous offrons, dans le Christ qui s'offre lui-même, tous les hommes unis au Christ deviennent une même offrande au Père des cieux. Par l'amour du Christ, le lien sacramentel rassemble en lui tous ceux qui partagent visiblement sa mission. La puissance de sa Résurrection va chercher même dans la profondeur de la mort ceux qui, à nos yeux, ont à jamais disparu. La puissance du pardon qui vient de lui va trouver ceux qui étaient perdus, donner la vie à ceux qui étaient prisonniers de la mort du péché. Tous participent invisiblement à cette célébration visible de l'Eucharistie.

La mémoire qui nous rassemble autour de cette Eucharistie est beaucoup plus vaste que ce dont chacun se souvient. C'est la mémoire rendue vivante en nous par l'Esprit. Jésus nous confie en saint Jean (14, 26) que son Esprit nous fera nous souvenir de tout ce qu'il a dit. Notre mémoire ainsi rendue en l'Eucharistie, c'est la mémoire du peuple de Dieu. Non seulement la mémoire de l'Eglise en la diversité des réalisations de la sainteté. Non seulement la mémoire du peuple d'Israël d'où naît Jésus, le Messie. Mais la mémoire de l'humanité entière qui se reçoit, dans cette révélation, comme enfant de Dieu : humanité créée par Dieu et aimée de Dieu qui veut le salut de tous, humanité appelée par Dieu à la communion et à la paix, à la vie et à l'espérance, au bonheur et à la sainteté.

Quand nous célébrons ce Festin, nous sommes saisis par un plus grand amour. Cet amour déborde d'avance les limites que, sans le vouloir, nous aurions pu instaurer. Cet amour plus grand que notre cœur (1 Jean 3, 20) élargit les étroitesses que nous aurions pu lui imposer sans même nous en rendre compte. Car la mesure de l'Eucharistie, c'est le Christ, lui qui s'y rend sans cesse présent à son Eglise selon sa promesse : « Et moi, je suis avec vous, pour toujours, jusqu'à la fin du monde » (Matthieu 28, 20).

*

Mais dans l'Eucharistie, nous voyons aussi quelle distance nous sépare du Christ et qu'en un sens nous, Eglise, nous ne sommes pas le Christ. Nous ne pouvons pas prétendre que nous sommes le Christ : nous lui appartenons, il nous rassemble, il nous réunit, il se donne à nous. Et, en même temps, nous le comprenons bien, il est si distant que nous ne pouvons pas le faire nôtre. Nous ne pouvons pas l'agripper et lui dire, comme les pèlerins d'Emmaüs : « Reste avec nous, Seigneur, il se fait tard » (Luc 24, 29). Nous ne pouvons pas, comme Marie-Madeleine, nous accrocher à lui : « Ne me retiens pas » (Jean 20, 17), répond Jésus. Et aux disciples : « Il est bon pour vous que je m'en aille » (Jean 16, 7). « Là où je vais, vous ne pouvez aller » (Jean 13, 33). Lui qui nous rend semblables à lui, il est autre et distant, alors qu'il se fait proche et présent en cette Eucharistie.

C'est le même Jésus dont nous mesurons ainsi et la proximité et l'éloignement. Nous ne le voyons pas de nos yeux de chair, nous ne le touchons pas avec nos mains, nous ne l'entendons pas avec nos oreilles. Et pourtant, la foi nous le montre, l'expérience l'atteste : en cette Eucharistie, quand nous mangeons son Corps, nous devenons son Corps. Il nous rend présents à lui et il se rend présent à nous, ne faisant qu'un même être avec nous, nous unissant à lui, nous donnant tout, nous partageant tout, nous rendant en tout semblables à lui.

Que signifie cette union ? Une solitaire aventure mystique où un disciple pourrait voir sa vie comme singulièrement unie au Christ ? Oui, en un sens. Car dans le Christ nous est donné le chiffre personnel de notre existence jusqu'au bout inconnu de nous. Mais il nous unit par là même tous ensemble comme corps, au-delà des limites visibles. Il nous unit à tous ceux que nous pouvons identifier et compter, les vivants et les morts. Il nous unit aussi à tous ceux, innombrables, qui appartiennent au Christ et qui sont réunis dans la communion des saints, l'autre nom dont il faut appeler l'Eglise.

Donc, dans l'Eucharistie, le Christ qui se rend proche nous fait mesurer combien notre vie est encore inachevée et nous échappe, à la mesure de la distance qui nous sépare de lui. Dans l'Eucharistie, le Christ par sa présence nous unit personnellement à lui ; il nous fait en même temps entrer dans la communion d'un amour tellement vaste et inconcevable que nous le vivons affectivement comme une absence. Dans l'Eucharistie enfin, célébrée en mémoire de lui, nous recevons la nourriture des voyageurs en marche vers l'achèvement jusqu'à ce que vienne dans sa gloire le Christ aujourd'hui caché dans le secret du Père. Il est la Tête, nous devenons son Corps. Il est l'Epoux, nous appartenons à l'Epouse. Il est le Berger, nous sommes le troupeau.

Ainsi, dans le sacrement de l'Eucharistie, nous voyons à la fois la distance et l'absence du Christ, sa proximité et sa présence.

*

Alors, la vocation chrétienne nous apparaît avec plus d'évidence si nous regardons le visage du Christ que nous découvrons dans l'Eucharistie. Au baptême déjà, la vocation chrétienne est signifiée par l'onction sur le front du baptisé et la parole du prêtre qui l'unit au Christ, Prêtre, Prophète et Roi. Chaque baptisé et tous les baptisés ensemble, l'Eglise entière est unie au sacerdoce du Christ-Prêtre. Elle est unie à la mission du Christ-Prophète : annoncer la parole de Dieu, être le porte-parole de Dieu. Chaque baptisé et tous les baptisés ensemble sont unis à la mission du Christ-Roi : rassembler dans l'unité les enfants de Dieu dispersés, manifester la puissance de la sainteté de Dieu qui peut et doit transfigurer ce monde en toutes ses dimensions, des profondeurs de la terre jusqu'aux hauteurs du ciel, transfigurer la vie humaine en toutes ses dimensions pour que par la sainteté de Dieu la vie de l'homme soit guérie, sauvée, délivrée, pardonnée et que le péché qui défigure le visage de l'homme, qui défigure la vie des hommes, en leurs rassemblements comme en leurs solitudes, soit dominé par la puissance de l'amour qui habite dans le Christ.

Chaque baptisé et tous les baptisés ensemble, l'Eglise entière reçoit la mission de partager la royauté sacerdotale et prophétique de Jésus qui accomplit, dans la délivrance et la Rédemption, cette mission confiée à l'homme lors du face à face d'Adam avec son Créateur lui demandant de soumettre toutes choses.

Cette triple mission est remise à l'Eglise entière qui exerce le sacerdoce du Christ, Prêtre de la nouvelle création. Sacerdoce auquel tous ensemble nous sommes appelés. Telle est notre mission comme Eglise. C'est pourquoi l'enfantement à ce Corps – le baptême – peut, en cas d'urgence ou de nécessité, être célébré par tout baptisé, tout chrétien, tout homme ayant l'intention de faire ce que fait l'Eglise. Cependant, donner la confirmation – lien avec les Apôtres – est réservé à l'évêque et à ses prêtres, rappel de l'unité et de la cohérence de ce Corps.

*

Mais, alors que dans l'Eucharistie le Christ est offert par nous tous au Père et que nous sommes offerts par le Christ à son Père, alors que dans l'Eucharistie son sacrifice devient le nôtre et que notre vie devient son sacrifice, alors que dans l'Eucharistie son amour devient le nôtre et que notre amour devient le sien, alors que nous formons un Corps, le ministre ordonné, le prêtre qui partage le sacerdoce de l'évêque, est au milieu de l'Eglise le signe du Christ-Tête, autre et absent, qui s'identifie et se rend présent à son Corps qui est l'Eglise.

Parmi les baptisés qui participent ensemble à la mission du Christ, Prêtre, Prophète et Roi, par ce sacrement de l'Ordre, par la consécration sacerdotale et la continuité du ministère apostolique, certains reçoivent le don du Christ à son Eglise de sa présence et de sa proximité, tout en maintenant par ce ministère même sa distance et son altérité. L'Eglise ne peut pas se prendre pour le Christ ; elle est toujours transformée dans le Christ qui lui fait grâce et nous sommes toujours témoins de la gratuité de son amour. Nous n'avons pas, nous, à nous targuer de nous-mêmes, mais du Christ qui nous habite (Galates 6,14 ; Philippiens 3,3). Par le sacrement de l'Ordre, le Christ qui se manifeste comme irréductible à son Eglise peut par là même s'unir son Eglise et lui devenir présent.

*

Vous réfléchirez à ces pensées, mes frères, afin de comprendre pourquoi vous, peuple chrétien, instinctivement vous sentez bien que le ministère sacerdotal ne pose pas seulement un problème d'organisation d'une société qui doit se pourvoir de permanents ou de spécialistes. Vous le sentez bien : il ne s'agit pas seulement de tâches à remplir, de compétences à acquérir. Vous le sentez bien : il ne s'agit pas non plus et bien moins encore de systèmes de fonctionnement social, de partage du pouvoir et de l'autorité. Vous le sentez bien : il y a plus et autre chose. Pour saisir ce qui est en jeu, il faut aller au cœur du mystère qui nous rassemble tous, le Christ et nous, nous et le Christ ; le Christ et son Eglise, l'Eglise et le Christ. Sinon, nous ne comprenons rien.

Et vous, mes frères prêtres et évêques, une longue mémoire d'un corps sacerdotal nous rassemble grâce à vous, mes amis, qui allez recevoir le sacrement de l'Ordre. Vous aurez, parce que baptisés, à vivre cette union au Christ dans l'offrande qu'il fait de votre vie à son Père. Vous aurez à vivre, pauvrement et humblement comme tout frère baptisé, la fidélité sans cesse rénovée par l'humble aveu de nos fautes et le pardon reçu, l'espérance sans cesse jaillissante de notre salut, la joie d'un amour accueilli et partagé, la foi sans cesse confirmée en son combat et sa ténacité. Vous aurez à vivre l'héroïsme impossible de la fidélité au Christ que Dieu rend possible. Vous aurez à vivre cette obéissance aux commandements de l'Alliance que rappelait la lecture du

Deutéronome. Vous aurez à recevoir, comme tous les chrétiens, la bénédiction du Christ dans les Béatitudes.

Mais, en même temps, vous aurez à faire plus que vous ne pensez pouvoir faire et dire. Vous aurez à accomplir le ministère du Christ auprès de son Corps ecclésial. Vous qui n'êtes que de pauvres baptisés pécheurs, par vos lèvres, Jésus dira dans quelques instants : « Ceci est mon Corps livré pour vous. » En cet acte qui n'est à la hauteur d'aucune expérience psychologique, ceux qui sont ordonnés parlent à la première personne, au nom de Jésus, Tête du corps.

Vous aurez donc à être les témoins d'une unité dont la mesure ne sera ni vos goûts, ni vos passions, ni vos idées, mais celle que le Christ veut pour vos frères. Vous aurez à prononcer des paroles de Dieu au nom du Christ, plus que vous ne pouvez comprendre et expliquer, plus peut-être que vous ne croyez. Car c'est le Christ lui-même qui s'adresse à ses frères par votre bouche. C'est une mission, un ministère.

Vous aurez à exposer une Parole qui dépasse vos propres convictions, votre propre compréhension, voire votre subjective sincérité du moment. De la fidélité à cette Parole, vous êtes dépositaires comme des ouvriers, des intendants, des gens à qui l'on demande des comptes. Le Seigneur emploie ces paraboles à l'égard de ceux qu'il embauche pour sa vigne.

Vous aurez — et nous avons — à être pour tous nos frères le signe de la compassion miséricordieuse de Dieu : ministres, serviteurs du pardon, de la réconciliation, de la paix, de l'amour universel. Nous qui sommes habités des mêmes fautes et des mêmes passions que tout homme, nous aurons à donner ce que nous devons nous-mêmes recevoir, à donner plus que nous n'avons, nous, en propre ; à donner ce que Dieu le Père attend que nous donnions de la part de son Fils, par la puissance de l'Esprit : le pardon pour les péchés.

Vous aurez à être en ce monde ceux par qui la

mission d'annoncer l'Evangile, confiée à tout le peuple de Dieu, lui sera sans cesse rappelée, de la mesure même du Christ qui envoie, parce que son Père l'envoie et qu'il nous fait partager sa propre mission. Vous aurez donc, vous qui êtes d'un peuple, d'un lieu, d'un temps, à ouvrir votre cœur à tous les hommes de tous les lieux, de toutes les cultures, de tous les temps. Vous qui vous situez dans votre enracinement, vous aurez à accepter d'être déracinés pour l'amour du Christ quand cet amour vous portera là où vous ne voulez pas aller. Et vous aurez, dans le mystère de la Passion et de la Résurrection, à être vous-mêmes signes de ce que vous accomplissez.

*

Mes amis, tous ceux qui sont ici peuvent en témoigner, chacun à sa façon, y compris dans ses échecs et ses médiocrités. Ce que je viens de rappeler n'est pas un idéal abstrait ; c'est une réalité vécue souvent humblement, dans l'humiliation, la pauvreté, la lutte, parfois dans la souffrance et l'incompréhension. Mais souvenez-vous des phrases que vous avez dû entendre assez souvent dans les vagues de critiques qui ont déferlé sur nous. Des prêtres ont dit avec un rien d'agressivité : « Moi, je suis un prêtre heureux ! » Pardonnez l'agressivité, mais sachez que c'est vrai. Car ce bonheur-là, promis par le Christ, passe même au milieu de la désolation et du malheur, lot commun des hommes.

Sachez que la fidélité de Dieu est le garant de notre fidélité, que l'Eglise, dont vous serez les serviteurs en même temps que les serviteurs du Christ, est digne d'être aimée, elle qui est le sacrement de l'Amour.

SI DIEU T'APPELLE*

Ces dernières semaines, j'ai rencontré plusieurs jeunes hommes qui m'ont dit : « Je suis prêt à mettre ma vie à la disposition de Dieu et de l'Eglise. Mais comment puis-je être sûr que c'est bien Dieu qui m'appelle ? » La réponse peut sembler simple quand cette question m'est posée à moi, évêque, successeur des Apôtres. Etre prêtre, c'est partager la mission des Apôtres.

J'aurais donc pu répondre à celui qui m'interrogeait : « Le signe que Dieu t'appelle, ce sera que je t'ordonne. De la sorte, tu rempliras pour ta part la mission que le Christ a confiée aux Douze et qu'ils ont transmise à leurs successeurs. Avec moi, tu auras la charge de ce peuple qui ne nous appartient pas, puisqu'il appartient au Christ à qui son Père l'a donné. Ce peuple dont nous faisons partie, nous devons étendre les mains sur lui pour lui donner la bénédiction du Père, du Fils et de l'Esprit, nous devons mettre dans sa bouche la parole même de Jésus, mettre dans son cœur l'amour qui est la vie, mettre dans son existence le pardon et la miséricorde, mettre dans ses yeux la lumière de la vérité, mettre dans ses mains la force de l'espérance pour que le monde soit sauvé. »

* Homélie au séminaire d'Issy-les-Moulineaux, pour la Journée des Vocations, 13 mai 1984.

Ainsi la réponse est claire : recevant le sacrement de l'Ordre, un homme peut avancer avec une assurance objective. Il a été pris par la main, consacré, par les successeurs des Apôtres que Jésus a institués. Il a donc reçu du Christ lui-même l'appel à devenir témoin de sa Parole, à poursuivre la mission que Jésus a reçue de son Père. Mais, je le sais, cette réponse peut laisser une impression d'incertitude. Un doute peut subsister : cette démarche n'est-elle pas toute humaine ? Ne peut-elle entacher ce choix d'erreur ?

Quand un homme reçoit l'imposition des mains et entend les paroles de sa consécration sacerdotale, Dieu accorde en ce sacrement même une certitude intérieure singulière. Tout comme dans le baptême, il accorde la foi. Cet homme découvre que ce n'est pas seulement une parole humaine, ni des circonstances fortuites qui l'ont amené jusqu'à ce moment, jusqu'à cette offrande de sa vie. Il le sait au fond de lui : c'est bien la voix de Dieu lui-même qui l'a poussé à offrir sa vie. Dans cet événement, dans cette réalité, il peut dire : « Seigneur, c'est toi qui m'appelles. Ma certitude n'est plus seulement de moi, ni de ceux qui me conseillent ou qui me connaissent. Ma certitude, c'est toi. Car la mission, c'est toi qui me la donnes par l'évêque qui m'ordonne. »

*

Oui, Dieu lui-même fait retentir au fond de nous son appel. A ceux qui m'interrogeaient, voici ce que je veux en dire aujourd'hui en cette Eucharistie.

1. Si c'est Dieu qui t'appelle, tu le reconnaîtras. Dans ce monde dans lequel nous vivons, un monde calciné et pétrifié par la misère et le silence, monde ravagé où Dieu semble absent – il y a quelques heures, on entendait la bouche d'une petite fille proclamer que Dieu n'existait pas – dans ce monde, en ton cœur habitera

le buisson ardent de la flamme de Dieu et tu reconnaîtras sa voix non seulement pour toi, mais pour tes frères. Cette présence fera résonner la symphonie de l'univers : non un désert perdu, un monde sans signification, mais un monde rempli de beauté. Tu verras que ce monde parle et chante la louange de Dieu, l'univers en sa splendeur matérielle et spirituelle, la multitude des hommes et des peuples en leur histoire passionnante. Tu reconnaîtras dans ce monde une symphonie secrète ; et celui qui la joue, Dieu, créateur de toutes choses, sans cesse t'associe à son chant. Ta vie chantera d'amour et tu sauras prier, et tu voudras prier. Au point que tu voudras donner ta vie pour lui. Ce don de ton existence ne t'apparaîtra pas comme une perte, mais comme le plus grand bonheur de ta vie. Si Dieu t'appelle, tu reconnaîtras celui qui t'appelle.

2. Si Dieu t'appelle, tu ne te révolteras plus avec amertume quand tu verras la sottise, la haine, le malheur ou l'injustice qui semblent triompher. Tu ne seras plus accablé quand tu verras des hommes tuer des hommes. Tu ne seras plus désespéré quand tu verras la misère en écraser d'autres. Tu ne te boucheras plus les oreilles quand tu entendras les cris des révoltés, les cris des agonisants, les cris des enfants qui meurent. Tu ne frapperas plus de rage sur toi-même quand tu percevras le mensonge et l'insulte. Tu ne te diras plus : « A quoi bon ? » Tu n'auras plus envie de mourir ou de partir. Pourquoi ?

Si Dieu t'appelle, tu reconnaîtras le visage du Christ, toute compassion, tout amour et toute bonté. Tu reconnaîtras la tendresse sans mesure de Dieu qui prend sur lui-même, dans cette compassion du Christ, l'homme perdu pour le retrouver, l'homme mort pour le faire vivre et tu auras envie de suivre le Seigneur Jésus-Christ, le Messie souffrant, jusqu'en son abandon, pour que l'homme ne soit pas abandonné.

Si Dieu t'appelle, la Croix t'apparaîtra une splendeur de vie et non l'échec suprême du monde. La Croix t'apparaîtra comme l'arbre de la vie et non le gibet de la mort. La Croix t'apparaîtra comme le chiffre et la clé qui permettent de comprendre ce monde. Si Dieu t'appelle, tu voudras suivre le Christ en sa Passion pour le salut de tes frères et tu n'auras pas peur.

3. Si Dieu t'appelle, ne crains pas. Si Dieu t'appelle, de tes pauvres lèvres muettes pourra jaillir la voix du Christ que les hommes reconnaîtront. Si Dieu t'appelle, tu seras pardonné de tes péchés et tu oseras donner le pardon de Dieu alors que tu t'en sens si indigne. Si Dieu t'appelle, tu seras le ministre et le serviteur de ce Corps brisé et livré, Pain de vie, pour que les hommes en soient nourris. Si Dieu t'appelle, tu recevras l'insulte, on dira du mal de toi, tu ne seras pas compris, mais tu sauras que tu partages le sort du Christ. Lui qui, insulté, ne rendait pas l'insulte mais pardonnait. Lui qui, méprisé, bénissait Dieu. Lui qui, abandonné, rétablissait la communion des hommes perdus avec l'Amour de son Père et notre Père. Si Dieu t'appelle, tu n'auras pas peur de livrer ta vie, car ta vie livrée est unie à la vie donnée du Christ.

4. Si Dieu t'appelle, ton cœur va s'ouvrir à une dimension d'amour que tu ne soupçonnais pas. Tu vas aimer ce peuple. Non seulement comme le compagnonnage que tout homme recherche. Non seulement comme la fraternité dans laquelle nous retrouvons enfin des hommes disponibles à l'amitié pour exorciser la solitude d'un cœur qui erre sans cesse, ne sachant où trouver la chaleur d'une communion. Non ! Tu vas aimer à fonds perdu tous les hommes. Car en tout homme tu reconnaîtras un frère qui t'est donné, une richesse nouvelle et insoupçonnée. Tu vas aimer ce peuple que le Christ lui-même rassemble et pour lequel tu seras la figure du Berger. Tu vas aimer ce peuple qui va te porter ; même

s'il te donne des coups, il sera ton soutien et ta force : ce peuple, l'Eglise entière en sa fonction maternelle toute d'amour et de paix, qui prie, rend grâce et bénit Dieu, ce peuple par qui le salut entre dans le monde.

Si Dieu t'appelle, n'aie pas peur : tu reconnaîtras sa voix, suis-le.

Si Dieu t'appelle, n'aie pas peur : l'Esprit est ta vie.

*

Mes amis, chrétiens, Dieu met sur nous le poids de l'amour, de la foi et de l'espérance. Prêtres, le Seigneur nous a consacrés pour être en son Corps le signe et la présence du Christ, Tête du Corps. Sachons nous pardonner et nous aimer, nous qui sommes chargés en ce monde d'apporter la bénédiction, l'amour de la vie, la réconciliation, l'espérance, la joie qui demeure.

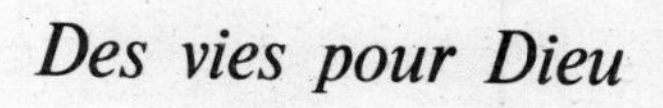
Des vies pour Dieu

VIE CONSACRÉE
ET MARIAGE*

2 Rois 4, 8-11 ; 14-16
Romains 6, 3-4 ; 8-11
Matthieu 10, 37-42

En vous voyant et en reconnaissant certains visages, je pensais que, vraiment, vos vies sont une grâce de Dieu. Et que vous étiez nécessaires à l'Eglise. Et nécessaires en ce temps et en ce moment présent. Car par votre appel même, jusque dans son obscurité, par votre vie souvent cachée et enfouie, vous exposez, dans la foi, aux yeux de tous, quelle est la condition de l'Eglise dont les traits les plus fondamentaux sont inscrits en vous-mêmes, en vos vies, en votre appel, en votre consécration.

Le signe de la Femme

Par votre présence et par votre appel, vous rappelez à tous que l'Église est désignée par la Parole même de Dieu comme la Femme, l'Epouse, la nouvelle Eve. Vous rappelez que la fille de Sion, Marie, celle qui reçoit de Dieu sa fécondité, est le miroir tendu à l'Eglise pour

* Homélie à Notre-Dame de Paris, pour le rassemblement des religieuses à la veille du Congrès eucharistique, 27 juin 1981.

qu'elle s'y reconnaisse. Vous rappelez que telle est la condition de l'Eglise tout entière. A la totalité de l'Eglise, en effet, hommes et femmes, l'Esprit donne la grâce de s'identifier à cette figure féminine : la fille de Sion, la Vierge Marie, l'épouse sanctifiée par la sainteté de Dieu. Et par votre appel, au nom de toutes les femmes, quelle que soit leur condition chrétienne, mères de famille, consacrées au service de leurs frères, appelées à la consécration de la vie religieuse, vous présentez au regard de notre foi comment cette grâce doit être accueillie par l'Eglise entière et quelle est finalement notre vocation commune, femmes et hommes, dans l'unique Eglise.

Dire cela, vous le pressentez, c'est dire beaucoup de choses qui dépassent chacune de nos vies et ses limites trop évidentes, dues à nos péchés, à nos étroitesses, à nos incompréhensions. Mais dans cette figure ecclésiale, dont votre vocation est le signe, nous sommes appelés à reconnaître la miséricorde et le pardon, la tendresse maternelle de Dieu lui-même. Et il nous faut aussi, en ce moment historique de l'Eglise, demander à Dieu la grâce mariale de la silencieuse patience et des longues attentes dans la foi pour que soit accueillie, dans cette obscurité et ce recueillement, la Parole de Dieu, sans laquelle l'Eglise n'est plus l'Eglise. Il faut que soit proposée à tous, hommes et femmes, cette suréminente figure féminine en laquelle l'humanité, dans la lumière de la foi, reconnaît l'Eglise croyante.

Reconnaître à vos existences une telle valeur de signe, ce n'est pas se laisser prendre à un jeu de miroir, ou à de trop faciles renvois. Il y a là une vérité fondamentale qui touche aux racines les plus profondes de la vie. Il y a là l'une des plus fortes expériences spirituelles, puisque chacun, devant le don de Dieu, doit se reconnaître d'abord comme celui qui accueille pour donner prise à la puissance de Dieu. Puisque l'Eglise entière n'atteindra sa perfection que lorsqu'elle pourra se reconnaître dans la figure de cette femme qui descend du ciel, parée comme une épouse pour son époux.

Que vos vies soient pour tous un rappel et un don ! Que vos vies soient comme le sacrement caché, donné à l'Eglise, de la foi, du pardon, de la douceur de Dieu !

Les deux formes de la sainteté

Et puis, il y a ces paroles que nous avons entendues et que nous venons de lire. Vous le savez, ce sont celles de ce 13ᵉ dimanche pendant l'année, en saint Matthieu 10, 37-42 : « Qui aime père ou mère plus que moi n'est pas digne de moi, et qui aime fils ou fille plus que moi n'est pas digne de moi ; et qui ne saisit pas sa croix et ne marche pas à ma suite n'est pas digne de moi. Qui aura trouvé sa vie la perdra, et qui aura perdu sa vie à cause de moi la trouvera... »

Ces paroles nous décrivent le mystère de votre vocation spécifique et de notre vocation spécifique, comme consacrés à Dieu dans l'offrande de toutes nos vies. Et cette fois-ci, ce n'est plus la femme et l'homme, mais une autre dualité, une autre richesse multiple qui est proposée à notre foi, dans ces deux vocations données à l'Eglise : mariage et vie consacrée.

Voici la première : la vocation par laquelle Dieu appelle des hommes et des femmes à vivre en ce monde, par la puissance de l'Esprit, la sanctification de la fécondité humaine et du travail. La vocation par laquelle Dieu appelle des hommes et des femmes, dans les tristesses comme dans les joies, dans les déchirements comme dans les espérances, dans les fécondités comme dans les stérilités de leur foyer, de leur travail et de leur vie, voire même dans l'acceptation d'un célibat qui n'a pas été d'abord voulu, à être ceux à qui le monde est remis pour que se manifeste la puissance du Créateur qui traverse la condition de l'homme, brisée par le péché et où s'engendre déjà l'espérance d'une nouvelle création.

Voici la seconde : cet autre appel qui lui répond et le conforte, comme le premier conforte le second et y répond. C'est l'appel de ceux et de celles, hommes et femmes, à qui l'Esprit Saint demande d'entrer dès à présent, par la mort de toutes leurs puissances, dans le témoignage rendu au monde à venir. Ceux et celles que Dieu appelle, par grâce, à vivre, en partageant la mort du Christ en ce monde, l'espérance et l'attestation que la vie du Ressuscité est déjà à l'œuvre en ce monde. Ceux et celles qui, dans l'épreuve de la stérilité volontaire, s'en remettront à Dieu pour qu'il assure au monde et à l'Eglise la plus belle fécondité. Ceux et celles qui, épousant la croix, seront les signes de la résurrection.

Vocations qui se répondent l'une à l'autre et dévoilent le mystère caché. Vocations en lesquelles la richesse de la grâce de Dieu dispense ses incroyables profondeurs et sa beauté. Splendeur cachée aux yeux du monde des vies qui ainsi se répondent et forment dans leur entremêlement la révélation de la gloire de Dieu.

A vous il est donné d'être appelées, par votre pauvreté, par votre obéissance, par votre célibat et votre chasteté, à entrer dès à présent dans le mystère de la mort du Christ pour qu'en vos vies offertes se manifeste déjà l'espérance de la création nouvelle. Et aux chrétiens à qui Dieu donne cette autre vocation, il est demandé de manifester dans l'œuvre de leur fécondité maternelle et paternelle, dans l'œuvre de la consécration du monde, que la fécondité de la création que Dieu leur a remise est ouverte à cette espérance du Royaume pour qui nous sommes donnés comme des signes. Ainsi donnés les uns aux autres, nous tissons la chair, le tissu de l'unique Eglise, tunique sans couture. Ainsi s'engendre par la force de Dieu l'unique Corps du Christ.

La foi qui ouvre l'avenir

Ayez donc la joie de votre offrande, puisque c'est le Christ qui la fait en vous. Ayez la paix de vos vies données, même si, là où vous la partagez, dans vos communautés, dans vos congrégations, vous avez parfois le sentiment de vivre une sorte de mort collective, parce qu'il n'y a pas de descendance, parce qu'il n'y a pas d'avenir. Soyez dans la paix et soyez dans la foi, puisque c'est ainsi que Dieu veut que vos vies soient offertes. Il saura donner à l'Eglise par là même la fécondité qu'il lui plaît. Aucune d'entre vous n'a offert sa vie ni pour soi-même ni pour le bien de sa propre famille religieuse, mais pour l'Eglise. Pensez à nos frères innombrables qui dans le monde ont vécu cette identification au Christ crucifié dans l'apparente destruction de toute espérance humaine et qui sont pourtant les sources de vie et de fécondité. Pensez à la Mère de Dieu debout au pied de la croix. Pensez que sa foi ne pouvait pas imaginer l'accomplissement de la promesse. La foi n'anticipe pas par l'imagination sur la réalisation ; elle s'enfonce dans le grand mystère de la passion et c'est Dieu qui fait le reste, le jour où il veut et comme il veut.

Que le Seigneur soit béni pour vos vies ! Que le Seigneur soit béni spécialement pour celles qui se jugent les plus inutiles, les plus mutilées, les plus vaines, les plus vieilles ! Que Dieu soit béni pour celles qui se jugent les plus inefficaces ! Que Dieu soit béni pour cette offrande gratuite, preuve d'un amour répandu dans nos faiblesses ! Que Dieu soit béni, lui qui donne la vie au Corps qu'il veut susciter ! Lui qui accorde, selon l'espérance transmise par le prophète dans la première lecture, l'accomplissement de sa parole à qui se fie à Dieu !

GAGNER SA VIE*

Sagesse 2, 23 ; 3, 1.6-9
Romains 14, 7-9 ; 10 b-12
Matthieu 10, 37-39

Prier pour les morts, c'est une nécessaire et difficile tâche, parce que la mort nous prend tous par-derrière : elle est une traîtrise ; elle n'est jamais juste. Et pour ceux qui la subissent en perdant l'être qui leur est cher, nécessaire, aucune raison ne peut être consolation. La mort est toujours disproportionnée avec la vie.

Frères, vous pouvez légitimement, devant le corps social tout entier, devant la hiérarchie de vos responsables, peser et réfléchir à la gravité et à l'utilité du risque que vous prenez, et peut-être du sacrifice qui vous est demandé.

Comme chrétien, comme évêque, je dois vous tenir un autre langage. Je dois vous dire – et ceux qui ne croient pas auront sans doute du mal à l'entendre –, je dois vous dire d'autres paroles, qui font écho à celles que je viens de lire et qui sont celles du Christ lui-même. Tout croyant, tout disciple du Christ est sans cesse placé devant le risque absolu de gâcher sa vie ou de gagner sa

* Homélie à Notre-Dame de Paris, pour les défunts de « Police et humanisme », 6 novembre 1981.

vie. Gâcher sa vie, c'est cesser de vivre en fils et en fille de Dieu. C'est perdre sa dignité véritable et profonde. Et l'on peut gâcher sa vie tout en restant vivant en ce monde.

Vous le savez, puisque vous occupez cette fonction singulière dans la société qui vous fait les témoins du pire comme du meilleur. Vous le savez, vous qui n'êtes ni juges, ni prêtres, ni médecins, ni professeurs, ni pères, ni mères, par rapport aux autres citoyens, mais policiers, gendarmes, pompiers, gardiens de la sécurité et de la paix publiques. Vous le savez, vous qui devez représenter dans sa force le droit, la loi, la morale, le bien. Et le plus souvent, vous êtes placés à cette frontière indécise où l'homme livré à lui-même ne sait pas exactement où est le bien, où est le mal, où est le coupable, où est l'innocent, où est la vérité, où est l'erreur.

Eh bien, gâcher sa vie, c'est perdre cette raison profonde qui fait qu'un homme peut se regarder en face et se dire : « Ta vie est ce qu'elle est. Mais tu es digne de respect parce que, malgré tes faiblesses, tu peux te regarder avec le regard même dont Dieu te regarde. » Et gagner sa vie, pour un chrétien, c'est prendre comme miroir le regard de Dieu et, si j'ose dire, se voir dans le regard de Dieu. Et une vie digne de respect, elle est gagnée, même si on la paie au prix de sa mort. Ainsi donc, nous espérons que tout homme qui se tourne vers le Père des cieux peut gagner sa vie par le respect que Dieu lui accorde, par l'amour que Dieu lui donne.

Je vous le disais : je dois vous donner les paroles du Christ lui-même. Le Christ nous dit le respect avec lequel Dieu regarde ceux qu'il aime. Il nous regarde non pas comme celui qui veut nous écraser ou nous détruire, mais comme celui qui nous aime et qui nous fait vivre. Et l'acte de foi qui nous est demandé, c'est de croire en la dignité d'enfants de Dieu que Dieu veut nous donner, d'oser croire en la promesse qu'il nous fait. Alors, nous sommes capables d'affronter la mort par-devant, au lieu de la subir par-derrière. Le Christ l'a regardée en face, non pas avec le courage du héros, mais avec l'abandon du Fils qui croit en l'amour du Père.

Quant à votre métier, vous dont la tâche est ainsi la frontière de tous les choix humains, tâche où vous sont demandées des exigences contradictoires et souvent intenables pour des hommes qui sont des hommes comme les autres, ne cédez pas au fond de vous-mêmes à l'indifférence, ni à la panique, ni au dégoût, ni au découragement. Ne fuyez pas intérieurement les problèmes trop difficiles. Il y a bien des manières de fuir : en cherchant l'oubli, en perdant sa dignité, en cherchant des compensations. Ne fuyez pas une situation trop difficile. Mais sachez que ce que vous êtes en droit de demander aux autres, il n'y a qu'une manière de l'obtenir : c'est en le donnant vous d'abord aux autres. Vous voulez le respect, et vous y avez droit : donnez le respect. Vous avez droit à la reconnaissance des hommes : vous l'aurez ; mais donnez la reconnaissance aux hommes qui vous entourent et que vous servez. Vous avez le droit à la vérité et l'on vous doit la vérité : donnez la vérité. Vous avez droit à l'amour, car vous êtes au service de vos frères : donnez l'amour.

Je sais que ce langage peut faire sourire. Mais dites-moi : avez-vous un autre langage à proposer qui permette à des hommes de faire le métier que vous faites ? Quelqu'un a-t-il ici autre chose à dire qui puisse ne pas enfermer dans une mission impossible ceux qui doivent être les garants du bien d'une société, et qui ne doivent pas y perdre leur âme, mais servir les hommes ?

J'ai été témoin de la fondation de l'Association « Police et humanisme » qui nous invite ce matin pour prier pour vos défunts. Les circonstances, alors, étaient paradoxales et presque incroyables. J'étais comme aumônier d'étudiants, si j'ose dire, de l'autre côté de votre barrière ; et j'ai été étonné d'abord, incrédule, puis confondu de voir qu'il vous était possible de reconnaître l'autre dans sa différence comme un être digne de respect et d'amour.

Eh bien, puisque c'est possible, par la grâce de Dieu, faites-le.

PORTER DU FRUIT JUSQUE DANS LA VIEILLESSE*

Frères très chers, ce moment de prière commune est très important pour que nous reprenions courage. Dans la condition qui est la vôtre, la vieillesse, vous avez un acte de foi à accomplir qui est particulièrement difficile, parce qu'il vous oblige à être beaucoup plus chrétiens que, probablement, notre époque ne le permet. Et c'est donc comme un poids redoublé que vous avez à porter, celui de l'épreuve de l'âge, tout comme de ses richesses, et celui de l'épreuve de la foi qui y est liée, encore que notre société veuille donner à chacun, et spécialement à ceux qui s'avancent ainsi au-delà de l'âge actif, la possibilité pratique et honorable de vivre ou de survivre.

Cependant, dans l'air du temps, dans la manière même dont les plus jeunes générations, peut-être vos enfants, vos petits-enfants, accueillent les choses, la vieillesse est comme fondamentalement dévalorisée, comme si elle n'était que le rebut de la jeunesse, l'échec de la jeunesse. Et il arrive que certains acceptent mal de vieillir. Non seulement parce que c'est parfois au prix d'une misère physique, d'une souffrance morale, d'une plus grande solitude, mais aussi parce que, en raison même de ce jugement porté par les plus jeunes, on

* Homélie à Notre-Dame de Paris, pour le rassemblement de la Vie Montante, 6 mai 1982.

n'accepte pas d'être ainsi jugés, comme rejetés, effacés, dépassés.

Il n'en a pas été ainsi dans tous les temps ni dans toutes les nations. Il fut un temps où la vieillesse était tenue pour le moment de la vie où, avec le poids des ans, se cumulent le poids de la sagesse et le poids de l'expérience. Certains parmi vous ont peut-être connu quelque chose de cela au temps de leur enfance. Mais le modèle de la vie qui nous est proposé aujourd'hui est un modèle où la vie idéale serait celle où il n'y a pas de vieillesse, pas de maladie, pas de laideur, pas de souffrance, pas de mort, pas d'injustice. Le modèle de la vie auquel rêvent nos contemporains, c'est le printemps factice d'une éternelle jeunesse souriante. Et tout ce qui dément ce rêve, tout ce qui semble lui donner tort, il faut le cacher ou l'éloigner, car cela dérange. Et peut-être, à vos propres yeux, êtes-vous tentés de penser que vous ne valez plus grand-chose, puisque ainsi vous n'êtes plus susceptibles d'être conformes à ce modèle. Et peut-être estimez-vous ne plus servir à grand-chose.

Faut-il donc se résigner à un tel état de choses ? Faut-il purement et simplement s'y adapter en essayant de faire au mieux ou au moins mal avec de telles réactions ? Comme disciples de Jésus, ce n'est pas cette manière de voir que vous devez adopter. Cette manière de voir, de vous voir vous-mêmes, serait un défi, une négation à la foi qui nous habite et à l'amour que Dieu nous porte. Bien plus, à la lumière de Dieu, vous n'avez pas seulement à attendre paisiblement ou misérablement l'achèvement de votre vie. Vous n'avez pas à essayer de rattraper le train en marche, accusant, jour après jour, un retard qui s'accroît. A la lumière de Dieu, vous êtes enfants de Dieu, appelés par lui à vivre de son amour. A la lumière de Dieu, vous avez dans vos mains tout le poids de l'existence humaine, son poids de souffrance, son poids d'injustice, son poids de malheur dont vous êtes vous-mêmes tributaires, dont vous êtes vous-mêmes solidaires en votre corps ou votre cœur. Enfants de Dieu, vous avez à mener en vous-mêmes la lutte par laquelle Jésus délivre le monde. Vous êtes au point précis où l'homme cesse de rêver pour entrer dans le mystère du salut. Vous êtes au point précis où, remis à vous-mêmes par la vieillesse, vous voyez ce qu'est la vie humaine et sa limite : la souffrance, la perspective de la mort. Et il vous faut, avec la force des fils et des filles de Dieu, mener ce combat de la foi sans lequel le monde périt.

Le modèle que j'évoquais tout à l'heure, c'est un rêve : la souffrance existe, et vous-mêmes, peut-être, vous souffrez. La souffrance révolte la jeunesse, c'est normal. Vous, puisque vous êtes du Christ, transformez votre souffrance, injuste et révoltante comme toute souffrance, en part prise à la Passion du Christ pour que ne désespère pas la jeunesse, pour que ne soit pas scandalisée la jeunesse. La jeunesse ne sait pas toujours que la mort existe. Vous, vous l'avez devant vos yeux par la nostalgie des disparus que vous aimez encore, par la peur, peut-être, qui est devant vous, ou par l'angoisse de la plus grande souffrance qui peut venir. Vous savez qu'elle est inscrite jusqu'en notre chair. Mais puisque vous êtes déjà morts avec le Christ et ressuscités avec lui, que l'Esprit Saint vous donne le courage de faire face à ce mystère qui angoisse l'homme, avec la paix que Dieu donne à ses enfants.

La jeunesse croit que seul compte (et le monde croit que seul compte) ce qui se compte, ce dont l'utilité peut être désignée. Vous savez, vous, désormais, qu'une vie humainement inutile peut être remplie du plus sublime inutile, l'amour gratuit, même quand on ne vous témoigne plus aucun amour. Vous êtes les témoins de l'amour donné.

Affrontés ainsi au vrai poids de l'existence, Dieu vous demande d'aller courageusement jusqu'au bout de votre vocation, car l'humanité, l'Eglise, a besoin de votre amour, de votre foi, de votre espérance, de votre courage, de votre paix. Puisque vous avez reçu les trésors de la richesse de Dieu, il vous appartient de porter du fruit jusque dans la vieillesse, d'être en ce point crucial de la vieillesse, les témoins de la puissance de vie qui habite ceux qui sont nés d'En-Haut.

En vous disant cela, j'ai conscience que je vous invite à l'acte de foi le plus pur et le plus rude, mais c'est au nom de Dieu lui-même que je vous le demande. Et j'ose vous le demander, parce que, je le crois et je le sais, l'Esprit Saint vous habite et vous en donne la force. Et aussi parce que l'histoire de l'Eglise est là, comme un témoignage, ultime parole que je veux vous laisser. Il est présentement des pays où l'épreuve de la foi a été radicale – je pense spécialement à la Russie – et où la jeunesse ignorante a dû recueillir la lumière du Christ des mains des grands-pères et des grands-mères. L'épreuve de la fidélité et le désert spirituel peuvent y devenir, dans l'obscure fidélité à ce que vous avez reçu, le lieu d'une nouvelle lumière, d'un nouvel espoir, d'une nouvelle fécondité. Devant les jeunes générations, soyez vous-mêmes, c'est-à-dire soyez tels que Dieu vous aime : ainsi vous devenez les témoins de l'amour.

LA PETITE THÉRÈSE : LA PLUS GRANDE SAINTE DES TEMPS MODERNES*

1. Prophétie de la jeunesse, signe de l'espérance

Première réalité bouleversante dans la vie de sainte Thérèse : sa jeunesse. Vingt-quatre ans ! Et, elle le dit elle-même, elle a poursuivi une course de géant.

Rappelez-vous, vous les anciens, ce que furent ces années que vécut sainte Thérèse, et celles qui suivirent ; vous en avez entendu parler par vos parents ou vos grands-parents. Qu'a-t-on fait de la jeunesse pendant ce siècle ? A quoi a-t-elle servi dans notre pays, chez les peuples de l'Occident, dans le monde entier ? S'il en est parmi vous qui eurent dix-huit ans durant les années terribles de la Première Guerre mondiale, ils le savent et se souviennent des conditions de vie des jeunes, des enfants, quand ce monde qui nous entoure s'est construit dans son orgueil, son ambition, sa suffisance. On a fanatisé les jeunes, on les a mobilisés, arrachés à eux-mêmes pour les faire servir à des causes perdues. Et maintenant, que faisons-nous de notre jeunesse ? Elle nous est présentée comme la chimère de l'humanité, comme le rêve de la vie. La jeunesse sert d'argument publicitaire... Le résultat ne se fait pas attendre : la jeunesse qui nous devance nous

* Homélie à Lisieux, pour la fête de sainte Thérèse, 25 septembre 1983.

quitte et elle n'a rien ; nous ne la comprenons plus et elle ne nous comprend pas ; nous la perdons et elle est perdue. Jeunesse, victime des ambitions, des erreurs et des illusions de notre siècle si riche de beautés et d'espérance ! Jeunesse qui n'existe pas en dehors du reste des hommes et qui n'appartient à personne. Chacun de nous, à un moment de sa vie, a disposé de la jeunesse ; elle n'est que nous-mêmes avec un peu d'avance !

Elle avait vingt-quatre ans, Thérèse, lorsqu'elle a achevé sa course de géant. Cette petite jeune fille, malade en son corps et blessée en sa sensibilité, se battant toute seule contre elle-même et contre tout ce qu'elle pressentait, fut, à l'aube de ce siècle prodigieux en même temps que terrible, l'espérance de la vie, de la douceur, du pardon et de la bonté dont la jeunesse est porteuse quand elle est donnée entièrement à Dieu, pour Dieu. C'est dans une petite jeune fille normande, enfermée au fond d'un carmel, que tant d'hommes et de femmes les plus divers ont reconnu un signe d'espérance.

Dieu a voulu se servir de cette faiblesse de Thérèse, signe de la jeunesse qui allait être la victime de notre civilisation, pour en faire le gage et le garant du salut qu'Il nous propose. La souffrance, les épreuves de Thérèse ont été d'avance les mêmes que celles qui allaient accabler la jeunesse de ce siècle. Mais loin d'être le signe d'une perte, la jeunesse de sainte Thérèse fut une porte ouverte sur le salut. Loin d'être une destruction absurde, elle fut une offrande d'amour qui délivre. Loin d'être un massacre (comme le fut la guerre de 14), elle fut le libre sacrifice d'une liberté permettant aux hommes de devenir libres d'un amour qui donne l'amour. Elle nous montre dans son anonymat, dans sa modestie, dans cette vie ignorée, l'audace qui peut être la nôtre et l'espérance que Dieu veut mettre en nous. Cette jeunesse-là nous appelle à nous reconnaître nés de Dieu, enfants de Dieu. Elle rend l'espoir.

Vous, les jeunes, quand vous tournez vos regards vers le visage si jeune de sainte Thérèse dont, grâce à Dieu, nous avons conservé des photographies, quand vous la regardez sourire, je voudrais que vous reconnaissiez quelqu'un qui a votre âge, l'une d'entre vous, presque votre sœur aînée. Voyez ce qu'elle a fait : vous pouvez le faire. Vous n'êtes pas coupés de nous : vous êtes notre espérance parce que Dieu vous donne à vous, les jeunes, une audace qui peut-être nous manque, une intensité d'amour dont nous avons besoin. Vous avez reçu la vie : vous êtes chargés de donner au monde l'espérance de la vie. Jeunes, vous vous croyez rejetés, méprisés, inconnus, vous pensez qu'on ne vous fait pas confiance : Dieu vous fait confiance, vous êtes des enfants de Dieu et votre jeunesse est une grâce. Vous pensez arriver dans un monde où il n'y a rien à faire car tout est bouché : travail, études. Regardez sainte Thérèse : dans le secret d'une vie modeste, cachée de tous, elle a ouvert les portes de l'amour, du pardon et de la liberté. Votre jeunesse est un don de Dieu : accueillez-la avec joie, donnez-la avec générosité, ne la gaspillez pas, faites-en une source d'amour et d'audace. Dieu vous le demande, vous qui êtes sans cesse donnés à l'Eglise comme le signe d'une nouvelle naissance d'En-Haut.

Thérèse, au début de ce siècle, d'avance nous montrait que nous devions nous réconcilier avec nous-mêmes dans cette figure inouïe et audacieuse de la jeunesse de Dieu quand il fait naître ses enfants.

2. Prophétie de la sainteté, vocation de tous

La vie de Thérèse prophétise une autre vérité. Elle me paraît essentielle pour l'époque que vous vivons et Bernanos avait raison de dire que Thérèse est « la plus grande sainte des temps modernes ». Dans le secret de son cloître, alors qu'elle ne sait pas et ne saura jamais ici-bas quel retentissement ses pauvres mots écrits sur un cahier d'écolier auront dans le monde entier, Thérèse veut nous convaincre – d'une façon d'autant plus éloquente que c'est une voix toute faible, toute ténue d'une pauvre petite fille – que la sainteté est possible à tous, est la vocation de tous ; que l'amour est fait pour tous parce que Dieu nous aime tous. Tous nous sommes engendrés, mis au monde comme enfants de Dieu, dans la grâce du baptême, par le Père des cieux qui nous aime, Dieu dont la paternité est plus haute, plus pure, plus grande, plus large que toute paternité ici-bas.

Si vous êtes des pères, des mères qui aimez vos enfants, vous savez bien que vous les aimez tous, que vous voulez les aimer tous, même le plus faible, même et surtout le malade, même et surtout la tête brûlée, même et surtout celui qui ne réussit pas. Quand l'un de vos enfants pleure, échoue, est malade, se croit perdu, si vraiment vous êtes un père et une mère, vous l'aimez, vous essayez de l'aider, de le rassurer, de lui donner de la force, de l'espoir. Si vraiment vous êtes un père et une mère, vous ne choisissez pas parmi vos enfants. Même celui qui vous dit : « Je veux te quitter », même celui qui vous dit : « Je ne te comprends pas », même celui qui vous dit : « Je ne t'aime pas », vous, vous l'aimez, vous ne pouvez pas ne pas l'aimer et lui pardonner. Tous, vous devez les aimer du même amour ; mais d'un amour plus grand celui qui vous paraît le plus perdu, le plus désolé, le plus blessé.

Notre sainteté, la sainteté du peuple chrétien, c'est de naître de Dieu, de devenir enfants de Dieu. Dans ces mots incroyables, nous entrevoyons ce que veut dire que Dieu nous aime. Son amour nous devance. Dieu ne nous dit pas : « Si tu fais ceci, si tu fais cela, je t'aimerai. » Dieu ne nous dit pas : « A condition que tu agisses ainsi, je t'aimerai. » Dieu nous dit : « Je t'aime ; je fais de toi mon enfant dans mon Fils, et c'est parce que je t'aime que tu peux agir comme un fils ou une fille de Dieu. »

Dieu nous dit : « Je t'aime et je connais ta blessure, je connais ta faiblesse, je connais ton péché. N'aie pas peur. Parce que je t'aime, tu peux m'aimer, malgré ton péché, malgré ta blessure, malgré ta faiblesse, avec ton péché, avec ta blessure, avec ta faiblesse. Parce que je t'aime et que tu es un enfant de Dieu, je vais porter ton péché, ta blessure, ta faiblesse. Parce que tu es mon fils et ma fille et que je te donne la vie pour te rendre semblable à mon Fils éternel, Jésus-Christ, par l'Esprit Saint que je mets en toi, je vais te pardonner ton péché, te guérir de ta blessure, te donner la force pour surmonter ta faiblesse. »

La sainteté est faite pour les petits, c'est-à-dire pour ceux qui acceptent d'être portés dans les bras de Dieu. Ils découvrent dans l'amour que Dieu leur manifeste qui ils sont : fils et filles de Dieu. La sainteté, c'est d'abord d'être des pécheurs pardonnés, des blessés que Dieu veut guérir, des faibles à qui Dieu donne la force de l'amour. La sainteté, c'est ce qui est donné à des pécheurs : Thérèse l'a compris, elle a voulu s'asseoir à la table des pécheurs, elle n'a pas fait la brave. Et pourtant, elle a eu cette audace de dire qu'elle savait qu'elle était sainte, une toute petite sainte.

Frères, je voudrais que chacun de vous et tout le peuple chrétien puissiez dire humblement, pauvrement, même en pleurant ses péchés : « Moi aussi, je suis saint ; moi aussi, je suis sainte. » Pourquoi ? Parce que Dieu vous donne son amour. Parce que, quand vous confessez vos péchés dans le secret de Dieu et que vous recevez du prêtre qui vous a entendus le pardon et la miséricorde donnés à l'Eglise, vous êtes remplis de la sainteté de Dieu et vous permettez à l'amour de Dieu d'être le cœur du monde, le cœur de l'Eglise. Ainsi, vous entrez dans la volonté de notre Père des cieux qui veut, par nos vies, donner la vie au monde. Les saints que nous sommes appelés à devenir sont ceux qui permettent au monde de vivre et qui le sauvent. De nos jours, les ambitions fabuleuses de l'homme nous fascinent et en même temps nous terrifient, car nous voyons bien que la puissance qui s'accumule dans nos mains peut vite tourner à la catastrophe en tout domaine, que le meilleur peut engendrer le pire, que les plus belles réalisations peuvent servir à la perte des hommes, que les progrès les plus immenses et les plus remarquables peuvent détruire ce qu'il y a de plus précieux en chacun de nous : sa dignité d'enfant de Dieu créé à l'image du Père, rendu semblable au Fils et devenu temple de l'Esprit, sa dignité d'être humain, sa liberté, sa capacité d'amour et de pardon. Tout cela, nous-mêmes, risquons de l'enchaîner et de l'annihiler. Non pas menace illusoire, mais triste réalité en bien des pays, de bien des façons ! Et nous vivons maintenant dans la peur, l'amertume, la culpabilité, le désespoir les dernières années de ce XXe siècle qui a commencé sous le signe d'une espérance insensée.

La petite fille Thérèse, en nous présentant ce chemin de la sainteté qui nous est destinée, d'avance exorcise le désespoir, d'avance chasse la peur, d'avance nous trace la voie dans laquelle il nous faut hardiment progresser. Nous devons être des saints. Nous pouvons être des saints. Non pas comme nous l'imaginons, mais comme Dieu nous donne de le devenir. La sainteté est faite pour tous, la sainteté est possible à tous : c'est d'être enfantés par Dieu, d'être portés par son amour tout-puissant — blessés, pécheurs, faibles, pour être guéris, pardonnés, fortifiés.

3. Prophétie de l'actualité de la Rédemption, force invisible de l'Amour

Prophétie de la jeunesse, prophétie de la sainteté, Thérèse nous dit encore plus. Elle vit ignorée de tous dans cette maison de Lisieux. Personne ne la connaît hormis ses proches. Sa vie est restreinte : le jardin est petit ; elle vit peu de temps ; elle ne sait pas beaucoup de choses ; sans radio ni télévision, sans lire de journaux. Elle est enfermée dans un univers qui, aux jeunes d'aujourd'hui, peut sembler étroit, limité. Pourtant, la vie, l'amour, l'audace d'une petite jeune fille ainsi isolée servent au salut du monde entier. Elle offre son existence, sa prière, sa souffrance, pour des hommes célèbres qui se perdent, pour la mission universelle. Ce que vit cette petite carmélite, toute seule, dans le secret, pèse dans la balance de l'histoire de tous les hommes d'un poids inouï, plus lourd que celui de tant de forces économiques, industrielles, politiques, que celui de tant d'intelligences et de puissances qui ont construit des villes entières et détruit des générations humaines, échafaudé des splendeurs et accumulé des désastres. Voilà le secret que nous portons dans notre cœur, de toute notre foi, avec l'Eglise entière : le secret du sens de toute existence.

Souvent, nous avons l'impression que notre vie ne sert pas à grand-chose, petite poussière perdue dans un grand tourbillon. Souvent, nous avons le sentiment que nous ne pouvons rien ou presque de ce qui nous semble vital non seulement pour nous-mêmes, nos proches, parents, famille, amis, ceux que nous aimons, mais aussi et plus encore pour le monde entier. La plupart du temps, nous considérons que nous n'avons pas de vraie liberté de choix ni d'action. Nous pensons que quelques hommes puissants dans le monde — chefs d'Etat, savants, gens importants — peuvent agir, eux, et qu'ils influent vraiment sur les événements tandis que, nous autres, gens ordinaires, on ne nous écoute pas, on ne nous entend pas ou si peu ! J'en rencontre de ces gens importants : ils me posent des questions, ils se posent des questions. Eux aussi, comme vous, comme moi, ont l'impression qu'ils ne peuvent pas faire grand-chose. Devant des situations difficiles et dramatiques, ils se disent : « Il faut que nous fassions notre devoir, que nous agissions pour le bien de tous » ; mais ils ne sont sûrs de rien, ils ne savent pas ce qui va s'en suivre. Alors qu'ils nous paraissent pouvoir régler les problèmes, eux s'imaginent qu'ils n'ont pas de prise et que la réalité leur échappe tout autant qu'à nous.

A considérer de près le cours des événements, nous pourrions nous croire dans un navire fou, sans pilote, et dont le gouvernail ne répond plus. Si l'on ne regarde pas trop dehors ce qui se passe, on peut être en sécurité tant qu'il flotte et avance ; mais que vienne un coup de vent et l'on ne sait plus quoi faire ni à quoi s'agripper. Or, nous chrétiens – Thérèse nous le rappelle –, nous sommes accrochés au gouvernail. La force qui mène le monde, c'est l'amour de Dieu que le Christ nous donne et nous révèle dans son immensité. Une frêle jeune fille de vingt-quatre ans, inconnue de tous, peut, de son couvent, infléchir le destin du monde par la puissance secrète de son amour.

Chacune de nos vies sert. Que vous soyez pauvres, malades, vieux, ignorés, perdus, méprisés, dans le Christ vous avez la toute-puissance des aimés de Dieu. Dieu nous donne d'être unis à son Fils pour manifester la force de son amour. Dieu qui a livré son Fils pour nous sauver l'a remis dans nos mains, comme il nous remet le Corps eucharistique. Il veut nous associer à ce travail, à cette œuvre de rédemption où chacun de nous et chaque instant de nos vies comptent. Ce qui pèse, c'est non pas ce que les journaux relatent ou ce que voient les hommes, mais l'amour invisible et tout-puissant qui construit peu à peu le Règne de Dieu jusqu'au jour où Il essuiera toutes larmes de nos yeux. Il vient faire sa demeure parmi nous pour nous rendre semblables à lui, pour sauver l'homme et le faire vivre, pour lui partager la joie de Dieu et lui faire découvrir celle d'être un homme et de s'accepter soi-même, car il le restaure dans sa vraie dignité de roi de la création, en tant que fils aimé de Dieu. Il nous donne la joie de nous aimer les uns les autres et de vivre dans la communion de Dieu, joie même de la rédemption en cet amour paradoxal dont le

Crucifié est le signe, homme perdu, suspendu à la croix, qui par la puissance de la résurrection est désormais espérance pour tous les hommes.

*

Thérèse prophétise la jeunesse. Thérèse prophétise la sainteté qui nous est donnée à tous par le pardon que, pécheurs, nous recevons. Thérèse prophétise l'actualité inouïe de la Rédemption dont nous sommes nous aussi les participants et les acteurs dans le Christ.

Thérèse, ce géant, « la plus grande sainte des temps modernes », parce qu'elle n'est qu'une petite jeune fille tout ordinaire, perdue au fond d'un carmel de Normandie. Thérèse, la petite Thérèse, une vraie héroïne parce qu'elle n'est rien si ce n'est le signe de la puissance de l'amour que Dieu porte à tous.

Thérèse, notre petite sœur. Ce qu'il a fait pour elle, Dieu le fait pour nous.

Le christianisme a un avenir

TANT QUE DURE L'HISTOIRE*

Les hommes étaient habitués à mourir de faim. La *famine* – comme la peste et la guerre – semblait l'un des fléaux inéluctables du destin de l'humanité. Aujourd'hui, l'Occident ne meurt plus de faim, car il a réussi à maîtriser la nature par sa volonté de travail, par sa capacité de mobilisation, par ses prouesses scientifiques et techniques. L'Occident, qu'il le reconnaisse ou non, doit cette réussite à la grâce du christianisme. C'est la Parole de Dieu qui lui a révélé que l'univers est issu de la bonté créatrice de Dieu pour la vie de l'homme. C'est la Parole de Dieu qui lui donne l'espérance du rassasiement et qui lui assigne pour tâche de partager son pain avec celui qui n'en a pas.

L'Occident ne meurt plus de faim. L'humanité meurt encore de faim. Mais les raisons de cette famine ne sont plus désormais imputables à la nature ou au destin, comme il s'agissait d'une calamité insurmontable pour l'homme. Désormais, les raisons de la faim du monde résident dans notre volonté de possession du monde. Désormais, les causes de la faim dans le monde sont fondamentalement dans le cœur de l'homme. Une espérance est née de la foi chrétienne : la famine n'est pas inéluctable. Cette espérance sera déçue si les hommes ne

* Conférence au Katholikentag, Düsseldorf, 4 septembre 1982.

se convertissent pas. D'autant plus violemment déçue que cette espérance pourrait être comblée. Et cela, désormais tous les hommes le savent.

La *violence* apparaissait comme une donnée constitutive de la condition humaine. Dans les traditions de tous les peuples, la guerre faisait partie de l'ordre normal de l'existence sociale. Toute société comportait ses guerriers, la violence se parait de noblesse : elle enfantait les peuples victorieux et couronnait ses princes. La violence meurtrière entre les hommes semblait déterminante de leur vie sociale. Aujourd'hui encore, beaucoup continuent d'y voir une donnée nécessaire de l'avènement de toute existence personnelle comme de toute existence sociale.

Le christianisme, depuis des siècles, a fait du renoncement à la violence une vocation qui, bien que tenue pour exceptionnelle, a été répandue dans le peuple chrétien. C'est la vocation des hommes et des femmes, consacrés totalement à Dieu. De même qu'ils renoncent à l'argent, ils renoncent aux épées, aux armes. Ils renoncent à leur liberté civile pour être en ce monde les témoins du Royaume qui vient. Dans des sociétés de violence, le christianisme a fait naître l'idée qu'une autre logique que celle de la violence et de la guerre pouvait être la règle pratique des relations entre les hommes et leurs sociétés : « Bienheureux les instruments de paix. » L'expérience chrétienne nous a appris que la violence pouvait devenir une tentation, la source du péché jaillie du cœur de l'homme. Devant cette révélation, nos sociétés sont comme déchirées par la nostalgie d'une sainteté à laquelle elles ne peuvent parvenir. Car vouloir la paix, renoncer à la violence, c'est aspirer en fait à la sainteté.

L'Evangile a mis au monde une espérance de paix qui a fécondé le cœur de l'homme, à l'écoute de la prophétie d'Isaïe selon laquelle « les épées seraient transformées en socs de charrue » (Isaïe 2, 4). Jésus a promis sa paix :

« Je vous donne ma paix, je vous laisse ma paix, non pas comme le monde la donne » (Jean 14, 27). Dès lors, au cœur des masses humaines circule une rumeur, un espoir, que la paix serait possible, que la violence pourrait être écartée. Aujourd'hui, dans nos sociétés, dans l'univers de cette fin du XXe siècle, nous sommes mis au défi : cette espérance de paix existe. Et pourtant elle semble impossible à satisfaire. La dure réalité des exigences politiques sert de justification au cynisme où prétend se résumer la sagesse des nations. On se trouve même devant un plus grand paradoxe : l'exigence de la paix, qui est de renoncer à la violence, devient elle-même l'instrument de la violence des forces antagonistes qui les manipulent à leur profit. Le monde ne donne pas la paix. Comment mettre la paix au monde ? Comment enfanter la paix, sinon en nous laissant enfanter dans le Christ, dans l'Esprit Saint et dans la miséricorde ?

Depuis la Genèse, la *division* règne entre les hommes. L'unité du genre humain ne serait-elle que nostalgie ou utopie ? Où est l'égal respect de tous, la communion dans la justice entre tous ? L'humanité a vécu ses diversités comme une expérience malheureuse. Cependant, les peuples, les langues, les cultures, les nations sont des réalités constitutives de la condition humaine ; elles sont bonnes, elles appartiennent à notre création. De même que chaque homme peut trouver beau le visage que Dieu lui donne, même si le visage du Blanc ne se reconnaît pas dans le visage du Noir, même si la langue du Germain n'est pas entendue par le Français, de même chaque nation peut et doit trouver bonne et belle sa figure native. Mais l'expérience constante de l'humanité fut celle des divisions, qui ont fait apparaître nos particularités humaines comme des sources d'incompréhension, des obstacles à la communion, des tentations d'hégémonie, de rivalité, d'injustice.

L'homme qui s'aime lui-même, jusqu'au mépris de Dieu, jusqu'au mépris des autres, s'identifie à sa particularité, au lieu de la recevoir comme un gage de communion à l'humanité et à son Dieu. Le christianisme, selon la mission reçue de Jésus, veut faire de toutes les nations des disciples, de telle sorte qu'il n'y ait plus qu'un seul peuple de Dieu et un seul Seigneur. Il fait d'autant plus cruellement apparaître ces divisions, qui trouvent leur source dans le péché et engendrent le péché. Au cœur de l'humanité divisée, le christianisme a engendré l'espérance que le siècle des Lumières, l'*Aufklärung*, a exprimée comme celle d'une société des nations, celle d'une paix universelle.

En cette fin du XXe siècle, cette espérance est pour nous le lieu d'une tentation nouvelle. L'expérience cruelle des dernières décennies semble dénoncer comme illusoire toute entente dans la justice. Beaucoup sont tentés d'abandonner cette espérance inaccessible à l'homme... Ne faut-il pas désespérer d'un ordre juridique international quand, en fait, les empires gouvernent et que leur logique de violence et de convoitise empêche la communion et la justice ? Le christianisme aurait-il prêché l'illusion ? Ici encore, il est mis au défi par le ferment de communion et de justice que lui-même a introduit dans le monde.

La foi chrétienne a mis au jour une espérance, en même temps que les chrétiens, comme tous les hommes, se sont découverts incapables d'y répondre. Aujourd'hui, cette communion dans la justice peut paraître le rêve, l'utopie de l'humanité entière, alors que les nations chrétiennes ne sont pas plus que d'autres capables de faire vivre l'espérance qu'elles ont portée. Elles se trouvent jugées par l'espérance qu'elles ont réussi à mettre au monde.

Si la faim, la violence, la division ne sont pas des fléaux inéluctables, elles doivent nous apparaître comme issues du cœur de l'homme, de ses tentations et de ses fautes. Le partage, la paix, l'unité dans la justice sont des espérances soulevées par le christianisme. Celui-ci prêche encore aux hommes qu'ils sont les enfants d'un même Père. Il a pour mission de faire connaître à toutes les nations le même Dieu. Il entend accomplir l'espérance donnée à Isaïe que tous se rassemblent dans l'adoration du Dieu unique. Ce que les Prophètes ont proclamé comme une attente et comme une promesse, l'Eglise le reçoit comme sa mission.

Mais quel est le destin de cette espérance ? Quel est l'accomplissement de cette promesse, dans un monde où règne la mort ? Nous étions, en Europe, les héritiers de l'espérance d'une communion dans la connaissance du Dieu unique et véritable, et nous avons éprouvé les divisions religieuses, la séparation entre l'Eglise et Israël, les disputes entre chrétiens d'Orient et d'Occident, entre la Réforme et le catholicisme. Ces divisions ne sont pas l'épanouissement naturel d'une pluralité de dons ; elles sont l'expérience d'un éclatement. La foi nous montre dans ce drame une faute, d'autant plus grande qu'elle porte atteinte à l'unité la plus intime et la plus haute : celle de l'amour de Dieu. Le christianisme continue de prêcher l'unité et d'aviver l'espérance d'une communion qui apparaît de plus en plus inaccessible. En dénonçant la haine religieuse, la foi chrétienne ne fait-elle pas courir aux hommes le risque de la désespérance ?

Nous sommes tentés, pour conjurer ce risque, de réduire l'unité attendue des enfants de Dieu à un projet qui soit humainement réalisable. Ou bien nous sommes tentés de la rêver dans une utopie qui soit à la mesure du désir humain. Mais au bout du compte, nous sommes tentés de renoncer, nous sommes tentés de décréter que l'espérance chrétienne est vaine. Nous sommes tentés de ne plus croire que le Christ fait un seul peuple d'Israël et de toutes les nations. Nous sommes tentés d'imaginer que l'espérance déçoit, puisque nous n'avons pas été capables de la réaliser et qu'elle nous révèle notre péché.

L'espérance ne déçoit pas. Car elle atteste que Dieu

est riche en miséricorde. La faim, la violence, la division, la haine religieuse sont des fautes du cœur de l'homme. Cependant, le partage, la paix, la justice et la concorde ne sont pas des illusions. Car si l'homme se condamne, Dieu est plus grand que son cœur. Si l'homme est incapable d'accomplir les promesses, de répondre à l'espérance, Dieu vient au-devant de lui. C'est vers lui qu'il faut nous retourner. C'est à Dieu qu'il faut nous convertir.

*

Car il manque quelque chose à notre espérance. Il manque à notre foi, à notre espérance et à notre charité la patience de l'histoire pour rejoindre Dieu au terme de notre pèlerinage. Il nous manque la foi et l'amour dans le Dieu qui vient au terme de nos temps jusqu'à la fin des siècles. Il nous manque de nous retourner vers Dieu, comme vers Celui dont la venue et le règne marquent d'un caractère inéluctablement fragile et précaire le temps des hommes. Nous refusons d'entendre que « la figure de ce monde passe » (1 Corinthiens 7, 31) ; nous investissons l'absolu de la promesse dans nos réalisations immédiates et temporelles. Nous réduisons l'espérance que Dieu nourrit pour nous. Dans nos espoirs à court terme, nous ne laissons plus d'espace libre pour une conversion au Dieu vivant et éternel.

Nous échouons à nourrir le monde. Nous échouons à assurer la paix. Nous échouons à établir la justice. Nous échouons à susciter la concorde entre les chrétiens, entre tous les hommes qui cherchent Dieu à tâtons. Car nos attentes impatientes se referment sur l'égoïsme de nos désirs, sans s'ouvrir à la patience de Dieu, sans s'ouvrir à la charité « qui excuse tout et supporte tout » (1 Corinthiens 13, 7), la charité de Dieu, notre créateur et notre rédempteur.

L'histoire de l'Europe, l'expérience de ces dernières

décennies, qu'il s'agisse du libéralisme et de son anarchie, du nazisme et de sa barbarie, du communisme et de son impérialisme, portent les traces de cette espérance défigurée. L'ambition de l'Europe, jusque dans sa visée universaliste la plus généreuse, a déformé l'espérance de justice et de paix en utopies ou en messianismes temporels. Attendant ce qui est impossible à l'homme, nous en avons désespéré, sans croire en ce qui est possible à Dieu. Notre impatience égoïste rend illusoire la conversion au Dieu de l'espérance. Si nous imaginons arrêter le temps et faire passer instantanément l'homme pécheur dans la transparence d'une justice et d'une paix intemporelles, nous refusons l'histoire.

L'Eternel, le Dieu vivant, a accepté l'histoire dans le don qu'il lui a fait de son Fils et de l'adoption. Notre temps et sa durée sont spirituellement l'expression de la patience et de la sagesse de Dieu ; ils sont aussi le temps de la Passion de son Fils en ses membres, l'espace où la promesse s'accomplit, où le salut se réalise.

Notre impatience ignore les délais laissés par Dieu à la liberté de l'homme pour se confesser pécheur et reconnaître la miséricorde qui guérit ses blessures et lui rend l'espérance. Nous avons oublié la cité d'En-Haut : comment convertir à Dieu nos cités terrestres ? Nous oublions l'éternité du Dieu d'amour : comment notre histoire serait-elle porteuse de sa charité ? Nous n'avons plus d'avenir si Dieu au dernier jour ne nous réserve rien. Il n'y a pas d'histoire s'il n'y a pas d'élection ; et ce qui fonde l'élection, c'est son terme divin, eschatologique. Le temps de l'homme et de sa liberté, le temps de son péché et de sa faiblesse se déploie entre l'élection et l'accomplissement des promesses. C'est pourquoi le temps de l'homme est aussi le temps de la miséricorde et du salut de Dieu.

Aujourd'hui, le Dieu vivant et véritable est venu jusqu'à nous : son éternité accomplit notre temps. Dans le temps perdu de l'homme est ouvert le temps de la miséricorde efficace du Christ. Les temps sont accomplis. Dieu a accompli sa promesse, faite à Abraham, par l'entrée dans le temps de son Verbe éternel. Dieu nous a gardé ouvert le temps où se manifeste la plénitude de sa tendresse et de sa fidélité. Dieu est venu faire grâce. Le règne de Dieu s'est approché. Le règne de Dieu n'est pas saisissable par l'homme. C'est Dieu qui établit son règne dans le mystère d'un acte souverain, qui guérit et recrée l'homme. Le règne de Dieu n'est pas un acquis que pourrait s'approprier l'impatience de l'homme. C'est bien plutôt la plénitude d'une patience par laquelle Dieu ressaisit dans son amour sa créature. Dieu est venu faire grâce et accueillir en ses propres mains la liberté blessée des enfants des hommes pour les faire communier en son Fils à sa propre vie.

Le règne de Dieu s'est approché et les temps sont accomplis. Alors convertissez-vous. Repentez-vous. Renoncez à votre péché. Convertissez-vous au Dieu qui fait grâce. Jean le Baptiste le dit dès le départ de l'Evangile ; Jésus l'annonce ; c'est la mission confiée aux Apôtres par le Christ ressuscité : un baptême pour la rémission des péchés. L'histoire de l'homme prend sens dès lors qu'il est ainsi libéré du péché et de la mort, dès lors que l'amour et que l'éternité du Dieu vivant le restaurent en son intégrité. Convertissez-vous ; retournez-vous vers Dieu ; revenez à la source de votre existence ; revenez à l'Alliance enracinée dans la création. Rappelez-vous la fidélité à laquelle vous avez été appelés.

La conversion est le retour, à l'appel initial et fondateur, de l'homme qui était loin et perdu dans le désert. Nous nous retournons vers le Dieu vivant et véritable quand nous reconnaissons, proches de nous, la puissance et la bonté divines manifestées dans la Passion du Fils. Retournons à Dieu, comme à la source de notre existence. Revenons au point où nous sommes à nouveau chargés d'histoire parce que nous y recevons la mission de manifester, dans le temps, la miséricorde de notre

Dieu. Le temps demeure ouvert, temps de la grâce et du pardon.

Croyez à l'Evangile. Le terme d'« évangile » a un sens déterminé. Il se trouve précisé par le prophète Isaïe. L'Evangile, c'est l'annonce de la Bonne Nouvelle : « Qu'ils sont beaux sur les montagnes les pas du messager qui annonce la paix, du messager de l'Evangile qui proclame le salut, qui dit à Sion : "Ton Dieu règne" » (Isaïe 52, 7). L'Evangile, c'est l'annonce du règne de Dieu, de la présence de Dieu au milieu de son peuple, de la venue de Dieu parmi les siens. L'Evangile, c'est la Bonne Nouvelle que la sainteté de Dieu nous est accordée dans le don de l'Esprit Saint. C'est par son Esprit que Dieu manifeste son règne, conduit son peuple (Isaïe 63, 14) et rend possible à l'homme la fidélité promise. La Bonne Nouvelle, c'est que Dieu donne son Esprit Saint à ses serviteurs pour qu'ils accomplissent sa volonté et vivent dans la sainteté à laquelle il les appelle. Dieu rend possible ce qu'il demande, en donnant à l'homme son propre Esprit afin de le rendre capable de garder ses commandements. Le règne de Dieu est arrivé : croyez à la Bonne Nouvelle : la promesse de Dieu vous est désormais acquise. Le mystère du Christ consiste en cet accomplissement, donné quand le Crucifié livre l'Esprit, sous la figure du Serviteur.

Croire à l'Evangile, ce n'est pas adhérer à un programme idéal et irréalisable ; ce n'est pas s'imaginer l'utopie. C'est confesser que Dieu est venu accomplir en nous ce qu'il nous demande de faire. Notre agir est ainsi dans le Christ communion à l'agir de Dieu. Dans le Christ, Dieu fait ce qu'il dit et il nous donne de faire, en lui et par lui, ce qu'il nous demande. La Bonne Nouvelle, c'est que dans le Christ l'homme s'est laissé saisir par Dieu jusqu'en son action propre, car « l'Esprit de Dieu opère en nous le vouloir et le faire » (Philippiens 2, 13). C'est le salut pour toutes les nations.

« Les temps sont accomplis. Le règne de Dieu s'est

approché. Convertissez-vous. Croyez en la Bonne Nouvelle. » Ces quatre paroles du Christ n'en font qu'une. Elles signifient l'introduction dans le monde d'une efficacité souveraine, de l'agir concret de Dieu qui fait grâce. L'homme n'a pas à essayer d'appliquer l'Evangile à des situations humaines. L'Evangile proclame précisément que Dieu, dans le Christ, Oint de l'Esprit, a manifesté sa puissance, que Dieu agit dans les libertés humaines et rend l'homme capable de vivre dans la sainteté de Dieu. L'Evangile atteste que cette merveille s'opère au prix d'un salut sans cesse renouvelé, d'un pardon toujours rendu. L'Evangile annonce notre entrée dans la résurrection du Crucifié et l'anticipation d'un univers réconcilié dont l'Eglise est le sacrement.

*

L'Eglise est le sacrement du monde nouveau, le signe et le témoin de l'univers réconcilié par Dieu. Elle est composée d'hommes qui se haïssent et que Dieu met dans l'amour, d'hommes avides de possession et que Dieu rassemble dans la béatitude des pauvres, d'hommes violents que Dieu réconcilie dans la béatitude des pacifiques, d'hommes injustes que Dieu restaure de sa sainteté, d'hommes divisés que Dieu réunit dans la concorde. Faire acte de conversion à l'Evangile, c'est croire que l'Eglise nous est donnée comme la manifestation de ce règne de Dieu, comme l'espace de charité où les hommes, ennemis de Dieu et ennemis les uns des autres sont sans cesse et à nouveau réconciliés. Se convertir à l'Evangile, c'est croire que l'Eglise est le sacrement du monde renouvelé et l'anticipation de l'homme nouveau.

Les hommes que tout sépare et que les conflits divisent, dès qu'ils sont baptisés dans la grâce de Dieu, sont enfantés à la même Vie comme des frères. Il nous faut cette naissance nouvelle, ce second enfantement pour que s'apaisent les luttes fratricides. L'Eglise est le lieu où ceux qui sont tentés de se combattre, en vertu de leur condition historique, reçoivent, par la grâce de cette nouvelle naissance, l'espérance d'une nouvelle communion. Croire à l'Evangile, c'est reconnaître que dans l'Eglise nous est donnée la puissance de l'Esprit qui nous restaure et nous rassemble. Croire à l'Evangile et dans l'Eglise, c'est nous appuyer sur Celui qui nous appelle à la réconciliation et remettre notre vie entre les mains de Celui qui se donne lui-même en communion. Cette foi, qui nous est demandée, nous est d'abord donnée comme l'acte de Dieu qui s'inscrit dans notre liberté. L'œuvre de Dieu engendre nos œuvres fraternelles comme celles du Christ lui-même. Dieu a paternellement manifesté son salut puisqu'il nous rend capables, nous pécheurs perdus, d'accomplir en son Fils et son Eglise les œuvres de sainteté qu'il a créées pour nous.

L'Eglise est le lieu fraternel où se manifeste et s'accorde cette puissance de Dieu pour le salut des hommes ; mais l'Eglise est composée d'hommes avides et violents : l'histoire est là pour le montrer. Les chrétiens aussi ont commis la violence et l'injustice. Mais l'Esprit ne cesse de susciter et de rassembler des hommes de justice et de paix qui, par amour du Christ, seront capables de subir à leur tour la plus extrême violence et de manifester ainsi la compassion de Dieu. Comme le père Maximilien Kolbe, ils iront jusqu'à livrer leur vie pour leurs frères, là où règnent l'injustice et le péché.

Le mystère est donné à l'Eglise du pardon mutuel et de la réconciliation divine. C'est pourquoi il faut reconnaître une dimension spirituelle dans ce qui a été vécu entre l'épiscopat de Pologne et l'épiscopat d'Allemagne et, je l'espère, entre les chrétiens de France et les chrétiens d'Allemagne. En parlant de réconciliation, nous ne sommes pas des hypocrites qui, à bon compte, apportons des paroles apaisantes, parce que les conflits sont éteints. Nous portons inconsolablement la douleur et du mal fait et des péchés de ceux qui ont commis le mal. Mais cette douleur inconsolable a un terme dans la mesure où nous acceptons que vienne le Consolateur, notre Rédempteur. Chaque fois que nous demandons pardon et que nous pardonnons, chaque fois que nous faisons la paix, nous témoignons d'un rachat qui nous est accordé par plus grand que nous, par notre Créateur et Seigneur qui nous rend les uns aux autres comme des frères. Quand des peuples chrétiens, en dépit de leur histoire, se réconcilient, c'est Dieu qui agit ; c'est un acte de Dieu qui manifeste la puissance de la paix apportée par le Messie, pour que les hommes de chaque génération soient délivrés des puissances obscures qui sont à la fois le secret de leur cœur et l'héritage de leur naissance et de leur culture.

Toute réconciliation entre les chrétiens anticipe l'unité de la famille humaine, l'unité des enfants de Dieu. Cette unité demeure une promesse, comme elle est un don créateur. Elle est acte de Dieu, perpétuel rassemblement de ses enfants dispersés. L'unité des croyants ne peut être acquise par la seule vertu d'une appartenance confessionnelle humaine. Ce serait ne pas voir que l'unité existe par l'acte et par la grâce de Dieu. Dieu en vérité nous rassemble quand nous célébrons l'Eucharistie ; au temps et au lieu où nous sommes remis dans la pleine communion du Corps du Seigneur, nous sommes réunis par l'acte du Christ qui nous saisit en son Esprit.

L'unité des chrétiens, l'unité des croyants, l'unité des fils d'Adam, n'est pas une œuvre que nous pourrions réaliser. Mondaniser l'unité des hommes, mondaniser l'unité de l'Eglise, c'est la rendre impossible. Car l'unité plénière inclut l'espérance de la mort vaincue. La mort et le meurtre sont des obstacles majeurs. Les divisions des hommes et des chrétiens entre eux sont toujours une anticipation de la mort, comme une émergence de cette mort définitive que serait pour l'homme d'être à jamais perdu loin de Dieu. C'est seulement par la puissance de Dieu, qui sans cesse réunifie en son Eglise les vivants et les morts, que la mort est vaincue et que l'enfer, l'Hadès, est vaincu.

Se convertir au Dieu vivant, croire en l'Evangile, faire les œuvres de Dieu, c'est lui donner prise pour qu'il continue d'opérer ce rassemblement des hommes divisés, dans son Eglise, prophétie et sacrement du Royaume. Croyons en l'Eglise. Travaillons au Royaume. Reconnaissons l'unité des vivants et des morts que Dieu ne cesse d'opérer en son Christ. L'Eglise prophétise et anticipe ce rassemblement du Royaume plus fort que la mort, qui arrachera à l'oubli et à la perte, tous ceux que Dieu aime, la foule innombrable de ses fils et de ses filles.

L'unité est opérée par Dieu en son Fils dans l'Esprit. L'Evangile nous donne à contempler ici la croix qui rassemble des quatre points de l'horizon. Les disciples du Christ ont à vivre l'unité, identifiés au Crucifié, tant que dure l'histoire. Tant que nous ne pouvons encore chanter la victoire de l'Apocalypse, l'unité de l'humanité en elle-même et avec son Dieu demeure l'espérance proposée à notre foi et dont notre amour peut se nourrir. Dans le temps historique qui est le nôtre, il faut entendre la portée infinie de cette espérance. La Jérusalem céleste ne sera pas rassemblée sans que soit réunie l'immense foule de nos morts et de nos victimes. La Jérusalem d'En-Haut s'édifie par la résurrection des morts.

La justice et la paix dans l'unité sont objets d'espérance et de foi. Ils font l'objet de la prière du Christ : « Père, qu'ils soient un comme toi et moi sommes un, afin que le monde croie que tu m'as envoyé » (Jean 17, 21). Que serait la foi chrétienne si cette prière du Christ était inefficace ? Nous croyons qu'elle est exaucée : le Christ ne cesse, selon la volonté du Père, de nous rassembler toujours à nouveau dans l'Esprit. Cette unité est une grâce. C'est pour nous grâce de la conversion. Nous en sommes aujourd'hui à l'espérer et à l'accueillir. Elle est l'œuvre de Dieu, admirable à nos yeux.

L'ACTUALITÉ DE LA PAROLE CHRÉTIENNE*

— *Mais le christianisme n'est-il pas historiquement en régression aujourd'hui ? C'est une sérieuse question.*

— Nous vivons une évolution extrêmement rapide des structures sociales et de la pensée, qui bouscule l'héritage d'une culture et d'une tradition. Le christianisme, dans la mesure où il faisait partie des réalités historiquement figées, est fortement remis en cause, comme la plupart des données sociales. Dans le grand brassage actuel, il perd des pans entiers de son existence sociale.

En un sens, c'est une grande perte, comme c'est une perte chaque fois qu'une culture se disloque. Cependant, il ne faut pas être trop nostalgique, parce que le propre des cultures immobiles est de mourir. Quand elles sont vivantes, elles évoluent, ce qui comporte des risques et il arrive des périodes où les bouleversements sont tels qu'elles sont parfois détruites. Il est difficile de porter un jugement sur notre époque. C'est un jeu de hasard. Seule la postérité le fera, si jamais elle se souvient de nos paroles.

Dans le même moment, j'ai le sentiment que notre époque est peut-être une des premières époques après celle de l'Antiquité où le christianisme, où le message

* Interview par Gérard Leclerc, dans *Le Quotidien*, 10-11 avril 1982.

chrétien avec tout ce qu'il implique, résonne comme une parole neuve. C'est comme si, durant une dizaine de siècles, on avait vécu avec le sentiment que le christianisme était une valeur patrimoniale. Le propre d'une valeur patrimoniale, c'est qu'on ne la voit plus ; on y est habitué, elle fait partie des murs... Nous découvrons que nous étions en train de dilapider un patrimoine. Tant que le christianisme à son origine a été confronté aux diversités religieuses et culturelles d'Europe et d'Asie, aux différents paganismes du bassin méditerranéen, sa nouveauté se manifestait de façon éclatante. Il s'est ensuite identifié à ces cultures qu'il a d'ailleurs transformées et profondément façonnées. Les héritiers de ces cultures ont alors oublié qu'ils étaient devenus chrétiens ; ils ont cru que la foi chrétienne était un tout, donné d'avance.

Le mouvement logique des idées les a amenés à se détacher de ce tout donné d'avance, comme pour reprendre leur propre indépendance. Une partie du mouvement des idées de l'Europe occidentale est issue à la fois de la fécondité de la tradition biblique, et aussi d'une sorte de volonté de revanche, une revendication d'autonomie à son égard.

Actuellement, il me semble que le christianisme apparaît dans sa nouveauté face à un nouvel univers. La rationalité n'est plus simplement occidentale. Elle bénéficie maintenant de l'accueil et de l'apport de toutes les cultures mondiales. Je ne crois pas que les Japonais soient devenus occidentaux. C'est l'esprit scientifique occidental qui est devenu japonais. Donc, c'est notre propre univers qui a été transformé à l'échelle du monde. Survient un âge nouveau dont nous sommes les contemporains, acteurs et victimes à la fois. Un âge riche de promesses et de menaces terrifiantes.

Or, c'est dans ce nouvel âge que le christianisme apparaît enfin dans sa nouveauté, dans sa jeunesse à nouveau manifestée. Cela, des individus isolés l'ont pressenti dans le passé. Pascal l'avait vu déjà au début de l'esprit scientifique moderne... Les grands mystiques l'ont vu, parfois avec effroi et déchirement, parfois dans une sorte d'éblouissement de l'esprit, de fascination de la beauté de Dieu et de la cohérence du monde.

Cette nouveauté, il me semble qu'elle apparaît maintenant au regard de la nouvelle civilisation mondiale. Une certaine fécondité chrétienne déconcerte les vieux tenants du christianisme. Elle se manifeste dans des terres nouvelles, des peuples nouveaux, dans des couches nouvelles de l'esprit.

— *Vous avez été très frappé par votre récent voyage en Afrique ?*

— Oui. Pas du tout parce que j'idéalise l'Afrique. Même dans notre pays, la question de Dieu resurgit. Je n'assimile pas du tout le besoin du religieux à une vague maladie sociale, à une période un peu anxieuse. Ce n'est pas parce que le taux de chômage croît que le taux de pratique religieuse va monter. Le bouleversement présent de la civilisation opère comme un tremblement de terre.

Les séismes de la culture moderne font apparaître les couches profondes des questionnements de l'homme. Comparons l'espèce de sécurité naïve de l'Américain à la conquête de la lune, et du Français édifiant la tour Montparnasse, à la conscience que nous pouvons avoir aujourd'hui de nos limites.

Je crois que nous voyons de façon plus réaliste la condition humaine qu'on ne la voyait il y a trente ans et même vingt ans. Ce n'est pas simplement un air du temps.

— *Mais le nihilisme contemporain et une certaine sacralité dévorante ne sont pas forcément accueillants au christianisme.*

— Je crois surtout que nous sommes dans une période où l'homme est souvent disloqué, dans son affectivité et ses jugements de valeur. Je suis très frappé de la fragilité des consciences. Prenons le problème de l'avortement. Comment expliquer (si on se fie aux sondages) que l'opinion publique ait basculé en si peu de temps ? Comment expliquer que les jugements de valeur d'une société changent ainsi ?

Prenons aussi le phénomène de la violence. Là encore, on assiste à un basculement de l'opinion. Tout en riant de l'esprit *punk*, dans des couches entières de la population, on sacralise la violence. Rappelez-vous l'espèce d'horreur qui avait accueilli *Orange mécanique.* Aujourd'hui, une génération se reconnaît dans ce film. Ce qui est inquiétant, et qu'il faut expliquer, c'est qu'il y ait dans notre société une telle instabilité des jugements de valeur. Cela veut peut-être dire simplement que la question décisive : « Y a-t-il un bien, y a-t-il un mal ? » ne reposait plus que sur des conformismes sociaux et que les conformismes sociaux sont eux-mêmes fragiles et objets de manipulations. Dès le moment où la conscience morale s'aperçoit qu'elle ne fait que coïncider avec les conformismes sociaux, elle cesse d'y adhérer et revendique sa liberté comme principe souverain.

La conscience moderne, qui est celle d'un homme puissant, est aussi celle d'un homme qui ne sait plus où est le bien ni où est le mal.

– *Vous faites, en somme, le même constat que Soljenitsyne pour notre civilisation ?*

– C'est la question fondamentale. Tant qu'on ne saura pas où est le bien, où est le mal, l'homme sera perdu. La puissance de la parole chrétienne, celle de quelqu'un comme Jean-Paul II, au-delà du cercle des croyants, c'est qu'elle lit la condition de l'homme, en désignant son bien et son mal. Pour dire une chose pareille, on ne récite pas un catéchisme simplet de façon apprise ou répétitive. Quand le chrétien se prononce, il sait qu'il va le payer d'un combat. Ce combat, c'est l'œuvre de la puissance de Dieu qui délivre l'homme.

Rendre à l'homme le regard clair sur sa propre dignité, c'est déjà délivrer l'homme. Celui qui tient un tel langage s'expose lui-même à subir la passion. Autrement dit, ce sont des vérités dures à porter. C'est le prix nécessaire pour que l'humanité soit libérée, sauvée.

Si nous prétendons fonder le droit fondamental de l'homme sur des raisons pseudo-scientifiques (qu'elles s'habillent d'une scientificité sociale, biologique, physique ou productiviste), nous en arriverons vite à de grands errements. Notre époque, en raison même de ses pouvoirs, a besoin de trouver des repères pour trouver un chemin. C'est en ce sens-là que je pense qu'il y a une actualité du christianisme. Non pas parce qu'il reviendrait à la mode, mais parce qu'il est porteur d'une vérité exigeante.

ET SI, EN ÉTHIQUE, L'ÉGLISE ÉTAIT EN AVANCE ?*

... Le sort du christianisme ne se joue pas uniquement dans nos pays. Voyez les ressources de vie qui surgissent des pays d'Asie, d'Afrique, d'Amérique du Sud, voire des Etats-Unis. Les Français expatriés dans ces pays comme missionnaires, prêtres ou laïcs, me disent souvent à leur retour : « Vous êtes morts ici ! »

— *Voilà un constat bien pessimiste pour l'Occident...*

— Je ne suis pas le premier à dire qu'il y a une crise spirituelle générale des pays d'Europe occidentale, et particulièrement en France, sur une longue durée. Depuis le XIXe siècle, beaucoup l'ont dit, de Rimbaud à Léon Bloy. La génération de mai 1968 l'a répété à sa façon. Cependant, nous vivons aujourd'hui une période moins enfermée dans la suffisance que celle des années 50-60. Les questions fondamentales affleurent à nouveau. Il me semble que nous sommes entrés dans une période plus ouverte, où les esprits perdent leurs idées toutes faites sur le christianisme. Ils ne respectent pas plus un archevêque qu'un académicien. Mais ils posent des questions sur le sens de leur vie, et ils disent au chrétien : « Si tu as quelque chose à dire, dis-le. » C'est nouveau.

— *Ce qui n'est pas très nouveau, en revanche, c'est le*

* Interview par Gérard Dupuy et Luc Rosenzweig, dans *Libération*, 27 septembre 1983.

type de réponse apporté par les plus hautes autorités de l'Eglise sur des questions comme l'éthique quotidienne, la sexualité...

– L'air du temps où nous sommes est une humeur incertaine. Si nous disions, nous les chrétiens : « En cette matière, il faut suivre l'air du temps et l'opinion dominante », nous risquerions de commettre les mêmes erreurs que ceux qui emploient les bulldozers pour résoudre les problèmes d'immigration. Il faut distinguer : les mœurs (ce qui paraît admis de tous dans une situation donnée à un moment donné) ; le droit (l'état de la législation) ; et enfin le jugement moral (ce qui doit s'imposer comme vrai et bon à une conscience droite).

Il y a toujours eu un écart entre ces trois éléments. Prenons, par exemple, l'histoire des mœurs sexuelles de l'Europe. Durant des siècles, la pratique du concubinage existait largement, bien que non légale. Au XIXe siècle, et même plus tard, il semblait « normal » que les jeunes gens de la bourgeoisie aient une « petite amie » avant le mariage. Il ne faut donc pas imaginer naïvement que cet écart entre les mœurs, la loi et un jugement moral soit une nouveauté de notre époque...

Revenons maintenant à l'actualité. Je suis persuadé qu'avec sa position jugée « dure », l'Eglise jette un cri d'alarme sur la manière dont notre société traite du corps et du sexe : actuellement, la sexualité est uniquement réglée dans l'optique d'une société marchande. Pourquoi ? Parce que la sexualité est basée uniquement sur le désir, et le désir exploité comme source de profit : il faut l'exaspérer pour que les consommateurs achètent... Et peu à peu, la logique d'érotisation de la vie économique entraîne une dérive de pans entiers du comportement collectif.

L'Eglise catholique rappelle des normes éthiques en un domaine que notre culture a voulu enlever au champ du jugement moral. En cela, elle apparaît isolée et à contre-courant. Croyez bien qu'il y faut du courage.

L'Eglise oblige en tout cas à s'interroger sur la nature du corps, sur sa dignité dans la relation sexuelle et plus généralement dans la vie sociale, sur la nature des relations de l'homme et de la femme, à réfléchir sur l'intégration du plaisir dans la liberté, et donc à se poser des questions sur l'ensemble du fonctionnement de notre société. Tout cela sous-tend notre discours sur ces questions...

– *Il n'empêche que la condamnation par l'Eglise de certains comportements, l'homosexualité par exemple, peut avoir des conséquences dramatiques pour les gens concernés...*

– Voilà un point capital. Il ne concerne pas l'homosexualité, mais l'ensemble des questions d'éthique. En éthique, la norme objective universelle n'équivaut pas à un jugement sur un individu donné. Se prononcer sur l'homosexualité, ce n'est pas condamner les homosexuels. C'est rappeler les finalités de la création. Dans un autre ordre d'idées, on admet que la condamnation du vol et du meurtre ne signifie pas automatiquement la mise à mort du voleur ou du meurtrier. L'Eglise peut condamner des comportements sans bannir les personnes. Une chose est l'approbation laxiste de toute déviance, autre chose est de traiter avec respect tout homme quel qu'il soit. Même s'il est considéré comme déviant par la société, l'Eglise ne peut ni ne veut l'enfermer dans une déviance ou une marginalité, car elle croit possible le salut de tout homme.

Par ailleurs, la légitimation sociale des déviances soulève une grave responsabilité. Si on légitime les déviances par l'inadaptation du droit, au lieu d'aider chacun à remplir sa responsabilité, le législateur fait craquer les capacités de résistance morale et donc, finalement, la liberté de chacun. En fait, je crois qu'en matière sexuelle, ce qu'on serait tenté d'appeler une vision passéiste constitue au fond le rappel d'une exigence fondamentale : la norme universelle rend libre même l'homme soumis à une déviance. Je fais un parallèle avec les positions que l'Eglise a prises sur le problème du travail. Dans l'encyclique *Laborem exercens*, le pape demande – et cela converge avec ce que beaucoup pensent désormais – de remettre l'homme au centre du dispositif économique. En matière de sexualité et de relation au corps, la société en est aujourd'hui au point où, en matière sociale, nous en étions il y a cent ans. Au XIXe siècle, l'industrialisation sauvage exploitait des enfants dans les usines. Au XXe siècle, l'explosion érotique les prostitue et s'en justifie. La découverte de la maîtrise scientifique de la sexualité entraîne aujourd'hui des désordres comparables à ceux provoqués par les débuts de la production industrielle. Il se pourrait que l'Eglise, en ce qui concerne le corps, ait non pas du retard, mais de l'avance.

L'HOMME SANS FIN

OU LE REDOUTABLE PARADOXE DE LA CULTURE CONTEMPORAINE*

Bien des problèmes politiques et économiques sont, dans leur fond, culturels. Le système éducatif, l'évolution démographique, la maîtrise de la vie et de la mort, la faim et le confort, la paix et la résistance, la solidarité et le partage du travail, qui pèsent – et de quel poids ! – dans le débat politique de notre nation, relèvent en fait d'une situation culturelle dont les forces sont peu contrôlables, mal analysées et imprévisibles pour les approches technologiques. Par culture, je n'entends pas seulement, ni d'abord, les produits de l'activité culturelle, mais ce dont ils témoignent : l'aménagement du monde par l'homme, donc l'*aménagement par l'homme de sa propre humanité.*

Un diagnostic me semble s'imposer. Nous assistons à la fin d'une époque, ou plutôt de ce qui faisait époque depuis le début du XIXe siècle en Europe. L'humanité y avait conçu le prodigieux dessein de se fixer ses propres fins et de se donner les moyens de les atteindre. L'entreprise, fondée sur l'autodéveloppement et l'autojustification de la rationalité, impliquait la conquête, certes, de la matérialité du monde, mais surtout de sa dimension spirituelle, et d'abord de l'homme lui-même. L'homme devait être la fin de l'homme et, pour y parvenir, se faire

* Article dans *Etudes*, octobre 1983.

le moyen de l'homme. Il ne faut pas réduire ce projet aux phénomènes qui n'en sont que les instruments ou les conséquences : la technique relayée par les technologies, la production immense des richesses matérielles, la domestication de l'environnement naturel, l'accumulation proprement insensée des armements, etc. Au fondement de ces phénomènes se trouvait (ou se trouve encore) l'ambition sans pareille qu'a nourrie l'homme moderne de se donner à lui-même ses propres fins : liberté, prospérité, puissance, indépendance. Pareilles fins sont devenues si évidentes que, nous autres, Occidentaux, les avons irrésistiblement exportées et imposées au reste du monde (car notre colonialisme, essentiellement culturel, fut peut-être inévitable en ce sens).

L'enjeu de la culture aujourd'hui

Or, nous assistons à un événement prodigieux qui ébranle, de moins en moins silencieusement, l'humanité. Les fins que l'homme s'était fixées lui deviennent problématiques. J'insiste ici pour éviter un contresens. Si les fins autonormées de l'homme lui deviennent problématiques, ce n'est point parce que l'homme n'aurait pas su ni pu les atteindre. C'est, à l'opposé, parce qu'il les a atteintes (dans une large mesure du moins) qu'elles se révèlent insuffisantes, perverses, voire simplement contradictoires. Les fins de l'homme nous apparaissent incapables d'assurer l'homme de son humanité, précisément parce que nous les voyons, maintenant, réalisées. Les fins qui nous semblaient les plus hautes et les plus incontestables nous deviennent, aujourd'hui, soit suspectes, soit indifférentes. Je songe à ce poème d'*Ainsi parlait Zarathoustra,* où Nietzsche évoque l'indétermination des « mille et un buts » que l'homme rencontre, suscite ou disqualifie : tous ne sont, en fait, que symptômes, reflets et produits de la volonté de puissance ; mais aucun ne la transcende, ne la fonde, ni ne la délivre d'elle-même. Nous avons cru que les fins que nous nous fixions pouvaient vraiment suffire, que les fins que nous produisions pouvaient en retour nous conduire. Nous découvrons qu'en fait, justement parce qu'elles proviennent de nous, elles ne peuvent nous guider jusqu'à nous, c'est-à-dire, en vérité, au-delà de nous-mêmes. Ce que déjà Pascal constatait : « L'homme passe infiniment l'homme. »

Ce qui est en jeu dans la culture aujourd'hui, c'est ce qui, en l'homme, passe l'homme. En effet, tant que l'homme se fixe ses fins, il tente de maintenir sa parfaite égalité à lui-même, de déployer une tautologie fondamentale. Je suggère d'ailleurs qu'au fond de la culture actuelle se retrouve partout le modèle de la tautologie, le *Je* égal à lui-même. La logique formelle recherche des énoncés sans contenus, purement tautologiques, seuls vrais de manière inconditionnée. Les études socio-économiques recherchant des états d'équilibre quantifiables sont privilégiées. Les thérapies psychologiques tentent de donner l'harmonie psychique, c'est-à-dire l'égalité de la conscience à elle-même (l'« équilibre », que raillait avec tant de force Maurice Clavel). Les stratégies de l'équilibre de la terreur veulent simuler le don de la paix universelle. Le mythe de la société sans classes ou le passage à la limite de l'éternel retour du pareil anticipe sur une manière d'entropie de l'histoire. Les exemples pourraient se multiplier qui illustrent l'ambition que l'homme revienne à l'homme. « Revienne » dans tous les sens : retourne à son origine, lui appartienne en héritage, soit égal sans plus à l'idée qu'il se fait de lui-même.

Notre civilisation repose sur le savoir mathématique, répète-t-on ; c'est parfaitement exact. Mais il faut en tirer la conséquence. Les mathématiques se veulent abstraites ; elles ne prétendent qu'à explorer les structures complexes des cohérences que maîtrise l'esprit humain. Elles sont d'une certaine manière une analyse raffinée de la tautologie : il leur est complètement étranger de définir des fins et de parvenir à des résultats qui transcendent les données de départ. Nous découvrons aujourd'hui que la tautologie n'est pas toujours possible, parce que le modèle épistémologique de l'égalité absolue subit des perturbations croissantes du fait de la complexité de la réalité concernée, ce dont témoignent les difficultés de l'économie et des sciences humaines à se constituer comme sciences ; pas toujours souhaitable, parce que l'égalité de soi à soi n'offre, par définition, pas de fin véritable, mais seulement une réitération du donné initial. Le narcissisme de l'homme moderne devient impossible et, en même temps, insupportable. Tentation constante de l'homme qu'atteste déjà saint Jacques quand il dit dans son épître : « Qui écoute la Parole sans la mettre en pratique ressemble à un homme qui observe sa physionomie dans un miroir. A peine s'est-il observé qu'il part et oublie comment il était. Celui, au contraire, qui se penche sur la Loi parfaite de liberté et s'y tient attaché, non pas en auditeur oublieux, mais pour la mettre activement en pratique, celui-là trouve son bonheur en la pratiquant » (1, 23-25).

Des fins qui nous transcendent

Si nous connaissons une crise des fins, et si cette crise résulte d'une détermination des fins de l'homme par l'homme et pour l'homme, nous ne la surmonterons qu'en accédant, si nous le pouvons, à des fins qui nous transcendent. La transcendance devient ici une nécessité. Nous ne pouvons considérer comme une fin authentique des finalités que nous nous sommes fixées nous-mêmes ; la fin absolue et proprement inconditionnée nous transcende et nous précède. Nous devons donc cesser de produire des fins, c'est-à-dire de reproduire frénétiquement nos désirs en les hypostasiant en finalités illusoires.

Il nous faut essayer une démarche autrement originale et difficile : recevoir une fin sans la produire ; accueillir un sens et un horizon de l'humanité que ne maîtrise ni ne conçoit notre humanisme ou, ce qui revient au même, notre moderne antihumanisme. Nous redécouvrons ainsi la question : « Qui est l'homme ? » Nous devinons qu'il ne faut pas y répondre trop vite, colmater la brèche ouverte par une réponse connue d'avance ; il nous faut laisser la question se formuler, se construire et résonner de son silence. Alors nous pourrons pressentir que, dans notre embarras à y répondre, se livre son véritable enjeu : que l'homme ne puisse se définir lui-même, cela montre qu'il partage avec Dieu de n'avoir pas de définition ; dans cette commune absence de définition se livre la ressemblance de l'homme avec Dieu. Je songe à Grégoire de Nysse : l'homme est créé à l'image et à la ressemblance de Dieu inconnaissable ; l'homme, dans le secret pour lequel il existe, est inconnaissable. Tel est peut-être l'événement culturel des dernières années : la prise de conscience par l'homme moderne que son humanité transcende la conscience qu'il peut en prendre et que la fin de l'homme ne peut être produite par l'homme, pas plus que ne le fut son origine.

Cette analyse pourrait se confirmer par les multiples crises de finalité qui éclatent sous nos yeux : à chaque fois, la fin se contredit au moment même où elle semblerait avoir été atteinte. Ainsi, le développement technologique, par son succès, exige de telles concentrations et de telles divisions du travail qu'il provoque le sous-développement et la famine d'une part croissante de l'humanité. Les sciences de l'homme et la médecine, ayant pour but, avoué et sincère, la lutte pour la santé et la vie, provoquent des manipulations de l'homme, comme d'un animal, dont on décide administrativement le droit à vivre, à mourir, à se développer ou non. La requête de liberté est, en soi, une fin radicalement bonne : elle produit, par le délire des déviances et des anarchies, l'asservissement sous toutes ses formes. Les exemples s'accumuleraient à l'infini. Je m'en tiendrai au plus significatif : la crise du système éducatif. Par là, il ne faut pas seulement entendre la « crise des générations », ni les réformes de l'enseignement ; il faut entendre ce dont ces phénomènes offrent les clairs symptômes. La jeunesse, dans la plupart des pays occidentaux ou du bloc soviétique, refuse la transmission des fins et des valeurs de la société. Pareil refus de transmission signifie que ces sociétés ne se reproduisent plus ; l'acte fondateur de la vie sociale — la reprise et la relève des anciens défis par de nouvelles générations — se fait de plus en plus mal. Cette crise est celle des fins fixées par l'homme à l'homme. La jeunesse récuse ce repli narcissique et suicidaire ; elle témoigne, parfois sans le vouloir nettement, de la nécessité d'une finalité transcendante. L'idéologie du progrès ne progresse plus dans l'histoire : l'histoire se rebelle contre l'histoire fabriquée par l'homme.

Il nous faut comprendre le signe mortel et l'étrange paradoxe de la culture contemporaine. Notre siècle découvre, avec une stupeur horrifiée, que nos plus légitimes libérations s'achèvent dans d'atroces injustices politiques, économiques, biologiques, morales. Jamais autant qu'aujourd'hui les esclavages ne se sont multipliés, y compris chez les citoyens de pays libres, au nom même de la liberté. L'évolution de notre culture nous force au paradoxe. Si la liberté morale prétend s'en tenir, sans plus, à sa propre norme, à sa seule rationalité autonome, elle se condamne, par une nécessité multiforme et sans cesse reproduite, à sa perte. Pour retrouver l'autonomie véritable de la morale (nous commençons à le comprendre parce que de grands témoins nous l'ont dit et redit), il nous faut passer par une nouvelle hétéronomie, non par la servitude, mais par l'humble accueil des exigences de la vie intérieure et du respect de l'autre, comme homme. Cette soumission est proclamée par les dissidents (je pense à Soljenitsyne, mais aussi à Zinoviev), par les philosophes (puis-je nommer Emmanuel Lévinas ?), par les militants de la charité et de l'entraide (j'évoque l'exemple de Mère Teresa et de tant d'autres, demeurés cachés). Cette soumission est ouverture au Tout-Autre qui nous transcende et nous précède. Telle est la condition de notre liberté : nous pouvons reprendre, en la déclinant sur le mode de la liberté, la parole du Christ : « Qui sauve sa vie, la perdra ; qui perd sa vie pour moi et pour l'Evangile, la sauvera » (Marc 8, 35).

Le rôle culturel des chrétiens

Aujourd'hui, l'Eglise, porteuse de la parole du Christ, parle pour se faire, dans la crise, témoin de l'humanité de l'homme. La foi constitue les chrétiens dans la charité et leur donne de rendre témoignage à la vérité, au sein de l'humanité en crise de ses fins et de son identité. Par la foi que la grâce universelle de Dieu fait naître de nos libertés, certains hommes acceptent de perdre leur vie pour l'amour de Dieu et pour l'amour de la dignité transcendante de l'homme ; bref, pour l'amour de la charité répandue en nos cœurs. L'Eglise prend la parole pour l'amour de l'amour. La foi lui donne la liberté d'écouter Dieu, d'obéir à la fin transcendante de l'homme au milieu des sociétés, de groupes de pression, de pouvoirs politico-militaires, qui ne peuvent, par définition, qu'être esclaves de la loi d'airain de leur propre subsistance, de leur accomplissement crispé sur eux-mêmes. Les chrétiens, nés de l'Eglise, n'ont à perdre ni l'argent, ni le pouvoir, ni les positions de puissance, ni la maîtrise culturelle ; car ils sont appelés à la liberté vis-à-vis des fins que tous les autres efforts de ce monde supposent indépassables. Leur témoignage, jusqu'à la mort, donne la preuve expérimentale qu'une autre fin permet l'accomplissement de l'homme, et le sauve de son enfermement, suicidaire, en ses seules forces. Une telle liberté reçue de Dieu assigne aux chrétiens un rôle décisif dans le combat pour l'homme. Combat presque désespéré pour qui observe dans son ampleur la crise de la culture contemporaine ; combat plein d'une espérance invincible pour le disciple qui reçoit la révélation de la condition humaine, en suivant les pas du Fils de l'homme.

Le rôle culturel des chrétiens consiste, aujourd'hui, à témoigner de la finalité transcendante de l'homme. Dans le Christ, Dieu propose à l'homme de se découvrir à l'image et à sa ressemblance non de ce que, lui, l'homme, peut imaginer de plus grand, mais de ce qu'est Dieu lui-même : mystère paternel et filial de la Charité. Dans le long et dur procès qui, le siècle dernier, a été intenté contre le christianisme au nom de l'homme, le christianisme maintenant plaide silencieusement pour l'homme contre une autonomie qui réduit son humanité à l'idée qu'il s'en fait. Le christianisme devient l'avocat de l'homme, souvent dépouillé de son humanité par le geste même qui devait la lui conférer. Le christianisme n'accuse pas : il propose le Visage du Christ, accusé et mis à mort, comme celui de la véritable humanité. Cette vérité de l'homme lui a été promise avec sa création et avec son appel à la filiation divine. Adam, l'homme comme tel, a méconnu cette promesse que Dieu n'a cessé de réitérer, en renouvelant avec lui son Alliance. Adam a méconnu la promesse divine et, en peine de sa véritable humanité, ne peut la recouvrer que dans le second Adam. Dans le Christ, il se découvre réconcilié et rendu, en même temps, à sa condition originaire. Car, en torturant le Christ, les hommes n'ont pu réussir sur lui ce qu'ils réussissent, sous nos yeux, sur eux-mêmes : l'humanité défigurée transparaît authentique sur la face blasphémée de l'Homme-Dieu. Le Christ porte, sur sa sainte Face, le reflet des clartés originaires, la restauration de nos visages défigurés, la grâce de nos accomplissements. Ouvert à la charité de Dieu, ouvert à l'humanité par cette charité même, il porte, à travers sa mort, l'humanité de l'homme à son dernier achèvement. *Ecce Homo.* Aujourd'hui, c'est Lui la vérité de l'homme.

Evangile et inculturation

Cette analyse a une conséquence pour l'évangélisation. Si l'Eglise du Christ prend la parole, au nom de l'homme véritable et pour en défendre l'humanité, son rapport à la vie culturelle ne saurait être ni d'opposition ni de collusion. L'Eglise entretient, plutôt, une relation d'assimilation et de fécondation avec les cultures, avec les divers accomplissements historiques de la vocation fondamentale de l'homme. L'Eglise n'en devient-elle pas alors trop étroitement liée aux cultures ? L'universalité de l'Eglise n'en devient-elle pas alors problématique ? L'inculturation ne contredit-elle pas toute prétention d'universalité ?

Opposer l'universalité de l'Evangile et les tâches de l'inculturation, c'est supposer que le christianisme, événement surgi dans une culture – sémitique – particulière, ne cesse de rencontrer d'autres cultures (hellénistique, latine, puis « barbare », etc.) dans lesquelles il doit prendre forme sans cesse, sous peine de disparaître. Dans cette optique, le christianisme est comme un Protée, un invariant, minime et presque insaisissable, dans la suite ininterrompue de compromis culturels, sans lesquels il risquerait de devenir rapidement obsolète. S'adapter ou périr. Mais, dans cette vision, l'ultime sujet de la culture comme du christianisme, c'est la société qui produit, échange et consomme les objets culturels. Or, au fond du débat se trouvent les hommes, non pas tant comme producteurs ou profiteurs de la culture, que comme son enjeu dévoilé au croyant par l'initiative de Dieu. Par l'Eglise, le Christ lui-même fait irruption dans l'histoire humaine. Le Christ, en sa singularité concrète et historique, se donne, de droit, comme universel, pour « toutes les nations ». Ce paradoxe s'éclaire par l'Esprit Saint : l'Esprit de Dieu ouvre la diversité des cœurs et des projets humains au Christ et suscite la foi à travers les différents espaces culturels. Dans l'Eglise universelle, l'Esprit du Christ suscite ainsi la croissance d'Eglises particulières, lieux concrets de la filiation au Père. Cette assimilation, cette fécondation de l'humanité par l'Evangile constitue, par surcroît, un événement culturel. La culture n'apparaît pas à la foi comme déjà constituée à distance, étrangère à l'Eglise, mais comme mise au monde par la prévenance paternelle de Dieu. L'annonce évangélique se découvre providentiellement préfigurée dans les cultures et les nations que la conversion au Dieu vivant délivre de leurs servitudes, en magnifiant leurs richesses. De la sorte naissent de nouvelles cultures, enfantées par l'Eglise universelle, et qui, à leur tour, déterminent la vie et le visage des Eglises locales.

Je ne veux pas minimiser les drames de l'histoire. Les chrétiens sont des hommes, livrés aux particularités et aux égoïsmes de leurs cultures. Ils ont trop souvent renoncé à l'universalité de leur foi et privilégié leurs propres manières de penser et de vivre. L'hostilité, les asservissements des nations et des cultures ne doivent cependant pas nous cacher la catholicité, l'ouverture déterminée de l'Evangile. L'Evangile de Dieu ne peut, en son principe, contredire la culture des hommes, puisque lui-même suscite et ressuscite l'homme en peine d'accéder, dans la culture, à sa meilleure humanité.

Le problème de l'inculturation n'est donc pas de mesurer, même avec précaution, comment, pour respecter l'Evangile et les hommes, tenir compte davantage des diverses cultures. Notre tâche de chrétiens est de travailler à ce que l'évangélisation soit elle-même assez profonde, selon Dieu, pour accueillir le fait culturel, et donner à l'homme, qui s'y exerce, l'énergie et la joie d'en surmonter les échecs et les précarités. La question n'est pas, pour la foi, de s'adapter à de nouveaux langages et à de nouvelles cultures, tout en abandonnant d'anciennes modes devenues obsolètes. Par la foi, le chrétien est plutôt invité à reconnaître qu'un événement ne cesse de se produire, toujours nouveau, dans les langues et les cultures des hommes. Cet Evénement, c'est la venue de l'Esprit du Messie promis à l'homme pour accomplir, en Dieu, son humanité. L'Esprit, qui planait sur les eaux de la première création, rejoint l'homme dans son effort pour aménager la nature et aménager sa propre humanité. L'Esprit Saint assiste les hommes dans leur quête, les relève dans leurs échecs, assure leurs mots et leurs rites, les accomplit selon leur espérance, pour leur donner de célébrer, dans l'Eglise, la grâce de Dieu. Les modes sont différents, comme diverses sont les conditions sociohistoriques de l'existence humaine ; ils convergent, par la foi, vers Celui qui appelle à la communion. L'universalité catholique de l'Eglise demeure possible : elle est donnée comme l'œuvre concrète de l'Esprit du Christ qui, de tous les horizons du monde, fait monter, en toute langue, les louanges du même et de l'unique Père. L'inculturation de l'Evangile ne s'accomplit pas dans l'extériorité d'un vis-à-vis entre la foi de l'Eglise et les cultures des hommes ; il s'agit de l'accomplissement dans la foi des promesses faites à l'homme dès sa création. Au cœur de leur travail culturel, certains hommes entendent et reçoivent l'appel qui les accomplit, en les ouvrant à l'Evénement du Christ et de son Eglise. Cette communion nouvelle suscite en eux, et pour leurs frères, un renouveau d'humanité, et donc de culture. A ce prix, qui est celui de l'Evangile et de la condition humaine, l'inculturation de la foi est renouvellement de la communion des hommes. L'inculturation de l'Evangile par l'Esprit Saint est comme un sacrifice et une transformation eucharistiques.

Le Christ est le Rédempteur de l'homme. En rendant

témoignage au Christ, l'Esprit et l'Eglise rendent témoignage à l'homme. En attestant le salut de Dieu, l'Eglise manifeste à l'homme que l'espérance ne déçoit pas. Dieu est fidèle : il donne à l'homme de pouvoir espérer en sa propre humanité.

Témoin de la philanthropie divine

Etre, au nom du Christ, pasteur, dans son Eglise, de ses frères en humanité, c'est rendre témoignage à Celui qui sauve l'homme et lui donne de coopérer à sa propre humanisation. Prêcher l'Evangile, c'est aussi indiquer aux enfants de Dieu les chemins de leur accomplissement comme fils d'Adam ; c'est aussi leur suggérer des chemins de liberté et de culture. Donner à l'homme, pour son salut, le Corps et le Sang du Christ en communion, c'est lui faire don de l'unité ; c'est aussi l'aider à travailler à la communion de l'humanité toujours menacée, toujours espérée. Telle est aujourd'hui, comme hier et pour demain, la tâche civilisatrice, la tâche culturelle, de l'Eglise de Dieu.

La charge d'un évêque n'est pas d'abord culturelle ; elle est donnée d'En-Haut. Mais le pasteur ne serait pas témoin de la miséricorde et de la philanthropie divines s'il ne prenait à cœur l'effort des hommes pour aménager et promouvoir leur condition.

LES PROBLÈMES MONDIAUX SONT SPIRITUELS*

— *Vous avez prononcé le mot « nihilisme »...*

— Oui, comme conséquence du désespoir produit par l'impuissance de l'homme face aux drames de notre temps : l'accumulation extravagante des moyens de destruction ; les phénomènes géophysiques apparemment inéluctables. Je pense à la sécheresse en Afrique. On nous dit qu'il y aura tant de millions de morts. Tous les spécialistes disent : « Nous n'y croyons plus, nous n'y pouvons rien. Pas de moyens, pas de volonté politique, la corruption ! »

Je dis : non. On ne peut pas accepter une chose pareille. Accepter l'échec est une décision non pas technique, mais morale. Or, il y a une obligation morale prioritaire de sauver des hommes qui vont mourir.

— *Question annexe. Vous insistez sur la possibilité que tout cela bascule dans le nihilisme. Or ce nihilisme peut être nourri par l'idée que ce monde est décidément tout à fait mauvais des deux côtés : mauvais dans son aspect totalitaire et mauvais aussi dans son aspect libéral, ce que semble parfois dire le discours dominant de l'Eglise.*

— Dans la situation stratégique que vous évoquez, on ne peut renvoyer dos à dos des pays dans lesquels la

* Interview par Olivier Chevrillon, Jacques Duquesne et Georges Suffert, dans *Le Point*, 23 avril 1984.

liberté civile n'existe pas avec des pays où cette liberté existe. On ne peut pas renvoyer dos à dos des sociétés closes et immobiles qui se fondent sur une idéologie totalitaire avec d'autres où le libre jeu et la contestation interne sont encore possibles. Ce serait absurde. Mais cela ne veut pas dire pour autant que l'un est sans péché, et l'autre, tout péché !

— *Que peut dire et faire l'Eglise, usée par des siècles de combats, dans cette situation un peu désespérante du monde ?*

— Staline se posait un peu la même question : « Le pape, combien de divisions ? » Pardonnez-moi cette comparaison et regardons plutôt ce qui se passe.

L'Eglise est pour ainsi dire transversale à la plupart des conflits du monde actuel. Autrement dit, elle peut apparaître comme appartenant à tous les camps, voire jouant double jeu. Un souvenir personnel qui remonte à la guerre d'Algérie. J'étais aumônier d'étudiants. Nous avions eu l'idée d'organiser une messe à Notre-Dame de Paris. Je leur dis : « Notre foi chrétienne ne peut rester un vain mot dans un conflit qui divise les Français. Je vous demande donc un acte de foi : croire qu'il est possible à des adversaires de prier ensemble. Non en décrétant une trêve, non en mettant les problèmes entre parenthèses, mais parce que la foi établit entre nous un langage commun. » Il y avait là des étudiants engagés dans les deux camps. Je me revois recevant successivement deux d'entre eux : l'un représentait les sympathisants de l'O.A.S. ; l'autre, les sympathisants de l'aide au F.L.N. J'ai vu ces deux garçons de vingt ans pleurer dans mon bureau parce que leurs copains allaient les prendre pour des traîtres qui pactisent avec l'ennemi. Mais ils ont marché ! J'ai, à ce moment-là, cherché des adultes qui acceptent de venir prier publiquement eux aussi. Finalement, je n'en ai trouvé que trois : Bidault, Michelet, Mauriac. Je garde pour le secret de Dieu les noms de ceux qui m'ont refusé. Je veux souligner par cet exemple que nous avons, nous les chrétiens, une liberté de parole et de communication qui transgresse les données actuelles de nos problèmes.

Autre exemple, bien qu'il puisse paraître dérisoire au regard des problèmes mondiaux. Au synode des évêques, dans le groupe francophone où j'étais, la majorité était africaine. Et parmi les dix évêques africains de cette section, il n'y avait que deux blancs. De même, le pape vient de nommer un cardinal noir pour préparer les nominations de tous les évêques du monde. Ainsi, dans le fonctionnement de l'Eglise, nous anticipons une égalité qui dépasse des disparités économiques réellement énormes et des disparités culturelles apparemment énormes. Bref, nous anticipons une égalité qui n'est pas encore réalisée dans les sociétés politiques.

Et depuis cinquante ans, les papes ont prôné ce qui apparaît comme une utopie à beaucoup et qui, de fait, ne fonctionne que d'une façon dérisoire. Ce que de Gaulle a appelé « un machin » : l'idée d'un ordre international qui substitue un état de droit aux relations de puissance. Utopie, soit. Mais peut-être aussi anticipation raisonnable, fondée sur un acte de foi : c'est ainsi que cela *doit* être. Que le droit soit la règle des rapports entre les hommes ; et que le droit soit fondé sur la morale ; et que la morale reconnaisse l'égale dignité de l'homme : tel est le langage de la foi. Que peut-être jamais les faits ne confirment le droit n'ôte au droit ni sa réalité ni sa puissance contraignante.

— *Quelque chose est particulièrement frappant depuis le début de cet entretien : vous dites que les problèmes de société sont des problèmes symboliques, donc religieux ; et vous semblez établir une analogie entre religieux et chrétien. Comme si les autres symbolismes n'existaient pas.*

— Attention ! Au cœur du symbolisme religieux se trouve le symbolisme juif et chrétien. Réalité historique fondamentale. D'autres symbolismes interviennent. Mais je pense que les problèmes fondamentaux de la société moderne sont des problèmes en un sens chrétiens.

Ce qui a donné forme à la civilisation mondiale, ce sont des outils de pensée et des concepts directement issus de la tradition juive et chrétienne. Si vous n'acceptez pas cette thèse, il ne reste qu'une seule autre explication : la thèse de Chamberlain dans « Fondements du XIXe siècle » ; la supériorité de la race blanche comme telle. Pourquoi ? Ce qui actuellement régit le monde, c'est la technologie moderne, la même quelles que soient les cultures. L'universalité de la science est directement issue d'un certain rapport de l'homme à la création. Cet outil, qui de fait est universel, est issu – et ce n'est pas par hasard – de cette partie de l'humanité qui a été fécondée par la Révélation. Autre exemple : ce sont les Européens qui ont découvert le reste de l'humanité, et non l'inverse. Autrement dit, l'idée qu'il y avait un inventaire à faire de la totalité de la planète dépasse le mythe d'un homme primordial.

La tradition juive et chrétienne pose comme espérance et comme vision ultime que l'espèce humaine, dans sa diversité et ses divisions, a, en fait, une source unique et fondamentale. La notion d'un droit universel n'a rien de grec, et contredit les constances du droit ancien : seule l'égale création des hommes à la ressemblance de Dieu la justifie.

Sans m'étendre, je redis que tous les problèmes mondiaux sont, dans leur fond, des problèmes spirituels, issus eux-mêmes de tentations chrétiennes. D'où une conséquence inévitable : si les problèmes mondiaux sont des problèmes spirituels, il y a des réponses chrétiennes à la crise mondiale. Nul impérialisme spirituel à en tirer, mais l'évidence d'un paradoxe : les principaux problèmes de la crise mondiale (famine, sous-développement, guerres, etc.) ont une solution technique possible. Nous pourrions nourrir tous les hommes, développer tous les pays neufs, interrompre la course aux armements, etc., *si nous le voulions.* Or, de fait, nous n'avons pas des moyens techniques disponibles, parce que nous *ne voulons pas les fins* bonnes. L'impossibilité se trouve donc dans nos volontés, dans nos cœurs. C'est pourquoi les seules véritables réponses seront spirituelles, ou bien ne seront pas. L'avenir d'une société humaine est d'abord une affaire de charité.

– *Ce que vous dites là est exactement ce qui inspirait au* XIX*e siècle les hommes qui ont formulé la doctrine sociale de l'Eglise.*

– Mais la doctrine sociale de l'Eglise n'est pas morte. Elle a été formulée dans l'univers culturel et social du XIXe siècle ; elle est donc fatalement à reformuler dans celui du XXe finissant. Cette reformulation est en train de se faire.

La responsabilité des chrétiens n'est pas de résoudre le problème à la place d'autres. Ce serait d'une infatuation ridicule de prétendre substituer le christianisme comme tel aux efforts de la rationalité scientifique, sociale, économique ou politique. Mais, dans la mesure où le cœur des difficultés tient à des blocages spirituels, non à des insuffisances techniques, la sainteté ou l'absence de sainteté des chrétiens et des hommes pèse effectivement très lourd sur le sort de l'humanité.

– *Si nous simplifions, nous vivons dans un monde où de plus en plus de gens disent et pensent : « Il n'y a pas de solutions. » Les chrétiens ne sont-ils pas ceux qui arrivent en affirmant : « J'ai la solution » ?...*

– Non, mais ils disent : « Il y a une solution. » Je vous renvoie au discours du pape à la jeunesse, à Czestochowa : « Il est faux de penser qu'il y a des situations sans issue ; il est faux de dire que l'homme puisse être sans issue. » Cette solution passe peut-être par l'absence de solution immédiate à vues humaines. Mais la force de la foi, qui fait espérer en Dieu plutôt que dans les hommes, maintient l'espérance de la vie même dans l'épreuve de la mort, affirme l'existence de la liberté même dans l'épreuve de la prison. Si nous arrivons à tenir, fidèles à Dieu avec l'espérance qu'il y aura une issue, alors même qu'en fait nous avons devant nous l'évidence qu'il n'y a pas d'issue, déjà la porte de la prison est entrouverte.

Prenons l'exemple de la Pologne. Cette jeunesse n'a pas de libertés civiles. L'Eglise lui dit : « Vous ne devez pas vous révolter de façon sanglante ; vous vous feriez tuer inutilement. Mais vous ne devez pas non plus vous résigner. Il faut continuer de croire à ce que vous devez croire, y compris à la liberté, y compris à votre dignité et au respect de l'homme. Donc, dans une situation d'impasse, gardez l'espérance qu'une porte est ouverte : non seulement elle sera ouverte un jour, mais elle est ouverte dès à présent par votre acte de foi. » C'est une espèce de défi. Si les chrétiens de Pologne cèdent à la lassitude, à la corruption, à l'alternative — « Je me débrouille ou j'émigre » — de fait il n'y a plus d'issue. Ils seront balayés, rayés de la carte du monde, au moins pour cette génération. S'ils tiennent, ils ont déjà gagné.

Alors si les problèmes mondiaux, apparemment insolubles, sont effectivement des problèmes spirituels, nous sommes responsables d'oser.

C'est finalement l'ambition de la sainteté qui est le garant de la liberté et de la dignité de l'homme. Il n'est pas sûr que les chrétiens ou les hommes d'Eglise soient, en toutes circonstances, les plus courageux face à l'événement. Mais ce que je crois, c'est qu'il y aura toujours de tels hommes, et parmi ceux-ci des chrétiens.

La Pologne

LES RÉSERVES SECRÈTES DU CHRISTIANISME*

— *Excellence, vous avez été nommé évêque d'Orléans, puis au Siège archiépiscopal de Paris par Jean-Paul II. L'an dernier, le pape a visité la France. Puis-je vous demander ce que ce pontificat représente pour l'Eglise de France, ou même pour vous personnellement ?*

— J'aime mieux parler en mon nom qu'au nom de l'Eglise de France. Je vous dirai ce que je pensais et disais déjà bien avant que le pape me saisisse par le cou pour me placer là où je me trouve maintenant. Comme première impression, j'ai éprouvé une incroyable joie et une grande espérance. J'ai pensé que le Seigneur avait un sens extraordinaire de l'humour ! D'abord la relation entre Jean-Paul Ier et Jean-Paul II. J'estime que le bref pontificat de Jean-Paul Ier a été d'une insolite logique. Dieu l'a envoyé uniquement pour que Jean-Paul II puisse lui succéder. C'est ainsi qu'on peut lire le sens des événements. A mon avis, le pontificat de Jean-Paul Ier a été un des plus grands pontificats, car c'est grâce à celui-ci qu'il fut possible de prendre le tournant.

En second lieu, je dirai maintenant ce que j'ai pensé au moment de l'élection de Jean-Paul II, sans imaginer

* Interview par Jerzy Turowicz pour *Tygodnik Powszechny* le 23 mars 1981, reprise dans l'*Osservatore Romano*, édition française, 6 octobre 1981.

que je pourrais un jour le raconter aux Polonais ; il me semblait trouver en tout cela une invraisemblable logique de la part de Dieu. Cela s'est passé, en effet, comme si un aspect des réserves du christianisme restées à l'ombre jusqu'à ce moment venait à la lumière du jour. En substance, il s'agit d'une réserve de toute une partie de l'histoire de l'Eglise qui était restée cachée aux yeux de l'Occident. Et de même, la question du sort particulier de la nation polonaise. Je pense que ce sort symbolise assez bien ce visage caché de l'Eglise. Il est advenu que quelqu'un qui, selon l'optique occidentale, pouvait apparaître comme étranger aux yeux d'une multitude, a été mis à la tête de l'Eglise. C'est un peu comme David qui gardait son troupeau et fut appelé à être l'Oint du Seigneur.

Je suis un grand ami des Vietnamiens qui vivent ici en France. L'un d'eux m'a dit qu'il avait pleuré de joie en apprenant l'élection de Jean-Paul II. Je lui demandai pourquoi et il me répondit : « Parce que, lui, il nous comprendra – Pourquoi proprement lui ? dis-je. Il n'est jamais allé au Viêt-nam – Peu importe, répondit-il. Il sait ce que signifie être une nation très éprouvée ; alors il nous comprendra. »

En d'autres termes, je crois que ce choix est un signe absolument décisif pour l'histoire de l'Eglise. C'est la première fois, en effet, qu'un pape a pu expérimenter personnellement, dans sa propre patrie, tout le drame de notre époque. Je pense aux terrifiants cataclysmes qui investissent l'homme d'aujourd'hui, souvent provoqués par le modernisme, un rationalisme qui veut maîtriser l'histoire et la société et souvent devient source de cruauté. Tout cela peut faire que la plus grande espérance se transforme en la plus grande défaite, la plus grande lacération.

Ce pape a vécu la dernière guerre, a pris part aux douloureuses vicissitudes de son pays si éprouvé dans sa propre chair. Il a vécu le drame des cinquante dernières années ; il s'est formé au cœur même de la controverse philosophique avec l'athéisme, contre les systèmes de pensée athée auxquels adhère aujourd'hui une grande partie de l'humanité. En même temps, le pape a participé à l'expérience de l'Eglise composée d'humbles gens, d'une population qui, malgré ses faiblesses et ses péchés, a été capable de traverser de difficiles épreuves et d'y puiser la force. Voilà la grâce donnée à l'Eglise. C'est comme si le Seigneur nous avait dit, à nous, gens d'Occident quelque peu épuisés, vieillis : « J'ai des réserves, des réserves secrètes. » Je pense que ceci est vraiment l'avènement d'une authentique modernité. C'est comme si le fils de l'Europe moderne succédait au fils de Cicéron. Il me semble que Jean-Paul II est, en ce sens, le plus moderne des papes que nous ayons jamais eus.

Je ressens en moi-même comme un lien étroit, tant intuitif qu'intellectuel, avec la façon dont Jean-Paul II exprime ses idées, sa position.

Une autre chose stupéfiante et merveilleuse : sa manière de gouverner l'Eglise. Son pontificat est caractérisé par des innovations, des progrès ; selon moi, il fait des pas de géant si on se réfère à la situation de l'Eglise. Parfois j'entends dire qu'en vérité on ne sait pas ce que le pape a en tête. C'est ce qu'on dit. Plus ou moins tout le monde le dit, mais je ne suis pas de cet avis-là. Je considère que ce que pense le pape est parfaitement clair. Il suffit d'écouter ce qu'il dit. Toute son « astuce » consiste à dire ce qu'il pense. C'est le comble de l'« astuce », n'est-ce pas ?

Puis, en se faisant pèlerin, il unit les Eglises et les pousse à prendre conscience d'elles-mêmes. Il est un vrai successeur de saint Pierre, évêque de Rome. Dans sa manière de se présenter, il a trouvé une formule parfaite et d'énorme importance œcuménique. Il arrive, visite les Eglises, les incite à se réunir comme s'il voulait leur porter un miroir dans lequel elles puissent se reconnaître comme Eglises de l'Eglise catholique. Ce service apostolique — en rapport avec la centralisation romaine qui reste l'instrument de gouvernement — ouvre une sorte de seconde face annoncée par Vatican II, c'est-à-dire le gouvernement synodal.

Se souvient-on de ce que disait la presse — je parle des Français et des Américains — à la veille de l'élection de Jean-Paul II, de ce qu'ils disaient à propos de l'état du catholicisme, et de ce qu'on définit comme service papal ? Je ne sais si vous avez vu la pétition des théologiens américains, les articles de la presse française et autres. On affirmait une sorte d'épuisement du service papal ; on prétendait que, pour pouvoir exister, l'Eglise devait se dépouiller. Je ne sais comment l'expliquer plus nettement : il y avait un sentiment de lassitude et on invoquait la résignation. Or, avec l'activité de ce pape, c'est tout le contraire qui s'est passé. Il est évident qu'entrent en jeu les qualités personnelles, les charismes, mais je pense que ces qualités, ces charismes apparaissent précisément au moment où on en a le plus besoin, quand Dieu le veut. S'il n'y avait pas eu ce Karol Wojtyla, alors il en serait venu un autre, parce que le moment était propice. Ceci était nécessaire.

En ce sens, la venue de ce pape est quelque chose de décisif. De toute manière, la Providence aurait envoyé un pape du même genre. C'est une grâce dont nous avions besoin aujourd'hui.

Les premiers mois de ce pontificat, je riais parfois tout seul. Vraiment, je me mettais à rire chaque fois que m'arrivaient des nouvelles. J'avais l'impression qu'il agissait avec une logique implacable et beaucoup d'« astuce », bien que ce mot d'astuce ne soit pas des plus appropriés ici. Une parfaite conscience des difficultés et un grand courage devant les difficultés. Une grande sagesse, non pas la sagesse de Don Quichotte qui se jette sur les moulins, mais la sagesse divine qui se rend compte des obstacles et par conséquent les surmonte. Il est donc capable d'aplanir le chemin. De nombreux faits pourraient le démontrer. J'ai l'impression qu'en effet une page importante a été tournée dans l'histoire de l'Eglise. L'Eglise cesse réellement d'être seulement occidentale, et grâce à ce pape apparaît vraiment la modernité. Et aussi, il a réellement un profond sens de l'histoire et de sa continuité et donc une vision intensément historique. C'est précisément de cela que l'Eglise a besoin aujourd'hui : un sens authentique de la continuité historique et de l'amplitude du déroulement de l'histoire. C'était probablement nécessaire pour que se révèle aussi le visage oriental de l'Eglise. Il s'agit de l'Orient en relation avec la ligne Oder-Neisse. C'est un moment important pour nous, gens d'Occident. C'est une grâce.

— *Encore une question, Excellence. Vous avez parlé de Jean-Paul II, de la Pologne, de sa place et de celle de l'Europe orientale dans l'Eglise et de ce que cette partie de l'Europe peut donner à l'Eglise. Mais pour vous, né de parents juifs polonais, que représente cette Pologne ? Pouvez-vous parler de quelque chose comme d'un rapport personnel ?*

— Tout ceci est plutôt symbolique, du fait que cela fait partie des souvenirs, des « souvenirs de souvenirs ». En fait, dans ce cadre, mes souvenirs sont ceux de mes parents ; ils sont donc « souvenirs de souvenirs ». Il y a cependant une certaine affinité dans la manière de sentir, je ne saurais comment la définir. Je suis citoyen français, la France est ma patrie et cependant, je l'avoue, j'ai ces « souvenirs de souvenirs » qui ne sont pas même nostalgie ; ce sont de frêles nuances. Ce que je vais dire peut sembler enfantin mais, par exemple, moi qui ai perdu ma mère durant l'occupation, je sais ce qu'est le « barszez » parce que nous le mangions à la maison. Il y a de nombreux détails de ce genre, il y a d'autres choses impondérables, plus essentielles, peut-être liées à la culture polonaise et qui, même n'appartenant pas au contexte de cette culture, font que je sens une communion, devenue par la suite plus consciente à travers la connaissance de l'histoire nationale polonaise et la découverte que nos racines s'entrelacent depuis de nombreux siècles.

C'est une chose que l'on sent, dont on ne peut se souvenir, que l'on porte en soi un peu comme un secret, un secret précieux. Ce sont des choses qu'on ne parvient pas à exprimer à fond. Tout cet aspect sentimental est difficile à exprimer. Je pense que l'aspect dramatique de l'histoire polonaise, de l'histoire d'un pays sans cesse dépouillé de lui-même, d'une nation si souvent reniée, dont les frontières ont été si souvent déplacées et dont l'identité politique et nationale a été si souvent piétinée, constitue une excellente base pour comprendre toutes les situations du monde actuel, comme je l'ai déjà mentionné en parlant par exemple de la réaction du Vietnamien devant l'élection du pape.

Dans le monde, il y a de nombreux émigrants et également beaucoup d'émigrants polonais. Si on les comptait tous ensemble, les transplantés seraient les plus nombreux. Je crois que le fait de savoir depuis des siècles ce que signifie être une personne transplantée rend capable de comprendre ce qui se passe dans le monde, de comprendre le drame et l'espérance de l'humanité.

Je reviens de nouveau à ce que j'ai dit du pape, à ce qui me touche où je me retrouve moi-même, parce qu'à le voir et à l'écouter, on sent en même temps derrière ses paroles l'optimisme fondamental de la foi. Ce n'est pas un optimisme naïf, mais un optimisme qui tient compte de la dramatique situation de l'existence humaine. Ceci me semble véritablement chrétien ; ceci fournit la force de conviction à l'espérance chrétienne. Cette espérance, en effet, n'est pas une fable magique ni une espérance faussement consolante, une consolation irréelle, mais une force capable d'affronter le pire effarement.

Si l'espérance distrait de la vie, fait rêver, alors existe le danger de l'aliénation. Par contre, si l'espérance permet de faire face au pire, alors l'espérance devient au même instant plus forte que la pire des réalités. Telle est la caractéristique particulière de l'espérance chrétienne. Grâce à cela, elle n'est pas illusoire.

Je me retrouve pleinement dans ce que le pape a dit, bien que nos mondes soient totalement différents. Il s'agit d'un langage réaliste jusqu'au fond, qui voit l'homme dans sa situation réelle et lui fait vivre l'espérance qui provient de Dieu avec la force divine. Ce n'est pas un langage de rêve ou de sommeil. C'est un langage plus réaliste que celui qu'on appelle réaliste, car il est capable de tout embrasser, y compris le langage idéologique avec ses éléments mortels. Et il se réalise donc dans ce langage une rencontre telle qu'il semble que la victime non seulement exprime sa propre souffrance, mais explique également la condition du bourreau. Et si la victime sait expliquer non seulement sa propre condition, mais aussi celle du bourreau, la victime devient vérité également pour le bourreau. C'est une chose qui me paraît très importante aujourd'hui, dans la situation historique où nous nous trouvons.

PRIER POUR GDANSK*

Depuis qu'est connue la nouvelle du coup d'Etat militaire qui écrase la Pologne, une question revient sans cesse : que pouvons-nous faire ? Mais elle se précise quand on l'adresse à des chrétiens ; elle devient : l'épiscopat polonais prêche-t-il la soumission, en vue du même compromis — réaliste, lâche ou résigné ? — que les diplomaties occidentales ? Les chrétiens n'ont-ils décidément pas d'autres discours que la fuite dans le spirituel ? Ne pourrait-on pas faire plus que de prier ? L'Eglise, par les voix de Jean-Paul II et de Mgr Glemp, une fois de plus, ne pactise-t-elle pas avec les gros bataillons ?

Ici, comme souvent, les bonnes intentions ne suffisent pas pour comprendre une prise de position politiquement réaliste, mais surtout inévitable spirituellement. Je rappelle d'abord une évidence : si aujourd'hui les Polonais sont acculés au désespoir, leur désespoir ne date pas d'aujourd'hui. Il date de 1939 : depuis que les autres Européens n'ont pas voulu mourir pour Dantzig, la Pologne a perdu six millions de personnes ; depuis le partage du monde qui a suivi Yalta, elle a perdu la possibilité de la vie démocratique ; aujourd'hui, après que l'effort purement légaliste de Solidarité se trouve contré

* Article dans *Le Monde*, 18 décembre 1981.

par la force pure et simple, la Pologne n'a devant elle aucune solution politique. Aucune solution politique car la situation est bloquée à l'intérieur par la loi martiale, à l'extérieur par une division de l'Europe que les Occidentaux, cela est sûr, ne peuvent ni ne souhaitent modifier.

Pareille impasse devrait, à vue humaine, conduire au désespoir. Le désespoir, cela provoque la mort. La mort par insurrection réprimée dans le sang, la mort par normalisation policière, la mort par suicides individuels. Et on ne fait pas la part du feu, il dévore tout. Si les Polonais entreprennent, aujourd'hui, une fois de plus, de mourir pour la Pologne, alors ils feront mourir la Pologne : « La Pologne ne mourra pas tant que nous vivrons », dit l'hymne national ; mais si meurent les Polonais, la Pologne mourra. Le choix n'est pas entre la liberté ou la mort – parce que la liberté revendiquée en armes, ce serait la mort – mais entre la mort et la vie.

Oui, mais quelle vie ? Une vie sans liberté, n'est-ce pas une vie infra-humaine ? Je remarquerai d'abord que nous autres, les riches, qui ne songeons qu'à notre lâche tranquillité, nous n'avons pas de leçon d'héroïsme à donner. Je remarque surtout que toute analyse politique, y compris celle que je viens d'esquisser ici, reste très en deçà de la réalité. Car si la Pologne, depuis 1939, et surtout depuis un an et demi, n'est pas morte, c'est parce qu'elle a vécu d'une vie *spirituelle.* Ce que Soljenitsyne et d'autres ont expérimenté à titre individuel – la puissance de l'esprit, la force de la morale authentique, le salut que donne Dieu dans la mort elle-même –, en Pologne, avec Solidarité et autour de la Vierge Noire, c'est tout un peuple qui le vit.

Quand Walesa me disait : « Je n'ai aucune arme, que la vérité, la foi, la prière. Je n'ai rien à perdre, que ma vie, et je la donne », il ne me disait qu'une évidence – pour lui, pour eux. Ce qui a libéré – un peu – les Polonais de l'enfermement totalitaire, c'est, au-delà des justes revendications, qui n'auraient sinon pas même été dites ouvertement, une force spirituelle. Et aujourd'hui c'est cette force spirituelle qui seule peut leur permettre de surmonter une épreuve humainement intolérable. L'épreuve, aujourd'hui, c'est la tentation du suicide, l'épreuve de force perdue par avance qui perdait l'avenir. Le devoir, c'est *aujourd'hui* de ne pas dégainer l'épée du fourreau, comme le demande le Christ à Pierre (Matthieu 26, 52 et parallèles). Bref, c'est d'accepter de supporter l'insupportable : en termes chrétiens, d'accepter la Passion.

La passion de la Pologne, c'est aujourd'hui d'avoir le courage spirituel non de mourir, mais de vivre, de ne pas se suicider par recours à la violence. Ce devoir de survivre plus longtemps que la persécution, c'est ce que proclamait Mgr Glemp : « L'Eglise ne transigera pas quant à la défense de la vie humaine. Peu importe que l'Eglise soit accusée de lâcheté (...). L'Eglise veut défendre chaque vie humaine, et donc, dans cet état de loi martiale, va appeler à la paix, quand ce sera possible, va appeler à la fin de la violence, à la prévention de luttes fratricides si elles venaient à avoir lieu. »

A la violence ne peut répondre, si l'on veut vivre, que le refus de la violence, ce qui est l'exact opposé spirituel et pratique du pacifisme allemand : *« Besser rot als tot »*, plutôt rouge que mort. Car il leur est demandé non de complaire à l'injuste, mais d'en triompher par la force impuissante de l'innocent, de la victime qui doit survivre à son bourreau.

Voilà pourquoi il faut *d'abord* prier : pour demander à Dieu que le peuple polonais, qui a survécu par sa force spirituelle, qui a conquis un commencement de solidarité par sa force spirituelle, trouve assez de force spirituelle pour supporter l'insupportable, et ne pas se ruer dans le suicide collectif par une violence actuellement sans issue politique.

Il faut aussi prier pour comprendre que les Polonais

paient le prix de notre paix, achetée par nous, il y a plus de trente-cinq ans, au prix non de trente deniers, mais de leur asservissement, pour comprendre qu'ils nous dépassent de loin en force spirituelle, et qu'en un sens nous n'avons rien d'assez grand et d'assez fort à leur donner ; bref pour comprendre ce que me disait encore Walesa : « Je ne vous comprends pas : vous avez tout, mais vous manquez de toute raison de vivre ; nous, nous n'avons rien, mais nous savons pour quoi nous vivons, et nous en sommes heureux. » La Pologne nous donne beaucoup plus que nous lui donnons : elle nous a montré ce que peut, politiquement et socialement, une force spirituelle. Il faut espérer — en termes chrétiens, prier — pour qu'elle nous montre encore que cette force permet de vivre l'invivable, de vivre malgré toutes les sortes de morts qu'inventent les hommes. Oser croire à la force de la paix, oser croire à l'amour plus fort que la mort, oser croire que le Christ peut nous faire ressusciter.

Cela, nous les riches au cœur de pierre, nous ne pouvons l'apprendre que des pauvres aux mains nues, que Dieu aime d'abord, parce qu'ils portent, plus que les autres, son image et sa ressemblance.

LEUR COMBAT ET LE NÔTRE*

2 Samuel 7, 1-16
Romains 16, 25-27
Luc 1, 26-38

Ce soir, nous accomplissons une promesse. Quand j'ai vu Lech Walesa, quand j'ai vu Mgr Glemp, primat de Pologne, ils savaient. Ils savaient que, d'une manière ou d'une autre, un jour ou l'autre, l'épreuve arriverait, car elle est déjà arrivée dans le passé. Ils nous avaient fait promettre : « Ce jour-là, vous prierez *avec* nous », et pas seulement pour nous. Si nous prions, c'est pour être avec eux. Au croyant, cette seule raison suffit pour répondre à la question : à quoi sert-il de prier ? Nous prions avec eux, parce qu'ils nous l'ont demandé, parce que nous le leur avons promis, parce que dans la prière il nous est donné d'entrer dans la même foi, dans la même vérité, dans la même fidélité qui les font vivre en cet instant.

Les paroles de l'Evangile que nous venons d'entendre prennent ce soir une signification qui peut nous surprendre. En effet, à ce : « Tout est possible à Dieu », auquel répond : « Voici la servante du Seigneur, qu'il me soit fait selon ta Parole », à ces paroles viennent faire écho, dans notre mémoire, les paroles mêmes de Jésus au moment

* Homélie à Notre-Dame de Paris, 19 décembre 1981.

de son agonie, au seuil de sa Passion. Il dit : « Père, tout t'est possible. Que cette coupe s'éloigne de moi ! Cependant, non pas ce que je veux, mais ce que tu veux. »

Nativité ou Passion ? Naissance ou mort ? Espérance ou entrée dans le mystère de la Croix ? Il nous faut comprendre ce soir cette double face du même mystère que nous sommes appelés à vivre, nous ici et eux là-bas. Car il y a vraiment deux situations qu'il ne faut pas confondre, mais qui s'éclairent l'une l'autre : la leur, là-bas ; la nôtre, ici.

*

Je viens de lire l'évangile de l'Annonciation. En Pologne, dans toutes les églises ce soir, nos frères entendent cette même parole. Et pourtant, le mot qui me revient et que j'ai déjà prononcé, c'est « l'agonie », l'agonie du Christ. Mais rappelez-vous ce que signifie ce mot : non pas les derniers instants d'un homme qui meurt. Le mot *agonie* signifie *combat.* Quel est donc ce combat ? L'Evangile emploie ce mot « combat » pour désigner la prière du Christ. Il s'agit donc de savoir et de comprendre quel est leur combat, et quel peut être le nôtre, qui trouve sa source dans le combat du Christ en prière alors qu'il entre en sa Passion.

Leur combat ! Depuis huit jours, nous sommes bouleversés. Mais peut-être n'avons-nous pas exactement compris. Nous n'avons pas toujours compris les voix qui ont pu se faire entendre, celle du primat, celle des évêques de Pologne. Ils ont simultanément revendiqué, de la façon la plus haute et la plus pure, le droit et la justice, la liberté et la vérité, et, en même temps, — comme Jean-Paul II l'a fait lui-même —, ils ont demandé que les vies soient épargnées, ils ont prié pour que le sang ne coule pas à nouveau. Et nous n'avons pas compris.

Quelle est donc la situation dans laquelle sont nos frères, là-bas, et pour laquelle ils nous demandent, ce soir, de prier avec eux ? C'est une situation où, là-bas, il n'y a aucun secours à attendre, sinon de leurs propres mains, de leur propre foi. C'est une situation où ils savent qu'ils sont seuls. Et dans cette situation leur foi, c'est les paroles mêmes que nous avons entendues : « Tout est possible à Dieu. » Leur seule arme devant la puissance et la violence, c'est la toute-puissance de la foi en Dieu qui ne peut pas accepter que capitulent les raisons les plus hautes de la vie. C'est la force insurpassable, que rien ne peut anéantir, de l'homme qui reçoit de Dieu sa dignité et sa liberté, et qui reçoit ainsi la force de résister, jusqu'au don de sa vie, à ce qui serait son anéantissement spirituel. C'est l'acte de foi qui consiste, dans la plus extrême faiblesse, à n'opposer à la force et à la contrainte, que la remise de sa faiblesse entre les mains de Dieu.

La mesure de l'homme est précisément ce qui échappe à l'homme. La mesure de la dignité de l'homme, c'est d'être à l'image et à la ressemblance de Dieu. Et ceux qui osent croire cela sont invincibles.

Mais pour vivre cette foi, les Polonais ont en face d'eux – ainsi que le Juste souffrant – la menace de la mort et la mort.

Quelle puissance d'espérance, alors qu'il n'y a aucun recours, est capable de maintenir ouverte la porte de la foi, la porte de la dignité, la porte de la volonté de lutter ? Comment oser opposer les armes de la paix et de l'amour à celles de la violence, les armes de la justice à celles de l'injustice, les armes de la liberté à celles de l'oppression ? Pour des disciples du Christ, cette heure-là est une heure de combat spirituel, une heure de combat avec le Christ. Et ils sont tentés, nos frères.

Ils sont tentés. Rappelez-vous, vous qui connaissez l'Evangile, comment sont tentés tous ceux qui entourent Jésus en son combat. Ils sont tentés par le *sommeil* qui est l'anéantissement de soi-même, la soumission, l'acceptation que vous soient enlevées la dignité et la conscience.

Ils sont tentés par le *suicide*. Rappelez-vous celui qui, à la Passion, s'est suicidé de désespoir. Il y a dans cette fascination de la mort une manière de tenter d'échapper au déshonneur. Mais ce désespoir est un refus de la foi. De cette tentation, il faut les prémunir.

Et puis, il y a l'*abandon*, celui par lequel les apôtres fuient, trahissent, renoncent aux raisons mêmes de vivre, pour sauver leur vie.

Dans la solitude, nos frères de Pologne font face à la mort et subissent les mêmes tentations. Ils le font dans la prière de Marie unie au Christ, dans la plus extrême faiblesse. Si nous prions ce soir, c'est pour porter avec eux cette même épreuve, ce même combat. Dans leur foi, ils vivront. Dans leur foi, fût-ce au prix de la Passion, ils recevront la vie. Dans leur foi, ils démontreront la puissance de l'amour aux mains nues, face à tout pouvoir qui nie ou refuse à l'homme sa dignité et sa liberté.

*

Et nous, que pouvons-nous faire ?

Notre situation n'est pas la même, ni sans doute nos devoirs.

Nous, dans la mesure où ils le sauront, dans la mesure où cela leur sera dit, nous avons un premier devoir : de nous montrer des frères, capables de compatir, capables de souffrir avec eux, capables de leur dire notre amour fraternel, notre respect et notre foi.

Notre devoir, c'est aussi, pour nous, croyants et disciples du Christ, de prier, c'est-à-dire d'entrer à notre tour dans ce même combat par lequel ils offrent la puissance de l'amour comme seule arme contre celle de la violence, et si nous voulons le faire, vous savez combien cela coûte. Seul celui qui ne l'a pas fait peut s'imaginer que ce ne sont que des mots. Mais si nous entrons dans ce combat, nous serons soumis, nous aussi, aux mêmes tentations.

La tentation du *sommeil.* Pour nous, c'est l'oubli quand l'émotion sera passée. Nous risquons de nous endormir, de laisser la pesanteur du sommeil s'étendre sur le sort de nos frères. Nous avons dormi après la mort des libertés de bien des peuples.

Notre deuxième tentation, c'est le *suicide*, le goût de la mort. Pour nous, c'est de désespérer de la justice, de la vérité, de la puissance de la liberté, de la dignité de l'homme – comme nous l'avons déjà fait en d'autres occasions –, au point de nous résigner à l'ordre des choses, comme s'il était inéluctable, comme s'il s'agissait là d'une fatalité. Et c'est là un suicide, car nous perdons notre propre dignité.

Notre troisième tentation, c'est *la trahison ou la fuite*, comme celle des apôtres. Trahir, fuir, ce serait employer les mêmes armes que ceux auxquels nous voulons opposer la vérité de l'amour. Opposer la haine à la haine, l'agression à l'agression, l'offense à l'offense, le meurtre au meurtre. Trahir, c'est désobéir aux raisons qui nous font vivre ou qui devraient nous faire vivre. C'est, pour sauver la liberté, renoncer à la liberté ; pour sauver la dignité de l'homme, renoncer à la dignité de l'homme ; pour sauver la vérité, renoncer à la vérité.

Vous le voyez, nous aussi, peuples d'Occident, nourris par le christianisme, nous ne pouvons pas ne pas vivre, dans notre situation, la même épreuve spirituelle que celle du peuple polonais, mais autrement. Vous qui êtes chrétiens, sachez-le, il vous faudra le même courage, la même foi pour oser affronter cette triple tentation dans le combat. Il faudra ici autant de foi et d'amour pour que des hommes et des femmes osent croire que n'est pas fatal l'asservissement de l'homme par l'homme, la négation de la dignité de l'homme par celui qui devrait être son frère. Et il nous faudra autant d'amour et de foi pour que ne se taise pas la voix du Juste qui monte vers le ciel. Il nous faudra la même foi en la puissance de Dieu pour que nous osions ne pas nous résigner mais espérer.

Permettez-moi, pour terminer, de vous rappeler un mot de Soljenitsyne : « D'une façon générale, on n'a pas le droit de contraindre les autres au sacrifice ; on peut y convier, mais à condition d'avoir d'abord montré soi-même comment faire » *(Le chêne et le veau).*

L'Europe

LES CONDITIONS SPIRITUELLES D'UN AVENIR POUR L'EUROPE*

Qui sommes-nous, Européens ? Quelles sont les *frontières de notre espace* ? Comment tracer le cercle intérieur d'appartenance qui circonscrit l'Europe, aujourd'hui – que l'on nomme encore occidentale – au Nord, au Sud, à l'Est ? Comment nous identifier nous-mêmes dans cette duplication de nos destins nationaux à travers les Nouveaux Mondes depuis le XVIe siècle, au-delà des Finistères occidentaux ? Comment reconnaître les filiations contradictoires de notre culture vers l'Afrique et l'Asie ?

Qui sommes-nous, Européens ? Quelles sont les *limites de notre mémoire* ? Qui fera l'inventaire de notre légitime héritage ? Suffit-il de revendiquer d'une part la Grèce et Rome, le double empire byzantin et latin, et d'autre part Israël et l'Eglise de Jésus-Christ, divisée par ses fractures successives de l'Est à l'Ouest, du Nord au Sud ? Comment notre présent peut-il se nourrir des multiples et fécondes identités nationales souvent méconnues, oubliées ou disparues ? Qui sommes-nous, Européens ? Et quel est *notre avenir* ? Poser une telle question, n'est-ce pas d'entrée de jeu faire la part trop

* Allocution à Bonn, devant l'épiscopat allemand, le gouvernement, les députés et le corps diplomatique, 8 octobre 1981.

belle aux nostalgies et aux peurs qui habitent les plus hautes et les plus lucides consciences européennes ?

Car un fantôme plane sur l'Europe et son passé, la mauvaise conscience d'une réussite éclatante qui contredit les principes mêmes grâce auxquels elle a pu s'accomplir : l'affirmation de la liberté qui se change en volonté de domination ; la recherche de l'égalité qui engendre l'asservissement ; la proclamation de la fraternité, source de tant de luttes sanglantes et de divisions sans espoir. Désormais, notre avenir est grevé du soupçon sur nous-mêmes qui provoque les déchirements mortels de notre jeunesse.

Il ne m'appartient pas de conjecturer notre situation économique et politique de demain ou d'après-demain. Il me revient, à la lumière de Dieu, de *porter un regard spirituel sur notre temps, pour faire face avec courage à cette mauvaise conscience, pour aller jusqu'au bout de l'épreuve du soupçon.*

*

Il est vrai que, au long de son histoire, la *domination* fut le destin de l'Europe avant de s'imprimer au fer rouge sur son visage : de l'Atlantique à l'Oural, la dialectique de la domination et de la servitude n'a pas fini de diviser l'Europe. Ce que l'Europe a imposé au monde, lui serait-il donc désormais imposé comme une fatalité, ou plutôt, selon l'expression de saint Paul, comme une « colère divine » (Romains 1, 18) ? La domination des maîtres et la violence faite aux esclaves furent un crime et un remords avant de devenir une idéologie de race. Et le sang répandu sur toutes les terres d'Europe a pu emporter des régimes, des partis et des Etats : il avive encore la soif de la maîtrise et l'âpre violence. Je salue aujourd'hui les peuples européens dominés par cette Europe dominatrice. Je salue leur résistance et leur solidarité.

La révolte des esclaves fut le destin réservé aux autres par l'Europe ; elle est devenue son lot et son tourment avant de devenir une idéologie de classe. Que toutes les larmes versées dans ces luttes et ces combats emportent les régimes, les partis et les Etats nourris par l'esclavage et affamés de servilité. J'en appelle aux peuples européens tentés et séduits par cette Europe d'esclaves. Je fais appel à leur lucidité et à leur vigilance.

Deux guerres mondiales ont jailli de l'Europe brisée par son destin de maître asservi, et les divisions de l'Europe qui en sont résultées ont compromis son avenir. Elles n'ont pas empêché sa richesse. L'Est et l'Ouest se combattent jusqu'à la mort exclusivement ; mais, avec d'autres, nous faisons payer le prix de nos guerres et de nos armements par les peuples de la faim. Maître ou esclave, l'Européen s'est voulu et s'est fait riche... au détriment des plus démunis de ce monde. Pour asseoir sa force et parfois sa violence, l'Europe a affaibli et appauvri tant de peuples ; elle a beaucoup donné et donne encore de son superflu, mais elle a pris du nécessaire des pauvres. Notre surdité et notre mutisme devant le cri des exploités crient vengeance au ciel.

Il est, paraît-il, des lois du marché et des règles économiques. Comment ces lois et ces règles seraient-elles justes puisqu'elles ont inscrit sur notre planète la frontière de la faim entre le Nord et le Sud ? Ne nous laissons pas dominer par la mauvaise conscience. Mais devenons libres dans l'aveu de notre complicité avec la misère des pauvres. Il est juste et bon d'y remédier ; il est plus nécessaire encore de ne pas nous cacher la malédiction des riches festoyant aux dépens de Lazare (Luc 16).

Cette malédiction frappe l'Europe comme pour un crime de sang. A la fois maître et esclave, riche menacé de misère par sa richesse même, l'Europe n'a cessé de s'en prendre à son propre sang. Elle a versé dans les guerres le sang donné à ses enfants et a voulu les nourrir de la sueur des autres. Voici qu'à présent, comme épuisée de violence, elle ne donne plus que parcimonieusement la vie. L'Europe meurtrie tarit les sources de la vie. La fécondité de l'amour se trouve attaquée et les fruits de l'amour avortent.

La violence des maîtres et des esclaves, l'enrichissement des riches et l'appauvrissement des pauvres se redoublent dans la détresse du couple humain dont l'amour est sans vie et la vie sans amour. Domination et séduction se disputent l'homme et la femme dans une Europe plus inquiète de survivre que de payer le prix de la vie. Maître ou esclave, riche ou pauvre, l'homme et la femme d'Europe sont plus déchirés par leurs contradictions meurtrières que vivifiés par le souffle de l'amour.

*

L'Europe est-elle donc condamnée au désespoir auquel l'acculent les critiques et les négations de sa propre jeunesse ? Les hommes de notre génération sont-ils donc condamnés à la nostalgie des gloires passées, au constat de contradictions insurmontables, à la mauvaise conscience pour des crimes dont ils ne voient pas comment porter la responsabilité ? La jeunesse européenne est-elle réduite à une apathie mortelle ou contrainte à une violence morbide ?

Nous savons pourtant que, aujourd'hui autant qu'hier, des hommes de courage n'hésitent pas à travailler pour la justice et produisent des fruits admirables par leur générosité. Comment expliquer que cette multitude d'efforts réels demeure le plus souvent cachée et semble ne jamais pouvoir vaincre les forces contraires ?

De même que les démons de la violence se dissimulent sous l'apparence d'une honorabilité complice, de même les œuvres de paix sont condamnées à la méconnaissance et à l'oubli, tant que notre regard n'est pas délivré de son péché pour les reconnaître. Le bien qui est réalisé ne peut jamais trouver son visage tant que le mal accompli n'est pas nommé et le pardon reçu.

L'Europe n'est pas « sans espérance et sans Dieu dans le monde » (Ephésiens 2, 12). Car elle n'est pas sans Messie, « étrangère aux alliances de la promesse » de Dieu (Ephésiens 2, 12). La situation spirituelle de notre temps n'est pas une catastrophe, car l'espérance qui nous a été donnée « ne déçoit pas » (Romains 5, 5). Rien ne doit être nié de nos violences et de nos fautes, mais « nous qui étions loin, nous avons été rendus proches par le sang du Messie. C'est Lui notre paix : de ce qui est divisé, Il a fait une unité » (Ephésiens 2, 14). Rien ne doit être minimisé de la crise de notre temps, ni sa violence, ni son injustice, ni la haine, ni le refus de Dieu. Mais tout peut être expié : nous en avons la foi ; tout peut être réconcilié : nous en avons l'espérance ; l'amour nous a été donné (Romains 5, 5) pour y œuvrer.

Le peuple élu de Dieu célèbre aujourd'hui même le Jour de la Grande Expiation, Yom Kippour. Quelle repentance et quelle expiation les nations chrétiennes devraient-elles manifester pour recevoir le pardon des innombrables innocents massacrés ? « Il a été méprisé, laissé de côté par les hommes, homme de douleurs, familier de la souffrance, tel celui devant qui l'on cache son visage... En fait, ce sont nos souffrances qu'il a portées, ce sont nos douleurs qu'il a supportées. Nous l'estimions châtié..., humilié. Mais il était déshonoré à cause de nos révoltes, broyé à cause de nos violences... et dans ses plaies se trouvait notre guérison » (Isaïe 53, 3-5). Telle est la foi d'Israël : sa souffrance, celle de son Messie broyé par nos contradictions meurtrières, est expiation et purification des péchés du monde (Isaïe 53, 10). Telle est la foi du peuple de Dieu tout entier ; tout est soumis au Mal dans une commune captivité (Galates 3, 22) ; mais le Messie a payé pour nous libérer de la malédiction en devenant lui-même malédiction pour nous

(Galates 3, 13). Nous, chrétiens, en avons la foi et l'espérance : le Christ Jésus, le Messie d'Israël, par sa croix, a tué la haine (Ephésiens 3, 16).

Sans Lui, il n'est pas d'avenir spirituel pour l'Europe qui fut chrétienne. Il est Celui qui peut encore réconcilier nos destinées en guérissant nos meurtrissures historiques. En Lui, il n'y a plus ni esclave ni maître en proie à la violence (Galates 3, 28). Il s'est fait pauvre pour nous enrichir de sa pauvreté. En lui, l'homme et la femme ne sont plus sujets aux contradictions réciproques (Galates 3, 28). Comme en Lui, il n'y a plus ni Grec ni Juif (Colossiens 3, 11), dans l'accès à la même Alliance de Dieu, tous en Lui nous pouvons n'être qu'un (Galates 3, 28), comme il est tout en tous (Colossiens 3, 11).

*

L'avenir de l'Europe ne repose pas d'abord sur sa force politique. Il ne dépend pas de sa condition économique ni même de son héritage culturel. Cet avenir reste précaire entre les mains d'hommes et de femmes séparés par la haine. Notre avenir est à l'espérance et à la foi dans Celui qui expie chaque jour nos violences et nos injustices. Lui appartenir par la foi, c'est entrer dans la Promesse faite par Dieu « en faveur d'Abraham et de sa descendance pour toujours » (Luc 1, 55).

Cette promesse constitue pour nous, chrétiens des nations européennes, une vocation et un devoir urgent afin que l'Europe entière accomplisse au service de toutes les nations l'espérance dont elle a été la source. Jean-Paul II le disait l'an dernier, lors de son voyage dans votre pays. Ayant évoqué les relations passées entre l'Allemagne et la Pologne, il ajoutait : « La construction d'un avenir meilleur pour les nations n'est pas seulement possible, mais elle est une grave obligation pour nous, une tâche de notre temps en ce second millénaire après le Christ, qui est maintenant entré dans sa dernière étape » (discours d'adieu à l'Allemagne, 19 novembre 1980).

S'adressant à la nation allemande, il lance à l'Europe un appel « pour une civilisation mondiale de l'amour », appel, dit-il, qui est « un défi » en même temps que « la réponse historique du futur aux douloureuses expériences du passé ».

Il estime en effet que le temps est venu. Car « il s'est écoulé suffisamment de temps depuis la catastrophe de la dernière guerre qui, avec ses images terrifiantes, est passée comme un tremblement de terre sur l'Europe et sur nos patries »... « C'est maintenant que nous commençons à penser à l'avenir de l'Europe, non pas à partir d'une position de domination économique et d'égoïsme, mais du point de vue de la civilisation de l'amour qui donne à chaque nation les possibilités d'être elle-même, et qui permette à toutes les nations de se libérer, d'une manière communautaire, de la menace d'un nouveau conflit et d'une destruction mutuelle. L'amour permet à chacun de se sentir vraiment libre dans la pleine acquisition de sa propre dignité. Pour cela, il faut contribuer à la politique d'une juste solidarité qui rende impossible à quiconque d'exploiter le prochain pour son propre intérêt. En même temps, on évite toute forme d'abus et d'oppression » (discours d'adieu à l'Allemagne, 19 novembre 1980).

Je suis venu à vous, conscient de la part d'histoire et de douleur dont je suis le témoin, obéissant à un impérieux devoir pour prêter ma voix comme malgré moi, à cet appel adressé à l'Europe entière.

J'ai voulu porter en moi-même, et présenter ici publiquement la mauvaise conscience des anciens, le silence des pères, la révolte des fils, pour que nos nations retrouvent, dans le pardon et la paix, la joie et la fierté de leur propre histoire où déjà l'amour a accompli de si hautes œuvres de civilisation. J'ai voulu travailler à changer la mauvaise conscience et son silence de honte en parole de délivrance, et le soupçon stérilisateur en courage de la vérité. Il appartient aux chrétiens – pour leur part – de transformer l'aveu du péché en joie de la réconciliation, la reconnaissance des faiblesses et des grandeurs du passé en force pour l'avenir, pour répondre à l'appel que les hommes de tous les continents adressent à notre vieille Europe par la voix de Jean-Paul II.

LES SOURCES CHRÉTIENNES DE LA CULTURE EUROPÉENNE*

— *Il semble que l'Eglise catholique soit favorable à l'idée de l'Europe. Mais laquelle ?*

— Il faudrait restituer ici un concept qui n'a plus cours actuellement, celui d'Europe centrale. L'Europe centrale a joué dans la culture contemporaine un rôle décisif, et qui maintenant semble estompé. Que ce soit Kafka, Freud, Einstein et tant d'autres, l'ensemble de la culture moderne avait trouvé son équilibre quelque part entre Vienne et Paris, en passant par Berlin, Cracovie, Prague, Munich, Milan... Il faut des expositions rétrospectives à Paris, pour que la classe intellectuelle s'en souvienne et mesure combien l'Europe rendue muette a émigré et s'est retrouvée, quand elle a survécu, aux Etats-Unis, plus rarement en France ou en Angleterre, ou dans différents pays occidentaux. Avant le rouleau compresseur de la domination communiste, était passé le rouleau compresseur du nazisme totalitaire...

Voilà une première tâche : reprendre la mesure culturelle et historique de l'Europe, dans sa part cachée à nos yeux : l'Europe centrale, éclatée ou disparue, et l'Europe de l'Est, y compris la Russie qui fait partie du patrimoine historique de l'Europe, de sa culture.

— *Vous n'avez donc pas été étonné que le pape*

* Interview par Gwendoline Jarczyk et Henri Tincq, dans *La Croix*, 31 mars 1984.

Jean-Paul II emploie l'expression « de l'Atlantique à l'Oural », pour parler de l'Europe ?

– L'Europe était, est composée de nations diverses dont beaucoup ont, jusqu'à ces années récentes, disparu de notre horizon. Nous avons intégré comme un fait acquis la disparition de l'Europe centrale, à la suite des deux guerres mondiales. Les vainqueurs de 1918 s'étaient façonné une certaine Europe. Ceux de 1945 se la sont partagée. Et nous avons pratiquement calqué l'« idée européenne » sur la situation géopolitique et stratégique de la guerre froide et des années qui ont suivi. Il n'y a plus que l'Europe de l'Ouest et l'Europe de l'Est. Entre les deux, le rideau de fer. Et à Berlin, le mur.

Le drame de cette violence et de cette séparation affecte d'une perte de mémoire la plupart des nations européennes, du moins les nations occidentales. Kundera disait récemment que l'Europe centrale avait été « vampirisée », vidée de son contenu, de sa substance par les régimes politiques d'inspiration marxiste-léniniste et par les événements historiques qui ont suivi leur instauration.

– *Mais comment expliquez-vous un tel silence ?*

– C'est une question qui demeure pour moi mystérieuse. J'appartiens à la génération qui avait vingt ans au lendemain de la guerre 1939-1945 et qui a vécu sur le témoignage des gens de l'entre-deux-guerres. Sur l'avant 1939, le silence régnait : pourtant, le grand bouleversement des sociétés civiles de l'Europe centrale avait déjà largement commencé, en partie sous l'influence du traité de Versailles. A lire par exemple aujourd'hui les mémoires des témoins de l'Autriche-Hongrie du début du siècle jusqu'à la veille de la Deuxième Guerre mondiale (comme Manès Sperber), on mesure l'attitude de l'intelligentsia occidentale qui a eu peur et qui a cédé deux fois : devant les débuts du léninisme, devant les débuts de l'hitlérisme.

C'est, me semble-t-il, le même processus qui a joué et, au lendemain de la guerre, la même démission des intellectuels et les mêmes complicités. On a laissé croire que tout allait bien. La France était très fière de son prestige en Tchécoslovaquie... On n'a pas dit la vérité. C'est tout. Et ces nations ont littéralement disparu de la conscience occidentale, au moment même où leurs sociétés civiles se trouvaient menacées sinon démantelées par le léninisme et les armes soviétiques. Les témoins n'osaient souvent rien dire. Les émigrés ne disaient rien ou ne pouvaient pas être entendus.

– *Quels sont les points forts de notre identité européenne ?*

– Il nous faut méditer notre histoire, nous rappeler les héritages culturels qui ont formé nos nations : byzantin, latin, grec, germanique, l'héritage juif et hébraïque. Le christianisme a été la matrice de toutes ces cultures et de tous ces peuples. Il faut en prendre conscience, le mesurer à nouveau par-delà l'illusion d'optique qu'on appelle la crise de la sécularité et par-delà l'aveuglement sur l'univers idéologique qui arrache l'Europe à elle-même. Il convient de prendre acte d'une situation de fait, d'une dimension de notre histoire qu'il serait mortel d'ignorer.

Car l'Europe a sécrété des outils de pensée, d'action et de convialité sociale aujourd'hui planétarisés. Ces outils ont été produits par le christianisme. Ils se sont parfois retournés contre lui, ils en sont parfois des fruits pervertis, mais ils demeurent des produits du christianisme.

– *Quels sont ces outils ?*

– Premièrement, *la science rationnelle.* L'Europe n'a pas été le seul univers qui ait produit de la science : la Chine et le monde asiatique, le monde arabe en ont produit aussi. Mais c'est la rationalité et la technologie occidentales qui, actuellement, envahissent le monde et s'imposent avec leurs normes, leurs critères et leurs produits. Cette praxis pensée, cette technique impose une structuration du monde venue de l'Occident, en rapport étroit avec sa propre genèse, avec sa matrice chrétienne.

Deuxièmement, ce sont les Européens qui ont fait le tour de notre planète et qui ont fait *une sorte d'inventaire de l'espèce humaine.* Ce ne sont pas les Japonais qui ont découvert l'Europe, ce sont les Européens qui ont découvert le Japon. Ce ne sont pas les Amérindiens qui ont découvert l'Europe, ce sont les Européens qui ont découvert l'Amérique. De tels projets, de telles réalisations ne sont pas sans rapport avec l'idée que les hommes se font d'eux-mêmes, de leur rapport à autrui, de l'univers. Pourquoi certaines sociétés sont-elles immobiles ? Pourquoi y a-t-il des sociétés mouvantes et motrices ? Ce n'est pas sans rapport avec le contenu des représentations qui les habitent et qui les structurent.

– *Mais n'est-ce pas son esprit de conquête que l'on reproche à l'Europe ?*

– Certes, les grandes découvertes ont pu revêtir les formes du colonialisme ou de l'expansionnisme. Mais c'est aussi, troisièmement, de l'histoire des nations européennes qu'est né *l'état de droit,* au service du bien commun des personnes et de leur dignité individuelle. Et cela est devenu un idéal universel. Dans le même temps, cet idéal sert parfois à justifier un peu partout iniquités et dénis de droit : une vérité sur l'homme devient mensonge des hommes.

Ainsi la science et la technique, la découverte du monde et de la totalité de l'espèce humaine, la démocratie sont liées fondamentalement à l'héritage de la Bible et de la foi : le christianisme est destiné à tous les hommes et présenté de fait à tous les continents.

De même, quatrièmement, les grandes ambitions sociales qui, actuellement, inspirent les convulsions du monde, y compris l'idéologie impériale qui s'en prend à l'idée du règne de Dieu et du Roi-Prêtre, sont présentées à l'ensemble des peuples comme outils de référence, de promotion, de développement. Or, l'idée même du *dé-*

veloppement est un produit de l'Europe chrétienne pour le meilleur et pour le pire.

— *Vous avez parlé de valeurs perverties de l'héritage du christianisme en Europe. Qu'entendez-vous par là ?*

— Si on reprenait les tentations du Christ au désert et tout le récit de l'Exode comme lieu archétypal, on retrouverait fondamentalement ce que j'appelle une perversion. C'est-à-dire le mal qui ne s'éveille qu'à la lumière de la révélation du bien et qui ne s'y substitue que sous couvert de bien.

La rationalité et la science, l'unité de la planète et les types de société élaborés en Europe (« de l'Atlantique à l'Oural » — je cite Jean-Paul II et non le général de Gaulle...) sont comme des fruits historiques de l'adhésion des nations européennes à la grâce de l'Alliance et de l'élection en Jésus-Christ. Mais cette puissance, rendue « par grâce » et donnée « par création » à la raison et à la liberté des hommes pour leur propre bien, reste toujours confiée aux libertés et aux options des personnes fragiles et pécheresses. Les dons les meilleurs peuvent ainsi aboutir aux pires perversités et obnubilations. Mais l'intelligence et la volonté des hommes peuvent être à nouveau délivrées de leurs péchés et de leurs faiblesses par Dieu riche en miséricorde. Pour nous convertir, ne faut-il pas reconnaître les talents reçus et confesser en les nommant nos défaillances ?

— *Par rapport à cet héritage et à ces défaillances, quel est le comportement que, selon vous, devraient avoir les Européens ?*

— Des problèmes qui étaient internes à l'Europe sont aujourd'hui projetés à l'échelle de la planète, de toute l'humanité — avec le choc en retour des autres traditions culturelles vivantes qui contestent ou assimilent cet apport de la culture européenne. Il n'est pas inimaginable que l'héritage de notre culture soit un jour repris par d'autres groupes humains qui en assurent les transmutations et les reprises de sens.

Mais présentement, notre responsabilité à l'égard du monde entier suppose une reprise de conscience, une « anamnèse » de notre propre histoire, pour comprendre en quoi ce que nous faisons présentement est bien ou mal, conforme ou non au bien de l'humanité. Où se trouve la racine de nos richesses ? Où se trouvent les causes de nos perversités ? De la sorte nous pourrons remédier de quelque façon à nos fautes et exercer notre responsabilité.

A mon sens, les maladies de l'Europe ont quelque chose de spécifiquement chrétien, au moins dans leurs racines. Toutes les nations ont leurs idoles. Que les idoles des nations européennes soient l'ivresse de la rationalité, la manipulation de la communication et l'exercice du pouvoir d'Etat contre la société civile, n'est-ce pas le signe d'idées chrétiennes devenues de folles idoles ?

— *Selon vous, la crise de la civilisation moderne est donc spécifiquement chrétienne ?*

— Au cœur de cette idolâtrie se cachent des défaillances de la foi. Or, seule la foi guérit les maladies de la foi. Seule une reprise du sens chrétien de l'homme peut permettre aux Européens d'affronter la modernité qui est un fait d'origine chrétienne.

Ainsi, la sécularité n'est pas une méconnaissance de Dieu ; c'est le problème que Dieu pose en son incarnation à la conscience obscurcie d'un croyant. Ainsi, la technologie et la science ne s'accordent des pouvoirs démiurgiques qu'en vertu d'une souveraineté sur le monde que seule la raison humaine placée face à son Créateur peut oser penser. Ainsi, l'ambition des régimes fondés sur les principes du matérialisme dialectique ne peut se comprendre que comme une eschatologie sécularisée : contradiction qui nie les sociétés où elle s'affirme. De même, les problèmes raciaux et ethniques sont inscrits dans la cohabitation des hommes dispersés, appelés par la tradition même du christianisme à se reconnaître tous créés fils d'Adam. Nous avons été tentés sur les biens reçus.

Il est du devoir des Européens de reprendre racine dans les sources chrétiennes de notre culture pour apporter un remède spécifique à nos problèmes les plus actuels. Pour notre bien d'Européens. Mais aussi pour accomplir notre responsabilité à l'égard du monde.

— *N'est-ce pas là mettre en accusation l'histoire chrétienne de l'Europe ?*

— C'est par la foi en Dieu qui nous a fait grâce et nous a associés en Jésus-Christ à son Alliance salvifique que nous pourrons, nous Européens, reconnaître notre dignité de personnes créées à son image et appelées à vivre en frères par la liberté de son Esprit. C'est par la foi que nous pourrons reconnaître les bienfaits de Dieu nés de la foi de nos pères en son Evangile de salut. C'est par la foi que nous pourrons discerner dans notre héritage culturel le surcroît promis à nos pères qui ont cherché sa justice.

Mais c'est par la foi encore que nous confessons les fautes commises contre les dons reçus, nos péchés et leurs figures concrètes. C'est par la foi que nous reconnaissons les dimensions sociales et historiques de l'injustice et de la violence perpétrées au nom de la paternité divine et de la fraternité humaine, au nom de l'absolu, du vrai et de la liberté de l'Esprit. C'est par la foi que nous pouvons nommer le mensonge homicide qui divise l'Europe, l'asservit ou l'aveugle quand il prend le masque de la dialectique, du matérialisme et de l'idéologie. Dans l'aveu de nos fautes, nous faisons mémoire de la foi chrétienne qui a permis au continent européen de trouver son unité dans la multiplicité de ses peuples. Cela, Jean-Paul II a voulu le dire à Vienne même, au cœur de l'Europe.

— *Comment, dans cette reprise de conscience d'une identité et d'une responsabilité européenne spécifiques, situez-vous le rôle particulier des Eglises ?*

– Revenons à l'Europe centrale. Nous Français, nous l'avons laissée dans l'oubli, et nous avons recouvert de silence l'emprise communiste qui menace ses peuples.

On ne peut pas étouffer indéfiniment les gens. Il faut parler. Il y a toujours des gens qui parlent. On le voit actuellement, y compris en Russie. On ne peut étouffer l'ancienne culture qui fait partie de la Russie actuelle. Il est important de ne pas être complice de cet étouffement et de nommer la violence qui arrache l'Europe à elle-même.

Et les nations n'ont pas totalement acquiescé à cet oubli, les peuples n'ont pas accepté d'être niés dans leur existence sociale et européenne. J'en ai été très frappé à Vienne, comme à Cracovie : cela saute aux yeux. Les Eglises peuvent être, pour cette Europe centrale, une caution de leur mémoire, une garantie de sa vie sociale. Elles demeurent les témoins et les instruments de la transmission maternelle de la foi, les signes de vie pour des sociétés dont l'histoire chrétienne a enfanté les identités nationales.

Autre chose : qui peut rassembler les foules en Pologne et en Amérique latine comme le fait le pape ? Il y est le témoin d'une communion « réelle » malgré les fractionnements inexpiables qui nient finalement que l'homme soit le même, avec les mêmes droits et les mêmes devoirs, digne du même respect, appelé à la même vocation divine, de part et d'autre d'une frontière idéologique. La défense, au nom du Rédempteur de l'homme, de la simple humanité de l'homme commune à tous, le témoignage rendu à l'humble condition du croyant, manifestent la communion d'un corps ecclésial au travers des fractures de l'humanité.

Les Eglises locales, particulières dans l'Eglise universelle, donnent figure à cette communion, quelles que soient les diversités de leur conditionnement culturel en chaque nation, en chaque pays.

– *Il n'y a pas que des évêques catholiques en Europe...*

— Il faut ici parler des évêques catholiques, mais aussi des évêques et responsables des autres confessions chrétiennes. Car, en établissant une communion sacramentelle, les Eglises opèrent une réconciliation dans le corps déchiré de l'Europe. De ce point de vue, l'œcuménisme au sens strict du mot, notamment l'œcuménisme entre l'Eglise d'Orient et les Eglises d'Occident, paraît une tâche capitale. Le principe sacramentel de communion et de réconciliation s'exerce aussi à l'extérieur de l'Europe. La même communion qui s'opère par la croix à l'intérieur de notre déchirement tient ensemble pour les rassembler les parts divisées d'une humanité menacée par la guerre.

— *La guerre ? La communion chrétienne peut être plus forte que la guerre ?*

— Ce principe de communion, c'est la croix du Christ. La croix donne aux croyants, qui ne sont pas forcément des leaders politiques, les moyens de notre régénérescence interne — au sens où un tissu vivant répare une blessure. Ce n'est pas seulement ni d'abord au niveau des Etats que peut se réaffirmer cette communion de destin. Ce ne sont pas seulement nos sociétés qui ont à réagir contre la menace mortelle du mensonge et de l'idéologie. C'est le tissu de nos engagements personnels et de nos relations sociales qui est capable de se régénérer. Si les pauvres et les humbles de nos pays sont capables, par la foi, de redécouvrir et de pratiquer les valeurs fondamentales du pardon, de l'amour et de l'espérance, il se produit un changement effectif dans notre histoire et le bien commun de nos sociétés s'en trouve confirmé.

Notre foi en notre Créateur et Rédempteur qui a vaincu le monde sur la croix demeure historiquement la source de l'existence et du renouveau de nos sociétés menacées.

L'EUROPE, LE PAPE ET L'UNIVERSALITÉ*

– A Saint-Jacques-de-Compostelle, à Vienne, le pape Jean-Paul II a dit et répété : « L'unité de l'Europe se fera par rapport à la foi. »

– Cette affirmation relève de l'évidence la plus aveuglante. Car actuellement, l'Europe historique est brisée par l'opposition entre l'Est et l'Ouest, au point que, pour des raisons stratégiques et idéologiques, la nation allemande a été coupée en deux Etats aux fins de maîtriser celle qui fut, à deux reprises, la plus grande puissance continentale. Ce calcul politique des vainqueurs de 1945 a des conséquences inverses du but envisagé : nous assistons à un réveil de la nation allemande, pourtant cisaillée par la division idéologique de l'Europe.

Or, les nations européennes ont une histoire commune née de la jonction entre des populations extrêmement variées : des peuples méditerranéens et de l'Ouest européen, jusqu'aux populations germaniques et slaves évangélisées aux alentours du Xe siècle. Leur matrice profonde vient de la rencontre de la tradition juive et chrétienne avec la tradition gréco-latine. L'unité de l'Europe ne résulte pas d'une organisation politique en aval,

* Réponse aux questions posées par le journal brésilien *Veja*, 23 octobre 1983, reprise dans le *National Catholic Register*, Los Angeles, 16 septembre 1984.

mais d'un mode de vie commun, convivial, presque familial en amont. L'actuel état de division s'avère une violence qui entraîne une perte culturelle énorme pour l'humanité tout entière. L'Europe subit ainsi les conséquences de ses propres errements : ses divisions idéologiques ne sont pas les fruits d'une force étrangère, mais les produits mêmes de la culture européenne, à savoir les utopies politiques, l'esprit scientifique, le bouleversement technologique qui s'en est suivi et qui a ensuite investi la totalité de l'univers. Les Etats-Unis et l'Amérique du Sud sont, pour l'essentiel, une excroissance de l'Europe qui a transplanté son propre asservissement dans le Nouveau Monde. C'est en Amérique du Nord et du Sud qu'ont été transplantés les dizaines de millions d'esclaves africains. Le Nouveau Monde paie aujourd'hui la dette d'un crime ancien. Que l'esprit de fraternité chrétienne fasse surgir un plus grand bien, c'est dans la logique de la foi. Dieu tire le bien du mal. Cela vaut aussi pour les cultures et leur histoire.

Vous, vous portez nos espérances et nos péchés, les mêmes, mais avec une illusion de plus. Les maux dont nous souffrons actuellement – accaparement des richesses et matérialisme, abus technologiques, idéologies totalitaires, notamment marxistes, utopies sociales – sont tous les fruits de l'Europe. S'agit-il là d'adversaires du christianisme qui lui seraient comme étrangers ? Non, ce sont les tentations mêmes des chrétiens, les fautes, les épreuves, les dérives, les produits de peuples chrétiens.

Pour guérir le mal, il faut donc revenir à la source commune. Si un homme de Dieu, croyant en Dieu, commet une faute, il ne pourra en assumer les conséquences que dans sa conversion intime ; de même que pour guérir, il faut à l'humanité refaire le chemin inverse et comprendre à quel endroit elle s'est fourvoyée, a pris un faux chemin, a méconnu une possibilité, quelle part de vérité elle a laissé échapper. Prenons l'exemple du marxisme, une idéologie qui inversa et accomplit la philosophie de Hegel, laquelle constituait elle-même l'aboutissement d'une ambition rationnelle suscitée par le christianisme : c'est en fait une « théologie » chrétienne, mais sécularisée et inversée. Ne nous étonnons donc pas de trouver, dans le marxisme réel et réalisé, comme un concentré de toutes les tentations de l'esprit humain habité par l'absolu. Si nous voulons remonter à la source, il nous faut reconvertir tout cela. Certains penseurs russes, chrétiens, des années 20-30, l'ont très bien vu. Véritable épreuve spirituelle...

Le sort historique de toute l'humanité se joue aussi, sinon uniquement, en Europe. Nous avons, nous Européens, à faire face aux crises dont nous avons été autrefois l'origine avant d'en être maintenant les victimes. Il y a trente ou quarante ans, avant les secousses terribles du stalinisme et de l'hitlérisme, nous parlions encore, en France, de l'Europe centrale comme d'un concept culturel et pas seulement géographique. L'Europe centrale désignait, certes, l'espace de l'Allemagne aux Balkans, mais surtout l'unité culturelle qui faisait communiquer Paris, Londres, Milan, Rome et Madrid avec Weimar, Berlin, Cracovie, Prague, Budapest, Sofia et Moscou. Cette Europe-là, unique et irremplaçable, était un laboratoire d'idées, un opéra d'arts, un oratoire de foi. Nous autres, Européens occidentaux, nous sommes blessés tels une branche coupée du tronc. Nous ne sommes plus la culture véritablement européenne, même et surtout si, à un moment donné, la culture française fut un ferment de l'Europe, de Moscou à Berlin. Courte est notre mémoire en oubliant ce qu'est cette Europe. Les peuples de l'Est, eux, le savent et s'en scuviennent. Et les gens du Nouveau Monde parfois le voient mieux que nous, mais parfois aussi l'ignorent complètement.

— *Un pape venu de l'autre côté de l'Europe peut-il être le symbole de cette possibilité d'union ?*

— Je l'espère, car sa seule existence a fait craquer les murs de séparation et sortir de la clandestinité et de l'enfouissement ce socle commun de la culture européenne qu'est le christianisme.

— *Du point de vue pratique, quelque chose a-t-il déjà changé ?*

— Je résume très sommairement. D'abord, avec la décision même prise par les cardinaux pour l'élection de ce pape — secret de leur délibération et secret de Dieu en son dessein sur lequel on ne peut que spéculer —, réapparaît au grand jour, aux yeux des Occidentaux toute une part de l'Eglise jusqu'alors enfouie, voire oubliée.

Un fait m'avait beaucoup marqué au moment de l'élection de Jean-Paul II. J'avais rencontré à Paris des réfugiés vietnamiens, des *boat-people*, qui se sont mis à pleurer de joie quand ce pape a été élu. Je leur ai demandé pourquoi. Ils m'ont répondu : « Lui, il sait ce que c'est que d'être privé de sa patrie, il est polonais, il nous comprendra. Vous, Français, vous ne pouvez pas nous comprendre. » J'en fus étonné et bouleversé : cette part polonaise du christianisme éprouvé apparaissait comme le symbole de la réapparition de toute l'Eglise cachée et méconnue. Dans cette ligne, le discours sur la liberté religieuse tenu le 14 août à Lourdes par Jean-Paul II est capital pour faire comprendre aux Eglises des pays d'Occident que la persécution est une condition ordinaire de l'Eglise qui remplit sa mission.

Deuxième résultat très caractéristique : grâce au plus haut responsable de l'Eglise, l'entrée délibérée de la culture moderne dans le cours de la pensée chrétienne. Exemples : cet été un colloque s'est tenu à Castelgandolfo, la résidence d'été des papes. Jean-Paul II avait invité des universitaires catholiques, juifs, protestants, athées, d'Allemagne, de France, de Pologne pour discuter de questions philosophiques et scientifiques dont il souhaitait être au courant. Ou encore, dans ses discours du mercredi, où Jean-Paul II médite sur la condition de l'homme comme créature, on trouve en notes des citations de la plupart des grands penseurs contemporains.

Toute une culture universitaire sous-tend sa réflexion. Nous avons un pape qui a lu dans le texte les plus grands auteurs modernes. Cette modernité n'est pas livresque, mais repose essentiellement sur l'expérience d'une Eglise qui s'est affrontée aux grands empires idéologiques, à la fantastique tentative prométhéenne de maîtrise de l'homme sur la vie sociale : le marxisme. Un pape venu d'une Eglise successivement broyée par la guerre, persécutée par le nazisme, qui a dû se battre pour maintenir son identité nationale et qui, depuis 1944, résiste, en un affrontement quotidien, au socialisme réel, voilà une expérience de la modernité que n'a aucun autre pays occidental ! Jean-Paul II est bien, aujourd'hui, le « plus moderne des Européens » (et des autres), pour reprendre la formule qu'Apollinaire appliquait à Pie X.

Troisième point : ce pape s'est donné comme objectif – il l'a dit clairement dès son premier discours – de tirer les fruits de Vatican II. Et il le fait avec force et audace. Sa décision de visiter les Eglises est manifestement un moyen pour leur permettre de prendre toute leur dimension catholique. Lorsque Jean-Paul II va dans un pays, l'important n'est pas ce qu'il voit, mais que les Eglises se rassemblent pour accueillir le pape : ainsi, les Eglises elles-mêmes se constituent comme des sujets. La venue du pape force des hommes et des femmes à se situer, à réfléchir et provoque les Eglises à se présenter elles-mêmes à elles-mêmes et au monde, bref à exister. Les positions qu'il prend dans les différents pays ont ceci de particulier que, disant ce qu'il juge opportun, il le dit en ajustage très respectueux et délibéré avec les épiscopats locaux – jamais en contradiction avec eux. Le pape se présente comme l'évêque de Rome, successeur de Pierre, « vicaire de Pierre » comme il l'a encore récemment déclaré, et à ce titre il a le droit de parler aux peuples entiers et aux évêques qu'il vient conforter, aider, respecter, encourager.

Enfin, soulignons l'accent mis sur l'aspect anthropologique du christianisme. C'est important pour l'Eglise et pour la conscience humaine en général. En même temps qu'il exprime une doctrine sur l'homme considéré pour lui-même, Jean-Paul II la situe de façon vigoureuse dans la lumière de la révélation chrétienne. Il ne développe pas une sorte de philosophie générale qui serait un fonds commun indépendant de toute prise en considération de la foi. Le discours anthropologique qu'il tient aux chrétiens provient de la figure du Christ rédempteur, lui-même image d'une ressemblance achevée de Dieu, et en qui seul l'homme créé peut se reconnaître. Il découle d'une christologie et ne peut être reçu et perçu que dans l'acte de foi. Ce n'est pas en vain que sa première encyclique a pour titre *Redemptor hominis* et que l'une des dernières portes sur la miséricorde qui substitue le pardon et la puissance de l'amour à la violence du conflit, cette tentation hégélienne appliquée aux Etats et aux relations sociales. Par cette abnégation radicale même à l'extérieur de l'Eglise, ce discours anthropologique devient crédible parce que nous sommes à l'époque où, précisément, les hommes entrent en crise de leur propre humanité.

Ainsi le pape Jean-Paul II se présente-t-il comme le témoin, croyable et croyant, de l'universel – de l'Homme accompli, le Christ. Il définit par là même le rôle de chaque chrétien dans le monde présent.

La fécondité spirituelle du tiers monde

DE QUEL PRIX PAYONS-NOUS NOTRE AVANCE ?*

Nous, les pays riches, nous paraissons resplendir de la beauté de la vie et de sa somptuosité.

Nous, les pays riches, nous regorgeons de toutes les richesses du monde et de ce qui fait la joie de la vie.

La terre semble en nos mains. Mais elle ne nous appartient pas. La terre entière vient de Dieu qui l'a confiée à tous les hommes.

Nous, les pays riches, nous avons aspiré à notre profit toute la vie du monde. Et c'est pourquoi nous sommes peut-être déjà morts. Car nous sommes en train de perdre notre âme.

En ce moment même, le plus grand nombre des hommes de notre terre, des peuples entiers, sont condamnés à mort par la famine, la misère et la maladie. Leurs fragiles cultures s'effondrent sous la pression de nos progrès qui les dominent.

Mais alors, c'est notre propre civilisation qui signe son arrêt de mort : quand nous n'accordons pas aux moins avancés l'égale dignité des enfants de Dieu, quand nous voulons conquérir à notre profit le monde entier et ses richesses, alors que Dieu les a donnés à tous les

* Intervention lors de la réunion de prière en l'église Saint-François-Xavier, Paris, à l'occasion de la Conférence des pays les moins avancés, 9 septembre 1981.

hommes pour leur bonheur, quand nous enlevons ainsi à nos frères leur dignité d'hommes, nous perdons la nôtre.

Notre âme est morte de la mort de nos frères.

Les pays les plus avancés meurent de la mort des pays les moins avancés. Une nation riche qui perd son âme est une nation de morts. Une culture somptueuse qui perd son âme est une culture de morts.

Les systèmes économiques, quelles que soient leurs ambitions pour une meilleure justice, qui tolèrent de laisser mourir dans l'indignité des millions d'hommes, sont des maisons de morts.

Et une nation dont l'âme est morte, une culture qui a perdu ses raisons de vivre, des systèmes économiques et sociaux qui contredisent pratiquement les objectifs qu'ils se proposent, ne peuvent alors enfanter eux-mêmes que le néant et la destruction. Et c'est bien ce que nous constatons : de quel prix en effet les pays les plus avancés paient-ils cette avance ?

Pays menacés de mort par la perte de leur avenir démographique, « pays avancés » dont la jeunesse désespère, « pays avancés » où le désir est exaspéré puisqu'il est le moteur de la consommation et de la production, « pays avancés » où l'homme voit entravées sa liberté et sa culture, soumises aux plus puissantes idéologies niveleuses... « Pays avancés » où le génie de l'homme et toutes les ressources de sa richesse sont consacrés à construire des instruments de mort. De qui avons-nous tellement peur que toutes nos ressources s'accumulent dans des armes de mort plutôt que dans la générosité du don, plutôt que dans le partage de toutes les richesses ?

Les chrétiens auront ici reconnu en ma bouche la parole même de Jésus : « Quel profit y aura-t-il pour l'homme de gagner le monde entier, s'il vient à perdre son âme, sa vie ? Ou bien, que donnera l'homme en échange de sa vie ? » (Matthieu 16, 25-26).

Il est tout juste temps. Peut-être n'est-il pas déjà trop

tard, pour que nos cultures et nos histoires échappent au germe de mort qui ronge notre cœur : maladie mortelle, maladie doublement mortelle ; homicide puisqu'elle fait mourir des frères, suicidaire puisqu'elle nous détruit nous-mêmes.

Il faut pour cela que tous et chacun des hommes qui composent nos sociétés, acceptent une générosité plus grande qui leur rendra leur propre dignité. Car, en acceptant de partager avec ces hommes, nos frères, nous devenons véritablement leurs frères. Nous recevons ce qui constitue la dignité fondamentale de l'homme et sa vocation.

Je me suis adressé ici aux peuples les plus avancés, car la menace de mort spirituelle est pour eux la plus grande et la plus urgente ; tandis que la menace de mort physique est la plus immédiate pour les pays les moins avancés. En essayant, comme le fait votre conférence, de trouver les chemins difficiles pour maîtriser les processus économiques, sociaux, culturels qui permettent un plus grand respect des hommes au profit des pays les moins avancés, vous faites face à la menace la plus grave qui pèse sur les plus avancés : celle d'une autodestruction spirituelle, l'effondrement du colosse aux pieds d'argile.

Et vous, mes frères des pays où l'on meurt de faim, où l'on meurt de soif, où la vie est courte, précaire et fragile, où règne la maladie, gardez votre dignité ; c'est Dieu qui vous l'a donnée, c'est votre seule richesse et votre seule force. Et c'est vous seuls qui pouvez nous rendre notre dignité.

LE VISAGE DE L'AVENIR*

Jean-Paul II va reprendre son chemin de pèlerin. Et d'abord vers l'Afrique. Hasard du calendrier ? Peut-être, mais riche de sens. Rescapé de la mort après l'attentat dont il a été victime, alors que sa patrie d'origine subit, une fois de plus, une insupportable épreuve, le pape se fera à nouveau le témoin de l'unité de l'Eglise. Mais, pour nous, Européens, comme pour les peuples d'Afrique, il montre l'incroyable renversement des mentalités opéré en moins d'un siècle.

Dans l'imaginaire européen du siècle dernier, en effet, le continent africain était lié à la mort, et l'homme noir à la malédiction. C'est aujourd'hui son décollage économique qui nous paraît problématique. Même si des observateurs avertis nuancent maintenant cette opinion et décèlent des chances positives de l'avenir africain, le continent « mal parti » semble condamné pour longtemps à la faim, à la maladie et aux déchirements internes.

Et ce drame, cette mort humaine peut être le reflet de notre mort spirituelle. Nous, pays riches, nous avons aspiré à nous toute cette richesse matérielle. Et c'est peut-être pourquoi nous sommes déjà morts. Nous perdons notre âme. Notre civilisation signe son arrêt de mort quand nous n'accordons pas aux Africains l'égale

* Article dans *Le Monde*, 12 février 1982.

dignité des enfants de Dieu, quand nous voulons accaparer les richesses du monde entier. Quand nous enlevons ainsi à nos frères leur dignité d'hommes, nous perdons la nôtre. Notre âme est morte de la mort de nos frères. Les pays les plus avancés meurent de la mort des pays les moins avancés.

Il faut que tous et chacun des hommes qui composent nos sociétés acceptent une générosité plus grande, qui leur rendra leur propre dignité. Je l'ai dit devant la Conférence des Nations unies pour les pays les moins avancés (P.M.A.). Je le redirai chaque fois que l'occasion m'en sera donnée. Car en acceptant de partager avec ces hommes, nos frères, nous recevons ce qui constitue la dignité fondamentale de l'homme et sa vocation.

Visitant récemment pour la première fois une Eglise en Afrique, le Sénégal, j'ai été saisi par un espoir. Sur la terre d'Afrique, les jeunes Eglises noires nous donnent les signes éclatants de la surabondance de la vie. En dépit de leurs faiblesses, de leurs misères et de ce que nous nommons leurs « retards », ces peuples, accueillant l'Evangile, produisent des fruits qui remplissent d'admiration ceux-là mêmes qui en ont porté la semence. Dans sa fragilité présente, l'Afrique chrétienne est pour les vieux pays chrétiens qui semblent fatigués et usés la source d'une nouvelle jeunesse, le visage de l'avenir. Déjà, et cela est conforme à la logique de Dieu, l'Afrique rend au centuple ce qu'elle a reçu.

Reconnaître cette fécondité et l'accueillir comme une espérance oblige à reconnaître clairement l'unité fondamentale et la solidarité de la famille humaine. L'homme noir – étrange et différent – est le frère cadet dans la foi qui reçoit autant d'amour que l'aîné, et bien plus, qui fait redécouvrir à l'aîné le don que celui-ci a d'abord reçu et auquel il s'est accoutumé. Non seulement l'homme étranger est un semblable, mais il doit être reçu comme un don de Dieu qui nous rend à nous-mêmes la conscience de notre propre et fondamentale dignité. Dans une situation mondiale, économique et politique, commandée par des inégalités que figent de manière désespérante les rapports de force, nous vivons en relation d'égalité entre les Eglises. Les plus pauvres, de leur pauvreté même, donnent aux plus riches la surabondance de ce qu'elles viennent de recevoir. Les derniers sont les premiers. L'ouvrier de la dernière heure reçoit le même salaire que celui de la première heure.

Tel est bien ce que nous vivons — de manière encore trop limitée — dans nos relations entre diocèses de France et diocèses d'Afrique. Pour notre part, nous sommes encore trop souvent tributaires du souvenir de la relation de dépendance créée par la période coloniale. Et nous avons tort. Il est stupéfiant pour un Français de constater, aujourd'hui, dans certaines Eglises d'Afrique, que l'histoire de la mission — volontairement reléguée par nous dans l'oubli, suspectée de colonialisme ou de racisme — est revendiquée avec fierté par les chrétiens d'Afrique comme leur propre histoire.

L'africanisation du christianisme pose un problème aux Européens. Mais beaucoup d'Africains la vivent avec l'intuitive sagesse qui accepte, dans la fidélité, les lentes germinations. Et c'est là peut-être le vrai réalisme que nous devons encore apprendre d'eux. De même que déjà les chrétiens d'Afrique, par leur généreuse inventivité, nous rendent le souffle qui allait peut-être nous manquer.

En Afrique, Jean-Paul II nous aidera à reconnaître la jeunesse de l'Eglise naguère rêvée par les catholiques de France, la nouveauté sans cesse engendrée par l'Evangile. « France, qu'as-tu fait de ton baptême ? » Peut-être avons-nous besoin de ces jeunes Eglises-sœurs à qui nous avons, il y a si peu de temps, donné le baptême pour entendre cette question et y répondre.

SERVITEURS DE NOS FRÈRES LES HOMMES*

Nous sommes prévenus : la famine, la sécheresse vont immanquablement faire des masses de morts dans les mois, les années qui viennent. Est-ce une fatalité à laquelle nous ne pouvons rien ? Nos pays riches peuvent-ils se considérer comme « non belligérants » devant ce fléau qui, nous le savons, va faire tant de victimes ?

Nous ne pouvons pas y consentir, car cela concerne tous les hommes. Non pour la survie de l'espèce humaine qui a résisté à bien d'autres saignées. Mais pour le respect que chaque homme doit à tout homme, pour la solidarité qui lie chaque homme à tous les hommes, parce que nous sommes tous créés à l'image et à la ressemblance de Dieu, enfants du même Père des cieux, frères les uns des autres. Chrétiens, nous n'avons pas le droit de considérer cette menace comme une fatalité.

Et c'est bien cela qui vous réunit, ce refus obstiné du malheur, cette espérance fondée sur un acte de foi. J'ai pu apprécier la diversité de vos origines et de vos appartenances : mouvements, paroisses, aumôneries, etc. En notre pays qui ne mesure pas sa richesse, votre présence est un rappel insistant, persévérant, de ce refus de la fatalité. Là où les professionnels du développement

* Intervention au rassemblement d'Ile-de-France du C.C.F.D., 6 mars 1984, reprise dans *Paris Notre-Dame*, n° 18, 16 mars 1984.

(spécialistes, fonctionnaires internationaux, etc.) avouent leur échec et leur scepticisme, vous persistez à croire et à espérer que les yeux peuvent s'ouvrir et que le cœur de l'homme peut être changé par l'Esprit de Dieu.

Votre humble militance est le support de la générosité de tous les membres de l'Eglise, y compris de ceux qui se contentent, en silence, de donner un peu d'argent. Vous avez appris à ne pas les mépriser. Car l'argent qui vous est confié contient aussi l'obole de la veuve qui donne pour l'amour de Dieu tout ce qu'elle a comme moyens de vivre. Vous le savez. Vous êtes donc comptables, devant l'Eglise et devant Dieu, de ce qui est plus que de l'argent : la générosité que Dieu inspire à vos frères dans la foi contre le désespoir des hommes.

C'est pourquoi je dois vous donner avec force un nouvel encouragement : vous portez peut-être en vous le scandale de tant de maux, la souffrance de tant de morts, l'amertume et la révolte de tant d'injustices. Que ce fardeau ne vous écrase pas et ne vous durcisse pas. Car l'Eglise, la multitude de vos frères qui mettent entre vos mains les moyens encore insuffisants d'une action, comprennent bien que vous devez être parmi eux et en leur nom les messagers persévérants de l'amour, l'amour qui enfin ouvre les cœurs durcis et desserre les mains qui s'agrippent sur leurs pauvres richesses. Au nom de la compassion du Christ, vous devez être les témoins de l'amour plus fort que toute volonté de possession, que toute volonté de puissance.

Vous avez pris en effet le moyen humble et caché de l'amour. Il est capable d'opérer d'insensibles fissures dans le granit de l'égoïsme. Les armes de la violence écrasent et détruisent. Et elles se détruisent elles-mêmes en détruisant l'objectif qu'elles veulent atteindre. Les armes de l'amour sont infiniment plus puissantes, précisément parce qu'elles sont les plus faibles. Elles ne détruisent pas, elles construisent parce qu'elles attaquent les malheurs, le mal à sa racine qui est dans le cœur des hommes, comme le dit la Constitution de Vatican II *Gaudium et Spes* au paragraphe 37.

C'est pourquoi apparaissent clairement les raisons qui ont déterminé l'Eglise de France à vouloir se doter d'un organisme technique comme le vôtre, à la disposition de ses organisations, de ses mouvements, de ses paroisses. Cet organisme ne peut et ne doit être que le serviteur, la main agissante, de cette force puissante de l'amour qui doit habiter le cœur de l'Eglise, un moyen technique pour les chrétiens en leur diversité d'appartenances et d'analyses, d'information et de conviction, afin qu'ils puissent prendre avec le plus d'efficacité possible la responsabilité de devenir dans le Christ les serviteurs de leurs frères.

De la sorte, nous pouvons entrevoir une réponse à la question qu'il est légitime de nous poser et que parfois nous posent aussi les gouvernements ou des organisations non confessionnelles : pourquoi, dans la lutte contre la faim et pour le développement, un organisme spécifique qui revendique le titre de « catholique » ? Le simple respect de l'humanité ne suffirait-il pas à réunir tous les hommes de bonne volonté ?

Vous en êtes convaincus, ce serait nous abuser nous-mêmes et abuser nos frères catholiques de répondre qu'un tel organisme n'a pour seule fin que de les mobiliser plus aisément. Vous le savez – et cela fait aussi partie de notre identité de catholiques –, c'est pour nous mettre « au service » de nos frères les hommes, au sens où le Christ s'est fait notre serviteur pour le salut de tous les hommes à la gloire de Dieu le Père.

Vous le savez, cet amour du Père des cieux manifesté en son Fils est rendu présent dans le monde par les frères du Christ qui ont reçu l'Esprit Saint. De la sorte, ces frères du Christ répandus dans les camps opposés, dans les nations ennemies, créent d'ores et déjà une extraordinaire fraternité. La fraternité chrétienne traverse toutes les frontières et lance un défi à tous les conflits.

Cette fraternité chrétienne et ecclésiale est un puissant moyen de communion pour la fraternité humaine. Déjà, en effet, chrétiens, nous nous retrouvons au sein de l'Eglise dans une fraternité et une égalité absolues en dépit des différences, des inégalités et des conflits. Au prix de la Croix. Par la force et l'Esprit du Ressuscité.

Cette communion dans le Christ est capitale pour l'avenir de l'humanité divisée et déchirée : elle prophétise une espérance dont nous devons apporter la preuve. C'est là un message qui nous dépasse. C'est le message de l'amour du Christ auquel le Père des cieux rend témoignage à travers son Fils et par nos vies, quelles que soient nos faiblesses et nos limites. Vous devez donc être conscients que le problème mondial du développement et l'espérance de sa solution passent aussi par la fraternité chrétienne et la solidarité ecclésiale.

Pour les organisations catholiques, cette solidarité ne peut être vécue que dans le respect et l'amour des frères chrétiens, dans la communion pratique et non seulement tactique avec les Eglises des différents pays et continents, qui, toutes et chacune, doivent être traitées avec un même et égal respect. Le faire avec scrupule est à l'honneur de notre propre fidélité et nous évite de faire de notre richesse, de nos dons, de notre savoir, un instrument de pouvoir et de domination d'autant plus subtil qu'il se couvrirait du manteau du service. De la sorte, dans la multitude des organisations qui se préoccupent du même problème, nous sommes tenus par Dieu de donner un signe d'espérance pour le monde entier, le signe même du Christ.

Que chacun d'entre vous ici soit donc assuré que ce qu'il fait pour lutter contre la faim, pour servir au développement de tous les hommes, compte bien au-delà de l'utilité immédiatement visible. A tous bon courage. Sachez mon amitié et ma prière.

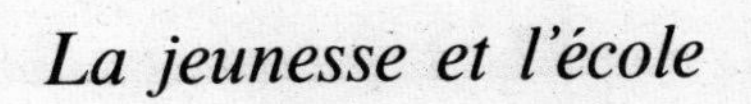

La jeunesse et l'école

CES JEUNES
QUI SONT L'ÉGLISE*

– *C'est vous qui avez dit que la jeunesse campe aux portes de la société. Vous avez l'impression que l'Eglise est en train de louper les jeunes, comme elle a loupé la classe ouvrière ?*

– L'Eglise ne « loupe » pas plus les jeunes que les parents ne loupent leurs jeunes ou que l'Education nationale ne les loupe.

Les chrétiens ont en eux des ressources qui les rendent capables, si Dieu le veut et s'ils s'y prêtent, d'être disponibles à l'exigence de la jeunesse. Ne pas louper les jeunes, cela ne veut pas dire récupérer les jeunes. Cela ne veut pas dire récupérer massivement une jeunesse pour l'encadrer. Elle n'appartient à personne, la jeunesse, pas plus que les vieux d'ailleurs. Les hommes appartiennent à Dieu. Et Dieu veut qu'ils appartiennent à eux-mêmes.

– *Ces jeunes des milieux intellectuels, vous les connaissez bien pour avoir été longtemps aumônier du Centre Richelieu.*

– En Occident, nous sommes de vieux pays. Et en crise de vieillesse. La preuve, c'est l'état de sa jeunesse. Quand un pays n'est plus capable de transmettre ce qu'il vit à sa propre jeunesse, cela prouve qu'il est en train de mourir.

* Interview par Robert Serrou, dans *Paris-Match*, 4 avril 1981.

— *C'est le cas ?*

— On peut se poser la question. Quand une culture ne transmet plus ses raisons de vivre, cela prouve que celles-ci ne sont même plus assez fortes et vivantes pour être accueillies par la génération suivante. Une sorte de mort sociale, de mort collective, de mort d'un système de valeurs est alors en train de s'opérer. Qu'on le veuille ou non, c'est ainsi que cela se passe et pas depuis ces dernières années seulement. Voilà longtemps que nous est posé ce problème de la survie de l'Occident. Rappelez-vous : les grandes idéologies, les grandes illusions de l'Occident ont d'abord voulu mobiliser la jeunesse. Et la jeunesse a été « eue ». Et elle a juré qu'on ne l'y reprendrait plus...

— *Qu'est-ce qu'elle a donc à dire aux jeunes, l'Eglise ? Qu'est-ce qu'elle leur dit ?*

— Ce que je trouve merveilleux et extravagant, c'est que ce sont les jeunes eux-mêmes qui revendiquent l'identité de l'Eglise. Ils veulent être de l'Eglise, ils sont l'Eglise. Si vous cherchez où est la vitalité de l'Eglise, vous la découvrirez parmi les jeunes. Ils sont en train de saisir à pleines mains les richesses abandonnées. Ce n'est pas forcément l'ensemble des jeunes de France. Il est presque impossible de faire la liste des groupes de jeunes divers, des fondations qui nous apparaissent parfois peu compréhensibles, des mouvements communautaires de toute espèce, dans lesquels il y a de tout. Et aussi des excès.

— *Cela représente quoi ? Une gouttelette d'eau...*

— Vous avez entendu parler des minorités agissantes ?

— *Dans l'Eglise, je ne la vois pas bien influente, cette jeunesse.*

— Mais si, bien sûr ! C'est ce qui bouge profondément.

— *Je ne demande qu'à vous croire. Mais les jeunes que je connais, l'Eglise les indiffère totalement !*

— Il fut un temps, il y a quelques dizaines d'années,

où on avait encore le sentiment que, massivement, les milieux chrétiens pouvaient transférer leurs comportements et leurs convictions à l'ensemble de leurs enfants. Cela semble fini.

— *Encore que !...*

— Plus ou moins. Mais c'est dans la jeunesse que l'on trouve aujourd'hui les audaces, où le visage même de l'Eglise apparaît dans sa beauté. J'ai vu de mes yeux, j'ai entendu, j'ai reçu sous des formes diverses des jeunes qui vivent des entreprises communautaires, des entreprises de partage de biens, de prière. Ils sont fous, ces jeunes ! S'ils nous écoutaient, ils ne commettraient pas de pareilles imprudences. Des imprudences semblables à celles de saint François d'Assise. Des imprudences admirables. Il ne faut pas qu'ils se brisent. Il faut leur éviter les erreurs onéreuses, si nous le pouvons. Car même si cette poignée de gens ne créent pas un nouveau conformisme social parmi leurs contemporains, ils sont en train d'inventer des modèles nouveaux de la vie ecclésiale.

Cela s'est toujours passé ainsi. Si vous prenez les grands mouvements spirituels : saint François d'Assise, ses premiers disciples étaient dix ; saint Ignace, ils étaient sept ou huit ; saint Benoît et saint Bernard, de même...

— *Vous pensez qu'il y a encore des saint Bernard ?*

— Ils sont présents dans notre paysage, à l'insu du grand nombre et à leur propre insu. Déjà ils ont relevé le gant. L'Eglise du troisième millénaire est déjà née.

LA JEUNESSE QUE NOUS MÉRITONS*

– *Les jeunes d'aujourd'hui ont des difficultés à adhérer à la foi chrétienne. Ne trouvez-vous pas qu'il existe un décalage de plus en plus grand entre la culture actuelle et le message de l'Eglise ?*

– Oui et non. Oui, de fait, les jeunes générations sont proportionnellement moins nombreuses dans les églises qu'elles ne l'étaient il y a vingt ou trente ans.

Mais le problème n'est pas celui d'un écart entre l'Eglise et les jeunes. Tout vient de ce que les jeunes n'ont pas leur place dans la société. Et à ce propos, je voudrais souligner trois points.

D'abord nous avons la jeunesse que nous méritons. Et les jeunes d'aujourd'hui, pardonnez-moi si cela paraît cruel, ne sont pas vraiment aimés. Ils n'ont pas été aimés et voulus pour eux-mêmes. Nous sommes entrés dans une période où l'Occident est stérile car il n'accueille plus la jeunesse comme un don de Dieu, comme une postérité, un avenir donnés gratuitement.

Quand on accueille la jeunesse comme un don de Dieu, on a comme premier devoir de lui transmettre l'amour, la vie et les valeurs auxquelles on croit.

Actuellement, l'Occident se paye des enfants comme

* Interview par Yves de Gentil-Baichis, dans *La Croix*, 31 octobre 1981.

on se paye des voitures. Et l'enfant devient l'objet que l'on veut posséder, ou que l'on refuse ; certains ne veulent plus d'enfant parce qu'ils pensent que ce monde est perdu.

— *Quelles sont les conséquences de cette situation au niveau de la foi des jeunes ?*

— Ils savent qu'ils ne sont pas aimés, ni désirés pour eux-mêmes et qu'ils n'ont pas leur place. Donc, ils n'ont pas envie de prendre les valeurs que nous voudrions leur transmettre, car ils sentent bien que ces valeurs les rejettent.

Si on veut que la jeunesse ait la foi, il faut d'abord qu'elle soit aimée.

Mais je veux souligner un second point : les générations actuelles sont blessées.

— *En quel sens prenez-vous ce terme exactement ?*

— Elles sont blessées dans leur affectivité, dans leur équilibre psychologique, dans la structuration de leur personnalité. Il y a là un fait de société que l'on retrouve aux Etats-Unis, en Allemagne et, je crois, dans les pays anglo-saxons.

On en voit les signes les plus visibles dans la drogue, la délinquance et la marginalité. Nous avons affaire à des jeunes qui ont payé d'avance le prix de coups qu'ils n'ont pas mérités. Ils ont subi toutes sortes de traumatismes dont ils n'étaient pas responsables : déséquilibres familiaux, oscillations de la vie sociale, conflits de toutes sortes, etc.

— *Et ceci rend, bien sûr, difficile leur éveil à la foi.*

— Oui, l'accession sereine à la vie de foi dérape en même temps que l'éducation. La foi comme expérience spirituelle peut s'inscrire sur n'importe quel terrain psychologique ; néanmoins, elle est portée par une éducation au sens le plus général du terme.

Et si on veut transmettre la foi aux jeunes, on est affronté à un problème de « salut », je prends le mot dans son sens le plus général. Il y a une œuvre de « salut » à faire pour les jeunes, du point de vue de leur santé, et pour les guérir de leurs blessures affectives.

Enfin, je voulais souligner un troisième point : nous vivons dans une société productiviste qui pousse essentiellement à consommer. Et tout son moteur interne vise à exacerber le désir. Le phénomène de l'érotisme est un fait social qui s'inscrit dans cette ligne. Il me paraît évident que la « libération » des mœurs est le produit d'une société marchande. Il existe un lien entre le commerce et l'Eros, puisque dans les deux cas on cherche à exacerber le désir.

— *Et quel en est l'effet sur les individus ?*

— Cela provoque un déséquilibre fantastique. J'en ai parlé récemment avec Lech Walesa et il avait un jugement extrêmement brutal sur l'Occident : « Vous avez tout, vous cherchez à posséder les choses et vous n'avez pas le bonheur, m'a-t-il dit. Nous n'avons rien et nous sommes heureux. Pourquoi ? »

Or, n'oublions pas que la jeunesse est la cible privilégiée de ceux qui produisent et poussent à consommer. Du coup, la société globale ne leur donne pas de raisons de vivre et l'Eglise de leurs parents leur apparaît comme faisant partie de cette société.

— *Mais ne pensez-vous pas qu'il y a aussi un décalage considérable entre la foi chrétienne et l'imprégnation contemporaine, qui est faite d'un mélange de démarches techniques, positivistes, rationnelles, très orientées vers l'efficacité immédiate ?*

— Oui, c'est sûr, il y a là un écart très important et c'est peut-être une des faiblesses de notre société. Elle forme les esprits d'une façon très unilatérale et tend à renvoyer dans une marge irrationnelle ce qui est de l'ordre du symbolique, de l'affectif, du relationnel et de la vie personnelle.

— *Mais en tant qu'archevêque de Paris, comment selon vous peut-on renverser la vapeur ?*

— Le problème de la foi des jeunes est d'abord celui

de la foi des adultes. Il ne peut y avoir de transmission de la foi chez les jeunes que si les parents acceptent de recréer le tissu complet d'une vie chrétienne qui ose aborder tous les domaines.

On ne peut faire du christianisme une activité sectorielle. On ne renforce pas la foi comme on renforce des heures d'allemand ou de mathématiques. Le christianisme touche à la totalité de l'existence, et les jeunes le sentent bien, car si la foi n'imprègne pas toute l'existence, ils décèlent très vite les contradictions entre leurs aspirations spirituelles et la vie concrète des adultes.

– *Mais alors que doivent faire les chrétiens pour recréer ce « tissu complet » ?*

– Il faut inventer un nouvel art de vivre qui soit fécond et productif et qui oblige à vivre à contre-courant.

Il n'est pas question de faire une contre-société chrétienne, à l'écart. C'était la tentation des hippies et des marginaux des années 60-70 qui ont essayé de se mettre en marge d'un monde qu'ils refusaient. Et devant le caractère impitoyable de notre société, tous les réveils religieux sont tentés par ce genre de fuite. Aux chrétiens il n'est pas demandé de fuir, mais de faire plus pour faire autrement.

Il faut plus d'énergie pour aimer son ennemi que pour le combattre. Un surcroît d'amour de la part des chrétiens est nécessaire. Il leur faut vivre un amour tel qu'il leur permette de survivre là où l'amour est nié, qu'il leur donne la possibilité d'être signes de l'amour pour d'autres qui ne savent pas ce que c'est qu'aimer.

La vie chrétienne concrète coûtera très cher ; elle va demander du temps, beaucoup plus qu'une heure par semaine. Les chrétiens devront arbitrer leurs choix autrement. Ils ne devront plus vivre portés par les conformismes sociaux actuels, mais selon la logique de Dieu. Ils devront oser se comporter les uns avec les autres comme des frères et non comme des gens anonymes, oser partager avec les plus pauvres, avoir une attitude à l'égard des importuns, des gêneurs, savoir recréer des modes de prière où effectivement chacun soit engagé.

Bref, il faut aujourd'hui un surcroît d'énergie et d'amour pour vivre une forme de sainteté qu'il faut inventer à contre-courant. Pour soi-même et pour les jeunes.

– *Voit-on des signes avant-coureurs de ce nouvel art de vivre chrétien ?*

– On en perçoit quelques-uns dans le monde. Je pense à ce qui se passe en Pologne et j'ai vu en Afrique des chrétiens qui, au milieu des difficultés, inventent un nouvel art de vivre fondé sur la générosité de l'amour et de la foi.

En France, disent les étrangers, le christianisme est sans joie. Mais j'espère que chez nous l'amour est simplement enfoui et qu'il suffira d'une allumette pour que la flamme renaisse.

Et l'allumette, cela peut être un jeune que Dieu appellera. Rappelez-vous saint François d'Assise...

LES JEUNES CAMPENT AUX PORTES DE LA SOCIÉTÉ*

— *Il y a un an, en prenant vos fonctions d'archevêque de Paris, vous avez déclaré : « Les jeunes campent aux portes de la société. » Ma question sera triple :* a) *Qu'avez-vous voulu dire exactement ?* b) *N'auriez-vous pas pu dire aussi : « Les jeunes campent aux portes de l'Eglise » ?* c) *Que faire pour les accueillir dans la société qu'ils refusent et l'Eglise qui les laisse indifférents ?*

— Cette formule est claire. Il s'agit de la place des jeunes dans l'organisation de la société. Quand je dis cela, je ne mets pas en accusation la société. Dire que la jeunesse campe à ses portes, cela veut dire que la société est en état de rupture, et l'Eglise fait partie de cette société. Cela veut dire qu'il y a un problème interne ; la société est menacée de mort parce que le propre de la vie, c'est la fécondité, et le propre de la vie n'est pas seulement physique. Ses valeurs elles-mêmes sont menacées, de l'intérieur. Des valeurs qui ne se transmettent pas sont des valeurs mortes. Ce sont des valeurs qui ont déjà en elles des germes de mort et qui ne sont plus capables d'accueillir des valeurs de vie. Le propre de la vie, c'est précisément de se transmettre. Nous mettons là

* Interview par Robert Van Beselaere, dans *L'Ami du xx*ᵉ, mars 1982.

le doigt sur l'un des problèmes les plus graves de notre société, car c'est un diagnostic sur son avenir. La jeunesse est atteinte du même mal que les adultes : je crois que les maux dont souffrent les jeunes, ce sont les maux dont souffrent les adultes, si ce n'est qu'ils en souffrent comme des jeunes !

Cela montre que la société elle-même, dans la mesure où elle est inféconde, est incapable d'assurer son propre avenir, de transmettre ses valeurs : spirituellement « malade ». L'absence d'une mémoire historique chez les jeunes générations, tout autant que leur rejet des raisons de vivre de leurs parents, en sont le signe. C'est là un très grave problème spirituel pour notre société. Quand je dis spirituel, je le dis pour tout homme : athée ou croyant. En premier lieu pour les chrétiens, bien sûr.

— *Les prêtres sont parfois mis en cause. On leur reproche de mal assumer le fait de devenir « marginaux » dans une société désacralisée !*

— Ce sont les difficultés d'une Eglise et d'un peuple. Je ne crois pas du tout que les pasteurs soient davantage responsables.

Les signes extérieurs ont disparu, alors qu'ils symbolisaient les racines. Nos églises aujourd'hui ne sont plus visibles. L'un des signes était le clocher. Cette image est beaucoup plus importante qu'il n'y paraît. On l'a vu sur les affiches lors de la dernière campagne électorale... On a bâti en France plus de logements qu'il n'en existait auparavant, et dans ce nouvel urbanisme, il y a une partie considérable de la population qui a été drainée et, pour des raisons diverses, qui tiennent peut-être au manque de vitalité des chrétiens, l'Eglise est physiquement absente. Elle a disparu ; ce qui explique qu'aujourd'hui — et c'est là que se situe l'un des grands craquements dans la culture et la tradition françaises — plus de la moitié des gens qui ont en dessous de vingt-cinq-trente ans ont vu disparaître complètement de leur univers mental la réalité de l'Eglise. L'Eglise n'est reliée qu'à l'univers archaïque de leurs parents ou de leurs grands-parents et des villages : ce peut être rattaché à la nostalgie de l'écologie, mais, de fait, on a vécu ces deux décennies une rupture fantastique.

Lorsqu'on relit les grands textes où s'est exprimé le projet apostolique de l'après-guerre : « France, pays de mission ? », « Paroisse, communauté missionnaire », les lettres du cardinal Suhard, etc., on s'aperçoit qu'en fait on vivait alors sur un fonds chrétien, un patrimoine stable. Ce qu'on a appelé à cette époque la déchristianisation, ce n'était rien à côté de ce qui s'est effectivement produit pendant ces vingt dernières années, et cela pour des raisons collectives, sociales.

Aujourd'hui, les catéchistes savent que la proportion des jeunes pour qui le christianisme ne représente plus rien du tout est considérable, car il est absent de leur univers. Là, ce ne sont pas les jeunes qui campent à la porte de l'Eglise, ce sont les adultes qui n'ont pas mis l'Eglise dans l'univers des jeunes...

– *C'est encore plus grave ! car la transmission des valeurs se fait par les adultes...*

– Historiquement, il y a eu une rupture considérable et je ne vois pas comment, à l'échelle de cet événement, on peut porter un remède à court terme. On ne peut pas ne pas payer les conséquences logiques d'une pareille affaire. Cela ne veut pas dire que cette transmission culturelle d'un certain nombre de valeurs chrétiennes était le sommet de l'expérience de la foi. Loin de là ! Il y a toujours eu un écart considérable entre une conscience chrétienne éveillée et forte, et puis tout cet ensemble qui pouvait être compatible avec des positions idéologiques variées.

Je pense que les instituteurs anticléricaux du début du siècle baignaient dans un bain chrétien. J'étais à l'école primaire publique lorsque j'étais gamin : les instituteurs que j'ai eus, n'étaient certainement pas catholiques. Il n'empêche que la morale qu'ils m'ont enseignée était la morale chrétienne, qu'on le veuille ou non.

– *Nous sommes en Occident !*

– Oui, la civilisation occidentale est marquée par son origine chrétienne.

L'ÉCOLE CATHOLIQUE FAIT PARTIE DE NOTRE PATRIMOINE*

– *Le thème de la visibilité de l'Eglise a été un des grands thèmes de la dernière assemblée de l'épiscopat à Lourdes. Le pape vient d'en reparler aux évêques de l'Ouest en référant explicitement l'école chrétienne à la visibilité de l'Eglise. D'une façon plus générale, est-ce que cette visibilité passe par des institutions encore aujourd'hui ?*

– Elle passe fatalement par des institutions. Je ne vois pas comment une réalité comportant des dimensions sociales ferait l'économie d'institutions.

Si l'on en vient au problème de l'école, il faut élargir le débat et voir que la relation parents-enfants, la question de la descendance et donc de l'éducation, n'est pas strictement fonctionnelle ou marchande. Elle est de l'ordre d'un impératif de vie pour toute communauté quelle qu'elle soit.

Transmettre la vie répond à un commandement de Dieu. Transmettre la vie de la foi par l'éducation est un devoir impérieux et l'école est un moyen privilégié – non le seul ni l'unique nécessaire – pour accomplir cette mission.

L'école catholique est un lieu où l'Evangile doit

* Interview par Gérard Leclerc, dans *Le Quotidien*, 10-11 avril 1982.

retentir, être accueilli, transmis. Dans la situation française, il est clair qu'elle obéit aux mêmes variations que les catholiques eux-mêmes.

Plus généralement, l'école catholique, avec ses modèles éducatifs, fait partie du patrimoine de la nation française. Dans une période de crise de l'éducation, je ne vois pas comment on pourrait raisonnablement entamer ce patrimoine sans mettre gravement en danger l'équilibre de la nation entière. Pourquoi les catholiques renonceraient-ils à ce qui est un droit légitime et utile au bien commun ? Une telle évidence est suffisamment forte pour motiver de la part des chrétiens une volonté tenace de garder cet apport original et nécessaire. Ils ne peuvent pas douter un seul instant de la fermeté des convictions de l'Episcopat unanime. L'ensemble des citoyens français a, me semble-t-il, le devoir de manifester suffisamment de respect et de tolérance pour ne pas diviser la nation sur un pareil enjeu.

« ÉCOLE CATHOLIQUE, DEVIENS CE QUE TU ES ! »*

Je sais que cette réunion a déjà été longue. Peut-être ce que j'ai à vous dire est-il trop grave pour la disponibilité possible dans le moment présent.

Pourtant, je ne dois pas renoncer à le dire car, ici et maintenant, ce n'est pas une parole de plus qui s'ajoute à d'autres paroles, c'est l'archevêque qui vous parle.

Vous demandez, parents, que vive l'enseignement libre.

Nous demandons, nous évêques, que vive l'enseignement libre.

C'est à la nation entière que vous rappelez ainsi des valeurs essentielles communes à tous.

Vous rappelez d'abord à la nation l'équilibre des devoirs et des droits des familles touchant l'éducation de leurs propres enfants. Ce n'est pas un privilège que vous demandez, car c'est le devoir de chaque famille française de transmettre, aux enfants qui lui ont été donnés, ses valeurs les plus fondamentales. Et celles-ci touchent des comportements moraux et sociaux, tout autant que les réalités religieuses et spirituelles.

Pour un chrétien, c'est là un véritable devoir. Il ne peut faire de la jeune génération des enfants-loups

* Intervention au rassemblement des A.P.E.L. d'Ile-de-France à Pantin, 24 avril 1982.

auxquels les parents auraient refusé les valeurs essentielles de la vie qu'ils ont donnée.

Et ce devoir fonde un droit. Et ce droit doit être reconnu par une nation qui, comme la nôtre, croit à la pluralité des valeurs.

Combien inacceptable serait ici une attitude qui détruirait les valeurs d'autrui, ne tolérerait pas les valeurs différentes des siennes propres, n'en accepterait pas la transmission vivante par l'éducation.

Dans une nation comme la nôtre, le système scolaire tient un rôle important dans cette tâche éducative. Sans se substituer aux familles, la nation les aide à accomplir ce devoir et à respecter ce droit. Ceci ne se fait qu'en en donnant les moyens.

La nation fait preuve de grandeur et de vitalité quand la solidarité nationale s'exerce dans ce partage des charges et des responsabilités éducatives afférentes à la transmission de ses valeurs à la jeunesse.

Le pouvoir politique doit veiller à ce que ces charges soient équitablement réparties entre tous les membres de la nation, sans abus et sans privilèges ni d'origine sociale ni de particularités religieuses ou ethniques. C'est ce que demande le respect des droits de l'homme.

Une nation soucieuse de ce pluralisme trouve dans ce respect une valeur nouvelle. Loin de se détruire, la nation reçoit une unité forte, une raison de vivre, une plus haute conception de l'homme, dans ce respect et cette défense des droits de l'homme. Enseigner un tel respect, c'est pour une nation se grandir.

La liberté dans l'éducation, comme la liberté d'expression, comme la liberté d'association, n'est pas une réalité neutre ou indifférenciée. Une conception positive de la liberté est engagée dans ce respect et ce service de l'homme : elle constitue à elle seule une valeur fondamentale, la pierre d'angle d'une société, d'une démocratie.

Cette tolérance, loin d'être cause d'éclatement, est en

effet une source de consensus social et de cohérence nationale.

Cette richesse, inscrite dans l'histoire de la nation française, je la souhaite aujourd'hui encore à la France.

Cette liberté dans le respect des diversités historiques, culturelles et religieuses, suppose une solidarité financière aussi vitale et importante à mettre en œuvre que dans les autres domaines de la solidarité nationale.

C'est ce que savent les démocraties occidentales. Qu'il s'agisse de la solidarité à l'égard de l'âge (retraites et pensions), de la maladie (Sécurité sociale), du droit au travail (chômage). Chacune de nos démocraties essaie de compenser inégalités et diversités en assurant le moins mal possible à chacun de ses membres un minimum de ses droits réels, avec le moyen de les exercer.

L'équité sociale ne s'arrête pas au seuil de l'éducation, elle l'inclut.

Chacune de nos nations occidentales tente de réaliser cette équité, dans le domaine éducatif, sous des formes diverses, avec leurs avantages et leurs inconvénients respectifs. Notre situation française n'est qu'un cas parmi beaucoup d'autres.

Ce que je viens de rappeler en termes généraux exprime une conviction fondamentale de l'Eglise. Qu'on se reporte aux documents du Concile sur l'Education chrétienne, au discours du pape Jean-Paul II à l'Unesco sur la culture et sa transmission, à sa récente exhortation issue du Synode sur les tâches de la famille chrétienne.

C'est à ces convictions communes que nous nous sommes référés, évêques de France, quand nous avons affirmé notre position touchant la place et la nécessité de la liberté scolaire et pour nous de l'école catholique. Dans la situation présente de notre pays, cela exige que ne soit pas ébranlé le fragile édifice, légal et réglementaire, qui permet à cet enseignement de subsister et lui donne les moyens matériels de vivre.

*

J'aime à vous dire combien j'admire le courage avec lequel vous avez voulu, pour ce rassemblement, soustraire ce problème scolaire au débat électoral. Etant donné nos habitudes nationales en ce domaine et le poids de l'histoire, il est difficile d'aborder un tel sujet, qui a suscité dans le passé tant de passions et de divisions, sans les éveiller à nouveau et sans que celui qui parle ne soit d'abord perçu comme un adversaire ou un partisan.

Certes, un tel problème, celui de l'éducation de notre jeunesse, touche au plus vif la nation : il est donc, au sens le plus noble, un enjeu politique. Vouloir le soustraire au débat électoral, ce n'est pas lui dénier ce caractère politique, c'est lui donner au contraire sa plus grande et sa plus noble chance.

Il s'agit de restituer à la nation, dans sa diversité, un bien fondamental, sa propre jeunesse à l'égard de laquelle il ne peut y avoir ni vainqueurs ni vaincus.

Je tiens à remercier tout particulièrement pour leur noblesse de pensée, leur désintéressement et leur hauteur de vue, les hommes politiques, appartenant tant à la majorité qu'à l'opposition, ainsi que les différentes organisations qui ont compris et en tout cas respecté votre position à cet égard. Ce point est assez nouveau dans les annales de ce que l'on a appelé « la querelle scolaire », pour ne pas le souligner fortement et ne pas exprimer publiquement la gratitude de tout Français.

Ce problème scolaire, depuis un siècle au moins et sans doute depuis bien plus longtemps, a été le point de fixation de beaucoup de conflits, souvent de violence et de ressentiment entre les Français.

Que le temps fasse son œuvre. Le moment n'est-il pas venu de parachever sur ce point l'œuvre de réconciliation des Français, entreprise depuis plus d'un demi-siècle, en dépit des divisions et des drames sans cesse renaissants que notre pays a vécus comme autant de tentations mortelles ?

Il me semble qu'il nous est impossible, à nous Français de 1982, de répéter aujourd'hui les données du problème telles qu'elles apparaissaient aux consciences il y a exactement un siècle. L'historien peut comprendre les conflits dans lesquels l'Etat a voulu faire naître l'école de la nation. L'historien peut évoquer les oppositions de naguère où l'Eglise et la République apparaissaient comme deux forces antagonistes.

Mais qui donc aujourd'hui, un siècle après le cardinal Lavigerie, ne reconnaîtrait pas qu'au ralliement des catholiques à la République doit répondre ce que nous attendons tous ici ? L'enjeu de notre débat présent, c'est de pouvoir enfin reconnaître pacifiquement la place légitime du catholicisme dans la culture et la nation françaises.

Peut-être y a-t-il parmi vous, grands-parents et arrière-grands-parents, des hommes et des femmes qui portent tous une même reconnaissance à l'instituteur de l'école laïque qui lui a appris la dignité et la recherche de la vérité, en même temps que l'orthographe, et au Frère Quatre-Bras – les Frères des Ecoles chrétiennes de naguère – qui, muni du même zèle et de la même table de multiplication, enseignait des valeurs parallèles, tout en transmettant rigoureusement et splendidement l'initiation à la vie chrétienne et le catéchisme ?

Je ne crois pas abuser en disant, avec la distance du temps, que ces valeurs laïques que je viens d'évoquer de l'école primaire, étaient encore des valeurs que nous avons le droit de nommer chrétiennes, et qui appartiennent fondamentalement à la substance, à l'héritage de notre culture.

Je ne prétends ainsi nier ni les conflits ni les différences. Je ne prétends pas annuler les contradictions qui jalonnent notre histoire. Mais le débat entre Montaigne et Pascal fait partie de notre patrimoine. Le respecter, ce n'est pas détruire l'un au profit de l'autre. C'est permettre à chacun de trouver librement les fondements de ses convictions. L'éducation véritable ne consiste pas à nier les valeurs divergentes, mais, chacune d'elles ayant le droit d'exister, à requérir qu'elle se justifie en toute rigueur.

La richesse de notre culture française, c'est que, si Voltaire continue de dire : « Ecrasons l'infâme », nous puissions proclamer avec force la devise de Jeanne d'Arc : « Dieu, premier servi. »

Le catholicisme, avec ses richesses et ses faiblesses, n'appartient pas seulement au passé de la France. Il fait partie de son présent. Quand nous transmettons la foi catholique, c'est aussi la richesse patrimoniale de notre civilisation qui est rendue accessible aux nouvelles générations.

Si le catholicisme avait disparu de la France comme réalité vivante, si les luttes antireligieuses du passé avaient abouti sur ce point, ce triomphe aurait été mortel pour la culture française.

Aujourd'hui encore, toucher à cet équilibre ou à ce dialogue, c'est à la fois détruire notre originalité culturelle, et ne pas respecter la tradition de notre foi.

Notre génération a su, dans cette lumière, reconnaître l'existence légitime d'écoles catholiques qui accueillent en leur sein des jeunes Français d'autres confessions ou de parents athées, tout en leur accordant le meilleur respect.

Notre génération a aussi reconnu la légitime présence des enseignants catholiques dans l'enseignement public, qui a su respecter le plus souvent la conscience des enfants chrétiens qui lui étaient confiés.

Elle a permis que leur soient donnés les moyens de l'éducation religieuse par les aumôneries.

Cet état de choses n'est pas toujours très cohérent. Il

forme le délicat et difficile équilibre de l'institution scolaire française. Mais à tout prendre, on peut estimer que notre culture a su donner finalement leur place aux trois confessions que l'empereur Napoléon Ier avait reconnues : le catholicisme, l'Eglise protestante et le judaïsme.

Mais quel difficile problème est d'ores et déjà posé par l'arrivée massive d'une population francophone inattendue : la jeunesse d'origine islamique !

Comment notre République saura-t-elle nourrir du suc de notre culture commune ces nouveaux venus, tout en ne les dépossédant pas de la tradition religieuse qui structure leur identité ? Difficile problème devant lequel il semblerait qu'il n'y ait pas présentement de réponse.

Croyants, ne sommes-nous pas les mieux placés pour permettre à d'autres croyants de demeurer fidèles à la lumière qu'ils ont déjà reçue et où le deuxième concile du Vatican a voulu reconnaître un don premier de Dieu ? J'ose avancer que l'école catholique est bien placée dans la nation pour prendre sa part d'une telle œuvre, avec le respect de l'autre et la générosité qu'elle suppose.

En fait, le vrai débat sur l'école n'est pas celui qui opposerait enseignement public et enseignement confessionnel. Le vrai problème de l'heure, c'est celui du rapport de la nation à sa jeunesse. C'est là un problème essentiel aujourd'hui pour nos sociétés.

Nous le constatons de nos yeux. Les changements dont nous avons été nous-mêmes les auteurs ou les contemporains ont profondément bouleversé tout ce qui assurait la pérennité des valeurs fondamentales de notre société. Nous assistons aujourd'hui à de dramatiques déchirements.

Il arrive que les causes pour lesquelles les parents ont cru devoir sacrifier le meilleur de leur existence et consacrer leurs énergies, soient méconnues ou rejetées par leurs enfants. Nous voyons non seulement les raisons de vivre changer de nature, mais, et c'est dramatique, parfois disparaître.

Nous sommes témoins d'une jeunesse qui, quelle que soit l'école qu'elle fréquente, est exposée à refuser tant de valeurs et tant de raisons d'être. Quelle réalité tragique recouvre parfois ce que j'évoque ici de façon générale : drogue, vie perdue, existence gâchée... Le malheur n'est pas lié à nos régimes scolaires. Et il serait absurde de risquer d'y ajouter un conflit hérité du passé et destructeur d'équilibres difficiles.

Pour quel combat devons-nous nous unir dans le moment présent ? N'est-ce pas celui qui permettrait de déployer toutes les forces morales, spirituelles, éthiques dans leur fécondité propre et leur capacité de rayonnement ?

C'est à tous les Français, catholiques et non catholiques, croyants et incroyants, que je voudrais faire entendre ces paroles.

Au nom même de notre foi, nous demandons les moyens d'y être fidèles et de pouvoir la transmettre à une nouvelle génération.

Parmi ces moyens, l'Eglise soutient et encourage le légitime désir des parents de pouvoir disposer d'une école qui puisse se dire « catholique ».

Ce faisant, nous pensons, avec une conviction que nous voudrions faire partager à tous, ne pas diviser la nation et contribuer à lui donner existence.

Au nom même de notre foi, nous voulons être habités, ce faisant, par le respect d'autrui et consacrer nos forces à la défense de l'homme et de sa dignité.

J'espère que dans le difficile débat politique, ni la générosité, ni l'intelligence de la situation, ni le sens du destin historique de la France, ne feront défaut à aucun de ceux qui y prennent part.

J'espère que la sagesse et la modération dont souvent les autres nations nous créditent, le bon sens dont

Descartes nous a appris qu'il était la chose du monde la mieux partagée, sauront prendre le pas sur l'irrationalité destructrice.

Il me reste à soulever un dernier point, le plus grave peut-être. C'est à vous qu'il s'adresse. C'est celui qui me tient le plus à cœur.

Ce point le voici : Ecole catholique, deviens ce que tu es !

Cette parole, adressée par Jean-Paul II aux familles chrétiennes, trouve dans les circonstances présentes une nouvelle urgence. J'en veux être le témoin.

Enseignants de tous degrés, parents d'élèves et vous aussi, les jeunes, il dépend de vous que l'école catholique soit dans le monde d'aujourd'hui un témoin de foi.

Comment ne pas dire la reconnaissance de l'Eglise pour ceux qui ont donné leur vie pour cette école ? Pour vous, parents, dont le soutien est indispensable.

Je compte sur vous.

Vous pouvez compter sur nous.

LA RÉCONCILIATION SCOLAIRE TOURNERAIT UNE PAGE*

– *Tout n'est pas qu'harmonie entre l'Eglise et le pouvoir. Il reste des sujets de contentieux. L'école, par exemple...*

– Dans ce domaine, j'ai pris une position constante depuis mon arrivée à Paris, qui coïncidait à peu de chose près avec l'arrivée au pouvoir de la nouvelle majorité. J'ai systématiquement essayé de poser le problème scolaire en termes d'une réflexion globale sur la nation, sa jeunesse et leur rapport. Et donc d'éviter à tout prix que le problème scolaire soit utilisé au gré des intérêts électoraux du conflit entre la majorité et l'opposition.

Le problème scolaire touche à l'avenir de la France sur une longue durée. Il demande à tous et à chacun un vrai sens politique désintéressé et un respect scrupuleux du réel. C'est dans cet esprit que j'ai choisi de faire entendre ma voix, l'an passé à plusieurs reprises, et spécialement au rassemblement des parents d'élèves de la porte de Pantin. L'essentiel, pour moi, en la matière, c'est que soit reconnu le droit des familles à décider librement de l'éducation des enfants, et que soit, dans ce cadre, reconnue la place du catholicisme comme des autres confessions au sein de la culture française. Ce qui

* Interview par Gérard Dupuy et Luc Rosenzweig, dans *Libération*, 27 septembre 1983.

vaut pour le catholicisme, religion majoritaire, vaut également pour les autres familles religieuses. A qui ferait-on croire aujourd'hui que les confessions religieuses et le libre exercice de leurs droits en matière éducative menacent l'unité de la nation et l'existence de la République ? Y aurait-il un parti clérical qui menacerait l'indépendance de la République ? Il ne faut pas se tromper d'adversaire et d'objectifs. La vraie difficulté, ce n'est pas de gagner une nouvelle « guerre scolaire » ; c'est de parvenir à éduquer la jeunesse. J'espère que toutes les parties en présence auront le courage de la comprendre.

– *Cela veut-il dire que, si les autorités prenaient en compte vos exigences éducatives, vous seriez prêts à abandonner la défense de l'école catholique ?*

– Non. Et c'est le point précis sur lequel je suis actuellement surpris et inquiet. Je suis étonné par les récentes prises de position du chef du gouvernement à l'occasion de la rentrée scolaire, au moment où le ministre de l'Education nationale s'apprête à adresser de nouvelles propositions, en vue de négociations. Avant même que ne soient proposées les conditions du débat, ce discours annonce les décisions. Si j'ai bien compris, la loi Debré est considérée comme « dépassée ». En quoi et sur quels points ? Peut-on supprimer la notion même de contrat qui a permis la coexistence pacifique de différents projets éducatifs à l'intérieur de l'Education nationale ? N'est-ce pas précisément la logique de ces relations contractuelles qui aujourd'hui donne la possibilité de négocier ? Qu'il puisse y avoir des réajustements à des dispositions qui ont maintenant plus de vingt ans, je pense que tout le monde en est d'accord. Mais cela ne peut se faire que dans le prolongement et non la négation de la loi de 1959. Par le même discours, on apprend que le budget 1984 prévoirait des crédits destinés à permettre dès septembre 1984 la fonctionnarisation de quinze mille enseignants du secteur privé. Que faut-il entendre par là ? Ce transfert de crédits, s'il était confirmé et voté, signifierait-il un règlement unilatéral du problème ? A quoi serviraient les propositions à venir, si ce choix est déjà arrêté ? Pour l'avenir de notre pays, il faut tenter d'accorder les différents courants ; il faut négocier entre les opinions qui semblent incompatibles. Mais cela demande que les parties en présence manifestent un scrupuleux et loyal respect mutuel.

— *Vous redoutez le pire ?*

— Je garde un espoir. Le problème scolaire appartient à la nation française tout entière. Et je me dis que ce gouvernement pourrait permettre la réconciliation dans ce domaine, achevant ainsi l'œuvre que le général de Gaulle avait entreprise à la Libération. Du même coup, on tournerait une page, et serait réglé un des grands contentieux de l'histoire de la France contemporaine. Voilà ma conviction de fond. Voilà ce que j'ai toujours voulu ménager. Je crois que M. Mitterrand a compris cela, mais que ce n'est pas tout à fait le point de vue du S.N.I.

UNE CHANCE HISTORIQUE*

— *Vous intervenez à la fin de la manifestation de Versailles. Quelle est la signification de cette prise de parole ?*

— J'interviens pour représenter les évêques de la région parisienne, solidaires de tout l'épiscopat de France.

On pourrait penser que ces manifestations rappellent celles qui eurent lieu, il y a bientôt un siècle, quand les catholiques s'insurgeaient contre la République.

Or, il se passe tout autre chose. Nous assistons à la réaction d'une majorité de Français, inquiets pour leurs enfants, et de familles qui prennent conscience de leurs responsabilités éducatives. C'est vraiment un problème de société.

Le langage de l'Eglise sert à la fois de révélateur et de vecteur à cette prise de conscience.

Je n'ai donc pas le sentiment d'aller défendre à Versailles des intérêts sectoriels dans le cadre d'une lutte partisane entre des factions politiques.

Je crois, au contraire, être là le témoin d'une revendication de la société civile, fondée sur des exigences éthiques. Celles-ci coïncident d'ailleurs avec des droits

* Interview par Yves de Gentil-Baichis, dans *La Croix*, 2 mars 1984.

fondamentaux de la société politique, droits reconnus par la Constitution française et par la Déclaration universelle des droits de l'homme.

– *Quel message aimeriez-vous faire passer aux familles qui vont manifester ?*

– J'ai de nombreuses pensées en tête mais je n'ai pas encore tout à fait arrêté ce que je dirai.

Je perçois qu'il y a dans ces manifestations des sentiments variés et multiples. Certains me semblent positifs, d'autres moins. J'aimerais conforter les uns et exorciser les autres.

– *Par exemple ?*

– Je voudrais conforter l'intérêt que les familles portent aux jeunes. Je ne crois pas que ce soit une préoccupation propre à l'enseignement libre, car de nombreux manifestants ont des enfants dans l'enseignement public. Ils affirment donc le souci prioritaire de la nation pour sa jeunesse.

Deuxième sentiment positif à soutenir : le désir de défendre la liberté. Elle fait partie des droits imprescriptibles de l'homme. Pas seulement la liberté civile mais cette liberté qui lie les parents à leurs enfants : liberté de transmettre des valeurs fondamentales et de choisir la forme d'éducation qui paraît convenir, dès le moment où il y a aussi respect de l'Etat.

Je voudrais conforter aussi l'aspect civique et pacifique de ces manifestations. Il est tout à fait remarquable de voir que des défilés d'une telle ampleur gardent leur caractère pacifique, se démarquant des contradictions et des conflits qui divisent la France. D'autant plus que nous touchons à une question éminemment conflictuelle dans l'histoire de notre pays.

Il est très nouveau que des démonstrations massives à propos d'un sujet aussi brûlant se présentent, non comme des agressions, mais comme l'affirmation pacifique d'un droit fondamental.

Il y a là un élément de paix très original au sein de

la « guerre de religion » qui se poursuit en France depuis deux ou trois siècles.

— *Quels aspects négatifs voudriez-vous stigmatiser ?*

— La peur d'abord. Parce qu'elle engendre l'agressivité. Et l'agressivité ne permet pas de résoudre les problèmes.

Des questions telles que la jeunesse, la liberté, le pluralisme en éducation devraient être traitées en termes de raison, de sagesse, de bon sens. Non en termes de passion ou d'agression.

Comme prêtre et évêque, je voudrais tenter de donner un témoignage de paix et de sérénité et, en même temps, de volonté ferme. En effet, si on se livre une guerre, il y aura un vainqueur et un vaincu. Et quel sera le grand perdant ? Pas l'un des deux camps, mais les jeunes. Et cela, quelle que soit l'issue !

Je souhaiterais donc conforter la prise de conscience d'une responsabilité qui incombe autant à ceux qui seront à Versailles qu'à ceux qui leur sont opposés.

J'aimerais que, grâce à ce que je pourrai dire, se manifeste une responsabilité commune à tous les Français, qui doivent s'accepter les uns les autres s'ils veulent résoudre un problème qui les concerne tous.

— *Un certain nombre de chrétiens de l'enseignement public sont mal à l'aise quand ils voient les évêques s'engager pour la défense de l'enseignement libre. Ils ont l'impression que l'Eglise se lance dans un combat douteux et quelques-uns interprètent même cette défense de l'école catholique comme une marque de défiance à l'égard de l'enseignement public et de ceux qui y travaillent.*

— Une telle interprétation est tout à fait absurde. Je pense à un discours de Pie XII à la Paroisse universitaire en 1950. Après un long travail des catholiques dans l'enseignement public, le pape reconnaissait non seulement la légitimité, mais aussi la place que peuvent tenir les catholiques dans un Etat séculier et dans une école publique.

D'autre part, les craintes des enseignants du public méconnaissent la situation de fait de la France de 1984. Dans l'enseignement public, les catholiques ne sont absents ni du côté des élèves, ni du côté des parents, ni de celui des professeurs.

Penser qu'affirmer le droit au pluralisme reviendrait à nier pour les autres un droit que l'on réclame pour soi est absurde. Le pluralisme exige la diversité des opinions et le respect mutuel qui en découle. Et ce pluralisme s'exerce à l'intérieur de l'école catholique, bien qu'elle présente une spécificité chrétienne. Mais elle n'accepte pas pour autant que des enfants catholiques.

– *Les professeurs chrétiens de l'enseignement public peuvent donc être rassurés ?*

– Je ne vois pas ce qui pourrait les inquiéter. Ce serait avoir une vision tout à fait archaïque que de penser qu'une forme d'enseignement pourrait être exclusive des autres.

D'autre part, si la liberté de l'enseignement public était menacée, j'estimerais de mon devoir de m'exprimer sur ce sujet tout autant que je le fais actuellement pour les établissements libres. Les valeurs fondamentales de l'enseignement public, à savoir la liberté qui doit être reconnue aux enseignants et aux familles, le respect des consciences méritent d'être défendues avec autant d'énergie que les valeurs des écoles catholiques.

– *Que pensez-vous des déclarations de Michel Bouchareissas, secrétaire général du C.N.A.L., quand il affirme que les évêques font le jeu des partis de droite ?*

– Je comprends qu'il analyse la situation de cette manière. C'est le système de référence d'un politique et d'un syndicaliste. On peut avoir un autre système de référence que le sien.

– *Que souhaitez-vous dire au gouvernement ?*

– Je souhaite que nous parvenions non seulement à un compromis ; le compromis, c'est ce qui suit un litige ; mais je vais plus loin. J'aimerais que nous arrivions vraiment à cet événement historique qui verrait les Français, actuellement divisés, s'accepter dans leurs différences légitimes.

N'oublions pas d'où nous venons, toutes ces guerres qui ont opposé les factions politiques et religieuses de notre pays. Peu à peu, ces conflits se sont apaisés et il y a eu reconnaissance effective des droits des uns et des autres.

Or il me semble qu'aujourd'hui, il existe une chance historique pour que cette question soit non pas enterrée mais réglée positivement.

– *C'est-à-dire ?*

– Il faudrait que, de fait, les Français reconnaissent la légitimité de la liberté accordée dans le domaine éducatif. Ceci fait partie de notre patrimoine national. D'où le caractère extravagant, excessif de cette querelle un peu désuète. D'ailleurs, les gens le sentent et c'est une des raisons pour lesquelles ils manifestent en masse.

Comment dès lors, des hommes d'Etat pourraient-ils ne pas percevoir l'importance de l'enjeu historique de ce problème ?

Si l'on parvenait à une acceptation mutuelle dans ce domaine, ce ne serait une victoire ni de la droite, ni de la gauche, mais des Français sur eux-mêmes.

TRANSMETTRE À LA JEUNESSE DES RAISONS DE VIVRE*

Vous voici. Vous voici donc, succédant aux centaines de milliers de Bordeaux, de Lyon, de Rennes et de Lille.

Vous voici, tellement nombreux, que l'observateur hésite à vous reconnaître. Qui êtes-vous ?

Surprenant et pacifique rassemblement dont la force déjoue les interprétations. Qui êtes-vous ?

Ni une Eglise ni un parti ne pourraient vous revendiquer tous. Qui êtes-vous ?

Vous qu'aucune organisation n'aurait pu ainsi mobiliser. Qui êtes-vous ?

Vous êtes la voix des Français.

Français si divers, je vous salue. Vous, les catholiques ; vous, les chrétiens d'autres confessions ; vous, les croyants d'autres religions et spécialement vous, les représentants des écoles juives ; vous tous, croyants convaincus ou hésitants, et vous aussi les non-croyants.

Je vous salue, vous les parents de l'école publique et particulièrement les représentants que vous avez délégués ici.

Je vous salue tous, au nom des évêques d'Ile-de-France, de Normandie et de tous les diocèses représentés aujourd'hui. Français si divers, je vous salue.

* Intervention au rassemblement de l'enseignement catholique à Versailles, 4 mars 1984.

*

Rassemblés ici, vous ne vous êtes ligués contre personne. Une passion commune vous réunit : la liberté.

La liberté en France n'est plus à conquérir. Elle est un droit que nul ne peut contester et ne conteste. La liberté ne se divise pas. La liberté ne peut nous diviser.

Cette liberté s'inscrit aux frontons des édifices publics avec l'égalité et la fraternité.

Ces mots définissent le pacte où désormais la nation française se reconnaît.

Le pape Jean-Paul II, venu en France par deux fois, accueilli par deux présidents de la République, a repris ces trois mots en leur donnant une plénitude de sens dans laquelle les chrétiens de France eux-mêmes, réconciliés avec leur histoire, ont pu sereinement se reconnaître.

Dans son sermon du Bourget en 1980, Jean-Paul II nous a dit : « Que n'ont pas fait les fils et les filles de votre nation pour la connaissance de l'homme, pour exprimer l'homme par la formulation de ses droits inaliénables ! On sait la place que l'idée de liberté, d'égalité et de fraternité tient dans votre culture, dans votre histoire. Au fond, ce sont là des idées chrétiennes. Je le dis tout en ayant bien conscience que ceux qui ont formulé ainsi, les premiers, cet idéal ne se référaient pas à l'alliance de l'homme avec la Sagesse éternelle. Mais ils voulaient agir pour l'homme. »

*

La liberté ne se divise pas. C'est pourquoi la Déclaration universelle des Droits de l'Homme, de 1948, qui est inscrite dans le préambule de la Constitution de notre République, mentionne après d'autres libertés fondamentales : « La liberté pour les parents de choisir le genre d'éducation à donner à leurs enfants. »

Ce n'est pas un intérêt catégoriel que vous défendez ici au détriment des autres citoyens. Nous demandons l'application d'un droit qui vaut pour tous. Nous demandons à l'Etat d'en donner les moyens à tous.

Ce droit des parents, que selon votre libre choix les écoles privées vous permettent d'exercer légitimement, n'est ni un privilège ni un intérêt particulier. Il appartient au droit de la nation tout entière qui en est l'irrécusable garant. Ce droit est reconnu par la Communauté européenne tout entière, dont la France assure aujourd'hui la présidence.

Vous n'êtes pas toute la France, mais ce soir toute la France peut se reconnaître en vous, quand vous tenez le respectueux langage de la tolérance et du pluralisme.

Non, personne en France ne peut vouloir une guerre scolaire. La guerre scolaire se nourrit d'idéologies dont l'intolérance, je l'espère, appartient au passé, car elle n'engendre aucun avenir. Aujourd'hui, grâce à notre diversité, nous devons réconcilier la nation avec elle-même au nom de son bien commun.

*

La liberté d'enseignement est un droit et on ne transige pas sur un droit. Nous le savons, nous Français, qui avons le privilège, hélas encore trop rare à travers le monde, de vivre dans un état de droit garant de nos libertés. La liberté n'est pas négociable, c'est elle qui permet de négocier. Le droit n'est pas négociable, c'est lui qui donne les moyens de négocier. Tâche combien difficile qui revient au Comité national de l'Enseignement catholique, présidé par Mgr Honoré, et à sa Commission permanente. Tous, nous admirons la sagesse et le courage de M. Pierre Daniel, président de l'Unapel, et du père Paul Guiberteau, secrétaire général du comité. Ce sont eux, avec la commission permanente, qui, en votre nom, et avec le soutien total des évêques de France, négocient les moyens d'appliquer le droit, les moyens de rendre effective une liberté formelle.

Ces moyens, l'Etat et les citoyens sauront consentir à les mettre en œuvre, car une évolution est rendue nécessaire par celle de notre droit administratif. De la sorte, l'école privée pourra garder sa personnalité en en recevant tous les moyens du système éducatif national dont elle fait déjà contractuellement partie.

Vos représentants savent négocier avec fermeté, sans arrière-pensée ni naïveté. Ils méritent la confiance que vous leur accordez. Comme vous, avec tous les Français ils jugeront sur les faits et sur les actes.

*

Je le disais déjà, il y a deux ans, à Pantin : nous ne devons pas épuiser nos forces éducatives, déjà insuffisantes, en une querelle archaïque, entre adultes fascinés par leurs vieilles obsessions.

Il faut appeler les choses par leur nom. La jeunesse de ce pays se débat, trop souvent laissée à elle-même dans une société où elle ne peut trouver sa place. Certains cherchent à s'échapper par l'alcoolisme, la drogue, la violence. En ce monde qui nous paraît neuf, tout leur semble usé ; c'est pourquoi ils sont tentés d'abuser de tout, des objets que nous avons fabriqués comme de leur corps. Voilà la réalité qui impose ses stigmates à cette génération. Aucun éducateur d'aucune école n'osera vous assurer que ces stigmates épargneront les enfants que vous leur confiez. Ce drame éclipse les affrontements doctrinaires et corporatistes des adultes, parents ou enseignants. Tous le savent bien. L'école pose aujourd'hui à la nation entière une question : saura-t-elle ne pas perdre sa jeunesse ? Saura-t-elle lui transmettre des raisons de vivre ?

*

Je m'adresse donc d'abord à vous, les jeunes. Votre avenir, pour une part, est entre nos mains. Le monde où vous entrez, c'est nous qui pour une part, l'avons fabriqué. Vous jugez déjà ce que vous recevez et ce que nous faisons. Mais ne l'oubliez pas : nous vous avons transmis ce qui ne nous appartient pas : la dignité d'hommes et de femmes créés à l'image et à la ressemblance de Dieu, la liberté et la conscience qui font que tout être humain est sans prix. Cette liberté et cette conscience, vous en êtes à votre tour responsables, comme vous êtes par là même responsables du monde dans lequel nous vivons, et comme vous en serez responsables devant la génération qui suivra.

*

Je m'adresse aux enseignants. Ceux de l'enseignement public comme ceux de l'enseignement privé.

Vous êtes au service de la même génération. Fidèles à la diversité de l'institution scolaire caractéristique de notre pays, vous voulez respecter les consciences. Nous le savons. Nous savons aussi les difficultés souvent extraordinaires de votre métier que nous devrions encore appeler « vocation ». Trop souvent, vous êtes tenus pour directement responsables des faiblesses qui sont dues aux contradictions de notre société. Je pense à ceux d'entre vous, et je n'oublie pas l'enseignement public, qui assument la mission d'être les éducateurs des plus démunis. Souvent, ces jeunes sont dans leur famille la première génération scolarisée dans notre langue. Quelle reconnaissance le pays ne doit-il pas à ces enseignants !

Dans l'école privée comme dans l'école publique, vous, enseignants, vous voulez relever le même défi : transmettre à la jeunesse une culture, l'accès à une conscience morale, et les fondements de notre identité nationale.

Ce défi vous oblige sans cesse à vous adapter, à progresser, à inventer. Pour cela, n'avons-nous pas le plus urgent besoin de nos différences et de toutes les formes du pluralisme éducatif ?

*

Je m'adresse maintenant aux responsables de la vie politique, à ceux de toutes convictions, de tout parti. Je sais que vous mesurez l'enjeu fondamental du moment que nous vivons. Ne laissez pas se réveiller une trop stérile et trop ancienne querelle dont la victime principale serait la jeunesse elle-même.

La génération à venir jugera notre époque sur les solutions politiques que vous aurez su trouver. Ouvrez les yeux : reconnaissez le signe que vous adresse toute la nation, réunie par la prise de conscience de son devoir éducatif. C'est vous qui portez principalement la responsabilité d'en finir avec l'une des plus cruelles fractures de la société française.

Aujourd'hui, le destin de notre nation oscille en une circonstance historique. Que parmi vous, quel que soit votre parti, se reconnaissent les hommes et les femmes qui auront assez le sens de l'Etat pour permettre aux Français d'être réconciliés par leur commune responsabilité : l'avenir de la jeunesse.

*

Je m'adresse enfin aux communautés éducatives des écoles catholiques.

Parents, enseignants, vous demandez la liberté et ses moyens pour l'école catholique. Devenez vous-mêmes plus chrétiens !

Je veux relire ici des paroles du Christ que l'Eglise

reçoit et médite ce dimanche. Elles s'appliquent à votre mission, comme à celle de tout chrétien : « Il ne suffit pas de dire "Seigneur, Seigneur" pour entrer dans le Royaume des cieux, mais il faut faire la volonté de mon Père. »

Catholiques, quelles que soient votre place et votre mission dans le système éducatif, public ou privé, vous n'avez à chercher ni un meilleur succès ni un pouvoir culturel ; vous avez à mettre en jeu la force de la grâce du Christ pour le bien de toute la communauté nationale. Catholiques, ne vous trompez pas de cible : notre seul privilège, donné le Jeudi saint, consiste à servir dans le Christ les hommes, nos frères. Le droit à la liberté d'enseigner, nous ne pouvons le réclamer que comme l'une des dimensions du service de nos frères.

En revendiquant devant la nation la liberté d'un projet éducatif catholique, vous contribuez ainsi non seulement au bien de l'Eglise, mais au bien de la nation tout entière.

NOUS DÉSIGNONS LE VRAI DÉBAT ET NOUS DEMANDONS LE DROIT*

– Avant Versailles, vous parliez d'une « chance historique » à saisir dans le débat scolaire et vous paraissiez optimiste. Aujourd'hui, la querelle fait rage. Que s'est-il passé ?

– La « chance historique », voilà quelques décennies que les Français savent qu'ils devront un jour la saisir, s'ils veulent mettre un terme au débat qui a tant déchiré notre pays. Par le biais des contrats passés avec l'Etat, la loi de 1959, votée grâce à la clairvoyance et à la ténacité de M. Michel Debré, a apporté une solution équitable et progressive. Du coup, la voie était ouverte, et il paraissait raisonnablement possible, en enterrant les querelles du passé, d'aborder le problème fondamental de la jeunesse et de l'éducation nationale. C'est en tout cas aujourd'hui un devoir historique de savoir quoi transmettre et comment le transmettre à la jeunesse de France, pour qu'elle prenne en charge le destin historique de notre nation. Ce problème n'a pas été résolu, ni même débattu ni même posé.

– Pourquoi un problème historique ?

– Nous avons à résoudre le problème de l'enseignement de 1984, et non celui de 1882. Nous avons à

* Interview par Bruno Frappat, dans *Le Monde*, 5 juin 1984.

relever le défi du troisième millénaire : les enfants qui entrent aujourd'hui en maternelle auront vingt ans en l'an 2000. La chance historique consiste à relever le défi présent : nous accorder sur les valeurs fondamentales pour notre société, résoudre non pas un conflit entre l'Eglise et l'Etat, ni entre écoles privées et publiques, qui, de fait, n'existe plus, mais résoudre le conflit latent et parfois ouvert sur ces valeurs entre la génération adulte et la génération de ses enfants. Leur écart ne cesse de s'accroître, au moins depuis 1968, et notre système d'enseignement dans son ensemble ne parvient pas à le résoudre.

Voilà la seule vraie question. C'est elle qui angoisse et mobilise les familles. Et voilà qu'elle est masquée par des querelles indignes, faites de violence sectaire et idéologique. C'est une inquiétante régression.

– *A quoi ramène cette régression ?*

– A entraîner les Français de façon irresponsable dans un psychodrame aux conséquences imprévisibles : appauvrir l'enseignement privé ou l'assimiler, c'est-à-dire prendre une revanche sur le passé et donc revenir au passé, ne peut en quelque manière que ce soit préparer l'avenir. La mémoire du passé doit au contraire permettre d'en dégager ce qui peut être un acquis commun de notre tradition nationale : le respect du bien commun et des droits de l'homme, la reconnaissance formelle et réelle des droits et devoirs des parents dans l'éducation de leurs enfants, la liberté religieuse.

Ce n'est pas manquer au respect dû aux institutions d'affirmer que le débat parlementaire qui vient d'avoir lieu à l'Assemblée nationale avait quelque chose d'irréel, car il s'est déroulé sans tenir compte du sentiment majoritaire de la nation, et il aggrave ce que le président de la République nommait si justement, le 4 avril dernier, « une contradiction entre la volonté exprimée, fondée, et une réalité politique, celle de la nation française, que je dois respecter ».

– *Pouvait-on éviter ce psychodrame et cette régression ?*

– Je l'espérais, comme tous les évêques. Nous avons tenté, non sans difficulté et avec une ténacité que l'avenir reconnaîtra, de parler raisonnablement, de servir l'intérêt national, de ne jamais céder à la polémique partisane. Mais en retour, nous avons été agressés : j'avoue avoir été surpris, blessé et humilié comme citoyen français et comme catholique, par le tour du débat parlementaire au cours de la nuit du 22 mai. J'ai entendu ces mêmes mots dans la bouche de plusieurs évêques.

– *Les hommes politiques vous semblent-ils irresponsables ?*

– Ce qui s'est passé dans la nuit du 22 mai à l'Assemblée nationale est grave. Les citoyens en sont réduits à devenir les supporters d'un match joué d'avance et à se battre dans les gradins. La vraie démocratie ne consiste pas à hurler : « Allez les verts » et « Allez les bleus ». Alors que de part et d'autre des responsables qualifiés et compétents pouvaient espérer approcher d'un terme favorable, alors qu'un minimum de sérénité aurait peut-être permis d'équilibrer d'un côté des intérêts professionnels, et d'un autre, le respect du pluralisme des courants de pensée, un groupe de pression, dont l'influence est stupéfiante au regard de la raison politique, a suffi à faire sortir le chef du gouvernement des limites tracées par le ministre de l'Education nationale avec l'autorité du Conseil des ministres. Et c'est un déferlement de préjugés excessifs, partisans et hostiles à la conscience chrétienne des Français qui a répondu aux propos toujours mesurés de l'épiscopat et des dirigeants de la Commission permanente de l'enseignement catholique.

Il n'est pas vrai de prétendre que nous défendions des privilèges : la liberté des familles, le droit et le devoir des familles de transmettre à leurs enfants leurs valeurs fondamentales, humaines, religieuses, chrétiennes, est-ce cela que l'on appelle un privilège ? A ces excès, nous avons le devoir de ne pas répondre par d'autres excès.

– *Partagez-vous le sentiment que l'enseignement catholique a été floué ?*

– Laissons le verbe « flouer » à Simone de Beauvoir. Mais il y a eu manquement à la parole donnée.

– *De la part du gouvernement ?*

– De la part du gouvernement si l'on prend au sérieux ce que le Premier ministre avait annoncé le 15 mai à la délégation conduite par le chanoine Guiberteau. En sortant de Matignon, la délégation a publié un communiqué. Celui-ci soulignait son opposition au dernier point en débat : la fonctionnarisation des maîtres. Mais il prenait acte des apaisements verbaux donnés par le Premier ministre sur des points vitaux. C'est ensuite, dans la nuit du 22 mai, que cette parole a été reprise.

– *Y avait-il eu accord politique entre le président de la République et vous ?*

– La tradition tant politique que religieuse impose à l'archevêque de Paris d'entretenir des relations régulières avec les représentants de l'Etat. De la sorte, j'ai pu exposer au président de la République la gravité morale des enjeux de la négociation très technique poursuivie par le ministre de l'Education nationale. J'ai eu le sentiment que le président en avait une vive conscience. Un accord éventuel avec le gouvernement est de la compétence du Comité national de l'enseignement catholique qui mène les pourparlers. Ce Comité a ses composantes diverses et ses légitimes tensions. Les évêques interviennent en garantissant le caractère catholique d'établissements qui veulent proposer aux parents un genre d'éducation où seront explicitement transmises aux enfants les valeurs chrétiennes de respect de l'homme inspirées par la foi en Dieu.

La conférence épiscopale, présidée par Mgr Vilnet, est représentée dans le Comité national par Mgr Honoré, archevêque de Tours. Celui-ci est, en effet, président de la Commission épiscopale du monde scolaire et universitaire, qui traite des questions religieuses tant de l'enseignement public que privé. Nous savons, nous évêques, mieux que tout autre, que l'enseignement catholique n'est pas, en France, la seule manière d'être catholique et d'enseigner, ou d'être catholique et d'éduquer ses enfants. Nous accuser de dénigrer l'école publique et les catholiques qui y enseignent, est aussi faux qu'injuste. Bref, l'épiscopat ne s'engage pas à la place des enseignants et des parents de l'enseignement catholique, mais ceux-ci ne pourraient pas faire état du caractère catholique des établissements sans l'autorité des évêques.

— *L'épiscopat a pourtant bien orienté l'enseignement catholique dans le sens d'une négociation ?*

— Les évêques ont tracé une ligne de conduite claire : maintenir l'unité autour de l'essentiel, l'identité catholique de ces établissements scolaires. C'est pourquoi ils ont voulu légitimer et conforter la démarche du Comité national comme interlocuteur représentatif auprès du ministre et soustraire la cause de l'enseignement catholique aux dérives extrémistes et aux récupérations partisanes. L'épiscopat veut se fier à la sagesse des Français et au sens du bien commun des hommes politiques.

— *N'est-ce pas là un pari, dont certains vous avaient averti que vous le perdriez ?*

— Ce pari, s'il était perdu, ce ne serait ni l'épiscopat ni l'Eglise catholique, mais la France qui le perdrait. Tout n'est pas dit ni fini. Et d'abord au Parlement. Quant à nous, évêques, nous continuerons à faire notre devoir : dire la vérité, rappeler les finalités éthiques de la vie sociale.

— *On a l'impression que vous n'avez pas tout perdu : il reste une loi qui oblige l'Etat, si les communes sont défaillantes, à financer les écoles privées. Or, on a entendu des propos quasiment hystériques sur les libertés menacées, le goulag...*

— Un financement conditionnel et limité dans le

temps change totalement l'esprit de la loi. Au lieu de consacrer le pluralisme scolaire, ce qui eût honoré l'Assemblée nationale en lui donnant la grandeur de clore un débat qui empoisonne la vie française, le texte conduit à une intégration du privé au public – une mécanique lente et d'autant plus efficace. Pour le reste, des experts compétents et peu suspects d'être partisans, en font des lectures contradictoires et prévoient des effets opposés.

Cette loi est donc ambiguë. Le flou a favorisé l'esprit partisan qui s'accommode des motions de fin de congrès, où chacun lit ce qui flatte son idéologie. Quant aux excès des réactions, ils reflètent un traumatisme très profond de l'opinion générale : il ne faut pas jouer avec le sens personnel de la responsabilité des parents à l'égard de leurs enfants. Surtout en une période où les causes d'incertitude pour l'avenir accroissent les tensions.

– *Vous prenez vos distances avec toute la classe politique, droite et gauche. Mais le 24 juin, vous serez en tête d'une manifestation d'opposition.*

– C'est une manifestation nationale qui aura lieu à Paris dont je suis l'archevêque. Comme l'a rappelé le président Daniel, c'est d'abord une manifestation des parents. Bien des points ne sont pas encore fixés sur la forme et la nature de cette manifestation. Je dois et je veux garder mon entière liberté d'appréciation quant à ma participation.

– *Vous ne nierez pas que l'on retrouve le clivage gauche-droite, comme au début du siècle ?*

– Je le nie. Et j'espère que personne ne se laissera prendre par cette tentation d'anachronisme. Si tel était le cas, il s'agirait de la régression désastreuse que j'évoquais. Le clivage réel passe entre ceux qui demeurent prisonniers de leurs idéologies corporatistes, d'une part, et ceux qui, catholiques ou non, admettent le vrai débat : dans la crise indiscutable du système éducatif français, il faut reconnaître que se joue l'avenir de la France.

L'angoisse des familles devant l'avenir, angoisse qui se

manifeste déjà par la chute dramatique de la natalité, est nourrie par une crainte : celle de ne pouvoir transmettre aux enfants un savoir, des convictions, une manière de vivre, et des raisons de donner sa vie. Toutes les questions importantes de notre société s'accumulent sur la jeunesse. Toutes leurs difficultés s'additionnent dans le système éducatif : emploi et formation, racisme et diversité des cultures, respect de la liberté et apprentissage des règles de la vie commune. Il est insensé de se dérober à ce vrai débat par une régression vers l'idéologie positiviste, d'ailleurs abandonnée partout, sauf dans certains milieux héritiers de M. Homais, vers un anticléricalisme aussi démodé que les banquets électoraux qui le nourrissaient. Il est trop tard pour mimer 1905.

— *La querelle scolaire fait resurgir une image conservatrice de l'Eglise dont elle s'efforçait de se dégager.*

— C'est ce que souhaitent certains. Mais personne ne croit sérieusement que l'Eglise garde ou veuille reconquérir un pouvoir politique, même indirect, en France. Et c'est très bien ainsi. L'autorité universelle du pape ne se fonde pas sur la puissance de l'Etat du Vatican. En France, l'autorité morale de l'Eglise ne se fonde pas davantage sur un accord politique avec l'Etat.

En cette fin de siècle, les hommes de bonne foi savent que l'Eglise est au premier rang pour la défense des droits de l'homme, de la liberté de conscience et que ce fait universel éclaire son enseignement. L'Eglise a la charge de dire des vérités, souvent dures à entendre, tantôt pour les uns, tantôt pour les autres et parfois pour tous. Elle est ainsi amenée à devenir porte-parole de l'essentiel. Qu'importe que l'opinion du moment veuille classer cette parole ou la récupérer.

— *Porte-parole d'un mouvement ?*

— Non, mais d'une prise de conscience. L'Eglise est un des lieux où la conscience peut « prendre », au sens où le ciment « prend ». L'éducation est un des problèmes qui, dans la parole de l'Eglise, « prend », tout comme la cohabitation multiraciale, les rapports Nord-Sud, l'éthique biologique, la justice sociale, l'attention portée à toutes les formes de pauvreté, etc. C'est pourquoi l'Eglise, qui ne cherche aucun pouvoir, devient le gibier d'une chasse formidable. Toutes les machines à conquérir l'opinion ne cessent de dire aux évêques : « Vos ouailles m'intéressent ! » C'est d'ailleurs pourquoi toutes sont tentées d'appliquer la même et très ancienne tactique, déjà utilisée par les empereurs romains et byzantins, puis les modernes : retourner les fidèles contre les évêques et les prêtres, accusés de toutes les lâchetés, compromissions et faiblesses, pour récupérer ainsi des troupes divisées.

L'Eglise, elle, doit rappeler que tout problème politique a une dimension éthique, et s'appliquer à parler rigoureusement à partir de la conscience religieuse. Ethique et religion s'articulent, sans double langage, mais selon un double niveau de langage. Notre foi en Dieu que révèle Jésus-Christ nous conduit à respecter l'homme selon l'Esprit. L'ordre du politique est jugé par l'ordre de la charité. Il n'y a donc pas à choisir entre la morale des enfants de chœur empêtrés dans leur surplis et le réalisme des gros bras qui se chargeraient de les défendre. La fin ne justifie jamais les moyens. Pourquoi faut-il encore le rappeler ?

— *Revenons à l'enfant...*

— L'enfant n'appartient à personne et surtout pas à l'Etat. Il est donné par Dieu à des parents qui n'en sont pas les propriétaires, et qui en sont responsables comme d'un don confié. Pour que cet enfant devienne ce qu'il est — libre, à l'image de Dieu libre —, il faut que ses parents, premiers responsables, l'initient à cette liberté ! D'où la nécessité de la famille éducative. Tous les psychologues savent bien que l'enfant naît à la conscience de soi devant ses parents. Tous les régimes totalitaires, du nazisme à toutes formes du bolchevisme, savent aussi qu'ils doivent soustraire l'enfant le plus tôt possible à sa famille s'ils veulent le transformer en « l'homme nouveau ».

Il ne s'agit pas de nier le rôle de l'Etat, mais de le situer : l'Etat ne doit pas se substituer aux familles, mais leur permettre d'assumer leurs responsabilités, à tous les niveaux. Quant aux affirmations selon lesquelles la transmission de la foi attenterait à la liberté de conscience de l'enfant, cela me semble aussi intelligent que de voir dans l'apprentissage de la langue française une atteinte à la liberté des enfants nés en France. L'Eglise, à tous ses niveaux, n'endoctrine pas, comme le pensent ceux qui conçoivent spontanément l'enseignement comme endoctrinement idéologique ; elle tente de développer toutes les dimensions de la conscience, donc la liberté par quoi seule l'homme est l'homme et peut atteindre Dieu.

— *Au point actuel de la querelle scolaire, qu'est-ce qui pourrait débloquer la situation ?*

— Je n'en sais rien. Je l'ai déjà dit : par ce piètre débat, comme citoyen je suis déçu. Par ces polémiques, comme évêque je suis blessé. Nous avons tenu un langage digne du vrai problème, des propos responsables et mesurés. Les excès viennent soit de récupérations politiques de notre démarche, soit surtout d'adversaires dont le sectarisme me consterne. J'ose espérer que le pouvoir politique saura mesurer, vite, l'état de choc dans lequel ses récentes décisions ont plongé une partie de l'opinion nationale. Aura-t-il le courage de prendre les moyens pour y porter remède ? Tout citoyen raisonnable doit l'espérer. Quant à nous, nous désignons le vrai débat et demandons le droit. Nous continuerons.

— *Allez-vous demander une nouvelle entrevue au président de la République ?*

— Je ne sais pas.

LE SERVICE PUBLIC RENDU PAR L'ÉCOLE PRIVÉE*

— *Quelles leçons tirez-vous de la manifestation nationale du 24 juin à laquelle vous vous êtes associé ?*

— Par son ampleur, par son calme, par la signification d'une marche place de la Bastille, cette manifestation de tous ceux qui constituent l'enseignement catholique est, de l'avis de tous les observateurs, un événement national et, sans doute, sans précédent dans l'histoire de Paris. En effet — et je le disais à Versailles — aucun parti politique n'aurait pu mobiliser une telle foule et si diverse.

L'événement n'est pas, dans son fond, assimilable aux péripéties coutumières de la vie politique. L'organisation, d'ailleurs remarquable, comme la participation reposaient sur un volontariat aussi décidé que libre.

On a manifesté librement pour une liberté. On a manifesté d'abord sa propre liberté intérieure à l'égard de l'idéologie, des slogans, des clivages ; c'est pourquoi tout le monde, ce 24 juin, s'est d'abord bien amusé, dans une jubilation populaire, dans laquelle plusieurs observateurs ont reconnu une version tranquille du mai 1968.

Les manifestants n'auraient pas eu cette liberté s'ils ne l'avaient déjà vécue. Leur organisation autogérée ne fut,

* Interview par François d'Orcival et Yann Clerc, dans *Valeurs actuelles*, 2 juillet 1984.

place de la Bastille, possible que parce que, partout en France, ils font dans l'école de leur choix une expérience de la vie associative dont il serait périlleux de sous-estimer la vigueur.

L'école privée implique, par son statut juridique conforté par la loi de 1959 d'abord, par les orientations prises ensuite, que tous ses partenaires, parents, enfants, chefs d'établissement, enseignants, éducateurs, gestionnaires, laïcs, religieux, religieuses, prêtres, s'engagent librement sur un enjeu majeur : il s'agit non seulement de la jeunesse ni seulement de la famille, mais du lien vital entre ces deux réalités que la logique administrative disjoint. La relation d'une génération à la suivante est l'un des points les plus sensibles des problèmes de société. Là se jouent la vraie responsabilité de chacun et le sort d'un pays.

Ne soyons donc pas surpris que ce soit le plus souvent un lieu privilégié de la vie associative, du volontariat où chacun trouve sa place, et aussi parfois de la communauté spirituelle, de la solidarité. Dans ses aspects les plus positifs, la manifestation du 24 juin attestait la réalisation de cette nouvelle forme de citoyenneté : chacun manifestait par sa propre liberté pour une liberté commune.

C'est pourquoi, d'ailleurs, je pense toujours que cette sorte d'autogestion communautaire de l'école, les parents ne la réclament pas pour la seule école privée : si c'est un « privilège », alors il faut l'étendre à l'école publique.

— *Vous n'avez participé qu'indirectement à cette manifestation en apportant un message de soutien des évêques, mais sans conduire le défilé. De quoi aviez-vous donc peur ?*

— Que le ciel nous tombe sur la tête ! Soyons sérieux : nous, évêques, rendrons des comptes à Dieu de notre mission. Cela est beaucoup plus redoutable que de dépendre des hommes. Mais cela nous délivre de la peur.

Deux questions : premièrement, l'Eglise demande aux

laïcs de prendre leurs responsabilités sociales propres : aurait-il été logique que les évêques se mettent à la tête d'un mouvement de parents d'élèves dont les instances responsables sont démocratiquement élues ? A moins de donner ainsi la preuve de l'obscur cléricalisme dont certains s'obstinent à nous accuser.

Les évêques, garants et responsables du caractère catholique de ces écoles, ont tenu tout leur rôle, et seulement leur rôle, par leur soutien constant et leur vigilance exigeante. Tels sont du moins leur devoir et leur vouloir. Ils l'ont clairement manifesté par leur parole comme par leurs actes, bien avant le 24 juin.

Deuxièmement : est-il pertinent d'appliquer à l'Eglise les modèles courants d'organisation ? « Militants » de base et « sympathisants », chefs « charismatiques » ou « bureaucratiques », qui doivent suivre ou rameuter leurs troupes ? Y a-t-il des stratégies de conquête du pouvoir dans l'Eglise et de l'Eglise ? Qui raisonne ainsi est tôt ou tard surpris par l'événement.

Ce qui unifie l'Eglise, c'est la possibilité donnée par l'Esprit Saint de vivre dans le Christ en fils adoptif du Père. Le reste est libre de cette liberté des enfants de Dieu dont ont usé les chrétiens (et les autres !) place de la Bastille : ils n'y sont pas venus poussés dans l'ombre par des confesseurs... L'Eglise ne mobilise pas de divisions : elle appelle à la communion et à la liberté, aux libertés.

— *Cette manifestation modifie-t-elle l'image publique de l'Eglise dans la société française ?*

— Je risque une hypothèse : depuis les Lumières, l'Eglise subissait la mise en accusation publique de déprécier l'homme, au moins dans ses droits, sinon dans sa nature. Cette mise en accusation a été répétée, martelée, imposée pendant près de trois siècles.

Aujourd'hui, pour nombre de raisons historiques et intellectuelles, du fait entre autres de la mort de l'« homme » autosuffisant (je songe au travail de Michel

Foucault qui vient de disparaître), l'Eglise apparaît comme l'un des derniers recours pour la défense de l'homme. L'homme est digne de ses droits. Les chrétiens le croient, parce qu'ils croient en Dieu, comme ils croient au Christ dont ils reçoivent l'Esprit pour en rendre témoignage, fût-ce au prix du martyre.

Cela, il est clair que l'Eglise le revendique, sans condition ni concession, sans considération de régime politique, partout sur la Terre – de la Pologne au Chili, du Nicaragua à la Corée, pour que soit respectée la vie de l'enfant dans le ventre de sa mère, pour que des millions d'hommes ne meurent pas de faim, pour que cessent les persécutions religieuses, pour que soient reconnus les droits des immigrés.

On peut faire bien des reproches à l'Eglise et aux chrétiens, mais non celui de se taire sur les droits de l'homme. Parce que la foi les libère des idéologies, ils peuvent, autant et parfois mieux que d'autres, plaider pour la dignité de l'homme, créé à l'image et à la ressemblance de Dieu.

En cette circonstance, ils n'ont pas défendu un intérêt catégoriel. Ils ont été les porte-parole d'un droit commun à tous les citoyens, pacifiquement affirmé. Pour la masse des Français, il est désormais clair que l'Eglise défend le droit de l'homme, et cela parce qu'elle se soumet au droit de Dieu. Les chrétiens ne l'ignorent plus.

– *L'école vous paraît-elle devoir être un enjeu politique à répétition, M. Mauroy ayant fixé au projet Savary un calendrier d'étapes (installation des E.I.P., titularisation des maîtres, financement, révision de la loi) étalées sur onze années ?*

– Si tel était le cas – si l'école devenait l'enjeu d'une guerre de tranchées –, la France subirait la catastrophe nationale que nous avons toujours voulu éviter. Il faut espérer qu'il n'en sera rien. Le gouvernement devrait soit reprendre son texte pour négocier à nouveau sérieusement les points litigieux introduits, entre autres, par les amendements de dernière minute, soit tenir compte du travail à venir des sénateurs.

Sinon, il s'expose, je le crains, à des réactions très dures des responsables de l'enseignement catholique. Mais la gauche doit savoir comprendre les mouvements populaires et je ne doute pas qu'elle les comprendra. En tout état de cause, l'urgence et la nécessité d'une refonte du système éducatif jouent pour l'école privée.

– *Pourquoi ?*

– Ma conviction est que les établissements privés rendent un service très réel au sein du système éducatif français. Je serais le ministre de l'Education nationale, je regarderais à deux fois avant de dérégler la symbiose peu à peu établie entre une pluralité d'établissements qui à eux tous constituent l'Education nationale. Car dans cette pluralité peut se trouver l'un des moyens d'une innovation nécessaire pour répondre au défi que sa jeunesse pose à la nation.

– *Si vous n'êtes pas le ministre de l'Education nationale, vous êtes bien archevêque de Paris.*

– La vraie question aujourd'hui est en effet de savoir comment une école catholique peut être digne de ce nom. Je l'ai dit à Pantin, à Versailles et chaque fois que j'ai eu l'occasion de m'exprimer à ce sujet. Evêque d'Orléans, j'avais été invité à parler à une session de formation de maîtres de l'enseignement privé ; je leur ai dit en substance : « J'ai une préoccupation au sujet de l'école catholique, c'est qu'elle le soit. Et pour cela, que les maîtres, les responsables du projet éducatif soient rassemblés par l'ardent désir de le devenir davantage. »

La qualité de l'éducation religieuse dépend davantage de la clarté et de la cohérence de l'éducation à l'égard de sa mission de témoin de la foi que des indispensables garanties statutaires données à l'établissement. A cet égard, bien des attitudes sont en train de se modifier.

Les jeunes, et même tous les jeunes ménages qui se

posent la question de l'éducation chrétienne de leurs enfants, préparent des innovations. Ils vont « bricoler » des écoles à eux. Ils vont inventer. La société sécularisée obligera à vivre intensément la dimension religieuse de l'éducation.

— *La stratégie de l'Eglise est-elle d'assurer un enseignement chrétien ou d'éviter une éducation monolithique ?*

— Revendiquer une liberté fondamentale dans le domaine de l'éducation n'est pas une question de stratégie, ou d'opportunité, c'est un droit. Parmi les libertés, au sens fondamental du mot, on doit inscrire la liberté individuelle, et le droit des parents de transmettre à leurs enfants les valeurs fondamentales, religieuses, auxquelles ils croient, et cela, à l'intérieur du système éducatif. Cela correspond au refus d'une mainmise totalitaire, serait-ce celle d'un Etat démocratique.

Cela dit, la doctrine de l'Eglise a toujours admis que l'Etat, l'Eglise (pour ceux qui se disent chrétiens) et les familles avaient chacun son droit. Et que ces trois partenaires de l'éducation devaient respecter mutuellement leur domaine et leurs compétences.

Dans la mesure où un jeune, un enfant, est aussi un citoyen, il est normal que l'Etat comme tel se fasse le garant des valeurs de la nation, assure le droit des familles, le droit à la liberté d'éducation en matière religieuse, et intervienne à ce titre. Mais il ne suffit pas que l'Etat ne refuse pas ce droit ; il faut encore qu'il assure les conditions pratiques de l'exercer.

— *Précisément, dans l'actuel débat, qu'est-ce qui prime réellement ?*

— Depuis un demi-siècle ou plus, les catholiques ont bataillé pour faire admettre la légitimité de leur présence dans l'enseignement public comme enseignants, et obtenir qu'on les respecte.

Que signifie le concept de la laïcité ? Est-ce le concept positiviste et antireligieux du début du siècle ? Est-ce une certaine neutralité, ce respect des consciences qui permet aussi au croyant d'avoir sa place légitime dans l'enseignement public, sans être persécuté ou suspecté à cause de sa foi ?

Il y a eu dans ce sens un progrès, mais extrêmement lent. Au lendemain de la guerre, l'enseignement supérieur a admis qu'un professeur ouvertement catholique, protestant ou juif puisse le dire publiquement. Puis cela a été accepté dans l'enseignement secondaire et plus difficilement dans l'enseignement primaire.

Cette « libéralisation » a été l'objet d'un travail des esprits, au cours des années qui ont suivi la dernière guerre mondiale. Et, du côté des usagers, il a paru légitime que des catholiques puissent mettre leurs enfants dans l'enseignement public et qu'on puisse leur proposer, là aussi, les valeurs de l'éducation religieuse par d'autres moyens que ceux de l'école catholique.

Aussi, quand l'école catholique défend aujourd'hui sa spécificité, il faut se garder au même moment de désavouer, de désarmer ceux qui consacrent toutes leurs forces à l'éducation religieuse des enfants au sein de l'enseignement public, tout comme de dénigrer les enseignants respectueux de la conscience des enfants qu'ils instruisent.

La question fondamentale est d'avoir une idée claire de ce que peut être une éducation religieuse dans une société pluraliste en voie de sécularisation. Après avoir pris sa part de responsabilité dans la sauvegarde du respect des libertés et assuré les moyens convenables pour l'exercice de cette liberté de l'éducation, il resterait à se demander : « Nous, catholiques, avons-nous inventé, dans un cadre législatif qui le permettrait, les moyens spécifiques d'une éducation chrétienne ? » On peut très bien avoir les possibilités légales de le faire et ne pas réussir à le faire.

– *Que des parents soient prêts à concevoir une méthode d'éducation, une école pour leurs enfants, parce qu'ils veulent d'abord transmettre la foi, est-ce à dire que l'Eglise peut paraître majoritaire en France, alors qu'en réalité elle serait minoritaire ?*

— A peu près tous les vingt ans, les gens les plus motivés, les plus généreux de leur génération réinventent les exigences de la foi toujours jeune. En prenant la mesure de leur situation spirituellement « minoritaire », ils peuvent se donner le moyen d'exister comme tels dans une relative dissidence. Mais cela était déjà vrai au temps de saint François d'Assise, comme au temps de saint Vincent de Paul... La foi vive doit épouser une certaine solitude, se donner les moyens de sa subsistance.

La nature de la foi chrétienne ne s'achève pas par l'établissement culturel d'une religion sur une certaine aire de civilisation. Elle fait retentir à nouveau pour chaque homme et chaque génération l'appel à la conversion, à suivre le Christ, jusqu'en sa Passion.

L'Église et l'État

« RENDEZ À CÉSAR... »*

Matthieu 22, 15-21

Connaissez-vous la portée exacte de ces paroles étonnantes de Jésus ? Sans doute. Cependant, je crois utile de vous rappeler leur signification. Nombreux sont, en effet, les commentateurs qui y lisent le fondement d'un partage équitable de l'empire du monde entre César et Dieu. La répartition des pouvoirs, au temporel comme au spirituel n'est une question ni vaine ni mal fondée. Mais aucune argumentation ne saurait être étayée par cette parole du Christ.

Que veut dire Jésus ? Un piège lui est tendu, une épreuve, une tentation, comme le dit saint Matthieu. Jésus réagit en rappelant indirectement le commandement donné à Israël : tout appartient à Dieu ; à lui seul la plénitude du pouvoir sur son Peuple ; lui seul est le roi véritable de la nation. Par conséquent, loin de justifier un partage des pouvoirs ou des domaines, c'est l'inverse qui est affirmé. « Il faut rendre à César ce qui est à César », puisque c'est son effigie qui « marque » cet argent. César est le propriétaire de *cette* monnaie. Monnaie qui n'est qu'un moyen donné par César pour traiter des affaires de César. Par contre, « rendre à Dieu ce qui est à Dieu »

* Méditation devant les juristes catholiques à Notre-Dame, 12 novembre 1982.

c'est, dans la conscience du peuple élu, se souvenir qu'il est fait pour Dieu, qu'il appartient totalement à Dieu, que tout appartient à Dieu. « Tu aimeras le Seigneur ton Dieu de toutes tes forces, de toute ton âme, par-dessus toute chose », tel est le premier commandement. Et « tu aimeras ton prochain comme toi-même », tel est le second qui lui est semblable.

Sur la réponse même de Jésus se greffe une autre difficulté, facile à comprendre dans le contexte de l'Empire romain : César tentait de prendre la place de Dieu. La place centrale où se noue l'unité de la société humaine est une place symboliquement sacrée, divinement investie ; la place focale où se concentrent toute la sacralité et la cohésion des sociétés, où apparaît leur ambition, est une place quasi divine. A qui revient cette place ? Dans ce débat, dans ce conflit, est-ce César qui se fait Dieu ou est-ce Dieu qui se fait César ? Tout l'enjeu sacré et fascinant du pouvoir et de la politique est contenu dans cette question et sa réponse.

Or, Jésus rappelle que Dieu seul est Dieu et qu'aucune chose ni personne au monde ne peut prétendre être Dieu à la place de Dieu. La souveraine dignité de l'homme est précisément d'être appelé à reconnaître que Dieu seul est Dieu et qu'il n'y a que lui seul. Et à l'adorer. En raison du respect de la dignité humaine, il ne saurait exister partage ni compromis entre Dieu et César, comme entre deux pouvoirs compétitifs. Il ne saurait y avoir d'accord entre Dieu et César, au sens où deux puissances de ce monde, deux pouvoirs dans une même société devraient légitimement s'équilibrer, se compenser, s'articuler, trouver les moyens juridiques ou les voies négociées de leur coexistence, de leur concours. Entre Dieu et César ne peut exister un tel compromis car, de quelque façon que ce soit, il y aurait trahison de ce qu'est Dieu, qui est le seul à être Dieu, et trahison de ce qu'est l'homme, rendu esclave d'un homme.

Comme je l'ai dit, on emploie à tort cette réponse de

Jésus pour arbitrer ou fonder ce qui relève d'une tout autre question : les rapports de l'Eglise et des Etats. Nous sommes là dans un tout autre domaine. L'Eglise n'a jamais prétendu être Dieu, pas plus qu'elle ne prétend et ne peut prétendre être le Christ. Elle est le Corps du Christ ; elle est le Temple de l'Esprit. Mais elle n'est pas Celui qu'elle adore, ni Celui qui en elle fait sa demeure. Elle n'est pas Celui qu'elle annonce, alors même que Celui qu'elle reçoit la rend semblable à lui. Elle n'est pas Dieu, alors qu'en elle la divinisation de l'homme est donnée comme une grâce. Elle n'est pas le Règne de Dieu, alors qu'elle le manifeste et le prophétise.

Constante distance entre d'une part ce qui déjà est donné en arrhes véritables du don de la grâce, en anticipation du Règne à venir, en prophétie de ce que l'Apocalypse nous dévoile comme l'accomplissement de toutes choses en l'humanité rassemblée dans la communion transparente de la sainteté et la rédemption des hommes achevée ; et d'autre part cette réalité itinérante de l'Eglise en pèlerinage, signe humble et humilié par les péchés de ses membres. Et pourtant, cette Eglise, unique, est le Temple où le Crucifié se donne en sa Résurrection comme Pain de vie et source de vie pour le monde pécheur afin qu'à son tour il entre dans la gloire.

L'Eglise elle-même, plutôt les hommes d'Eglise peuvent être tentés, comme César, de se substituer à Celui qu'ils annoncent ; ils peuvent, comme César, avoir la tentation du « pouvoir » dans ce qu'il a de plus sacré. C'est l'une des tentations du Christ au désert, prophétie des tentations que nous avons à surmonter. Mis au sommet du temple, Satan lui dit : « Jette-toi en bas si tu es le Fils de Dieu » (Matthieu 4, 5-6). C'est pour le Fils se substituer à l'autorité de son Père. C'est pour le Fils abuser du don de grâce et de miséricorde données dans le Temple même. A leur tour, l'Eglise, les hommes d'Eglise pourront être tentés d'agir comme les princes de ce monde qui se font appeler bienfaiteurs.

Rappelez-vous la discussion des apôtres avant la Passion, quand ils cherchent à savoir lequel est le plus grand. Le Christ leur répond : « Les princes de ce monde se font appeler bienfaiteurs », et il leur commande avec autorité : « Parmi vous, qu'il n'en soit pas ainsi. Que le premier se fasse le dernier et le plus grand, l'esclave de tous... Moi, je suis au milieu de vous à la place de celui qui sert » (Luc 22, 24-27). Et après la demande des fils de Zébédée, Jésus avait déclaré : « Le Fils de l'homme lui-même n'est pas venu pour être servi mais pour servir et donner sa vie en rançon pour une multitude » (Marc 10, 45). Tentation des apôtres, tentation que ceux qui reçoivent les pouvoirs de l'Eglise, qui en sont les pierres de fondation, éprouveront en leur propre faiblesse ; mais Jésus leur promet la force de l'Esprit pour la surmonter. De la sorte, ils seront identifiés à leur Seigneur crucifié, qui s'est fait serviteur pour le rachat du péché des hommes.

Il est compréhensible qu'au cours des siècles, les modalités exprimant les rapports du pouvoir civil et du pouvoir religieux aient pu prendre des formes variées et diverses selon les temps et les lieux. Ce n'est jamais une question indifférente et sereine, mais toujours l'objet d'une tentation et d'une épreuve. Le pouvoir exercé par les hommes est une fascination qui tente l'homme et peut l'amener à se substituer à l'absolu qu'est Dieu. L'Eglise, quant à elle, peut à bon droit se présenter comme servante désintéressée, reconnaissant la souveraineté normale des pouvoirs civils, désireuse d'être au service du bien des hommes. Ce faisant, elle ne se soumet pas servilement à une puissance qui aliénerait l'homme, mais au contraire elle manifeste la souveraine liberté que Dieu lui donne et dont elle a la charge.

Pour comprendre : « Rendez à César ce qui est à César et à Dieu ce qui est à Dieu », il faut se souvenir comment ces mêmes apôtres seront amenés à accomplir ce commandement de Jésus quand, traînés devant les tribunaux qui leur interdisent de prêcher le nom du Christ, ils diront : « Il vaut mieux obéir à Dieu qu'aux hommes. » Cette souveraine liberté est celle de l'obéissance absolue rendue à Dieu jusqu'au martyre. Alors, et alors seulement, l'Eglise ne se présente plus comme un pouvoir en compétition avec les autres pouvoirs, défendant sa juridiction à l'égal des autres juridictions. Mais sous les formes les plus variées, au sein des situations les plus étranges, l'Eglise se révèle dans l'accomplissement d'un service qui est toujours un service d'amour, de livraison de soi et d'identification au Christ crucifié ; rappel – au milieu du cours obscur et changeant des choses de ce monde – de l'absolu de Dieu, fondement de la vraie liberté de l'homme.

Le droit de l'Eglise, sa souveraineté, n'est pas autre chose que son obéissance à Dieu et non aux hommes. D'autant plus souveraine qu'elle obéit à son seul Seigneur. Quand elle obéit à Dieu, l'Eglise peut se faire servante avec le serviteur de Dieu. Paradoxale situation, toujours mal comprise et incomprise ! Toujours nous serons tentés et toujours nous serons suspectés que ces paroles trop belles ou incompréhensibles cachent une perverse tentative intéressée de récupérer ou de capter à notre propre profit et pour notre propre intérêt une parcelle de la puissance en ce monde. Sans cesse l'Eglise devra faire la preuve de sa fidélité dans l'épreuve de sa fidélité. Sans cesse elle sera amenée à ce martyre fondamental qui manifeste la puissance de Dieu là où elle paraît effectivement amenée à sa propre crucifixion, à sa propre défaite. L'histoire des siècles est là pour montrer, après coup et aux yeux de la foi, que la puissance de Dieu se révèle dans notre faiblesse et que le triomphe de l'Eglise, c'est d'abord la force des martyrs, la force de l'amour.

Que cette méditation, peut-être trop théologique au regard de vos préoccupations légitimement plus concrètes, soit un arrière-fond qui permette de comprendre la liberté de l'Eglise et sa liberté d'interprétation, de lecture, de discernement des situations et des événements. Liberté des apôtres donnés en spectacle au monde et livrés aux hommes avec le Fils en signe souverain de l'amour de Dieu.

En ces heures où nous sentons que le droit peut vaciller en bien des pays, en ces heures aussi où il convient de rappeler la sauvegarde de ce qui est le plus essentiel à l'homme, alors que l'homme lui-même est peut-être tenté de l'oublier et de méconnaître sa propre dignité, il appartient aux chrétiens comme une vocation et une grâce d'aller jusqu'au bout de cette obéissance à Dieu afin qu'ainsi l'homme soit sauvé.

Que Dieu vous donne à tous et nous donne à chacun la grâce d'oser suivre notre Maître sur ce chemin, dans la suprême générosité et la joie des disciples qui se savent libres comme le sont des fils, « exempts de l'impôt perçu par les rois de la terre » (Matthieu 17, 25-26) et capables de témoigner de la liberté des enfants de Dieu : fondement de notre droit.

OUI, L'ÉGLISE FAIT DE LA POLITIQUE*

– *Estimez-vous que l'Eglise ait un rôle à jouer en politique ?*

– Sans prétendre trancher un débat toujours ouvert, je m'en tiendrai à l'essentiel. Oui, bien entendu, l'Eglise joue un rôle politique, quoique de manières multiples. Elle joue un rôle politique d'abord en assurant sa propre existence dans le corps social. Cette existence concrète, fondée sur la liberté de culte, implique des droits concrets. Par exemple, l'Eglise demande le droit et les moyens de continuer à éduquer chrétiennement la jeunesse, les fils de ses fils. J'ai déjà eu l'occasion d'expliquer publiquement ce que cette exigence spirituelle représente dans la vie sociale[1]. De même, le droit à l'expression publique, par l'attribution des dérogations au monopole de la radiodiffusion.

L'Eglise joue aussi un rôle politique quand elle a le courage de dire les conséquences politiques des exigences spirituelles de l'Evangile. Ainsi, une fois admis que l'homme se définit par l'image et la ressemblance de Dieu, alors l'Eglise doit demander au pouvoir politique de ne pas le traiter comme un animal. D'où la condam-

* Interview par Jean Bourdarias, dans *Le Figaro*, 28 septembre 1982.

1. Voir le chapitre sur « La jeunesse et l'école ».

nation de certaines manipulations génétiques, de l'euthanasie, de l'avortement... D'où la requête du droit au travail, de la justice sociale, de la réintégration dans la société de tous les exclus... D'où, enfin, lorsque la liberté est bafouée, la simple défense des droits du citoyen. Dans bien des cas, la voix de l'Eglise retrouve les aspirations tacites d'une large majorité et reçoit la sanction positive du pouvoir politique.

Actuellement, pourtant, je pense que la parole de l'Eglise va prendre une triple résonance politique, en accord avec les questions les plus dramatiques. Face à la crise économique qui déchire le tissu de la société civile, l'Eglise peut puissamment aider la nation à rester solidaire, à éviter les réflexes d'égoïsme catégoriel, à mettre en œuvre « de nouveaux modes de vie »[1]. Face au terrorisme, d'autre part, l'Eglise doit, bien sûr, condamner son surgissement, d'où qu'il vienne – ce que tous les Etats ne peuvent ou ne veulent pas faire. Elle peut surtout demander de ne pas céder à son engrenage, de ne pas régresser à son niveau sous prétexte de le combattre, et enfin de faire confiance à l'intelligence, à la force et au pardon. Ce sont, ne l'oublions pas, des vertus cardinales, pour parler comme les théologiens d'autrefois. Face, enfin, au jeu suicidaire de la violence armée entre les nations ou entre les Etats (par exemple au Moyen-Orient), l'Eglise peut, avec plus d'efficacité que bien des politiques, contribuer à susciter des réconciliations, des reconnaissances et des paix auxquelles les hommes, affolés de terreur et de peur, n'osent d'eux-mêmes pas croire. Sans jamais « faire de politique », l'Eglise peut et doit jouer son jeu, qui est spirituel. Mais le spirituel, par excellence, est réel.

Tout ce qui est spirituel est réel. C'est finalement cela que j'avais à vous dire.

1. C'est le titre de la Déclaration de l'Episcopat sur la conjoncture économique et sociale.

LA TRANSCENDANCE DE LA CHARITÉ*

– *Pour l'école, il est manifeste que l'Eglise épouse le sentiment populaire. Ce n'a pas été le cas pour l'avortement. Qu'en tirez-vous comme leçon ?*

– Je l'ai perçu comme un signe inquiétant. En l'espace d'un an, semble-t-il, si l'on peut se fier aux sondages, le jugement moral et social des Français au sujet de l'avortement est passé d'une position à son contraire. Une conscience morale qui bascule ainsi, c'est quand même étrange ! Que signifie un basculement aussi soudain ? Peut-on inverser un jugement de conscience comme on change le sens giratoire d'un carrefour ?

Cela voudrait dire que l'acte visé (l'avortement) était déjà tenu pour indifférent au jugement moral. Sa réprobation n'était qu'une habitude sociale de pensée ou de conduite, ou une « convenance ». Or, il s'agit fondamentalement pour la conscience humaine éclairée par la foi, du respect de la vie donnée par Dieu à une personne humaine. Ce basculement du jugement moral signifie que les Français n'avaient pas de conviction morale à ce sujet, ou qu'elle était bien fragile, ou qu'elle reposait sur des convenances... Inquiétant.

– *Tout se passe dans notre conscience collective*

* Interview par François d'Orcival et Yann Clerc, dans *Valeurs actuelles*, 2 juillet 1984.

comme si l'Eglise et l'Etat n'avaient jamais cessé d'être concurrents.

– En France, l'Etat a été obligé de s'imposer comme centralisateur et unificateur. L'Eglise elle-même a été très tentée, en ne coïncidant pas toujours avec le peuple, de viser la centralité politique du pouvoir pour assurer sa mission. A l'inverse, l'Etat a toujours été tenté de s'emparer de l'Eglise comme d'un moyen d'assurer sa supériorité.

Autrement dit, le pouvoir politique a toujours été fasciné ici par le sacré, et le sacré a toujours été fasciné par le pouvoir politique. Les guerres politiques sont souvent des guerres de religion, et les conflits religieux sont souvent des guerres politiques. En France plus que dans un autre pays.

– *Que croyez-vous nécessaire de dire aux chrétiens ?*

– Si vous êtes chrétien, ce n'est pas en raison d'un droit. C'est une grâce que Dieu vous a faite. C'est une « élection », pour employer le langage de l'Ecriture. Ces deux mots, « élection » et « mission » sont à la base de la conscience chrétienne qui reçoit l'Eglise comme un événement de grâce et son baptême comme une vocation.

L'incessant renouveau du christianisme surprend chaque fois les modernes sceptiques, qui identifient le progrès au fatal dépérissement de la religion. Le renouveau religieux n'est compréhensible qu'à ceux qui, sans s'en rendre compte, avaient dans la tête l'hypothèse de l'avènement inéluctable d'une société sécularisée.

Et ils sont très surpris de voir que le réel ne correspond pas à l'idée qu'ils s'en font et qu'après tout, l'homme est un animal religieux, que cette relation à Dieu fait partie du réel de l'homme et de son histoire. Et que l'athéisme théorique, tel que l'Occident l'a fabriqué, est une des plus magistrales hérésies ou idolâtries de l'Occident chrétien.

– *L'unité de l'Eglise est-elle toujours menacée en France ?*

— En aucune manière, du moins si les catholiques savent résister à ce que l'on nomme parfois l'instrumentalisation de l'Eglise, à savoir la tentation de l'utiliser comme un moyen, comme un instrument au profit d'une fin étrangère ou contraire à celle de l'Eglise. Les chrétiens, les évêques, sont alors traités comme une population électorale, un groupe de pression, un marché, etc.

Cette attitude ne peut surprendre de la part de ceux que leur logique pousse à généraliser l'interprétation de toute réalité en termes de pouvoir. Mais elle surprend et choque de la part de chrétiens. De droite ou de gauche, j'entends souvent reprocher à l'Eglise, et d'abord aux évêques, de ne pas prendre parti dans la guerre de tranchées qui épuise aujourd'hui le débat politique français.

Je constate que, de part et d'autre, on tente de séparer les fidèles de leurs évêques, et qu'il se trouve toujours quelqu'un qui veut s'ériger en « prophète », comme s'il suffisait pour cela de manier l'invective ou, à défaut du talent de polémiste, la calomnie...

Il y a là une profonde méconnaissance de la profondeur où atteint l'Eglise — non l'affrontement impitoyable des idéologies, donc de la lutte pour le pouvoir, mais l'abaissement de la charité ; ce qui implique l'amour de l'ennemi, le pardon des offenses, la miséricorde pour l'autre. Dans le débat politique, la charité apparaît faiblesse et, si elle persiste, trahison. Aussi l'Eglise, et d'abord les évêques, sont-ils suspects, à tort et à travers, à droite et à gauche.

Je demande aux catholiques — et aux autres — si ce signe de contradiction n'est pas l'inéluctable transcendance de la charité à l'égard de tout autre ordre de réalité. Ils doivent la respecter, à défaut de la pratiquer.

— *L'Eglise de France aura traversé une grande épreuve. Peut-être l'école lui aura-t-elle permis de la surmonter ?*

— Je suis très frappé de voir que les problèmes de

l'Eglise de France ne sont pas fondamentalement spécifiques à l'Eglise de France. Il s'agit de la crise des pays occidentaux. Des enfants gâtés (dans tous les sens du mot).

Il nous appartient de surmonter cette épreuve. Personne d'autre ne le fera à notre place. Et si nous le faisons, ce sera aussi pour le salut des autres continents et cultures.

Maintenant, qu'on le veuille ou non, l'emprise universelle de la technologie est un fait. Il faudra bien que l'homme s'explique avec la raison. Le pouvoir sur le corps humain devient prodigieux. Il peut être abusif, comme il est aussi une source de progrès.

Les détenteurs et les inventeurs de ce pouvoir devront, d'une manière ou d'une autre, se convertir eux-mêmes. Il faut une conversion en profondeur pour que l'humanité ne se perde pas elle-même, temporellement. Les acteurs de cette culture doivent en être aussi les réformateurs. Le salut vient toujours de là où est l'épreuve. « Là où le danger est le plus grand, là est le sauveur » (Hölderlin).

LE DEVOIR DES ÉGLISES*

Monsieur l'Archevêque,

C'est avec une joie toute particulière que l'archevêque de Paris accueille dans cette cathédrale le primat d'Angleterre, premier évêque de toute la Communion anglicane. Car les liens qui nous unissent n'appartiennent pas seulement à un passé remontant jusqu'à saint Augustin de Cantorbéry et à la déjà longue histoire commune de nos deux pays chrétiens. En effet, depuis la rencontre historique de 1966 entre le pape Paul VI et votre prédécesseur le Dr Ramsey, des relations ferventes et suivies rassemblent dans la prière et la charité fraternelle l'archevêque de Paris et l'archevêque de Cantorbéry. Dès le 22 avril 1967, Mgr Veuillot accueillait solennellement ici même le Dr Ramsey. Par la suite, le cardinal Marty n'a pas cessé d'entretenir, d'approfondir et de vivifier avec le Dr Ramsey, le Dr Coggan et vous-même cette tradition privilégiée, dont les paroles que vous venez de prononcer intensifient à la fois l'actualité et la fécondité.

C'est avec passion que j'ai écouté la méditation de Votre Grâce sur le sort mutuel de nos deux pays et de nos deux Eglises. En suivant votre pensée et en m'en-

* Réponse à la conférence du Dr Runcie, archevêque de Cantorbéry, président de la Communion anglicane, à Notre-Dame de Paris, 2 décembre 1984.

gageant dans les perspectives qu'elle ouvre, d'autres différences et aussi d'autres ressemblances me sont venues à l'esprit.

*

Tout d'abord, nos histoires sont peut-être plus contrastées qu'il n'y paraît. Je songe en effet que la langue anglaise, à partir de ses origines saxonne et normande, a atteint sa maturité, est entrée dans la modernité avec la « Version autorisée » de la Bible au terme d'un siècle de crises profondes. C'est ainsi la Parole de Dieu, Ancien et Nouveau Testament, qui a formé votre langue et donc votre culture. A l'inverse, on peut dire que notre français est né pour une bonne part des dieux antiques, non pas ressuscités mais déterrés par la Renaissance. C'est par conséquent un paganisme triomphant qui a constitué un des arrière-fonds de la culture française moderne.

S'il faut justifier cette différence, comparons simplement deux de nos textes fondateurs. Ils ont d'ailleurs été publiés presque en même temps, en 1549. Il s'agit chez vous de la première édition du fameux *Book of Common Prayer*, où s'affirme votre identité nationale, tout à la fois linguistique et religieuse. Rien de bien spécifiquement chrétien au contraire pour la non moins célèbre *Défense et illustration de la langue française*. Pour du Bellay et ses amis de la « Brigade » (qui n'était pas encore la Pléiade), le salut résidait dans le rejet non seulement des formes, mais encore des sujets et thèmes hérités du Moyen Age, et dans l'imitation des Anciens : « Lis donc et relis premièrement, ô poète futur, feuillette de main nocturne et journelle les exemplaires grecs et latins, puis me laisse toutes ces vieilles poésies françaises... Chante-moi ces odes encore inconnues de la Muse française, d'un luth bien accordé au son de la lyre grecque et romaine. Et qu'il n'y ait des vers où n'apparaisse quelque vestige de rare et antique érudition... »

L'antiquité païenne n'est évidemment pas absente de votre littérature, depuis la Renaissance jusqu'au classicisme et même au-delà. Mais elle n'y exerce pas la même prépondérance, et presque la même dictature, que dans la culture française. De Chaucer à Milton en passant par Shakespeare, on voit se former une identité autour d'une patrie, d'une langue et d'une vision du monde enracinée dans la Bible et la foi chrétienne.

Peut-être me direz-vous que c'est la Réforme qui, chez vous, a d'emblée permis d'identifier la nation et la langue avec la tradition biblique, alors que la France recevait non moins largement du paganisme que du christianisme son identité et sa langue, marquées par un latin classique qui n'était plus le latin d'Eglise. Il faut cependant remarquer que d'autres nations d'Europe, qui n'ont pas été entraînées dans l'expérience linguistique de la Réforme, ont vu leur identité coïncider avec la religion. Ce fut le cas de nombreux pays d'Europe centrale et des marches orientales de l'Europe, qui surent assortir la fidélité à la communion romaine avec une vigoureuse prise de conscience de leur spécificité culturelle et nationale. Je ne puis mieux faire ici que de citer à votre suite l'exemple éloquent de la Pologne.

Pour en revenir à la comparaison entre nos deux nations, je dirai que vous avez été enfantés chrétiens et que nous sommes, pour une part, nés païens. C'est une première différence.

*

Mais sans doute dois-je aller encore plus loin et m'aventurer dans un survol historique qui risque de faire frémir certains des universitaires qui hantent les rives de la Seine. J'espère que ceux qui déambulent paisiblement sur les bords de la Tamise accueilleront avec plus d'humour cette incursion dans leur domaine.

L'histoire religieuse de l'Angleterre se confond avec celle d'une Eglise établie. On peut, bien sûr, dire la même chose de l'Eglise catholique en France, du moins jusqu'à l'ère des révolutions. Mais le christianisme dans les îles Britanniques a aussi reçu l'empreinte de la Réforme. Et le résultat, tout en constituant une différence de plus avec le catholicisme français, ne laisse pas d'être également unique et original par rapport à d'autres chrétientés séparées de Rome, mais où l'Eglise est moins « établie ».

L'Eglise d'Angleterre a été traversée par un certain nombre de renouveaux spirituels, de « réveils » religieux, de *revivals*. Or ces mouvements ont parfois engendré des déchirements, voire des ruptures. C'est un phénomène qui s'est pareillement produit souvent dans d'autres Eglises issues de la Réforme. Mais ces séparations semblent avoir été moins durement ressenties, dans la mesure où les Eglises n'étaient pas garantes de l'unité nationale et où, surtout, elles ne professaient pas cette modération pluraliste que le « judicieux » Hooker appelait *comprehensiveness* et que le jeune Newman a célébrée sous le nom de *via media* de l'anglicanisme.

Il y a bien eu en France aussi, à partir du XVIIe siècle, des courants de renouveau spirituel. Mais il apparaît que la plupart de ces *revivals* français ont pu s'inscrire à l'intérieur de l'unité catholique, notamment sous la forme de nouvelles congrégations religieuses et également de mouvements laïcs. Chacun de ces courants a redonné vigueur à un aspect particulier de la spiritualité catholique, enrichissant ainsi notre Eglise « établie » d'un jeu original d'accents, l'amenant à approfondir par là son identité et sa tradition tout en se renouvelant.

De votre côté de la Manche, à l'inverse, les découvertes et les mises en valeur n'ont apparemment pas pu être toutes intégrées dans l'Eglise établie, dont la *comprehensiveness* s'est trouvée du coup comme battue en brèche. Peut-on dire alors que le pragmatisme ne se trouve que du côté de la Communion anglicane ? L'Eglise d'Angleterre a vu la quitter des réformes successives, tandis que l'Eglise catholique a peut-être plus souvent su les reconnaître et les accueillir comme autant de ressources nouvelles pour sa propre rénovation.

*

Et ce penchant pour les grands et beaux systèmes théoriques, où l'on voit volontiers (et peut-être à tort) une caractéristique exclusive du cartésianisme et de la logique française, est-il vraiment inconnu en Grande-Bretagne ?

Je veux parler ici des relations entre l'Eglise et l'Etat dans nos pays respectifs. L'application du principe selon lequel, chez vous, l'identité nationale est institutionnellement liée à l'Eglise établie, peut paraître totalement incompréhensible aux non-Britanniques qui constatent sur votre sol une extraordinaire diversité culturelle, philosophique et ethnique. Sont restés en place tous les éléments d'une société sacrale qui sous-tend la marche civile de la nation, et ce malgré la sécularisation dont vous avez vous-même souligné l'ampleur. Cet écart grandissant entre la théorie et la réalité a bien sûr quelque chose de préoccupant, à la fois par sa relative nouveauté et par la menace qu'il constitue pour le fondement même de votre nation.

La sécularité fait en revanche bien davantage partie de notre héritage. J'ai évoqué tout à l'heure les origines païennes de notre langue et de notre culture au XVIe siècle. Il faut y ajouter que, très vraisemblablement, jamais la France n'a été évangélisée en profondeur. Même l'apparente (et incontestable) unité formelle du Moyen Age ne doit pas faire illusion. Dès 1938, Denis de Rougemont a magistralement montré dans *L'Amour en Occident* la parenté troublante entre la littérature « courtoise » où s'enracine notre culture (quoi qu'aient pu dire et faire du Bellay et ses amis) et le paganisme qui s'est réveillé dans le Midi avec les Cathares presque sitôt que la France fut théoriquement constituée et christianisée.

Denis de Rougemont décrit l'amour-passion « comme l'un des contrecoups du christianisme... dans les âmes où vivait encore un paganisme naturel ou hérité ». Il s'agit d'« une hérésie chrétienne historiquement déterminée » et « nos grandes littératures sont pour une bonne partie des laïcisations du mythe ou... des profanations successives de son contenu et de sa forme ». Dès le Moyen Age donc, et même avant que la langue et l'inspiration ne cristallisent à la Renaissance dans l'imitation des Anciens, il y a un fond païen dans la culture française. Et c'est en France que se développe l'hérésie albigeoise.

En Angleterre, comme en d'autres pays d'Europe, il y eut bien des réactions hétérodoxes, comme par exemple celle de Wyclif. Mais force est de constater qu'elles ne constituaient pas, et de loin, des remises en question aussi radicales que l'hérésie cathare. L'histoire religieuse de la France est donc faite d'évangélisations et de réévangélisations successives. Il a toujours fallu des missions « intérieures », et jusqu'à aujourd'hui. S'il y avait eu une christianisation immémoriale, le renouvellement de tels efforts, où se sont fondés tant d'ordres religieux et où se sont illustrés saint Vincent Ferrier au Moyen Age, saint Vincent de Paul au XVIIe siècle, le saint curé d'Ars au XIXe, resterait incompréhensible. Il ne faut pas oublier que les régions de France qui sont réputées traditionnellement catholiques ne le sont en fait que depuis trois siècles ou moins.

*

Il faut encore souligner la complexité historique des relations en France entre l'Eglise et l'Etat. Si Saint Louis a bien été canonisé, son petit-fils Philippe IV le Bel entra en conflit avec la papauté et ses juristes mirent au point, à l'aide de l'ancien droit romain, la conception de l'autonomie de l'Etat par rapport au pouvoir spirituel et religieux. Il y a dans le « gallicanisme » la tentation et le germe de la sécularisation.

Dans ses difficultés à poursuivre et reprendre sans cesse sa mission évangélisatrice comme à coïncider avec l'identité nationale alors que le roi était en lutte avec Rome, l'Eglise de France a presque toujours choisi de se lier au pouvoir politique, lui-même centralisateur et unificateur, rassemblant sous son autorité des populations, des cultures et même des langues régionales. L'Eglise de France a privilégié sa relation à l'Etat comme moyen d'identification à la nation. Mais l'Etat en retour a été régulièrement tenté de s'emparer de l'Eglise, afin de « sacraliser » son pouvoir sur un ensemble qui, au départ, n'avait guère d'unité ni de cohérence.

D'où une relation qui a toujours été passionnelle et conflictuelle en France entre l'Eglise et l'Etat. Chez vous, au contraire, cette relation paraît au total avoir été plus sereine et plus stable. Il y a certes eu des tensions très vives : comment oublier le martyre de saint Thomas Becket ? Mais précisément, le roi dut faire amende honorable, alors que Philippe le Bel sortit impunément de la triste affaire d'Anagni, où la victime n'était pas le premier archevêque du royaume, mais le pape en personne. C'est que le roi de France fondait son pouvoir sur un droit déjà sécularisé, alors que le roi d'Angleterre ne pouvait régner sans l'Eglise sur une nation où la foi faisait partie intégrante de l'identité, au point que la communion avec Rome finit par n'être plus une priorité.

Ceci peut permettre de comprendre pourquoi plus tard votre roi Henri VIII a pu envoyer saint Thomas More sur l'échafaud et dire en substance : « L'Eglise, c'est moi. » Par contraste, notre roi Louis XIV, un siècle et demi après, au cours d'une nouvelle affaire gallicane, n'a pu dire que : « L'Etat, c'est moi. » Bien qu'il se nommât le « roi très chrétien », il ne pouvait pas, malgré toute l'envie qu'il en avait par ailleurs, se proclamer chef de l'Eglise de France, comme Henri VIII et ses successeurs, jusqu'à aujourd'hui votre reine vénérée à la tête de l'Eglise d'Angleterre. Louis XIV n'a pas pu dire : « L'Eglise, c'est moi », parce qu'en France, la sécularisation est un phénomène bien plus ancien qu'en Angleterre.

Un parallèle entre deux séries d'événements apparemment très semblables, qui se produisirent presque en même temps dans nos pays respectifs, peut encore éclairer la différence des situations où nous nous trouvons face aux défis de la sécularisation. Comme l'avait fait Henri de Navarre pour devenir Henri IV de France, Jacques VII d'Ecosse accepta de se « convertir » à l'Eglise établie afin d'être reconnu comme Jacques Ier d'Angleterre. Mais l'édit de Nantes, que notre roi béarnais concéda aux Réformés, constituait ce qui s'avéra un « état dans l'Etat », tandis que votre roi écossais montait sur le trône du Royaume-Uni qui a traversé l'histoire.

La différence se confirma au bout de deux générations. Louis XIV, petit-fils d'Henri IV, révoqua l'édit de Nantes dans une nouvelle (et vaine) tentative pour cimenter religieusement l'unité nationale. Presque simultanément, Jacques II, petit-fils de Jacques Ier, provoquait votre Révolution nationale (cent un ans avant la nôtre, et combien dissemblable !) en voulant rétablir le catholicisme romain, où vos compatriotes d'alors virent une menace pour le caractère sacral de leurs institutions et de leur identité nationale.

*

L'existence du Royaume-Uni n'a cependant jamais depuis été menacée par les catholiques britanniques, de plus en plus nombreux, qui ont retrouvé chez vous depuis le début du XIXe siècle leurs libertés religieuse et civile et à qui peut s'appliquer pleinement le passage célèbre de l'Epître à Diognète que vous citiez tout à l'heure. Comment oublierions-nous, d'autre part, que tant de congrégations religieuses ont été accueillies en Grande-Bretagne aux heures les plus sombres du conflit en France entre l'Eglise et l'Etat il y a quatre-vingts ans ?

Les événements des XVIe et XVIIe siècles ont vraisemblablement épargné à votre pays les révolutions violentes et la sécularisation en règle qui ont si profondément transformé le reste de l'Europe et même du monde depuis la fin du XVIIIe siècle. Et du coup, il apparaît maintenant que votre Eglise, même si elle est aujourd'hui à son tour affrontée à la déchristianisation, a su conserver dans vos prestigieuses universités une tradition de foi que n'ont pu ébranler les vagues, puis le raz de marée du rationalisme critique, libéral et germanique. C'est paradoxalement un bras de mer qui a endigué la lame de fond !

Cela semble très net dans le domaine des études patristiques à Oxford (que les anciens de Cambridge me pardonnent) et pour ce qui est de l'exégèse à Cambridge (que les anciens d'Oxford m'excusent de devoir mentionner Lightfoot, Westcot, Hort et, plus près de nous, Lord Ramsey et l'évêque Robinson). Il faut encore relever l'apport de Charles Harold Dodd et l'extraordinaire apologétique de Clive Staples Lewis. Il y a certainement là une richesse pour l'avenir commun des Eglises anglicane et catholique romaine.

Cet avenir est d'autant plus assurément commun que, par le passé, les ponts semblent bien n'avoir jamais été rompus ni le tunnel obstrué (même si bizarrement on parle encore aujourd'hui de se mettre à le creuser). Je ne rappellerai pas les faits et les noms maintes fois cités à cet égard par vos prédécesseurs et par les miens. Je me contenterai de souligner un aspect particulier, mais fondamental, en donnant quelques exemples peut-être négligés.

On peut reconnaître en effet que les compénétrations

n'ont jamais cessé au niveau de la vie spirituelle. C'est ainsi qu'on ne peut être que frappé de l'étrange et incontestable parenté qui existe entre la théorie bérullienne des « états » permanents du Christ (par opposition à ses « actions » passées) et un petit traité sur « les tendres dispositions du Cœur du Christ au ciel envers les pécheurs sur terre ». Plus de vingt ans avant les révélations dont bénéficia sainte Marguerite-Marie, l'auteur en était Thomas Goodwin, un des théologiens rassemblés par Cromwell pour accoucher d'une nouvelle constitution de l'Eglise d'Angleterre. Ce Goodwin, auquel s'est intéressé un universitaire de mes amis, fut l'un des cinq *Dissenting Brethren*, fondateurs du congrégationalisme. Il est piquant de découvrir ce puritain radical, critique des tendances « romaines » dans l'Eglise établie, en connivence sans doute inconsciente avec le cardinal qui créa en France l'Oratoire et avec la dévotion du Sacré-Cœur de Paray-le-Monial.

J'évoquerai encore la très large diffusion chez les méthodistes, à l'instigation de Wesley lui-même, de la mystique fénelonienne et des écrits du frère carme parisien Laurent de la Résurrection. Je mentionnerai enfin brièvement l'exemple donné en France dans les consciences chrétiennes par le mouvement anti-esclavagiste de William Wilberforce et les préoccupations sociales de Frederick Denison Maurice (lequel, entre parenthèses, semble bien être l'inventeur du terme « anglicanisme »).

Le sens des droits de l'homme promu par Maurice et Wilberforce, entre autres, m'invite d'ailleurs à ne pas laisser oublier les dimensions mondiales de la Communion anglicane. Le symbole peut en être Mgr Desmond Tutu, qui reçoit dans quelques jours le prix Nobel de la Paix. Dans une perspective caractéristiquement anglicane où la foi fonde et juge le politique, cet éminent évêque noir d'Afrique du Sud ne fonde pas sur la raison tout humaine son combat contre le racisme institutionnalisé par l'*apartheid.* Mais il le dénonce comme ni plus ni moins qu'une hérésie, tout en prêchant la réconciliation et une « civilisation de l'amour », comme disait déjà le pape Paul VI.

Tous ces lieux de convergence, de confiance et même d'admiration dessinent une route sur laquelle peuvent cependant surgir encore bien des obstacles. A cet égard, nous ne pouvons que nous alarmer d'une décision récente du Synode de l'Eglise d'Angleterre. Si cette décision devait s'appliquer comme telle, elle pourrait consommer une rupture presque irréparable non seulement avec l'Eglise catholique, mais encore avec les orthodoxes et même au sein de votre Communion anglicane. Le pape Paul VI avait clairement écrit dès 1975 à votre prédécesseur le Dr Coggan que « l'ordination des femmes ne saurait être acceptée pour des raisons tout à fait fondamentales ». Il ne s'agit ici de rien moins que la direction que nous devons suivre.

*

Mais je salue de grand cœur au passage les quatre « panneaux indicateurs » que vous venez de dresser [1]. Je me permettrai simplement de signaler, en espérant ne pas trop distraire les voyageurs de leur route, comme un signe qui les surplombe dans le ciel. Car la vision que vous proposez peut paraître encore marquée par une identité chrétienne inscrite dans les institutions séculières. Or l'espérance que je sens poindre dans vos propos risque d'être éprouvée, comme nous l'avons nous-mêmes été, par la sécularisation. En d'autres termes, l'humanisme, fût-il d'inspiration chrétienne, peut-il être une réponse suffisante aux redoutables questions posées par

1. Le Dr Runcie avait mentionné « quatre panneaux indicateurs qui donnent la véritable orientation d'une communauté » : les vertus familiales, l'ascèse, la loyauté et le regard prophétique.

ceux que Paul Ricœur a appelés les « maîtres du soupçon » ?

Marx, Nietzsche et Freud ont instauré une modernité où le triomphe de la raison semble ne pouvoir se célébrer qu'aux dépens de la foi. Mais la raison s'avère totalitaire, impérialiste, et nous voyons aujourd'hui l'homme en danger de se perdre, doutant qu'il n'existe une condition humaine digne d'être respectée et aimée. Alors seule la foi peut sauver l'homme, en affirmant qu'il est de Dieu, qu'il vient de Dieu. Dans nos sociétés sécularisées, la question de Dieu redevient un problème majeur, parce qu'elle est au fondement de la question de l'homme.

La modernité n'est pas antinomique de la foi, comme on a pu le croire au XIXe siècle. Car la sécularité est elle-même un produit du christianisme. Elle est incompréhensible sans lui. En effet, la rationalité, le pouvoir de l'homme sur lui-même et sur l'univers sont issus de la foi. Qu'on le veuille ou non, c'est la foi qui a promu la raison. C'est l'intelligence chrétienne d'un monde donné par Dieu à l'homme qui a permis le progrès des sciences et des techniques.

Mais les dons de Dieu peuvent être pervertis, si nous tentons de nous les approprier, de les accaparer. Les conséquences sont alors aussi bien suicidaires qu'homicides. Nous le découvrons au XXe siècle, avec l'avortement et le refus de la vie, les manipulations génétiques, les totalitarismes, le surarmement et les inégalités scandaleuses dans la répartition des biens de la terre. Le don de Dieu est perverti lorsque nous le détournons à notre profit ou prétendons l'enfermer dans une idéologie, en oubliant que sa logique même n'est pleinement créatrice que si le bénéficiaire donne à son tour avec la même gratuité.

Nous devons retrouver l'intelligence des origines chrétiennes non seulement de nos deux pays, mais encore de toute l'Europe, et même de la civilisation commune à notre monde entier en cette fin du XXe siècle, dans la mesure où les sciences, les techniques et les systèmes politiques trouvent leurs sources en Europe. Notre monde restera tragiquement absurde tant qu'il ne se reconnaîtra pas dans la foi qui l'a engendré. L'humanisme ne peut expliquer l'homme, parce que l'homme n'est pas à lui-même sa propre fin et ne peut s'expliquer par lui-même sans se séquestrer dans un cercle sans issue.

Le devoir impérieux des Eglises n'est alors pas en priorité de s'efforcer d'endiguer tant bien que mal des sécularisations institutionnelles. Plus profondément, il s'agit de faire redécouvrir les fondements bibliques et chrétiens de la modernité. Car seule la foi peut permettre de distinguer les effets bénéfiques et les perversions d'une intelligence du monde et de pratiques qui s'enracinent irréversiblement dans la foi même si elles ont l'ambition de s'en débarrasser.

Ainsi, le fanatisme du nationalisme exacerbé (que je ne confonds pas avec une légitime et nécessaire spécificité culturelle) n'est pas chrétien. Mais il se comprend comme une résurgence païenne à l'intérieur de l'esprit religieux dont est issue la modernité, qu'elle le veuille ou non. Il faut que les Eglises redisent aux Etats modernes ce que leur ont apporté la Bible et l'Evangile. Et le tréfonds du christianisme, c'est la tolérance. Aujourd'hui comme hier, la *Comprehensiveness* anglicane en est un modèle, comme aussi et non moins la puissance d'intégration du catholicisme.

*

Dans son histoire récente où elle a vu son Empire se défaire, la Grande-Bretagne nous a peut-être frayé le chemin de la dépossession et de la conversion. Car notre tâche commune n'est pas seulement de rétablir la communion entre les Eglises désunies, comme l'a magnifiquement dit le père Congar, ni même de faire reprendre conscience des fondements bibliques et chrétiens de notre civilisation. Ou plutôt, nous n'y parviendrons qu'en nous convertissant nous-mêmes aux valeurs du pardon et de la miséricorde qui sont les seules à pouvoir sauver l'homme par la grâce du Christ. Et nous n'avons pas simplement à exposer ces valeurs, mais, bien plus encore, à nous exposer nous-mêmes en les présentant dans leur nudité — celle du Seigneur crucifié — au risque de partager nous-mêmes le sort de notre Maître.

Nous ne pouvons pas être surpris que l'amour ne soit pas aimé. La question qui nous est posée est de savoir quel prix nous sommes disposés à payer pour ne pas décevoir l'attente des hommes qui s'aperçoivent que l'humanisme faillit à sauver l'homme.

De même que votre illustre Premier ministre Winston Churchill eut en 1940 l'audace d'annoncer en même temps la victoire et les sacrifices qu'elle coûterait, de même notre devoir strict est de montrer aux chrétiens et à tous les autres à quelle fidélité entraîne la condition baptismale. Sans doute faut-il pour cela un courage proprement surnaturel. Mais nous avons au moins reçu la grâce de n'avoir pas peur de le demander humblement et de garder la confiance d'être finalement exaucés.

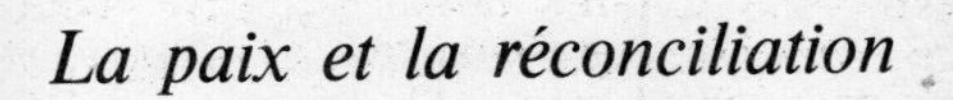

La paix et la réconciliation

ILLUSIONS ET ESPÉRANCE*

– *Tous les jours, l'actualité met sous nos yeux un monde déchiré, brisé. Qu'est-ce qui ne va pas, à votre avis, chez les hommes, aujourd'hui ?*

– Depuis que l'homme a la mémoire de son histoire, toujours notre monde lui a semblé brisé. Depuis toujours, nous portons en nous la nostalgie d'un monde paradisiaque, d'une communion parfaite, fusionnelle, de toute l'humanité. Pour les uns, c'est une illusion sur le passé de l'humanité. Pour d'autres, c'est un rêve sur son avenir. Pour les chrétiens, il est vital de comprendre et de pouvoir dire ce que signifie cet état de rupture face à cette nostalgie de l'unité que tout homme porte en lui. Elle doit devenir une espérance en cessant de n'être qu'une illusion ou un rêve. C'est ce que nous croyons.

– *Vous-même, vous avez manifesté votre inquiétude au moment des événements du Liban, lors de la recrudescence des attentats, l'été dernier, dans vos prises de parole au Rassemblement des catholiques de Düsseldorf. Ne croyez-vous pas que notre monde soit soumis à plus de violence que celui d'hier ?*

– Des menaces terribles pèsent sur notre monde ; elles nous apparaissent les plus redoutables parce que ce sont celles de la conjoncture historique dans laquelle

* Interview par Jean-Claude Petit et Michel Cool, dans *La Vie*, 31 mars 1983.

nous vivons. C'est *notre* problème *aujourd'hui.* Mais pour comprendre ce que nous vivons aujourd'hui, il nous faut comprendre pourquoi l'histoire des hommes a toujours été l'histoire des espérances brisées.

— *Certaines parmi les violences d'aujourd'hui ne vous paraissent-elles pas plus graves que d'autres ?*

— Plus graves que celles qui existaient dans l'Antiquité, entre les esclaves et les hommes libres, puis entre Rome et Byzance ? Je ne le sais pas. Que dire de l'ignorance mutuelle des grands groupes humains séparés de l'Afrique, de l'Asie, de l'Amérique ? Avant les grandes découvertes l'humanité n'était faite que de frères perdus ! Ces brisures-là n'étaient-elles pas plus grandes encore ? Se contenter d'analyser la réalité d'aujourd'hui en termes d'actualité politique, ce que tout le monde fait, ce que les journaux font, cela ne permet pas de prendre la véritable mesure des brisures de l'histoire des hommes.

Les chrétiens, à la lumière de la foi, doivent aider à découvrir et comprendre les enjeux véritables de notre temps et de la sorte y apporter une contribution originale. Un exemple : répéter qu'aujourd'hui le seul drame c'est le conflit économique du Nord et du Sud, ou l'opposition idéologique de l'Est et de l'Ouest, c'est oublier un aspect majeur de l'histoire, à savoir qu'elle a toujours été un champ où s'expriment les dualités qui habitent le cœur des hommes, à l'Est, à l'Ouest, au Nord, au Sud. Et ceci, qui est lié à la condition humaine, commande peut-être cela, qui est la conjoncture de notre époque.

— *Est-ce à dire que vous n'êtes pas inquiet des risques de guerre possible ?*

— Comment répondre à votre question sans céder à de la fantasmagorie, à l'imaginaire de la peur ? Les risques de guerre sont réels et graves. Des éléments objectifs nous en font mesurer les risques : accumulation des stocks, sophistication des armes, tensions multiples... Cependant, aucune explication rationnelle, et donc aucune prévision certaine des conflits n'a pu encore être énoncée. Tenter un pronostic sur le caractère proche ou lointain d'un conflit, c'est faire appel au sentiment ou à l'irrationalité. Et manier la peur ne me paraît pas une manière responsable de parler de ces problèmes.

— *Voulez-vous dire que se mobiliser pour essayer de conjurer les risques, ou de les dissimuler, peut être aussi néfaste qu'utile ?*

— Je veux dire que, dans l'analyse conjoncturelle d'une situation, nous devons peut-être porter un regard neuf sur les tensions et sur les causes de divisions. Une interprétation chrétienne de l'histoire des hommes peut mieux en faire comprendre les enjeux que la panique, les contradictions apparentes de l'opinion publique. Manier l'opinion publique fait d'ailleurs partie des stratégies et des luttes des puissances. Lutter pour la paix ne consiste pas à faire peur des Russes au profit des Américains ou des Américains au profit des Russes. Notre tâche de chrétiens consiste à proposer un chemin original pour la compréhension de l'histoire des hommes.

— *Comment alors les chrétiens peuvent-ils aujourd'hui travailler à la réconciliation entre les hommes ?*

— Le mot « réconciliation » peut entretenir l'illusion qu'il suffit d'un peu de bonne volonté pour que tous les problèmes soient résolus. Il peut nourrir l'utopie d'une paix à peu de prix, à d'autant moins de prix qu'elle n'aura pas identifié la résistance ni la nature des maux. D'où les déceptions les plus cruelles, le cynisme, l'indifférence complète, le repli sur soi égoïste et, donc, le renforcement des antagonismes. Désillusionnés, les gens diront : « On ne m'aura plus. Chacun pour soi, et Dieu pour tous ! »

Sans prise sur le réel, cette illusion d'une réconciliation sans contenu ne peut pas être mobilisatrice pour l'ensemble des hommes, et elle risque de discréditer, comme vaines, aux yeux des chrétiens eux-mêmes, l'espérance de la réconciliation accomplie par le Christ et la force agissante de la Miséricorde de Dieu dans les conflits de la haine.

— *Qu'est-ce donc, alors, que la vraie réconciliation ?*

— Voici ce qu'en dit saint Paul aux Corinthiens : « Le tout vient de Dieu, qui nous a réconciliés avec Lui par le Christ et nous a confié le ministère de la réconciliation. Car c'était Dieu qui, dans le Christ, se réconciliait le monde, ne tenant plus compte des fautes des hommes, et mettant sur nos lèvres la parole de la réconciliation. Nous sommes donc en ambassade pour le Christ ; c'est comme si Dieu exhortait par nous. Nous vous en supplions au nom du Christ : laissez-vous réconcilier avec Dieu » (2 Corinthiens 5, 18-20).

Pour les chrétiens, la réconciliation n'est pas une recette facile pour remédier aux tensions et aux brisures du monde. Ils la reçoivent comme une grâce de Dieu, celle d'une conversion personnelle qui délivre du péché, de la rupture fondamentale d'avec Dieu. C'est par le Christ que Dieu accomplit cette délivrance du monde. Les chrétiens ne peuvent devenir ministres de la réconciliation qu'en participant à l'œuvre même du Christ, l'œuvre de la rédemption. La réconciliation véritable, c'est le mystère de la croix et de la victoire du Christ sur la mort. Par conséquent, dans le langage chrétien, parler de la réconciliation, c'est parler de la puissance du mystère du Christ agissant au milieu de ce monde, au fond des cœurs. Seul l'acte de Dieu nous réconciliant avec lui par le Christ peut changer le cœur de l'homme. Seul Dieu peut pardonner, c'est-à-dire rendre la vie, rendre à un coupable l'intégrité de l'innocence. Seul Dieu peut réconcilier parce qu'il est le Créateur. La conséquence inéluctable des ruptures, c'est la mort et la mort ne peut pas être vaincue par l'homme. Comment réconcilier entre eux les morts de la guerre de 1914 ? Que faire des cadavres des champs de bataille ? Comment réconcilier avec leurs bourreaux les victimes des goulags ou des chambres à gaz ?

En fait, quel est l'enjeu de la réconciliation ? Suffirait-il de faire des concessions, d'être gentils les uns avec les autres pour tout remettre en ordre dans le monde ? Est-ce le projet d'une réconciliation à l'amiable universelle ? Dans ce cas, faut-il passer les victimes et les péchés au compte des profits et pertes ? Pourrait-il y avoir une œuvre de réconciliation au sens fort qui ne serait pas une part prise à l'œuvre même du Christ en sa plus grande profondeur ? Souvenez-vous de Dag Hammarskjöld, secrétaire général des Nations unies : sa mission l'a conduit à un patient travail de médiation des conflits, cela même que je suis en train d'écarter comme une idée insuffisante de la réconciliation. Lui-même a bien compris que le mystère qu'il devait porter comme chrétien était un mystère beaucoup plus profond que les tâches de négociateur. Et il a accepté d'y entrer au prix de sa vie. Le projet chrétien de réconciliation n'est pas de se faire l'entremetteur habile des partenaires opposés... même si cette fonction est utile ou nécessaire.

Si les chrétiens prennent au sérieux les paroles de la deuxième épître aux Corinthiens, l'œuvre pratique de la réconciliation, telle qu'ils sont appelés à la vivre, suppose leur propre réconciliation avec Dieu, donc leur propre conversion, la reconnaissance de leurs péchés, de leurs infidélités et de leurs ruptures. Cette réconciliation avec Dieu, donnée gratuitement, les rétablit dans la communion avec leurs frères. Elle leur donne en partage la mission que le Christ veut accomplir en ses frères. D'une façon ou d'une autre, ils vont donc participer à la passion du Christ comme lui-même l'annonce à ses disciples. Quand il les renvoie « en ambassade » (nous dit saint Paul), portant la parole de réconciliation, l'amour dont ils sont les témoins les dévore eux-mêmes, en même temps mort et vie.

– *Vous invitez les chrétiens à aller à la source avant toute action. Est-ce bien cela ?*

– S'employer inlassablement à l'apaisement et à la

conciliation est un travail de bon sens normal pour tout être humain digne de ce nom. Mais comment éviter que cette vague gentillesse ne paraisse décevante quand rebondit constamment devant elle l'âpreté de la violence et du mal ? Il faut aller plus loin. La réponse chrétienne va à une profondeur telle qu'elle peut faire face à la violence et au mal qui traversent notre histoire.

— *Une Eglise, signe et lieu de réconciliation, c'est ce qu'on attend du synode et de l'Année sainte. Est-ce une Eglise autre que celle que nous vivons ?*

— Il n'y a pas d'autre Eglise que celle que nous vivons. Le propre de l'Eglise est d'être ce qu'elle est par la grâce de Dieu. Il n'y a pas une autre Eglise ou une Eglise à côté. Il n'y a pas une Eglise à naître. Elle est née du sang du Christ et elle est composée des pécheurs que nous sommes. L'Eglise doit se recevoir elle-même de la grâce de Dieu, et pour être signe, elle n'a pas à vouloir se proposer comme signe. Quand l'Eglise veut se rendre elle-même signe, elle devient comédienne. C'est Dieu qui se sert de cette Eglise telle qu'elle est, y compris de ses limites, pour en faire un signe. Et la tentation de « l'Eglise-spectacle » et de la « conversion-spectacle » est tout aussi forte que celle de la « politique-spectacle ». Si je définissais a priori ce que pourrait être une Eglise signe de la réconciliation, je me sentirais en porte à faux complet, dans une sorte de mensonge spirituel, pour moi et pour les autres... C'est toujours malgré soi et sans le savoir que l'on devient signe de Dieu. Dieu n'a pas besoin de comédiens pour se faire jouer, ni de publicitaires pour se faire connaître. Dieu veut des saints. Il les choisit chez les pauvres et les humbles. Mais c'est lui qui les désigne. Et eux ne le savent pas.

— *Parler de réconciliation, c'est évoquer l'unité possible des Eglises. On entend dire souvent que l'œcuménisme piétine.*

— Je ne suis pas d'accord du tout. Dire que l'œcuménisme piétine, c'est en donner une interprétation « mondaine ». On le considère alors à peu près comme on considère les délibérations de l'O.P.E.P. ou les négociations de Genève en attendant les communiqués quotidiens.

La réalité de l'œcuménisme est une donnée permanente de la vie de l'Eglise : c'est l'acte par lequel Dieu réconcilie les chrétiens, des hommes divisés en raison de leur péché. La brisure historique, représentée par les divisions des Eglises chrétiennes, a des noms très précis : c'est l'Orient et l'Occident, Byzance et les Eglises non byzantines à l'Est, ensuite c'est Byzance et les Latins, et c'est la Réforme, pour dire les choses à gros traits. Ces brisures historiques représentent des péchés datés dans l'histoire, ou des conséquences du péché. Nous portons encore les traces de ces ruptures et il faut travailler à les surmonter. Elles ne seront surmontables que si on remonte à leur cause.

Si la cause des ruptures, c'est le péché, la réconciliation ne sera atteinte qu'en allant jusqu'à la racine du péché. Ce ne sera pas seulement l'œuvre des négociateurs patentés, mais des gens rassemblés effectivement dans les héritiers historiques de ces Eglises. Des réconciliations négociées au plus haut niveau, il y en a eu dans l'histoire. Elles n'ont abouti à rien. La plus célèbre, c'est le concile de Florence où pratiquement l'union, la réunion de l'Eglise d'Orient et de l'Eglise d'Occident a été prononcée sous une gigantesque pression politique : la crainte de l'écroulement de l'empire de Byzance. Les textes du concile de Florence demeurent des textes admirables qui peuvent encore aujourd'hui servir de base à un accord effectif entre les Eglises byzantines et latines. Pour une négociation, il n'y a rien de plus à ajouter. On pourrait très bien imaginer qu'on dise : « Topez là, on reprend le concile de Florence. » Mais nous voyons bien que ce type de démarche ne va pas à la racine des choses : le concile de Florence à peine terminé, rien ne s'est passé. Je pense que la situation est différente.

Je pense que l'espoir positif d'une réconciliation, d'un retour à une communion de la totalité des Eglises chrétiennes est un espoir historique. Je pense que cela peut être donné à l'horizon de notre génération. Cela a été rendu possible parce que les membres des Eglises, les responsables des Eglises et les Eglises elles-mêmes ont parcouru un chemin de conversion. Ce n'est pas seulement un travail d'accoutumance des esprits. Quand Paul VI est allé à Constantinople, quand il est allé à Jérusalem avec Athénagoras, ils ont eux-mêmes vécu l'événement comme une démarche spirituelle. Ne pas comprendre cela, c'est ne pas comprendre quelle est la force qui est en jeu ; si les responsables d'Eglise sont seuls et si nous n'entrons pas dans ce chemin-là, il n'y aura pas d'unité. La preuve est que nous voyons naître les schismes sous nos pas. Nous en voyons constamment d'autres qui resurgissent. C'est qu'il s'agit d'une épreuve fondamentale du cœur humain, son incapacité à se laisser saisir par la puissance de l'Amour de Dieu.

L'unité de l'Eglise n'est pas spontanée, ni naturelle, les divisions existent dès le départ. L'unité que le Christ instaure est une espèce de violence de l'amour faite aux forces de division. Elle est comme un acte créateur dans lequel Dieu rassemble malgré la tentation de la division. L'œcuménisme ne consiste pas à passer l'éponge sur des actes qui appartiennent désormais à l'histoire, mais à mettre en œuvre cette puissance du Christ qui permet d'assumer les fautes du passé et aussi – ce qui est beaucoup plus important – de faire face aux luttes fratricides à venir, à la tentation de la division, du rejet ou de la haine des frères qui est permanente en nous tous. Y faire face en accueillant la réconciliation qui vient de Dieu, c'est cela l'œuvre permanente de l'unité.

RAISONS DE VIVRE
ET RAISONS DE MOURIR*

Luc 17, 26-37

Comment les hommes peuvent-ils demander à d'autres hommes de mourir ? Comment un homme peut-il avoir droit sur la vie de ses frères ? Y a-t-il donc des raisons de vivre qui seraient assez fortes pour être aussi des raisons de mourir ?

La question paraît blasphématoire, tant la réponse paraît s'imposer. Car depuis que notre espèce s'avance dans la nuit de l'histoire, sans cesse, des hommes et des femmes, dans leur jeunesse comme dans leur vieillesse, ont su, pour défendre les leurs, risquer leur vie, donner leur vie. Dans les conflits que nous avons traversés et qui ont fait parmi nous tant de victimes, c'est au sacrifice de beaucoup d'hommes et de femmes que nous devons notre survie comme nation. Notre honneur, notre dignité d'hommes libres ont été sauvés par la générosité et l'héroïsme de beaucoup parmi les générations qui nous ont précédés et parmi celles qui sont ici représentées.

Mais, les raisons de vivre mobilisées comme raisons de mourir peuvent être équivoques — ainsi que cela a été

* Homélie à la messe commémorative de l'armistice de 1918, Saint-Louis des Invalides, Paris, 11 novembre 1982.

dit et écrit sur tous les tons, de la dérision à l'indignation — et souvent l'homme craint d'en être dupe. Qui, un jour, n'a pas pensé que de l'autre côté de la frontière, comme naguère de l'autre côté de la ligne de front, des hommes et des femmes habités par des sentiments semblables aux nôtres étaient persuadés, eux aussi, qu'ils avaient de leur côté le droit et la justice ? Ils étaient persuadés eux aussi que leurs raisons de vivre étaient des raisons de mourir. Et donc que leurs raisons de mourir étaient aussi des raisons de tuer.

*

Mourir. Tuer. Y a-t-il donc, en ce monde, aux yeux de la raison humaine, un motif suffisant, une raison suffisante pour qu'une telle immolation, une telle destruction de soi-même et de l'autre soient demandées ? La mise à mort du Christ a fait surgir sur des lèvres humaines deux phrases très proches l'une de l'autre. Elles se répondent l'une à l'autre et répondent à notre interrogation. Et pourtant un abîme les sépare.

La première est proférée par les responsables politiques du peuple au moment où ils délibèrent en secret sur les possibilités de faire mourir Jésus : « Il vaut mieux qu'un seul homme meure pour tout le peuple. » C'est le raisonnement de la raison d'Etat, car ils savent que cet homme est innocent. L'innocence pèse peu en contrepartie du calcul de ce qui leur semble être la raison. Mais la nation peut-elle survivre au mépris du droit qui pourtant la fonde, qui est sa raison d'être ? « Il vaut mieux qu'un seul homme meurt pour tout le peuple. » Les chefs d'une nation, pour qu'elle survive, peuvent-ils lui faire perdre ses raisons de vivre ? Et pourtant l'évangéliste ajoute que celui qui a prononcé cette phrase était prophète sans le savoir.

La seconde phrase nous le fait comprendre, elle qui est dite par Jésus lui-même : « Il n'y a pas de plus grand amour que de donner sa vie pour ceux qu'on aime. » Et il ajoute : « Ma vie, personne ne la prend ; je la donne de moi-même, car j'ai le pouvoir de la déposer et de la reprendre. » Cette fois-ci, nous entendons parler la générosité suprême de l'amour, non l'amour de soi, ni l'amour encore égoïste des siens, mais l'amour de tout homme, y compris de l'ennemi. L'Amour trouve en lui-même la source inépuisable de la vie qui permet de donner la vie, mais aussi de donner sa vie pour que vivent ceux qu'il aime.

*

En vérité, c'est un étrange paradoxe qu'évoquent ces deux phrases au sujet de la mort de Jésus. En effet, aucun pouvoir en ce monde, ni celui de l'Etat, ni celui de la nation, ni celui des liens du sang ou d'une appartenance sociale, ne peuvent se substituer à l'absolu sans lequel ils perdraient leur fondement. L'Eglise elle-même cesserait d'exister si elle prétendait prendre la place de son Seigneur. Car la tyrannie du totalitarisme apparaît dès le moment où l'une de ces réalités veut, pour asseoir son autorité, s'emparer de l'absolu et s'identifie à lui. Au lieu d'être au service de l'homme en sa suprême dignité, au lieu de permettre la manifestation de l'humanité de l'homme, ce pouvoir le déshumanise. Quand bien même il prétend l'accomplir, en vérité, il l'achève, comme un bourreau sa victime. Il l'anéantit, au moment même où il prétend lui imposer ses raisons de vivre pour l'envoyer à la mort.

Et pourtant, même dans le dernier cercle où doit être abandonnée toute espérance, en tout homme demeure le secret enfoui de sa dignité. Le moindre rayon du soleil de justice peut arracher ce secret aux ténèbres par lesquelles il semble avoir été englouti. Ce point de référence, sans lequel nous ne savons plus ce que c'est que d'être un homme, nous échappe et doit nous échapper. Il doit rester à jamais hors de nos prises, nous surplombant pour que nous puissions rester debout, nous dominant pour que nous puissions rester libres, nous donnant d'être pour que nous puissions exister. Je le nomme de son Nom, lui qui a créé l'homme à son image et à sa ressemblance. Nous l'appelons « notre Père des cieux », lui dont l'amour infini se révèle par son Fils et dans l'Esprit qui nous habite, hôte secret qui réunit l'humanité en un seul corps et lui donne de vivre en sa véritable dignité. Il n'est pas nécessaire de le nommer, ni même de le reconnaître pour se convaincre que cette suprême et haute et étrange dignité, l'humanité de l'homme, fondement de notre droit, ne tient son invincible survie que d'au-delà d'elle-même. La grandeur de l'homme, c'est qu'elle échappe au pouvoir des hommes.

*

Les raisons pour lesquelles l'Etat peut mobiliser la nation, et la nation toutes les ressources de la société civile, les raisons pour lesquelles un peuple doit vivre et, parfois, oser risquer de mourir, les raisons pour lesquelles il faut parfois savoir tout donner, sont précisément celles qui échappent à l'Etat, comme à la nation, comme à la société, et qu'ils doivent par-dessus tout respecter et défendre : l'humanité de l'homme sur laquelle personne n'a prise. Le pouvoir de l'Etat est d'autant plus fondé qu'il accepte de n'être pas à lui-même sa propre raison. Car seul l'Amour qui naît de la vérité peut conduire jusqu'au libre sacrifice ceux et celles qui ne seraient sans cela que poussés vers une destruction insensée.

L'Eglise, dans ses appréciations et ses jugements historiques, peut se tromper ; mais elle ne se trompe pas quand elle veut être le témoin et le garant de cet absolu, présent dans l'histoire, qui fait que l'homme est un homme digne de vivre et donc digne de risquer sa vie pour la vie. L'Eglise reçoit une infaillible assurance pour accomplir sa mission quand, marchant à la suite du Christ, elle atteste envers et contre tout ce à quoi elle doit la première se soumettre : l'Amour absolu qui donne à l'homme d'exister, Celui qui est plus grand que l'homme et dont l'homme reçoit sa grandeur.

VAINCRE LA PEUR*

– Parlons d'un autre aspect de la liberté : les évêques américains jouent un rôle dominant dans le mouvement de la paix et de la lutte contre les armes atomiques. Pourquoi en France l'Eglise ne joue-t-elle pas un tel rôle ?

– D'abord vous semblez ignorer certaines interventions d'évêques français, qui ont déclenché des campagnes d'opinion chez nous, notamment sur le commerce de l'armement[1]. D'autre part, la prise de position des évêques américains doit se comprendre dans le contexte d'une réorientation de la politique de défense des U.S.A. La longue tradition isolationniste américaine y tient sa place. Dans cette perspective, la défense de l'Europe ne vaut pas plus que celle d'un glacis.

– Cela ne nous semble pas être à la hauteur de la protestation des évêques américains, qui est surtout morale.

– Leur critique de l'armement atomique repose sur des théories stratégiques récentes. Elles supposent un réarmement des nations, des investissements, une mise de fonds considérables dans des armes conventionnelles sophistiquées et, d'une certaine manière, une remilitarisation de la société.

* Interview par Klaus-Peter Schmid, pour *Der Spiegel*, 11 janvier 1983.

1. Voir *Gagner la paix*, Le Centurion, Paris, 1983.

— *De toute manière, les évêques américains ont condamné la course aux armes atomiques. Mais la France aussi possède l'arme atomique. Vous la condamnez ?*

— Depuis vingt ans, les prises de position de l'Eglise sur ce sujet ont été assez précises. Je crains cependant que l'opinion ne prenne trop facilement son parti des « conflits localisés », en se donnant une bonne conscience par le refus de principe des armes atomiques. Vaut-il mieux mourir à l'arme blanche, aux gaz, à la mitraillette ou sous une bombe atomique ? Y a-t-il une manière propre de tuer ? Toute guerre est horrible. Il faut arriver à la proscrire.

Ceci dit, il est incontestable que, comme moyen de résoudre les conflits, la puissance de destruction des armements atomiques accumulés par l'Est et l'Ouest met en danger l'avenir de notre terre. Et son coût économique est dément. Jean-Paul II a fait établir par l'Académie pontificale des Sciences un rapport, élaboré par des savants de tous les pays, y compris de l'Europe de l'Est, sur les conséquences d'une déflagration atomique dans le monde. Il l'a fait remettre aux chefs d'Etat des puissances atomiques. On en a fort peu parlé. Le *Spiegel* en a-t-il rendu compte ?

— *Cet évêque qui a dit aux Etats-Unis aux ouvriers travaillant dans une usine atomique : « Ne travaillez plus dans cette usine ! » Impensable en France ?*

— Rien n'est impensable. Seulement, ce genre de position demande à être raisonné et délibéré. La longueur des travaux des évêques américains montre assez que la solution n'est pas simple et que l'unanimité est loin d'être faite.

— *On s'étonne de l'attitude prudente de l'Eglise française, d'autant plus que la relation entre Etat et Eglise est la même en France et aux Etats-Unis : l'Eglise est séparée de l'Etat, donc elle est absolument libre de s'expliquer. Mais ce qui est différent, c'est que, si vous preniez la même position que les évêques américains, vous auriez immédiatement un grand conflit avec l'Etat.*

— Nous aurions surtout des divisions profondes dans l'opinion publique, qui n'est pas au clair sur cette question. Pas plus que les experts. Nous ne traitons pas, nous évêques, de ce problème indépendamment de l'état d'une conscience nationale (je ne dis pas de l'opinion). Il faut un vrai débat public, qui fasse appel à la responsabilité d'une nation et au sens de l'identité nationale. Majorité comme opposition ont en ce domaine des positions assez proches. Comment l'expliquez-vous ? Par le chauvinisme français ? N'oubliez pas que notre pays a été détruit et saigné trois fois en un siècle par une grande guerre où il n'a pas été l'agresseur...

— *Vous vous résignez d'une manière étonnante.*

— Vous me semblez, vous, adopter de façon étonnante pour nous, Français, une position simple. Le problème de l'armement est typiquement un problème de morale politique. Il se pose à la conscience morale des Français. Nous n'allons pas sombrer dans une mythologie. Nous ne rendrions pas service, nous évêques, à la conscience de la nation en cautionnant des mouvements émotionnels dont les motivations ne sont pas toujours déclarées. Nous n'avons aucun intérêt à servir la peur ou à l'utiliser.

— *Quelle peur ?*

— Une peur qui amène à un surarmement ou une peur qui amène à un désarmement. Notre rôle ne consiste pas à hurler avec les loups. Il consiste à éveiller la conscience, à faire appel à la raison d'un peuple, à contribuer à un vrai débat moral qui se pose solidairement à toutes les nations.

SE BATTRE ?
POUR QUOI ?*

— Si l'on observe les relations de l'Eglise et des ouvoirs politiques dans le monde, les questions de la uerre et de la paix jouent un rôle très important. Pour oser la question brutalement : iriez-vous bénir les fusées rançaises sur le plateau d'Albion ?

— Non. Mais les problèmes de défense sont extrê-nement difficiles à maîtriser par la raison. Sur le fond, e ne veux pas entrer ici dans le débat très technique de usage des armements atomiques et de la moralité ou de a non-moralité des différentes stratégies envisagées. Il y cependant quelques positions de principe, qui sont laires. D'une part, les menaces : courses aux armements émentes, risques majeurs de faire sauter la planète avec ne guerre qui serait la plus horrible, à peine imaginable ar l'humanité. De l'autre, l'évidence qu'il faut cependant tre capable de défendre la liberté, de se défendre et de éfendre son droit. Ces deux points reconnus, ne eut-on faire qu'un constat d'impuissance ? Est-il utopi-ue d'espérer un ordre juridique international qui per-nette le règlement des conflits ? Utopie à court terme, t c'est pourtant la position que l'Eglise soutient obsti-

* Interview par Gérard Dupuy et Luc Rosenzweig, dans *Libéra-on*, 27 septembre 1983.

nément. Car c'est le salut et le progrès de l'humanité à long terme.

En ce qui concerne la politique française de défense dans ce qu'elle a de spécifique et d'original, je ne peux pas oublier, compte tenu de mon âge, que notre pays a été saigné à blanc à deux reprises. Les conséquences morales, sociales et politiques de ces saignées ont été terribles pour la dignité de la nation. Il me semble que le problème de la paix ou de la guerre ne peut se réduire seulement à la nature et à la quantité des armes. C'est d'abord un problème qui s'adresse à la conscience commune : pour quoi est-on prêt à payer très cher, à payer le prix le plus cher, celui de sa vie ? Pour qu'une nation veuille survivre, il faut qu'elle ait des raisons de vivre, et non pas simplement l'envie de défendre ses moyens de vivre, son confort. Ou alors, il ne reste qu'à la fanatiser et à la mobiliser par des mots d'ordre agressifs et totalitaires. Mais une vraie démocratie, c'est une société où les gens sont capables de dire : « Moi, je donne ma vie parce qu'il vaut la peine de défendre mes enfants, ma liberté et mon prochain. »

JEÛNER POUR LA PAIX*

Que pouvons-nous faire devant tant de violences proches ou lointaines ? Suffit-il de nous indigner ? Suffit-il de dénoncer ? Je me posais ces questions à la fin de l'été ? L'été des tireurs fous. Dans la chaleur et le bruit, des enfants d'immigrés mis en joue et tués. Chez nous. Depuis, les tensions n'ont pas diminué. Le ressentiment et la haine paraissent des ressorts légitimes de la mécanique sociale ou politique.

Et voilà que les évêques sont saisis dans le jeu de la dispute et des jugements sommaires, pour avoir tenté de faire réfléchir aux choix de la défense, à la guerre et à la paix...

Le Christ dit à ses disciples impuissants à guérir un enfant possédé : « Cette espèce-là ne peut sortir que par la prière et par le jeûne » (Marc 9, 29). La violence n'est ni un accident ni une fatalité. Elle est le produit de la haine dans le cœur de l'homme. C'est le péché. Et « le salaire du péché, c'est la mort » (Romains 6, 23). L'amour seul a la puissance de délivrer l'homme de la haine. L'amour pur et gratuit que Dieu nous porte en son Fils Jésus. Cet amour sauve l'homme et lui donne la liberté en le pardonnant de son péché.

Le Christ nous demande de le suivre en cet amour.

* Appel, 17 novembre 1983.

En secret. Gratuitement. Sous le seul regard de notre Père des Cieux qui voit le secret des cœurs (Matthieu 6,6).

Pour préparer la venue en nos cœurs du Messie, prince de la Paix, je demande aux disciples du Christ de vivre *une journée de jeûne* pendant la première semaine de l'Avent (du 28 novembre au 4 décembre). Dans le secret. Chacun selon ses forces. Au jour qui lui sera possible. En priant Dieu qu'il rende aux hommes le goût de la vie, qu'il les délivre des forces de mort. Que le pardon et l'amour triomphent de la haine et de la violence.

Solidaire dans le Christ de tous les hommes et de leurs péchés, que chacun reçoive *le sacrement de la réconciliation*, pour laisser désarmer son cœur par la tendresse de Dieu.

Nous exclurons donc tout ce qui ferait de ce jeûne une manifestation publique ou un appel à quelque pression collective. Encore moins chercherons-nous à dresser un bilan comptable, comme s'il s'agissait d'un exercice de puissance de l'Eglise.

C'est l'Eglise priante et humble, faite de pécheurs pardonnés, ardente par l'espérance, qui jeûnera dans le secret avec son seul Seigneur, pour le salut de tous, unie à la prière silencieuse et à l'effacement de la Vierge compatissante à son peuple blessé.

Je compte sur les catholiques de Paris, prêtres et laïcs, pour diffuser cet appel et se joindre, dans la foi et l'espérance, à cette démarche. Nous y serons unis aux fidèles de Berlin, de Vienne, de Mayence, de Rotterdam, de Milan, d'Irlande et de bien d'autres pays dans le monde dont les évêques, de retour du Synode, lancent le même appel.

Que l'Esprit nous éclaire et nous guide.

LE DON DE LA MISÉRICORDE*

Je vous parle de Paris, je vous parle sans vous voir, comme on parle à quelqu'un dans le soir. Peut-être vais-je ainsi parvenir à vous dire des phrases que je serais impuissant à vous dire si je vous regardais dans les yeux, des phrases que vous ne pourriez peut-être pas supporter si vous me regardiez dans les yeux.

Je voudrais vous dire enfin ces choses simples, enfouies depuis tant d'années dans le silence, ces choses qu'il est très difficile d'entendre comme il est très difficile de les formuler.

Vous et moi, nous le savons bien, ce n'est pas un geste insignifiant de m'avoir invité à ce Katholikentag. Je suis l'archevêque de Paris ; je porte aussi toute une part d'histoire, douloureuse et tragique, à laquelle vous êtes mêlés. Vous avez invité avec moi le cardinal François Macharski, l'archevêque de Cracovie. C'est dans son diocèse que se trouve Auschwitz. J'en ai assez dit pour que nous comprenions bien, vous et moi, qu'il y a des choses lourdes à dire et qu'il faut pourtant dire.

Peut-être les plus jeunes parmi vous ne comprennent-ils pas clairement ce que je suis en train d'évoquer. Peut-être pensent-ils que je remâche des souvenirs sans

* Allocution sur Radio-Cologne pour le *Katholikentag*, 29 août 1982.

consistance. Mais ceux parmi vous qui ont mon âge, ou les plus âgés, comprennent ce qu'ils entendent. Ils comprennent. Car malgré l'enfouissement et la volonté d'oublier, eux comme moi, il nous arrive parfois, malgré nous, de nous souvenir.

*

C'est ce qui m'est arrivé, il y a vingt ans peut-être, à Munich. Je n'ai fait confidence de cet événement – un événement infime et personnel – qu'à quelques rares amis français ; mais jamais je n'ai pu le dire à un seul ami allemand. A cette époque, j'étais déjà retourné assez souvent en Allemagne. J'avais vu l'Allemagne de l'après-guerre, détruite puis reconstruite. J'avais lié des amitiés avec des gens variés, et j'étais conscient de ce qui se passait dans ces années-là, désireux de contribuer pour ma part à la réconciliation de nos deux pays. En ne parlant plus des années de guerre, des déportations, des persécutions et des camps de concentration, je voulais me comporter en homme raisonnable, pacifique, et en chrétien.

J'étais alors aumônier d'étudiants. Après une année harassante de ministère, l'idée me vint d'aller à Munich, que je connaissais déjà. Car j'avais pris part au Congrès eucharistique mondial, avec beaucoup d'intérêt et une grande joie spirituelle. Le visage de l'Eglise que j'avais découvert dans ce congrès m'avait semblé une belle chose. Bien accueilli, je m'étais senti à l'aise dans cette ville. C'est pourquoi je décidai de partir ainsi à l'aventure. C'était au début du mois d'août.

En quittant le train, je m'arrêtai avec ma valise, sur l'esplanade, devant la gare de Munich. Il faisait un très beau soleil et il y avait un air de gaieté sur la place. Brusquement, un changement s'est produit dans mon regard. Il y avait du monde qui passait, des gens allaient et venaient, des hommes de mon âge ou plus âgés.

Brusquement, leur tête, leur visage me sont apparus avec les traits qu'ils avaient à mes yeux quelque vingt ans auparavant, pendant la guerre. Je me disais, pris d'une grande angoisse : ces hommes que je vois, où étaient-ils et que faisaient-ils à ce moment-là ? Qu'ont-ils fait et que n'ont-ils pas fait ? Qui sont les innocents parmi eux ? Et les autres ? Et je sentais leurs visages énigmatiques comme des masques devant ma question muette. Aucun sentiment ne m'habitait, sinon une grande détresse, une grande tristesse. Il m'était impossible de rester, de subsister dans ce lieu. Je me suis secoué, j'ai pris ma valise pour rentrer aussitôt à Paris. Il n'y avait plus de train le jour même. Je suis allé prendre une chambre à l'hôtel voisin, et, le lendemain matin, je suis reparti.

*

Pouvez-vous imaginer cela ? C'est la première fois que je raconte ces souvenirs à des Allemands. N'est-ce pas étrange ? J'ai eu, pourtant, j'ai encore beaucoup d'amis parmi des laïcs et des prêtres d'Allemagne. Certains, parmi eux, ont été pour moi vraiment des frères, sont des frères. Mais ce que je suis en train de vous dire, jamais je n'ai pu le leur dire.

Ce qui est pour moi aujourd'hui une confidence, peut-être est-il nécessaire que, pour vous comme pour moi, ce soit aussi le début d'un aveu. Car ce silence qui nous paralyse et qui paralyse nos deux peuples, c'est le silence de la honte ou le silence de la peur. C'est un mauvais silence, où il n'y a pas de vie possible, pas de miséricorde possible.

Si j'ai accepté de venir vous parler au Katholikentag, c'est parce que j'ai reconnu l'évidence que, cette fois, c'était Dieu qui me demandait de venir et de parler. Ce qui me paraissait impossible, et qui l'est sans doute à certains égards – au regard des forces humaines, de la sensibilité et de la mémoire –, il faut que je le fasse parce que Dieu me le demande, à moi et non à un autre, en raison de son appel qui a fait de moi son prêtre et l'archevêque de Paris. Je ne sais comment j'y parviendrai, ni ce qu'il me sera donné de dire. Mais je sais que ce qu'il m'est demandé de faire, il vous est demandé à vous d'en faire quelque chose. Car si Dieu me le demande, ce n'est pas seulement pour moi, mais c'est aussi pour vous. Vous aussi, Dieu vous appelle à me donner un témoignage, non seulement pour moi-même (car cela importe peu), mais pour ceux que je représente, pour mon Eglise, pour la paix et la communion de nos peuples. Dieu sans doute vous demande de me donner un témoignage : le témoignage de ce qu'il fait en vous par son pardon, car il vous aime ; le témoignage de ce qu'il a fait pour vous : une œuvre de miséricorde, une œuvre de vérité et de paix.

*

Oui, je dois parler du pardon et du retournement du cœur. Le pardon de qui ? Quel pardon l'homme peut-il donner ? Avons-nous le pouvoir, nous qui sommes vivants – encore vivants –, de faire que ce qui a été ne soit plus, n'ait pas été ? Aucun homme n'a le pouvoir d'effacer ce qui a été fait. Il n'y a pas de réparation humaine possible. Car si les lois humaines font hériter des morts, on n'hérite pas de la mort.

Le pardon humain n'est au mieux qu'une amnistie. Il consiste à faire comme si les actes commis n'avaient pas eu lieu, comme si rien n'avait été. Il consiste finalement en une forme d'oubli. Et oubli veut dire mépris, car il laisse à celui qui a péché contre Dieu et contre les hommes le poids de sa faute, dans sa solitude ; il laisse ceux qui ont mémoire du mal la douleur de l'irréparable.

De fait, ce que l'homme peut faire de mieux, c'est d'oublier. Mais en oubliant le bourreau, on oublie aussi la victime, surtout si elle est morte. Et même si la victime a pu, avant de mourir, pardonner au bourreau le mal qu'elle a ressenti, même si elle a lavé son cœur de toute haine, elle ne peut délivrer la conscience du bourreau du mal qu'il fait. L'homme, à lui seul, ne peut pardonner le péché d'un autre homme. Là est la profondeur du mal et son irréparable. On rend un objet, on répare une maison, on rend une somme d'argent... On ne rend pas une vie, on ne peut effacer le remords ni rendre l'innocence.

Le pardon n'est pas au pouvoir de l'homme, car Dieu seul peut pardonner.

*

Car le pardon véritable ne peut rien être d'autre qu'une résurrection des morts. Et Dieu seul ressuscite les morts. Résurrection dont le Père céleste nous donne, dans le Fils unique, dans le Messie souffrant, le gage et la réalité. Le Crucifié a prononcé sur la Croix la parole du pardon que le Fils unique a adressée à son Père. Il n'a pas dit : « Je vous pardonne », mais il a dit : « Père, pardonne-leur parce qu'ils ne savent pas ce qu'ils font. »

Fils unique, bien-aimé, livré à l'anéantissement, le Christ a imploré du Père le pardon que seul le Père peut donner. Et la preuve que ce pardon est donné, c'est que le Fils est ressuscité. Pourtant, le Ressuscité porte et garde les stigmates de sa Passion. La Résurrection n'est pas l'oubli de la Passion. Les plaies du Fils ressuscité ne sont plus le signe de l'accablement et de la condamnation pour ceux qui en furent les auteurs – comme les soldats – ou des complices parce qu'ils se sont tus ou qu'ils ont fui – comme les disciples. Bien au contraire, désormais ses plaies sont le signe de la guérison et du salut. Désormais ses plaies peuvent être touchées et sont tendues comme un lieu de grâces et comme une source de certitudes quand Jésus donne ses mains à Thomas. Déjà, comme nous le dit saint Jean, « du cœur transpercé par la lance du soldat, il jaillit de l'eau et du sang » : la Source de la vie, de la réconciliation et du pardon, de la vie divine et de l'Esprit donné à l'homme.

Dieu seul pardonne parce que Dieu seul sauve. Le pardon de Dieu ne détruit pas notre malheureuse histoire ; il la rachète. Il nous la rend dans son pardon et nous permet de la recevoir dans un cœur brisé, comme le lieu non de la damnation, mais du rachat, non de la déréliction, mais du salut. La victime innocente et transpercée est le médiateur de l'Alliance nouvelle, le Grand Prêtre de l'Alliance nouvelle. Quand Jésus ressuscite le paralytique, « pour que vous sachiez que le Fils de l'homme a sur terre le pouvoir de remettre les péchés », il manifeste qu'il a sur terre la disposition de la puissance paternelle qui peut faire miséricorde. Car c'est le Créateur qui, seul, peut être le Rédempteur. Il est impossible aux hommes de pardonner. Mais les disciples du Christ reçoivent du Fils bien-aimé non seulement le pouvoir, mais la mission de donner en son Nom la rémission des péchés, d'accorder en son Nom le pardon du Père des cieux.

*

Si donc je viens maintenant dans ce rassemblement de votre Eglise, c'est pour vous rappeler les paroles de Jésus dont je suis le ministre, et vous dire que Dieu, qui fait grâce, vous fait grâce, comme il fait grâce à tout homme. C'est pour vous dire les paroles de pardon du Messie.

Il me reste une pensée secrète à vous confier. Peut-être sera-t-elle pour vous une consolation et une espérance. La voici : les souffrances des victimes, la mort des victimes, font partie des souffrances du Messie. Elles sont recueillies dans la coupe de Dieu comme les pleurs de ses enfants ; et par son Messie, Dieu en fait une eau lustrale. Il est permis de penser, dans le secret de Dieu, qu'en recevant le pardon que donne le Crucifié, les innombrables victimes à qui il s'est uni par sa Passion lui sont unies dans le pardon qu'il accorde.

Enfin, vous le savez, si nous recevons miséricorde, c'est pour faire à notre tour miséricorde, selon la grâce donnée à chacun et selon la vocation que nous avons reçue d'être les témoins de cette miséricorde. Je prie Dieu pour que vous soyez, à votre tour, pour nous et pour tous les hommes, témoins et instruments du pardon.

Je vous ai parlé en frère dans le Christ. Puisque seule ma voix vous atteint sans que nous nous voyions, comme des voyageurs dans la nuit, je vous ai parlé à l'abri de cette nuit, nuit de la Pâque, nuit de la mort et nuit de la vie, où la parole est à nouveau rendue possible. Puissiez-vous recevoir ces mots comme un don que Dieu m'accorde de vous faire.

UNE ÉPREUVE SIGNIFICATIVE
DU DESTIN SPIRITUEL DE NOTRE TEMPS*

La pratique du sacrement de pénitence, telle que nous l'avons reçue de la tradition de l'Eglise, risque-t-elle de tomber dans l'oubli pour un temps dont il est difficile de prévoir la durée ? La crainte n'est pas chimérique, car les sacrements ont une histoire. Cette histoire est significative du destin spirituel des peuples chrétiens.

La pratique de l'Eucharistie donne à réfléchir. Pendant de longs siècles, dans les Eglises d'Orient comme dans celles d'Occident, *la réception de l'Eucharistie par le peuple s'est raréfiée au risque de parfois disparaître.* Cette longue période où le corps eucharistique du Christ n'a plus été partagé en surabondance aux baptisés est aussi la période où le corps ecclésial a connu les dramatiques divisions qui le blessent jusqu'à ce jour. *A contrario,* n'y aurait-il pas un lien, entre l'accès rendu au corps eucharistique par la communion fréquente, et la naissance d'un ardent désir comme d'une volonté tenace de travailler à l'unité du corps ecclésial du Christ que manifeste dans l'Eglise catholique le mouvement œcuménique ?

S'il est vrai que nous courons aujourd'hui le risque de voir mis en sommeil l'usage du sacrement de la pénitence

* Intervention au synode des évêques, 4 octobre 1983, repris dans *La Documentation catholique,* 6 novembre 1983.

et de la réconciliation, et plus spécialement de l'aveu personnel des péchés et du pardon personnellement reçu, ne devons-nous pas considérer qu'il y a là pour l'Eglise une épreuve significative du destin spirituel de notre temps et de ses tentations que l'Eglise porte en sa chair ?

Dans un temps de violence, de doute et de massification

Nous sommes entrés dans un temps d'extrême violence, qui culmine dans la menace d'une autodestruction de l'humanité : les hommes doutent qu'un acte personnel puisse conjurer de telles forces collectives. Quel courage ne faudrait-il pas aux chrétiens pour croire à une efficacité quelconque de l'aveu personnel d'un manquement au respect de la vie que Dieu leur demande ?

Nous sommes entrés dans un temps où la raison humaine a voulu ériger la dialectique des conflits en loi scientifique du progrès de l'histoire : les hommes doutent de l'efficacité de l'amour personnel qui fait miséricorde. Quel courage ne faudrait-il pas aux chrétiens pour oser croire à l'efficacité du pardon reçu et partagé, qui donne la force d'aimer ses ennemis, enfants du même Père des cieux ?

Nous sommes entrés dans un temps de massification où chacun éprouve un sentiment d'impuissance et d'irresponsabilité à l'égard du destin collectif : les hommes doutent que l'offrande secrète de leur liberté soit irremplaçable pour l'humanité. Quel courage ne faudra-t-il pas aux chrétiens pour recevoir du Christ la pénitence et la compassion d'un cœur contrit qui les unit à l'œuvre du salut du monde !

Nous sommes entrés dans un temps de culpabilité collective : les hommes doutent qu'une parole personnelle de repentance puisse avoir une signification quelconque. Quel courage ne faudra-t-il pas aux chrétiens pour recevoir personnellement du Christ rédempteur l'espérance du pardon et la joie de la délivrance où déjà l'Esprit anticipe la Résurrection !

L'épreuve de l'Eglise et du monde

L'Eglise, en sa pratique sacramentelle, est éprouvée de la même façon que le monde l'est en sa dignité et ses espérances. Le deuxième concile du Vatican a voulu que soit rénové le sacrement de pénitence, reçu de la tradition exprimée au Concile de Trente. Ce n'est pas sans des raisons liées à la conjoncture historique de notre siècle que cette rénovation semble n'avoir pas encore porté tous les fruits escomptés. Comme ce n'est sans doute pas sans raison que nous sommes éprouvés pour ce sacrement où se joue de façon décisive la responsabilité personnelle du baptisé pécheur. C'est sans doute pour les mêmes raisons que notre monde est éprouvé par la peur anonyme de sa destruction et le sentiment diffus de sa culpabilité collective et insaisissable.

Dans une note écrite, déposée au secrétariat du Synode, j'ai proposé une réflexion au sujet du lien organique qui unit ces deux aspects que disjoint la crise de notre temps :

– d'une part, ce que le monde attend aujourd'hui de l'Eglise, à savoir une attitude pénitente pour les erreurs et les fautes du passé, un engagement sociohistorique pour la justice et pour la paix, et donc pour la réconciliation de l'humanité ;

– d'autre part, la grâce sacramentelle de délivrance, reçue personnellement par chaque chrétien pénitent, dans l'humble aveu de ses péchés reconnus et pardonnés.

La conjoncture historique de cette fin de siècle ne nous oblige-t-elle pas à un grand courage : ne pas laisser prescrire la tradition pluriséculaire de ce sacrement tel que l'Eglise aujourd'hui le reçoit, mais au contraire déployer toute sa splendeur ecclésiale et sa nouveauté personnelle ? De la sorte, les chrétiens, sans cesse rendus à Dieu, à leurs frères et à eux-mêmes, libres comme le sont les fils, travailleront inlassablement, par la force de l'Esprit, à partager la réconciliation reçue de notre Père des cieux.

De la sorte, l'Eglise fera fructifier les biens confiés à sa gestion par le Seigneur, permettant aux hommes de notre temps de trouver l'unique nécessaire, lumière, espérance et amour.

L'ÉGLISE ET L'EUCHARISTIE

DES BAPTISÉS

DES PASTEURS

DES VIES POUR DIEU

LE CHRISTIANISME A UN AVENIR

LA POLOGNE

L'EUROPE

LA FÉCONDITÉ SPIRITUELLE DU TIERS MONDE

LA JEUNESSE ET L'ÉCOLE

L'ÉGLISE ET L'ÉTAT

LA PAIX ET LA RÉCONCILIATION

DU MÊME AUTEUR

SERMONS D'UN CURÉ DE PARIS, Fayard, Paris, 1978.

PAIN DE VIE ET PEUPLE DE DIEU, Critérion, Limoges, 1981.